Julio Verne

La isla misteriosa

La isla misteriosa
© Julio Verne

D. R. © Editorial Lectorum, S. A. de C. V., 2019
Batalla de Casa Blanca, Manzana 147 A, Lote 1621
Col. Leyes de Reforma, 3a. Sección
C. P. 09310, Ciudad de México
Tel. 5581 3202
www.lectorum.com.mx
ventas@lectorum.com.mx

Primera reimpresión: febrero 2019

ISBN: 978-607-457-554-5

D. R. © Portada: Angélica Carmona Bistráin
D. R. © Imagen de portada: Shutterstock®

Impreso y encuadernado en México.
Printed and bound in Mexico.

I
Los náufragos del aire

Un globo a la deriva

—¿Remontamos?

—¡No, al contrario, descendemos!

—¡Mucho peor, señor Ciro! ¡Caemos!

—¡Vive Dios! ¡Arrojen lastre!

—Ya se ha vaciado el último saco.

—¿Se vuelve a elevar el globo?

—No.

—¡Oigo un ruido de olas!

—¡El mar está debajo de la barquilla!

—¡Y a unos quinientos pies!

Entonces una voz potente rasgó los aires y resonaron estas palabras:

—¡Fuera todo lo que pesa! ¡Todo! ¡Sea lo que Dios quiera!

Estas palabras resonaron en el aire sobre el vasto desierto de agua del Pacífico, hacia las cuatro de la tarde del día 23 de marzo de 1865.

Seguramente nadie ha olvidado el terrible viento del nordeste que se desencadenó en el equinoccio de aquel año y durante el cual el barómetro bajó setecientos diez milímetros. Fue un huracán sin intermitencia, que duró del 18 al 26 de marzo. Produjo daños inmensos en América, en Europa, en Asia, en una ancha zona de 1.800 millas, que se extendió en dirección oblicua al Ecuador, desde el trigésimo quinto paralelo norte hasta el cuadragésimo paralelo sur. Ciudades destruidas, bosques desarraigados, países devastados por montañas de agua que se precipitaban como aludes, naves arrojadas a la costa, que los registros del Bureau-Veritas anotaron por centenares, territorios enteros nivelados por las trombas que arrollaban todo lo que encontraban a su paso, muchos millares de personas aplastadas o tragadas por el mar; tales fueron los testimonios que dejó de su furor aquel huracán, que fue muy superior en desastres a los que asolaron tan espantosamente La Habana y Guadalupe, uno el 25 de octubre de 1810, otro el 26 de julio de 1825.

Al mismo tiempo en que tantas catástrofes sobrevenían en la tierra y en el mar, un drama no menos conmovedor se presentaba en los agitados aires.

En efecto, un globo, llevado como una bola por una tromba, y envuelto en el movimiento giratorio de la columna de aire, recorría el espacio con una velocidad de noventa millas por hora, girando sobre sí mismo, como si se hubiera apoderado de él algún maelstrom aéreo.

Debajo de aquel globo oscilaba una barquilla, que contenía cinco pasajeros, casi invisibles en medio de aquellos espesos vapores, mezclados de agua pulverizada, que se prolongaban hasta las superficies del océano.

¿De dónde venía aquel aerostato, verdadero juguete de la tempestad? ¿En qué punto del mundo había sido lanzado? Evidentemente no había podido elevarse durante el huracán; pero el huracán duraba desde hacía cinco días, y sus primeros síntomas se manifestaron el 18. Así, pues, era lícito creer que aquel globo venía de muy lejos, porque no había recorrido menos de dos mil millas en veinticuatro horas.

En todo caso, los pasajeros no habían tenido medios para calcular la ruta recorrida desde su partida, porque no tenían punto alguno de comparación. Debió producirse el curioso hecho de que, arrastrados por la violencia de la tempestad, no lo sintieron.

Cambiaban de lugar y giraban sobre sí mismos, sin darse cuenta de esta rotación, ni de su movimiento en sentido horizontal. Sus ojos no podían penetrar la espesa niebla que se amontonaba bajo la navecilla. Alrededor de ellos todo era bruma. Tal era la opacidad de las nubes, que no hubieran podido decir si era de día o de noche. Ningún reflejo de luz, ningún ruido de tierras habitadas, ningún mugido del océano había llegado hasta ellos en aquella oscura inmensidad, mientras se habían sostenido en las altas zonas. Sólo su rápido descenso había podido darles conocimiento de los peligros que corrían encima de las olas.

No obstante, el globo, libre de pesados objetos, tales como municiones, armas, provisiones, se había elevado hasta las capas superiores de la atmósfera a una altura de cuatro mil quinientos pies. Los pasajeros, después de haber reconocido que el mar estaba bajo la barquilla, encontrando los peligros menos temibles arriba que abajo, no habían vacilado en arrojar por la borda los objetos más útiles, y tratando de no perder nada de aquel fluido, de aquella alma de su aparato, que les sostenía sobre el abismo.

Transcurrió la noche en medio de inquietudes que hubieran sido mortales para otras almas menos templadas. Llegó después el día y con el día el huracán mostró tendencia a moderarse.

Desde el principio de aquel día, 24 de marzo, hubo algunos síntomas de calma. Al alba, las nubes más vesiculares habían remontado hasta las alturas del cielo. En algunas horas la tromba fue disminuyendo hasta romperse. El viento, del estado de huracán, pasó al gran fresco, es decir, que la celeridad de traslación de las capas atmosféricas disminuyó la mitad. Era aún lo que los marinos llaman "una brisa a tres rizos", pero la mejoría en el desorden de los elementos no fue menos considerable.

Hacia las once, la parte inferior del aire se había despejado mucho. La atmósfera despedía esa limpidez húmeda que se ve, que se siente después del paso de los grandes meteoros. No parecía que el huracán hubiese ido más lejos en el oeste; al contrario, parecía que se había disipado por sí mismo; tal vez se había desvanecido en corrientes eléctricas, después de la rotura de la tromba, como sucede a veces a los tifones del océano Índico.

Pero hacia esa hora también se pudo comprobar de nuevo que el globo bajaba lentamente, por un movimiento continuo en las capas inferiores del aire. Parecía que se deshinchaba poco a poco y que su envoltura se alargaba dilatándose, pasando de la forma esférica a la forma oval. Hacia mediodía, el aerostato se cernía a una altura de dos mil pies sobre el mar. Medía cincuenta mil pies cúbicos, y gracias a su capacidad había podido mantenerse largo tiempo en el aire, bien porque hubiese alcanzado grandes latitudes, bien porque se había movido siguiendo una dirección horizontal.

En aquel momento los pasajeros arrojaron los últimos objetos que aún pesaban en la barquilla, los pocos víveres que habían conservado, todo, hasta los pequeños utensilios que guardaban en sus bolsillos, y uno de ellos, alzándose sobre el círculo en el que se reunían las cuerdas de la red, trató de atar sólidamente el apéndice inferior del aerostato.

Era evidente que los pasajeros no podían mantener más el globo en las zonas altas y que les faltaba el gas.

¿Estaban, pues, perdidos?

En efecto, no era ni un continente, ni una isla lo que se extendía debajo de ellos. El espacio no ofrecía ni un solo punto para aterrizar, ni una superficie sólida en la que su áncora pudiera morder.

¡Era el inmenso mar, cuyas olas se chocaban con incomparable violencia! ¡Era el océano sin límites, hasta para ellos que lo dominaban desde lo alto y cuyas miradas abarcaban entonces un radio de cuarenta millas! ¡Era la llanura líquida, golpeada sin misericordia, azotada por el huracán, que les debía parecer como una multitud inmensa de olas desenfrenadas sobre las cuales se hubiera arrojado una vasta red de crestas blancas! ¡Ni una tierra se veía, ni un buque!

Era menester, pues, a toda costa, detener el movimiento de descenso, para impedir que el aerostato se hundiese en medio de las olas, y en esa a todas luces urgente operación se ocuparon los pasajeros de la barquilla. Pero, a pesar de sus esfuerzos, el globo bajaba cada vez más, al mismo tiempo que se movía con extrema celeridad, siguiendo la dirección del viento, es decir, de nordeste a sudoeste.

Situación terrible la de aquellos infortunados. Evidentemente no eran dueños del aerostato. Sus tentativas no tuvieron resultado. La cubierta del globo se deshinchaba, el fluido se escapaba sin que fuera posible retenerlo. El descenso se aceleraba visiblemente y, a la una de la tarde, la barquilla no estaba suspendida a más de seiscientos pies sobre el océano.

Era, en efecto, imposible impedir la huida del gas, que se escapaba libremente por una rasgadura del aparato.

Aligerando la barquilla de todos los objetos que contenía, los pasajeros pudieron prolongar, durante algunas horas, su suspensión en el aire. Pero la inevitable catástrofe no podía tardar y, si no aparecía alguna tierra antes de la noche, los pasajeros, barquilla y globo habrían desaparecido definitivamente en las olas.

La sola maniobra que quedaba por hacer fue hecha en aquel momento. Los pasajeros del aerostato eran, sin duda, gente enérgica y sabían mirar la muerte cara a cara. No se oyó ni un solo murmullo escaparse de sus labios. Estaban decididos a luchar hasta el último segundo, y hacían todo lo que podían para retrasar su caída. La barquilla era una especie de caja de mimbre, impropia para flotar, y no había posibilidad de mantenerse en la superficie del mar, si caía.

A las dos el aerostato estaba apenas a cuatrocientos pies sobre las olas.

En aquel momento una voz varonil –la voz de un hombre cuyo corazón era inaccesible al temor–se oyó. A esta voz respondieron voces no menos enérgicas.

–¿Se ha arrojado todo?

–¡No! ¡Aún quedan dos mil francos en oro! Un saquito pesado cayó entonces al mar.

–¿Se eleva el globo?

–¡Un poco, pero no tardará en volver a caer!

–¿Qué lastre nos queda?

–¡Ninguno!

–¡Sí!... ¡La barquilla!

–¡Acomodémonos en la red y, al mar, la barquilla!

Era, en efecto, el único y último medio de aligerar el aerostato. Las cuerdas que sostenían la barquilla al círculo fueron cortadas, y el aerostato, después de la caída de aquella, remontó dos mil pies.

Los cinco pasajeros que se habían metido en la red, encima del círculo, y se sostenían en los hilos de las mallas miraban el abismo.

Es conocida la sensibilidad estática de los aerostatos. Bastaba arrojar el objeto más ligero para provocar un movimiento en sentido vertical. El aparato, flotando en el aire, obra como una balanza de exactitud matemática. Se comprende que, aligerado de un peso relativamente considerable, su movimiento sea importante y brusco. Fue lo que pasó en aquella ocasión. Pero, después de estar un instante equilibrado en las zonas superiores, el aerostato volvió a descender. El gas se escapaba por una rasgadura imposible de reparar.

Los pasajeros habían hecho todo lo posible. Ningún medio humano podía salvarles. Sólo tenían que contar con la ayuda de Dios.

A las cuatro el globo estaba a quinientos pies sobre la superficie de las aguas.

Se oyó un ladrido. Un perro, que acompañaba a los pasajeros, estaba asido, cerca de su dueño, a las mallas de la red.

—¡Top ha visto alguna cosa! —exclamó uno de los pasajeros. Poco rato después se oyó una voz fuerte que decía:

—¡Tierra! ¡Tierra!

El globo, arrastrado sin cesar por el viento hacia el sudoeste, después del alba había franqueado una distancia considerable, unos centenares de millas, y una tierra elevada acababa, en efecto, de aparecer en aquella dirección.

Pero aquella tierra se encontraba aún a treinta millas a sotavento. Faltaba más de una hora para llegar a ella, con la condición de no desviarse. ¡Una hora! ¿No se habría escapado ya el fluido que les quedaba?

¡Este era el problema! Los pasajeros veían distintamente aquel punto sólido, que era menester alcanzar a toda costa. Ignoraban lo que era, isla o continente, porque apenas sabían hacia qué parte del mundo el huracán los había arrastrado. ¡Pero aquella tierra, estuviese o no habitada, fuera o no hospitalaria, era su único refugio!

Cerca de las cuatro el globo no podía sostenerse. Rozaba la superficie del mar. Las crestas de las enormes olas habían lamido muchas veces la parte inferior de la red, haciéndola aún más pesada, y el aerostato no se levantaba sino a medias, como un pájaro que tiene plomo en las alas.

Media hora más tarde la tierra no estaba más que a una milla de distancia, pero el globo ajado, flojo, deshinchado, enrollado en gruesos pliegues, sólo conservaba gas en su parte superior.

Los pasajeros, asidos a la red, pesaban ya demasiado para él, y pronto, medio sumergidos en el mar, fueron golpeados por las furiosas olas. La cubierta del aerostato se infló entonces, y el viento lo empujó, como un buque con viento de popa. ¡Parecía que iban a llegar a la costa!

Pero, cuando no estaban más que a dos cables de distancia, resonaron gritos terribles, salidos de cuatro pechos a la vez. El globo, que, al parecer, no podía ya levantarse, acababa de dar un salto inesperado, a impulsos de un formidable golpe de mar. Como si hubiera sido aligerado súbitamente de una nueva parte de su peso, remontó a una altura de mil quinientos pies, y allí encontró una especie de remolino de viento que, en lugar de llevarlo directamente a la costa, le hizo seguir una dirección casi paralela a ella. En fin, dos minutos más tarde se acercaron oblicuamente y cayó sobre la arena de la orilla, fuera del alcance de las olas.

Los pasajeros se ayudaron los unos a los otros, logrando desprenderse de las mallas de la red. El globo, libre de aquel peso, fue recogido par el viento y, como un pájaro herido que encuentra un instante de vida, desapareció en el espacio.

La barquilla contenía cinco pasajeros, más un perro, y el globo sólo había arrojado cuatro sobre la orilla.

El pasajero que faltaba había sido evidentemente arrebatado por el golpe de mar, que, dando de lleno en la red, había permitido al aparato, aligerado de peso, llegar a tierra.

Apenas los cuatro náufragos —se les puede dar ese nombre—habían tomado tierra, todos, pensando en el ausente, exclamaron: —¡Quizá podrá ganar la orilla a nado!

¡Salvémoslo! ¡Salvémoslo!

Cinco prisioneros en busca de libertad

No eran ni aeronautas de profesión ni amantes de expediciones aéreas los que el huracán acababa de arrojar en aquella costa: eran prisioneros de guerra, a los que su audacia había impulsado a fugarse en circunstancias extraordinarias. ¡Cien veces estuvieron a punto de perecer! ¡Cien veces su globo desgarrado hubiera debido precipitarlos en el abismo! Pero el cielo les reservaba un extraño destino, y el 20 de marzo, después de haberse fugado de Richmond, sitiada por las tropas del general Ulises Grant, se encontraron a siete millas de aquella ciudad de Virginia, principal plaza fuerte de los separatistas durante la terrible guerra civil de Secesión. Su navegación aérea había durado cinco días.

He aquí en qué circunstancias se realizó la evasión de los prisioneros, evasión que debía terminar como ya conocemos.

En el mes de febrero de 1858, en un golpe de mano intentado, aunque inútilmente, por el general Grant para apoderarse de Richmond, muchos de sus oficiales cayeron en poder del enemigo en la ciudad. Uno de los más distinguidos prisioneros pertenecía al Estado Mayor Federal y se llamaba Ciro Smith.

Ciro Smith, natural de Massachusetts, era ingeniero, un sabio de primer orden, al que el gobierno de la Unión había confiado durante la guerra la dirección de los ferrocarriles por el papel estratégico de los mismos. Americano del norte, seco, huesudo, esbelto, de unos cuarenta y cinco años, pelo corto y canoso, barba afeitada, con abundante bigote. Tenía una cabeza numismática, que parecía hecha para ser acuñada en medallas: los ojos ardientes, la boca seria, la fisonomía de un sabio de la escuela militar. Era uno de esos ingenieros que empiezan manejando el martillo y el pico, como esos generales que partieron de soldados rasos. Al mismo tiempo que agudeza de espíritu, poseía habilidad de manos. Sus músculos presentaban notables síntomas de tenacidad. Verdadero hombre de acción, al mismo tiempo que hombre de pensamiento, lo ejecutaba todo sin esfuerzo, bajo la influencia de una larga expansión vital, desafiando todo obstáculo.

Muy instruido, muy práctico, muy campechano, para emplear una palabra de la lengua militar francesa. Tenía buen carácter, pues, conservándose siempre dueño de sí, en cualquier circunstancia, reunía las condiciones que determinan la energía humana: actividad de espíritu y de cuerpo, impetuosidad de deseo, fuerza de voluntad. Y su divisa hubiera podido ser la de Guillermo de Orange en el siglo XVII: "No tengo necesidad de esperar para acometer una empresa, ni de lograr el objeto para perseverar."

Al mismo tiempo Ciro Smith era el valor personificado. Había tomado parte en todas las batallas durante la guerra de Secesión. Tras haber empezado a las órdenes de Ulises Grant con los voluntarios del Illinois, había combatido en Paducah, en Belmont, en Pittsburg-Landig, en el sitio de Corinto, en Port-Gibson, en la Rivera Negra, en Chattanooga, en Wildemes, sobre el Potomak, en todas partes y valerosamente. Fue un soldado digno del general que respondía: "¡Yo no cuento jamás mis muertos!" Y cien veces Ciro Smith había estado a punto de ser uno de aquellos que no contaba el terrible Grant. Sin embargo, en esos combates, donde se exponía tanto, la suerte le favoreció siempre, hasta que fue herido y hecho prisionero en el campo de batalla de Richmond.

A la vez que Ciro Smith otro personaje importante cayó en poder de los sudistas. Este era nada menos que el honorable Gedeón Spilett, corresponsal del *New*

York Herald, encargado de seguir las peripecias de la guerra entre los ejércitos del Norte.

Gedeón Spilett era de esos cronistas ingleses o americanos, de los Stanley y otros, que no retroceden ante nada para obtener una información exacta y para transmitirla a su periódico rápidamente. Los periódicos de la Unión, tales como el *New York Herald*, constituyen verdaderas potencias, y sus enviados son los representantes con que cuentan. Gedeón Spilett figuraba entre los primeros enviados.

Hombre de mucho valor, enérgico, preparado a todo, lleno de ideas, habiendo recorrido el mundo entero, soldado y artista ágil en el consejo, resuelto en la acción, no temiendo penas, ni trabajo, ni peligros cuando se trataba de saber algo, para él primero, y para su periódico después, verdadero héroe de la curiosidad, de la información, de lo inédito, de lo desconocido, de lo imposible. Era uno de esos intrépidos observadores que escriben bajo las balas, "haciendo las crónicas bajo el fuego de los cañones, y para los que todos los peligros son un pasatiempo".

Él también había asistido a todas las batallas en primera fila, con el revólver en una mano y las cuartillas en la otra, y la metralla no hacía temblar su pluma. No cansaba los hilos con telegramas incesantes, como suelen hacer los que no tienen nada que decir.

Sus notas, cortas, claras, daban luz sobre algún punto importante. Por otra parte, "el buen humor" no le faltaba. Él, después de la acción de la Rivera Negra, queriendo a toda costa conservar su puesto junto a la ventanilla de la oficina telegráfica, para anunciar a su periódico el resultado de la batalla, telegrafió, durante dos horas, los primeros capítulos de la Biblia. Costó dos mil dólares al *New York Herald*, pero fue el primer informado.

Gedeón Spilett era alto y tenía unos cuarenta años. Unas patillas rubias tirando a rojo enmarcaban su rostro. Su mirada era tranquila, viva, rápida en sus movimientos; la mirada de un hombre que tiene la costumbre de percibir todos los detalles de un horizonte. Robusto y de buena salud, estaba acostumbrado a todos los climas, como la barra de acero en el agua fría.

Desde hacía diez años, Gedeón Spilett era el corresponsal oficial del *New York Herald*, al que enriquecía con sus crónicas y sus dibujos, ya que manejaba tan bien el lápiz como la pluma. Cuando fue hecho prisionero, estaba haciendo la descripción y el croquis de la batalla. Las últimas palabras anotadas fueron: "Un sudista me apunta con su fusil y..."

Y Gedeón Spilett se salvó, porque, siguiendo su invariable costumbre, salió de aquel peligro sin ningún arañazo.

Ciro Smith y Gedeón Spilett, que se conocían por su reputación, habían sido trasladados a Richmond. El ingeniero, que había curado de su herida, conoció al corresponsal durante su convalecencia. Aquellos dos hombres simpatizaron y se estimaron mutuamente.

Pronto su anhelo común no tuvo más que un objeto: volver al ejército de Grant y combatir en sus filas por la unidad federal.

Los dos americanos estaban decididos a aprovechar una ocasión; pero, aunque fueran libres en la ciudad, Richmond estaba tan vigilada que una evasión parecía imposible.

Acompañaba a Ciro Smith un criado, que era la fidelidad y la abnegación personificadas: un negro, nacido en las posesiones del ingeniero, de padres esclavos, pero que, desde hacía tiempo, Ciro Smith, abolicionista de ideas y de corazón, había emancipado. El esclavo, una vez libre, no quiso separarse de su amo. Le quería tanto, que hubiera dado la vida por él. Era un mozo de treinta años, ágil, hábil, inteligente, dulce y tranquilo, a veces sencillo, siempre sonriente, servicial y bueno. Se llamaba Nabucodonosor, pero respondía al nombre abreviado y familiar de Nab.

Al enterarse Nab de que su dueño había sido hecho prisionero, abandonó Massachusetts sin vacilar, llegó a Richmond y, a fuerza de astucia y destreza, después de arriesgar veinte veces su vida, penetró en la ciudad sitiada. No es posible describir la alegría de Ciro Smith al ver de nuevo a su criado y Nab al encontrar a su amo.

Aunque Nab pudo penetrar en Richmond, le hubiera sido muy difícil salir, porque eran vigilados de cerca los prisioneros federales. Había que aguardar una ocasión favorable para intentar una evasión con alguna probabilidad de éxito, y esta ocasión era difícil hallarla.

Entretanto, Grant continuaba sus enérgicas operaciones. La victoria de Petersburgo le había costado mucho. Sus fuerzas, unidas a las de Butler, no habían alcanzado ninguna victoria ante Richmond, y nada hacía presagiar que la libertad de los prisioneros estaba próxima. El corresponsal, a quien su cautividad no le proporcionaba ya un detalle interesante que anotar, no podía resistir más. Su idea fija era salir de Richmond a toda costa. Muchas veces intentó la aventura y fue detenido por obstáculos insuperables.

El sitio continuaba y los prisioneros tenían prisa por escaparse para unirse al ejército de Grant. Algunos sitiados no tenían menos deseos de escaparse, para reunirse con el ejército separatista, y entre ellos, un tal Jonathan Forster, furibundo sudista. Si los prisioneros federales no podían abandonar la ciudad, los confederados tampoco, porque el ejército del Norte los cercaba. El gobernador de Richmond no podía comunicarse con el general Lee y necesitaba urgentemente refuerzos. Jonathan Forster tuvo entonces la idea de elevarse en globo, para atravesar las líneas sitiadoras y llegar al campo de los separatistas.

El gobernador autorizó la tentativa. Un aerostato fue fabricado y puesto a disposición de Jonathan Forster, al que le debían acompañar en el viaje aéreo cinco compañeros armados para defenderse en donde aterrizaran, en caso de ser atacados, y víveres, por si la excursión se prolongaba.

La partida del globo había sido fijada para el 18 de marzo. Debía efectuarse durante la noche, y con un viento de nordeste de mediana fuerza los aeronautas creían que en pocas horas llegarían al cuartel general de Lee.

Pero el viento del nordeste no fue más que brisa; el día 18 pudo observarse que se convertiría en huracán. Sobrevino la tempestad, y la partida de Forster fue aplazada, ya que era imposible arriesgar el aerostato y a los ocupantes en medio de los desencadenados elementos.

El globo, hinchado en la plaza de Richmond, partiría al calmarse el viento, y en la ciudad había impaciencia porque la atmósfera no se modificaba.

Transcurrieron el 18 y el 19 de marzo sin que se produjera ningún cambio en la tormenta, y costó ímprobo trabajo mantener el globo amarrado y evitar que lo destrozara el huracán.

Pasó también la noche del 19 al 20; por la mañana, el huracán hacía que la partida fuera imposible.

Ese día se acercó al ingeniero Ciro Smith, en una de las calles de Richmond, un hombre a quien no conocía: era un marino llamado Pencroff, de treinta y cinco a cuarenta años de edad, fuerte, de rostro atezado, ojos vivos y parpadeantes, pero de buen aspecto. Pencroff era un norteamericano que había corrido todos los mares y le había sucedido todo lo que puede ocurrir a un bípedo sin plumas. Es inútil decir que era de carácter emprendedor, capaz de todo y que no se admiraba de nada. Pencroff, a primeros de año, había ido para asuntos particulares a Richmond, con un joven de quince años, Harbert Brown, de Nueva Jersey, hijo de su capitán, un huérfano al que amaba como a su propio hijo. No habiendo podido abandonar la ciudad antes de las primeras operaciones del sitio, se encontró bloqueado con gran disgusto y sólo pensaba escaparse como fuera. Conocía la reputación del ingeniero Ciro Smith y sabía que esperaba lo mismo que él deseaba. Así, pues, no vaciló en acercarse a él diciéndole sin rodeos:

—Señor Smith, ¿está usted cansado de Richmond? —El ingeniero miró al hombre que le hablaba así, y que añadió en voz baja—: Señor Smith, ¿quiere usted escapar?

—¿Cuándo...? —respondió el ingeniero, y se puede afirmar que esta respuesta se le escapó, pues aún no había examinado al desconocido que le había dirigido la palabra.

Pero después de haber observado con una mirada penetrante la leal figura del marino, no pudo dudar de que se hallaba en presencia de un hombre honrado.

—¿Quién es usted?—preguntó. Pencroff se dio a conocer.

—Bien —respondió Ciro Smith—. ¿Y cómo?

—Con ese globo holgazán que no hace nada, y que juraría que nos está invitando...

El marino no tuvo necesidad de acabar la frase. El ingeniero le había comprendido desde la primera palabra. Asió a Pencroff de un brazo y le llevó a su casa, donde el marino desarrolló su proyecto, muy sencillo. No arriesgaba más que su vida. El huracán estaba entonces en toda su violencia, pero un ingeniero diestro y audaz, como Ciro Smith, sabría conducir bien su aerostato. Si él, Pencroff, supiera manejarlo, no habría vacilado en partir (con Harbert, se entiende). ¡Había visto otras y no le asustaba una tempestad más!

Ciro Smith había escuchado al marino sin decir palabra, pero sus ojos brillaban. La ocasión se le presentaba y no quería dejarla escapar. El proyecto era muy peligroso, pero realizable. Durante la noche, a pesar de la vigilancia, podría acercarse al globo, deslizarse en la barquilla y cortar las cuerdas que le retenían. Claro está que se exponían a morir, pero también había alguna probabilidad de éxito, y aquella tempestad... Pero sin aquella tempestad el globo hubiera partido ya y la ocasión tan deseada no volvería quizá a presentarse.

—¡No estoy solo!... —contestó Ciro Smith.

—¿Cuántas personas quiere usted que le acompañen? —preguntó el marino.

—Dos: mi amigo Spilett y mi criado Nab.

—Tres —respondió Pencroff—, y Harbert y yo, cinco. El globo debía llevar seis...

—¡Vale! ¡Partiremos! —dijo Ciro Smith.

Aquel partiremos comprendía al corresponsal y, como este por nada del mundo hubiera renunciado a su proyecto de evasión ni retrocedido ante ningún peligro, cuando el proyecto le fue comunicado, lo aprobó sin reserva. Solamente se admiraba de que aquella idea tan sencilla no se le hubiera ocurrido a él.

En cuanto a Nab, estaba dispuesto a seguir a su amo por donde quisiera ir.

—Hasta la noche —dijo Pencroff—. Pasearemos los cinco por allí como curiosos.

—Hasta la noche a las diez —respondió Ciro Smith—, y plegue al cielo que esta tempestad no se apacigüe antes de nuestra partida.

Pencroff se despidió del ingeniero y volvió a su casa, donde había dejado al joven Harbert Brown. Este niño conocía el plan del marino y esperaba con cierta ansiedad el resultado de su entrevista con el ingeniero. Cinco hombres iban a lanzarse al espacio en pleno huracán.

¡No! El huracán no se calmó, ni Jonathan Forster ni sus compañeros podían pensar en afrontar el peligro en aquella frágil barquilla. El día fue terrible. El ingeniero no temía más que una cosa: que el aerostato, amarrado al suelo e inclinado por las ráfagas de viento, se rompiera en mil pedazos. Durante muchas horas paseó por la plaza casi desierta, vigilando el aparato. Pencroff hacía otro tanto por su parte, con las manos en los bolsillos, bostezando como un hombre que no sabe cómo matar el tiempo, pero temiendo también que el globo se desgarrase o rompiera sus ligaduras y se levantara por los aires.

Llegó la noche. Espesas brumas pasaban como nubes rasando el suelo y una lluvia mezclada con nieve caía continuamente. Hacía frío. Una densa niebla pesaba sobre Richmond. Parecía que la violenta tempestad había puesto una tregua entre sitiadores y sitiados y que el cañón había callado ante los rugidos del huracán. Las calles estaban desiertas. No se había creído necesario, con aquel horrible tiempo, vigilar la plaza en la cual se agitaba el aerostato. Todo favorecía la partida de los prisioneros; ¡pero aquel viaje, en medio de ráfagas de viento desencadenadas!...

—¡Maldita marea! —se decía Pencroff, calándose de un puñetazo el sombrero que el viento disputaba a su cabeza—. ¡Pero, bah, la dominaremos!

A las nueve y media Ciro y sus compañeros llegaron por diversos sitios a la plaza, que los faroles del gas, apagados por el viento, dejaban a oscuras. No se veía ni el enorme aparato, casi enteramente tendido hacia el suelo. Sin contar los sacos de lastre que pendían de las cuerdas de la red, la barquilla estaba retenida por un fuerte cable pasado por una anilla fijada en el suelo y con los extremos atados a bordo.

Los cinco pasajeros se reunieron cerca de la barquilla. Era tal la oscuridad, que ellos mismos no se veían.

Sin pronunciar palabra, Ciro Smith, Gedeón Spilett, Nab y Harbert entraron en la barquilla, mientras que Pencroff, siguiendo las órdenes del ingeniero, desataba suavemente los saquitos de lastre. Esta operación duró unos instantes y el marino se reunió con sus compañeros.

El aerostato entonces estaba sólo retenido por el doble cable, y Ciro Smith no tenía más que dar la orden de partida.

En aquel momento un perro entró de un salto en la barquilla. Era Top, el perro del ingeniero, que, habiendo roto su cadena, había seguido a su amo. Ciro Smith, creyéndolo un exceso de peso, quiso echar al pobre animal.

—¡Bah, uno más! —dijo Pencroff, desatando de la barquilla dos sacos de lastre.

Después desamarró el doble cable, y el globo partió en dirección oblicua y desapareció, después de haber chocado su barquilla contra dos chimeneas que derribó con la violencia del golpe.

Se desencadenó un huracán espantoso. El ingeniero, durante la noche, no pudo pensar en descender y, cuando vino el día, toda vista de la tierra estaba interceptada por las brumas. Cinco días después una claridad dejó ver el inmenso mar debajo de aquel aerostato, que el viento arrastraba con una rapidez espantosa.

Sabemos que, de cinco hombres que habían partido el 20 de marzo, cuatro habían sido arrojados, cuatro días después, en una costa desierta, a más de seis mil millas de su país.

Y el que faltaba, al que aquellos cuatro supervivientes del globo corrían a socorrer, era su jefe natural, el ingeniero Ciro Smith.

Ha desaparecido Ciro Smith

El ingeniero había sido arrastrado por un golpe de mar fuera de la red, que había cedido. Su perro también había desaparecido, el fiel animal se había precipitado en socorro de su amo. —¡Adelante! —exclamó el corresponsal.

Y los cuatro, Gedeón Spilett, Harbert, Pencroff y Nab, olvidando el cansancio, empezaron sus pesquisas.

El pobre Nab lloraba de rabia y desesperación a la vez, temiendo haber perdido todo lo que él amaba en el mundo.

No había dos minutos de diferencia entre el momento en que Ciro Smith había desaparecido y el instante en que sus compañeros habían tomado tierra. Estos podían, pues, esperar llegar a tiempo para salvarlo.

—¡Busquemos!, ¡busquemos! —exclamó Nab.

—Sí, Nab —contestó Gedeón Spilett—, y lo encontraremos.

—¿Vivo?

—¡Vivo!

—¿Sabe nadar? —preguntó Pencroff.

—¡Sí! —contestó Nab—. ¡Además, Top está con él!

El marino, oyendo mugir el mar, sacudió la cabeza.

Al norte de la costa y aproximadamente a media milla de donde los náufragos acababan de tomar tierra, había desaparecido el ingeniero. Si había nadado al punto más cercano del litoral, a media milla más allá estaría situado ese punto.

Eran cerca de las seis. La bruma acababa de levantar y la noche se hacía muy oscura. Los náufragos caminaban siguiendo hacia el norte la costa este de aquella tierra sobre la cual el azar los había arrojado, tierra desconocida, cuya situación geográfica no se podía determinar. El suelo que pisaban era arenoso, mezclado con piedras y desprovisto de toda especie de vegetación. Aquel suelo bastante desigual, lleno de barrancos, aparecía en ciertos sitios acribillado de pequeños hoyos, que hacían la marcha más penosa.

Salían de estos agujeros grandes aves de pesado vuelo, huyendo en todas direcciones y que la oscuridad impedía ver. Otras, más ágiles, se levantaban en bandadas y pasaban como nubes. El marino suponía que eran gaviotas, cuyos silbidos agudos competían con los rugidos del mar.

De cuando en cuando los náufragos se paraban, llamando a gritos y escuchando, por si respondía de la parte del océano. Debían pensar, en efecto, que, si hubiesen estado próximos al lugar donde el ingeniero hubiera podido tomar tierra, los ladridos del perro Top, en caso de que Ciro Smith no estuviera en estado de dar señales de vida, llegarían hasta ellos. Pero ningún grito se destacaba sobre los mugidos de las olas y los chasquidos de la resaca. Entonces, la pequeña tropa emprendía su marcha adelante, registrando las menores anfractuosidades del litoral.

Después de una marcha de veinte minutos, los cuatro náufragos se detuvieron ante una linde espumosa de olas. El terreno sólido faltaba. Se encontraban a la extremidad de un punto agudo, que el mar golpeaba con furor.

—Es un promontorio —dijo el marino—. Hay que volver sobre nuestros pasos, torciendo a la derecha, y así volveremos a tierra firme.

—Pero ¿y si está ahí? —respondió Nab señalando el océano, cuyas enormes olas blanqueaban en la oscuridad.

—¡Bueno, llamémoslo!

Y todos, uniendo sus voces, lanzaron un grito, pero nadie respondió. Esperaron un momento de calma y empezaron otra vez. Nada.

Los náufragos retrocedieron, siguiendo la parte opuesta del promontorio, en un suelo arenoso y roquizo. Sin embargo, Pencroff observó que el litoral era más escarpado, que el terreno subía, y supuso que debía llegar, por una rampa bastante larga, a una alta costa, cuya masa se perfilaba confusamente en la oscuridad. Había menos aves en aquella parte de la costa; el mar también se mostraba menos alterado, menos ruidoso, y la agitación de las olas disminuía sensiblemente. Apenas se oía el ruido de la resaca. Sin duda la costa del promontorio formaba una ensenada semicircular, protegida por su punta aguda contra la fuerza de las olas.

Siguiendo aquella dirección, marchaban hacia el sur, era ir por el lado opuesto de la costa en que Ciro Smith podía haber tomado tierra. Después de recorrer milla y media, el litoral no presentaba ninguna curvatura que permitiese volver hacia el norte. Sin embargo, aquel promontorio, del que habían doblado la punta, debía unirse a la tierra franca. Los náufragos, a pesar de que sus fuerzas estaban casi agotadas, marchaban siempre con valor, esperando encontrar algún ángulo que los pusiera en la primera dirección.

¡Cuál no fue su desesperación, cuando, después de haber recorrido dos millas, se vieron una vez más detenidos por el mar en una punta bastante elevada, formada de rocas resbaladizas!

—¡Estamos en un islote! —dijo Pencroff—, ¡y lo hemos recorrido de un extremo a otro!

La observación del marino era justa. Los náufragos habían sido arrojados no sobre un continente ni una isla, sino sobre un islote, que no medía más de dos millas de longitud y cuya anchura era evidentemente poco considerable.

Aquel islote, árido, sembrado de piedras, sin vegetación, refugio desolado de algunas aves marinas, ¿pertenecía a un archipiélago más importante? No lo sabían. Los pasajeros del globo, cuando desde su barquilla percibieron la tierra a través de las brumas, no habían podido reconocer su importancia. Sin embargo, Pencroff, con su mirada de marino habituada a horadar en la oscuridad, creyó en aquel momento distinguir en el oeste masas confusas, que anunciaban una costa elevada.

Pero entonces no podía, a causa de aquella oscuridad, determinar a qué sistema simple o complejo pertenecía el islote. Tampoco era posible salir de él, puesto que el mar lo rodeaba. Había que aplazar hasta el día siguiente la búsqueda del ingeniero, que no había señalado su presencia por ningún sitio.

—El silencio de Ciro no prueba nada —dijo el corresponsal—. Puede estar desmayado, herido, en estado de no poder responder momentáneamente, pero no desesperemos.

El corresponsal emitió entonces la idea de encender en un punto del islote una hoguera, que pudiese servir de guía al ingeniero. Pero buscaron en vano madera o arbustos secos; allí no había más que arena y piedras.

Se comprende cuál sería el dolor de Nab y el de sus compañeros, que estaban vivamente unidos al intrépido Ciro Smith. Era demasiado evidente que se hallaban imposibilitados para socorrerlo; había que esperar el día. ¡O el ingeniero había podido salvarse solo y ya había encontrado refugio en un punto de la costa, o estaba perdido para siempre!

Las horas de espera fueron largas y penosas. Hacía mucho frío y los náufragos sufrían cruelmente, pero apenas lo notaban. No pensaban más que en tomar un instante de reposo; todo lo olvidaban por su jefe; queriendo esperar siempre, iban y venían por aquel islote árido, volviendo incesantemente a su punto norte, donde creían estar más próximos al lugar de la catástrofe. Escuchaban, chillaban, esperaban captar un grito, y sus voces debían transmitirse lejos, porque entonces reinaba cierta calma en la atmósfera, los ruidos del mar empezaban a disminuir.

Uno de los gritos de Nab pareció repetido por el eco. Harbert lo hizo observar a Pencroff, añadiendo:

—Es prueba que existe en el oeste una costa bastante cercana.

El marinero hizo un gesto afirmativo. Por otra parte, su vista no podía engañarle. Si había distinguido tierra, no había duda de que esta existía.

Pero aquel eco lejano fue la sola respuesta provocada por los gritos de Nab, y la inmensidad, sobre toda la parte este del islote, quedó silenciosa.

Entretanto el cielo se despejaba poco a poco. Hacia las doce de la noche brillaron algunas estrellas y, si el ingeniero estaba allí, cerca de sus compañeros, hubiera podido ver que aquellas estrellas no eran las del hemisferio boreal. En efecto, la polar no aparecía en aquel nuevo horizonte: las constelaciones cenitales no eran las que estaban acostumbrados a ver en la parte norte del nuevo continente, y la Cruz del Sur resplandecía entonces en el polo austral del mundo.

Pasó la noche. Hacia las cinco de la mañana, el 25 de marzo, el cielo se tiñó ligeramente. El horizonte estaba aún oscuro, pero con los primeros albores del día una opaca bruma se levantó en el mar, por lo que el rayo visual no podía extenderse a más de veinte pasos. La niebla se desarrollaba en gruesas volutas, que se movían pesadamente.

Esto era un contratiempo. Los náufragos no podían distinguir nada alrededor de ellos. Mientras que las miradas de Nab y del corresponsal se dirigían hacia el océano, el marino y Harbert buscaban la costa en el oeste. Pero ni un palmo de tierra era visible.

—No importa —dijo Pencroff—, no veo la costa, pero la siento..., está allí..., allí... ¡Tan seguro como que tampoco estamos en Richmond!

Pero la niebla no debía tardar en desaparecer.

No era más que una bruma de buen tiempo. Un hermoso sol caldeaba las capas superiores, y aquel calor se tamizaba hasta la superficie del islote.

En efecto, hacia las seis y media, tres cuartos de hora después de aparecer el sol, la bruma se volvió más transparente: se extendía hacia arriba, pero se disipó por abajo. Pronto todo el islote apareció como si hubiera descendido de una nube, pues el mar se mostró siguiendo un plano circular, infinito hacia el este, pero limitado por el oeste por una costa elevada y abrupta.

¡Sí! ¡La tierra estaba allí! Allí la salvación, provisionalmente asegurada, por lo menos. Entre el islote y la costa, separados por un canal de una milla y media, una corriente rápida se precipitaba con ruido.

Sin embargo, uno de los náufragos, no consultando más que su corazón, se precipitó en la corriente, sin avisar a sus compañeros, sin decir palabra. Era Nab. Tenía ganas de llegar a aquella costa y remontarla hacia el norte. Nadie pudo retenerlo. Pencroff lo llamó, pero en vano. El periodista se dispuso a seguir a Nab.

Pencroff, yendo hacia él, le preguntó:

—¿Quiere usted atravesar el canal?

—Sí —contestó Gedeón Spilett.

—Pues bien, óigame —dijo el marino—. Nab basta y sobra para socorrer a su amo. Si nos metemos en ese canal, nos exponemos a que la corriente nos arrastre. Si no me equivoco, es una corriente de reflujo. Vea la marea baja sobre la arena. Armémonos de paciencia y, cuando el mar baje, quizá encontremos un paso vadeable...

—Tiene usted razón —respondió el corresponsal—. Separémonos lo menos posible.

Durante este tiempo Nab luchaba contra la corriente. La atravesaba siguiendo una dirección oblicua. No se veían más que sus negros hombros emerger en cada momento. Se desviaba con mucha frecuencia, pero avanzaba hacia la costa. Empleó más de media hora en recorrer la milla y media que separaba el islote de la costa, y se aproximó a esta a muchos pies del punto de donde había salido.

Nab tomó tierra en la falda de una alta roca de granito y se sacudió vigorosamente; después, corriendo, desapareció veloz detrás de unas rocas, que se proyectaban hacia el mar a la altura de la extremidad septentrional del islote.

Los compañeros de Nab habían seguido con angustia su audaz tentativa y, cuando se perdió de vista, dirigieron sus miradas hacia aquella tierra a la cual iban a pedir refugio, mientras comían algunos mariscos encontrados en la playa. Era una mala comida, pero algo alimentaba.

La costa opuesta formaba una vasta bahía, terminada al sur por una punta muy aguda, desprovista de toda vegetación y de un aspecto muy salvaje. Aquella punta venía a unirse al litoral por un dibujo bastante caprichoso y enlazado con altas rocas graníticas. Hacia el norte, por el contrario, la bahía se ensanchaba, formando una costa más redondeada, que corría del sudoeste al nordeste y que acababa en un cabo agudo. Entre estos dos puntos extremos, sobre los cuales se apoyaba el arco de la bahía, la distancia podía ser de ocho millas. A media milla de la playa, el islote ocupaba una estrecha faja de mar, y parecía un enorme cetáceo, que sacaba a la superficie su espalda. Su anchura no pasaba de un cuarto de milla.

Delante del islote el litoral se componía, en primer término, de una playa de arena, sembrada de negras rocas, que en aquel momento reaparecían poco a poco bajo la marea descendente. En segundo término, se destacaba una especie de cortina granítica, tallada a pico, coronada por una caprichosa arista de una altura de trescientos pies por lo menos. Se perfilaba sobre una longitud de tres millas y terminaba bruscamente a la derecha por un acantilado que se hubiera creído cortado por la mano del hombre. En la izquierda, al contrario, encima del promontorio, aquella especie de cortadura irregular se desgarraba en bloques prismáticos, hechos de rocas aglomeradas y de productos de aluvión, y se bajaba por una rampa prolongada, que se confundía poco a poco con las rocas de la punta meridional.

En la meseta superior de la costa no se veía ningún árbol. Era una llanura limpia, como la que domina Cape-Town, en el cabo de Buena Esperanza, pero con proporciones más reducidas. Por lo menos, así aparecía vista desde el islote. Sin embargo, el verde no faltaba a la derecha, detrás del acantilado. Se distinguía fácilmente la masa confusa de grandes árboles, cuya aglomeración se prolongaba más allá de los límites de la vista. Aquel verdor regocijaba la vista, vivamente entristecida por las ásperas líneas del paramento de granito.

En fin, en último término y encima de la meseta, en dirección del nordeste y a una distancia de siete millas por lo menos, resplandecía una cima blanca, herida por los rayos solares. Era una caperuza de nieve, que cubría algún monte lejano.

No podía resolverse, pues, la cuestión de si aquella tierra formaba una isla o pertenecía a un continente. Pero, a la vista de aquellas rocas convulsionadas, que se aglomeraban sobre la izquierda, un geólogo no hubiera dudado en darles un origen volcánico, porque eran incontestablemente producto de un trabajo plutoniano.

Gedeón Spilett, Pencroff y Harbert observaban atentamente aquella tierra, en la que iban a vivir, quizá largos años, y en la que tal vez morirían, si no se encontraban en la ruta de los barcos.

—¿Qué dices tú de eso, Pencroff? —preguntó Harbert.

—Que tiene algo bueno y algo malo, como todas las cosas —contestó el marino—. Veremos. Pero observo que comienza el reflujo. Dentro de tres horas intentaremos pasar y, una vez allí, procuraremos arreglarnos y encontrar a Smith.

Pencroff no se había equivocado en sus previsiones. Tres horas más tarde, la mar bajó; el lecho del canal que habían descubierto estaba formado por arena en su mayor parte.

No quedaba entre el islote y la costa más que un canal estrecho, que sin duda sería fácil de franquear.

En efecto, hacia las seis, Gedeón Spilett y sus dos compañeros se despojaron de sus vestidos, hicieron con ellos un hato que se pusieron en la cabeza y se aventuraron por el canal, cuya profundidad no pasaba de cinco pies. Harbert, para quien el agua era demasiado alta, nadaba como un pez y salió perfectamente. Los tres llegaron sin dificultad al litoral opuesto. Allí, el sol los secó rápidamente y volvieron a ponerse sus vestidos, que habían preservado del contacto del agua, y tuvieron una reunión.

Encuentran un refugio, las "Chimeneas"

Gedeón Spilett dijo al marino que le esperase allí, donde él volvería, y, sin perder un instante, remontó el litoral en la dirección que había seguido algunas horas antes el negro Nab. Después desapareció detrás de un ángulo de la costa, pues estaba impaciente por saber noticias del ingeniero.

Harbert hubiera querido acompañarlo.

—Quédate, muchacho —le dijo el marino. —Hay que preparar un campamento y ver si se puede encontrar para comer algo más sólido que los mariscos. Nuestros amigos tendrán ganas de comer algo a su regreso. Cada uno a su trabajo.

—Preparado, Pencroff —contestó Harbert.

—¡Bien! —repuso el mariner—. Procedamos con método. Estamos cansados y tenemos frío y hambre; hay que encontrar abrigo, fuego y alimento. El bosque tiene madera; los nidos, huevos; falta buscar la casa.

—Bueno —respondió Harbert—, yo buscaré una gruta en estas rocas y descubriré algún agujero en donde podremos meternos.

—Eso es —respondió Pencroff—. En marcha, muchacho.

Y caminaron sobre aquella playa que la marea descendente había descubierto. Pero, en lugar de remontar hacia el norte, descendieron hacia el sur. Pencroff había observado que, a unos centenares de pasos más allá del sitio donde habían tomado tierra, la costa ofrecía una estrecha cortadura, que sin duda debía servir de desembocadura a un río o a un arroyo. Por una parte, era importante acampar en las cercanías de un curso de agua potable, y por otra, no era imposible que la corriente hubiera llevado hacia aquel lado a Ciro Smith.

La alta muralla se levantaba a una altura de trescientos pies, pero el bosque estaba liso por todas partes, y su misma base, apenas lamida por el mar, no presentaba la menor hendidura que pudiera servir de morada provisional. Era un muro vertical, hecho de un granito durísimo, que el agua jamás había roído. Hacia la cumbre volaban infinidad de pájaros acuáticos, y particularmente diversas especies del orden de las palmípedas, de pico largo, comprimido y puntiagudo; aves gritadoras, poco temerosas de la presencia del hombre, que por primera vez, sin duda, turbaba su soledad. Entre las palmípedas, Pencroff reconoció muchas labbes, especie de goslands, a los cuales se da a veces el nombre de estercolaras, y también pequeñas gaviotas voraces, que tenían sus nidos en las anfractuosidades del granito. Si se hubiera disparado un tiro en medio de aquella multitud de pájaros, hubieran caído muchos; mas para disparar un tiro se necesitaba un fusil, y ni Pencroff ni Harbert lo tenían.

Por otra parte, aquellas gaviotas y los labbes eran muy poco nutritivos y sus mismos huevos tienen un sabor detestable.

Entretanto, Harbert, que había ido un poco más a la izquierda, descubrió pronto algunas rocas tapizadas de algas, que la alta mar debía recubrir algunas horas más tarde. En aquellas rocas, y en medio de musgos resbaladizos, pululaban conchas de dobles valvas, que no podían ser desdeñadas por gente hambrienta. Harbert llamó a Pencroff, que se acercó enseguida.

–¡Vaya! ¡Son almejas! –exclamó el marino–. Algo para reemplazar los huevos.

–No son almejas –respondió el joven Harbert, que examinaba con atención los moluscos adheridos a las rocas–; son litodomos.

–¿Y eso se come? –preguntó Pencroff.

–¡Ya lo creo!

–Entonces, comamos litodomos.

El marino podía fiarse de Harbert. El muchacho estaba muy fuerte en historia natural y había tenido siempre verdadera pasión por esta ciencia. Su padre lo había impulsado por este camino, haciéndole seguir los estudios con los mejores profesores de Boston, que tomaron afecto al niño, porque era inteligente y trabajador. Sus instintos de naturalista se utilizarían más de una vez en adelante, y, desde luego, no se había equivocado.

Estos litodomos eran conchas oblongas, adheridas en racimos y muy pegadas a las rocas. Pertenecían a esa especie de moluscos perforadores que abren agujeros en las piedras más duras, y sus conchas se redondean en sus dos extremos, disposición que no se observa en la almeja ordinaria. Pencroff y Harbert hicieron un buen consumo de litodomos, que se iban abriendo entonces al sol. Los comieron como las ostras y les encontraron un sabor picante, lo que les quitó el disgusto de no tener ni pimienta ni condimentos de otra clase.

Su hambre fue momentáneamente apaciguada, pero no su sed, que se acrecentó después de haber comido aquellos moluscos naturalmente condimentados. Había que encontrar agua dulce, y no podía faltar en una región tan caprichosamente accidentada. Pencroff y Harbert, después de haber tomado la precaución de hacer gran provisión de litodomos, de los cuales llenaron sus bolsillos y sus pañuelos, volvieron al pie de la alta muralla.

Doscientos pasos más allá llegaron a la cortadura, por la cual, según el presentimiento de Pencroff, debía correr un riachuelo de altos márgenes. En aquella parte, la muralla parecía haber sido separada por algún violento esfuerzo plutoniano. En su base se abría una pequeña ensenada, cuyo fondo formaba un ángulo bastante agudo. La corriente de agua medía cien pies de larga y sus dos orillas no contaban más de veinte pies. La ribera se hundía casi directamente entre los dos muros de granito, que tendían a bajarse hacia la desembocadura; después daba la vuelta bruscamente y desaparecía bajo un soto a una media milla.

—¡Aquí, agua! ¡Allí, leña! —dijo Pencroff—. ¡Bien, Harbert, no falta más que la casa!

El agua del río era límpida. El marino observó que en aquel momento de la marea, es decir, en el reflujo, era dulce. Establecido este punto importante, Harbert buscó alguna cavidad que pudiera servir de refugio, pero no encontró nada. Por todas partes la muralla era lisa, plana y vertical.

Sin embargo, en la desembocadura del curso de agua y por encima del sitio adonde llegaba la marea, los aluviones habían formado no una gruta, sino un conjunto de enormes rocas, como las que se encuentran con frecuencia en los países graníticos, y que llevan el nombre de "chimeneas".

Pencroff y Harbert se internaron bastante profundamente entre las rocas, por aquellos corredores areniscos, a los cuales no faltaba luz, porque penetraba por los huecos que dejaban entre sí los trozos de granito, algunos de los cuales se mantenían por verdadero milagro en equilibrio. Pero con la luz entraba también el viento, un viento frío y encallejonado, muy molesto. El marino pensó entonces que obstruyendo ciertos trechos de aquellos corredores, tapando algunas aberturas con una mezcla de piedras y de arena, podrían hacer las "chimeneas" habitables. Su plano geométrico representaba el signo tipográfico &. Aislado el círculo superior del signo, por el cual se introducían los vientos del sur y del oeste, podrían sin duda utilizar su disposición inferior.

—Ya tenemos lo que nos hacía falta —dijo Pencroff— y, si volvemos a encontrar a Smith, él sabrá sacar partido de este laberinto.

—Lo volveremos a ver, Pencroff —exclamó Harbert—, y, cuando venga, tiene que encontrar una morada casi soportable. Lo será, si podemos poner la cocina en el corredor de la izquierda y conservar una abertura para el humo.

—Podremos, muchacho —respondió el marino—, si estas "chimeneas" nos sirven. Pero, ante todo, vayamos a hacer provisión de combustible. Me parece que la leña no será inútil para tapar estas aberturas a través de las cuales el diablo toca su trompeta.

Harbert y Pencroff abandonaron las "chimeneas" y, doblando el ángulo, empezaron a remontar la orilla izquierda del río. La corriente era bastante rápida y arrastraba algunos árboles secos. La marea era alta. El marino pensó, pues, que podría utilizar el flujo y el reflujo para el transporte de ciertos objetos pesados.

Después de andar durante un cuarto de hora, el marino y el muchacho llegaron al brusco recodo que hacía el río hundiéndose hacia la izquierda. A partir de este punto, su curso proseguía a través de un bosque de árboles magníficos que habían conservado su verdura, a pesar de lo avanzado de la estación, porque pertenecían a esa familia de coníferas que se propaga en todas las regiones del globo, desde los climas septentrionales hasta las comarcas tropicales. El joven naturalista reconoció perfectamente los "deodar", especie muy numerosa en la zona del Himalaya y que esparce un agradable aroma. Entre aquellos hermosos árboles crecían pinos, cuyo opaco quitasol se extendía bastante. Entre las altas hierbas Pencroff sintió que su pie hacía crujir ramas secas, como si fueran fuegos artificiales.

—Bien, hijo mío —dijo a Harbert—; si por una parte ignoro el nombre de estos árboles, por otra sé clasificarlos en la categoría de leña para el hogar. Por el momento son los únicos que nos convienen.

La tarea fue fácil. No era preciso cortar los árboles, pues yacía a sus pies enorme cantidad de leña. Pero si combustible no faltaba, carecían de medios de transporte. Aquella madera era muy seca y ardería rápidamente; de aquí la necesidad de llevar a las Chimeneas una cantidad considerable, y la carga de dos hombres no era suficiente.

Harbert hizo esta observación.

—Hijo mío —respondió el marino—, debe de haber un medio de transportar esa madera.¡Siempre hay medios para todo! Si tuviéramos un carretón o una barca, la cosa sería fácil.

—¡Pero tenemos el río! —dijo Harbert.

—Justo —respondió Pencroff—. El río será para nosotros un camino que marcha solo y para algo se han inventado las almadías.

—Pero —repuso Harbert—va en dirección contraria a la que necesitamos, pues está subiendo la marea.

—No nos iremos hasta que baje —respondió el mariner—y ella se encargará de transportar nuestro combustible a las Chimeneas.

Preparemos mientras tanto los haces.

El marino, seguido de Harbert, se dirigió hacia el ángulo que el extremo del bosque formaba con el río. Ambos llevaban, cada uno en proporción de sus fuerzas, una carga de leña, atada en haces.

En la orilla había también cantidad de ramas secas, entre la hierba, que probablemente no había hollado la planta del hombre. Pencroff empezó a preparar la carga.

En una especie de remanso situado en la ribera, que rompía la corriente, el marino y su compañero pusieron trozos de madera bastante gruesos que ataron con bejucos secos, formando una especie de balsa, sobre la cual apilaron toda la leña que habían recogido, o sea la carga de veinte hombres por lo menos. En una hora el trabajo estuvo acabado, y la almadía quedó amarrada a la orilla hasta que bajara la marea.

Faltaban unas horas y, de común acuerdo, Pencroff y Harbert decidieron subir a la meseta superior, para examinar la comarca en un radio más extenso.

Precisamente a doscientos pasos detrás del ángulo formado por la ribera, la muralla, terminada por un grupo de rocas, venía a morir en pendiente suave sobre la linde del bosque. Parecía una escalera natural. Harbert y el marino empezaron su ascensión y, gracias al vigor de sus piernas, llegaron a la punta en pocos instantes, y se apostaron en el ángulo que formaba sobre la desembocadura del río.

Cuando llegaron, su primera mirada fue para aquel océano que acababan de atravesar en tan terribles condiciones. Observaron con emoción la parte norte de la costa, sobre la que se había producido la catástrofe. Era donde Ciro Smith había desaparecido.

Buscaron con la mirada algún resto del globo al que hubiera podido asirse un hombre, pero nada flotaba. El mar no era más que un vasto desierto de agua. La costa también estaba desierta. No se veía ni al corresponsal ni a Nab. Era posible que en aquel momento los dos estuvieran tan distantes, que no se les pudiera distinguir.

—Algo me dice —exclamó Harbert— que un hombre tan enérgico como el señor Ciro no ha podido ahogarse. Debe estar esperando en algún punto de la costa. ¿No es así, Pencroff?

El marino sacudió tristemente la cabeza. No esperaba volver a ver a Ciro Smith; pero, queriendo dejar alguna esperanza a Harbert, contestó:

—Sin duda alguna nuestro ingeniero es hombre capaz de salvarse donde otro perecería. Entretanto observaba la costa con extrema atención. Bajo su mirada se desplegaba la arena, limitada en la derecha de la desembocadura por líneas de rompientes. Aquellas rocas, aún emergidas, parecían dos grupos de anfibios acostados en la resaca. Más allá de la zona de escollos, el mar brillaba bajo los rayos del sol. En el sur, un punto cerraba el horizonte, y no se podía distinguir si la tierra se prolongaba en aquella dirección o si se orientaba al sudeste y sudoeste, lo que hubiera dado a la costa la forma de una península muy prolongada. Al extremo septentrional de la bahía continuaba el litoral dibujándose a gran distancia, siguiendo una línea más curva. Allí la playa era baja, sin acantilados, con largos bancos de arena, que el reflujo dejaba al descubierto.

Pencroff y Harbert se volvieron entonces hacia el oeste, pero una montaña de cima nevada, que se elevaba a una distancia de seis o siete millas, detuvo su mirada. Desde sus primeras rampas hasta dos millas de la costa verdeaban masas de bosques formados por grupos de árboles de hojas perennes. A la izquierda brillaban las aguas del riachuelo, a través de algunos claros, y parecía que su curso, bastante sinuoso, le llevaba hacia los contrafuertes de las montañas, entre los cuales debía de tener su origen. En el punto donde el marino había dejado su carga comenzaba a correr entre las dos altas murallas de granito; pero, si en la orilla izquierda las paredes estaban unidas y abruptas, en la derecha, al contrario, bajaban poco a poco, las macizas rocas se cambiaban en bloques aislados, los bloques en guijarros y los guijarros en grava, hasta el extremo de la playa.

—¿Estamos en una isla? —murmuró el marino.

—En ese caso, sería muy vasta —respondió el muchacho.

—Una isla, por vasta que sea, siempre será una isla —dijo Pencroff.

Pero esta importante cuestión no podía aún ser resuelta. Era preciso aplazar la solución para otro momento. En cuanto a la tierra, isla o continente, parecía fértil, agradable en sus aspectos, variada en sus productos.

—Es una dicha —observó Pencroff—y, en medio de nuestra desgracia, tenemos que dar gracias a la Providencia.

—¡Dios sea loado! —respondió Harbert, cuyo piadoso corazón estaba lleno de reconocimiento hacia el Autor de todas las cosas.

Durante mucho tiempo Pencroff y Harbert examinaron aquella comarca sobre la que los había arrojado el destino, pero era difícil imaginar, después de tan superficial inspección, lo que les reservaba el porvenir.

Después volvieron, siguiendo la cresta meridional de la meseta de granito, contorneada por un largo festón de rocas caprichosas, que tomaban las formas más extrañas. Allí vivían algunos centenares de aves que anidaban en los agujeros de la piedra. Harbert, saltando sobre las rocas, hizo huir una bandada.

¡Ah! —exclamó—, ¡no son ni goslands, ni gaviotas!

—¿Qué clase de pájaros son, entonces? —preguntó Pencroff—¡Aseguraría que son palomas!

—En efecto, pero son palomas torcaces o de roca —respondió Harbert—. Las conozco por la doble raya negra de su ala, por su cuerpo blanco y por sus plumas azules cenicientas. Ahora bien, si la paloma de roca es buena para comer, sus huevos deben ser excelentes, y por pocos que hayan dejado en sus nidos...

—¡No les daremos tiempo a abrirse sino en forma de tortilla! —contestó alegremente Pencroff.

—Pero ¿dónde harás tu tortilla? —preguntó Harbert—. ¿En un sombrero?

—¡Bah! —contestó el marino—, no soy un brujo para esto. Nos contentaremos con comerlos pasados por agua y yo me encargaré de los más duros.

Pencroff y el joven examinaron con atención las hendiduras del granito, y encontraron, en efecto, huevos en algunas. Recogieron varias docenas, que pusieron en el pañuelo del marino, y, acercándose el momento de la pleamar, Harbert y Pencroff empezaron a descender hacia el río.

Cuando llegaron al recodo, era la una de la tarde. El reflujo había empezado ya y había que aprovecharlo para llevar la leña a la desembocadura. Pencroff no tenía intención de dejarlo ir por la corriente sin dirección, ni embarcarse para dirigirlo. Pero un marino siempre vence los obstáculos cuando se trata de cables o de cuerdas, y Pencroff trenzó rápidamente una cuerda larga con bejucos secos. Ataron aquel cable vegetal al extremo de la balsa y, teniendo el marino una punta en la mano, Harbert empujaba la carga con la larga percha, manteniéndola en la corriente.

El procedimiento dio el resultado apetecido. La enorme carga de madera, que el marino detenía marchando por la orilla, siguió la corriente del agua.

La orilla era muy suave, por lo que era difícil encallar. Antes de dos horas, llegó la embarcación a unos pasos de las Chimeneas.

Una cerilla les abre nuevas ilusiones.

El primer cuidado de Pencroff, después que la pila de leña estuvo descargada, fue hacer las Chimeneas habitables, obstruyendo los corredores a través de los cuales se establecía la corriente de aire. Arenas, piedras, ramas entrelazadas y barro cerraron herméticamente las galerías abiertas a los vientos del sur, aislando el anillo superior. Un solo agujero estrecho y sinuoso, que se abría en la parte lateral, fue dejado abierto, para conducir el humo fuera y que tuviese tiro la lumbre. Las Chimeneas quedaron divididas en tres o cuatro cuartos, si puede darse este nombre a cuevas sombrías, con las que una fiera apenas se habría contentado.

Pero allí no había humedad y un hombre podía mantenerse en pie, al menos en el cuarto del centro. Una arena fina cubría el suelo y podía servir perfectamente aquel asilo mientras se encontraba otro mejor.

Durante la tarea, Harbert y Pencroff hablaban:

–Quizá –decía el muchacho-nuestros compañeros habrían encontrado mejor instalación que la nuestra.

–¡Es posible –contestó el marino–, pero, en la duda, no te abstengas! ¡Más vale una cuerda más en tu arco que no tener ninguna!

–¡Ah! –prosiguió Harbert–, si traen a Smith, si lo encuentran, no me importa lo demás, y debemos dar gracias al cielo.

–¡Sí! –murmuraba Pencroff–. ¡Era todo un hombre!

–Era... –dijo Harbert–. ¿Es que desesperas de volverlo a ver?

–¡Dios me guarde de ello! –contestó el marino.

–Ahora –dijo–pueden volver nuestros amigos. Encontrarán un lugar confortable.

Faltaba establecer la cocina y preparar la cena; tarea sencilla y fácil. Al extremo del corredor de la izquierda, junto al estrecho orificio que se había dejado para chimenea, pusieron grandes piedras planas. El calor que no escapase con el humo sería suficiente para mantener dentro una temperatura conveniente. La provisión de leña fue almacenada en uno de los departamentos y el marino puso sobre las piedras de la hoguera algunos leños mezclados con ramas secas.

El marino se ocupaba de este trabajo, cuando Harbert le preguntó si tenía cerillas.

–Ciertamente –contestó Pencroff–, y añadiré felizmente, porque sin cerillas o sin yesca nos hubiéramos visto muy apurados.

–¡Bah! Haríamos fuego como los salvajes –contestó Harbert–, frotando dos pedazos de leña seca el uno contra el otro.

–Bueno, haz la prueba, y veremos si consigues otra cosa que romperte los brazos.

–No obstante, es un procedimiento muy sencillo y muy usado en las islas del Pacífico.

–No digo que no –contestó Pencroff–, pero los salvajes conocen la manera de usarlo y emplean madera especial, porque más de una vez he querido procurarme fuego de esa suerte y no lo he conseguido nunca. Confieso que prefiero las cerillas. ¿Dónde están mis cerillas?

Pencroff buscó en su chaleco la caja de cerillas, que no abandonaba nunca, ya que era un fumador rabioso. No la encontró. Buscó en los bolsillos del pantalón y tampoco halló nada, con lo cual llegó al colmo su estupor.

—¡Buena la hemos hecho! —dijo mirando a Harbert—. Se habrá caído de mi bolsillo y la he perdido. Tú, Harbert, ¿no tienes nada, ni eslabón, ni nada que pueda hacer fuego?

—¡No, Pencroff!

El marino salió seguido del joven, rascándose la frente.

En la arena, en las rocas, cerca de la orilla del río, por todas partes buscaron con el mayor cuidado, pero inútilmente. La caja era de cobre y no hubiera podido escapar a sus miradas.

—Pencroff —preguntó Harbert—, ¿no has tirado la caja desde la barquilla?

—Ya me guardé bien —contestó el marino—; pero, cuando ha sido uno sacudido como nosotros por los aires, un objeto tan pequeño puede haber desaparecido. ¡Mi pipa! ¡También me ha abandonado! ¡Diablo de caja! ¿Dónde puede estar?

—El mar se retira —dijo Harbert—; corramos al sitio donde tomamos tierra.

Era poco probable que se encontrase la caja, que las olas habían debido arrastrar por los guijarros durante la alta marea; sin embargo, nada se perdía con buscarla. Harbert y Pencroff se dirigieron rápidamente hacia el lugar donde habían tomado tierra el día anterior, a doscientos pasos más o menos de las Chimeneas.

Allí, entre los guijarros y entre los huecos de las rocas, registraron minuciosamente, pero en vano. Si la caja hubiera caído en aquella parte, habría sido arrastrada por las olas. A medida que el mar se retiraba, el marino registraba todos los intersticios de las rocas, sin encontrar nada. Era una pérdida grave en aquellas circunstancias, y por el momento, irreparable.

Pencroff no ocultó su vivo descontento. Su frente se había arrugado gravemente y no pronunciaba ni una palabra. Harbert quería consolarle haciéndole observar que probablemente las cerillas estarían mojadas por el agua del mar y que no valdrían.

—No —contestó el marino—. Están dentro de una caja de cobre que cierra muy bien. ¿Y, ahora, cómo nos las arreglaremos?

Ya encontraremos algún medio de procurarnos fuego —dijo Harbert—. Smith y Spilett no serán tan tontos como nosotros.

—Sí —respondió Pencroff—, pero mientras estamos sin fuego, y nuestros compañeros no encontrarán más que una triste cena a su vuelta.

—Pero —dijo vivamente Harbert—¡es imposible que no traigan cerillas o yesca!

—Lo dudo —respondió el marino sacudiendo la cabeza—. En primer lugar, Nab y Smith no fuman, y temo que Spilett haya preferido conservar su carnet y su lápiz en vez de la caja de cerillas.

Harbert no contestó. La pérdida de la caja era evidentemente un hecho sensible; sin embargo, el joven contaba con poder procurarse fuego de una manera u otra. Pencroff, hombre más experimentado, a quien no le asustaban las dificultades grandes y pequeñas, no era del mismo parecer; pero, de todos modos, no había más que un partido: esperar la vuelta de Nab y del periodista, renunciando a la cena de huevos, que quería prepararles. El régimen de carne cruda no le parecía, ni para ellos ni para él mismo, una perspectiva agradable.

Antes de volver a las Chimeneas, el marino y Harbert, previniendo el caso de que el fuego les faltara definitivamente, hicieron una nueva recogida de litodomos y volvieron silenciosamente a su morada. Pencroff, con los ojos fijos en el suelo, seguía buscando su caja. Remontó la orilla izquierda del río desde su desembocadura hasta el ángulo en que la almadía estaba amarrada; volvió a la meseta superior, la recorrió en todos los sentidos, y registró las altas hierbas y la orilla del bosque; pero en vano.

Eran las cinco de la tarde cuando Harbert y el marino entraron en las Chimeneas. Es inútil decir que registraron todos los corredores hasta los más oscuros rincones, y que tuvieron que renunciar decididamente a sus pesquisas.

Hacia las seis, en el momento en que el sol desaparecía detrás de las altas tierras del oeste, Harbert, que iba y venía por la playa, anunció la vuelta de Nab y de Gedeón Spilett.

¡Volvían solos!... Al joven se le encogió el corazón; el marino no se había equivocado en sus presentimientos. ¡No habían encontrado al ingeniero Ciro Smith!

El corresponsal, al llegar, se dejó caer sobre una roca sin decir palabra. Rendido de cansancio y muerto de hambre, no tenía fuerzas para hablar.

En cuanto a Nab, sus ojos enrojecidos probaban cuánto había llorado, y las nuevas lágrimas que no podía retener decían demasiado claramente que había perdido toda esperanza.

El reportero hizo relación de las pesquisas que habían practicado para encontrar a Ciro Smith. Nab y él habían recorrido la costa en un espacio de más de ocho millas, y, por consiguiente, mucho más allá de donde se había efectuado la penúltima caída del globo, caída a la que siguió la desaparición del ingeniero y del perro Top. La playa estaba desierta. Ningún rastro, ningún vestigio. Ni un guijarro fuera de su sitio, ni un indicio sobre la arena, ni una señal de pie humano en toda aquella parte del litoral. Era evidente que ningún habitante frecuentaba aquella parte de la costa. El mar estaba también desierto como la orilla, y, sin embargo, era allí, a algunos centenares de pies de la costa, donde el ingeniero había encontrado su tumba.

En aquel momento, Nab se levantó y con una voz que denotaba los sentimientos de esperanza que quedaban en él exclamó:

—¡No!, ¡no!, ¡no está muerto! ¡No!, ¡no puede ser! ¡Él, morir! Yo o cualquier otro hubiera sido posible, ¡pero él, jamás! ¡Es un hombre que sabe librarse de todo!

Después las fuerzas le abandonaron.

—¡Ah!, ¡no puedo más! —murmuró. Harbert corrió hacia él.

—Nab —dijo el joven—, ¡lo encontraremos! ¡Dios nos lo devolverá! ¡Pero, entretanto, necesita reponerse! ¡Coma, coma un poco, se lo ruego!

Y, al decir esto, le ofrecía al pobre negro unos puñados de mariscos, triste e insuficiente alimento.

Nab no había comido desde hacía muchas horas, pero rehusó. Privado de su dueño, Nab ¡no quería ni podía vivir! En cuanto a Gedeón Spilett, devoró los moluscos y después se tendió sobre la arena, al pie de una roca. Estaba extenuado, pero tranquilo.

Entonces Harbert se aproximó a él y, tomándole la mano, le dijo:

—Señor, hemos descubierto un abrigo en donde estará mejor que aquí. La noche se acerca; venga a descansar; mañana veremos...

El corresponsal se levantó y, guiado por el joven, se dirigió a las Chimeneas.

En aquel momento Pencroff se acercó a él y con el tono más natural del mundo le preguntó si por casualidad le quedaba alguna cerilla.

Gedeón Spilett se detuvo, registró sus bolsillos, no encontró nada y dijo:

—Tenía, pero he debido tirarlas...

El marino llamó entonces a Nab, le hizo la misma pregunta y recibió la misma respuesta.

—¡Maldición! —exclamó el marino, sin contenerse. El reportero lo oyó y, acercándose a él, le preguntó:

—¿No tiene una cerilla?

—Ni una, y por consiguiente no hay fuego.

—¡Ah! —exclamó Nab—, si estuviera mi amo, él sabría hacerlo.

Los cuatro náufragos quedaron inmóviles y se miraron no sin inquietud. Harbert fue el primero en romper el silencio diciendo:

—Señor Spilett, usted es fumador y siempre ha llevado cerillas. Quizá no ha buscado bien... Busque aún; una nos bastaría.

El periodista volvió a registrar los bolsillos del pantalón, del chaleco, del gabán, y al fin, con gran júbilo de Pencroff y no menos sorpresa suya, sintió un pedacito de madera en el forro del chaleco. Sus dedos lo habían sentido a través de la tela, pero no podían sacarlo. Como debía ser una cerilla y no había más, había que evitar se encendiese prematuramente.

—¿Quiere usted que yo la saque? —dijo el joven Harbert.

Y muy diestramente, sin romperlo, logró extraer aquel pedacito de madera, aquel miserable y precioso objeto, que para aquellas pobres gentes tenía tan grande importancia. Estaba intacto.

—¡Una cerilla! —exclamó Pencroff—. ¡Ah! Es como si tuviéramos un cargamento entero. Lo tomó y, seguido de sus compañeros, regresó a las Chimeneas.

Aquel pedacito de madera que en los países habitados se prodiga con tanta indiferencia, y cuyo valor es nulo, exigía en las circunstancias en que se hallaban los náufragos una gran precaución. El marino se aseguró de que estaba bien seco. Después dijo:

—Necesitaría un papel.

—Tenga usted —respondió Gedeón Spilett, que, después de vacilar, arrancó una hoja de su cuaderno.

Pencroff tomó el pedazo de papel que le tendía el periodista y se puso de rodillas delante de la lumbre. Tomó un puñado de hierbas y hojas secas y las puso bajo los leños y las astillas, de manera que el aire pudiera circular libremente e inflamar con rapidez la leña seca.

Dobló el papel en forma de corneta, como hacen los fumadores de pipa cuando sopla mucho el viento, y lo introdujo entre la leña. Tomó un guijarro áspero, lo limpió con cuidado y con latido de corazón frotó la cerilla conteniendo la respiración.

El primer frotamiento no produjo ningún efecto; Pencroff no había apoyado la mano bastante, temiendo arrancar la cabeza de la cerilla.

—No, no podré —dijo—; me tiembla la mano... La cerilla no se enciende... ¡No puedo... no quiero!

Y, levantándose, encargó a Harbert que lo reemplazara.

El joven no había estado en su vida tan impresionado. El corazón le latía con fuerza. Prometeo, cuando iba a robar el fuego del cielo, no debía de estar tan nervioso. No vaciló, sin embargo, y frotó rápidamente en la piedra. Oyóse un pequeño chasquido y salió una ligera llama azul, produciendo un humo acre. Harbert volvió suavemente el palito de madera, para que se pudiera alimentar la llama, y después aplicó la corneta de papel; este se encendió y en pocos segundos ardieron las hojas y la leña seca.

Algunos instantes después crepitaba el fuego, y una alegre llama, activada por el vigoroso soplo del marino, se abría en la oscuridad.

—¡Por fin! —exclamó Pencroff, levantándose—, ¡en mi vida me he visto tan apurado!

El fuego ardía en la lumbre formada de piedras planas; el humo se escapaba por el estrecho conducto; la chimenea tiraba, y no tardó en esparcirse dentro un agradable calor.

Mas había que impedir apagar el fuego y conservar siempre alguna brasa debajo de la ceniza. Pero esto no era más que una tarea de cuidado y atención, puesto que la madera no faltaba y la provisión podría ser siempre renovada en tiempo oportuno.

Pencroff pensó primeramente en utilizar la lumbre para preparar una cena más alimenticia que los litodomos. Harbert trajo dos docenas de huevos. El corresponsal, recostado en un rincón, miraba aquellos preparativos sin decir palabra. Tres pensamientos agitaban su espíritu. ¿Estaba vivo Ciro Smith? Si vivía, ¿dónde se hallaba? Si había sobrevivido a la caída, ¿cómo explicar que no hubiese encontrado medio de dar a conocer su presencia? En cuanto a Nab, vagaba por la playa como un cuerpo sin alma.

Pencroff, que conocía cincuenta y dos maneras de arreglar los huevos, no sabía cuál escoger en aquel momento. Se tuvo que contentar con introducirlos en las cenizas calientes y dejarlos endurecer a fuego lento.

En algunos minutos se verificó la cocción y el marino invitó al corresponsal a tomar parte de la cena. Así fue la primera comida de los náufragos en aquella costa desconocida. Los huevos endurecidos estaban excelentes, y como el huevo contiene todos los elementos indispensables para el alimento del hombre, aquellas pobres gentes se encontraron muy bien y se sintieron confortados.

¡Ah!, ¡si no hubiera faltado uno de ellos a aquella cena! ¡Si los cinco prisioneros escapados de Richmond hubieran estado allí, bajo aquellas rocas amontonadas, delante de aquel fuego crepitante y claro, sobre aquella arena seca, quizá no hubieran tenido más que hacer que dar gracias al cielo! ¡Pero el más ingenioso, el más sabio, el jefe, Ciro Smith, faltaba y su cuerpo no había podido obtener una sepultura! Así pasó el día 25 de marzo. La noche había extendido su velo. Se oía silbar el viento y la resaca monótona batir la costa. Los guijarros, empujados y revueltos por las olas, rodaban con un ruido ensordecedor.

El corresponsal se había retirado al fondo de un oscuro corredor, después de haber resumido y anotado los incidentes de aquel día: la primera aparición de aquella tierra, la desaparición del ingeniero, la exploración de la costa, el incidente de las cerillas, etcétera., y, ayudado por su cansancio, logró encontrar un reposo en el sueño.

Harbert se durmió pronto. En cuanto al marino, velando con un ojo, pasó la noche junto a la lumbre, a la que no faltó combustible. Uno solo de los náufragos no reposaba en las Chimeneas; era el inconsolable, el desesperado Nab, que, toda la noche y a pesar de las exhortaciones de sus compañeros que le invitaban a descansar, erró por la playa llamando a su amo.

Salieron de caza y a explorar la isla.

El inventario de los objetos que poseían aquellos náufragos del aire arrojados sobre una costa que parecía inhabitada quedó muy pronto hecho.

No tenían más que los vestidos puestos en el momento de la catástrofe. Sin embargo, es preciso mencionar un cuaderno y un reloj, que Gedeón Spilett había conservado por descuido, pero no tenían ni un arma, ni un instrumento, ni siquiera una navaja de bolsillo. Los pasajeros de la barquilla lo habían arrojado todo para aligerar el aerostato.

Los héroes imaginarios de Daniel de Foe, o de Wyss, como los Selkirk y los Raynal, náufragos en la isla de Juan Fernández o el archipiélago de Auckland, no se vieron nunca en una desnudez tan absoluta, porque sacaban recursos abundantes de su navío encallado, granos, ganados, útiles, municiones, o bien llegaba a la costa algún resto de naufragio, que les permitía acometer las primeras necesidades de la vida. No se encontraban de un golpe absolutamente desarmados frente a la naturaleza. Pero ellos, ni siquiera un instrumento, ni un utensilio. Nada, tenían necesidad de todo.

Y si Ciro Smith hubiera podido poner su ciencia práctica, su espíritu inventivo al servicio de aquella situación, quizá toda esperanza no se hubiera perdido. Pero no era posible contar con Ciro Smith. Los náufragos no debían esperar nada más que de sí mismos y de la Providencia, que no abandona jamás a los que tienen fe sincera.

Pero, ante todo, ¿debían instalarse en aquella parte de la costa sin buscar ni saber a qué continente pertenecía, si estaba habitada, o si el litoral no era más que la orilla de una isla desierta?

Era una cuestión que había que resolver en el más breve tiempo. De su solución dependerían las medidas a tomar. Sin embargo, siguiendo el consejo de Pencroff, resolvieron esperar algunos días antes de hacer la exploración. Era preciso preparar víveres y procurarse un alimento más fortificante que el de huevos o moluscos. Los exploradores, expuestos a soportar largas fatigas, sin un aposento para reposar su cabeza, debían, ante todo, rehacer sus fuerzas.

Las Chimeneas ofrecían un retiro provisional suficiente. El fuego estaba encendido y sería fácil conservar las brasas. De momento los mariscos y los huevos no faltaban en las rocas y en la playa. Ya se encontraría modo para matar algunas de las gaviotas que volaban por centenares en la cresta de las mesetas, a palos o pedradas; quizá los árboles del bosque vecino darían frutos comestibles, y, en fin, el agua dulce no faltaba.

Convinieron, pues, en que durante algunos días se quedarían en las Chimeneas, para prepararse a una exploración del litoral o del interior del país.

Aquel proyecto convenía particularmente a Nab.

Obstinado en sus ideas como en sus presentimientos, no tenía prisa en abandonar aquella porción de la costa, teatro de la catástrofe. No creía, no quería creer en la pérdida de Ciro Smith. No, no le parecía posible que semejante hombre hubiera acabado de una manera tan vulgar, llevado por un golpe de mar, ahogado por las olas, a algunos cientos de pasos de una orilla. Mientras las olas no hubieran arrojado el cuerpo del ingeniero a la playa; mientras él, Nab, no hubiera visto con sus ojos y tocado con sus manos el cadáver de su amo, no creería en su muerte. Y aquella idea arraigó en su obstinado corazón. Ilusión quizá, sin embargo, ilusión respetable, que el marino no quería destruir. Para Pencroff no había ya esperanza; el ingeniero había perecido realmente en las olas, pero con Nab no quería discutir. Era como el perro que no quiere abandonar el sitio donde está enterrado su dueño, y su dolor era tal que probablemente no sobreviviría.

Aquella mañana, 26 de marzo, después del alba, Nab se encaminó de nuevo hacia la costa en dirección norte, volviendo al sitio donde el mar, sin duda, había cubierto al infortunado Smith.

El almuerzo de ese día se compuso únicamente de huevos de paloma y de litodomos. Harbert había encontrado sal en los huecos de las rocas formada por evaporación, y aquella sustancia mineral vino muy a propósito.

Terminado el almuerzo, Pencroff preguntó al periodista si quería acompañarle al bosque donde Harbert y él iban a intentar cazar; pero, reflexionando después, convinieron en que era necesario que alguien se quedara para alimentar el fuego, y para el caso, muy probable, de que Nab necesitara ayuda. Se quedó el corresponsal en las Chimeneas.

—Vamos de caza, Harbert —dijo el marino—. Encontraremos municiones en nuestro camino y cortaremos nuestro fusil en el bosque.

Pero, en el momento de partir, Harbert observó que, ya que les faltaba la yesca, sería preciso reemplazarla por otra sustancia.

—¿Cuál? —preguntó Pencroff.

—Trapo quemado —contestó el joven—. Esto puede, en caso de necesidad, servir de yesca.

El marino encontró sensato el aviso. No tenía más inconveniente que el de necesitar el sacrificio de un pedazo de pañuelo. Sin embargo, la cosa valía la pena, y el pañuelo de grandes cuadros de Pencroff quedó en breve reducido por una parte al estado de trapo medio quemado. Aquella materia inflamable fue puesta en la habitación central, en el fondo de una pequeña cavidad de la roca al abrigo de toda corriente y de toda humedad.

Eran las nueve de la mañana; el tiempo se presentaba amenazador y la brisa soplaba del sudoeste. Harbert y Pencroff doblaron el ángulo de las Chimeneas, no sin haber lanzado una mirada hacia el humo que salía de la roca; después subieron por la orilla izquierda del río.

Al llegar al bosque, Pencroff cortó del primer árbol dos sólidas ramas, que transformó en rebenques, y cuyas puntas afiló Harbert sobre una roca. ¡Qué no hubieran dado por tener un cuchillo!

Después, los dos cazadores avanzaron entre las altas hierbas, siguiendo la orilla del río. A partir del recodo que torcía su curso en el sudoeste, el río se estrechaba poco a poco y sus orillas formaban un lecho muy encajonado, cubierto por el doble arco de árboles. Pencroff, para no extraviarse, resolvió seguir el curso de agua que le había de llevar al punto de partida; pero la orilla no dejaba paso sin presentar algunos obstáculos; aquí, árboles cuyas ramas flexibles se doblaban hasta el nivel de la corriente; allí, bejucos o espinos que era preciso cortar a bastonazos. Con frecuencia, Harbert se introducía entre los troncos rotos, con la presteza de un gato, y desaparecía en la espesura. Pero Pencroff le llamaba pronto, rogándole que no se alejara.

Entretanto el marino observaba con atención la disposición y la naturaleza de los lugares. Sobre aquella orilla izquierda el suelo era llano y remontaba insensiblemente hacia el interior. Algunas veces se presentaba húmedo y tomaba entonces una apariencia pantanosa. Los cazadores sentían bajo sus pies como una red subyacente de estratos líquidos, que, por algún conducto subterráneo, debían desembocar en el río. Otras veces un arroyuelo corría a través de la espesura, arroyuelo que atravesaban sin gran esfuerzo. La orilla opuesta parecía ser más quebrada, y el valle, cuyo fondo ocupaba el río, se dibujaba en ella más claramente. La colina, cubierta de árboles dispuestos como en anfiteatro, formaba una cortina que interceptaba la mirada. En aquella orilla derecha la marcha hubiera sido difícil, ya que los declives bajaban bruscamente, y los árboles, curvados sobre el agua, no se mantenían sino por la fuerza de sus raíces.

Inútil es añadir que aquel bosque, como la costa ya recorrida, estaba virgen de toda huella humana. Pencroff no observó más que huellas de cuadrúpedos, señales recientes de animales, cuya especie no podía reconocer. Ciertamente, y esta fue la opinión de Harbert, algunas de estas huellas eran de grandes fieras, con las cuales habría que contar; pero en ninguna parte se veía señal de un hacha sobre un tronco de árbol, ni los restos de un fuego extinguido, ni la marca de un pico; de lo cual debía felicitarse quizá, porque en aquella tierra, en pleno Pacífico, la presencia del hombre hubiera sido quizá más de temer que de desear.

Harbert y Pencroff apenas hablaban, porque las dificultades del camino eran grandes y avanzaban lentamente, así que al cabo de una hora de marcha habían recorrido apenas una milla. Hasta entonces la caza no había dado resultado. Sin embargo, algunos pájaros cantaban y revoloteaban entre las ramas y se mostraban muy asustadizos, como si el hombre les hubiera inspirado un justo temor. Entre otros volátiles, Harbert señaló, en una parte pantanosa del bosque, un pájaro de pico agudo y largo, que se parecía anatómicamente a un martín pescador; sin embargo, se distinguía de este último por su largo plumaje bastante áspero, revestido de un brillo metálico.

—Debe ser un jacamara —dijo Harbert, tratando de acercarse al animal hasta ponerla al alcance del palo.

—¡Buena ocasión de probar el jacamara —contestó el marino—, si ese pájaro se dejara asar!

En aquel momento, una piedra, diestra y vigorosamente lanzada por el joven, hirió al pájaro en el nacimiento del ala; pero el golpe no fue suficiente, pues el jacamara huyó con toda la ligereza de sus patas y desapareció.

—¡Qué torpe soy! —exclamó Harbert.

—¡No, no, muchacho! —contestó el marino—. El golpe ha sido bien dirigido y más de uno hubiera errado al pájaro. ¡Vamos, no te desanimes! ¡Ya lo cazaremos otro día!

La exploración continuó. A medida que los cazadores avanzaban, los árboles, más espaciados, eran magníficos, pero ninguno producía frutos comestibles. Pencroff buscaba en vano algunas palmeras que se prestan a tantos usos en la vida doméstica, y cuya presencia ha sido señalada hasta el paralelo cuarenta en el hemisferio boreal y hasta en el treinta y cinco solamente en el hemisferio austral. Pero el bosque no se componía más que de coníferas como los deodaras, las duglasias, semejantes a las que crecen en la costa nordeste de América, y abetos admirables, que medían ciento cincuenta pies de altura.

En aquel momento, una bandada de aves pequeñas, de un hermoso plumaje y cola larga y cambiante, salió entre las ramas, sembrando sus plumas, débilmente adheridas, que cubrieron el suelo de fino vellón. Harbert recogió algunas plumas y después de haberlas examinado dijo:

—Son curucús.

—Yo preferiría una gallina de Guinea o un pato —añadió Pencroff—; pero, en fin, ¿son buenos para comer?

—Son buenos y su carne es muy delicada —contestó Harbert—. Por otra parte, si no me equivoco, es fácil acercarse a ellos y matarlos a bastonazos.

El marino y el joven, deslizándose entre las hierbas, llegaron al pie de un árbol cuyas ramas más bajas estaban cubiertas de pajaritos. Los curucús esperaban el paso de los insectos de que se alimentaban. Se veían sus patas emplumadas agarradas fuertemente a las ramitas que les servían de apoyo.

Los cazadores se enderezaron entonces y, maniobrando con sus palos como una hoz, rasaron filas enteras de curucús, que, no pensando en volar, se dejaron abatir estúpidamente. Un centenar yacía en el suelo, cuando los otros huyeron.

—Bien —dijo Pencroff—, he aquí una caza hecha a propósito para cazadores como nosotros. ¡Se podrían coger con la mano!

El marino ensartó los curucús, como cogujadas, en una varita flexible, y continuaron la exploración. Observaron entonces que el curso del agua se redondeaba ligeramente, como formando un corchete hacia el sur, pero aquel redondeo no se prolongaba verdaderamente, porque el río debía tomar su origen en la montaña y alimentarse del derretimiento de las nieves que tapizaban las laderas del cono central.

El objeto particular de aquella excursión era, como ya se sabe, procurar a los huéspedes de las Chimeneas la mayor cantidad posible de caza. No se podía decir que se hubiera conseguido; por eso el marino proseguía activamente sus pesquisas y maldecía, cuando algún animal, que no había tiempo siquiera de reconocer, huía entre las altas hierbas. ¡Si al menos hubiera tenido al perro Top! ¡Pero el perro Top había desaparecido al mismo tiempo que su amo y probablemente perecido con él!

Hacia las tres de la tarde entrevieron nuevas bandadas de pájaros a través de ciertos árboles, cuyas bayas aromáticas picoteaban, entre otras, las del enebro. De pronto, un verdadero trompeteo resonó en el bosque. Aquellos extraños y sonoros sonidos eran producidos por esas gallináceas llamadas tetraos. En breve se vieron algunas parejas de plumaje variado entre leonado y pardo y con la cola parda. Harbert reconoció los machos en las alas puntiagudas, formadas por las plumas levantadas de su cuello.

Pencroff juzgó indispensable apoderarse de una; eran tan grandes como una gallina, y cuya carne equivale a la de estas aves; pero era difícil, porque no les dejaban acercar. Después de varias tentativas infructuosas, que no tuvieron otro resultado que asustar a los tetraos, el marino dijo al joven:

—Ya que no se les puede matar al vuelo, será preciso probar pescando con caña.

—¿Como una carpa? —exclamó Harbert, sorprendido de la proposición.

—Como una carpa —contestó gravemente el marino.

Pencroff había encontrado en las hierbas media docena de nidos de tetraos, y en cada uno, dos o tres huevos. Tuvo buen cuidado de no tocar aquellos nidos a los cuales sus propietarios no tardarían en volver. Alrededor de ellos imaginó tender sus varas, no con lazo, sino con anzuelo. Llevó a Harbert a alguna distancia de los nidos y allí prepararon sus aparatos singulares con el cuidado que hubiera tenido un discípulo de Isaac Walton. Harbert seguía aquel trabajo con un interés fácil de comprender, dudando de su resultado. Hicieron las cañas de bejucos atados unos con otros, y de quince a veinte pies de longitud. Pencroff ató a los extremos de estas cañas, a guisa de anzuelo, gruesas y muy fuertes espinas, de punta encorvada, que le proporcionaron unas acacias enanas; y le sirvieron de cebo unos gruesos gusanos rojos que encontró

Hecho esto, Pencroff, pasando entre las hierbas y procurando ocultarse, colocó el extremo de sus varitas armadas de anzuelos cerca de los nidos de tetraos, y asiendo el otro extremo se puso en acecho con Harbert detrás de un árbol corpulento. Ambos esperaron pacientemente, pero Harbert no contaba con el éxito del invento de Pencroff.

Una media hora larga transcurrió, y, como había previsto el marino, volvieron a sus nidos varias parejas de tetraos. Saltaban picoteando el suelo y no presintiendo de ningún modo la presencia de cazadores, que, por otra parte, habían tenido buen cuidado de ponerse a sotavento de las gallináceas.

El joven se sintió en aquel momento vivamente interesado. Retuvo el aliento, y Pencroff, con los ojos desencajados, la boca muy abierta y los labios avanzados como si fuera a comer un pedazo de tetrao, apenas respiraba.

Entretanto, las gallináceas se paseaban entre los anzuelos, sin preocuparse de ellos. Pencroff entonces dio pequeñas sacudidas que agitaron los gusanos, como si estuvieran vivos.

Seguramente en aquel momento el marino experimentaba una emoción más fuerte que la del pescador de caña, que no ve venir su presa a través de las aguas.

Las sacudidas llamaron pronto la atención de las gallináceas, que mordieron los anzuelos.

Tres tetraos, muy voraces, sin duda, tragaron a la vez el cebo y el anzuelo. De pronto, Pencroff dio un tirón seco a su aparato, y el aleteo de las aves le indicó que habían sido cazadas.

—¡Hurra! —exclamó precipitándose hacia su caza, de la que se apoderó.

Harbert aplaudió. Era la primera vez que veía cazar pájaros con caña y anzuelo; pero el marino, muy modesto, afirmó que no era la primera vez que lo hacía, y que, por otra parte, no tenía el mérito de la invención.

—En todo caso —añadió—, en la situación en que nos encontramos, debemos esperar otros inventos más importantes.

Los tetraos fueron atados por las patas y Pencroff, contento de no volver con las manos vacías, y viendo que el día empezaba a declinar, juzgó conveniente volver a su morada.

La dirección que habían de seguir estaba indicada por el río; no había más que seguir su curso, y hacia las seis de la tarde, bastante cansados de su excursión, Harbert y Pencroff entraban en las Chimeneas.

No vuelve Nab y tienen que seguir a Top

Gedeón Spilett, inmóvil, con los brazos cruzados, estaba en la playa, mirando el mar, cuyo horizonte se confundía al este con una gran nube negra que subía rápidamente hacia el cenit. El viento era fuerte y refrescaba a medida que declinaba el día. Todo el cielo tenía mal aspecto y los primeros síntomas de una borrasca se manifestaban.

Harbert entró en las Chimeneas y Pencroff se dirigió hacia el corresponsal. Este estaba muy absorto y no lo vio llegar.

—Vamos a tener una mala noche, señor Spilett —dijo el marino—. Lluvia y viento suficientes para alegrar a los petreles.

El periodista, volviéndose, vio a Pencroff, y sus primeras palabras fueron las siguientes:

—¿A qué distancia de la costa cree usted que la barquilla recibió el golpe de mar que se ha llevado a nuestro compañero?

El marino, que no esperaba esta pregunta, reflexionó un instante y contestó:

—A dos cables, al máximo.

—Pero ¿qué es un cable? -preguntó Spilett.

—Cerca de ciento veinticuatro brazas o seiscientos pies.

—Por tanto —dijo el periodista—, Ciro Smith habrá desaparecido a mil doscientos pies de la costa.

—Aproximadamente —contestó Pencroff.

—¿Y su perro también?

—También.

—Lo que me admira —añadió el corresponsal—, admitiendo que nuestro compañero haya perecido, es que Top haya encontrado igualmente la muerte, y que ni el cuerpo del perro ni el de su amo hayan sido arrojados a la costa.

—No es extraño, con una mar tan fuerte —contestó el marino—. Por otra parte, quizá las corrientes los hayan llevado más lejos de la playa.

—¿Cree usted que nuestro compañero ha perecido en las olas? —preguntó una vez más el periodista.

—Es mi parecer.

—Pues el mío —dijo Gedeón Spilett—, salvo el respeto que debo a su experiencia, Pencroff, es que el doble hecho de la desaparición de Ciro y de Top, vivos o muertos, tiene algo inexplicable e inverosímil.

—Quisiera pensar como usted, señor Spilett —contestó Pencroff—. Desgraciadamente, mi convicción es firme.

Esto dijo el marino, volviendo hacia las Chimeneas. Un buen fuego crepitaba en la lumbre. Harbert acababa de echar una brazada de leña seca, y la llama proyectaba grandes claridades en las partes oscuras del corredor.

Pencroff se ocupó en preparar la comida. Le pareció conveniente introducir en el menú algún plato fuerte, ya que todos tenían necesidad de reparar sus fuerzas. Las sartas de curucús fueron conservadas para el día siguiente, pero desplumó los tetraos y, puestas en una varita las gallináceas, se asaron al fuego.

A las siete de la tarde Nab no había vuelto todavía. Aquella ausencia prolongada inquietaba a Pencroff. Creía que le había ocurrido algún accidente en aquella tierra desconocida o que el desgraciado había cometido algún acto de desesperación; pero Harbert deducía de aquella ausencia consecuencias diferentes. Para él, si Nab no volvía, era porque alguna nueva circunstancia le había obligado a prolongar sus pesquisas; y toda novedad en este caso no podía ser más que en dirección de Ciro Smith. ¿Por qué Nab no habría vuelto si una esperanza cualquiera no lo retuviera? Quizá habría encontrado algún indicio, una huella de su paso, un resto de naufragio que le había puesto sobre la pista. Quizá seguía en aquel momento una pista verdadera y tal vez se hallaba al lado de su amo.

Así razonaba el joven y así habló. Sus compañeros le dejaron decir cuanto quiso; sólo el reportero lo aprobó con un gesto; mas, para Pencroff, lo más probable era que Nab había llevado más lejos que el día anterior sus pesquisas por el litoral y no podía estar aún de vuelta.

Entretanto, Harbert, muy agitado por vagos presentimientos, manifestó repetidas veces su intención de ir en busca de Nab; pero Pencroff le hizo comprender que sería inútil, que en aquella oscuridad y aquel tiempo tan malo no podría encontrar las huellas de Nab y que sería mejor esperar su vuelta; si al día siguiente no había aparecido el negro, Pencroff no titubearía en unirse a Harbert para ir a buscarlo.

Gedeón Spilett aprobó la opinión del marino sobre este punto, añadiendo que no debían separarse, y Harbert tuvo que renunciar a su proyecto; pero dos gruesas lágrimas rodaron por sus mejillas.

El periodista no pudo menos que abrazar al generoso joven.

El mal tiempo se había desencadenado. Una borrasca de sudeste pasaba sobre la costa con violencia. Se oía el reflujo del mar que mugía contra las primeras rocas a lo largo del litoral. La lluvia, pulverizada por el huracán, se levantaba como una niebla líquida, semejante a jirones de vapor que se arrastraban sobre la costa, cuyos guijarros chocaban violentamente, como carretones de piedras que se vacían. La arena, levantada por el viento, se mezclaba con la lluvia y hacía imposible la salida del punto de abrigo; había en el aire tanto polvo mineral como agua. Entre la desembocadura del río y el lienzo de la muralla, giraban con violencia grandes remolinos, y las capas de aire que se escapaban en aquel maelstrom, no encontrando otra salida que el estrecho valle en cuyo fondo corría el río, penetraban en él con irresistible violencia. El humo de la lumbre, rechazado por el estrecho tubo, bajaba frecuentemente llenando corredores y haciéndolos inhabitables.

Por eso, cuando los tetraos estuvieron asados, Pencroff dejó apagar el fuego y no conservó más que algunas brasas entre las cenizas.

A las ocho de la noche aún no había vuelto Nab; pero podía suponerse que aquel terrible tiempo le había impedido volver y que había tenido que buscar refugio en alguna cueva para esperar el fin de la tormenta o por lo menos la vuelta del día.

En cuanto a ir en su busca, tratar de encontrarlo en aquellas condiciones, era imposible.

La caza formó el único plato de la cena. Se comió con ganas aquella carne, que estaba excelente. Pencroff y Harbert, a quienes su excursión les había abierto el apetito, la devoraron.

Después cada uno se retiró al rincón donde habían descansado la noche precedente. Harbert no tardó en dormirse cerca del marino, que se había tendido a lo largo, próximo a la lumbre.

Fuera, la tempestad, a medida que avanzaba la noche, tomaba proporciones mayores. Era un vendaval comparable al que había llevado a los prisioneros desde Richmond hasta aquella tierra del Pacífico; tempestades frecuentes durante la época del equinoccio, fecundas en catástrofes, terribles sobre todo en aquel ancho campo, que no ponía ningún obstáculo a su furor. Se comprende, pues, que una costa tan expuesta al este, es decir, directamente a los golpes del huracán y batida de frente, lo fuese con una fuerza de la cual ninguna descripción puede dar idea.

Por suerte, la agrupación de las rocas que formaban las Chimeneas era muy sólida. Eran enormes bloques de granito, de los cuales, sin embargo, unos, insuficientemente equilibrados, parecían temblar sobre su base. Pencroff sentía que bajo su mano, apoyada en la pared, tenían lugar unos estremecimientos; pero al fin, se decía, y con razón, que no había que temer nada y que aquel refugio improvisado no se hundiría. Sin embargo, oía el ruido de las piedras, arrancadas de la cima de la meseta y arrastradas por los remolinos de viento, que caían sobre la arena. Algunas rodaban sobre la parte superior de las Chimeneas o volaban en trozos cuando eran proyectadas perpendicularmente.

Por dos veces, el marino se levantó llegando al orificio del corredor para observar lo que ocurría fuera; pero aquellos hundimientos poco considerables no constituían ningún peligro y volvía a su sitio delante de la lumbre, cuyas brasas crepitaban bajo las cenizas. A pesar de los furores del huracán, el ruido de la tempestad, el trueno y la tormenta,

Harbert dormía profundamente. El sueño acabó por apoderarse de Pencroff, que en su vida de marino se había habituado a todas aquellas violencias. Solamente Gedeón Spilett había permanecido despierto, se reprochaba no haber acompañado a Nab, pues la esperanza no le había abandonado. Los presentimientos de Harbert no habían cesado de agitarlo, su pensamiento estaba concentrado en Nab. ¿Por qué no había vuelto el negro? Daba vueltas en su cama de arena, fijando apenas su atención en aquella lucha de los elementos. A veces, sus ojos, fatigados por el cansancio, se cerraban un instante, pero algún rápido pensamiento los abría casi enseguida.

Entretanto la noche avanzaba. Podían ser las dos de la mañana, cuando Pencroff, profundamente dormido entonces, fue sacudido vigorosamente.

—¿Qué pasa? —exclamó, incorporándose completamente despierto con la prontitud de las gentes de mar.

El periodista estaba inclinado sobre él y le decía:

—¡Escuche, Pencroff, escuche!

El marino prestó oídos y no distinguía ningún ruido distinto al de las ráfagas de viento.

—Es el viento —dijo.

—No —contestó Gedeón Spilett, escuchando de nuevo—; me parece haber oído...

—¿Qué?

—Los ladridos de un perro.

—¡Un perro! —exclamó Pencroff, que se levantó de un salto.

—Sí, ladridos...

—¡No es posible! —contestó el marino—. Y por otra parte, cómo, con los mugidos de la tempestad...

—Escuche... —insistió el periodista.

Pencroff escuchó más atentamente, y creyó, en efecto, en un instante de calma, oír ladridos lejanos.

—¡Y bien! —dijo Spilett, oprimiendo la mano del marino.

—¡Sí, sí! —contestó Pencroff.

—¡Es Top! ¡Es Top! —exclamó Harbert, que se acababa de levantar, y los tres se lanzaron hacia el orificio de las Chimeneas.

Les costó trabajo salir; el viento los rechazaba; pero, por fin, salieron y no pudieron tenerse en pie sino asiéndose a las rocas. Se miraban sin poder hablar.

La oscuridad era absoluta; el mar, el cielo y la tierra se confundían en una igual intensidad de tinieblas. Parecía que no había un átomo de luz difundida en la atmósfera.

Durante algunos minutos el corresponsal y sus compañeros permanecieron así, como aplastados por la ráfaga, mojados por la lluvia, cegados por la arena. Después, oyeron una vez los ladridos en una calma de la tormenta y reconocieron que debían estar aún bastante lejos.

No podía ser más que Top el que ladraba así, pero ¿estaba solo o acompañado? Lo más probable era que estuviese solo, porque, admitiendo que Nab se hallara con él, se habría dirigido a las Chimeneas.

El marino oprimió la mano del periodista, del cual no podía hacerse oír, indicándole de aquel modo que esperase, y entró en el corredor.

Un instante después volvía a salir con una tea encendida y, agitándola en las tinieblas, lanzaba agudos silbidos.

A esta señal, que parecía esperada, los ladridos respondieron más cercanos y pronto un perro se precipitó en el corredor. Pencroff, Harbert y Gedeón Spilett entraron detrás de él. Echaron una brazada de leña seca sobre los carbones y el corredor se iluminó con una viva llama.

—¡Es Top! —exclamó Harbert.

En efecto, era Top, un magnífico perro anglonormando, que tenía de las dos razas cruzadas la ligereza de piernas y la finura del olfato, las dos cualidades por excelencia del perro de muestra. Era el perro del ingeniero Ciro Smith. ¡Pero estaba solo! ¡Ni su amo ni Nab lo acompañaban! Pero ¿cómo lo había podido conducir su instinto hasta las Chimeneas, que no conocía aún? ¡Esto parecía inexplicable, sobre todo en medio de aquella negra noche y de tal tempestad! Pero aún había otro detalle más inexplicable: Top no estaba cansado, ni extenuado, ni sucio de barro o arena...

Harbert lo había atraído hacia sí y le acariciaba la cabeza con sus manos. El perro le dejaba y frotaba su cuello sobre las manos del joven.

—¡Si ha aparecido el perro, el amo aparecerá también! —dijo el periodista.

—¡Dios lo quiera! —contestó Harbert—. ¡Partamos! ¡Top nos guiará!

Pencroff no hizo ninguna objeción, comprendiendo que la llegada de Top desmentía sus conjeturas.

—¡En marcha! —dijo.

Pencroff recubrió con cuidado el carbón del hogar, puso unos trozos de madera bajo las cenizas, de manera que, cuando volvieran, encontraran fuego, y, precedido del perro, que parecía invitarlo con sus ladridos, y seguido del corresponsal y del joven, se lanzó fuera, después de haber tomado los restos de la cena.

La tempestad estaba entonces en toda su violencia y quizá en su máximum de intensidad. La luna nueva entonces, por consiguiente, en conjunción con el sol, no dejaba filtrar la menor luz a través de las nubes. Seguir un camino rectilíneo era difícil; lo mejor era dejarse llevar del instinto de Top; así lo hicieron. El reportero y el muchacho iban detrás del perro, y el marino cerraba la marcha. No hubiera sido posible cambiar unas palabras. La lluvia no era muy abundante, porque se pulverizaba al soplo del huracán, pero el huracán era terrible.

Sin embargo, una circunstancia favorecía felizmente al marino y a sus dos compañeros: el viento venía del sudeste y, por consiguiente, les daba de espalda. La arena, que se levantaba con violencia, y que no hubiera podido soportarse, la recibían por detrás, y no volviendo la cara podían marchar sin que les incomodase. A veces caminaban más de prisa de lo que hubieran querido, para no caer; pero una inmensa esperanza redoblaba sus fuerzas; esta vez no corrían por la costa a la aventura. No dudaban de que Nab había encontrado a su amo y que había enviado a su fiel perro a buscarlos. Pero ¿estaba vivo el ingeniero, o Nab enviaba por sus compañeros para tributar los últimos deberes al cadáver del infortunado Smith?

Después de haber pasado el muro y la tierra alta de que se habían apartado prudentemente, Harbert, el periodista, y Pencroff se detuvieron para tomar aliento. El recodo de las rocas los abrigaba contra el viento, y respiraron más tranquilos después de aquella marcha de un cuarto de hora, que había sido más bien una carrera.

En aquel momento podían oírse, responderse y, habiendo el joven pronunciado el nombre de Ciro Smith, Top renovó sus ladridos, como si hubiera querido decir que su amo estaba salvado.

—Salvado, ¿verdad? —repetía Harbert—. ¿Salvado, Top? Y el perro ladraba para contestar.

Emprendieron de nuevo la marcha: eran cerca de las dos y media de la madrugada; la marea empezaba a subir e, impulsada por el viento, amenazaba ser muy fuerte. Las grandes olas chocaban contra los escollos y los acometían con tal violencia, que probablemente debían pasar por encima del islote, absolutamente invisible entonces.

Aquel largo dique no cubría la costa, que estaba directamente expuesta a los embates del mar.

Cuando el marino y sus compañeros se separaron del muro, el viento los azotó de nuevo con extremado furor.

Encorvados, dando la espalda a las ráfagas, marchaban de prisa, siguiendo a Top, que no vacilaba en la dirección que debía tomar. Subían hacia el norte, teniendo a su derecha una interminable cresta de olas, que se rompían con atronador ruido, y a su izquierda una oscura comarca de la cual era imposible distinguir su aspecto; pero comprendían que debía ser relativamente llana, porque el huracán pasaba por encima de sus cabezas sin rebotar sobre ellos, efecto que se producía cuando golpeaba en la muralla de granito.

A las cuatro de la mañana podía calcularse que habían recorrido una distancia de cinco millas. Las nubes se habían elevado ligeramente y no lamían ya el suelo. Las ráfagas, menos húmedas, se propagaban en corrientes de aire muy vivas, más secas y más frías. Insuficientemente protegidos por sus vestidos, Pencroff, Harbert y Gedeón Spilett debían sufrir cruelmente, pero ni una queja se escapó de sus labios. Estaban decididos a seguir a Top hasta donde quisiera conducirles el inteligente animal.

Hacia las cinco, comenzó a despuntar el día. Al principio, en el cenit, donde los vapores eran menos espesos, algunos matices grises ribetearon el extremo de las nubes, y pronto, bajo una banda opaca, una claridad luminosa dibujó netamente el horizonte del mar. La cresta de las olas se tiñó ligeramente de resplandores leonados, y la espuma se hizo más blanca. Al mismo tiempo, en la izquierda, las partes quebradas del litoral comenzaron a tomar un color confuso gris sobre fondo negro.

A las seis de la mañana era ya de día. Las nubes corrían con extrema rapidez en una zona relativamente alta. El marino y los compañeros estaban entonces a seis millas de las Chimeneas, siguiendo una playa muy llana, bordeada a lo largo por una fila de rocas, de las cuales emergían solamente las cimas, porque era la hora de pleamar. A la izquierda, la comarca que se veía cubierta de dunas erizadas de cardos ofrecía el aspecto salvaje de una vasta región arenosa. El litoral estaba poco marcado y no ofrecía otra barrera al océano que una cadena bastante irregular de montículos. Aquí y allí uno o dos árboles agitaban hacia el oeste las ramas tendidas hacia aquella dirección; y detrás, hacia el sudoeste, se redondeaba el lindero del último bosque.

En aquel momento Top dio signos inequívocos de agitación. Corría hacia delante, volvía hasta el marino y parecía incitarlo a ir más de prisa. El perro había abandonado entonces la playa impulsado por su admirable instinto y sin mostrar ninguna vacilación les metió entre las dunas. Le siguieron. El país parecía estar absolutamente desierto, sin que ningún ser vivo lo animase.

La linde de las dunas, bastante ancha, estaba compuesta de montículos y colinas caprichosamente distribuidas. Era como una pequeña Suiza de arena, y sólo un instinto prodigioso podía encontrar camino en aquel laberinto.

Cinco minutos después de haber abandonado la playa, el periodista y sus compañeros llegaron a una especie de excavación abierta en el recodo formado por una alta duna. Allí, Top se detuvo, dando un ladrido sonoro. Spilett, Harbert y Pencroff penetraron en aquella gruta. Nab estaba arrodillado, cerca de un cuerpo tendido sobre un lecho de hierbas.

Era el cuerpo del ingeniero Ciro Smith.

¿Estaba vivo Ciro Smith?

Nab no se movía; el marino no le dijo más que una palabra.

–¡Vive! –exclamó.

Nab no respondió. Gedeón Spilett y Pencroff se pusieron pálidos. Harbert juntó las manos y permaneció inmóvil. Pero era evidente que el pobre negro, absorto en su dolor, no había visto a sus compañeros, ni entendido las palabras del marino.

El corresponsal se arrodilló cerca del cuerpo sin movimiento y aplicó el oído al pecho del ingeniero, después de haberle entreabierto la ropa. Un minuto, que pareció un siglo, transcurrió, durante el cual Spilett trató de sorprender algún latido del corazón.

Nab se había incorporado un poco y miraba sin ver. La desesperación no hubiera podido alterar más el rostro de un hombre. Nab estaba desconocido, abrumado por el cansancio, desencajado por el dolor. Creía a su amo muerto.

Gedeón Spilett después de una larga y atenta observación se levantó.

–¡Vive! –dijo.

Pencroff, a su vez, se puso de rodillas cerca de Ciro Smith; su oído percibió también algunos latidos y sus labios una ligera respiración que se escapaba de los del ingeniero.

Harbert, a una palabra que le dijo el corresponsal, se lanzó fuera para buscar agua, y encontró, a cien pasos de allí, un riachuelo límpido evidentemente engrosado por las lluvias de la noche pasada y que se filtraba por la arena. Pero no tenía nada para llevar el agua; ni una concha había en las dunas. El joven tuvo que contentarse con mojar su pañuelo en el río y volvió corriendo.

Afortunadamente el pañuelo mojado bastó a Gedeón Spilett, que no quería más que humedecer los labios del ingeniero. Las moléculas de agua fresca produjeron un efecto casi inmediato. Un suspiro se escapó del pecho de Ciro Smith y pareció que quería pronunciar algunas palabras.

—¡Le salvaremos! —dijo el periodista.

Nab, que había recobrado la esperanza, al oír estas palabras, desnudó a su amo, a fin de ver si el cuerpo presentaba alguna herida. Ni la cabeza, ni el dorso, ni los miembros tenían contusiones ni desolladuras, cosa sorprendente, porque el cuerpo de Ciro Smith había debido ser arrastrado sobre las rocas; hasta las manos estaban intactas, y era difícil explicarse cómo el ingeniero no presentaba ninguna señal de los esfuerzos que había debido hacer para atravesar la línea de escollos.

Pero la explicación de esta circunstancia vendrá más tarde. Cuando Ciro Smith pudiese hablar, diría lo que había pasado. Por el momento, se trataba de volverle a la vida, y era probable que se consiguiera por medio de fricciones. Se las dieron con la camiseta del marino; y el ingeniero, gracias a aquel rudo masaje, movió ligeramente los brazos y su respiración comenzó a restablecerse de una manera más regular. Se habría muerto sin la llegada del corresponsal y de sus compañeros, no habría habido remedio para Smith.

—¿Creía usted muerto a su amo? —preguntó el marino a Nab.

—¡Sí, muerto! —respondió el negro—. Y si Top no les hubiera encontrado o no hubieran venido, habría enterrado aquí a mi amo y habría muerto después a su lado. ¡Qué poco había faltado para que pereciese Ciro Smith!

Nab contó entonces lo que había pasado. El día anterior, después de haber abandonado las Chimeneas, al rayar el alba, había subido la costa en dirección norte, y llegó a la parte del litoral que había visitado ya.

Allí, sin ninguna esperanza, según dijo, Nab había buscado entre las rocas y en la arena los más ligeros indicios que pudieran guiarle; había examinado sobre todo la parte de la arena que la alta mar no había recubierto, ya que en el litoral el flujo y el reflujo debían haber borrado toda huella. No esperaba encontrar a su amo vivo; buscaba únicamente su cadáver para darle sepultura con sus propias manos.

Sus pesquisas habían durado largo tiempo, pero sus esfuerzos fueron infructuosos. No parecía que aquella costa desierta hubiera jamás sido frecuentada por un ser humano.

Las conchas a las cuales no podía el mar llegar, y que se encontraban a millones más allá del alcance de las mareas, estaban intactas; no había ni una concha rota. En un espacio de doscientas o trescientas yardas no existía traza de un desembarco antiguo ni reciente.

Nab se decidió, pues, a subir por la costa durante algunas millas, por si las corrientes habían llevado el cuerpo a algún punto más lejano. Cuando un cadáver flota a poca distancia de una playa llana, es raro que las olas no lo recojan tarde o temprano. Nab lo sabía y quería volver a ver a su amo una vez más.

—Recorrí la costa durante dos millas más, visité toda la línea de escollos de la mar baja, toda la arena de la mar alta y desesperaba de encontrar algo, cuando ayer, hacia las cinco de la tarde, me fijé en unas huellas que se marcaban en la arena.

—¿Huellas de pasos? —exclamó Pencroff.

—¡Sí! —contestó Nab.

—¿Y esas huellas empezaban en los escollos mismos? —preguntó el corresponsal.

—No —contestó Nab—, comenzaban en el sitio donde llegaba la marea, porque entre este sitio y los arrecifes las huellas debían haber sido borradas.

—Continúa, Nab —dijo Gedeón Spillet.

Cuando vi estas huellas, me volví loco. Estaban muy marcadas y se dirigían hacia las dunas. Las seguí durante un cuarto de milla, corriendo, pero cuidando no borrarlas.

Cinco minutos después, cuando empezaba a anochecer, oí los ladridos de un perro. ¡Era Top, y Top me condujo aquí mismo, cerca de mi amo!

Nab terminó su relato ponderando su dolor al encontrar el cuerpo inanimado. Había tratado de sorprender en él algún resto de vida: ya que lo había encontrado muerto, lo quería vivo. ¡Todos sus esfuerzos había sido inútiles y no le quedaba otro recurso que tributar los últimos deberes al que amaba tanto!

Entonces se acordó de sus compañeros. Estos querrían, sin duda, volver a ver por última vez al infortunado ingeniero. Top estaba allí; ¿podría fiarse de la sagacidad del pobre animal? Nab pronunció muchas veces el nombre del corresponsal, que era, de los compañeros del ingeniero, el más conocido de Top; después le mostró el sur de la costa, y el perro se lanzó en la dirección indicada.

Ya se sabe cómo, guiado por un instinto que casi podría considerarse sobrenatural, porque el animal no había estado nunca en las Chimeneas, Top había llegado.

Los compañeros de Nab habían escuchado el relato con extrema atención. Era para ellos inexplicable que Ciro Smith, después de los esfuerzos que había debido hacer para escapar de las olas, atravesando los arrecifes, no tuviera señal ni del menor rasguño; pero, sobre todo, lo que no acertaban a explicarse era que el ingeniero hubiera podido llegar a más de una milla de la costa, a aquella gruta en medio de las dunas.

—Nab —dijo el corresponsal—, ¿no has sido tú el que ha transportado a tu amo hasta este sitio?

—No, señor, no he sido yo —contestó Nab.

—Es evidente que Smith ha venido solo —dijo Pencroff.

—Es evidente —observó Gedeón Spilett—, ¡pero parece increíble!

No se podría obtener la explicación del hecho más que de boca del ingeniero, y para eso debía recobrar el habla. Felizmente la vida volvía al cuerpo de Ciro Smith. Las fricciones habían restablecido la circulación de la sangre y movió de nuevo los brazos, después la cabeza, y algunas palabras incomprensibles se escaparon de sus labios.

Nab, inclinado sobre él, lo llamaba, pero el ingeniero no parecía oírlo; sus ojos permanecían cerrados. La vida no se revelaba en él más que por el movimiento; los sentidos no tenían aún parte.

Pencroff sintió mucho no tener fuego a mano ni medio de procurárselo, pues por desgracia había olvidado de llevarse el trapo quemado, que se hubiera inflamado fácilmente al choque de dos guijarros. En cuanto a los bolsillos del ingeniero, estaban absolutamente vacíos, excepción hecha de su chaleco, que contenía el reloj. Era preciso, pues, transportar a Ciro Smith a las Chimeneas lo más pronto posible. Este fue el parecer de todos.

Entretanto, los cuidados prodigados al ingeniero le devolverían el conocimiento antes de lo que podían esperar sus compañeros. El agua con la que humedecían sus labios lo reanimaba poco a poco. Pencroff tuvo la idea de mezclar con aquel agua un poco de sustancia de la carne de tetraos, que se había llevado. Harbert corrió a la playa y volvió con dos grandes moluscos bivalvos, y el marino compuso una especie de mixtura que introdujo en los labios del ingeniero, el cual pareció aspirarla ávidamente. Entonces sus ojos se abrieron. Nab y el corresponsal estaban inclinados sobre él.

—¡Señor! ¡Querido señor! —exclamó Nab.

El ingeniero lo oyó. Reconoció a Nab y Spilett, después a sus otros dos compañeros, Harbert y el marino, y su mano estrechó ligeramente las de todos.

Se escaparon de sus labios algunas palabras, que sin duda había pronunciado ya, y que indicaban algunos pensamientos que atormentaban su espíritu.

Aquellas palabras, pronunciadas de un modo claro, fueron comprendidas aquella vez.

—¿Isla o continente? —murmuró.

—¡Ah! —exclamó Pencroff, no pudiendo contener esta exclamación—. ¡Por todos los diablos! ¡Qué nos importa, mientras viva usted, señor Ciro! ¿Isla o continente? ¡Ya lo veremos después!

El ingeniero hizo una ligera señal afirmativa y pareció dormirse.

Respetaron aquel sueño y el corresponsal dispuso que el ingeniero fuera transportado del mejor modo posible. Nab, Harbert y Pencroff salieron de la gruta y se dirigieron hacia una alta duna coronada de algunos árboles raquíticos. En el camino el marino no podía menos de repetir:

—¡Isla o continente! ¡Pensar en eso, cuando no se tiene más que un soplo de vida! ¡Qué hombre!

Cuando llegaron a la cumbre de la duna, Pencroff y sus dos compañeros, sin más útiles que sus brazos, despojaron de sus principales ramas un árbol bastante endeble, especie de pino marítimo, medio destrozado por el viento; después, con aquellas ramas, hicieron una litera, que una vez cubierta de hojas y hierbas podía servir para transportar al ingeniero.

Fue obra de unos cuarenta y cinco minutos, y eran las diez de la mañana cuando Nab y Harbert volvieron al lado de Ciro Smith, de quien Gedeón Spilett no se había separado.

El ingeniero se despertaba entonces de su sueño, o mejor dicho, del sopor en que le habían dejado. Se colorearon sus mejillas, que hasta entonces habían tenido la palidez de la muerte; se incorporó un poco, miró alrededor suyo y pareció preguntar dónde se hallaba.

—¿Puede usted oírme sin cansarse, Ciro? —dijo el corresponsal.

—Sí —contestó el ingeniero.

—Mi parecer es —intervino el marino— que el señor Smith le escuchará mejor si vuelve a tomar un poco de esta gelatina de tetraos, porque es de tetraos, señor Ciro —añadió, presentándole un poco de aquella mixtura, a la cual añadió esta vez algunas partículas de carne.

Ciro Smith las comió, y los restos de los tetraos fueron repartidos entre los tres compañeros, a quienes atormentaba el hambre. Encontraron bastante parco el almuerzo.

—Bueno —dijo el marino—, vituallas tenemos en las Chimeneas, porque conviene que usted sepa, señor Ciro, que tenemos allá abajo, hacia el sur, una casa con cuartos, camas y hogar, y en la despensa algunas docenas de aves que nuestro Harbert llama curucús.

La litera está arreglada y, cuando se sienta más fuerte, lo transportaremos a nuestra morada.

—Gracias, amigo mío —respondió el ingeniero—; aún esperaremos una hora o dos, y luego partiremos... Y entretanto, hable usted, Spilett.

El corresponsal hizo entonces el relato de lo que había pasado. Refirió los sucesos que debía ignorar Ciro Smith, la última caída del globo, el arribo a aquella tierra desconocida, que parecía desierta, cualquiera que fuese, ya isla o continente, el descubrimiento de las Chimeneas, las pesquisas que habían hecho para encontrar al ingeniero, la adhesión de Nab, y todo lo que se debía a la inteligencia del fiel Top, etcétera.

—Pero —preguntó Ciro Smith, con una voz aún débil—, ¿no me han recogido ustedes en la playa?

—No —contestó el corresponsal.

—¿Y no son ustedes los que me han traído a esta gruta?

—No.

—¿A qué distancia está esta gruta de los arrecifes?

—Poco más o menos a media milla —contestó Pencroff—, y si está usted admirado, no estamos nosotros menos sorprendidos de verlo aquí.

—En efecto —contestó el ingeniero, que se reanimaba poco a poco y tomaba interés en aquellos detalles—, en efecto; ¡es muy singular!

—Pero —repuso el marino—¿puede usted decimos lo que le ha pasado desde que le llevó el golpe de mar?

Ciro Smith reunió sus recuerdos. Sabía muy poco. El golpe de mar lo había arrancado de la red del aerostato. Primero se hundió, volvió a la superficie y en aquella semioscuridad sintió un ser viviente agitarse cerca de él. Era Top, que se había precipitado trás él. Levantó los ojos y no vio ya el globo, que, libre de su peso y el del perro, había partido como una flecha. Se encontró en medio de las olas irritadas, a una distancia de la costa que no debía ser menor de media milla. Trató de luchar contra las olas nadando con fuerza, mientras Top le sostenía por la ropa, pero una corriente muy fuerte lo arrastró hacia el norte, y después de media hora de esfuerzos inútiles se hundió, arrastrando a Top con él al abismo. Desde aquel momento hasta el que se encontró en brazos de sus amigos no se acordaba de nada.

—Sin embargo —dijo Pencroff—, usted debió ser arrojado a la playa, y debió tener fuerza para caminar hasta aquí, porque Nab ha encontrado huellas de pasos.

—Sí... sin duda... —contestó el ingeniero reflexionando—. ¿Y ustedes no han visto huellas de seres humanos en esta costa?

—Ni rastro —advirtió el corresponsal—. Por otra parte, si por casualidad alguien le hubiera salvado, ¿por qué le habría abandonado después de librarlo del furor de las olas?

—Tiene usted razón, querido Spilett. Dime, Nab —añadió el ingeniero volviéndose hacia su criado—, ¿no habrás sido tú, en un momento de alucinación... durante el cual...? No, no, es absurdo... ¿Existen todavía algunas señales de pasos? —preguntó.

—Sí, señor —contestó Nab—, mire usted, a la entrada, a la vuelta misma de esta duna, en una parte abrigada por el viento y la lluvia. Las otras han sido borradas por la tempestad.

—Pencroff —repuso Ciro Smith—, ¿quiere usted tomar mis zapatos y ver si corresponden con esas huellas?

El marino hizo lo que le pedía el ingeniero. Harbert y él, guiados por Nab, fueron al sitio donde se hallaban las huellas, mientras que Ciro Smith decía al corresponsal:

—¡Han pasado aquí cosas inexplicables!

—Tiene razón —contestó el periodista.

—Pero no insistamos en este momento, querido Spilett; ya hablaremos más tarde. Un instante después el marino, Nab y Harbert volvían a entrar.

No había duda. Los zapatos del ingeniero correspondían exactamente a las huellas conservadas. Así, pues, Ciro Smith las había dejado sobre la arena.

—Entonces —dijo el ingeniero—, he sido yo el que experimentó esta alucinación que atribuía a Nab. Habré marchado como un sonámbulo, sin saber lo que hacía, y ha sido Top el que, guiado por su instinto, me ha conducido aquí después de haberme arrancado de las olas... ¡Ven, Top! ¡Querido perro!

El magnífico animal se adelantó hacia su amo, ladrando y haciéndole caricias que fueron devueltas con efusión.

Se convendrá en que no se podía dar otra explicación a los hechos, cuyo resultado había sido el salvamento de Ciro Smith, el cual era debido enteramente a Top.

Hacia mediodía, Pencroff preguntó a Ciro Smith si se hallaba en estado de que le transportaran, y el ingeniero, por toda respuesta, haciendo un esfuerzo que demostraba más voluntad que energía, se levantó. Pero tuvo que apoyarse en el marino, porque de otro modo hubiera caído.

—¡Bueno! ¡Bueno! —dijo Pencroff—. Acerquen la litera del señor ingeniero.

Llevaron la litera. Las ramas transversales habían sido recubiertas con musgo y hierbas. Se echó en ella Ciro Smith, y se dirigieron hacia la costa, yendo Pencroff en un extremo de la camilla y Nab en el otro.

Tenían que recorrer ocho millas, pero como no se podía ir de prisa, y había que detenerse a menudo, era preciso contar un lapso de seis horas por lo menos antes de llegar a las Chimeneas.

El viento era cada vez más fuerte, pero no llovía. El ingeniero, tendido y recostado sobre un brazo, observaba la costa, sobre todo en la parte opuesta al mar. No hablaba, pero miraba, y ciertamente los contornos de aquella comarca con las quebraduras de terrenos, sus bosques, sus diversas producciones se grabaron en su ánimo. Sin embargo, al cabo de dos horas de camino el cansancio lo venció y se durmió en la litera.

A las cinco y media la pequeña comitiva llegó a la muralla, y poco después, delante de las Chimeneas. Todos se detuvieron dejando la litera sobre la arena. Ciro Smith dormía profundamente y no se despertó.

Pencroff, con gran sorpresa y disgusto, pudo entonces observar que la terrible tempestad del día anterior había modificado el aspecto de los lugares. Habían tenido lugar sucesos importantes. Grandes pedazos de roca yacían sobre la arena, y un espeso tapiz de hierbas marinas, fucos y algas cubría toda la playa. Era evidente que el mar, pasando sobre el islote, había llegado hasta el pie de la cortina enorme de granito.

Delante del orificio de las Chimeneas, el suelo, lleno de barrancos, había experimentado un violento asalto de olas. Pencroff tuvo como un presentimiento que le atravesó el alma. Se precipitó en el corredor.

Pocos instantes después salía y permanecía inmóvil mirando a sus compañeros.

El fuego estaba apagado. Las cenizas no eran más que barro. El trapo quemado, que debía servir de yesca, había desaparecido. El mar había penetrado hasta el fondo de los corredores y todo lo había transformado y destruido dentro de las Chimeneas.

Fuego y carne

En pocas palabras Gedeón Spilett, Harbert y Nab fueron puestos al corriente de la situación.

Aquel incidente, que podía tener consecuencias funestas –por lo menos según el juicio de Pencroff–, produjo efectos diversos en los compañeros del honrado marino.

Nab, entregado por completo al júbilo de haber encontrado a su amo, no escuchó, o mejor dicho no quiso preocuparse de lo que decía Pencroff.

Harbert pareció participar en los temores del marino.

En cuanto al corresponsal, respondió sencillamente a las palabras de Pencroff:

—Le aseguro, amigo mío, que eso me tiene sin cuidado.

—Pero, repito, no tenemos fuego.

—¡Bah!

—Ni ningún modo de encenderlo.

—¡Bueno!

—Sin embargo, señor Spilett...

—¿No está Ciro aquí? —contestó el corresponsal—. ¿No está vivo nuestro ingeniero? ¡Ya encontrará medio de procurarnos fuego!

—¿Con qué?

—Con nada.

¿Qué podía replicar Pencroff? No respondió, porque al fin y al cabo participaba de la confianza que sus compañeros tenían en Ciro Smith. El ingeniero era para ellos un microcosmo, un compuesto de toda la ciencia e inteligencia humana. Tanto valía encontrarse con Ciro en una isla desierta como sin él en la misma industriosa ciudad de la Unión. Con él no podía faltar nada; con él no había que desesperar. Aunque hubieran dicho a aquellas buenas gentes que una erupción volcánica iba a destruir aquella tierra y hundirlos en los abismos del Pacífico, hubieran respondido imperturbablemente: ¡Ciro está aquí! ¡Ahí está Ciro!

Sin embargo, entretanto el ingeniero estaba aún sumergido en una nueva postración ocasionada por el transporte y no se podía apelar a su ingeniosidad en aquel momento. La cena debía ser necesariamente muy escasa. En efecto, toda la carne de tetraos había sido consumida, y no existía ningún medio de asar nada de caza. Por otra parte, los curucús que servían de reserva habían desaparecido. Era preciso, pues, tomar una determinación.

Ante todo, Ciro Smith fue trasladado al corredor central, donde le arreglaron una cama de algas y fucos casi secos. El profundo sueño que se había apoderado de Ciro podía reparar rápidamente sus fuerzas y mejor que lo hubiera hecho cualquier alimento abundante.

Había llegado la noche y, con ella, la temperatura, modificada por un salto de viento al nordeste, se enfrió bastante. Como el mar había destruido los tabiques construidos por Pencroff en ciertos puntos de los corredores, se establecieron corrientes de aire, que hicieron las Chimeneas inhabitables. El ingeniero se habría encontrado en condiciones bastante malas de no haberse desprendido sus compañeros de sus vestidos para cubrirlo cuidadosamente.

La cena aquella noche se compuso únicamente de litodomos, de los cuales Harbert y Nab hicieron recolección en la playa. Sin embargo, a los moluscos, el joven añadió cierta cantidad de algas comestibles, que recogió en altas rocas, cuyas paredes no mojaba el mar más que en la época de las grandes mareas. Aquellas algas pertenecían a la familia de las fucáceas, eran una especie de sargazos, que, secos, producen una materia gelatinosa bastante rica en elementos nutritivos. El corresponsal y sus compañeros, después de haber absorbido una cantidad considerable de litodomos, chuparon aquellos sargazos y los encontraron muy agradables.

Conviene decir que en las playas asiáticas esta especie de algas entra mucho en la alimentación de los indígenas.

–A pesar de todo –dijo el marino–, ya es hora de que el señor Ciro nos preste su ayuda.

Entretanto, el frío se hizo muy vivo, y, para colmo de desdicha, no tenían ningún medio para combatirlo.

El marino, incómodo, trató por todos los medios posibles de procurarse fuego, y Nab le ayudó en aquella operación. Había encontrado musgos secos y, golpeando dos guijarros, obtuvo algunas chispas; pero el musgo no era bastante inflamable y no tomó, por otra parte, aquellas chispas, que, no siendo más que sílice incandescente, no tenían la consistencia de las que se escapan del acero y el pedernal. La operación, pues, no dio resultado.

Pencroff, aunque no tenía confianza en el procedimiento, trató luego de frotar dos leños secos el uno contra el otro, a la manera de los salvajes. Ciertamente si el movimiento que Nab y él hicieron se hubiera transformado en calor, según las teorías nuevas, habría sido suficiente para hervir una caldera de vapor. El resultado fue nulo. Los pedazos de madera se calentaron, pero mucho menos que los dos hombres.

Después de una hora de trabajo, Pencroff, sudando, arrojó los pedazos de madera con despecho.

–¡Cuando me hagan creer que los salvajes encienden fuego de este modo –dijo–, hará calor en invierno! ¡Antes encenderé mis brazos frotando uno contra el otro!

El marino no tenía razón en negar la eficacia del procedimiento. Es cierto que los salvajes encienden la madera con un frotamiento rápido; pero no toda clase de madera vale para esta operación, y, además, tienen "maña", según la expresión consagrada, y probablemente Pencroff no la tenía.

El mal humor del marino no duró mucho. Harbert tomó los dos trozos de leña que Pencroff había arrojado con despecho y se esforzaba en frotarlos con rapidez. El robusto marino no pudo contener una carcajada viendo los esfuerzos del adolescente para obtener lo que él no había podido conseguir.

—¡Frota, hijo mío, frota! —dijo.

—¡Ya froto —contestó Harbert, riendo—, pero no tengo otra pretensión que calentarme en lugar de tiritar, y pronto tendré más calor que tú, Pencroff!

Esto fue lo que sucedió. De todos modos, hubo que renunciar aquella noche a procurarse fuego. Gedeón Spilett repitió por vigésima vez que Ciro Smith no se habría visto tan embarazado por tan poca cosa, y entretanto se tendió en uno de los corredores, sobre la cama de arena. Harbert, Nab y Pencroff lo imitaron, mientras que Top dormía a los pies de su amo.

Al día siguiente, 28 de marzo, cuando el ingeniero se despertó hacia las ocho de la mañana, vio a sus compañeros a su lado, que miraban su despertar, y, como la víspera, sus primeras palabras fueron:

—¿Isla o continente?

Como se ve, esta era su idea fija.

—¡Otra vez! —respondió Pencroff—. No sabemos nada, señor Smith.

—¿No saben nada aún?

—Pero lo sabremos —añadió Pencroff—, cuando usted nos haya servido de piloto en este país.

—Creo que me encuentro en situación de probarlo respondió el ingeniero, que sin grandes esfuerzos se levantó y se puso de pie.

—¡Muy bien! —exclamó el marino.

—Lo que me molestaba era el cansancio —respondió Ciro Smith—. Amigos míos, un poco de alimento y me pondré bien del todo. ¿Tienen ustedes fuego?

Aquella pregunta no obtuvo una respuesta inmediata; pero, después de algunos instantes, Pencroff dijo:

—¡Ay! ¡No tenemos fuego, o mejor dicho, señor Ciro, no lo volveremos a tener!

El marino hizo el relato de lo que había pasado la víspera, divirtiendo al ingeniero con la historia de una sola cerilla, y con su tentativa abortada para procurarse fuego a la manera de los salvajes.

—Lo tendremos —contestó el ingeniero—; y si no encontramos una sustancia análoga a la yesca...

—¿Qué? —preguntó el marino.

—Que haremos fósforos.

—¿Químicos?

—¡Químicos!

—No es difícil eso —exclamó el reportero, dando un golpecito en el hombre del marino. Este no encontraba la cosa tan sencilla, pero no protestó. Todos salieron. El tiempo se había despejado; el sol se levantaba en el horizonte del mar y hacía brillar como pajitas de oro las rugosidades prismáticas de la enorme muralla.

El ingeniero, después de haber dirigido en torno suyo una rápida mirada, se sentó en una roca. Harbert le ofreció unos puñados de moluscos y de sargazos, diciendo:

–Es todo lo que tenemos, señor Ciro.

–Gracias, hijo mío –respondió Ciro Smith–, esto será suficiente para esta mañana, por lo menos.

Y comió con apetito aquel débil alimento, que acompañó de un poco de agua fresca, cogida del río con una concha grande.

Sus compañeros lo miraban sin hablar. Después de haber satisfecho bien o mal su hambre y su sed, Ciro Smith dijo, cruzando los brazos:

–Amigos míos, ¿de modo que no saben si hemos sido arrojados a un continente o a una isla?

–No, señor Ciro –contestó el joven.

–Lo sabremos mañana –añadió el ingeniero–. Hasta entonces no tenemos nada que hacer.

–¡Sí! –replicó Pencroff.

–¿Qué?

–Fuego –dijo el marino, que también tenía su idea fija.

–Ya lo haremos, Pencroff –dijo Ciro Smith–. Mientras que ustedes me transportaban ayer, me pareció ver hacia el oeste una montaña que domina este país.

–Sí –contestó Gedeón Spilett–, una montaña que debe ser bastante elevada...

–Bien –repuso el ingeniero–. Mañana subiremos a la cima y veremos si esta tierra es una isla o continente. Hasta mañana, repito, no hay nada que hacer.

–¡Sí, fuego! –dijo aún el obstinado marino.

–¡Ya se hará fuego! –replicó Gedeón Spilett–. ¡Un poco de paciencia, Pencroff!

El marino miró a Gedeón Spilett con un aire que parecía decir: "¡Si es usted quien lo ha de hacer, ya tenemos para rato comer asado!". Pero se calló.

Ciro Smith no había contestado. Parecía preocuparse muy poco por la cuestión del fuego. Durante algunos instantes permaneció absorto en sus reflexiones. Después volvió a tomar la palabra.

–Amigos míos –dijo–, nuestra situación quizá es muy deplorable, pero en todo caso también es muy sencilla. O estamos en un continente, y entonces, a costa de fatigas más o menos grandes, llegaremos a algún punto habitable, o bien estamos en una isla, y en este último caso: si la isla está habitada, tendremos que relacionarnos con sus habitantes; si está desierta, tendremos que vivir por nosotros mismos.

–¡Sí que es sencillita la cosa! –añadió Pencroff.

–Pero sea isla o continente –preguntó Gedeón Spilett–, ¿dónde le parece a usted que hemos sido arrojados?

—A ciencia cierta, no puedo saberlo —contestó el ingeniero—, pero presumo que nos encontramos en tierra del Pacífico. En efecto, cuando partimos de Richmond, el viento soplaba del nordeste, y su violencia prueba que su dirección no ha debido variar. Si esta dirección se ha mantenido de nordeste a sudoeste, hemos atravesado los Estados de Carolina del Norte, de la Carolina del Sur, de Georgia, el golfo de México, México, en su parte estrecha, y después una parte del océano Pacífico. No calculo menos de seis mil o siete mil millas la distancia recorrida por el globo, y por poco que el viento haya variado ha debido llevamos o al archipiélago de Mendana, o a las islas de Tuamotú, o, si tenía más velocidad de la que me parece, hasta la tierra de Nueva Zelanda. Si esta última hipótesis se ha realizado, nuestra repatriación será fácil, pues encontraremos con quienes hablar, ya sean ingleses o maorís. Si, al contrario, esta costa pertenece a alguna isla desierta de un archipiélago micronesio, quizá podremos reconocerlo desde lo alto del cono que domina este país, y entonces tendremos que establecernos aquí como si no debiéramos salir nunca.

—¡Nunca! —exclamó el corresponsal—. ¿Dice usted nunca, querido Ciro?

—Más vale ponerse desde luego en lo peor —contestó el ingeniero—; así se reserva uno la sorpresa de lo mejor.

—¡Bien dicho! —replicó Pencroff—. Debemos, sin embargo, esperar que esta isla, si lo es, no se encontrará precisamente situada fuera de la ruta de los barcos. ¡Sería verdaderamente el colmo de la desgracia!

—No sabremos a qué atenernos sino después de haber subido a la cima de la montaña —añadió el ingeniero.

—Pero mañana, señor Ciro —preguntó Harbert—, ¿podrá soportar usted las fatigas de esta ascensión?

—Así lo espero —contestó el ingeniero—, pero a condición de que Pencroff y tú, hijo mío, se muestren cazadores inteligentes y diestros.

—Señor Ciro —dijo el marino—, ya que habla usted de caza, si a mi vuelta estuviera tan seguro de poderla asar como estoy tan seguro de traerla...

—Tráigala usted de todos modos, Pencroff —dijo Ciro Smith.

Se convino, pues, que el ingeniero y el corresponsal pasarían el día en las Chimeneas, a fin de examinar el litoral y la meseta superior. Durante este tiempo, Nab, Harbert y el marino volverían al bosque, renovarían la provisión de leña y harían acopio de todo animal de pluma o de pelo que pasara a su alcance.

Partieron, pues, hacia las diez de la mañana: Harbert, confiado; Nab, alegre; Pencroff, murmurando para sí:

—Si a mi vuelta encuentro fuego en casa, es porque el rayo en persona habrá venido a encenderlo.

Los tres subieron por la orilla y, al llegar al recodo que formaba el río, el marino, deteniéndose, dijo a sus compañeros:

—¿Comenzaremos siendo cazadores o leñadores?

—Cazadores —contestó Harbert—; ya está Top en su sitio.

—Cacemos, pues —respondió el marino—; después volveremos aquí para hacer nuestra provisión de leña.

Dicho esto, Harbert, Nab y Pencroff, después de haber arrancado tres ramas del tronco de un joven abeto, siguieron a Top, que saltaba entre las altas hierbas.

Aquella vez los cazadores, en lugar de seguir el curso del río, se internaron directamente en el corazón mismo del bosque. Hallaron los mismos árboles que el primer día, pertenecientes la mayor parte de ellos a la familia de los pinos. En ciertos sitios donde el bosque era menos espeso, había matas aisladas de pinos que presentaban medidas más considerables, y parecían indicar, por su altura, que aquella comarca era más elevada en latitud de lo que suponía el ingeniero. Algunos claros, erizados de troncos roídos por el tiempo, estaban cubiertos de madera seca, y formaban así inagotables reservas de combustible. Después, pasados los claros, el bosque se estrechó y se hizo casi impenetrable.

Guiarse en medio de aquellas masas de árboles, sin ningún camino trazado, era bastante difícil. Por esto el marino, de cuando en cuando, establecía jalones, rompiendo algunas ramas que debían señalarles el camino a su vuelta. Pero quizá no había hecho bien en no seguir el curso del río, como Harbert y él habían hecho en su primera excursión, porque después de una hora de marcha no se había dejado ver ni una sola pieza de caza. Top, corriendo bajo las altas hierbas, no levantaba más que avecillas a las cuales no se podían aproximar. Los mismos curucús eran absolutamente invisibles, y probablemente el marino se vería forzado a volver a la parte pantanosa del bosque, en la cual había operado tan felizmente en su pesca de tetraos.

—¡Eh, Pencroff! —dijo Nab en tono algo sarcástico—, ¡si esta es la caza que ha prometido llevar a mi amo, no necesitará fuego para asarla!

—Paciencia, Nab —contestó el marino—, ¡no faltará caza a la vuelta!

—¿No tiene confianza en el señor Smith?

—Sí.

—Pero no cree usted que hará fuego.

—Lo creeré cuando la madera arda en la lumbre.

—Arderá, puesto que mi amo lo ha dicho.

—¡Veremos!

Entretanto, el sol no había aún llegado al más alto punto de su curso en el horizonte. La exploración continuó y fue útilmente señalada por el descubrimiento que Harbert hizo de un árbol cuyas frutas eran comestibles. Era el pino piñonero, que producía un piñón excelente, muy estimado en las regiones templadas de América y Europa.

Aquellos piñones estaban maduros y Harbert los señaló a sus dos compañeros, que comieron en abundancia.

—Vamos —dijo Pencroff—, tendremos algas a guisa de pan, moluscos crudos a falta de carne, y piñones para postre; tal es la comida de las personas que no tienen una cerilla en los bolsillos.

—No hay que quejarse —contestó Harbert.

—No me quejo —añadió Pencroff—, solamente repito que la carne brilla demasiado por su ausencia en estas comidas.

—No es ese el parecer de Top... —exclamó Nab, y corrió hacia un matorral en medio del cual había desaparecido el perro ladrando.

A los ladridos de Top se mezclaron unos gruñidos singulares.

El marino y Harbert habían seguido a Nab. Si había allí caza, no era el momento de discutir cómo podrían cocerla, sino cómo podrían apoderarse de ella.

Los cazadores, apenas entraron en la espesura, vieron a Top luchando con un animal, al que tenía por la oreja. El cuadrúpedo era una especie de cerdo de unos dos pies y medio de largo, de un color negruzco, pero menos oscuro en el vientre; tenía un pelo duro y poco espeso, y sus dedos, fuertemente adheridos entonces al suelo, parecían unidos por membranas.

Harbert creyó reconocer en aquel animal un cabiay, es decir, uno de los más grandes individuos del orden de los roedores.

Sin embargo, el cabiay no luchaba con el perro. Miraba estúpidamente con sus ojazos profundamente hundidos en una espesa capa de grasa. Quizá veía al hombre por primera vez.

Entretanto, Nab con su bastón bien asegurado en la mano iba a descargar un golpe al roedor, cuando este, desprendiéndose de los dientes de Top, que no se quedó más que con un trozo de su oreja, dio un gruñido, se precipitó sobre Harbert, a quien hizo vacilar, y desapareció por el bosque.

—¡Ah, pillo! —exclamó Pencroff.

Inmediatamente los tres se lanzaron, siguiendo las huellas de Top, y en el momento en que iban a alcanzarlo, el animal desapareció bajo las aguas de un vasto pantano, sombreado por grandes pinos seculares.

Nab, Harbert y Pencroff se habían quedado inmóviles. Top se arrojó al agua, pero el cabiay, oculto en el fondo del pantano, no aparecía.

—Esperemos —dijo el joven—, ya saldrá a la superficie para respirar.

—¿No se ahogará? —preguntó Nab.

—No —contestó Harbert—, porque tiene los pies palmeados, y casi es un anfibio. Pero aguardemos.

Top había seguido nadando. Pencroff y sus dos compañeros fueron a ocupar cada uno un punto de la orilla, a fin de cortar toda retirada al cabiay, que el perro buscaba nadando en la superficie del pantano.

Harbert no se había equivocado. Después de unos minutos, el animal volvió a la superficie del agua. Top, de un salto, se lanzó sobre él y le impidió sumergirse de nuevo. Un instante después el cabiay, arrastrado hasta la orilla, había muerto de un bastonazo de Nab.

—¡Hurra! —exclamó Pencroff, que empleaba con frecuencia este grito de triunfo—. Ahora sólo falta fuego, y este roedor será roído hasta los huesos.

Pencroff cargó el cabiay sobre sus espaldas y, calculando por la altura del sol que debían ser cerca de las dos de la tarde, dio la señal de regreso.

El instinto de Top no fue inútil a los cazadores que, gracias al inteligente animal, pudieron encontrar el camino ya recorrido. Media hora después llegaron al recodo del río.

Como había hecho la primera vez, Pencroff formó rápidamente una especie de almadía, aunque faltando fuego le parecía aquello una tarea inútil y, llevando la leña por la corriente, volvieron a las Chimeneas.

El marino estaba a unos cincuenta pasos de ellas; se detuvo, dio un hurra formidable y, señalando con la mano hacia el ángulo de la quebrada, exclamó:

—¡Harbert! ¡Nab! ¡Miren!

Una humareda se escapaba en torbellinos de las rocas.

La subida a la montaña

Algunos instantes después los tres cazadores se encontraban delante de una lumbre crepitante. Ciro Smith y el corresponsal estaban allí. Pencroff los miró a uno y a otro alternativamente sin decir una palabra, con su cabiay en la mano.

—Ya lo está viendo, amigo —exclamó el corresponsal—. Hay fuego, verdadero fuego, que asará perfectamente esa magnífica pieza, con la cual nos regalaremos dentro de poco. —Pero ¿quién lo ha encendido? preguntó Pencroff.

—¡El sol!

La respuesta de Gedeón Spilett era exacta. El sol había proporcionado aquel fuego del que se asombraba Pencroff. El marino no quería dar crédito a sus ojos, y estaba tan asombrado, que no pensó siquiera en interrogar al ingeniero.

—¿Tenía usted una lente, señor? —preguntó Harbert a Ciro Smith.

—No, hijo mío —contestó este—, pero he hecho una.

Y mostró el aparato que le había servido de lente. Eran simplemente los dos cristales que había quitado al reloj del corresponsal y al suyo. Después de haberlos limpiado en agua y de haber hecho los dos bordes adherentes por medio de un poco de barro, se había fabricado una verdadera lente, que, concentrando los rayos solares sobre un musgo muy seco, había determinado la combustión.

El marino examinó el aparato y miró al ingeniero sin pronunciar palabra. Pero su mirada era todo un discurso. Sí, para él, Ciro Smith, si no era un dios, era seguramente más que un hombre. Por fin, recobró el habla y exclamó:

—¡Anote usted eso, señor Spilett, anote eso en su cuaderno!

—Ya está anotado —contestó el corresponsal.

Luego, ayudado por Nab, el marino dispuso el asador, y el cabiay, convenientemente destripado, se asaba al poco rato, como un simple lechoncillo, en una llama clara y crepitante.

Las Chimeneas habían vuelto a ser habitables, no solamente porque los corredores se calentaban con el fuego del hogar, sino también porque habían sido restablecidos los tabiques de piedras y de arena.

Como se ve, el ingeniero y su compañero habían empleado bien el día. Ciro Smith había recobrado casi por completo las fuerzas y las había probado subiendo sobre la meseta superior. Desde ese punto, su vista, acostumbrada a calcular las alturas y las distancias, se había fijado durante largo rato en el cono, a cuyo vértice quería llegar al día siguiente. El monte, situado a unas seis millas al noroeste, le parecía medir tres mil quinientos pies sobre el nivel del mar. Por consiguiente, la vista de un observador desde su cumbre podía recorrer el horizonte en un radio de cincuenta millas por lo menos. Era, pues, probable que Ciro Smith resolviera fácilmente la cuestión de "si era isla o continente", a la que daba, no sin razón, la primacía sobre todas las otras.

Cenaron regularmente. La carne del cabiay fue declarada excelente y los sargazos y los piñones completaron aquella cena, durante la cual el ingeniero habló muy poco. Estaba muy preocupado por los proyectos del día siguiente.

Una o dos veces, Pencroff expuso algunas ideas sobre lo que convendría hacer, pero Ciro Smith, que era evidentemente un espíritu metódico, se contentó con sacudir la cabeza.

—Mañana —repetía— sabremos a qué atenernos y haremos lo que proceda en consecuencia.

Terminó la cena, arrojaron en el hogar nuevas brazadas de leña, y los huéspedes de las Chimeneas, incluso el fiel Top, se durmieron en un profundo sueño. Ningún incidente turbó aquella apacible noche, y al día siguiente (29 de marzo), frescos y repuestos, se levantaron dispuestos a emprender aquella excursión que había de determinar su suerte.

Todo estaba preparado para la marcha. Los restos del cabiay podían alimentar durante veinticuatro horas a Ciro Smith y a sus compañeros. Por otra parte, esperaban avituallarse por el camino. Como los cristales habían sido puestos en los relojes del ingeniero y del corresponsal, Pencroff quemó un poco de trapo que debía servir de yesca. En cuanto al pedernal, no debía faltar en aquellos terrenos de origen plutónico.

Eran las siete y media de la mañana, cuando los exploradores, armados de palos, abandonaron las Chimeneas. Siguiendo la opinión de Pencroff, les pareció mejor tomar el camino ya recorrido a través del bosque, sin perjuicio de volver a otra parte. Esta era la vía más directa para llegar a la montaña. Volvieron, pues, hacia el ángulo sur y siguieron la orilla izquierda del río, que fue abandonada en el punto en que doblaba hacia el sudoeste. El sendero abierto bajo los árboles verdes fue encontrado y, a las nueve, Ciro Smith y sus compañeros llegaban al lindero occidental del bosque.

El suelo, hasta entonces poco quebrado, pantanoso al principio, seco y arenoso después, acusaba una ligera inclinación que remontaba del litoral hacia el interior de la comarca. Algunos animales fugitivos habían sido entrevistos bajo los grandes árboles.

Top les hacía levantar, pero su amo lo llamaba enseguida, porque el momento no era propicio para perseguirlos. Más tarde ya se vería. El ingeniero no era un hombre que se distrajera ni se dejara distraer en su idea fija. Puede afirmarse que el ingeniero no observaba el país en su configuración, ni en sus producciones naturales: su único objeto era el monte que pretendía escalar y al que iba directamente.

A las diez hicieron un alto de algunos minutos. Al salir del bosque, el sistema orográfico del país había aparecido a sus miradas. El monte se componía de dos conos. El primero, truncado a una altura de unos dos mil quinientos pies, estaba sostenido por caprichosos contrafuertes, que parecían ramificarse como los dientes de una inmensa sierra aplicada al cuello. Entre los contrafuertes se cruzaban valles estrechos, erizados de árboles, cuyos últimos grupos se elevaban hasta la truncadura del primer cono. Sin embargo, la vegetación parecía ser menos abundante en la parte de la montaña que daba al nordeste y se divisaban lechos bastante profundos, que debían ser corrientes de lava.

Sobre el primero descansaba un segundo cono, ligeramente redondeado en su cima, que se sostenía inclinado, semejante a un inmenso sombrero inclinado sobre la oreja. Parecía formado de una tierra desnuda de vegetación, sembrada en muchas partes de rocas rojizas.

Convenía llegar a la cima del segundo cono y la arista de los contrafuertes debía ofrecer el mejor camino para la subida.

—Estamos en un terreno volcánico —había dicho Ciro Smith, y sus compañeros, siguiéndole, empezaron a subir poco a poco la cuesta de un contrafuerte, que, por una línea sinuosa y por consiguiente más franqueable, conducía a la primera meseta.

Los accidentes eran numerosos en aquel suelo, al que habían convulsionado evidentemente las fuerzas plutónicas. Acá y allá se veían bloques graníticos, restos innumerables de basalto, piedra pómez, obsidiana y grupos aislados de esas coníferas que, algunos centenares de pies más abajo, en el fondo de estrechas gargantas, formaban espaciosas espesuras, casi impenetrables a los rayos del sol.

Durante la primera parte de la ascensión en las rampas inferiores, Harbert hizo observar las huellas que indicaban el paso reciente de fieras o de animales.

—Esos animales no nos cederán quizá de buena gana su dominio —dijo Pencroff.

—Bueno —contestó el reportero, que había cazado ya el tigre en India y el león en África—, procuraremos desembarazamos de ellos; pero, entretanto, andemos con precaución.

Iban subiendo poco a poco, pero el camino, que aumentaba con los rodeos que había que dar para superar los obstáculos que no podían ser vencidos directamente, se hacía largo. Algunas veces el suelo faltaba y se encontraban en el borde de profundas quebradas, que no podían atravesar sin dar rodeos. Volver sobre sus pasos, para seguir algún sendero practicable, exigía tiempo y fatiga a los exploradores. A mediodía, cuando la pequeña tropa hizo alto para almorzar al pie de un ancho bosquecillo de abetos, cerca de un pequeño arroyuelo que se precipitaba en cascadas, estaba a medio camino de la primera meseta, a la que no creían llegar hasta que hubiera caído la noche.

Desde aquel punto el horizonte del mar se ensanchaba, pero, a la derecha, la mirada detenida por el promontorio agudo del sudoeste no podía determinar si la costa se unía o no por un brusco rodeo a alguna tierra que estuviese en último término.

A la izquierda, el rayo visual se aumentaba algunas millas al norte; sin embargo, desde el noroeste, en el punto que ocupaban los exploradores, se encontraba y detenía absolutamente por la arista de un contrafuerte de forma extraña que formaba la base poderosa del cono central. No se podía presentir nada aún acerca de la cuestión que quería resolver Ciro Smith.

A la una continuaron la ascensión. Fue preciso bajar hacia el sudoeste y entrar de nuevo en los matorrales bastante espesos. Allí, bajo la sombra de los árboles, volaban muchas parejas de gallináceas de la familia de los faisanes. Eran los "tragopanes", adornados de una papada carnosa que pendía de sus gargantas, y de dos delgados cuerpos cilíndricos en la parte posterior de sus ojos. Entre estas parejas, de la magnitud de un gallo, la hembra era uniformemente parda, mientras que el macho resplandecía con su plumaje rojo, sembrado de manchas blancas y redondas. Gedeón Spilett, con una pedrada, diestra y vigorosamente lanzada, mató a uno de los tragopanes, al cual Pencroff, a quien el aire libre le había abierto el apetito, vio caer con gran satisfacción.

Después de haber abandonado aquellos matorrales, los exploradores, ayudándose unos a otros, treparon por un talud muy empinado, que tendría unos cien pies, y llegaron a un piso superior, poco provisto de árboles, y cuyo suelo tenía una apariencia volcánica.

Tratábase entonces de volver hacia el este, describiendo curvas que hacían las pendientes más practicables, porque eran ya más duras, y cada cual debía escoger con cuidado el sitio en donde posaba su pie. Nab y Harbert marchaban a la cabeza, Pencroff a retaguardia, y entre ellos, Ciro y el corresponsal. Los animales que frecuentaban aquellas alturas, y cuyas huellas no faltaban, debían pertenecer necesariamente a esas razas de pie seguro y de espina flexible, gamuzas o cabras monteses. Vieron algunos de ellos, pero no fue este el nombre que les dio Pencroff, porque en cierto momento exclamó:

–¡Cameros!

Todos se detuvieron a cincuenta pasos de media docena de animales de gran corpulencia, con fuertes cuernos encorvados hacia atrás y achatados hacia la punta, de vellón lanudo, oculto bajo largos pelos de color leonado.

No eran cameros ordinarios, sino una especie comúnmente extendida por las regiones montañosas de las zonas templadas, a la que Harbert dio el nombre de muflas.

–¿Se puede hacer con ellos guisados y chuletas? –preguntó el marino.

–Sí –contestó Harbert.

–¡Pues, entonces, son carneros! –dijo Pencroff.

Aquellos animales permanecían inmóviles entre los trozos de basalto, mirando con ojos admirados, como si vieran por primera vez bípedos humanos. Después, despertándose súbitamente su miedo, desaparecieron saltando entre las rocas.

—¡Hasta la vista! —les gritó Pencroff con un tono tan cómico, que Ciro Smith, Gedeón Spilett, Harbert y Nab no pudieron por menos que soltar la carcajada.

La ascensión continuó. Frecuentemente se observaban en ciertos declives huellas de lava muy caprichosamente estriada. Pequeñas solfataras cortaban a veces el camino que recorrían los expedicionarios y les era preciso seguir sus bordes. En algunos puntos el azufre había depositado bajo la forma de concreciones cristalinas, en medio de las materias que preceden generalmente a las erupciones de lava, puzolanas de granos irregulares y muy tostadas, cenizas blancas hechas de una infinidad de pequeños cristales feldespáticos.

En las cercanías de la primera meseta, formada por la truncadura del cono inferior, las dificultades de la ascensión fueron grandes.

Hacia las cuatro de la tarde, la extrema zona de los árboles había sido ya pasada, y no veían sino aquí o allá algunos pinos flacos y descarnados que debían tener la vida dura para resistir en aquellos parajes los grandes vientos del mar. Felizmente para el ingeniero y sus compañeros el tiempo era bueno y la atmósfera estaba tranquila, porque una violenta brisa, en una altitud de tres mil pies, hubiera impedido sus evoluciones. La pureza del cielo en el cenit se sentía a través de la transparencia del aire. Una perfecta calma reinaba alrededor de ellos. No veían ya el sol, entonces oculto por la vasta pantalla del cono superior que encubría la mitad del horizonte al oeste, y cuya sombra enorme, prolongándose hasta el litoral, crecía a medida que el radiante astro bajaba en su curso diurno. Algunos vapores, brumas más que nubes, empezaban a mostrarse al este, y se coloreaban con toda la gama espectral bajo las acciones de los rayos solares.

Quinientos pies solamente separaban a los exploradores de la meseta adonde querían llegar, a fin de establecer un campamento para pasar la noche; pero aquellos quinientos pies se alargaron hasta más de dos millas por los *zigzags* que tuvieron que describir. El suelo, por decirlo así, faltaba a sus pies. Las pendientes presentaban con frecuencia un ángulo tan abierto, que se deslizaban los pies por el lecho de lava, cuando las estrías, gastadas por el aire, no ofrecían un punto de apoyo suficiente. En fin, empezaba a oscurecer y era ya casi de noche, cuando Ciro Smith y sus compañeros, muy cansados por una ascensión de siete horas, llegaron a la meseta del primer cono.

Trataron entonces de organizar el campamento y de reparar sus fuerzas cenando primero y durmiendo después. Aquel segundo piso de la montaña se elevaba sobre una base de rocas, en medio de las cuales se encontraba fácilmente un abrigo. El combustible no era muy abundante; sin embargo, se podía obtener fuego por medio de musgos y hierbas secas que crecían en ciertas partes de la meseta. Mientras el marino prepara la lumbre con piedras que dispuso al efecto, Nab y Harbert se ocuparon de amontonar combustible. Volvieron pronto con su carga de leña; arrancaron algunas chispas al pedernal, que comunicaron fuego al trapo quemado, y, al soplo de Nab, se desarrolló en pocos instantes una llama bastante viva al abrigo de las rocas.

Aquel fuego no estaba destinado más que para combatir la temperatura un poco fría de la noche, y no fue empleado para cocer el faisán, que Nab reservaba para el día siguiente. Los restos del cabiay y algunas docenas de piñones formaron los elementos de la cena. No eran aún las seis y media cuando todo estaba terminado.

Ciro Smith tuvo entonces la idea de explorar, en la semioscuridad, aquel largo asiento circular, que soportaba el cono superior de la montaña. Antes de descansar, quería saber si aquel cono podría ser recorrido por su base, para el caso de que sus flancos, demasiado empinados, lo hicieran inaccesible hasta el vértice. Aquella cuestión no dejaba de preocuparlo, porque era posible que, de la parte en que el sombrero se inclinaba, es decir, hacia el norte, la meseta no fuera practicable. Ahora bien, si no podía llegar a la cima de la montaña, y si por otra parte no se podía dar la vuelta a la base del cono, sería imposible examinar la parte occidental del país, y el objeto de la ascensión no se conseguiría.

Así, pues, el ingeniero, sin pensar en su cansancio, dejando a Pencroff y a Nab organizar las camas y a Gedeón Spilett anotar los incidentes del día, siguió la base circular de la meseta, dirigiéndose hacia el norte, acompañado de Harbert.

La noche era buena y tranquila, y la oscuridad poco profunda aún. Ciro Smith y el joven marchaban el uno junto al otro sin hablar. En ciertos sitios la meseta se ensanchaba mucho delante de ellos y pasaban sin molestia. En otros, obstruida por hundimientos, no ofrecía más que una estrecha senda, sobre la cual dos personas no podían caminar de frente. Después de una marcha de cerca de veinte minutos, Ciro y Harbert tuvieron que detenerse. A partir de aquel punto las pendientes de los dos conos se unían. No había base que separara las dos partes de la montaña y dar la vuelta al cono por unas pendientes inclinadas unos sesenta grados era imposible.

Pero si el ingeniero y el joven tuvieron que renunciar a seguir una dirección circular, en cambio comprendieron la posibilidad de emprender directamente la ascensión del cono.

En efecto, delante de ellos se abría una profunda cavidad en las paredes del cono: era la boca del cráter superior, el cuello, si se quiere, por el cual se escapaban materias eruptivas líquidas en la época en que el volcán estaba en actividad. Las lavas endurecidas, las escorias solidificadas formaban una especie de escalera natural, de anchos escalones, que debían facilitar el ascenso a la cima de la montaña.

Una mirada fue suficiente a Ciro Smith para reconocer aquella disposición y, sin vacilar, seguido del joven, se introdujo en la enorme boca, en medio de una oscuridad creciente. Tenían todavía una altura de mil pies que escalar. ¿Los declives interiores del cráter serían practicables? Ya lo verían. El ingeniero continuaría su marcha ascendente hasta que fuera detenido. Felizmente los declives, muy prolongados y sinuosos, describían anchas muescas en el interior del volcán y favorecían la marcha de la ascensión.

En cuanto al volcán, no podía dudarse que estaba completamente apagado; ni siquiera una humareda se escapaba de sus costados; ni una llama se descubría en las profundas cavidades; ni un gruñido, ni un murmullo, ni un estremecimiento salía de aquel pozo oscuro, que llegaba quizá hasta las entrañas del globo. La misma atmósfera, dentro del cráter, no estaba saturada de ningún vapor sulfuroso. No se trataba del sueño de un volcán, sino de su completa extinción.

La tentativa de Ciro Smith debía tener buen éxito. Poco a poco Harbert y él subieron por las paredes interiores, vieron ensancharse el cráter sobre su cabeza. El radio de aquella porción circular del cielo, comprendido entre los bordes del cono, se fue aumentando sensiblemente. A cada paso que daban Ciro Smith y Harbert, nuevas estrellas aparecían en el campo de su visión. En el cielo austral brillaban magníficas constelaciones; en el cenit resplandecía con luz purísima la espléndida Antares del Escorpión y no lejos la Beta del Centauro, que se supone es la estrella más cercana del globo terrestre. Después, a medida que se ensanchaba el cráter, aparecían Fomalhaut de Piscis, el Triángulo austral y, por último, cerca del polo antártico del mundo, la resplandeciente Cruz del Sur, que reemplazaba a la Polar del hemisferio boreal.

Eran cerca de las ocho, cuando Smith y Harbert pusieron el pie en la cresta superior del monte, en la cima del cono.

La oscuridad era completa entonces y no permitía extender la vista en un radio mayor de dos millas. ¿Rodeaba el mar aquella sierra desconocida o se unía esta al oeste con algún continente del Pacífico? No lo podían saber aún. Hacia el oeste, una nebulosa netamente marcada en el horizonte aumentaba las tinieblas, y la vista no podía descubrir si el cielo y el agua se confundían en una inmensa línea circular.

Pero en un punto de aquel horizonte brilló de improviso un vago resplandor, que descendió lentamente a medida que la nube subía hacia el cenit.

Era el cuarto creciente de la luna, próximo a desaparecer; pero su luz fue suficiente para marcar indistintamente la línea horizontal, entonces separada de la nube, y el ingeniero pudo ver la imagen temblorosa del astro reflejarse un instante en una superficie líquida.

Ciro Smith tomó la mano del joven y le dijo en tono muy grave:

—¡Una isla!

En aquel momento la luna creciente se extinguía en las olas.

Exploración de la isla

Media hora después, Ciro Smith y Harbert estaban de vuelta en el campamento. El ingeniero se limitó a decir a sus compañeros que la tierra donde el azar los había arrojado era una isla y que al día siguiente la explorarían. Después cada cual se arregló como pudo y, en aquel trozo de basalto, a una altura de dos mil quinientos pies sobre el nivel del mar y en una noche apacible, los "insulares" disfrutaron de un descanso profundo.

A la mañana siguiente, después de un frugal desayuno, compuesto de tragopán asado, el ingeniero subió a la cima del volcán para observar con atención la isla en que podrían estar prisioneros toda su vida, si se hallaba situada a mucha distancia de la tierra y no se encontraba en la ruta de los barcos que visitaban los archipiélagos del océano Pacífico. Sus compañeros lo siguieron en su nueva exploración. También querían ver la isla que había de subvenir en lo sucesivo a todas sus necesidades.

Serían aproximadamente las siete de la mañana, cuando Ciro Smith, Harbert, Pencroff, Gedeón Spilett y Nab abandonaron el campamento. Indudablemente tenían confianza en sí mismos, pero el punto de apoyo de esta confianza no era el mismo en Ciro que en sus compañeros. El ingeniero tenía confianza, porque se sentía capaz de arrancar a aquella naturaleza salvaje todo lo necesario para su vida y la de sus compañeros, y estos no temían nada precisamente porque Ciro estaba con ellos. Esta diferencia se comprenderá fácilmente. Pencroff, sobre todo, desde el incidente del fuego no había desesperado un instante, aun cuando se encontraba sobre una roca desnuda, si el ingeniero estaba con él en aquella roca.

—¡Bah! —decía—. Hemos salido de Richmond sin permiso de las autoridades, y un día u otro saldremos de un lugar donde nadie nos detiene.

Ciro Smith siguió el mismo camino que la víspera. Dieron la vuelta al cono por la meseta en que se apoyaba hasta la boca de la enorme grieta. El tiempo era magnífico. El sol brillaba en un cielo purísimo y cubría con sus rayos todo el flanco oriental de la montaña.

Llegaron al cráter. Era tal como el ingeniero lo había entrevisto en la oscuridad, es decir, un embudo que iba ensanchándose hasta una altura de mil pies sobre la meseta. Al pie de la grieta, anchas y espesas capas de lava serpenteaban por las laderas del monte y marcaban el camino con materias eruptivas hasta los valles inferiores, que formaban la parte septentrional de la isla.

El interior del cráter, cuya inclinación no pasaba de treinta y cinco a cuarenta grados, no presentaba dificultades ni obstáculos para la ascensión. Se encontraban en él señales de lavas muy antiguas, que probablemente se derramaban por la cima del cono antes que aquella grieta lateral les hubiese abierto una nueva vía.

En cuanto a la chimenea volcánica, que establecía la comunicación entre las capas subterráneas y el cráter, la vista no podía calcular su profundidad, porque se perdía en las tinieblas; pero no había duda sobre la extinción completa del volcán.

Antes de las ocho, Ciro Smith y sus compañeros se hallaban reunidos en la cima del cono, sobre una eminencia cónica que tenía en su borde septentrional.

—¡El mar! ¡El mar por todas partes! —exclamaron, como si sus labios no hubieran podido contener aquellas frases que los convertían en insulares.

El mar, en efecto, la inmensa sabana de agua circular les rodeaba. Tal vez subiendo a la cima del cono, Smith tenía la esperanza de descubrir alguna costa, alguna isla cercana, que la víspera no pudo ver por la oscuridad; pero nada apareció en los límites del horizonte, es decir, en un radio de cincuenta millas. ¡Ninguna tierra, ninguna vela! Aquella inmensidad estaba desierta y la isla ocupaba el centro de una circunferencia que parecía infinita.

El ingeniero y sus compañeros, mudos e inmóviles, recorrieron con la mirada en algunos minutos todos los puntos del océano; registraron aquel océano hasta sus más extremos límites, pero Pencroff, que poseía un poderoso poder visual, no vio nada y ciertamente, si hubiese aparecido alguna tierra, aunque sólo hubiera sido bajo forma de un tenue vapor, el marino la hubiera visto, porque eran dos verdaderos telescopios lo que la naturaleza había puesto bajo el arco de sus cejas.

Del océano dirigieron sus miradas sobre la isla, cuya totalidad dominaban, y la primera pregunta salió de labios de Gedeón:

—¿Qué extensión puede tener esta isla?

Realmente no parecía mucha en medio de aquel inmenso océano.

Ciro reflexionó un instante, observó atentamente el perímetro de la isla, teniendo en cuenta la altura a que se hallaba situada, y dijo luego:

—Amigos, creo no equivocarme dando al litoral de la isla un perímetro de más de cien millas.

—¿Y de superficie?

—Es muy difícil calcularla —replicó el ingeniero—, porque está caprichosamente ondulada.

Ciro no se había engañado en su cálculo, pues la isla tenía aproximadamente la misma extensión que la de Malta o la de Zarte en el Mediterráneo; pero a la vez mucho más irregular y menos rica en cabos, promontorios, puntas, bahías, ensenadas o abras. Su forma, verdaderamente extraña, sorprendía y, cuando Gedeón Spilett, por indicación del ingeniero, dibujó los contornos, se encontró con que tenía la forma de un animal fantástico, una especie de pterópodo monstruoso que se hubiera dormido sobre la superficie del Pacífico.

Véase, en efecto, la configuración exacta de aquella isla, que importa dar a conocer, y cuya carta levantó el corresponsal con bastante precisión.

La parte este del litoral, es decir, aquella en donde los náufragos habían tomado tierra, se abría formando una vasta bahía terminada al sudeste por un cabo agudo, que Pencroff no había podido ver en su primera exploración. Al nordeste, otros dos cabos formaban la bahía, y entre ellos se abría un estrecho golfo que parecía la mandíbula abierta de algún formidable escualo.

Del nordeste al noroeste, la costa se redondeaba como el cráneo achatado de una fiera, para levantarse luego formando una especie de gibosidad que daba una figura muy precisa a aquella parte de la isla, cuyo centro estaba ocupado por la montaña volcánica.

Desde aquel punto el litoral se extendía regularmente al norte y al sur, abierto a los dos tercios de su perímetro por una estrecha ensenada, a partir de la cual terminaba en una larga cola, que parecía el apéndice caudal de un gigantesco cocodrilo.

Aquella cola formaba una verdadera península, que se alargaba por más de treinta millas dentro del mar, a contar desde el cabo sudeste de la isla, ya mencionado, y se redondeaba describiendo una rada avanzada, muy abierta, que formaba el litoral inferior de aquella tierra tan caprichosamente recortada.

En su menor anchura, es decir, en las Chimeneas y la ensenada visible en la costa occidental que le correspondía en latitud, la isla medía diez millas solamente; pero en su mayor anchura, desde la mandíbula del nordeste hasta la extremidad de la cola del sudoeste, no tenía menos de treinta millas.

En cuanto al interior de la isla, su aspecto general era el siguiente: muy frondosa en toda su parte meridional desde la montaña hasta el litoral y muy árida y arenosa en la parte septentrional. Entre el volcán y la costa este, Ciro Smith y sus compañeros se quedaron sorprendidos de ver un lago rodeado de verdes árboles, cuya existencia no podían siquiera sospechar. Visto desde aquella altura, parecía que el lago estaba al mismo nivel que el mar; pero, hechas las oportunas reflexiones, el ingeniero dijo que la altitud de aquella sabana de agua debía ser trescientos pies, puesto que la meseta que le servía de cuenca no era más que una prolongación de la costa.

—¿Entonces es un lago de agua dulce? —preguntó Pencroff.

—Necesariamente —contestó el ingeniero—, porque debe estar alimentado por las aguas que bajan de la montaña.

—Veo un riachuelo que desemboca en él —observó Harbert, señalando una estrecha corriente de agua que debía tener su origen en los contrafuertes del oeste.

—Es cierto —repuso Smith—; y puesto que ese riachuelo alimenta el lago, es probable que del lado del mar exista una desembocadura por la que se escape el exceso de agua. Lo veremos a nuestro regreso.

Aquel riachuelo, bastante sinuoso, y el río ya reconocido constituían el sistema hidrográfico o al menos todo el que se ofrecía a la vista de los exploradores. Sin embargo, era muy Posible que entre aquellos grupos de árboles que convertían en bosque inmenso dos tercios de la isla corriesen otros ríos hacia el mar. Avalaba esta suposición el hecho de que toda aquella región se mostraba rica y fértil, presentando magníficos ejemplares de la flora de las zonas templadas.

En la parte septentrional no se veía indicio de aguas corrientes; tal vez las hubiera estancadas en la parte pantanosa del nordeste, pero nada más. En aquella parte no se veía otra cosa que dunas, arenas y una aridez espantosa, que contrastaba con la opulencia de la mayor extensión de aquel suelo.

El volcán no ocupaba el centro de la isla, sino la región del nordeste y parecía marchar al límite de las dos zonas. Al sudoeste, al sur y al sudeste las primeras estribaciones de los contrafuertes desaparecían bajo masas de verdor. Al norte, por el contrario, se podían seguir sus ramificaciones, que iban a morir en las llanuras de arena. Este lado era el que había dado paso, en los tiempos de las erupciones, a la lava del volcán, según podía observarse por la larga calzada de lavas que se prolongaba hasta la estrecha mandíbula que formaba el golfo del nordeste.

Smith y sus compañeros permanecieron una hora en la cima de la montaña. La isla se desarrollaba ante sus miradas como un plano en relieve con sus diversos colores, verdes en los bosques, amarillos en las arenas y azules en las aguas. Su vista abarcaba todo el conjunto, sin que escapara a sus investigaciones nada más que la parte cubierta de verdor, la cuenca de los valles umbríos y el interior de las estrechas gargantas abiertas al pie del volcán.

Quedaba por resolver una grave cuestión, que debía influir singularmente en el futuro de los náufragos.

—¿Estaba la isla habitada?

Fue el corresponsal quien hizo esta pregunta, a la cual parecía que se podía responder negativamente después del minucioso examen que habían hecho de las diversas regiones de la isla.

En ninguna parte se veía obra alguna de la mano del hombre; ni un grupo de viviendas, ni una cabaña aislada, ni una choza de pescador en el litoral, ni la más ligera columna de humo que denunciase la presencia del hombre.

Es cierto que una distancia de treinta millas por lo menos separaba a los observadores de los puntos extremos, es decir, de la cola que se proyectaba al sudoeste, en la que ni la vista de águila de Pencroff hubiera podido descubrir una vivienda. Tampoco se podía levantar la cortina de verdor que cubría las tres cuartas partes de la isla para ver si ocultaba algún pueblo; pero, generalmente, los insulares, en los estrechos espacios que han surgido de las olas del Pacífico, suelen habitar en el litoral, y el litoral parecía completamente desierto.

Por lo tanto, hasta que la exploración no estuviese terminada, podía admitirse que la isla no estaba habitada.

Pero ¿la frecuentaban al menos en ciertas épocas los indígenas de las islas vecinas? Esta pregunta era muy difícil de contestar, pues en un radio de cincuenta millas no se veía tierra alguna. Pero una distancia de cincuenta millas podían franquearla sin dificultad los praos malayos o las piraguas polinesias. Todo dependía, pues, de la situación de la isla, de su aislamiento en el Pacífico o de su proximidad a los archipiélagos. ¿Podría Ciro Smith, que estaba desprovisto de instrumentos, precisar su posición en longitud y latitud? Sería muy difícil. En todo caso, era conveniente tomar algunas precauciones contra un desembarco posible de los indígenas vecinos.

La exploración de la isla estaba concluida, determinada su configuración, fijado su relieve, calculada su extensión y reconocida su hidrografía y su orografía. La disposición de los bosques y de las llanuras había sido anotada de una manera general en el plano levantado por el corresponsal; sólo faltaba descender de la montaña y explorar el terreno desde el triple punto de vista de sus recursos minerales, vegetales y animales.

Pero antes de dar a sus compañeros la señal de partida, Ciro Smith les dijo con voz reposada y grave:

—Este es, amigos míos, el estrecho rincón del mundo donde el Todopoderoso nos ha arrojado. Aquí tendremos que vivir quién sabe cuánto tiempo; pero también puede suceder que nos llegue pronto algún socorro imprevisto o que pase algún barco por casualidad... Digo por casualidad, porque esta isla es poco importante, no ofrece ni siquiera un puerto que pueda servir de escala a los buques, y es de temer que se encuentre situada fuera del rumbo que ordinariamente siguen, es decir, demasiado al sur para las naves que frecuentan los archipiélagos del Pacífico, y demasiado al norte para las que se dirigen a Australia doblando el cabo de Hornos. No quiero ocultaron cuál es nuestra verdadera situación.

—Y hace usted muy bien, mi querido Ciro —contestó el corresponsal—. Habla usted con hombres con quienes puede contar para todo, pues tienen absoluta confianza en usted.

¿No es cierto, amigos míos?

—Le obedeceré en todo, señor Ciro —dijo Harbert, estrechando la mano del ingeniero.

—¡Aquí y en todas partes será usted mi amo! —exclamó Nab.

—En cuanto a mí —dijo el marinero—, que pierda mi nombre si no ayudo en todo lo que sea necesario, y si usted quiere, convertiremos esta isla en una pequeña América.

Levantaremos edificios, construiremos ferrocarriles, instalaremos el telégrafo, y cuando esté enteramente transformada, embellecida y civilizada, la ofreceremos al gobierno de la Unión. Sólo pido una cosa.

—¿Cuál? —preguntó el corresponsal.

—Que no nos consideremos náufragos, sino colonos que hemos venido aquí a colonizar. Ciro Smith se sonrió y la proposición del marino fue aceptada. Después dio las gracias a sus compañeros y añadió que contaban con su valor y con la ayuda del cielo.

—Pues bien, ¡en camino hacia las Chimeneas! —gritó Pencroff.

—Un momento, amigos míos —repuso el ingeniero—. Creo conveniente dar nombres a esta isla, a los cabos y a los promontorios y a las corrientes de agua que tenemos a la vista.

—¡Muy bien! —exclamó el corresponsal—. Esto simplificará en lo sucesivo las instrucciones que tenga usted que damos.

—En efecto —añadió el marino—, ya es algo poder decir adónde se va y de dónde se viene. A lo mejor se sabe que está uno en alguna parte.

—Las Chimeneas, por ejemplo —propuso Harbert.

—Justo —repuso Pencroff—. Ese nombre es muy adecuado y ya se me había ocurrido.

¿Daremos a nuestro campamento el nombre de Chimeneas, señor Ciro?

—Sí, Pencroff, puesto que lo han bautizado ustedes así.

—Bueno, en cuanto al resto, no será difícil darles nombres —continuó el marino, que estaba en vena—. Empleemos los mismos que Robinson, cuya historia me sé de memoria: la “Bahía de la Providencia”, la “Punta de los Cachalotes”, el “Cabo de la Esperanza fallida”...

—O bien los nombres de Smith, Spilett, Nab... —dijo Harbert.

—¡No, no! —interrumpió Nab, dejando ver sus dientes de brillante blancura.

—¿Por qué no? —replicó Pencroff—. El "puerto Nab" suena muy bien. ¿Y el "cabo Gedeón"?

—Yo preferiría nombres tomados de nuestro país —dijo el corresponsal—y que nos recordasen nuestra América.

—Sí —repuso Smith—, para los principales, las bahías o los mares, me adhiero a esa proposición. Así, por ejemplo, a la bahía del este podríamos llamarla "bahía de la Unión"; a esta ancha escotadura del sur, "bahía de Washington"; al monte en que nos hallamos en este momento, "monte Franklin"; al lago que se extiende ante nuestra vista, "lago Grant"; me parece esto lo mejor, amigos míos. Estos nombres nos recordarían nuestra patria y los ciudadanos que más la han honrado; mas para los ríos, golfos, cabos y promontorios que vemos desde lo alto de esta montaña, debemos buscar nombres que se avengan con su configuración particular, pues se nos grabarán más fácilmente en la memoria y serán al mismo tiempo más prácticos. La forma de la isla es demasiado extraña y nos podemos imaginar nombres que den una idea aproximada de su figura. En cuanto a las corrientes de agua que aún no conocemos, a las diversas partes de bosques que más adelante exploraremos y a las ensenadas que vayamos descubriendo, les pondremos nombres a medida que se vayan presentando. ¿Qué les parece a ustedes, amigos míos?

La proposición del ingeniero fue aprobada por unanimidad. La isla se presentaba a su vista como un mapa desplegado y no había más que poner un nombre a todos los ángulos entrantes y salientes y a todos los relieves. Spilett los anotaría a su tiempo y en lugar correspondiente y la nomenclatura geográfica de la isla sería definitivamente adoptada.

Desde luego se dieron los nombres de "bahía de la Unión" y "bahía de Washington" y monte Franklin" a los puntos designados por el ingeniero.

—Ahora —dijo el corresponsal—, propongo que a esa península que se proyecta al sudoeste de la isla se la denomine "península Serpentina", y "promontorio del Reptil" a la cola encorvada que la termina, porque es verdaderamente una cola de reptil.

—Aprobado —dijo el ingeniero.

—Ahora —dijo Harbert-, a ese otro extremo de la isla, ese golfo que se parece tan singularmente a una mandíbula abierta, le llamaremos el "golfo del Tiburón".

—¡Bien dicho! —exclamó Pencroff—, y completaremos la imagen denominando "cabo de Mandíbula" a las dos partes que forman la boca.

—Pero hay dos cabos —observó el corresponsal.

—¡Es igual! —contestó Pencroff—, tendremos el cabo Mandíbula al norte y el cabo Mandíbula al sur.

—Ya están inscritos —respondió Gedeón Spilett.

—Falta dar nombre a la punta sudeste de la isla —dijo Pencroff.

—Es decir, al extremo de la bahía de la Unión —respondió Harbert.

—Cabo de la Garra —exclamó Nab—, que quería también, por su parte, ser padrino de algún sitio de sus dominios.

Y, en verdad, Nab había encontrado una denominación excelente, porque aquel cabo representaba la poderosa garra del animal fantástico que figuraba aquella isla tan singularmente dibujada.

Pencroff estaba encantado del giro que tomaban las cosas, y las imaginaciones, un poco sobreexcitadas, pronto encontraron las denominaciones siguientes:

Al río que abastecía de agua potable a los colonos, y cerca del cual les había arrojado el globo, el nombre de "Merced", verdadera acción de gracias a la Providencia.

Al islote sobre el cual los náufragos habían tomado tierra primeramente, el nombre de islote de Salvación.

A la meseta que coronaba la alta muralla de granito encima de las Chimeneas, y desde donde la mirada debía abrazar toda la vasta bahía, el nombre de meseta de Gran Vista.

En fin, a toda aquella masa de impenetrables bosques que cubrían casi toda la isla Serpentina, el nombre de bosques del "Far-West".

La nomenclatura de las partes visibles y conocidas de la isla estaba casi terminada, y más tarde la completarían a medida que se hicieran nuevos descubrimientos.

En cuanto a la orientación de la isla, el ingeniero la había determinado aproximadamente por la altura y la posición del sol, poniendo al este la bahía de la Unión y toda la meseta de la Gran Vista. Pero, al día siguiente, tomando la hora exacta de la salida y de la puesta del sol, y determinando su posición por el tiempo medio transcurrido entre su salida y su puesta, contaba fijar exactamente el norte de la isla, porque, a consecuencia de su situación en el hemisferio austral, el sol, en el momento preciso de su culminación, pasaba al norte, y no a mediodía, como, en un movimiento aparente, parece hacerlo en los lugares situados en el hemisferio boreal.

Todo estaba terminado y los colonos se disponían a bajar del monte Franklin para volver a las Chimeneas, cuando Pencroff exclamó:

—¡Somos unos aturdidos!

—¿Por qué? —preguntó Gedeón Spilett, que había cerrado su cuaderno.

—¿Y nuestra isla?

—¡Nos hemos olvidado de bautizarla!

Harbert iba a proponer darle el nombre del ingeniero y todos sus compañeros hubieran aplaudido la idea, cuando Ciro Smith dijo sencillamente:

—Démosle el nombre de un gran ciudadano, amigos míos, del que lucha en estos momentos para defender la unidad de la República Americana. ¡Llamémosla Lincoln!

Tres hurras fueron la respuesta de la proposición del ingeniero.

Y aquella noche, antes de dormirse, los nuevos colonos hablaron de su país ausente; comentaban la terrible guerra que lo ensangrentaba y no dudaban que el Sur sería pronto sometido y que la causa del Norte, la causa de la justicia, triunfaría gracias a Grant, gracias a Lincoln.

Esto pasaba el 30 de marzo y no podían adivinar que dieciséis días después se cometería en Washington un crimen horrible, y que el Viernes Santo Abraham Lincoln caería herido de muerte por la bala de un fanático.

Exploración de la isla. Animales, vegetales, minerales.

Los colonos de la isla Lincoln arrojaron una última mirada alrededor de ellos, dieron la vuelta al cráter por su estrecha arista y media hora después habían descendido a su campamento nocturno.

Pencroff pensó que era hora de almorzar y con este motivo se intentó arreglar los dos relojes de Ciro Smith y del corresponsal.

Al de Gedeón Spilett le había respetado el agua del mar, pues el periodista había sido arrojado sobre la arena, fuera del alcance de las olas. Era un instrumento excelente, un verdadero cronómetro de bolsillo, y Gedeón Spilett no había olvidado nunca darle cuerda cuidadosamente cada día.

El reloj del ingeniero se había parado, mientras Ciro Smith había estado exánime en las dunas.

El ingeniero le dio cuerda y, calculando por la altura del sol que aproximadamente debían ser las nueve de la mañana, puso su reloj en aquella hora.

Gedeón Spilett lo iba a imitar, cuando el ingeniero le cogió de la mano, diciéndole:

—No, no, querido Spilett, espere. Ha conservado usted la hora de Richmond, ¿no es eso?

—Sí.

—Por consiguiente, su reloj está puesto al meridiano de aquella ciudad, meridiano que sobre poco más o menos es el de Washington.

—Sin duda.

—Pues bien, consérvelo así. Conténtese usted con darle cuerda, pero no toque las agujas. Esto nos podrá servir.

"¿Para qué?", pensó el marino.

Almorzaron con tanto apetito, que la reserva de caza y de piñones quedó totalmente agotada. Pero Pencroff no se inquietó por eso; ya se abastecerían por el camino. Top, cuya parte de alimento había sido muy escasa, sabría encontrar caza entre los matorrales. Además, el marino pensaba pedir sencillamente al ingeniero que fabricase pólvora y uno o dos fusiles de caza, en lo cual no creía que tuviera dificultad.

Al bajar de las mesetas, Ciro Smith propuso a sus compañeros que tomaran un nuevo camino para volver a las Chimeneas. Deseaba conocer el lago Grant, tan magníficamente encuadrado entre festones de árboles. Siguieron la cresta de uno de los contrafuertes, entre los cuales el creek, que alimentaba, tomaba probablemente su fuente. Al hablar, los colonos no empleaban más que los nombres propios que acababan de escoger, y esto facilitaba singularmente el cambio de sus ideas. Harbert y Pencroff, uno joven y otro algo niño, estaban encantados y, mientras andaban, el marino decía:

—¡Harbert, esto marcha! Es imposible que nos perdamos, porque, aunque tomemos el camino del lago Grant, aunque tomemos el río Merced a través del bosque de Far-West, llegaremos necesariamente a la meseta de la Gran Vista, y, por consiguiente, a la bahía de la Unión.

Se había convenido en que, sin formar un grupo compacto, los colonos no se apartarían demasiado los unos de los otros, porque sin duda algunos animales peligrosos habitaban aquellos espesos bosques de la isla, y era prudente andar con tiento.

Generalmente Pencroff, Harbert y Nab marchaban en cabeza, precedidos de Top, que registraba los menores rincones. El corresponsal y el ingeniero iban juntos: Gedeón Spilett, pronto a anotar cualquier incidente, y el ingeniero, silencioso la mayor parte del tiempo, y sin apartarse del camino más que para recoger un mineral, un vegetal que ponía en su bolsillo sin hacer ninguna reflexión.

—¿Qué diablo recogerá? —murmuraba Pencroff—. Por más que miro, no veo nada que valga la pena de agacharse.

Hacia las diez, la pequeña tropa descendía las últimas rampas del monte Franklin. El suelo no estaba sembrado más que de matorrales y de raros árboles.

Caminaban sobre una tierra amarilla y calcinada que formaba una llanura de una milla de extensión, que precedía al lindero del bosque.

Grandes trozos de basalto, que, según las experiencias de Bischof, ha necesitado para enfriarse trescientos cincuenta millones de años, cubrían la llanura, muy quebrada en ciertos sitios. Sin embargo, no había señales de lavas, las cuales se habían extendido por las laderas septentrionales.

Ciro Smith creía, pues, alcanzar sin incidente el curso del arroyo que, según él, debía correr entre los árboles por la línea de la llanura, cuando vio ir hacia él precipitadamente a Harbert, mientras que Nab y el marino se escondían detrás de las rocas.

—¿Qué ocurre, amigo mío? —preguntó Gedeón Spilett.

—Una humareda —contestó Harbert—. Hemos visto una humareda elevarse entre las rocas, a cien pasos de nosotros.

—¿Hombres en estos parajes? —exclamó el periodista.

—Evitemos que nos vean antes de saber quiénes son —contestó Ciro Smith—. Si hay indígenas en esta isla, más bien los temo que los deseo. ¿Dónde está Top?

—Top va delante.

—¿Y no ladra?

—No.

—Es raro. Sin embargo, trataremos de llamarlo.

En algunos instantes el ingeniero, Gedeón Spilett y Harbert se habían reunido con sus dos compañeros, y, como ellos, se ocultaron detrás de los trozos de basalto.

Top, llamado por un ligero silbido de su dueño, volvió, y este, haciendo signo a sus compañeros de que esperasen, se deslizó entre las rocas.

Los colonos, inmóviles, esperaban con cierta ansiedad el resultado de aquella exploración, cuando les llamó Ciro Smith. Llegaron y les chocó desde luego el olor desagradable que impregnaba la atmósfera.

Aquel olor, cuya causa podía conocerse fácilmente, había bastado al ingeniero para adivinar de dónde provenía aquella humareda, que al principio le había alarmado.

—Este fuego —dijo—, o mejor dicho esta humareda, proviene de la naturaleza. No hay más que una fuente sulfurosa, que nos permitirá curar eficazmente nuestras laringitis.

—¡Vaya! —exclamó Pencroff—. ¡Qué desgracia que yo no esté resfriado!

Los colonos se dirigieron hacia el sitio de donde salía el humo, y allí vieron una fuente sulfurosa sódica, que corría con bastante abundancia entre las rocas y cuyas aguas despedían un fuerte olor a ácido sulfhídrico, después de haber absorbido el oxígeno del aire.

Smith metió la mano en el agua y la encontró untuosa al tacto; la probó y encomió su, sabor algo azucarado; y en cuanto a su temperatura, la calculó en 95° Fahrenheit (35° centígrados sobre cero). Le preguntó Harbert en qué basaba aquel cálculo y el ingeniero respondió:

—Sencillamente, en que metiendo la mano en esa agua no he experimentado sensación de frío ni de calor; luego está a la misma temperatura que el cuerpo humano, que es aproximadamente de 95° Fahrenheit.

No ofreciendo la fuente sulfurosa ninguna utilidad inmediata, los colonos se dirigieron hacia la espesura del bosque, que estaba a unos centenares de pasos.

Allí, según habían presumido, el arroyo paseaba sus aguas vivas y límpidas entre altas orillas de tierra rojiza, color que denunciaba la presencia del óxido de hierro. Este color hizo que se diera inmediatamente a la corriente de agua el nombre de arroyo Rojo.

No era más que un arroyuelo profundo y claro, formado por las aguas de la montaña, mitad río y mitad corriente, que aquí corría pacíficamente por la arena y murmurando sobre las puntas de las rocas, o precipitándose en cascada proseguía su curso hasta el lago en una longitud de milla y media, y en una anchura que variaba de 30 a 40 pies.

Sus aguas eran dulces, lo que hacía suponer que las del lago lo fueran también, circunstancia feliz para el caso de que en sus inmediaciones se encontrase un sitio más a propósito para habitar que las Chimeneas.

En cuanto a los árboles que, algunos centenares de pasos más allá, sombreaban las orillas del arroyo, pertenecían la mayor parte a las especies que abundan en las zonas templadas de Australia o de Tasmania, y no a las de las coníferas que erizaban la parte de la isla ya explorada a algunas millas de la meseta de la Gran Vista.

En aquella época del año, es decir a primeros de abril, que en aquel hemisferio corresponde al mes de octubre, en los comienzos del otoño, todavía conservaban las hojas. Eran especialmente casuarinas y eucaliptos; algunos proporcionarían en la primavera próxima un maná azucarado, análogo al maná de Oriente. En los claros, revestidos de ese césped llamado tusac en Nueva Holanda, se veían grupos de cedros australianos; pero no parecía existir en la isla, cuya latitud sin duda era demasiado baja, el cocotero, que tanto abunda en los archipiélagos del Pacífico.

—¡Qué lástima! —exclamó Harbert—. ¡Un árbol tan útil y que da tan hermosas nueces!

En cuanto a las aves, pululaban entre las ramas delgadas de los eucaliptos y las casuarinas, que no molestaban el despliegue de sus alas, las cacatúas negras, blancas o grises, loros y papagayos de plumaje matizado y de todos los colores, reyezuelos de verde brillante y coronados de rojo, y loris azules, que parecían no dejarse ver sino a través de un prisma y revoloteaban dando gritos ensordecedores.

De pronto resonó en medio de la espesura un extraño concierto de voces discordantes. Los colonos oyeron sucesivamente el canto de los pájaros, el grito de los cuadrúpedos y una especie de aullido que parecía escapado de los labios de un indígena.

Nab y Harbert se lanzaron hacia aquel sitio, olvidando los principios más fundamentales de la prudencia; mas, afortunadamente, no había allí fieras temibles ni indígenas peligrosos, sino sencillamente media docena de aves mofadoras y cantoras que fueron clasificadas como "faisanes de montaña". Algunos garrotazos diestramente dirigidos terminaron con la escena de imitación, lo cual proporcionó una excelente caza para la cena.

Harbert vio también magníficas palomas de alas bronceadas, unas coronadas de un moño soberbio, las otras con matices verdes, como sus congéneres de Port-Macquaire; pero fue imposible cazarlas, como tampoco a varios cuervos y urracas que huían a bandadas produciendo una hecatombe entre aquellos volátiles, pues los cazadores no disponían de más armas arrojadizas que piedras, ni más armas portátiles que el garrote, máquinas tan primitivas como ineficaces.

Esta ineficacia se demostró plenamente cuando una tropa de cuadrúpedos, corriendo de acá para allá, y a veces dando saltos de treinta pies, como verdaderos mamíferos voladores, salieron huyendo de entre los árboles, con tal rapidez y destreza, que parecían pasar de un árbol a otro como ardillas.

–¡Son canguros! –exclamó Harbert.

–¿Y eso se come? –preguntó Pencroff.

–En estofado es tan bueno como la carne de venado –contestó el corresponsal.

No había acabado Spilett de pronunciar estas frases, cuando el marino, seguido de Nab y de Harbert, se había lanzado en persecución de los canguros.

En vano los llamó el ingeniero, pero en vano también perseguían los cazadores aquellas piezas que parecían elásticas y saltaban y rebotaban como pelotas.

Al cabo de cinco minutos de carrera estaban sudando y la banda había desaparecido entre los árboles. Top no había tenido más éxito que sus amos.

–Señor Ciro –dijo Pencroff, cuando el ingeniero y el periodista se le unieron–, señor Ciro, ya ve usted que es indispensable fabricar fusiles. ¿Cree usted que será posible?

–Quizá –contestó el ingeniero–, pero empezaremos por fabricar arcos y flechas, y no dudo de que llegará usted a ser tan diestro en manejarlos como los cazadores australianos.

—¡Flechas, arcos! —dijo Pencroff con una mueca desdeñosa—. ¡Eso es bueno para los niños!

—No sea usted orgulloso, amigo Pencroff —contestó el corresponsal—. Los arcos y las flechas han valido durante siglos para ensangrentar el mundo. La pólvora es invención de ayer y la guerra es tan vieja como la raza humana, desgraciadamente.

—Señor Spilett, tiene usted razón —respondió el marino—. Hablo sin ton ni son. Dispénseme.

Entretanto Harbert, entregado a su ciencia favorita, la historia natural, volvió a hacer recaer la conversación sobre los canguros.

—Por otra parte, esta especie no es la más difícil de cazar. Eran gigantes de piel gris; pero, si no me equivoco, existen canguros negros y encamados, canguros de rocas, canguros ratas, más difícil de cazarlos. Se cuentan una docena de especies...

—Harbert —replicó sentenciosamente el marino—, ¡no hay para mí más que una sola especie de canguros, el "canguro de asador", y este nos faltará esta tarde!

Los demás se rieron al oír la nueva clasificación de Pencroff. El bravo marino no ocultó su disgusto por verse reducido a comer faisanes cantores, pero la fortuna debía mostrarse una vez más complaciente con él.

En efecto, Top, comprendiendo que su interés estaba en juego, iba olfateando y buscando por todas partes con instinto duplicado y apetito feroz. Era probable que, si alguna pieza de caza caía en sus dientes, no quedaría ni pizca para los cazadores, pues en aquel momento Top cazaba por su propia cuenta; pero Nab lo vigilaba y hacía bien.

Hacia las tres de la tarde el perro desapareció entre la maleza y sordos gruñidos indicaron pronto que había dado con algún animal.

Nab fue tras él y vio a Top devorando con avidez un cuadrúpedo, cuya naturaleza diez segundos después hubiera sido imposible reconocer en el estómago de Top. Pero, afortunadamente, el perro había dado con una camada; había tres individuos y otros dos roedores, pues aquellos animales pertenecían a este orden, que yacían estrangulados en el suelo.

Nab reapareció triunfalmente, mostrando en cada mano uno de los roedores, cuyo tamaño era superior al de una liebre. Su piel, amarilla, estaba mezclada con manchas verdosas y su rabo existía en estado rudimentario.

Los colonos, que eran ciudadanos de la Unión, no podían vacilar en dar a los roedores el nombre que les convenía. Eran maras, especie de agutíes un poco más grandes que sus congéneres de las comarcas tropicales, verdaderos conejos de América, con orejas largas, mandíbulas armadas en cada lado de cinco molares, lo cual los distingue precisamente de los agutíes.

—¡Hurra! —exclamó Pencroff—. El asado es seguro y ahora podemos volver a casa.

Continuaron la marcha interrumpida. El arroyo Rojo continuaba su curso de aguas límpidas bajo la bóveda de casuarinas, de las banksieas y los árboles de goma gigantescos. Liliáceas magníficas se elevaban unos veinte pies; otras especies arborescentes, desconocidas por el joven naturalista, se inclinaban sobre el arroyo, que se oía murmurar bajo aquella cúpula de verdor.

Sin embargo, el curso de agua se ensanchaba sensiblemente y Ciro Smith llegó a creer que llegaría pronto a su desembocadura. En efecto, al salir de un bosquecillo de hermosos árboles, apareció de nuevo.

Los exploradores habían llegado a la orilla occidental del lago Grant. El paraje valía la pena. Aquella extensión de agua, de una cincunferencia de unas siete millas y de una superficie de doscientos cincuenta acres, reposaba entre festones de árboles diversos.

Hacia el este, a través de una cortina de verdura pintorescamente levantada en ciertas partes, aparecía un resplandeciente horizonte de mar. Al norte, el lago trazaba una curva ligeramente cóncava, que contrastaba con la forma aguda de su punta inferior.

Numerosas aves acuáticas frecuentaban las orillas del pequeño Ontario, cuyas mil isletas de su homónimo americano estaban representadas por una roca que surgía de su superficie a unos centenares de pies de la orilla meridional. Allí vivían en comunidad muchas parejas de martines pescadores, posadas sobre alguna piedra, graves, inmóviles, espiando los peces, lanzándose, sumergiéndose con un pequeño grito agudo y reapareciendo con la presa en el pico. En otros parajes, en las orillas y en el islote, se pavoneaban patos silvestres, pelícanos, gallinas de agua, picos-rojos, filedones provistos de una lengua en forma de pincel, y uno o dos ejemplares de esas aves espléndidas llamadas menuras, cuya cola se desarrolla como los montantes graciosos de una lira.

En cuanto a las aguas del lago, eran dulces, limpias, un poco oscuras y, por ciertas ebulliciones y los círculos concéntricos que se entrecruzan en su superficie, no se podía dudar de que abundaba la pesca.

—¡Es verdaderamente hermoso este lago! —dijo Gedeón Spileet—. ¡Y cualquiera viviría en sus orillas!

—¡Se vivirá! —contestó Ciro Smith.

Los colonos, queriendo entonces volver por el camino más corto a las Chimeneas, descendieron hasta el ángulo formado al sur por la unión de las orillas del lago. Allí abrieron, no sin gran trabajo, un camino a través de las malezas y aquella espesura que la mano del hombre no había aún apartado, y se dirigieron hacia el litoral buscando el norte de la meseta de la Gran Vista. Atravesaron dos millas en aquella dirección; después, pasada la última cortina de árboles, apareció la meseta, tapizada de un espeso césped, y más allá el mar infinito.

Para volver a las Chimeneas, fue suficiente atravesar oblicuamente la meseta en un espacio de una milla y descender hasta el codo formado por la primera vuelta del río Merced. Pero el ingeniero deseaba averiguar cómo y por dónde se escapaba el sobrante de las aguas del lago y continuó la exploración bajo los árboles durante una milla y media hacia el norte. Era probable, en efecto, que existiera un desagüe en alguna parte y sin duda a través de alguna abertura en el granito. El lago no era más que un inmenso receptáculo que se había llenado poco a poco por las aguas del arroyo y probablemente el sobrante corría hacia el mar por alguna salida. Si así era, el ingeniero pensaba que sería posible utilizar aquella salida y aprovecharse de su fuerza, actualmente perdida.

Prosiguieron, pues, por las orillas del lago Grant, remontando la llanura; pero, después de haber andado una milla en aquella dirección, Ciro Smith no había podido descubrir el desagüe, que, no obstante, debía existir.

Eran las cuatro y media. Los preparativos de la comida exigían que los colonos regresaran a sus moradas. La pequeña tropa volvió sobre sus pasos por la orilla izquierda del río de la Merced. Ciro Smith y sus compañeros llegaron a las Chimeneas.

Encendieron el fuego y Nab y Pencroff, a los cuales fueron naturalmente designadas las funciones de cocineros, el uno en su calidad de negro, el otro en su calidad de marino, prepararon en breve un asado de agutí, que comieron con bastante apetito.

Terminada la comida, en el momento en que cada cual se preparaba para dormir, Ciro Smith sacó de su bolsillo pequeños pedazos de diferentes especies de minerales y se limitó a decir:

–Amigos, este es mineral de hierro, este es de pirita, este de arcilla, esto es cal, esto es carbón. He aquí lo que nos da la naturaleza, y esta es la parte que ha tomado en el trabajo común. ¡Mañana haremos el nuestro!

Primeros utensilios y alfarería

—Y bien, señor Ciro, ¿por dónde vamos a empezar? —preguntó a la mañana siguiente Pencroff al ingeniero.

—Por el principio —contestó Smith.

Y, en efecto, por el principio tenían que empezar los colonos. No poseían ni los útiles necesarios para hacer herramienta alguna, y no se encontraban en las condiciones de la naturaleza, que teniendo tiempo economiza fuerzas. Les faltaba tiempo, puesto que debían subvenir inmediatamente a las necesidades de la vida y, si aprovechando la experiencia adquirida no debían inventar nada, tenían por lo menos que fabricarlo todo. Su hierro y su acero se hallaban todavía en estado mineral, su vajilla en estado de barro, sus lienzos y sus vestidos en estado de materias textiles.

Por lo demás, preciso es decir que los colonos eran hombres en la fuerte acepción de la palabra. El ingeniero Smith no hubiera podido ser secundado por compañeros más inteligentes ni más adictos y celosos. Los había sondeado y conocía sus aptitudes.

Gedeón Spilett, periodista de talento, que lo había estudiado todo para poder hablar de todo, debía contribuir con su inteligencia y con sus manos a la colonización de la isla.

No retrocedería ante ninguna dificultad, y, cazador apasionado, haría un oficio de lo que hasta entonces había sido para él un deporte.

Harbert, buen muchacho, notablemente instruido en las ciencias naturales, sería utilísimo para la causa común.

Nab era la adhesión personificada. Diestro, inteligente, infatigable, robusto, dotado de una salud de hierro, entendía algo de trabajos de fragua y prestaría muy útiles servicios a la colonia.

En cuanto a Pencroff, había sido marinero en todos los mares, carpintero en los talleres de construcción de Brooklyn, ayudante de sastre en los buques del Estado, jardinero y cultivador en sus temporadas de licencia, y, como buen marino, dispuesto a todo y útil para todo.

Habría sido verdaderamente difícil reunir cinco hombres iguales para luchar contra la suerte y más seguros de triunfar.

Por el principio, había dicho Ciro Smith, y el principio de que hablaba era la construcción de un aparato que pudiese servir para transformar las sustancias naturales. Es conocido el papel del calor en esas transformaciones; por consiguiente, el combustible, vegetal o mineral, era inmediatamente utilizable. Tratábase, pues, de construir un horno para utilizarlo.

—¿Para qué servirá ese homo? —preguntó Pencroff.

—Para hacer las vasijas que necesitamos —contestó Smith.

—¿Y con qué vamos a hacerlo?

—Con ladrillos.

—¿Y los ladrillos?

—Con arcilla. Manos a la obra, amigos míos. Para evitar los transportes estableceremos el taller en el sitio mismo de la producción. Nab llevará provisiones y no nos faltará fuego para asar los alimentos.

—Cierto —repuso el corresponsal—, pero ¿y si fuesen los alimentos los que nos faltasen por carecer de instrumentos de caza?

—¡Ah!, ¡si tuviera un cuchillo! —exclamó el marinero.

—¿Qué harías con él? —le preguntó el ingeniero.

—Pues haría un arco y flechas y tendríamos abastecida la despensa.

—Sí, un cuchillo..., una hoja cortante... —murmuró el ingeniero como hablando consigo mismo.

Al mismo tiempo miró a Top, que iba y venía por la playa.

—¡Top, aquí! —gritó, animándose su mirada.

El perro acudió corriendo en cuanto oyó la voz de su amo. Ciro le tomó la cabeza y le quitó el collar que llevaba y que rompió en dos partes.

—¡Aquí tenemos dos cuchillos, Pencroff! —dijo luego. El marinero contestó con dos sonoros hurras.

El collar de Top estaba hecho de una ligera lámina de acero templado; bastaba afilarle primero con una piedra de asperón para aguzar el lado cortante y quitarle luego el filván con un asperón más fino. Este género de roca arenisca abundaba en la playa, y dos horas después las herramientas de la colonia se componían de dos láminas cortantes, a las cuales fue fácil poner un mango de madera muy fuerte.

La conquista de esta primera herramienta fue saludada como un triunfo; conquista preciosa, en efecto, y hecha muy oportunamente.

Se pusieron en marcha. El propósito de Smith era llegar a la orilla occidental del lago, donde la víspera había advertido la existencia de la tierra arcillosa, de la que tomó una muestra.

Siguieron por la orilla del Merced, atravesaron la meseta de la Gran Vista y, después de haber recorrido cinco millas, llegaron a un claro situado a doscientos pasos del lago Grant.

Por el camino Harbert había descubierto un árbol cuyas ramas emplean los indios de la América Meridional para hacer sus arcos. Era el crejimba, de la familia de las palmeras o que no dan frutos comestibles. Cortaron varias ramas largas y rectas, despojáronlas de sus hojas y con el cuchillo las dejaron finas por los extremos y gruesas por el centro. Así, sólo les faltaba encontrar una planta a propósito para formar la cuerda del arco, y la hallaron en una especie perteneciente a la familia de las malváceas, un hibiscus heterophyllus, que da fibras de una tenacidad tan notable, que pueden compararse con los tendones de los animales. Pencroff construyó de este modo arcos de gran alcance, a los cuales sólo faltaban las flechas, pero estas eran fáciles de hacer con ramas rectas y rígidas sin nudosidades; lo que no podía encontrarse tan fácilmente era la punta que debía armarlas, es decir, una sustancia que pudiera reemplazar al hierro. El marino pensó, sin embargo, que, habiendo hecho él cuanto estaba de su parte, la casualidad le proporcionaría lo que faltaba.

Los colonos llegaron al terreno que el día antes habían recorrido. Se componía de la arcilla figulina que sirve para fabricar ladrillos y tejas; arcilla, por consiguiente, muy adecuada para la operación que se quería llevar a cabo.

La mano de obra no presentaba ninguna dificultad: bastaba purificar la figulina con arena, moldear los ladrillos y cocerlos al calor de un fuego alimentado con leña.

Ordinariamente los ladrillos se hacen con moldes, pero el ingeniero se contentó con fabricarlos a mano. Emplearon todo el día y el siguiente en este trabajo. La arcilla empapada en agua y amasada después con los pies y las manos de los manipuladores fue dividida en prismas de igual tamaño. Un obrero práctico puede hacer, sin máquina, hasta diez mil ladrillos en doce horas, pero en los dos días de trabajo los cinco alfareros de la isla Lincoln no hicieron más que tres mil, que fueron alineados hasta que estuviesen secos y en condiciones de ser cocidos, lo cual no tendría lugar hasta tres o cuatro días después.

El día 2 de abril se ocupó Ciro Smith en fijar la orientación de la isla. La víspera había anotado con exactitud la hora en que el sol había desaparecido del horizonte, teniendo en cuenta la refracción, y aquella mañana anotó con no menos cuidado la salida; entre la puesta y la salida habían transcurrido doce horas y veinticuatro minutos; luego seis horas y doce minutos después de su salida, el sol debía pasar aquel día por el meridiano, y el punto de cielo que ocupase en aquel momento sería el norte.

A dicha hora anotó Ciro aquel punto y, señalando dos árboles que habían de servirle de jalones, obtuvo un meridiano invariable para sus operaciones ulteriores.

Durante los dos días que precedieron la cocción de los ladrillos, se ocupó la colonia en hacer provisión de leña, cortando ramas alrededor del claro del bosque y recogiendo toda la madera que había caído de los árboles.

Al hacer esto, descubrieron caza en los alrededores y se aprovecharon del descubrimiento, puesto que Pencroff poseía ya algunas docenas de flechas, armadas con puntas muy fuertes, que les proporcionó Top llevando un puerco espín, bastante malo como caza, pero de incalculable valor por las púas de que estaba erizado. Pencroff ajustó sólidamente aquellas púas al extremo de las flechas, asegurando la dirección por medio de plumas de cacatúas.

El corresponsal y Harbert pronto fueron diestros tiradores de arco, y por lo tanto la caza de pelo y de pluma abundó en las Chimeneas, no faltando cabiayes, palomas, agutíes y gallináceas.

La mayor parte de aquellos animales fueron matados en la parte del bosque situada en la orilla izquierda del río de la Merced, y a la cual se había dado el nombre de bosque del Jacamar, en recuerdo del ave que Pencroff había perseguido en su primera exploración.

La caza se la comieron fresca, pero conservaron los perniles de los cabiayes ahumándolos con leña verde, después de haberlos aromatizado con hojas odoríferas.

Sin embargo, el alimento de los colonos era siempre asado y deseaban oír cantar en el hogar una olla sencilla, mas antes era preciso tenerla, y por consiguiente que se hiciese el horno donde había de cocerse.

Durante estas excursiones, que no se hicieron más que en un radio muy reducido alrededor del tejar, los cazadores vieron huellas de pasos recientes de animales de gran tamaño, armados de garras poderosas, cuya especie no pudieron reconocer. El ingeniero les recomendó, por tanto, la mayor prudencia, porque era probable que el bosque contuviese fieras peligrosas.

Esta recomendación fue muy prudente, pues Gedeón Spilett y Harbert vieron un día un animal que parecía un jaguar. Por fortuna la fiera no les atacó, porque de otro modo tal vez no hubieran escapado sin heridas graves. Pero cuando tuvieran un arma formal, es decir, uno de esos fusiles que Pencroff reclamaba, Spilett prometía hacer una guerra encarnizada a las fieras y purgar de ellas la isla.

Durante aquellos días no se hizo nada para dotar a las Chimeneas de algunas comodidades, porque el ingeniero pensaba descubrir o fabricar, si era necesario, una morada más conveniente. Se contentaron con extender sobre la arena de los corredores frescos lechos de musgo y hojas secas, y sobre esos lechos, bastante primitivos, los trabajadores, cansados, dormían con profundo sueño.

Se calculó el cómputo de los días transcurridos en la isla de Lincoln, desde que habían llegado los colonos, teniendo desde entonces una cuenta regular con el tiempo. El día 5 de abril, miércoles, haría doce días que el viento arrojó a los náufragos sobre el litoral.

El 6 de abril, al rayar el alba, el ingeniero y sus compañeros estaban reunidos en el claro del bosque y en el sitio en que iba a verificarse la cocción de los ladrillos.

Naturalmente la operación debía hacerse al aire libre y en hornos, o más bien la aglomeración de los ladrillos seria un horno enorme que habría de cocerse a sí mismo. El combustible, hecho de fajinas bien preparadas, fue dispuesto en el suelo, rodeándolo de muchas filas de ladrillos secos que formaron pronto un grueso cubo, al exterior del cual se dejaron algunos respiraderos. Aquel trabajo duró todo el día y hasta que oscureció no se dio fuego a las fajinas.

Aquella noche nadie se acostó, velando cuidadosamente para que el fuego no se apagara ni disminuyera.

La operación duró cuarenta y ocho horas y tuvo éxito. Fue preciso entonces dejar enfriar la masa humeante, y durante aquel tiempo, Nab y Pencroff, guiados por Ciro Smith, acarrearon sobre unas parihuelas hechas de ramas enlazadas muchas cargas de carbonato de cal, piedras comunes que se encontraban abundantemente al norte del lago. Estas piedras, descompuestas por el calor, dieron una cal viva, muy crasa y abundante, tan pura como si hubiera sido producida por la calcinación de la greda o del mármol.

Mezclada con arena, cuyo efecto es atenuar la reducción de la pasta, cuando se solidificó aquella cal, produjo una excelente argamasa.

De estos diversos trabajos resultó que el 9 de abril el ingeniero tenía a su disposición cierta cantidad de cal bien preparada y algunos millares de ladrillos.

Comenzó, pues, sin perder un instante, la construcción de un horno, que debía servir para cocer los diferentes utensilios indispensables para el uso doméstico. Esto se llevó a cabo sin dificultad.

Cinco días después el horno fue cargado con hulla, cuyo nacimiento había descubierto el ingeniero, a cielo abierto, hacia la embocadura del arroyo Rojo, y los primeros humos se escaparon de una chimenea de veinte pies de altura. El claro del bosque se había transformado en fábrica y Pencroff empezaba a creer que de aquel horno iban a salir todos los productos de la industria moderna.

Lo primero que fabricaron los colonos fue una vajilla de barro muy a propósito para la cocción de alimentos. La primera materia fue la arcilla del suelo, con la cual Smith mezcló un poco de cal y de cuarzo. En realidad aquella pasta constituía el verdadero barro de pipa, y con ella se hicieron pucheros, tazas, para las cuales sirvieron de molde varios cantos de formas convenientes, grandes jarros, cántaros y cubetes para contener el agua, etc. La forma de estos objetos era defectuosa y fea, pero, después que se hubieron cocido a una alta temperatura, la cocina de las Chimeneas se halló provista de cierto número de utensilios tan preciosos, como si hubiera entrado en su composición el más hermoso caolín.

Aquí debemos advertir que Pencroff, deseoso de saber si aquella arcilla así preparada justificaba su nombre de barro de pipa, se fabricó algunas pipas bastante burdas, que halló admirables, y a las cuales no faltaba más que el tabaco. Esta era una gran privación para Pencroff.

"Pero el tabaco vendrá como todas las cosas", repetía para sí en sus momentos de confianza absoluta.

Los trabajos que hemos reseñado duraron hasta el 15 de abril y no se puede decir que perdieron el tiempo. Los colonos, convertidos en alfareros, no hicieron más que vajilla de cocina.

Cuando conviniese a Ciro Smith transformarlos en herreros, serían herreros. Pero siendo el día siguiente domingo, y domingo de Pascua, todos convinieron en santificar aquel día con el descanso. Aquellos norteamericanos eran hombres religiosos, fieles observadores de los preceptos de la Biblia, y la situación en que se encontraban no podía menos de desarrollar sus sentimientos de confianza en el Autor de todas las cosas.

En la noche del 15 de abril volvieron todos a las Chimeneas. El resto de vajilla fue llevado a su sitio y el horno se apagó, esperando un nuevo destino. La vuelta fue señalada por un incidente afortunado: el descubrimiento que hizo el ingeniero de una sustancia que podía reemplazar la yesca.

Esta sustancia esponjosa y aterciopelada proviene de ciertos hongos del género políporo. Convenientemente preparada es muy inflamable, sobre todo cuando ha sido antes saturada de pólvora o cocida en una disolución de nitrato o clorato de potasa. Pero hasta entonces no se había encontrado ninguno de aquellos políporos ni de otros hongos que pudieran reemplazarlos.

Aquel día el ingeniero, habiendo reconocido cierta planta del género artemisa, que cuenta entre sus principales especies el ajenjo, el toronjil, el estragón, el jengibre, etcétera, arrancó varios tallos y, presentándolos al marinero, le dijo:

—Tome, Pencroff, esto le va a poner contento.

Pencroff miró atentamente la planta revestida de pelos sedosos y largos, cuyas hojas estaban cubiertas de un suave vello parecido al algodón.

—¿Y qué es esto, señor Ciro? —preguntó—. ¡Bondad del cielo! ¿Es tabaco?

—No —respondió Ciro—, es artemisa china para los sabios y para nosotros será yesca.

En efecto, aquella artemisa convenientemente desecada, dio una sustancia inflamable, sobre todo cuando el ingeniero la hubo impregnado de aquel nitrato de potasa que la isla tenía en abundancia en muchas capas, y que no era más que el salitre.

Aquella noche todos los colonos, reunidos en la habitación central, cenaron convenientemente; Nab había preparado un guisado de agutí y jamón de cabiay aromatizado, al cual se unieron tubérculos cocidos del Caladium macrorhizum, especie de planta herbácea de la familia de las aráceas, y que bajo la zona tropical habría tenido una forma arborescente. Aquellos rizomas tenían un excelente sabor, eran muy nutritivos y semejantes a la sustancia que se vende en Inglaterra bajo el nombre de sagú de Portland, pudiendo en cierto modo reemplazar el pan, del que estaban enteramente privados los colonos de la isla Lincoln.

Terminada la cena, y antes de entregarse al sueño, Ciro Smith y sus compañeros salieron a tomar el aire por la playa. Eran las ocho de la noche, noche que se anunciaba magnífica. La luna, que había entrado en el plenilunio cinco días antes, no había aparecido aún, pero el horizonte se argenteaba ya con esos matices suaves y pálidos que podrían llamarse el alba lunar. En el cenit austral las constelaciones circumpolares resplandecían, y entre todas, aquella Cruz del Sur, a la cual el ingeniero, pocos días antes, saludaba desde la cima del monte Franklin.

Ciro Smith observó la espléndida constelación, que tiene en su cima y en su base dos estrellas de primera magnitud, en el brazo izquierdo una estrella de segunda, y en el derecho una de tercera.

Después de haber reflexionado, preguntó a Harbert:

—¿No estamos a 15 de abril?

—Sí, señor —contestó el joven.

—Pues bien, si no me equivoco, mañana será uno de los cuatro días del año en los cuales el tiempo verdadero se confunde con el tiempo medio, es decir, mañana, con corta diferencia de segundos, el sol pasará por el meridiano precisamente cuando los relojes señalen las doce. Si el tiempo es bueno, creo que podré obtener la longitud de la isla con una aproximación de pocos grados.

—¿Sin instrumentos ni sextante? —preguntó Gedeón Spilett.

—Sí —continuó el ingeniero—. Ya que la noche es tan clara, voy a ver ahora mismo si puedo obtener su latitud calculando la altura de la Cruz del Sur, es decir, del polo austral, por encima del horizonte. Ya comprenderán ustedes, amigos míos, que antes de emprender los trabajos de una instalación en regla, no basta haber averiguado que esta tierra es una isla, sino que es necesario hacer lo posible por averiguar a qué distancia está situada, tanto del continente americano, como del australiano, como de los principales archipiélagos del Pacífico.

—En efecto —dijo el corresponsal—, en vez de construir una casa, puede ser preferible construir un buque, si por ventura no estuviésemos más que a un centenar de millas de alguna costa habitada.

—Por eso mismo —repuso Ciro Smith—voy a tratar de obtener esta noche la latitud de la isla Lincoln, y mañana al mediodía procuraré averiguar la longitud.

Si el ingeniero hubiera podido disponer de un sextante, aparato que permite medir con exactitud la distancia angular de los objetos por reflexión, la operación no habría ofrecido dificultad alguna. Aquella noche, por la altura del polo, y al día siguiente por el paso del sol por el meridiano, habría tenido las coordenadas de la isla; pero faltando el aparato, era necesario suplirlo de otro modo.

Ciro Smith volvió a las Chimeneas, y allí, al resplandor del hogar, cortó dos reglas y unió una a otra por uno de sus extremos, de manera que formasen una especie de compás, cuyos extremos pudieran abrirse o cerrarse. El punto de unión estaba fijo por medio de una fuerte espina de acacia que Ciro tomó de la leña seca.

Terminado el instrumento, volvió el ingeniero a la playa, y como era preciso tomar la altura del polo por encima de un horizonte netamente marcado, es decir, de un horizonte de mar, y como el cabo de la Garra le ocupaba el horizonte del sur, tuvo que ir en busca de una estación más a propósito. La mejor hubiera sido sin duda el litoral expuesto directamente al sur, pero había que atravesar el río de la Merced, entonces muy profundo, y esta era una dificultad grave.

Por consiguiente, Ciro Smith resolvió hacer una observación desde la meseta de la Gran Vista, reservándose tomar su altura sobre el nivel del mar; altura que pensaba calcular al día siguiente por medio de un simple procedimiento de geometría elemental.

Los colonos se trasladaron a la meseta subiendo por la orilla izquierda del río de la Merced y se colocaron en el límite que se orientaba al nordeste y sudeste, es decir, en la línea de rocas caprichosamente cortadas que formaban la orilla del río.

Aquella parte de la meseta dominaba en unos cincuenta pies las alturas de la orilla derecha, que bajaban por una doble pendiente hasta el extremo del cabo de Garra y hasta la costa meridional de la isla.

Ningún obstáculo detenía, pues, las miradas, que abarcaban el horizonte en una semicircunferencia, desde el cabo hasta el promontorio del Reptil. Al sur, este horizonte, iluminado desde su parte inferior por las primeras claridades de la luna, se destacaba vivamente sobre el cielo y podía ser notado con gran exactitud.

En aquel momento la Cruz del Sur se presentaba al observador en posición inversa, marcando la estrella Alfa su base, que es la más próxima al polo austral.

Esta constelación no está situada tan cerca del Polo Antártico como la estrella Polar lo está del Polo Ártico.

La estrella Alfa está a unos 27° aproximadamente del primero, pero Ciro Smith lo sabía y tenía en cuenta esta distancia para su cálculo. También cuidó de observarla en el momento en que pasaba por el meridiano inferior, lo cual debía simplificar su operación.

Dirigió, pues, una rama de su compás de madera sobre el horizonte de mar, y la otra sobre la estrella Alfa, como hubiera hecho con dos anteojos de un círculo repetidor, y la abertura de las dos ramas le dio la distancia angular que separaba a la estrella Alfa del horizonte. A fin de fijar de una manera inmutable el ángulo obtenido, sujetó por medio de espinas las dos tablillas de su aparato sobre una tercera que situó transversalmente, de suerte que la abertura se mantuviese sólidamente.

Hecho esto, sólo faltaba calcular el ángulo obtenido, trayendo la observación al nivel del mar, de manera que se tomara en cuenta la depresión del horizonte, para lo cual era preciso medir la altura de la meseta.

El valor de este ángulo daría así la altura de la estrella Alfa, y por consiguiente, la del polo por encima del horizonte, es decir, la latitud de la isla, puesto que la latitud de un punto del globo es siempre igual a la altura del polo sobre el horizonte de aquel punto.

La realización de estos cálculos se aplazó para la mañana siguiente y a las diez de la noche todos dormían profundamente.

Se determina la longitud y la latitud de la isla

Al día siguiente, 16 de abril, domingo de Pascua, los colonos salían de las Chimeneas al amanecer y procedían al lavado de su ropa interior y a la limpieza de sus vestidos. El ingeniero pensaba hacer jabón cuando hubiera obtenido las materias necesarias para la saponificación, sosa o potasa, y grasa o aceite. La cuestión de la renovación del guardarropa debía ser tratada en tiempo y lugar oportunos. En todo caso, los vestidos podían durar aún seis meses más, porque eran de tela fuerte y podían resistir el desgaste de los trabajos manuales. Pero todo dependía de la situación de la isla respecto de las tierras habitadas, situación que debía determinarse aquel mismo día, si lo permitía el tiempo.

El sol, levantándose sobre un horizonte puro, anunciaba un día magnífico, uno de esos hermosos días de otoño, que son como la última despedida de la estación calurosa.

Había que completar los elementos de las observaciones hechas la víspera midiendo la altura de la meseta de la Gran Vista sobre el nivel del mar.

—¿No necesitará usted un instrumento análogo al que le sirvió ayer? —preguntó Harbert al ingeniero.

—No, hijo mío, no —contestó este—. Vamos a proceder de otro modo y de una manera casi tan exacta.

Harbert, que gustaba de instruirse en todo, siguió al ingeniero, el cual se apartó del pie de la muralla de granito bajando hasta el extremo de la playa, mientras Pencroff, Nab y el corresponsal se ocupaban en diversos trabajos.

Ciro Smith se había provisto de una especie de pértiga de unos doce pies de longitud, que había medido con la exactitud posible, comparándola con su propia estatura, cuya altura conocía poco más o menos. Harbert llevaba una plomada que le había dado el ingeniero, es decir, una simple piedra atada al extremo de una hebra flexible.

Al llegar a veinte pies del extremo de la playa, a unos quinientos pies de la muralla de granito, que se levantaba perpendicularmente, Ciro Smith clavó la pértiga uno o dos pies en la arena, calzándola con cuidado, y por medio de la plomada consiguió ponerla perpendicularmente al plano de horizonte.

Hecho esto, retrocedió la distancia necesaria para que, echado sobre la arena, el rayo visual, partiendo de su ojo derecho, rozase a la vez el extremo de la pértiga y la cresta de la muralla. Después marcó cuidadosamente aquel punto con un jalón pequeño.

—¿Conoces los primeros principios de la geometría? —dijo luego, dirigiéndose a Harbert.

—Un poco, señor Ciro —contestó el joven, que no quería comprometerse demasiado.

—¿Recuerdas bien las propiedades de dos triángulos semejantes?

—Sí —contestó Harbert—. Sus lados homólogos son proporcionales.

—Pues bien, hijo mío, acabo de construir dos triángulos semejantes, ambos rectángulos: el primero, el más pequeño, tiene por lados la pértiga perpendicular, la distancia que separa el jalón del extremo inferior de la pértiga y el rayo visual por hipotenusa; el segundo tiene por lados la muralla perpendicular, cuya altura se trata de medir, la distancia que separa el jalón del extremo inferior de esta muralla y mi rayo visual, que forma igualmente su hipotenusa, la cual viene a ser la prolongación de la del primer triángulo.

—¡Ah!, señor Ciro, ya comprendo —exclamó Harbert—. Así, como la distancia del jalón a la base de la pértiga es proporcional a la distancia del jalón a la base de la muralla, del mismo modo la altura de la pértiga es proporcional a la altura de esa muralla.

—Eso es, Harbert —contestó el ingeniero—, y, cuando hayamos medido las dos primeras distancias, conociendo la altura de la pértiga, no tendremos que hacer más que un cálculo de proporción, el cual nos dará la altura de la muralla y nos evitará el trabajo de medirla directamente.

Tomaron las dos distancias horizontales por medio de la pértiga, cuya longitud sobre la arena era exactamente de diez pies. La primera distancia era de quince pies, que mediaban entre el jalón y el punto en que la pértiga estaba metida en la arena.

La segunda distancia entre el jalón y la base de la muralla era de quinientos pies.

Terminadas estas medidas, Ciro y el joven volvieron a las Chimeneas.

Allí el ingeniero tomó una piedra plana que se había llevado en sus precedentes excursiones, especie de pizarra sobre la cual era fácil trazar números con una almeja, y estableció la proporción siguiente:

15:500::10:x

500 X 10 = 5.000

5.000 = 333'33

15

Quedó, pues, averiguado que la muralla de granito medía 333 pies de altura.

Ciro Smith tomó entonces el instrumento que había hecho la víspera, y cuyas dos ramas, por su separación, le daban la distancia angular de la estrella Alfa al horizonte. Midió exactamente la abertura de aquel ángulo en una circunferencia que dividió en trescientas partes iguales. Ahora bien, aquel ángulo era de diez grados; luego la distancia angular total entre el polo y el horizonte, añadiéndose los 27° que separan a Alfa del Polo Antártico, y reduciendo al nivel del mar la altura de la meseta sobre la cual se había hecho la observación, era de 37°. Ciro Smith dedujo que la isla de Lincoln estaba situada en el grado 37 de latitud austral, o teniendo en cuenta, a causa de la imperfección de los instrumentos, un error de cinco grados, debería estar situada entre el paralelo 35 y el 40.

Faltaba obtener la longitud para completar las coordenadas de la isla, y esto fue lo que se propuso el ingeniero determinar a las doce del mismo día, es decir, en el momento en que el sol pasara por el meridiano.

Se decidió que aquel domingo se emplearía en un paseo, o más bien en una exploración de aquella parte de la isla situada entre el norte del lago y el golfo del Tiburón, y que, si el tiempo lo permitía, se extendiera el reconocimiento hasta la vuelta septentrional del cabo Mandíbula Sur; se almorzaría en las dunas y no regresarían hasta la tarde.

A las ocho y media de la mañana, la pequeña caravana seguía la orilla del canal. Del otro lado, en el islote de la Salvación, muchas aves se paseaban. Eran somorgujos de la especie llamada maneos, que se distinguen perfectamente por su grito desagradable, algo parecido al rebuzno de asno. Pencroff no las consideraba sino desde el punto de vista comestible, y supo, con cierta satisfacción, que su carne, aunque negruzca, era bastante apetitosa. Arrastrándose por la arena se podían ver también grandes anfibios, focas sin duda, que parecían haber elegido el islote como refugio. No era posible examinar aquellos animales desde el punto de vista alimenticio, porque su carne aceitosa es pésima; sin embargo, Ciro Smith observó con atención y, sin descubrir sus ideas, anunció a sus compañeros que próximamente harían una visita al islote.

La orilla que seguían los colonos estaba sembrada de innumerables conchas, algunas de las cuales habrían hecho la felicidad de un aficionado a malacología. Había, entre otras, faisanelas, terebrátulas, trigonias, etcétera.; pero lo que debía ser más útil fue un banco de ostras, descubierto en la baja marea, y que Nab señaló entre las rocas, a cuatro millas, poco más o menos, de las Chimeneas.

—Nab no ha perdido el día —dijo Pencroff, observando el banco de ostras que se extendía a larga distancia.

—Es un feliz descubrimiento —dijo el corresponsal—, y si, como se dice, cada ostra pone al año de 50.000 a 60.000 huevos, tendremos una reserva inagotable.

—Yo creo, sin embargo, que la ostra no es muy nutritiva.

—No —respondió Ciro Smith—. La ostra contiene muy poca materia azoada, y si un hombre tuviera que alimentarse con ellas exclusivamente, necesitaría por lo menos de quince a dieciséis docenas diarias.

—Bueno —repuso Pencroff—. Comeremos docenas y docenas antes de agotar el banco.

¿No sería bueno tomar algunas para almorzar?

Y sin esperar respuesta a su proposición, sabiendo que estaba aprobada de antemano, el marino, ayudado por Nab, arrancó cierta cantidad de aquellos moluscos. Pusiéronlos en una especie de red hecha de fibras de hibisco perfeccionada por Nab, y que contenía provisiones para el almuerzo, y luego continuaron subiendo por la costa entre las dunas y el mar.

De vez en cuando Smith consultaba su reloj, a fin de prepararse a tiempo para la observación solar que debía hacerse a las doce.

Toda aquella parte de la isla era muy árida, hasta la punta que cerraba la bahía de la Unión, y que había recibido el nombre de cabo Mandíbula Sur. No se veía más que arena y conchas mezcladas con restos de lava. Algunas aves marinas frecuentaban aquella desolada costa, gaviotas, grandes albatros y patos silvestres, que excitaron con justa razón el apetito de Pencroff, el cual trató de matar algunos a flechazos, pero sin resultado, porque no se detenían en ninguna parte, y habría sido preciso derribarlos al vuelo.

El marino, en vista del mal resultado de sus tentativas, dijo al ingeniero:

—Ya ve usted, señor Ciro, que, mientras no tengamos uno o dos fusiles de caza, nuestro material dejará todavía mucho que desear.

—Cierto, Pencroff —contestó el corresponsal—, pero eso sólo depende de usted. Proporciónenos hierro para los cañones, acero para las baterías, salitre, carbón y azufre para la pólvora, mercurio y ácido azótico para el fulminante y plomo para los balas, y creo yo que Ciro nos hará fusiles de primera clase.

—¡Oh! —dijo el ingeniero—, todas estas sustancias se podrían encontrar sin duda en la isla; pero un arma de fuego es un instrumento delicado para el que se necesitan herramientas de gran precisión. En fin, veremos más adelante.

—¡Qué lástima —exclamó Pencroff— que hayamos tenido que arrojar al mar todas las armas que llevaba la barquilla y todos los utensilios y hasta las navajas de los bolsillos!

—Si no los hubiéramos arrojado, Pencroff, seríamos nosotros los que habríamos ido al fondo del mar —dijo Harbert.

—Es verdad, muchacho —contestó el marino. Después, pasando a otra idea, añadió:

—Pero, ahora que pienso en ello, ¿qué dirían Jonatán, Forster y sus compañeros cuando vieron a la mañana siguiente la plaza vacía por haber volado su máquina?

—Lo que menos me importa es saber lo que han podido pensar esos señores —dijo el corresponsal.

—Pues yo fui el que tuvo la idea —repuso Pencroff satisfecho.

—¡Magnífica idea, Pencroff! —añadió Gedeón Spilett—. ¡Sin ella, no estaríamos donde estamos!

—Prefiero estar aquí que en manos de los sudistas —exclamó el Americano—, sobre todo habiendo el señor Ciro tenido la bondad de acompañarnos.

—Y yo también lo prefiero —dijo el corresponsal—. Por lo demás, ¿qué nos falta? Nada.

—Nada, excepto... todo —replicó Pencroff, soltando una carcajada—. Pero un día u otro ya encontraremos el medio de salir de aquí.

—Y más pronto quizá de lo que ustedes imaginan —dijo entonces el ingeniero—, si la isla de Lincoln está situada a una distancia media de algún archipiélago habitado o de algún continente, cosa que sabremos antes de una hora. No tengo mapa del Pacífico, pero mi memoria ha conservado un recuerdo bastante claro de su parte meridional. La latitud que he obtenido ayer pone a la isla de Lincoln entre Nueva Zelanda, al oeste, y la costa de Chile, al este; pero entre estas dos tierras la distancia es de 6.000 millas. Falta, pues, determinar qué punto ocupa la isla en este gran espacio de mar, y esto es lo que nos dirá dentro de poco la longitud, según espero, con bastante aproximación.

–¿No es el archipiélago de las Pomotu el más próximo a nosotros en latitud? –preguntó Harbert.

–Sí –contestó el ingeniero–, pero la distancia que de él nos separa es mayor de 1.200 millas.

–¿Y por allí? –dijo Nab, que seguía la conversación con gran interés y cuya mano indicaba la dirección del sur.

–Por allí, nada –contestó Pencroff.

–Nada, en efecto –añadió el ingeniero.

–Dígame usted, Ciro –preguntó el corresponsal–, ¿y si la isla de Lincoln se encuentra nada más a 200 o a 300 millas de Nueva Zelanda o Chile?

–Entonces –contestó el ingeniero–, en vez de hacer una casa, haremos un buque y el capitán Pencroff se encargará de dirigirlo.

–¡Claro que sí, señor Ciro! –exclamó el marino–; estoy preparado a hacerme capitán tan pronto como usted haya encontrado el medio de construir una embarcación capaz de navegar por alta mar.

–La construiremos, si es necesario –contestó Ciro Smith.

Mientras hablaban aquellos hombres, que verdaderamente no dudaban de nada, se acercaba la hora de la observación. ¿Cómo se compondría Ciro Smith para averiguar el paso del sol por el meridiano de la isla sin ningún instrumento? Era este el problema que Harbert no podía resolver.

Los observadores se hallaban entonces a una distancia de seis millas de las Chimeneas, no lejos de aquella parte de las dunas en que habían encontrado al ingeniero, después de su enigmática salvación. Hicieron alto en aquel sitio y lo prepararon todo para el almuerzo, porque eran las once y media. Harbert fue a buscar agua dulce al arroyo que corría allí cerca y la trajo en un cántaro del que Nab se había provisto.

Durante aquellos preparativos Ciro Smith lo dispuso todo para su observación astronómica. Eligió en la playa un sitio despejado, que el mar, al retirarse, había nivelado perfectamente. Aquella capa de arena muy fina estaba tersa como un espejo, sin que un grano sobresaliese entre los demás. Poco importaba, por otra parte, que fuese horizontal o no, ni tampoco que la varita que Ciro plantó en ella se levantase perpendicularmente. Por el contrario, el ingeniero la inclinó hacia el sur, es decir, del lado opuesto al sol, porque no debe olvidarse que los colonos de la isla de Lincoln, por lo mismo que la isla estaba situada en el hemisferio austral, veían el astro radiante describir su arco diurno por encima del horizonte del norte y no por encima del horizonte del sur.

Harbert comprendió entonces el procedimiento que iba a emplear el ingeniero para averiguar la culminación del sol, es decir, su paso por el meridiano de la isla o, en otros términos, el mediodía del lugar. Se valdría de la sombra proyectada sobre la arena por la vara plantada en ella; medio que, a falta de instrumento, le daría una aproximación conveniente para el resultado que quería obtener.

En efecto, cuando aquella sombra llegase al mínimun de su longitud, sería el mediodía preciso, y bastaría seguir el extremo de aquella sombra para reconocer el instante en que, después de haber disminuido sucesivamente, comenzara a prolongarse. Inclinando la vara del lado opuesto al sol, Ciro Smith alargaba la sombra, y por consiguiente, sus modificaciones serían más fáciles de observar. En efecto, cuanto mayor es la aguja de un cuadrante, mejor puede seguirse el movimiento de su punta. La sombra de la vara no era, en efecto, más que la aguja de un cuadrante.

Cuando creyó llegado el momento, Smith se arrodilló sobre la arena, y por medio de jalones de madera que fijaba en ella, comenzó a apuntar la disminución sucesiva de la sombra de la varita. Sus compañeros, inclinados sobre él, seguían la operación con gran interés.

El corresponsal tenía su cronómetro en la mano, pronto a decir la hora que marcase, cuando la sombra llegase al mínimun de longitud. Además, como Ciro Smith operaba el 16 de abril, día en el cual se confunden el tiempo medio y el tiempo verdadero, la hora dada por Gedeón Spilett sería la hora verdadera de Washington en aquel momento, lo cual simplificaría el cálculo.

El sol se inclinaba lentamente; la sombra de la vara iba disminuyendo poco a poco y, cuando pareció a Ciro Smith que comenzaba a aumentar, preguntó:

–¿Qué hora es?

–Las cinco y un minuto –contestó inmediatamente Spilett.

No había más que anotar con números la operación, cosa facilísima, como se ve: había cinco horas de diferencia, en números redondos, entre Washington y la isla de Lincoln, es decir, que eran las doce en punto en la isla de Lincoln cuando eran las cinco de la tarde en Washington. Ahora bien, el sol, en su movimiento aparente alrededor de la tierra, recorre un grado cada cuatro minutos, o sea quince grados por hora; quince grados multiplicados por cinco horas daban 75 grados.

Así, pues, estando Washington a los 77° 3' 11" o digamos a los 77° del meridiano de Greenwich, que los norteamericanos, lo mismo que los ingleses, toman por punto de partida de las longitudes, se concluía que la isla estaba situada a los 77° más 750 al oeste del meridiano de Greenwich, es decir, hacia los 152° de longitud oeste.

Ciro Smith anunció este resultado a sus compañeros y, teniendo en cuenta los errores de observación como los había tenido respecto de la latitud, creyó poder afirmar que la isla de Lincoln debía estar entre el grado 35 y el 37 de latitud y el 150 y 155 de longitud oeste del meridiano de Greenwich.

El error posible que se atribuía a la observación era, como se ve, de cinco grados en los dos sentidos, que a 60 millas por grado podía dar un error de 300 millas en latitud o en longitud para el cálculo exacto. Pero este error no debía influir en el partido que convenía tomar.

Era evidente que la isla de Lincoln se hallaba a tal distancia de toda tierra o archipiélago, que no era posible aventurarse a atravesar semejante distancia en una sencilla y frágil canoa. En efecto, los cálculos la situaban por lo menos a mil doscientas millas de Tahití y de las islas del archipiélago de Pomotú, a más de mil ochocientas millas de Nueva Zelanda, y a más de cuatro mil quinientas de la costa americana.

Y cuando Ciro Smith consultaba su memoria, no recordaba en modo alguno una isla que ocupara en aquella parte del Pacífico la situación señalada a la isla de Lincoln.

Se convierten en metalúrgicos

Al día siguiente, 17 de abril, las primeras palabras del marino fueron para preguntar a Gedeón Spilett:

—Y bien, ¿qué vamos a hacer hoy?

—Lo que quiera el señor Ciro —contestó el corresponsal.

Los compañeros del ingeniero habían sido hasta entonces alfareros y en adelante iban a ser metalúrgicos.

La víspera, después del almuerzo, se había llevado a cabo la exploración hasta la punta del cabo Mandíbula, distante unas siete millas de las Chimeneas. Allí concluía la extraña serie de dunas y el suelo tomaba un aspecto volcánico. No se veían altas murallas como en la meseta de la Gran Vista, sino un bordado extraño y caprichoso, que formaba el marco de aquel estrecho golfo comprendido entre dos cabos y el compuesto de materias minerales vomitadas por el volcán. Los colonos, al llegar a aquella punta, habían retrocedido, y al caer la noche entraban de regreso en las Chimeneas; pero no se entregaron al sueño hasta que estuvo resuelta definitivamente la cuestión de si debían abandonar la isla de Lincoln o permanecer en ella.

Era una distancia considerable, 1.200 millas separaban la isla del archipiélago de las Pomotú. Una canoa no habría sido suficiente para atravesar, sobre todo al acercarse la mala estación; así lo declaró Pencroff. Ahora bien, construir una canoa, aun teniendo los útiles necesarios, era una obra difícil y, careciendo de herramientas, era preciso comenzar por hacer martillos, hachas, azuelas, sierras, barrenas, cepillos, etcétera., lo que exigía bastante tiempo. Se decidió, pues, invernar en la isla de Lincoln y buscar una morada más cómoda que las Chimeneas para pasar en ella los meses de invierno.

Ante todo se trataba de utilizar el mineral de hierro, del cual el ingeniero había observado algunos yacimientos en la parte nordeste de la isla, y de convertir aquel mineral en hierro o en acero.

El suelo no contiene generalmente los metales en estado de pureza; en su mayor parte se hallan combinados con el oxígeno o con el azufre. Precisamente las dos muestras recogidas por Ciro Smith eran una de hierro magnético no carbonatado, y la otra de pirita o sulfuro de hierro. El primero, o sea óxido de hierro, había que reducirlo por medio del carbón, es decir, desembarazarlo del oxígeno para utilizarlo en estado de pureza. Esta reducción debía hacerse sometiendo el mineral mezclado con carbón a una alta temperatura, ya por el método catalán, rápido y fácil, que tiene la ventaja de transformar directamente el mineral en hierro con una sola operación, bien por el método de los altos hornos, que cambia primero el mineral en fusión y después la fusión en hierro, quitándole el tres o cuatro por ciento de carbón, que se ha combinado con ella.

Ahora bien, ¿qué necesitaba Ciro Smith? Hierro y no fundición, y debía buscar el método más rápido de reducirlo. Por lo demás, el mineral que había recogido era por sí mismo muy puro y rico, o sea ese mineral oxidulado, que, hallándose en masas confusas de un color gris oscuro, da un polvo negro, se cristaliza en octaedros regulares, produce los imanes naturales y sirve en Europa para elaborar esos hierros de primera calidad que tan abundantemente producen Suecia y Noruega. No lejos de aquel yacimiento se hallaba otro de carbón de piedra ya explorado por los colonos. De aquí la facilidad para el tratamiento del mineral, pues estaban cerca de los elementos de fabricación. Esto es lo que constituye también la prodigiosa riqueza de las explotaciones del Reino Unido, donde la hulla sirve para hacer el metal extraído del mismo suelo y al mismo tiempo que ella.

–¿Así, pues, señor Ciro –dijo Pencroff–, vamos a trabajar mineral de hierro?

–Sí, amigo mío –contestó el ingeniero–, y para eso, si a usted no le parece mal, comenzaremos a cazar focas en el islote.

–¡A cazar focas! –exclamó el marino volviéndose hacia Gedeón Spilett–. ¿Necesitamos focas para fabricar hierro?

—Cuando lo dice el señor Ciro... —contestó el corresponsal.

El ingeniero había salido ya de las Chimeneas y Pencroff se preparó para la caza de las focas, sin haber obtenido más explicaciones.

En breve, Ciro Smith, Gedeón Spilett, Harbert, Nab y el marino se hallaron reunidos en la playa en el punto en que el canal dejaba un estrecho paso vadeable en la baja marea. La marea estaba en lo más bajo del reflujo, y los cazadores pudieron atravesar el canal sin mojarse por encima de las rodillas.

Ciro Smith ponía por primera vez el pie en el islote, y su compañeros, por la segunda, pues allí el globo los había arrojado.

Al desembarcar, algunos centenares de pájaros bobos les dirigieron sus cándidas miradas. Los colonos, armados de garrotes, habrían podido exterminarlos fácilmente, pero no pensaron en entregarse a aquella matanza doblemente inútil, porque importaba no asustar a los anfibios echados sobre la arena a poca distancia. Respetaron también varios somorgujos muy inocentes, cuyas alas reducidas a muñones se achataban en forma de aletas guarnecidas de plumas de apariencia escamosa.

Los colonos se adelantaron con prudencia hasta la punta norte, marchando por un suelo acribillado de hoyos, que formaban otros tantos nidos de aves acuáticas. Hacia el extremo del islote aparecían grandes puntos negros, que nadaban a flor de agua, semejantes a puntas de escollo en movimiento. Eran los anfibios que se trataba de capturar. Había que cazarlos en tierra, porque las focas, con su vientre estrecho, su pelo corto y apretado, su figura fusiforme y su disposición excelente para nadar, son difíciles de pescar en el mar, mientras que en el suelo sus pies cortos y palmeados no les permiten sino un movimiento de reptil muy pesado.

Pencroff conocía las costumbres de estos anfibios y aconsejó esperar a que se hubieran tendido en la arena a los rayos del sol, que no tardarían en hacerles dormir profundamente. Entonces convendría maniobrar de manera que se les cortara la retirada, teniendo cuidado de dirigir los golpes a las fosas nasales.

Los cazadores se escondieron detrás de las rocas del litoral y esperaron en silencio. Transcurrió una hora antes que las focas vinieran a solazarse por la arena. Había media docena; Pencroff y Harbert salieron entonces para doblar la punta del islote, tomarles la playa y cortarles la retirada, mientras Ciro Smith, Gedeon Spilett y Nab, trepando por las rocas, se dirigían hacia el futuro teatro del combate. De improviso el marino se irguió lanzando un grito. El ingeniero y sus dos compañeros se precipitaron entre el mar y las focas. Dos de aquellos animales quedaron muertos en la arena a fuerza de varios golpes vigorosos, pero los demás pudieron llegar al mar y tomar el lago.

—Aquí están las focas pedidas, señor Ciro —dijo el marino adelantándose hacia el ingeniero.

—Bien —contestó Ciro Smith—. Haremos de ellas fuelles de fragua.

—¡Fuelles de fragua! —exclamó Pencroff—; ¡vaya unas focas afortunadas!

En efecto, era una máquina para soplar lo que necesitaba el ingeniero para el tratamiento del mineral, y pensaba fabricarla con la piel de aquellos anfibios. Su longitud era mediana; no pasaban de seis pies y tenían la cabeza semejante a la de un perro.

Como era inútil cargarse con un peso tan considerable como el de aquellos animales, Nab y Pencroff resolvieron desollarlos en el mismo sitio, mientras Ciro y el corresponsal acababan de explorar el islote.

El marino y el negro ejecutaron diestramente su operación y, tres horas después, Ciro Smith tenía a su disposición dos pieles de foca, que decidió utilizar en aquel estado, sin curtirlas.

Los colonos tuvieron que esperar la baja marea, y después atravesaron el canal de regreso a las Chimeneas.

Costó trabajo sujetar aquellas pieles a marcos de madera destinados a mantenerlas tendidas y coserlas después por medio de fibras, para que pudiesen tomar aire sin dejarlo escapar. Hubo que realizar la operación muchas veces. Ciro Smith no tenía a su disposición más que las dos hojas de acero, procedentes del collar de Top, y sin embargo fue tan diestro y sus compañeros le ayudaron con tanta inteligencia, que tres días después los útiles de la pequeña colonia se habían aumentado con un gran fuelle, destinado a inyectar el aire en el mineral, cuando fuese tratado por el calor, condición indispensable para el buen éxito de la operación.

El 20 de abril por la mañana comenzó el período metalúrgico, como le llamaba el corresponsal en sus notas. El ingeniero, como hemos dicho, estaba decidido a operar en el yacimiento mismo del carbón y del mineral. Ahora bien, según sus observaciones, estos dos yacimientos estaban situados al pie de los contrafuertes del nordeste del monte Franklin, es decir, a una distancia de seis millas; por consiguiente no había que pensar en volver todos los días a las Chimeneas, y se convino en que la colonia acamparía bajo una choza de ramas de árbol a fin de seguir noche y día la importante operación.

Aprobado el proyecto, se pusieron en marcha al rayar el día. Nab y Pencroff llevaban en unas parihuelas el fuelle y cierta cantidad de provisiones vegetales y animales, que además podían renovarse por el camino.

Entraron por los bosques del Jacamar, atravesándolos oblicuamente del sudeste al noroeste y en su parte más espesa. Hubo que abrir una senda, que debía formar en adelante la arteria más interesante entre la meseta de la Gran Vista y el monte Franklin. Los árboles, pertenecientes a las especies ya conocidas, eran magníficos. Harbert señaló otros nuevos, entre ellos varios dragos que Pencroff calificó de puerros presuntuosos, porque, a pesar de su altura, eran de la misma familia de las liliáceas, a la que pertenecen la cebolla, la cebolleta y el chalote o el espárrago. Como estos dragos podían dar raíces lechosas, que, cocidas, son excelentes y, sometidas a cierta fermentación, producen un licor muy agradable, hicieron bastante provisión de ellos.

El camino a través del bosque fue largo y duró el día entero, pero permitió a los exploradores observar la fauna y la flora. Top, encargado especialmente de la fauna, corría entre las hierbas y la espesura levantando indistintamente toda especie de caza. Harbert y Gedeón Spilett mataron dos canguros a flechazos y además un animal que se parecía mucho a un erizo y a un oso hormiguero; al primero, porque se hacía bola y erizaba sus púas; y al segundo, porque tenía uñas cavadoras, un hocico largo y delgado, que terminaba en pico de ave, y una lengua extensible guarnecida de espinas, que le servía para sujetar los insectos.

—¿Y a qué se parecerá cuando esté en la olla? —preguntó Pencroff con soma.

—A excelente carne de vaca —contestó Harbert.

—No podemos pedirle más —añadió el marino.

Durante esta excursión vieron algunos jabalíes, que no trataron de atacar la caravana; y no parecía que debiera temerse al encuentro de fieras en una espesura, cuando de improviso el corresponsal creyó ver a pocos pasos, entre las ramas de un árbol, un animal parecido a un oso y se puso a copiarlo tranquilamente a lápiz. Por fortuna para Spilett, el animal no pertenecía a esa temible familia de los plantígrados. Era tan sólo un koula, más conocido por el nombre de perezoso, que tenía el tamaño de un perro grande, el pelo erizado y de color pardo sucio, y las patas armadas de fuertes garras, lo que le permitía trepar a los árboles para alimentarse de hojas. Averiguada la identidad del animal, al cual no se trató de molestar en su ocupación, Gedeón Spilett borró la palabra oso del pie de su apunte, puso en su lugar koula, y continuó su camino.

A las cinco de la tarde, Ciro Smith daba la señal de alto. Se encontraban fuera del bosque, al pie de aquellos poderosos contrafuertes que apuntalaban el monte Franklin hacia el este. A pocos centenares de pasos corría el arroyo Rojo y por consiguiente el agua potable no estaba lejos.

Organizó inmediatamente el campamento y, en menos de una hora, al extremo del bosque, entre los árboles, se levantó una cabaña de ramas mezcladas de bejucos y recubiertas de tierra gredosa, que ofrecía un abrigo suficiente. Dejaron para el día siguiente las investigaciones geológicas; se preparó la cena, se encendió un buen fuego delante de la cabaña, se dio vuelta al asador y, a las ocho, mientras uno de los colonos velaba para alimentar la hoguera por si algún animal peligroso vagaba por los alrededores, los demás dormían con sueño tranquilo.

Al día siguiente, 24 de abril, Ciro Smith, acompañado de Harbert, fue a buscar los terrenos de formación antigua, donde había ya encontrado muestras de mineral. Halló el yacimiento a flor de tierra, casi en la fuente misma del arroyo, al pie de la base lateral de uno de los contrafuertes del nordeste. Aquel mineral, muy rico en hierro, contenido en su ganga fusible, convenía perfectamente al método de reducción que el ingeniero pensaba emplear, es decir, el método catalán, pero simplificado, como se usa en Córcega.

En efecto, el método catalán propiamente dicho exige la construcción de hornos y crisoles, en los cuales el mineral y el carbón, colocados en capas alternas, se transformen y reduzcan. Pero Ciro Smith quería economizar hornos y crisoles y formar con el mineral y el carbón una masa cúbica, al centro de la cual se dirigía el viento de su fuelle. Este era sin duda el procedimiento que emplearon Tubalcaín y los primeros metalúrgicos del mundo habitado. Ahora bien, lo que había dado buenos resultados a los nietos de Adán y los daba todavía en los países ricos en mineral y en combustible, no podía menos de darlo en las circunstancias en que se encontraban los colonos de la isla de Lincoln.

Se recogió también la hulla como el mineral sin trabajo y casi en superficie. Primeramente se rompió el mineral en pequeños trozos, quitándole con la mano las impurezas que manchaban su superficie. Después con el carbón y el mineral formaron un montón de capas sucesivas y alternas, como hace el carbonero con la leña que quiere carbonizar. De esta manera, bajo la influencia del aire proyectado por el fuelle, debía el carbón transformarse, primero, en ácido carbónico y, después, en óxido de carbono, encargado de reducir en óxido de hierro o, lo que es lo mismo, de desprender el hierro del oxígeno.

Así, pues, el ingeniero procedió a la operación. El fuelle de piel de foca, provisto en su extremo de un tubo de tierra refractaria, fabricado antes en el horno de la vajilla, fue colocado encima del montón de mineral; movido por un mecanismo, cuyos órganos consistían en bastidores, cuerdas de fibras y contrapesos, lanzó sobre la masa de hierro y carbón una profusión de aire que, elevando la temperatura, concurrió también a la transformación química que debía producir hierro puro.

La operación fue difícil. Necesitó toda la paciencia y todo el ingenio de los colonos para llevarla a buen término; pero salió bien y el resultado definitivo fue una masa de hierro reducida al estado de esponja, que fue preciso cimbrar y machacar, es decir, forjar para quitarle la ganga líquida que contenía. Aquellos herreros improvisados carecían de martillo; pero lo mismo había sucedido al primer metalúrgico e hicieron lo que este tuvo naturalmente que hacer.

Pusieron a la primera masa un palo a guisa de mango y sirvió para forjar la segunda en un yunque de granito, con lo cual se llegó a obtener un metal burdo, pero arcilloso.

Al fin, después de muchos esfuerzos y fatigas, el 25 de abril se habían forjado varias barras de hierro, que se transformaron en herramientas, pinzas, tenazas, picos, azadones, etcétera., que Pencroff y Nab declararon ser verdaderas joyas. Pero aquel metal no podía prestar grandes servicios en estado de hierro puro, sino principalmente en estado de acero.

El acero es una combinación de hierro y carbón, que se saca o de la fundición, quitando a esta el exceso de carbón, o del hierro, añadiendo a este el carbón que le falta. El primero, obtenido por la descarburación en la fundición, da el acero natural o refinado; el segundo, producido por la carburación del hierro, da el acero de cementación.

Este último era el que buscaba Ciro Smith con preferencia, puesto que poseía el hierro en estado puro; y consiguió fabricarlo, calentando el metal con carbón en polvo, en un crisol hecho de tierra refractaria.

Después, dado que el acero así elaborado es maleable tanto en caliente como en frío, pudo ser trabajado mediante el martillo. Nab y Pencroff, hábilmente dirigidos, hicieron hierros de hacha, los cuales, calentados hasta el rojo y sumergidos después inmediatamente en agua fría, adquirieron excelente temple.

De aquella fragua salieron otros instrumentos burdamente fabricados, como puede suponerse: hojas de cepillo de carpintero, hachas, azuelas, láminas de acero que debían transformarse en sierras, escoplos, azadones, palas, picos, martillos, clavos, etcétera.

El 5 de mayo, terminado el primer período metalúrgico, los herreros volvían a las Chimeneas; nuevas tareas iban a autorizarles en breve a tomar una nueva calificación.

Buscan refugio para invernar en la isla

Era el 6 de mayo, día que corresponde al 6 de noviembre en los países del hemisferio boreal. Hacía días que el cielo se cubría de brumas y era necesario tomar ciertas disposiciones para pasar el invierno. Sin embargo, la temperatura todavía no había bajado sensiblemente y un termómetro centígrado, trasladado a la isla de Lincoln, habría marcado todavía, por término medio, de diez a doce grados sobre cero. Esta temperatura media no tenía nada de extraordinario, puesto que la isla Lincoln, situada probablemente entre los 35 y 40 grados de latitud, debía hallarse sometida en el hemisferio sur a las mismas condiciones que Sicilia o Grecia en el hemisferio norte. Pero así como en Grecia o en Sicilia se experimentan fríos violentos, que producen nieves y hielo, de la misma manera en la isla Lincoln deberían experimentarlos en el período más riguroso del invierno, y contra esta temperatura baja convenía prepararse.

En todo caso, si el frío no amenazaba aún, por lo menos estaba próxima la estación de las nieves, y en aquella isla apartada, expuesta a todas las intemperies, en medio del mar Pacífico, los malos tiempos debían ser frecuentes y terribles.

Debían pensar seriamente y resolver la cuestión de una vivienda más cómoda que las Chimeneas.

Pencroff, naturalmente, tenía cierta predilección por aquel retiro por él descubierto; pero se hizo cargo de la necesidad de buscar otro. Las Chimeneas habían recibido la visita del mar en circunstancias que no se habrán olvidado y no podían los colonos exponerse de nuevo a un accidente parecido.

—Por otra parte —añadió Ciro Smith, que aquel día hablaba de estas cosas con sus compañeros—, tenemos algunas precauciones que tomar...

—¿Para qué? La isla no está habitada —dijo el corresponsal.

—Eso creemos —insinuó el ingeniero—, aunque no la hemos explorado todavía toda; pero si no hay en ella seres humanos, temo que abunden los animales peligrosos. Conviene, pues, ponerse al abrigo de una posible agresión, para que no sea preciso que uno de nosotros se quede de centinela toda la noche para mantener una hoguera encendida.

Además, amigos míos, debemos preverlo todo; estamos aquí en una parte del Pacífico frecuentada a menudo por los piratas malayos.

—¡Cómo! —exclamó Harbert—, a esta distancia de toda tierra...

—Sí, hijo mío —contestó el ingeniero—. Estos piratas son tan atrevidos marinos como terribles malhechores, y debemos adoptar, por consiguiente, nuestras medidas.

—Pues bien —dijo Pencroff—, nos fortificaremos contra las fieras de dos o de cuatro patas. Pero, señor Ciro, ¿no sería bueno explorar la isla en todas sus partes antes de emprender nada?

—Eso sería mejor —apoyó Gedeón Spilett—; ¿quién sabe si encontraremos en la costa opuesta una de esas cavernas que inútilmente hemos buscado por aquí?

—Es cierto —repuso el ingeniero—, pero ustedes olvidan, amigos míos, que conviene establecernos en las inmediaciones de un río y que desde la cima del monte

Franklin no hemos visto hacia el oeste ni río ni arroyo alguno. Aquí, por el contrario, nos hallamos situados entre el río de la Merced y el lago Grant, ventaja que no debemos despreciar. Además, esta costa orientada al Este no está expuesta como la otra a los vientos alisios que soplan del noroeste en el hemisferio austral.

—Entonces, señor Ciro —propuso el marino—, construiremos una casa a orillas del lago. Ya no nos faltan ladrillos ni instrumentos. Después de haber sido alfareros, fundidores y herreros, sabremos ser albañiles, ¡qué diablo!

—Sí, amigo mío, pero antes de tomar una decisión es preciso buscar. Una vivienda construida por la naturaleza nos ahorraría mucho trabajo y nos ofrecería sin duda un retiro más seguro, porque estaría tan perfectamente defendida contra los enemigos de dentro como contra los de fuera.

—En efecto, Ciro —dijo el corresponsal—; pero ya hemos examinado toda esa muralla granítica de la costa y no hay en ella ni un agujero ni una hendidura.

—¡Ni una! —añadió Pencroff—. ¡Si hubiéramos podido abrir una cueva en ese muro a cierta altura para ponemos fuera de todo alcance! Ya me figuro, en la fachada que mira al mar, cinco o seis habitaciones...

—¡Con ventanas para darles luz! —dijo Harbert, riéndose.

—Y una escalera para subir —añadió Nab.

—Ustedes se ríen —exclamó el marino sin motivo. ¿Qué hay de imposible en lo que propongo? ¿No es verdad, señor Ciro, que hará usted pólvora el día que la necesitemos?

El ingeniero había escuchado al entusiasta Pencroff mientras desarrollaba sus proyectos algo fantásticos. Atacar aquella masa de granito, aun por medio de una mina, era un trabajo hercúleo, y ¡lástima que la naturaleza no se hubiera encargado de la parte más dura de la tarea! Pero Smith respondió al marino proponiendo que se examinase más atentamente la meseta desde la desembocadura del río hasta el ángulo que la cerraba al norte.

Salieron, pues, y con mucho cuidado hicieron la exploración en una extensión de dos millas poco más o menos, pero en ningún sitio la pared recta y unida presentaba cavidad alguna. Los nidos de las palomas silvestres que revoloteaban en su cima no eran en realidad más que agujeros abiertos en la cresta de la misma y en las esquinas irregularmente formadas de granito.

Era una circunstancia desgraciada, y no había que pensar siquiera en atacar aquella masa con el pico o con la pólvora para abrir una vivienda.

La casualidad había hecho que en toda aquella parte del litoral Pencroff descubriese el único asilo provisionalmente habitable, es decir, aquellas Chimeneas que, sin embargo, se trataba de abandonar.

Terminada la exploración, los colonos se hallaban en el ángulo norte de la muralla, donde esta terminaba por una de las pendientes prolongadas, que iban a morir en la playa. Desde aquel sitio hasta su extremo límite al oeste no formaba más que una especie de talud, espesa aglomeración de piedras, de tierra y de arena, unidas por plantas, arbustos y hierbas, e inclinada bajo un ángulo de cuarenta y cinco grados solamente. Acá y allá el granito surgía todavía sobresaliendo con puntas agudas en aquella ribera escarpada. Sobre sus laderas crecían grupos de árboles y una hierba bastante espesa los alfombraba. Pero el esfuerzo vegetal no iba más allá y una gran llanura de arena, que comenzaba al pie del talud, se extendía hasta el litoral.

Ciro Smith pensó, no sin razón, que por aquel lado debía desaguar el sobrante del lago en forma de cascada. En efecto, era necesario que el exceso de agua del arroyo rojo se perdiese en un punto cualquiera, y aquel punto no había sido encontrado todavía por el ingeniero en ninguna parte de las orillas ya exploradas, es decir, desde la desembocadura del arroyo al oeste hasta la meseta de la Gran Vista.

El ingeniero propuso, pues, a sus compañeros la ascensión al talud que tenían delante y la vuelta a las Chimeneas por las alturas, explorando de paso las orillas septentrional y oriental del lago.

La proposición fue aceptada y en pocos minutos Harbert y Nab llegaron a la meseta superior, siguiéndoles Ciro Smith, Gedeón Spilett y Pencroff con paso más reposado.

A doscientos pies a través del follaje resplandecía a los rayos solares la hermosa sabana de agua; el paisaje era delicioso en aquel sitio. Los árboles de tonos amarillentos se agrupaban maravillosamente para recrear la vista. Algunos enormes troncos de árboles, abatidos por la edad, se destacaban por su corteza negruzca sobre la verde alfombra que cubría el suelo. Allí gritaba una infinidad de cacatúas ruidosas, verdaderos prismas movibles, que saltaban de una rama a otra. Parecía que la luz no llegaba sino descompuesta a través de aquel paraje singular.

Los colonos, en vez de seguir derechos hacia la orilla norte del lago, adelantaron por el extremo de la meseta con el objeto de llegar a la desembocadura del arroyo en su orilla izquierda. El rodeo que tenían que dar no era más que de milla y media, un paso fácil, porque los árboles muy esparcidos dejaban entre sí un paso libre. Se conocía a primera vista que en aquel límite se detenía la zona fértil, pues allí la vegetación era menos vigorosa que en toda la parte comprendida entre la corriente del arroyo y el río de la Merced.

Ciro Smith y sus compañeros marchaban con bastante precaución por aquel terreno nuevo para ellos; sus únicas armas consistían en flechas y palos con puntas de hierro agudas y temían las fieras; sin embargo, ninguna se mostró en aquel sitio; probablemente frecuentaban con preferencia los espesos bosques del sur.

Los colonos tuvieron la desagradable sorpresa de ver a Top detenerse ante una serpiente que medía de cartorce a quince pies. Nab la mató de un palo; Ciro Smith examinó el reptil y declaró que no era venenoso, porque pertenecía a la especie de serpientes diamantes, de la cual suelen alimentarse los indígenas en la Nueva Gales del Sur; pero era posible que existiesen otras cuya mordedura fuera mortal, como víboras sordas de cola hendida, que atacan al que las pisa, o esas serpientes aladas provistas de dos anillas, que les permiten lanzarse con una rapidez extrema. Top, pasado el primer momento de sorpresa, se dio a cazar reptiles con un encarnizamiento que hacía temer por su vida, por lo cual su amo tenía que llamarle a cada instante.

En breve llegaron a la desembocadura del arroyo Rojo, al punto donde desaguaba en el lago. En la orilla opuesta reconocieron los exploradores el sitio que habían visitado ya al bajar del monte Franklin. Ciro Smith se cercioró de que el agua que el arroyo suministraba al lago era abundante y, por tanto, necesariamente debía haber un lugar por donde la naturaleza hubiese abierto un desagüe para el lago. Había que descubrir aquel desagüe porque sin duda formaba una cascada, cuya fuerza mecánica sería posible utilizar.

Los colonos, marchando al azar, pero sin apartarse mucho unos de otros, comenzaron a dar vueltas al lago, cuyas orillas eran muy escarpadas. Las aguas parecían contener abundantísima pesca y Pencroff se propuso construir algunos aparejos de pescar para explotarla.

Fue preciso, ante todo, doblar la punta aguda del nordeste. Hubiera podido suponerse que el desagüe se verificaba en aquel sitio, porque el extremo del lago venía casi a rozar con el de la meseta; pero no sucedía así, y los colonos tuvieron que continuar explorando la orilla, que después de una ligera curva bajaba paralelamente al litoral.

Por aquel lado el terreno estaba más despejado, pero algunos grupos de árboles plantados acá y allá añadían nuevos atractivos a lo pintoresco del paisaje. El lago Grant se presentaba entonces a la vista en toda su extensión, sin que el menor soplo de viento rizase la superficie de sus aguas.

Top, penetrando entre la espesura, levantó diversas bandas de aves, a las que Spilett y Harbert saludaron con sus flechas. Uno de aquellos volátiles cayó en medio de las hierbas pantanosas herido por el joven con una flecha disparada con mucha destreza.

Top se precipitó hacia él y llevó a los colonos una hermosa ave nadadora, color pizarra, de pie corto, de hueso frontal muy desarrollado, dedos ensanchados por un festón de plumas que los rodeaban y alas orilladas con una raya blanca. Era una fúlica del tamaño de una perdiz, perteneciente a ese grupo de los macrodáctilos, que forma la transición entre el orden de las zancudas y el de las palmípedas; pobre caza y de un gusto que debía dejar mucho que desear. Pero Top sería sin duda menos delicado que sus amos y se convino que la fúlica sirviera para su cena.

Los colonos seguían entonces la orilla oriental del lago; no debían tardar en llegar a la parte ya reconocida. El ingeniero se mostraba muy sorprendido de no ver ningún indicio de desagüe. El corresponsal y el marino hablaban con él y tampoco disimulaban su asombro.

En aquel momento Top, que había estado muy tranquilo hasta entonces, dio señales de agitación. El inteligente animal iba y venía hacia la orilla, se detenía de repente, miraba las aguas y levantaba una pata como si espiase alguna caza invisible; después ladraba con furor como si la divisara y luego callaba.

Ni Ciro Smith ni sus compañeros pusieron atención al principio en los movimientos de Top, pero los ladridos del animal llegaron a ser tan frecuentes, que intrigaron al ingeniero.

—¿Qué has visto, Top? —preguntó.

El perro dio varios saltos hacia su amo manifestando verdadera inquietud y se lanzó de nuevo hacia la orilla. Después, de repente, se precipitó en el lago.

—¡Aquí, Top! —gritó Ciro Smith, que no quería dejar a su perro aventurarse en aquellas aguas sospechosas.

—¿Qué es lo que pasa ahí abajo? —preguntó Pencroff examinando la superficie del lago.

—Top habrá olfateado algún anfibio —contestó Harbert.

—Algún cocodrilo —dijo el corresponsal.

—No lo creo —replicó Smith—; los cocodrilos sólo se encuentran en regiones de altitud menos elevada.

Entretanto Top había acudido al llamamiento de su amo y saltado a la orilla, pero no podía permanecer tranquilo. Corría entre las altas hierbas y, guiándole su instinto, parecía seguir por la orilla algún objeto invisible sumergido en las aguas del lago. Sin embargo, las aguas estaban tranquilas sin que nada turbara su superficie. Varias veces los colonos se detuvieron junto a la orilla y observaron con atención. Nada se veía: allí había sin duda algún misterio.

El ingeniero estaba muy pensativo.

—Sigamos hasta el fin esta exploración —dijo.

Media hora después habían llegado todos al ángulo sudeste del lago y se hallaban en la meseta misma de la Gran Vista. En aquel punto el examen de las orillas del lago debía considerarse como terminado y, sin embargo, el ingeniero no había podido descubrir por dónde ni cómo se desaguaba el sobrante de las aguas.

—Y a pesar de todo, ese desagüe existe —repetía—; y, puesto que no es exterior, es preciso que esté abierto en el interior de la masa granítica de la costa.

—¿Pero qué importancia tiene para usted el saber eso, mi querido Ciro? —preguntó Gedeón Spilett.

—Muy grande —contestó el ingeniero—, porque, si el desagüe se verifica a través del muro de granito, es posible que se encuentre alguna cavidad fácilmente habitable, después de haber desviado el curso de las aguas.

—¿Pero no es posible, señor Ciro —observó Harbert—, que las aguas se escapen por el fondo mismo del lago y vayan al mar por algún conducto subterráneo?

—Es posible —contestó el ingeniero—, y, si así sucede, nos veremos obligados a edificar nuestra casa, puesto que la naturaleza no habrá hecho los primeros gastos de construcción.

Los colonos se disponían a atravesar la meseta para volver a las Chimeneas, porque eran ya las cinco de la tarde, cuando Top dio otra vez señales de agitación. Ladraba con furor y, antes de que. su amo hubiera podido contenerle, se precipitó de nuevo al lago.

Todos corrieron hacia la orilla. El perro estaba a más de veinte pies de distancia y Ciro Smith le llamaba a grandes voces, cuando una cabeza enorme salió de la superficie de las aguas, que no parecían profundas en aquel sitio.

Harbert conoció inmediatamente la especie de anfibio a que pertenecía aquella cabeza cónica, de ojos grandes, adornada de bigotes de largos pelos sedosos. —¡Un manatí! — exclamó.

No era un manatí, sino un individuo de esa especie comprendida en el orden de los cetáceos, llamado dugongo, porque sus fosas nasales estaban abiertas en la parte superior del hocico.

El enorme animal se había precipitado sobre el perro, que en vano quiso evitar el choque dirigiéndose hacia la orilla. Su amo no podía hacer nada por salvarlo y, antes que a Gedeón Spilett y a Harbert se les ocurriera armar sus arcos, Top, asido por el dugongo, desaparecía bajo las aguas.

Nab, que tenía su lanza en la mano, quiso arrojarse en auxilio del perro, decidido a atacar al formidable animal hasta en su elemento.

—No, Nab —dijo el ingeniero deteniendo a su valiente criado.

Entretanto tenía lugar bajo las aguas una lucha inexplicable, porque en aquellas condiciones Top evidentemente no podía resistir; lucha que debía ser terrible por los movimientos de la superficie del agua; lucha, en fin, que no podía terminar sino con la muerte del perro.

Mas, de repente, en medio de un círculo de espuma se vio reaparecer a Top.

Lanzado al aire por una fuerza desconocida, se levantó diez pasos sobre la superficie del lago, cayó en medio de las aguas movidas y pronto llegó a la orilla sin herida grave, milagrosamente salvado.

Ciro Smith y sus compañeros contemplaban el espectáculo sin comprender la causa; y, circunstancia no menos inexplicable: después de haber vuelto Top a tierra, parecía que la lucha continuaba todavía bajo las aguas.

Sin duda el dugongo, atacado por algún poderoso animal, después de haber soltado al perro, combatía con otro enemigo.

Pero aquello no duró largo tiempo. Las aguas se tiñeron en sangre, y el cuerpo del dugongo, saliendo entre una sábana escarlata, que se propagó anchamente, vino pronto a encallar en una pequeña playa en el ángulo sur del lago.

Los colonos corrieron hacia aquel paraje. El dugongo estaba muerto; era un enorme animal, de quince a dieciséis pies de largo, que debía pesar de tres a cuatro mil libras. Tenía en el cuello una herida, que parecía hecha con una hoja cortante.

¿Qué anfibio había podido con aquel golpe terrible destruir al formidable dugongo? Nadie podía decirlo y muy preocupados por este incidente Ciro Smith y sus compañeros volvieron a las Chimeneas.

Abren una brecha en el lago con nitroglicerina

A la mañana del día siguiente, 7 de mayo, Ciro Smith y Gedeón Spilett, dejando a Nab preparar el almuerzo, subieron a la meseta de la Gran Vista, mientras Harbert y Pencroff marchaban río arriba a fin de renovar la provisión de leña.

El ingeniero y el corresponsal llegaron pronto a la pequeña playa, situada junto a la punta sur del lago y donde había ido a parar el anfibio.

Bandadas de aves se habían abatido sobre aquella masa carnosa y fue preciso ahuyentarlas a pedradas, porque Ciro Smith deseaba conservar la grasa del dugongo y utilizarla para las necesidades de la colonia. En cuanto a la carne del animal, no podía menos de suministrar un alimento excelente, pues en ciertas regiones de Malasia se reserva especialmente para la mesa de los indígenas importantes. Pero era asunto de la incumbencia de Nab.

En aquel momento Ciro Smith tenía en su cabeza otros proyectos. El incidente de la víspera no se había borrado de su memoria y no dejaba de preocuparlo. Quería penetrar en el misterio de aquel combate submarino, y saber cuál era el congénere de los mastodontes, o de otros monstruos marinos, que había causado al dugongo una herida tan extraña.

Estaba en la orilla del lago, mirando, observando, pero nada aparecía bajo las aguas tranquilas, que resplandecían heridas por los primeros rayos del sol.

En aquella playa, donde estaba el cuerpo del dugongo, las aguas eran poco profundas, pero desde aquel punto el fondo del lago iba bajando poco a poco, y era probable que en el centro la profundidad fuese muy grande. El lago podía considerarse como una ancha cuenca llenada con las aguas del arroyo Rojo.

—Y bien, Ciro —dijo el corresponsal—; me parece que esas aguas no ofrecen nada sospechoso.

—No, querido Spilett —contestó el ingeniero—; no acierto a explicar el incidente de ayer.

—Confieso —dijo Gedeón Spilett—que la herida hecha al anfibio es por lo menos extraña y tampoco he podido explicarme cómo Top fue lanzado tan vigorosamente fuera de las aguas. Parece como si un brazo poderoso lo lanzara y el mismo brazo, armado de un puñal, diera enseguida muerte al dugongo.

—Sí —contestó el ingeniero, que se había quedado pensativo—. Hay aquí algo que no puedo comprender. Pero ¿comprende, querido Spilett, cómo he sido yo salvado, cómo he podido ser sacado del agua y trasladado a las dunas? No lo comprende, ¿verdad? Por eso yo presiento algún misterio que descubriremos sin duda algún día. Observemos, pues, pero no hablemos ante nuestros compañeros de estos incidentes singulares. Guardemos nuestras observaciones para nosotros y continuemos nuestra tarea.

Como hemos dicho, el ingeniero no había podido descubrir por dónde se escapaba el sobrante de las aguas del lago; pero, como no había visto tampoco ningún indicio de desbordamiento, era forzoso que existiera el desagüe en alguna parte. Precisamente en aquel momento Ciro Smith quedó sorprendido al distinguir una corriente bastante pronunciada, que se oía en el sitio donde ambos se hallaban. Arrojó algunos pedacitos de leña y vio que se dirigían hacia el ángulo sur. Siguió aquella corriente, marchando por la orilla, y llegó a la punta meridional del lago.

Allí observó una especie de depresión de las aguas, como si se hubiesen perdido bruscamente en alguna hendidura del suelo. Escuchó poniendo el oído al nivel del lago y oyó claramente el ruido de una cascada subterránea.

—Ahí está —dijo, levantándose—; por ahí se verifica el desagüe; por ahí van, sin duda, las aguas al mar por algún conducto abierto en la pared de granito, pasando por alguna cavidad que podremos aprovechar. ¡Yo lo averiguaré!

El ingeniero cortó una rama larga, la despojó de sus hojas, y sumergiéndola en el ángulo que formaban las dos orillas, reconoció que había una enorme abertura practicada a un pie solamente debajo de la superficie de las aguas. Aquella abertura era el orificio del desagüe que en vano se había buscado hasta entonces, y en aquel sitio la fuerza de la corriente era tal, que arrancó la rama de la mano del ingeniero y desapareció.

–Ya no hay duda –replicó Ciro Smith–. Ahí está el orificio del desagüe y yo lo pondré al descubierto.

–¿Cómo? –preguntó Gedeón Spilett.

–Bajando tres pies el nivel de las aguas del lago.

–¿De qué manera?

–Abriendo otra salida más grande que esa.

–¿En qué sitio, Ciro?

–En la parte de la orilla más cercana a la costa.

–¡Pero si es una orilla de granito! –observó el corresponsal.

–De acuerdo –contestó Ciro Smith–, yo haré saltar ese granito y las aguas, escapándose, bajarán de manera que descubramos ese orificio.

–Y formarán una cascada, cayendo sobre la playa –añadió el corresponsal.

–Una cascada que utilizaremos –contestó Ciro–. Venga usted.

El ingeniero se llevó consigo a su compañero, cuya confianza en Ciro Smith era tan grande, que no dudaba del buen éxito de la empresa. Sin embargo, ¿cómo abrir aquel granito sin pólvora y con instrumentos imperfectos? ¿Cómo separar aquellas rocas? ¿No era un trabajo superior a sus fuerzas el que pensaba emprender el ingeniero?

Cuando Ciro Smith y el corresponsal volvieron a las Chimeneas, encontraron a Harbert y a Pencroff ocupados en descargar la leña que habían reunido.

–Los leñadores han concluido su tarea, señor Ciro –dijo el marino riéndose–, y cuando tenga usted necesidad de albañiles...

–De albañiles no, pero sí de químicos –repuso el ingeniero.

–Sí –añadió el corresponsal–, vamos a hacer volar la isla.

–¡Volar la isla! –exclamó Pencroff.

–En parte, al menos –contestó Gedeón Spilett.

–Oiganme, amigos míos –dijo el ingeniero.

Y les dio a conocer el resultado de sus observaciones. Según él, debía existir una cavidad mayor o menor en la masa de granito que sostenía la meseta de la Gran Vista y era preciso llegar hasta ella. Para realizar esto había que poner al descubierto en primer lugar la abertura por donde se precipitaban las aguas, y por consiguiente había que bajar su nivel facilitándoles una salida más amplia. De aquí la necesidad de fabricar una sustancia explosiva, que pudiera practicar una fuerte sangría en otro punto de la isla.

Esto es lo que iba a intentar Ciro Smith, por medio de los minerales que la naturaleza había puesto a su disposición.

Es inútil decir con qué entusiasmo todos y particularmente Pencroff acogieron el proyecto.

Emplear los grandes medios, abrir el vientre de aquel granito, crear una cascada, eran cosas que entusiasmaban al marino. Estaba dispuesto a ser tan buen químico como albañil o zapatero, ya que el ingeniero necesitaba químicos. Estaba dispuesto a hacer lo que Ciro quisiese, y hasta profesor de baile y mímica, según dijo a Nab, si tal profesión fuera necesaria en la isla.

Nab y Pencroff recibieron el encargo de extraer la grasa del dugongo y conservar la carne, y partieron para está faena sin pedir más explicaciones; era grande la confianza que tenían en el ingeniero.

Pocos instantes después Ciro Smith, Harbert y Gedeón Spilett, llevando consigo el zarzo y subiendo río arriba, se dirigieron hacia el yacimiento de hulla, donde abundaban esas piritas esquistosas que se encuentran en los terrenos de transición más recientes y de las cuales Ciro Smith había recogido una muestra.

Emplearon todo el día en transportar cierta cantidad de piritas a las Chimeneas y por la noche había ya algunas toneladas.

Al día siguiente, 8 de mayo, el ingeniero comenzó sus manipulaciones. Aquellas piritas esquistosas se componían principalmente de carbón, de sílice, de alumbre y de sulfuro de hierro; esto último en abundancia. Tratábase, pues, de aislar el sulfuro de hierro y transformarlo en sulfato lo más rápidamente posible; una vez obtenido el sulfato, se podría extraer de él el ácido sulfúrico.

Este era en efecto el objeto deseado. El ácido sulfúrico es uno de los agentes que más se emplean, y la importancia industrial de una nación puede medirse por el consumo que hace de este ácido, el cual, por otra parte, podría ser muy útil a los colonos en adelante para la fabricación de las bujías, el curtido de pieles, etcétera., si bien en aquel momento el ingeniero lo reservaba para otros usos.

Ciro Smith eligió detrás de las Chimeneas un sitio, cuyo suelo fue cuidadosamente allanado. En él puso un montón de ramas y leña cortada en pedazos pequeños, y sobre este montón, trozos de esquisto piritoso, apoyados los unos sobre los otros, cubriendo todo con una capa delgada de piritas perfectamente machacadas hasta reducirlas al tamaño de avellanas.

Hecho esto, dio fuego a la leña, cuyo calor se comunicó a los esquistos, los cuales se inflamaron, pues contenían carbón y azufre. Entonces se echaron nuevas capas de piritas machacadas, dispuestas de modo que formasen un montón grande, que fueron cubiertas de tierra y hierbas, dejando, sin embargo, alguna abertura para que entrara el aire, como si se tratara de carbonizar leña para hacer carbón.

Luego se dejó realizar la transformación, para lo cual se necesitaban no menos de diez o doce horas, a fin de que el sulfuro de hierro se transformase en sulfato de aluminio, dos sustancias igualmente solubles, siendo el resto sílice, carbón y cenizas.

Mientras se verificaba esta transformación química, Ciro Smith mandó proceder a otras operaciones. Sus compañeros ponían en ellas no solamente celo, sino actividad y entusiasmo.

Nab y Pencroff habían quitado la grasa del dugongo, recogiéndola en grandes ollas de barro. Tratábase de aislar uno de los elementos de aquella grasa: la glicerina, por medio de la saponificación. Ahora bien, para obtener este resultado bastaba tratarla por medio de la sosa o de la cal, porque, en efecto, una y otra sustancia, después de haber atacado la grasa, formaría un jabón aislando la glicerina, que era la que el ingeniero deseaba precisamente obtener. Sabido es que no le faltaba la cal; pero el tratamiento por la cal no debía producir sino el jabón calcáreo insoluble y, por consiguiente, inútil, mientras que el tratamiento por la sosa daría, por el contrario, un jabón soluble muy útil para el lavado doméstico. Ciro Smith, como hombre práctico, debía preferir, por consiguiente, la sosa. ¿Era difícil obtenerla? No; porque las plantas marinas abundaban en la orilla, como salicórneas, ficóideas, y todas esas fucáceas que forman los fucos y las algas.

Recogieron cantidad de ellas y, después de secas, las quemaron en hoyos al aire libre. Mantuvieron la combustión de estas plantas durante varios días, de manera que el calor se elevase hasta el punto de fundir sus cenizas, y el resultado de la incineración fue una masa compacta gris, que desde hace mucho tiempo se conoce con el nombre de sosa natural.

Obtenido el resultado, el ingeniero trató la grasa por medio de la sosa, lo cual produjo, por una parte, un jabón soluble, y por otra, esa sustancia neutra que se llama glicerina.

Pero esto no bastaba. Ciro necesitaba para la preparación futura otra sustancia, el azoato de potasa, más conocido por el nombre de sal de nitro o salitre.

El ingeniero habría podido fabricar esta sustancia tratando el carbonato de potasa, que se extrae fácilmente de las cenizas de los vegetales, por el ácido azótico; pero precisamente era éste el ácido que en último resultado quería obtener. Se hallaba, pues, encerrado en un círculo vicioso, del cual no hubiera salido jamás si por fortuna la naturaleza no le hubiera proporcionado el salitre sin más trabajo que recogerlo. Harbert, en efecto, descubrió un yacimiento al norte de la isla, al pie del monte Franklin, y sólo fue preciso purificar aquella sal.

Estas diversas tareas duraron unos ocho días. Se hallaban, pues, terminadas antes que se hubiera verificado la transformación del sulfuro en sulfato de hierro. En los días que siguieron los colonos tuvieron tiempo de fabricar vajilla refractaria con arcilla plástica y de construir un horno de ladrillos de una disposición particular, que debía servir para la destilación del sulfato de hierro cuando este se hubiera obtenido. Estas obras concluyeron hacia el 18 de mayo, en el momento, poco más o menos, de terminarse la transformación química.

Gedeón Spilett, Harbert, Nab y Pencroff, hábilmente guiados por el ingeniero, habían llegado a ser los obreros más diestros del mundo. Por lo demás, la necesidad es el maestro que enseña mejor y de quien mejor se aprenden las lecciones.

Cuando el montón de piritas quedó enteramente reducido por el fuego, el resultado de la operación, consistente en sulfato de hierro, sulfato de aluminio, sílice, residuo de carbón y cenizas, fue depositado en un barreño lleno de agua. Se agitó la mezcla, se la dejó reposar, luego se la decantó y obtuvo un líquido claro, que contenía en disolución sulfato de hierro y sulfato de aluminio, habiendo quedado en el barreño las demás sustancias en estado sólido, por lo mismo que eran insolubles. En fin, vaporizado en parte aquel líquido, se depositaron en el fondo cristales de sulfato de hierro, y las aguas madres, es decir, el líquido no vaporizado que contenía el sulfato de aluminio, fueron abandonadas.

Ciro Smith tenía, pues, a su disposición una cantidad de cristales de sulfato de hierro, de los cuales trataba de extraer el ácido sulfúrico.

En la práctica industrial la fabricación del ácido sulfúrico necesita una costosa instalación. Son precisos, en efecto, grandes edificios, instrumentos especiales, aparatos de platino, cámaras de plomo inatacables al ácido y en las cuales se opera la transformación, etcétera. El ingeniero no tenía nada de esto a su disposición, pero sabía que en Bohemia particularmente se fabrica el ácido sulfúrico por medios más sencillos y que hasta tienen la ventaja de producirlo en un grado superior de concentración. Así es como se hace el ácido conocido con el nombre de ácido de Nordhausen.

Para obtener el ácido sulfúrico, Ciro Smith no necesitaba más que una operación: calcinar en un vaso cerrado los cristales del sulfato de hierro, de manera que el ácido sulfúrico se destilase en vapores, los cuales producirían en seguida el ácido por condensación.

Para esta manipulación sirvieron las vasijas refractarias, en las cuales se pusieron los cristales, y el horno, cuyo calor debía destilar el ácido sulfúrico. La operación fue perfectamente llevada a cabo, y el 20 de mayo, doce días después de haber comenzado el ingeniero, poseía ya el agente del que contaba sacar después partido.

Ahora bien, ¿para qué quería aquel agente? Sencillamente, para producir ácido azótico, y esto fue fácil, porque el salitre, atacado por el ácido sulfúrico, le dio precisamente el azótico por destilación.

Pero ¿en qué iba a emplear el ácido azótico? Esto era lo que sus compañeros ignoraban todavía, porque no les había comunicado el objeto de aquellos trabajos.

El ingeniero estaba cerca de conseguir su objetivo y una última operación le proporcionó la sustancia que había exigido tantas manipulaciones.

Después de haber obtenido el ácido azótico, lo puso en contacto con la glicerina concentrada de antemano por la evaporación en el baño de María y obtuvo, aun sin emplear mezcla de ninguna sustancia refrigerante, varias azumbres de un líquido aceitoso y amarillo.

Ciro Smith había hecho esta operación solo, apartado y lejos de las Chimeneas, porque temía los peligros de una explosión y, cuando presentó a sus amigos un frasco de aquel líquido, se contentó con decirles:

—Aquí tienen ustedes nitroglicerina.

Era, en efecto, ese terrible producto, cuya fuerza de explosión es diez veces mayor que la pólvora ordinaria y que ha causado ya tantos incidentes desgraciados. Sin embargo, desde que se ha encontrado el medio de transformarlo en dinamita, es decir, de mezclarlo con una sustancia sólida, arcilla o azúcar bastante porosa para retenerlo, se ha podido utilizar con más seguridad ese peligroso líquido. Pero la dinamita no era conocida en la época en que los colonos operaban en la isla Lincoln.

—¿Ese licor va a hacer volar nuestras rocas? —dijo Pencroff con marcada incredulidad.

—Sí, amigo mío —contestó el ingeniero—, y esta nitroglicerina producirá tanto mayor efecto cuanto que el granito es muy duro y opondrá mayor resistencia para estallar.

—¿Y cuándo veremos eso, señor Ciro?

—Cuando hayamos abierto una mina —contestó el ingeniero.

Al día siguiente, 21 de mayo, al rayar el alba, los mineros se trasladaron a una punta que formaba la orilla oriental del lago Grant, a quinientos pasos solamente de la costa. En aquel sitio la meseta formaba el dique de las aguas, que sólo estaban contenidas por su muro de granito. Era, pues, evidente que, rompiendo aquel dique, las aguas se escaparían por la abertura y formarían un arroyo, que, después de haber corrido por la superficie inclinada de la meseta, iría a precipitarse en la playa. Por consiguiente, se rebajaría el nivel del lago y se pondría al descubierto el orificio de desagüe, que era lo que se buscaba.

Había que romper aquel dique. Bajo la dirección del ingeniero, Pencroff, armado de un pico que manejaba diestra y vigorosamente, atacó el granito en su revestimiento exterior. La mina que se quería abrir nacía en una arista horizontal a la orilla y debía penetrar oblicuamente de modo que encontrase un nivel sensiblemente inferior al de las aguas del lago. De esta suerte la fuerza explosiva, apartando las rocas, daría salida suficiente a las aguas y por lo tanto haría bajar lo necesario la superficie der lago.

El trabajo fue largo, pero el ingeniero, queriendo producir un efecto formidable, no pensaba dedicar menos de diez litros de nitroglicerina a la operación. Pero Pencroff, ayudado por Nab, trabajó con tanto afán, que a las cuatro de la tarde se había terminado la mina.

Faltaba resolver la cuestión de la inflamación de la sustancia explosiva. Ordinariamente la nitroglicerina se inflama por medio del fulminato, que estallando determina la explosión. Es preciso, en efecto, un choque para provocarla, pues simplemente encendida esta sustancia se quemaría sin estallar.

Ciro Smith habría podido fabricar la espoleta que se necesitaba. A falta del fulminato podía obtener fácilmente una sustancia análoga, algodón pólvora, puesto que disponía de ácido azótico; esta sustancia, comprimida en un cartucho e introducida en la nitroglicerina, habría estallado aplicándole una mecha y producido la explosión.

Pero Ciro Smith sabía que la nitroglicerina tiene la propiedad de detonar al menor choque, y resolvió utilizar esta propiedad sin perjuicio de emplear otro medio, si éste no le daba resultado.

En efecto, el choque de un martillo sobre algunas gotas de nitroglicerina desparramadas sobre la superficie de una piedra dura basta para provocar la explosión; pero el operador no podía dar el martillazo sin ser víctima de la explosión. Ciro Smith tuvo, pues, la idea de suspender de un montante por encima de la boca de la mina, y por medio de una fibra vegetal, una maza de hierro de muchas libras de peso. Otra larga fibra, previamente azufrada, iría atada al centro de la primera por uno de sus extremos, mientras el otro quedaría en el suelo a distancia de muchos pies de la boca de la mina. Comunicado el fuego a esta segunda fibra, ella lo comunicaría a la primera; ésta se rompería y la maza de hierro caería con fuerza sobre la nitroglicerina.

Se instaló el aparato. El ingeniero hizo alejar a sus compañeros, llenó la mina de modo que la nitroglicerina sobresaliese un poco de la abertura y derramó algunas gotas por la superficie de las rocas debajo de la maza de hierro ya suspendida.

Hecho esto, tomó el extremo de la fibra azufrada, la encendió y, alejándose de allí, se reunió con sus compañeros que habían vuelto a las Chimeneas.

La fibra debía arder durante veinticinco minutos, y, efectivamente, veinticinco minutos después resonó una explosión de cuyo estrépito sería imposible dar una idea. Parecía que toda la isla temblaba sobre su base. Una nube de piedras se proyectó en los aires, como si hubieran sido vomitadas por un volcán.

La sacudida, producida por el aire que las piedras desalojaban, fue tal, que hizo oscilar las rocas en las Chimeneas. Los colonos, aunque estaban a más de dos millas de distancia, fueron derribados al suelo. Se levantaron, salieron a la meseta y corrieron hacia el sitio donde el dique del lago debía haber sido destruido por la explosión.

Un triple hurra se escapó de sus pechos. El dique de granito estaba hendido formando un ancho boquete. Por él, una corriente de agua se escapaba lanzando espuma a través de la meseta, llegaba a la cresta y se precipitaba sobre la playa desde una altura de trescientos pies.

El desagüe del lago resulta un palacio de granito

El proyecto de Ciro había tenido éxito, pero, según su costumbre, sin manifestar ninguna satisfacción, los labios cerrados y la mirada fija, permaneció inmóvil. Harbert estaba entusiasmado; Nab saltaba de gozo; Pencroff movía su gruesa cabeza, murmurando:

—¡Bien va nuestro ingeniero!

La nitroglicerina había obrado poderosamente. La sangría hecha al lago era tan importante, que el volumen de agua que se escapaba entonces por la nueva salida era por lo menos triple del que se escapaba por la antigua. En consecuencia, poco tiempo después de la operación el nivel del lago debería haber bajado dos pies por lo menos.

Corrieron los colonos a las Chimeneas para tomar picos, palos herrados, cuerdas de fibras, eslabón y yesca y volvieron a la meseta. Top los acompañaba.

Por el camino el marino no pudo contenerse.

—¿Pero sabe usted, señor Ciro, que por medio de ese licor que ha fabricado usted se podría hacer volar toda la isla?

—Sí, la isla, los continentes y la Tierra —contestó Ciro Smith—. No es más que cuestión de cantidad.

—¿No podría usted emplear la nitroglicerina para cargar las armas de fuego? —preguntó el marino.

—No, Pencroff, porque es una sustancia que lo destroza todo. Pero sería fácil fabricar algodón-pólvora, y aun pólvora ordinaria, puesto que tenemos el ácido azótico, el salitre, el azufre y el carbón. Por desgracia nos faltan armas.

—Señor Ciro —contestó el marino—, con un poco de buena voluntad...

Decididamente Pencroff había borrado la palabra "imposible" del diccionario de la isla Lincoln.

Los colonos, al llegar a la meseta de la Gran Vista, se dirigieron inmediatamente hacia la punta del lago, cerca de la cual se abría el orificio del antiguo desagüe, que ya debía estar al descubierto y practicable. No precipitándose ya por él las aguas, sería fácil, sin duda, reconocer su disposición interior.

En pocos instantes los colonos llegaron al ángulo inferior del lago. Una ojeada les bastó para cerciorarse de que se había obtenido el resultado que apetecían.

En efecto, en la pared granítica del lago y sobre el nivel de las aguas, aparecía el orificio buscado. Una estrecha pendiente, dejada en seco por la retirada de las aguas, permitía llegar hasta allí. Aquel orificio medía unos veinte pies de anchura, pero no tenía más que dos de altura; era como la boca de una alcantarilla al borde de una acera. No habría podido dar paso a los colonos, pero Nab y Pencroff tomaron sus picos y en menos de una hora le dieron una altura suficiente.

El ingeniero se acercó y reconoció que las paredes de aquel desagüe, en su parte superior, no tenían una inclinación mayor de treinta a treinta y cinco grados. Era, pues, practicable, y con tal que su declive no se aumentara, sería fácil bajar hasta el mismo nivel del mar. Si existía, como era probable, alguna vasta cavidad en el interior de la masa granítica, quizá se encontraría medio de utilizarla.

—Y bien, señor Ciro, ¿qué nos detiene? —preguntó el marino, impaciente por aventurarse en aquel estrecho corridor—. Ya ve que Top nos ha precedido.

—Sí —añadió el ingeniero—, pero es necesario ver claro. Nab, vete a cortar unas ramas resinosas.

Nab y Harbert corrieron hacia las orillas del lago sombreadas de pinos y otros arbustos siempre verdes, y volvieron con ramas que ellos pusieron en forma de hachas de viento. Las encendieron con eslabón y yesca, y Ciro Smith, a la cabeza de los colonos, entró en aquel oscuro pasadizo, que antes ocupaba el sobrante de las aguas.

Contra lo que hubiera podido suponerse, el diámetro de aquel pasadizo se ensanchaba poco a poco en vez de disminuir, de tal suerte que los exploradores no tardaron en poder marchar derechos por el conducto abajo. El piso de granito, gastado por las aguas desde tiempo inmemorial, era resbaladizo y convenía marchar con precaución para evitar una caída. Por eso los colonos se ataron unos a otros por medio de una cuerda, como hacen los que suben a las montañas.

Afortunadamente algunas rocas salientes formaban verdaderos escalones y hacían la bajada menos peligrosa. Varias gotas todavía suspendidas de las rocas tomaban acá y allá, iluminadas por las antorchas, los colores del arcoiris, y hubiera podido creerse que las paredes estaban revestidas de innumerables estalactitas.

El ingeniero observó aquel granito negro y no vio en él un estrato, ni siquiera una hendidura. La masa era compacta y de un grano extremadamente apretado. Aquel pasadizo databa, pues, del origen mismo de la isla, no eran las aguas las que lo habían abierto poco a poco. Plutón y Neptuno le habían perforado por su propia mano y podían distinguirse en las paredes las huellas de un trabajo eruptivo, que el lavado de las aguas no había podido borrar totalmente.

Los colonos iban bajando lentamente, experimentando cierta emoción al aventurarse de aquel modo en las profundidades de la masa granítica, evidentemente visitada entonces por primera vez por seres humanos. No hablaban, pero pensaban y a alguien se le pudo ocurrir que un pulpo o un gigantesco cefalópodo podía ocupar las cavidades interiores que se hallaban en comunicación con el mar. Había que aventurarse con prudencia.

Por lo demás, Top iba a la vanguardia de la pequeña tropa, la cual podía fiarse de la sagacidad del perro, que no dejaría de dar la señal de alarma en caso necesario.

Después de haber bajado un centenar de pies siguiendo una senda bastante sinuosa, Ciro Smith, que marchaba el primero, se detuvo hasta que llegaron sus compañeros. El sitio en que hicieron alto estaba ensanchado hacia los lados de modo que formaba una caverna de medianas dimensiones. De la bóveda caían gotas de agua, pero no provenían de destilación de las paredes, sino que eran simplemente restos de la masa de agua que por largo tiempo se había precipitado por aquella cavidad; y el aire, ligeramente húmedo, no exhalaba ninguna emanación mefítica.

–Y bien, mi querido Ciro –dijo entonces Gedeón Spilett–, aquí hay un retiro ignorado y oculto en estas profundidades, pero inhabitable.

–¿Por qué inhabitable? –preguntó el marino.

–Porque es muy pequeño y oscuro.

–Podemos ensancharlo y practicar aberturas para que entre la claridad y el aire –contestó Pencroff, que no dudaba ya de nada.

–Continuemos –dijo Ciro Smith–, continuemos nuestra exploración; quizá más abajo la naturaleza nos haya ahorrado este trabajo.

–Estamos todavía en la tercera parte de la altura –observó Harbert.

–Poco más o menos –repuso Ciro–, porque hemos bajado unos cien pies desde el orificio, y no es imposible que a cien pies más abajo...

–¿Dónde está Top? –preguntó Nab interrumpiendo a su amo. Registraron la caverna y el perro no estaba allí.

–Probablemente habrá continuado su camino –dijo Pencroff.

–Vamos en su busca –repuso Ciro Smith.

Siguieron bajando. El ingeniero observaba con cuidado las desviaciones de aquel desagüe subterráneo, y a pesar de sus muchos rodeos se explicaba fácilmente su dirección general hacia el mar.

Los colonos habían bajado unos cincuenta pies más, siguiendo la perpendicular, cuando atrajeron su atención sonidos lejanos que venían de las profundidades de la roca granítica. Se detuvieron y escucharon; aquellos sonidos, llevados por el corredor como la voz a través de un tubo acústico, llegaban claramente a sus oídos.

—Es Top que ladra —exclamó Harbert.

—Sí —dijo Pencroff—, y el noble animal ladra con furor.

—Tenemos nuestros venablos -dijo Ciro Smith—. ¡Alerta y adelante!

—Esto va siendo cada vez más interesante —murmuró Gedeón Spilett al oído del marino, que hizo una señal de asentimiento.

Ciro Smith y sus compañeros se apresuraron para llevar auxilio al perro. Los ladridos de Top iban siendo más perceptibles. Se veía que los daba con extraño furor. ¿Estaba luchando con algún animal cuyo retiro había turbado? Sin pensar en el peligro a que se exponían, los colonos sentían una irresistible curiosidad. No bajaban ya por el corredor, sino que se dejaban deslizar por el suelo, y en pocos minutos, sesenta pies más abajo, llegaron donde estaba Top.

El corredor terminaba en una vasta y magnífica caverna, y Top, yendo y viniendo, ladraba con furor. Pencroff y Nab sacudieron sus antorchas, que arrojaron grandes resplandores de luz sobre todas las asperidades del granito, y al mismo tiempo Ciro Smith, Gedeón Spilett y Harbert, con los venablos enristrados, se dispusieron a todo acontecimiento.

La enorme caverna estaba vacía. Los colonos la recorrieron en todos sentidos: no había nada, ni un animal, ni un ser viviente. Sin embargo, Top continuaba ladrando, sin que pudieran hacerlo callar ni caricias ni amenazas.

—Aquí hay sin duda una salida por donde las aguas del lago iban al mar —dijo el ingeniero.

—En efecto —contestó Pencroff—, y tengamos cuidado de no caer en algún pozo.

—¡Adelante Top, adelante! —gritó Ciro Smith.

El perro, excitado por las palabras de su amo, corrió hacia el extremo de la caverna, y allí redoblaron sus ladridos.

Le siguieron y, a la luz de las antorchas, apareció la boca de un pozo, que se abría en el granito. Por allí salían las aguas, antes contenidas por el granito, y aquella vez no era un corredor oblicuo y practicable, sino un pozo perpendicular en el cual hubiera sido imposible aventurarse. Inclinaron las antorchas sobre la boca de la sima, pero no vieron nada. Ciro Smith cortó una tea inflamada y la arrojó en aquel abismo. La resina brillante, cuyo poder de iluminación se acrecentó más por la rapidez de su caída, alumbró el interior del pozo, pero nada descubrieron los colonos. Después la llama se extinguió con un ligero chisporroteo, señal indudable que había llegado a una capa de agua, es decir, al nivel del mar.

El ingeniero, calculando el tiempo empleado en la caída, dedujo que la profundidad del pozo podía ser de noventa pies, poco más o menos. El suelo de la caverna estaba, pues, a noventa pies sobre el nivel del mar.

—Esta será nuestra vivienda —dijo Ciro Smith.

—Pero estaba habitada por algún ser viviente —propuso Gedeón Spilett, cuya curiosidad no estaba satisfecha.

—Pues bien, ese ser viviente, anfibio o de otra especie, ha huido por esta abertura —dijo el ingeniero— y nos ha cedido el sitio.

—No importa —añadió el marino—. Yo hubiera querido estar aquí hace un cuarto de hora, porque al fin y al cabo no sin razón ha ladrado el perro.

Ciro Smith miraba a Top y, si alguno de sus compañeros se hubiera acercado al ingeniero en aquel momento, le habría oído murmurar:

—Sí, creo que Top sabe mucho más que nosotros respecto de muchas cosas. De todos modos, los deseos de los colonos se habían realizado. La casualidad, ayudada por la sagacidad maravillosa de su jefe, les había servido a las mil maravillas. Tenían a su disposición una vasta caverna cuya capacidad no podían calcular todavía a la luz insuficiente de las antorchas, pero que sería fácil dividir en habitaciones por medio de tabiques de ladrillo y arreglarla, si no como una casa, al menos como una espaciosa habitación. Las aguas la habían abandonado y ya no podían volver. El sitio estaba libre.

Quedaban dos dificultades por resolver: en primer lugar, la posibilidad de alumbrar aquella excavación abierta en una roca maciza; en segundo lugar, la necesidad de hacer más fácil su acceso. En cuanto al alumbrado, no había que pensar establecerlo por la parte superior, porque el espesor del techo de granito era enorme; pero quizá podría perforarse la pared inferior que daba frente al mar. Ciro Smith, que durante el descenso había apreciado con bastante aproximación la oblicuidad, y por consiguiente la longitud del desagüe, creía con fundamento que la pared interior del muro debía ser poco espesa.

Si se obtenía la iluminación de esta manera, el acceso quedaría logrado, porque era tan fácil abrir una puerta como abrir una ventana y establecer una escalera exterior.

Ciro Smith comunicó estas ideas a sus compañeros.

—Vamos, señor Ciro, manos a la obra —propuso Pencroff—. Tengo mi pico y sabré con él encontrar una salida a través de este muro. ¿Dónde debo trabajar?

—Aquí —indicó el ingeniero, mostrando al vigoroso marino una depresión bastante grande de la pared, que debía disminuir su espesor.

Pencroff atacó el granito y durante media hora, al resplandor de las antorchas, se vieron volar los trozos de granito alrededor de él. La roca chispeaba bajo su pico; Nab lo relevó, después Gedeón Spilett y de nuevo Nab.

El trabajo duraba ya dos horas y empezaba a temerse que en aquel paraje el espesor del muro de granito fuera mayor que la longitud del piso, cuando, al dar Gedeón Spilett un golpe, el instrumento pasó a través del muro y cayó al exterior.

–¡Hurra! –exclamó Pencroff.

La pared no pasaba de tres pies de espesor.

Ciro Smith se asomó a la abertura, que estaba a unos ochenta pies del suelo. Delante de él se extendía la playa, más allá el islote y más allá aún la inmensidad del mar.

Por aquella abertura bastante grande, porque la roca se había desunido notablemente, la luz entró a torrentes y produjo un efecto mágico, inundando aquella espléndida caverna. Si en su parte izquierda sólo medía treinta pies de altura y de anchura por unos cien pies de largo, en la derecha, por el contrario, era enorme y el techo tenía más de ochenta pies de alto. En algunos sitios, pilares de granito, irregularmente dispuestos, sostenían la bóveda formando como una nave de catedral, que, apoyada sobre pies derechos naturales, aquí elevándose en cintras, allá en arcos ojivales, perdiéndose sobre oscuros travesaños, cuyos arcos caprichosos se entreveían en la sombra, adornada con una profusión de salientes, que formaban como otras tantas pechinas, ofrecía una mezcla pintoresca de todo lo que en la arquitectura bizantina, la romana y la gótica ha producido el hombre.

Y aquella, sin embargo, era obra de la naturaleza, había excavado aquella fantástica Alhambra en el centro de una masa de granito.

Los colonos estaban estupefactos de admiración. Donde no creían hallar más que un estrecho conducto, encontraban una especie de palacio maravilloso, y Nab se había quitado la gorra, como si estuviera en un templo.

Gritos de admiración partieron de todas las bocas. Los hurras resonaron e iban a perderse de eco en eco hasta el fondo de las naves sombrías.

–Amigos míos –exclamó Ciro Smith–, cuando hayamos iluminado ampliamente el interior de esta roca, cuando hayamos dispuesto nuestros cuartos, nuestro almacén, nuestra cocina en la parte derecha, nos quedará todavía esta espléndida caverna, de la cual haremos nuestro estudio, nuestro salón y nuestro museo.

–¿Y la llamaremos...? –preguntó Harbert.

–Palacio de granito –añadió Ciro, nombre que sus compañeros saludaron con tres hurras.

En aquel momento las antorchas estaban casi consumidas y, como para volver había que subir otra vez por el corredor hasta llegar a la cima de la meseta, se decidió aplazar para el día siguiente las obras relativas al arreglo de la nueva morada.

Antes de marchar, Ciro Smith quiso examinar otra vez el oscuro pozo que se hundía perpendicularmente hasta el nivel del mar. Se asomó a su boca y escuchó con atención; ningún ruido se produjo, ni siquiera el de las aguas que las ondulaciones del mar debían agitar alguna vez en aquellas profundidades; arrojó otra tea de resina inflamada, que iluminó por un instante las paredes del pozo, pero, lo mismo que la vez primera, no se produjo ningún ruido que pareciera sospechoso. Si algún monstruo marino había sido sorprendido inopinadamente por la retirada de las aguas, había ya vuelto al mar, sin duda, por el conducto subterráneo que se prolongaba hasta la playa, y por donde desaguaba el sobrante del lago antes que se hubiera abierto la nueva salida.

Sin embargo, el ingeniero, inmóvil, con el oído atento y con la mirada fija en el abismo, no pronunciaba una sola palabra. El marino se acercó a él entonces y, tocándole el brazo, dijo:

—¿Señor Smith?

—¿Qué quiere, amigo? —preguntó el ingeniero, como si hubiera despertado de un ensueño.

—Las antorchas van a apagarse pronto.

—En marcha —contestó Ciro Smith.

La comitiva salió de la caverna y comenzó su ascensión a través del oscuro conducto. Top cerraba la marcha y lanzaba todavía singulares gruñidos. La subida fue muy penosa; los colonos se detuvieron algunos instantes en la gruta superior, que formaba una especie de meseta a la mitad de aquella larga escalera de granito; después continuaron subiendo.

En breve se sintió un aire más fresco; las gotitas, secadas por evaporación, ya no centelleaban en las paredes; la claridad fuliginosa de las antorchas iba palideciendo; la que llevaba Nab se extinguió y fue preciso apresurar el paso para no quedar en medio de una oscuridad profunda. Poco antes de las cuatro de la tarde, en el momento en que se apagaba la última antorcha, que era la del marino, Ciro Smith y sus compañeros salían por el orificio del desagüe.

Transforman el "Palacio de granito" en cómoda morada

Al día siguiente, 22 de mayo, comenzaron las obras de arreglo de la nueva morada. Los colonos estaban impacientes por cambiar su insuficiente refugio de las Chimeneas por aquel vasto y sano retiro, abierto en medio de la roca, al abrigo de las aguas del mar y del cielo.

Las Chimeneas, sin embargo, no debían abandonarse completamente y el proyecto del ingeniero era convertirlas en taller de las grandes obras.

La primera preocupación de Ciro Smith fue reconocer el punto preciso que ocupaba la fachada del Palacio de granito.

Marchó a la playa, al pie de la enorme muralla, y como el pico había escapado de las manos del corresponsal y había debido caer perpendicularmente, bastaba encontrar el pico para conocer el sitio donde se había abierto el boquete.

Encontró fácilmente el pico y, en línea perpendicular, por encima del punto donde había caído a la arena, a ochenta pies sobre el nivel de la playa, estaba la abertura.

Algunas palomas entraban y salían ya por ella, como si verdaderamente se hubiera descubierto para su uso el Palacio de granito.

La intención del ingeniero era dividir la parte derecha de la caverna en varios cuartos, precedidos de un corredor de entrada, e iluminarlos con cinco ventanas y una puerta, abiertas en la fachada. Pencroff admitía sin reparo las cinco ventanas, pero no comprendía la utilidad de la puerta, porque el antiguo conducto de desagüe ofrecía una escalera natural, por la cual sería siempre fácil el acceso al Palacio de granito.

—Amigo —le dijo Ciro Smith—, si nos es fácil llegar a nuestra morada por el desagüe, también podrán otros llegar del mismo modo. Yo, por el contrario, quiero obstruir esa entrada en su mismo orificio, taparla herméticamente, y, si es preciso, disimularla por completo elevando por medio de un dique las aguas del lago.

—¿Y cómo entraremos? —preguntó Pencroff.

—Por una escalera exterior —dijo Ciro Smith—; una escalera de cuerda, que, una vez retirada, hará imposible el acceso a nuestra casa.

—¿Y para qué tantas precauciones? —repuso Pencroff—. Hasta ahora los animales no nos han parecido temibles. En cuanto a indígenas, la isla no contiene ninguno.

—¿Está usted seguro, Pencroff? —preguntó el ingeniero mirando al marino.

—No podemos estar completamente seguros —contestó Pencroff— hasta que hayamos explorado toda la isla.

—Exacto —contestó el ingeniero—, puesto que no conocemos de ella más que una corta porción. Pero en todo caso, si no tenemos enemigos interiores, pueden venir de fuera, porque son malos parajes estos del Pacífico. Tomemos, pues, nuestras precauciones contra toda eventualidad.

Ciro Smith hablaba prudentemente, y Pencroff, sin hacer ninguna otra objeción, se preparó a ejecutar sus órdenes.

La fachada del Palacio de granito debía ser iluminada con cinco ventanas y una puerta, que sirviera para lo que constituía la vivienda propiamente dicha, y por una ancha claraboya y otras más pequeñas que permitiesen entrar la luz con profusión en aquella maravillosa nave que debía servir de salón. La fachada, situada, como hemos dicho, a ochenta pies sobre el nivel del suelo, estaba expuesta al este, y el sol saliente la saludaba con sus primeros rayos. Se hallaba comprendida en la parte de la cortina que estaba entre el saliente que formaba ángulo sobre la desembocadura del río de la Merced y una línea perpendicular trazada sobre la aglomeración de rocas que formaban las Chimeneas. Así, los malos vientos, es decir, los del nordeste, no la herían sino de través, porque estaba protegida por la orientación misma del saliente. Por otra parte, mientras se hacían los bastidores de las ventanas, el ingeniero tenía intención de cerrar las aberturas con gruesos postigos, que no dejarían pasar el viento ni la lluvia, y cuya existencia podría disimularse en caso de necesidad.

El primer trabajo consistió en hacer las aberturas. La maniobra del pico sobre aquella roca dura habría sido demasiado lenta y Ciro Smith era hombre de grandes recursos.

Tenía todavía cierta cantidad de nitroglicerina a su disposición y la empleó útilmente. El efecto de la sustancia explosiva fue localizado convenientemente, y bajo su esfuerzo el granito se abrió en los sitios elegidos por el ingeniero. Después el pico y el azadón acabaron la forma ojival de las cinco ventanas, de la gran claraboya, de las otras más pequeñas y de la puerta y desbastaron los huecos, cuyos perfiles quedaron en formas caprichosas. Algunos días después de haber empezado estas tareas, el Palacio de granito estaba ampliamente iluminado por la luz de levante, que penetraba hasta las profundidades más secretas.

Según el plan concebido por Ciro Smith, la casa debía dividirse en cinco departamentos con vistas al mar; a la derecha, una entrada con puerta, de donde arrancaría la escalera; después, una cocina de treinta pies de ancha; luego, un comedor de cuarenta pies, un dormitorio de igual anchura y, por fin, la habitación de los huéspedes, reclamada por Pencroff y que confinaba con el salón.

Estas habitaciones, o más bien esta serie de cuartos que formaban aquel departamento del Palacio de granito, no debían ocupar toda su profundidad.

Había que entrar por un corredor formado por sus paredes y los tabiques de un gran almacén para los utensilios, provisiones y reservas. Todos los productos recogidos en la isla, tanto los de la flora como los de la fauna, estarían allí en condiciones excelentes de conservación y completamente al abrigo de la humedad. No faltaba espacio y cada objeto podría tener ordenada y metódica colocación. Además, los colonos disponían de una gruta pequeña situada encima de la gran caverna y que podría servir de granero para la nueva morada.

Acordado el plan, no quedaba más que ponerlo en práctica. Los mineros volvieron a ser albañiles, y empezaron por transportar ladrillos al pie del Palacio de granito.

Hasta entonces Ciro Smith y sus compañeros habían entrado en la caverna por el antiguo desagüe. Este método de comunicación les obligaba primero a subir a la meseta de la Gran Vista dando un rodeo por la orilla del río, a bajar doscientos pies por corredores y después a subir otros tantos, cuando querían volver a la meseta: esto ocasionaba pérdida de tiempo y fatiga considerable. Ciro Smith resolvió proceder a la construcción de una sólida escalera de cuerda, que una vez levantada hiciera absolutamente inaccesible la entrada del Palacio de granito.

La escalera fue hecha con muchísimo cuidado; sus montantes, formados de fibras de una especie de junco muy resistente, trenzadas por medio de un molinete, tenían la solidez de un cable grueso, y en cuanto a los escalones, se hicieron de una especie de cedro rojo de ramas ligeras y resistentes. El aparato fue una obra maestra de Pencroff.

También se fabricaron otras cuerdas con fibras vegetales y se instaló a la puerta una especie de polea. De este modo los ladrillos pudieron levantarse fácilmente hasta el nivel del Palacio de granito, simplificando así el transporte de los materiales, y se comenzó enseguida el arreglo del interior. No faltaba cal y los colonos tenían millares de ladrillos dispuestos para ser utilizados. Levantaron sin dificultad la armadura de los tabiques, muy rudimentarios por otra parte, y en cortísimo tiempo quedó la casa dividida en cuartos y almacenes, según el plan convenido.

Aquellas tareas marchaban con rapidez bajo la dirección del ingeniero, que manejaba lo mismo el martillo que la llana. Ciro Smith conocía todos los oficios y daba así ejemplo a compañeros inteligentes y celosos. Se trabajaba con confianza y hasta con alegría, teniendo siempre Pencroff algún chiste preparado, siendo unas veces carpintero, otras cordelero, otras albañil, y comunicando su buen humor a sus compañeros. Su fe en el ingeniero era absoluta y nada hubiera podido alterarla. Le creía capaz de emprenderlo todo y de conseguirlo todo. La cuestión del vestido y del calzado, cuestión grave; la del alumbrado durante las noches de invierno, el cultivo de las tierras fértiles de la isla, la transformación de la flora silvestre en civilizada, todo le parecía fácil con el auxilio de Ciro Smith, y todo, según él, se haría a su tiempo. Soñaba en ríos canalizados, que facilitasen el transporte de las riquezas del suelo; con la explotación de canteras y minas; con máquinas a propósito para todas las prácticas industriales y hasta con ferrocarriles, cuya red cubriese algún día la isla Lincoln.

El ingeniero debaja decir a Pencroff y no rebajaba nada de las exageraciones de aquel corazón honrado. Sabía lo comunicativa que es la confianza, se sonreía al oírle hablar y no decía nada de los temores que alguna vez le inspiraba el porvenir. En efecto, en aquella parte del Pacífico, fuera del rumbo de los buques, temía que nunca les llegara socorro. Los colonos, por consiguiente, no podían contar sino consigo mismos, porque la distancia de la isla Lincoln de toda otra tierra era tal, que aventurarse en un barquichuelo de construcción necesariamente defectuosa sería cosa grave y peligrosísima.

Pero, como decía el marino, "ellos llevaban cien codos de altura a los Robinsones de tiempos antiguos, para quienes todo lo que hacían constituía un verdadero milagro".

Y, en efecto, ellos sabían; y el hombre que sabe prospera donde otros no harían más que vegetar o perecerían inevitablemente.

Harbert se distinguió en aquellos trabajos. Era inteligente y activo, comprendía pronto, ejecutaba bien, y Ciro Smith se aficionaba cada vez más a aquel muchacho. Harbert sentía por el ingeniero una viva y respetuosa amistad; y Pencroff, que veía la estrecha simpatía que se formaba entre aquellos dos seres, no estaba celoso de ella.

Nab era Nab; lo que siempre sería, el valor, el celo, la adhesión, la abnegación personificada. Tenía en su amo la misma fe que Pencroff, pero la manifestaba menos ruidosamente. Cuando el marino se entusiasmaba, la fisonomía de Nab parecía responderle: "¡Pero si no hay cosa más natural!" Pencroff y él se querían mucho y no habían tardado en tutearse.

En cuanto a Gedeón Spilett, tomaba su parte en el trabajo común y no era el más torpe, lo cual admiraba no poco al marino, que no comprendía que un periodista fuese hábil, no sólo para entender de todo, sino también para ejecutarlo.

La escalera quedó definitivamente instalada el 28 de mayo, y no contaba con menos de cien escalones en aquella altura perpendicular que medía ochenta pies. Por fortuna, Ciro Smith había podido dividirla en dos partes, aprovechando una especie de cornisa saliente de la muralla, a unos cuarenta pies del suelo. Esta cornisa, cuidadosamente nivelada por el pico, se convirtió en una especie de descansillo, al cual se fijó la primera escalera, cuyo conjunto quedó disminuido en la mitad y podía levantarse por medio de una cuerda hasta el nivel del Palacio de granito. En cuanto a la segunda escalera, se la fijó lo mismo en su extremo inferior, que reposaba sobre la cornisa, que en su extremo superior, unido a la puerta misma; de esta suerte, la ascensión fue mucho más fácil, y, por otra parte, Ciro Smith pensaba instalar más adelante un ascensor hidráulico, que evitase toda fatiga y toda pérdida de tiempo a los habitantes del Palacio de granito.

Los colonos se acostumbraron pronto a servirse de aquella escalera. Eran ágiles y diestros, y Pencroff, como marino habituado a correr por los flechastes de los obenques, pudo darles lecciones. Pero fue preciso que se las diera también a Top, porque el pobre perro, con sus cuatro patas, no estaba hecho para aquel ejercicio. Pencroff, sin embargo, era un maestro tan celoso, que Top terminó realizando convenientemente sus ascensiones, subiendo la escalera como hacen por lo regular sus congéneres en los circos. No hay que decir si el marino estaba orgulloso de su discípulo; pero más de una vez Pencroff le evitó el trabajo subiéndolo en sus hombros, de lo cual Top no protestaba jamás.

Aquí debemos observar que durante estos trabajos, que fueron conducidos activamente, porque el invierno se acercaba, no se olvidó de modo alguno la cuestión alimenticia. Todos los días el corresponsal y Harbert, que decididamente se habían hecho los proveedores de la colonia, empleaban algunas horas en la caza. No explotaban más que los bosques de Jacamar, a la izquierda del río, pues, no teniendo puente ni canoa, el río de la Merced no había sido atravesado todavía. Todas aquellas selvas inmensas, a las cuales se había dado el nombre de bosques del Far-West, estaban sin explorar. Se reservaba esta importante excursión para los primeros días de buen tiempo, en la próxima primavera; pero los bosques del Jacamar tenían caza suficiente, abundando en ellos los canguros y los jabalíes, en los cuales hacían maravillas las jabalinas, el arco y las flechas de los cazadores. Además, Harbert descubrió, hacia el ángulo sudoeste del lago, un sotillo natural, especie de pradera ligeramente húmeda, cubierta de sauces y hierbas aromáticas que perfumaban el aire, como el tomillo, el serpol, la albahaca, todas esas especies odoríferas de la familia de las labiadas, de las cuales gustan mucho los conejos.

Habiendo hecho Spilett la observación de que debía de haber conejos en aquel prado, puesto que estaba, por decirlo así, servida la mesa para ellos, los dos cazadores lo exploraron activamente. Por lo menos producía en abundancia plantas útiles, y un naturalista hubiera tenido allí ocasión de estudiar muchos ejemplares del reino vegetal. Harbert recogió cantidad de tallos de ocimo, de romero, de melisa y otras plantas que poseen propiedades terapéuticas. Cuando, más tarde, Pencroff preguntó de qué servía toda aquella colección de hierbas, el joven respondió:

—Para curanos y medicinarnos, cuando estemos enfermos.

—¿Y por qué hemos de estar enfermos, si en la isla no hay médicos? contestó seriamente Pencroff.

No cabía réplica a observación tan atinada. Sin embargo, el joven no dejó por eso de hacer su recolección, que fue bien acogida en el Palacio de granito, sobre todo porque a aquellas plantas medicinales pudo añadir una notable cantidad de monandras dídimas, que son conocidas en América Septentrional con el nombre de té de Oswego y producen una bebida excelente.

En fin, aquel día, buscando bien los dos cazadores, llegaron al verdadero sitio del conejal y vieron el suelo perforado como una espumadera.

—¡Madrigueras! —exclamó el joven.

—Sí —contestó el corresponsal—, ya las veo.

—¿Pero están habitadas?

—Esa es la cuestión.

La cuestión no tardó en quedar resuelta, pues al mismo tiempo centenares de animalillos semejantes a conejos huyeron en todas direcciones y con tal rapidez, que el mismo Top no pudo alcanzarlos.

Por más que corrieron los cazadores y el perro, aquellos roedores se escaparon fácilmente. El corresponsal, sin embargo, estaba resuelto a no salir del sotillo sin haber capturado al menos una docena de aquellos cuadrúpedos. Quería, en primer lugar, abastecer la despensa sin perjuicio de domesticar a los que pudiera cazar posteriormente. Con algunos lazos tendidos a las entradas de las madrigueras, la operación no podría menos de tener un buen éxito; pero en aquel momento no había lazos ni medios de fabricarlos. Tuvo que resignarse a registrar con un palo cada madriguera y conseguir a fuerza de paciencia lo que no podía hacerse de otro modo.

En fin, después de una hora de registro, se cazaron cuatro roedores. Eran conejos muy semejantes a sus congéneres de Europa y conocidos vulgarmente con el nombre de conejos de América.

El producto de la caza fue llevado al Palacio de granito y figuró en la cena de aquella noche. Los huéspedes del sotillo no eran de desdeñar, porque constituían un manjar delicioso y fueron un precioso recurso para la colonia, recurso que parecía inagotable.

El 31 de mayo estaban acabados los tabiques. Sólo faltaba amueblar las habitaciones, lo cual sería obra de los largos días de invierno. Se estableció una chimenea en la primera habitación, que servía de cocina. El tubo destinado a conducir el humo al exterior dio algo que hacer a los fumistas improvisados. Pareció más sencillo a Ciro Smith fabricarlo de ladrillo; y como no había que pensar en darle salida por la meseta superior, se abrió un agujero en el granito, por encima de la ventana de dicha cocina, y a ese agujero se dirigió el tubo oblicuamente como el de una estufa de hierro.

Quizá y sin quizá, cuando soplasen los grandes vientos del este, que azotaban directamente la fachada, la chimenea haría humo, pero aquellos vientos eran raros en la isla y, por otra parte, Nab el cocinero no reparaba en esas pequeñeces.

Cuando estuvieron acabados estos arreglos interiores, el ingeniero se ocupó en tapar el orificio del antiguo desagüe de manera que fuera imposible el acceso por aquella vía. Se llevaron grandes trozos de roca junto a la abertura y se cimentaron fuertemente. Ciro Smith no realizó todavía el proyecto que había formado de tapar aquel orificio con las aguas del lago volviéndolas a su nivel primitivo por medio de un dique; se contentó con disimular la obstrucción con hierbas, arbustos y malezas plantados en los intersticios de las rocas y que a la primavera siguiente debían desarrollarse con exuberancia.

Sin embargo utilizó el desagüe de manera que pudiese llevar a la nueva casa un chorro de agua dulce del lago. Una pequeña sangría hecha por debajo de su nivel produjo este resultado, y aquella derivación de un manantial puro e inagotable dio una cantidad de agua de veinticinco a treinta galones por día. El agua no faltaría en el Palacio de granito.

En fin, todo quedó terminado, y ya era tiempo, porque el invierno llegaba a grandes pasos. Construyeron fuertes postigos, que permitieron cerrar los huecos de la fachada mientras el ingeniero fabricaba ventanas de vidrio.

Gedeón Spilett había dispuesto artísticamente en los salientes de la roca, alrededor de las ventanas, plantas de diversas especies y largas hierbas flotantes, y de esta manera los huecos tenían un marco de verdor pintoresco y de un efecto delicioso.

Los habitantes de aquella mansión sólida, sana y segura, debían estar satisfechos de su obra. Las ventanas permitían a sus miradas recrearse en un horizonte extensísimo, cerrado al norte por los dos cabos Mandíbulas, y al sur por el cabo de la Garra. Toda la bahía de la Unión se extendía magníficamente delante de sus ojos. Sí, los buenos colonos tenían razón para estar satisfechos, y Pencroff no escaseaba los elogios a lo que él llamaba riendo: "su habitación de quinto piso con entresuelo".

Resuelven el problema de la luz

El invierno comenzó con el mes de junio, que corresponde al mes de diciembre del hemisferio boreal, y señaló su entrada con grandes lluvias y fuertes vientos, que se sucedieron sin interrupción. Los moradores del Palacio de granito pudieron apreciar las ventajas de una mansión adonde no podía llegar la intemperie. El abrigo de las Chimeneas habría sido realmente insuficiente contra los rigores de un invierno y posiblemente las grandes masas, impulsadas por los vientos del mar, invadiesen su interior. Ciro Smith, previendo esta eventualidad, tomó algunas precauciones para preservar en lo posible la fragua y los hornos allí instalados.

Durante todo el mes de junio se empleó el tiempo en diversas tareas, que no excluían ni la caza ni la pesca, y las reservas de la despensa pudieron reponerse y renovarse abundantemente. Pencroff, cuando era útil, ponía trampas. Había hecho lazos con fibras leñosas y no había día en que el cotillo no suministrase su contingente de roedores. Nab empleaba casi todo su tiempo en salar o ahumar carnes, lo que le aseguraba excelentes conservas.

Entonces se discutió la cuestión de los vestidos. Los colonos no tenían más ropas que las que llevaban cuando el aerostato los arrojó a la isla. Aquellos vestidos eran sólidos y buenos contra el frío; los habían cuidado, así como con la ropa blanca, y los conservaron limpios, pero había que reemplazarlos. Además, si el invierno era riguroso, los colonos tendrían que pasar mucho frío.

Sobre este punto el ingeniero Ciro Smith no había tomado precauciones. Había tenido que ocuparse primero de lo más urgente, hacer la casa y asegurar los alimentos, y el frío venía a sorprenderles antes de haber resuelto la cuestión del vestido. Era preciso, pues, resignarse a pasar aquel invierno sin muchas comodidades. Cuando llegase la primavera, se haría una caza en regla de aquellos moruecos, cuya presencia había sido señalada cuando la exploración del monte Franklin, y una vez recogida la lana, el ingeniero sabría fabricar telas sólidas y de abrigo... ¿Cómo? Ya discurriría sobre ello.

—Nos asaremos en el Palacio de granito y nos tostaremos las pantorrillas —dijo Pencroff—; el combustible abunda y no hay razón para que lo economicemos.

—Por otra parte —repuso Gedeón Spilett—, la isla Lincoln no está situada en una latitud muy elevada y es probable que los inviernos no sean en ella muy crudos. ¿No ha dicho usted, señor Ciro, que este paralelo 35 corresponde al de España en el otro hemisferio?

—Así es —contestó el ingeniero—, pero en España ciertos inviernos son muy fríos. No faltan ni nieve ni hielo, y la isla Lincoln puede también estar sometida a esas pruebas rigurosas. Sin embargo, es una isla y, como tal, espero que la temperatura sea más moderada.

—¿Porqué, señor Ciro? —preguntó Harbert.

—Porque el mar, hijo mío, puede ser considerado como un inmenso depósito en el que se almacenan los calores del estío y, al llegar el invierno, restituye esos calores. Esto asegura a las regiones inmediatas a los océanos una temperatura media menos elevada en verano, pero menos baja en invierno.

—Ya lo veremos —dijo Pencroff—; no me preocupa si hará o no hará frío. Sin embargo, los días son cortos y las noches largas; por consiguiente, hay que tratar la cuestión del alumbrado.

—Nada más fácil —respondió Ciro Smith.

—¿De tratar? —preguntó el marino.

—De resolver.

—¿Y cuándo empezaremos?

—Mañana, organizando una caza de focas.

—¿Para hacer velas de sebo?

—No, para hacer bujías esteáricas.

Este era el proyecto del ingeniero, proyecto realizable, pues tenía cal y ácido sulfúrico y los anfibios del islote le darían la grasa necesaria para la fabricación.

Era el 4 de junio, domingo de Pentecostés, y se acordó unánimemente observar aquella fiesta. Suspendieron todos los trabajos y elevaron oraciones al cielo; pero aquellas preces eran acciones de gracias, porque los colonos de la isla Lincoln no eran ya los miserables náufragos arrojados al islote; no pedían más y daban gracias al Altísimo.

Al día siguiente, 5 de junio, con un tiempo muy vario, se verificó su expedición al islote. Fue preciso aprovechar la marea baja, pasar a pie el canal, y con este motivo se convino en que se construiría como mejor se pudiera una canoa que hiciese las comunicaciones más fáciles y permitiera también subir por el río de la Merced cuando se hiciera la gran exploración al sudoeste de la isla, que se había aplazado para los primeros días de buen tiempo.

Las focas abundaban en el islote, y los cazadores, armados de sus jabalinas, mataron fácilmente media docena. Nab y Pencroff las desollaron y sólo llevaron al Palacio de granito la grasa y la piel, la primera para las bujías y la segunda para la fabricación de sólido calzado.

El resultado de aquella caza fueron trescientas libras de grasa, que debían emplearse enteramente en la elaboración de las bujías.

La operación fue muy sencilla y, si no dio productos absolutamente perfectos, al menos los dio utilizables. Aunque Ciro Smith no hubiera dispuesto más que de ácido sulfúrico, calentando este ácido con los cuerpos grasosos neutros, como la grasa de foca, podía aislar la glicerina; después habría separado fácilmente de la nueva combinación la oleína, la margarina y la estearina, empleando agua hirviendo. Pero, a fin de simplificar la operación, prefirió saponificar la grasa por medio de la cal, y así obtuvo un jabón calcáreo fácil de descomponer por el ácido sulfúrico, que precipitó la cal en estado de sulfato y dejó libres los ácidos grasos.

De estos tres ácidos: oleico, margárico y esteárico, el primero, como líquido, fue separado por una presión suficiente, y los otros dos quedaron formando la sustancia misma que iba a servir para modelar las bujías.

La operación no duró más de veinticuatro horas. Después de varios ensayos se hicieron mechas con fibras vegetales y, empapadas en la sustancia licuefacta, formaron verdaderas bujías esteáricas, que se moldearon con la mano, y a las cuales no faltaba ni blancura ni pulimento. No ofrecían, sin duda, la ventaja que tienen las mechas impregnadas de ácido bórico, de vitrificarse a medida que se efectúa la combustión y de consumirse enteramente; pero Ciro Smith fabricó un hermoso par de despabiladeras, y aquellas bujías fueron muy estimadas durante las grandes veladas del Palacio de granito.

Durante aquel mes no faltó trabajo en el interior de la casa. Los carpinteros tuvieron mucho que hacer: se perfeccionaron los útiles, que eran muy rudimentarios, y también se hicieron otros para completar la herramienta. Se fabricaron tijeras y los colonos pudieron cortarse el pelo y, si no afeitarse, por lo menos arreglarse la barba. Harbert no la tenía; Nab, tampoco; pero sus compañeros estaban bastante erizados para justificar la construcción de dichas tijeras.

La fabricación de un serrucho costó trabajos infinitos, pero al fin se obtuvo un instrumento que, vigorosamente manejado, podía dividir las fibras leñosas de la madera. Hicieron mesas, sillas, armarios, que amueblaron las principales habitaciones, y camas, cuyas ropas únicas consistieron en jergones de fucos. La cocina, con sus vasares para los utensilios de barro, su horno de ladrillos y su fregadero, tenía muy buen aspecto, y Nab actuaba en ella como si fuera un laboratorio químico.

Los ebanistas debieron ser reemplazados por los carpinteros. En efecto, el nuevo desagüe, a fuerza de minas, necesitaba la construcción de dos puentecillos, uno sobre la meseta de la Gran Vista y otro sobre la misma playa. Pues la meseta y la playa estaban cortadas transversalmente por una corriente de agua que había que atravesar cuando se quería ir al norte de la isla. Para evitarlos, los colonos se veían obligados a dar un rodeo muy grande y subir hacia el oeste hasta más allá de las fuentes del arroyo Rojo. Lo más sencillo era, pues, tender sobre la meseta y la playa dos puentecillos de veinte a veinticinco pies de longitud, y con algunos árboles, escuadrados con el hacha, se formaría el armazón. Fue asunto de pocos días; tendidos los puentes, Nab y Pencroff los aprovecharon para ir hasta el criadero de ostras descubierto junto a las dunas.

Arrastraron consigo una especie de carrito, que reemplazaba al antiguo cañizo, verdaderamente demasiado incómodo, y llevaron algunos millares de ostras, cuya aclimatación se hizo rápidamente en medio de aquellas rocas, que formaban otros tantos bancos naturales en la desembocadura del río de la Merced. Aquellos moluscos eran de calidad excelente y los colonos hicieron de ellos un consumo casi cotidiano.

Como se ve, la isla Lincoln, aunque sus habitantes no habían explorado sino una pequeñísima parte, satisfacía ya casi todas sus necesidades, y probablemente, registrada hasta sus más secretos rincones, sobre todo la parte llana del bosque que se extendía desde el río de la Merced al promontorio del Reptil, les prodigase nuevos tesoros.

Una sola privación notaban todavía los colonos de la isla Lincoln. No les faltaba alimento azoado, ni tampoco echaban de menos los productos vegetales que debían moderar el uso de aquel alimento; las raíces leñosas de los dragos, sometidas a fermentación, les daban una bebida acidulada, especie de cerveza preferible al agua pura; habían hecho también azúcar sin cañas ni remolacha, recogiendo el licor que destila el Acer saccharinum, especie de arce de la familia de las aceríneas, que prospera en todas las zonas medias y que crecía abundantemente en la isla; hacían un té muy agradable con las monardas llevadas del sotillo; tenían sal, que es el único de los productos minerales que entra en la alimentación; pero les faltaba pan.

Tal vez más adelante los colonos podrían reemplazar este alimento por algún equivalente, harina de sagú o fécula del árbol del pan; y era posible, en efecto, que entre los árboles de los bosques del sur se encontrasen algunas de esas preciosas especies, pero hasta entonces no las habían descubierto.

Sin embargo, la Providencia debía en aquella ocasión acudir directamente en auxilio de los colonos, en una proporción infinitesimal, pero que no hubiera podido ser producida por Ciro Smith con toda su inteligencia y toda su sutileza de ingenio. Lo que el ingeniero no hubiera podido crear nunca, Harbert lo encontró por casualidad un día en el forro de su chaleco, que remendaba.

Aquel día llovía torrencialmente y los colonos estaban reunidos en el salón del Palacio de granito, cuando el joven exclamó de repente:

—¡Caramba, señor Ciro, un grano de trigo!

Y enseñó a sus compañeros un grano, que de su bolsillo agujereado se había introducido en el forro del chaleco. La presencia de aquel grano se explicaba por la costumbre que tenía Harbert, estando en Richmond, de echar trigo a algunas palomas que Pencroff le había regalado.

–¡Un grano de trigo! –dijo el ingeniero.

–¡Sí, señor Ciro, pero uno solo, nada más que uno!

–¡Pues sí que hemos adelantado mucho, hijo mío! –exclamó Pencroff sonriéndose. ¿Qué podremos hacer con un grano de trigo?

–Haremos pan –respondió Ciro Smith.

–Pan, pasteles y galletas –replicó el marino–. El pan que nos dé este grano no nos hartará.

Harbert, dando muy poca importancia a su descubrimiento, se disponía a tirar por la ventana el grano, cuando Ciro Smith lo tomó, lo examinó y reconoció que se hallaba en buen estado y, mirando al marino, le preguntó tranquilamente:

–Pencroff, ¿sabe usted cuántas espigas puede producir un grano de trigo?

–Supongo que producirá una –repuso el marino, sorprendido por la pregunta.

–Diez, Pencrof. ¿Y sabe usted cuántos granos tiene una espiga?

–No.

–Ochenta por término medio –dijo Ciro Smith–. Así, pues, recogeremos 800, los cuales, en la segunda cosecha, producirán 640.000; en la tercera, 512 millones, y en la cuarta, más de 400.000 millones de granos. Esta es la proporción.

Los compañeros de Ciro Smith le escuchaban sin responder. Aquellos números les dejaban estupefactos. Eran, sin embargo, muy exactos.

–Sí, amigos míos –repuso el ingeniero–, tales son las progresiones aritméticas de la fecunda naturaleza. ¿Qué es, después de todo, esa multiplicación del grano de trigo, cuyas diez espigas no tienen más que 800 granos, comparada con la de esos pies de adormideras, que llevan 32.000, o con los de tabaco, que producen 460.000? En pocos años, si no fuera por las muchas causas de destrucción que ponen límite a su fecundidad, esas plantas invadirían toda la tierra.

Pero el ingeniero no había terminado su pequeño interrogatorio.

–Y ahora, Pencroff –añadió–, ¿sabe usted cuántas fanegas de trigo representan esos 400.000 millones de granos?

–No –respondió el marino–; sólo sé que soy un burro.

–Pues bien, harían más de un millón a razón de 390.000 granos por fanega.

–¡Un millón! –exclamó Pencroff.

–¡Un millón!

–¿En cuatro años?

—En cuatro años —contestó Ciro—, y aun en dos años, si, como espero, podemos en esta latitud obtener dos cosechas al año.

A esto, según su costumbre, Pencroff no pudo por menos de contestar con un hurra formidable.

—Así, pues, Harbert añadió el ingeniero—, has hecho un descubrimiento de grandísima importancia para nosotros. En las condiciones en que estamos, todo, amigos míos, todo puede servimos; y ruego que no lo olviden.

—No, señor Ciro, no lo olvidaremos —dijo Pencroff—, y si alguna vez encuentro uno de esos granos de tabaco que se multiplican por trescientos setenta mil, le aseguro a usted que no lo tiraré por la ventana. Y ahora, ¿sabe usted lo que debemos hacer?

—Sembrar este grano —contestó Harbert.

—Sí —añadió Gedeón Spilett—, y con todos los miramientos que le son debidos, porque lleva en sí nuestras cosechas del porvenir.

—¡Con tal que germine! —exclamó el marino.

—Germinará —afirmó Ciro Smith.

Era el 20 de junio: momento propicio para sembrar aquel único y precioso grano de trigo. Primero se trató de sembrarlo en un puchero; pero, bien pensado, se resolvió recomendarle más a la naturaleza y confiarle a la tierra. Se hizo así el mismo día, y es inútil añadir que se tomaron todas las precauciones para que la operación tuviese buen éxito.

Habiéndose aclarado un poco el tiempo, los colonos subieron a las alturas del Palacio de granito, y allí, en la meseta, eligieron un sitio abrigado contra el viento y donde el sol del mediodía debía verter todo su calor. Se limpió y mulló el terreno, se le registró para quitar los insectos y gusanos, se echó en él una capa de tierra buena mezclada con un poco de cal, se le rodeó de una empalizada y se sembró el grano de trigo después de haber humedecido la tierra.

Parecía que los colonos sentaban la primera piedra de un edificio, y aquel instante recordó a Pencroff el día en que había encendido su único fósforo y el cuidado con que había procedido a la operación. Pero entonces la cosa era más grave; los náufragos siempre habían logrado proporcionarse fuego, ya por un procedimiento, ya por otro; pero ningún poder humano les devolvería aquel grano de trigo, si por desgracia se perdía.

Exploración y conversación sobre el futuro de la Tierra

Desde aquel momento no pasó un día sin que Pencroff visitara lo que llamaba muy formalmente su campo de trigo. ¡Y desventurados los insectos que se aventuraban a acercarse! No tenía piedad con ellos.

Hacia finales de junio, después de interminables lluvias, bajó mucho la temperatura, y el 29 un termómetro Fahrenheit había anunciado solamente veinte grados sobre cero (6º 67' centígrados bajo cero). Al día siguiente, 30 de junio, día que corresponde al 31 de diciembre en el hemisferio boreal, era viernes. Nab observó que el año concluía con un día malo. Pero Pencroff le respondió que "naturalmente" el año siguiente comenzaría por uno bueno, lo que valía más.

Comenzó un frío muy vivo. Empezaron a amontonarse los hielos en la desembocadura del río de la Merced, y el lago no tardó en helarse en toda su extensión. Hubo que renovar muchas veces la provisión de combustible. Pencroff no había esperado a que el río se helase para conducir enormes cargas de leña a su destino. La corriente era un motor infatigable y fue empleada para acarrear maderas hasta que el frío vino a encadenarla. Al combustible, tan abundantemente suministrado por el bosque, se añadieron varias carretadas de hulla que hubo que buscar al pie de los contrafuertes del monte Franklin. Aquel poderoso calor del carbón de piedra fue vivamente apreciado a causa de la baja temperatura, que el 4 de julio descendió a ocho grados Fahrenheit (13° centígrados bajo cero). Se puso una nueva chimenea en el comedor y allí trabajaban todos en común.

Durante este período de frío, Ciro Smith tuvo ocasión de felicitarse de haber derivado hasta el Palacio de granito un pequeño chorro de las aguas del lago Grant. Tomadas bajo nivel de la helada superficie y conducidas por el antiguo desagüe, se conservaban líquidas y llegaban a un depósito interior que se había abierto en el ángulo formado detrás del almacén, cuyo sobrante bajaba por el pozo al mar.

Hacia aquella época, habiéndose puesto el tiempo muy seco, los colonos, abrigados lo mejor posible, resolvieron dedicar un día a la exploración de la parte sudeste de la isla, entre el río de la Merced y el cabo de la Garra. Era un vasto terreno pantanoso y probablemente existía en él muy buena caza, pues debían pulular las aves acuáticas.

La distancia era de ocho o nueve millas de ida y otras tantas de vuelta; por consiguiente, había que empezar bien el día. Como se trataba también de la exploración de la porción desconocida de la isla, toda la colonia debería tomar parte en ella. Por eso el 15 de julio, desde las seis de la mañana, cuando apenas había amanecido, Ciro Smith, Gedeón Spilett, Harbert, Nab y Pencroff, armados de venablos, lazos, arcos y flechas, y provistos de comida abundante, salieron del Palacio de granito, precedidos de Top, que saltaba delante de ellos.

Tomaron el camino más corto, para lo cual atravesaron el río de la Merced, por los hielos que le obstruían entonces.

—Pero —observó justamente el corresponsal— esto no puede reemplazar un puente verdadero.

Por eso la construcción de un puente verdadero estaba registrada entre las obras a realizar.

Era la primera vez que los colonos ponían el pie en la orilla derecha del río de la Merced y que se aventuraban entre aquellas grandes y soberbias coníferas, entonces cubiertas de nieve. No habían andado media milla, cuando de una grande espesura se escapó toda una familia de cuadrúpedos, que habían elegido aquel domicilio y huían ante los ladridos de Top.

—¡Parecen zorras! —exclamó Harbert, cuando vio aquella bandada huyendo.

Eran zorras, en efecto, pero zorras de gran tamaño, que despedían una especie de ladrido que parecía admirar el mismo Top, porque se detuvo y dio a aquellos rápidos animales el tiempo necesario para desaparecer.

El perro tenía motivo para sorprenderse, pues no sabía historia natural; pero por sus ladridos, aquellas zorras, de pelo gris rojizo y cola negra terminada en una especie de penacho blanco, habían descubierto su origen. Harbert les dio sin vacilar su verdadero nombre de culpeos. Estos culpeos se encuentran frecuentemente en Chile, en las islas Malvinas y en todos los parajes americanos atravesados por los paralelos treinta y cuarenta. Harbert sintió mucho que Top no hubiera podido apoderarse de uno de aquellos carnívoros.

—¿Y eso se come? —preguntó Pencroff, que no consideraba jamás a los representantes de la fauna de la isla sino desde un punto de vista especial.

—No —respondió Harbert—; los zoólogos no han averiguado todavía si la pupila de esas zorras es diurna o nocturna y si conviene o no clasificarlas en el género perro propiamente dicho.

Ciro Smith no pudo menos de sonreírse al oír la reflexión del joven, que revelaba su espíritu dado a los estudios serios. En cuanto al marino, poco le importaba la cuestión zoológica desde el momento en que aquellas zorras no podían ser clasificadas en el género de comestible. Sin embargo, observó que, cuando hubiera un corral en el Palacio de granito, no habría que olvidar tomar algunas precauciones contra la visita probable de aquellos ladrones de cuatro patas, observación a la cual nadie replicó.

Después de haber doblado la punta de los Náufragos, los colonos siguieron una larga playa. Eran entonces las ocho de la mañana y el cielo estaba muy puro, como sucede durante los grandes y prolongados fríos; pero, habiendo entrado en calor a consecuencia de la marcha, Ciro Smith y sus compañeros no sentían demasiado lo picante de la atmósfera. Por otra parte, no soplaba el viento, circunstancia que hace infinitamente más soportable los fuertes descensos de la temperatura.

El sol brillante, pero sin acción calorífica, salía entonces del océano, y su enorme disco se balanceaba sobre el horizonte. El mar formaba una sábana tranquila y azulada como la de un golfo mediterráneo cuando el cielo está puro.

El cabo de la Garra, curvado en forma de yatagá, mostraba claramente su perfil a cuatro millas al sudeste. A la izquierda, la línea del pantano terminaba bruscamente por una pequeña punta, que el sol coloreaba a la sazón con rayos de fuego. Ciertamente en aquella parte de la bahía de la Unión, descubierta a todos los vientos del mar, y que no tenía siquiera la protección de un banco de arena, los buques batidos por el viento del este no habrían encontrado abrigo de ninguna especie. Se conocía por la tranquilidad del mar, cuyas aguas no turbaba ningún alto fondo; por su color uniforme, no manchado por ningún matiz amarillento, y por la ausencia, en fin, de todo arrecife, que aquella costa era acantilada, y que el océano, junto a ella, encubría profundos abismos.

En segundo término, hacia el oeste, se desarrollaban, pero a distancia de cuatro millas, las primeras líneas del bosque al que los colonos habían dado el nombre de Far-West.

Los colonos podían creerse, por decirlo así, en la costa desolada de alguna isla de las regiones antárticas invadidas por los hielos. Hicieron alto en aquel paraje para almorzar; encendieron una hoguera de maleza y hojarasca y Nab preparó el almuerzo de carne fiambre con algunas tazas de té de Oswengo.

Todos miraban a uno y otro lado mientras comían. Aquella parte de la isla Lincoln era realmente estéril y contrastaba con toda la región occidental, lo cual indujo a Spilett a reflexionar que, si la casualidad les hubiera arrojado desde el primer día en aquella playa, habrían formado de su futuro dominio una idea muy desfavorable.

—Y aun creo que no hubiéramos podido llegar a tierra —respondió el ingeniero—, porque aquí el mar es profundo y no nos ofrecería ni una roca para refugiarnos. Delante del Palacio de granito, por lo menos, hay bancos de arena y un islote, cosas todas que multiplicarían las probabilidades de salvación. ¡Aquí nada más que el abismo!

—Es muy singular —observó Gedeón Spilett—que esta isla, relativamente pequeña, presente un suelo tan variado. Esta diversidad de aspecto pertenece lógicamente a los continentes de cierta extensión. Parece que la parte occidental de la isla Lincoln, tan rica y tan fértil, está bañada por las aguas cálidas del golfo de México, y que las orillas del norte y del sudeste se extienden por una especie de mar Ártico.

—Tiene usted razón, mi querido Spilett —intervino Ciro Smith—, y es una observación que me he hecho yo también. Encuentro muy extraña esta isla tanto en su forma como en su naturaleza; parece un resumen de todos los aspectos que presenta un continente y no me sorprendería que lo hubiese sido en otros tiempos.

—¡Cómo! ¿Un continente en medio del Pacífico? —exclamó Pencroff.

—¿Por qué no? —repuso Ciro Smith—. ¿Por qué Australia, Nueva Irlanda, todo lo que los geógrafos ingleses llaman la Australasia, unidas a los archipiélagos del Pacífico, no habrían formado en otro tiempo una sexta parte del mundo tan importante como Europa o Asia, como África o las dos Américas? Mi entendimiento no se niega a admitir que todas las islas que sobresalen en este vasto océano no sean cimas de un continente hoy sumergido, pero que dominaba las aguas en las épocas prehistóricas.

—¿Como en otro tiempo la Atlántida? —observó Harbert.

—Sí, hijo mío..., si la Atlántida ha existido.

—¿Y la isla Lincoln habrá formado parte de este continente? —preguntó Pencroff.

—Es probable —respondió Ciro Smith—, y eso explicaría suficientemente la diversidad de productos que se observa en su superficie.

—Y el número considerable de animales que la habitan todavía —añadió Harbert.

—Sí, hijo mío —repuso el ingeniero—, y tú me das con esa observación un nuevo argumento en apoyo de mi tesis. Es cierto, por lo que hemos visto, que los animales son muy numerosos en la isla, y lo que es todavía más extraño, que las especies son muy variadas. Hay para esto una razón, a lo que yo entiendo, que la isla Lincoln ha podido formar parte en otro tiempo de algún vasto continente que poco a poco se ha ido deprimiendo hasta sumergirse en el Pacífico.

—¿Entonces el mejor día —dijo Pencroff, que no parecía convencido—, lo que resta de este antiguo continente podrá desaparecer y ya no habrá tierra entre América y Asia?

—Sí —repuso Ciro Smith—, habrá los nuevos continentes que en este momento están fabricando millones y millones de animalillos.

—¿Y qué clase de albañiles son esos? —preguntó Pencroff.

—Los infusorios del coral —contestó Ciro Smith—. Ellos han fabricado, por medio de un trabajo continuo, la isla de Clermont-Tonnerre, los atolones y otras muchas islas de coral que cuenta el océano Pacífico. Se necesitan cuarenta y siete millones de esos infusorios para formar el peso de un grano, y sin embargo, con las sales marinas que absorben, con los elementos sólidos de agua que asimilan, esos animalillos producen la calcárea, y esa calcárea forma enormes construcciones submarinas, cuya dureza y solidez son iguales a las del granito. En otro tiempo, en las primeras épocas de la creación, la naturaleza, por medio del fuego, ha producido las tierras por levantamiento; pero ahora encomienda a los animales microscópicos la tarea de reemplazar a aquel agente, cuyo poder dinámico en el interior del globo ha disminuido evidentemente, como lo prueba el gran número de volcanes hoy extinguidos en la superficie de la tierra. Creo yo que sucediéndose los siglos a los siglos y los infusorios a los infusorios, este mar Pacífico podrá convertirse un día en un vasto continente, que vendrá a ser habitado y civilizado por nuevas generaciones.

—¡Para largo va eso! –repuso Pencroff.

–La naturaleza tiene tiempo para todo –añadió el ingeniero.

–¿Mas para qué han de salir nuevos continentes? –preguntó Harbert–. Me parece que la extensión actual de los países habitables es suficiente para la humanidad y la naturaleza no hace nada inútil.

–En efecto, no hace nada inútil –replicó el ingeniero–; pero voy a decir cómo podría explicarse en el futuro la necesidad de nuevos continentes y precisamente en esta zona tropical, ocupada por las islas coralígenas. A lo menos esta explicación me parece plausible.

–Escuchamos a usted con atención, señor Ciro –dijo Harbert.

–Mi pensamiento es este. Los sabios admiten generalmente que nuestro globo morirá un día, o más bien, que no será posible en él la vida animal y vegetal, a consecuencia del enfriamiento intenso que ha de sobrevenir. El punto sobre el que no están de acuerdo es la causa del enfriamiento. Unos piensan que provendrá del descenso de la temperatura que experimentará el sol al cabo de millones de años; otros juzgan que procederá de la extinción gradual del fuego interior de nuestro globo, que tiene sobre él una influencia mayor de la que se supone generalmente. Estoy por esta última hipótesis, y me fundo en el hecho de que la luna es verdaderamente un astro enfriado no habitable, aunque el sol continúa todavía vertiendo en su superficie la misma suma de calor. Si la luna se ha enfriado, es porque sus fuegos interiores, a los cuales, como todos los astros del mundo estelar, ha debido su origen, se ha extinguido completamente. En fin, cualquiera que sea la causa, nuestro globo se enfriará un día, pero este enfriamiento se verificará poco a poco. ¿Qué sucederá entonces? Que las zonas templadas, en una época más o menos lejana, no serán más habitables que hoy las regiones polares. Así, pues, los hombres y los animales refluirán hacia las latitudes más directamente sometidas a la influencia solar. Habrá una inmensa emigración; Europa, Asia central, América del Norte serán poco a poco abandonadas lo mismo que Australasia y las partes bajas de América del Sur. La vegetación seguirá a la emigración humana; la flora retrocederá hacia el Ecuador al mismo tiempo que la fauna, y las partes centrales de América meridional y de Africa serán continentes habitados. Los lapones y los samoyedos encontrarán las condiciones climáticas del mar Polar en las orillas del Mediterráneo.

¿Quién nos dice que en esa época las regiones ecuatoriales no serán demasiado pequeñas para contener a la humanidad terrestre y alimentarla? ¿Y por qué la Naturaleza, previsora para dar refugio a toda la emigración animal y vegetal, no ha de poder, desde ahora y bajo el Ecuador, echar los fundamentos de un nuevo continente, encargando a los infusorios el cuidado de construirlo? Muchas veces he reflexionado sobre estas cosas, amigos míos, y creo ciertamente que el aspecto de nuestro globo será un día completamente transformado y que, a consecuencia de la elevación de nuevos continentes, los mares cubrirán los antiguos. Así, en los siglos futuros, otros colonos irán a descubrir las islas del Chimborazo, del Himalaya o del Monte Blanco, restos de una América o de un Asia o de una Europa sumergidas. Después, esos nuevos continentes se harán a su vez inhabitables; el calor se extinguirá como el de un cuerpo abandonado por el alma, y la vida desaparecerá del globo, si no definitiva, al menos momentáneamente. Quizá entonces nuestro esferoide descansará y se reformará durante la muerte, para resucitar un día en condiciones superiores. Pero todo esto, amigos míos, es el secreto del Autor de todas las cosas y, hablando del trabajo de los infusorios, me he dejado llevar un poco lejos hasta escudriñar los secretos del futuro.

—Mi querido Ciro —respondió Gedeón Spilett—, esas teorías son para mí profecías y creo que se cumplirán con el tiempo.

—Ese es el secreto de Dios —dijo el ingeniero.

—Todo esto está muy bien —interrumpió Pencroff, que había escuchado con atención—, ¿pero podría usted decirme, señor Ciro, si la isla Lincoln ha sido construida por infusorios?

—No —contestó Ciro Smith—, es de origen volcánico.

—Entonces, ¿desaparecerá algún día?

—Es probable.

—Espero que para entonces no estemos aquí.

—No estaremos, tranquilícese, Pencroff, porque no tenemos ningún deseo de morir en ella y acabaremos por encontrar un medio de abandonarla.

—Entretanto —dijo Gedeón Spilett—, instalémonos aquí como para una eternidad. Las cosas no deben hacerse a medias.

Aquí terminó la conversación y al mismo tiempo el almuerzo. Continuó la exploración y los colonos llegaron al lugar donde comenzaba la región pantanosa.

Era un verdadero pantano, cuya extensión hasta la costa circular, que terminaba la isla al sudeste, podría ser de veinte millas cuadradas. El suelo estaba formado de un barro arcillosilíceo, mezclado con muchos restos vegetales. Confervâceas, juncos, cárices, acá y allá algunas capas de hierba, espesas como una tupida alfombra, cubrían el terreno; charcos helados brillaban a los rayos del sol en muchos parajes. Ni la lluvia, ni las crecidas de ningún río habían podido formar aquellos depósitos de agua; de donde debía deducirse que el pantano estaba alimentado por las filtraciones del suelo. Era también de temer que el aire, durante el calor, se cargase en sus inmediaciones de los miasmas que engendran las fiebres palúdicas.

Sobre las hierbas acuáticas y sobre la superficie de las aguas estancadas revoloteaban una infinidad de aves. Cazadores habituados a tales parajes pantanosos no habrían podido perder allí ni un solo tiro. Los patos silvestres, las cercetas, las becasinas, las abubillas, vivían a bandadas y eran tan poco tímidas, que dejaban a los cazadores fácilmente acercarse.

Una perdigonada habría matado una docena de aquellas aves. Fue preciso, sin embargo, contentarse con abatirlas a flechazos. El resultado fue menor, pero la flecha tenía la ventaja de no espantar a las aves, mientras que la detonación de arma de fuego las habría hecho huir de todos los puntos del pantano. Los cazadores se contentaron, por esta vez, con una docena de patos de cuerpo blanco, rodeado de un cinturón de color canela, cabeza verde, alas negras, blancas y rojas y pico achatado, a los cuales Harbert dio el nombre de tadornes.

Top concurrió diestramente a su captura y aquella parte pantanosa de la isla recibió el nombre de los volátiles encontrados en ella.

Los colonos tenían, pues, una abundante reserva de caza acuática; y, cuando llegase el tiempo oportuno, había que explotarla convenientemente, siendo además probable que muchas especies de aquellas aves pudieran, ya que no domesticarse, por lo menos aclimatarse en las cercanías del lago, lo cual las pondría más directamente al alcance de su mano.

Hacia las cinco de la tarde, Ciro Smith y sus compañeros tomaron el camino de vuelta y atravesaron el pantano de los Tadornes, repasando el río de la Merced, por el puente de hielo.

A las ocho de la noche todos estaban ya en el Palacio de granito.

Pasa el invierno y salen de su Palacio de granito

Aquellos fríos intensos duraron hasta el 15 de agosto, sin traspasar el mínimo de grados Fahrenheit observado hasta entonces. Cuando la atmósfera estaba tranquila, los colonos soportaban fácilmente aquella temperatura baja; pero, cuando soplaba el viento, les molestaba, por la reducida vestimenta. Pencroff se lamentaba de que la isla Lincoln no diera asilo a algunas familias de osos, con preferencia a las zorras o a las focas, cuya piel no le servía mucho.

—Los osos —decía—van generalmente bien vestidos y yo me alegraría mucho de tomarles prestado para el invierno el abrigo que llevan en el cuerpo.

—Pero —añadió Nab, riéndose—quizá los osos no consentirían, Pencroff, en darte su abrigo. No creo yo que esos animales sean imitadores de San Martín.

—Ya les obligaríamos, Nab —repuso Pencroff en tono completamente autoritario.

Pero aquellos formidables carnívoros no existían en la isla o por lo menos no se habían dejado ver hasta entonces.

Harbert, Pencroff y Spilett se ocuparon, sin embargo, en establecer trampas en la meseta de la Gran Vista y en los alrededores del bosque. Según la opinión del marino, todo animal, cualquiera que fuese, sería buena presa, y roedores o carnívoros que estrenaran los nuevos lazos serían bien recibidos en el Palacio de granito.

Aquellas trampas eran muy sencillas: se componían de hoyos abiertos en el suelo y cubiertos de ramas y hierba, que disimulaban el orificio, en cuyo fondo había algún cebo, cuyo olor pudiese atraer a los animales. Debemos decir también que no se habían abierto al acaso, sino en ciertos sitios, donde las huellas de cuadrúpedos anunciaban el frecuente paso de animales. Todos los días eran visitadas, y por tres veces durante los primeros días se encontraron ejemplares de aquellos culpeos descubiertos en la orilla derecha del río de la Merced.

—¡Cáspita! ¡No hay más que zorras en este país! —exclamó Pencroff la tercera vez que sacó una del hoyo donde estaba encerrada—. ¡Animales que no sirven para nada!

—Se equivoca usted —dijo Gedeón Spilett—. Sirven para algo.

—¿Y para qué?

—Nos servirán de cebo para atraer a otros.

El corresponsal tenía razón y las trampas fueron cebadas desde entonces con aquellos cadáveres de zorras.

El marino había fabricado también lazos, empleando las fibras de juncos, los cuales dieron mejor resultado que las trampas. Era raro que pasase día sin que cayera en aquellos lazos algún conejo del sotillo. Era siempre conejo lo que comían, es verdad, pero Nab sabía variar las salsas, y los colonos no pensaban quejarse.

Sin embargo, una o dos veces en la segunda semana de agosto, los lazos proporcionaron a los cazadores animales distintos de los culpeos y más útiles, como fueron algunos jabalíes vistos ya en el norte del lago. Pencroff no tuvo necesidad de preguntar si aquellos animales eran comestibles: se comprendía perfectamente que lo eran en vista de su semejanza con el cerdo de América o de Europa.

—Pero estos no son cerdos —dijo Harbert—, te lo prevengo, Pencroff.

—Muchacho —repuso el marino inclinándose sobre la trampa y sacando por el pequeño apéndice que le servía de rabo a uno de aquellos representantes de la familia de los suideos—, déjame creer que lo son.

—¿Por qué?

—Porque me complazco en creerlo.

—¿Te gusta mucho el cerdo, Pencroff?

—¡Mucho! —exclamó el marino—, sobre todo sus jamones y, si tuviera ocho en vez de cuatro, me gustaría el doble.

Los animales de que se trataba eran saínos, pertenecientes a uno de los cuatro géneros que cuenta la familia y eran además de la especie de los tagasus, fáciles de conocer por su color oscuro y por la ausencia de los largos caninos de que están provistas las bocas de sus congéneres. Estos saínos viven ordinariamente en rebaños y era probable que abundasen en la parte silvestre de la isla. En todo caso eran comestibles desde la cabeza hasta los pies y Pencroff no pedía otra cosa.

Hacia el 15 de agosto el estado atmosférico se modificó por un salto que hizo el viento al noroeste. La temperatura subió algunos grados y los vapores acumulados en el aire no tardaron en resolverse en nieve. Toda la isla se cubrió de una blanca sábana y se mostró a los habitantes bajo un nuevo aspecto. La nieve cayó abundantemente por espacio de varios días, llegando a formar una capa de dos pies de espesor.

Pronto refrescó el viento y desde lo alto del Palacio de granito se oían los bramidos del mar sobre los arrecifes. En ciertos ángulos se formaban rápidos remolinos de aire, y la nieve, acumulándose en las altas columnas giratorias, parecía una de esas trombas líquidas que dan vueltas sobre su base. Sin embargo, el huracán procedente del noroeste tomaba de través la isla, y la orientación del Palacio de granito le preservaba de un ataque directo. En aquella tempestad de nieve tan terrible como las que pueden producirse en los países polares, ni Ciro Smith ni sus compañeros pudieron, a pesar de su deseo, aventurarse a salir de su vivienda, y permanecieron encerrados durante cinco días, del 20 al 25 de agosto. Oíase la tempestad rugir en los bosques de Jacamar, que debían sufrir mucho. Los árboles iban a ser desarraigados, pero Pencroff se consolaba pensando que de este modo se ahorraría el trabajo de cortarlos.

—El viento se hace leñador, dejémoslo —repetía.

Por lo demás, no había ningún medio de impedirlo.

¡Cuántas gracias debieron dar al cielo los huéspedes del Palacio de granito por haberles proporcionado aquel retiro sólido e inexpugnable! Ciro Smith tenía su parte legítima en aquellas gracias; pero al fin era la naturaleza la que había abierto la vasta caverna, y Ciro Smith no había puesto más trabajo que el de descubrirla. Allí todos estaban en lugar seguro y la borrasca no podía alcanzarlos.

Si hubiesen construido en la meseta de la Gran Vista una casa de ladrillo y de madera, no habría resistido los furores de aquel huracán. En cuanto a las Chimeneas, a juzgar por el ruido de las olas que se oía con tanta fuerza, era de suponer que se habrían hecho completamente inhabitables, porque el mar, pasando por encima del islote, debía batirlas con furor. Pero en el Palacio de granito, en el centro de aquella masa inmensa, contra la cual no tenían poder ni el agua ni el aire, nada había que temer.

Durante aquellos días de retiro forzoso los colonos no estuvieron inactivos. La madera cortada en tablas no faltaba en el almacén y poco a poco se completó el mueblaje, haciéndose mesas y sillas y muy sólidas, pues no se economizó la primera materia.

Aquellos muebles, un poco toscos y excesivamente pesados, justificaban mal su nombre, que hace de su movilidad una condición esencial, pero constituían el orgullo de Nab y Pencroff, que no los habrían cambiado por muebles de Boule.

Después los ebanistas se convirtieron en cesteros y no les salió mal esta nueva fabricación. Habían descubierto hacia la punta que el lago proyectaba al norte una abundante mimbrera, donde crecían mimbres de color de púrpura. Antes de la estación de las lluvias, Pencroff y Harbert habían recogido una gran cosecha de aquellos útiles arbustos, y sus ramas, bien preparadas entonces, podían ser empleadas eficazmente. Los primeros ensayos fueron informes, pero gracias a la destreza de los obreros, ya consultándose, ya recordando los modelos que habían visto y rivalizando siempre entre sí, se aumentó en breve el material de la colonia con cestos y canastillos de diversos tamaños. El almacén quedó bien provisto y Nab encerró en canastillos especiales sus colecciones de rizomas, piñones y raíces de drago.

Durante la última semana de aquel mes de agosto el tiempo cambió de nuevo. La temperatura bajó un poco y la borrasca se calmó, permitiendo a los colonos salir de su morada. En la playa había dos pies de nieve, pero se podía caminar sobre aquella superficie endurecida. Ciro Smith y sus compañeros subieron a la meseta de la Gran Vista.

¡Qué cambio! Aquellos bosques, que habían dejado verdes, sobre todo en la parte donde dominaban las coníferas, habían desaparecido bajo un color uniforme. Todo era blanco, desde la cima del monte Franklin hasta el litoral: los bosques, la pradera, el lago, el río, las costas. El agua del río de la Merced corría bajo una bóveda de hielo que se deshacía a cada flujo y reflujo, rompiéndose con estrépito. Innumerables aves revoloteaban sobre la superficie sólida del lago, como patos, cercetas y abubillas.

Contábanse por millares. Las rocas, entre las cuales caía la cascada en la ladera de la meseta, estaban erizadas de témpanos de hielo. Parecía que el agua se escapaba de una monstruosa jarra cincelada por el capricho de un artista del Renacimiento. No era posible hacer un juicio sobre los daños causados en el bosque por el huracán y había que esperar que la inmensa capa blanca, que lo cubría, se hubiera derretido.

Gedeón Spilett, Pencroff y Harbert no se olvidaron de las trampas bajo la nieve que las cubría y debieron tener cuidado de no caer en una u otra, lo cual hubiera sido para ellos, a la vez que humillante y peligroso, caer en sus propias redes.

Pero, en fin, evitaron aquel inconveniente y encontraron las trampas intactas. Ningún animal había caído en ellas, y sin embargo había muchas huellas en los alrededores y entre otras había ciertas marcas de garras muy claras y evidentes. Harbert no vaciló en afirmar que algún carnívoro de la raza felina había pasado por allí, lo cual justificaba la opinión del ingeniero sobre la presencia de fieras peligrosas en la isla Lincoln. Sin duda aquellas fieras habitaban ordinariamente los espesos bosques del Far-West, pero, acosadas por el hambre, se habían aventurado hasta la meseta de la Gran Vista. ¡Tal vez olfateaban los huéspedes del Palacio de granito!

—¿Qué son esos felinos? —preguntó Pencroff.

—Tigres —contestó Harbert.

—Yo creía que esos animales no se encontraban más que en los países cálidos.

—En el Nuevo Continente —contestó el joven— se les encuentra desde México hasta las Pampas argentinas. Ahora bien, como la isla Lincoln está poco más o menos en la misma latitud que las provincias del Río de la Plata, no es extraño que haya en ella algunos tigres.

—Bueno —dijo Pencroff—, vigilaremos.

Al fin la nieve se disipó bajo la influencia de la temperatura, que fue elevándose. Sobrevino la lluvia, y gracias a su acción disolvente desapareció la capa blanca. Los colonos, a pesar del mal tiempo, renovaron su reserva en todo, piñones, raíces de drago, rizomas, agutíes y canguros. Esto exigió alguna excursión al bosque, y entonces se pudo observar que el huracán había derribado cierta cantidad de árboles. El marino y Nab llegaron con el carro hasta el yacimiento de hulla para llevarse algunas toneladas de combustible y, al pasar, vieron que la chimenea del horno de vidriado se había deteriorado por el viento, que se había llevado por lo menos seis pies.

Se renovó también, al mismo tiempo que el carbón, la provisión de leña y se aprovechó la corriente del río de la Merced, que había vuelto a quedar libre, para llevar por ella varias cargas, por si no hubiese acabado todavía el período de los grandes fríos.

Los colonos visitaron también las Chimeneas y no pudieron menos de felicitarse de no haber tenido necesidad de vivir en ellas durante la tempestad. El mar había dejado en aquel paraje visibles rastros de sus estragos. Levantado por los vientos y saltando por encima del islote, había penetrado violentamente en los corredores que estaban medio cubiertos de arena, mientras espesas capas de algas cubrían las rocas. En tanto que Nab, Harbert y Pencroff renovaban las provisiones de combustible, Ciro Smith y Gedeón Spilett se ocupaban en limpiar las Chimeneas y encontraron la fragua y los hornos casi intactos, gracias a haber estado protegidos por la acumulación de las arenas.

No había sido inútil renovar la provisión de combustible... Los colonos tenían que sufrir aún fríos muy rigurosos. Sabido es que en el hemisferio boreal el mes de febrero se señala generalmente por un descenso de temperatura; y lo mismo debía suceder en el hemisferio austral a finales de agosto, que es el febrero de América del Norte. La isla Lincoln no se libró de esta ley climatológica.

Hacia el 25, después de una nueva alternativa de nieve y de lluvia, el viento saltó al sudeste y el frío se hizo intenso. Según los cálculos del ingeniero, la columna mercurial de un termómetro Fahrenheit no hubiera marcado menos de ocho grados bajo cero (220 22' centígrados bajo cero), y esta intensidad de frío que un viento agudo hacía más doloroso, se mantuvo por espacio de muchos días. Los colonos debieron encerrarse de nuevo en el Palacio de granito y, como fue preciso obstruir herméticamente todas las aberturas de la fachada, no dejando más que el paso puramente necesario para la renovación del aire, el consumo de bujías fue grande. Para economizarlas, los colonos se limitaron con frecuencia a alumbrarse con la llama de los hogares, donde no se economizaba el combustible. Muchas veces uno u otro bajaron a la playa entre los témpanos de hielo que el flujo arrojaba a cada marea, pero pronto subían al Palacio de granito, y no sin trabajo ni sin dolor podían sus manos asir los montantes de la escala. En aquel frío intenso los escalones quemaban los dedos.

Fue preciso otra vez ocupar los ocios del retiro forzoso dentro del Palacio. Ciro Smith emprendió entonces una operación que podía practicarse a puerta cerrada.

Ya sabemos que los colonos no tenían a su disposición más azúcar que aquella sustancia líquida del arce, haciendo en el árbol incisiones profundas. Bastábales, pues, recoger en vasos el licor que los árboles destilaban y en tal estado lo empleaban en diversos usos culinarios, tanto más fácilmente cuanto que con el tiempo el licor tendía a volverse blanco y a tomar una consistencia de jarabe.

Pero todavía había algo más que hacer. Un día Ciro Smith anunció a sus compañeros que se iban a transformar en refinadores de azúcar.

—¡Refinadores! —intervino Pencroff—. ¡Me parece que ese es un oficio un poco cálido!

—¡Muy cálido! —dijo el ingeniero.

—Entonces será propio de la estación —replicó el marino.

La palabra "refinación" no debe despertar en el ánimo de los lectores el recuerdo de esas fábricas llenas de máquinas y obreros. No. Para cristalizar aquel licor bastaba depurarlo mediante una operación muy sencilla. Puesto al fuego en grandes recipientes de barro, se le sometió a cierta evaporación, y pronto subió una espuma a la superficie. Cuando esta espuma comenzó a espesarse, Nab tuvo cuidado de removerla con una espátula e impedir al mismo tiempo que adquiriese un sabor empireumático. Tras algunas horas de ebullición a fuego vivo, tan favorable para los operadores como para la sustancia operada, esta se transformó en un jarabe espeso. Aquel jarabe fue depositado en moldes de barro, previamente fabricados en el horno mismo de la cocina y a los cuales se habían dado formas diversas. Al día siguiente aquel jarabe enfriado formaba panes y tablillas. Era azúcar de color un poco rojo, pero casi transparente y de buen sabor.

El frío continuó hasta mediados de septiembre y los prisioneros del Palacio de granito comenzaban a encontrar demasiado largo su cautiverio. Casi todos los días intentaban alguna salida, que no podía prolongarse mucho. Trabajaban, pues, constantemente en el arreglo de la casa y conversaban durante el trabajo. Ciro Smith instruía a sus compañeros en todo y les explicaba principalmente las aplicaciones prácticas de la ciencia. Los colonos no tenían biblioteca, pero el ingeniero era un libro vivo, siempre dispuesto y siempre abierto en la página que cada cual necesitaba. Un libro que les resolvía todas las cuestiones y que con frecuencia era hojeado por todos. Así pasaba el tiempo y los honrados colonos no parecía que debían temer el porvenir.

Sin embargo, la prisión que sufrían les impacientaba demasiado y todos tenían ansias de volver a ver, si no la hermosa primavera, al menos el final de aquel frío insoportable.

¡Si por ventura hubieran tenido vestidos de abrigo para poder afrontarlo! ¡Qué excursiones no habrían intentado a las dunas, al pantano de los Tadornes! La caza debía ser fácil y hubiera sido fructuosa sin duda alguna. Pero Ciro Smith no quería que nadie comprometiese su salud, porque necesitaba de todos los brazos, y sus consejos fueron seguidos.

El más impaciente de los prisioneros, después de Pencroff, se entiende, era Top. El fiel perro encontraba muy estrecho para él el Palacio de granito. Iba y venía de un cuarto a otro y manifestaba a su manera el aburrimiento que le causaba el hallarse acuartelado.

Ciro Smith observó con frecuencia que, cuando se acercaba a aquel pozo oscuro, que estaba en comunicación con el mar y cuyo orificio se abría a un extremo del almacén, lanzaba gruñidos singulares, dando vueltas alrededor de aquella abertura que estaba tapada por unas tablas. Algunas veces trataba de introducir sus patas debajo de la tapa como si hubiera querido levantarla y gruñía entonces de un modo particular, que indicaba al mismo tiempo cólera e inquietud.

El ingeniero observó muchas veces aquellas maniobras del perro. ¿Qué había en aquel abismo que pudiera impresionar hasta tal punto al inteligente animal? El pozo terminaba en el mar, esto era indudable. ¿Se ramificaba por estrechos canales? ¿Estaba en comunicación con otra cavidad interior? ¿Vendría de cuando en cuando algún monstruo marino a respirar en el fondo de aquel pozo? El ingeniero no sabía qué pensar y no podía menos de meditar sobre las complicaciones extrañas que pudieran sobrevenir. Acostumbrado a adelantarse por el terreno de las realidades científicas, no podía sobreponerse a aquel movimiento que le arrastraba el dominio de lo extraño y casi de lo sobrenatural. ¿Pero cómo explicarse que Top, uno de esos perros sensatos que jamás han perdido su tiempo en ladrar a la luna, se obstinase en sondear con el olfato y el oído aquel abismo si nada pasaba en él que debiera despertar su inquietud? La conducta de Top intrigaba a Ciro Smith más de lo que él mismo suponía. Pero el ingeniero no comunicó sus impresiones nada más que a Gedeon Spilett, creyendo inútil iniciar a sus compañeros en las reflexiones involuntarias que le obligaba a hacer aquel capricho de Top.

Por fin, cesaron los fríos. Hubo nubes, vientos mezclados de nieve, nubarrones, ráfagas de aire puro, pero de corta duración. El hielo se había disuelto, la nieve se había fundido, la playa, la meseta, la orilla del río de la Merced y el bosque volvieron a ser transitables. La vuelta de la primavera llenó de satisfacción a los huéspedes del Palacio de granito y pronto se limitaron a pasar en él tan sólo las horas de sueño y de la comida.

En la segunda mitad de septiembre cazaron mucho, lo cual indujo a Pencroff a reclamar con nueva insistencia las armas de fuego, que, según decía, le había prometido Smith. El ingeniero, sabiendo perfectamente que sin instrumentos especiales le sería casi imposible construir un fusil que pudiera prestar algún servicio, aplazaba siempre la operación para más adelante. Por otra parte, les advertía que Harbert y Gedeón Spilett se habían hecho hábiles arqueros; que, de todos modos, excelentes animales como agutíes, canguros, cabiayes, palomas, avutardas, patos y cercetas, en fin, caza de pelo o caza de pluma, caían al impulso de sus flechas, y que, por consiguiente, bien podía esperarse ocasión más oportuna. Pero el obstinado marino no entendía de reflexiones y no dejaba de importunar al ingeniero para que satisficiese su deseo. El mismo Gedeón Spilett apoyaba a Pencroff en esto, diciendo:

—Si la isla, como es de sospechar, contiene animales feroces, es necesario pensar en combatirlos y exterminarlos. Puede llegar un momento en que ese sea nuestro primer deber.

Pero entonces la cuestión de las armas de fuego no ocupaba la mente de Ciro Smith, le preocupaban los vestidos. Los que llevaban los colonos habían pasado el invierno, pero no podían durar hasta el invierno próximo. Había que proporcionarse a toda costa pieles de carnívoros o lana de rumiantes; y puesto que no faltaban muflas, convenía pensar en los medios de formar un rebaño para las necesidades de la colonia. Un recinto destinado a los animales domésticos, un corral para los volátiles, en una palabra, una especie de granja establecida en cualquier punto de la isla, deberían ser los dos proyectos importantes en cuya ejecución se ocuparían durante la buena estación.

Por consiguiente, para llevar a cabo la idea de estos futuros establecimientos, era urgente emprender un reconocimiento de toda la parte ignorada de la isla Lincoln, es decir, de aquellas grandes selvas que se extendían a la derecha del río de la Merced, desde su desembocadura hasta el extremo de la península Serpentina, lo mismo que toda la costa occidental. Pero era preciso que el tiempo estuviese asegurado y todavía debía transcurrir un mes antes de que pudiera emprenderse útilmente la expedición.

Esperaban con impaciencia, cuando ocurrió un incidente que vino, a excitar más el deseo que tenían los colonos de visitar completamente su dominio.

Era el 14 de octubre. Aquel día Pencroff había ido a visitar las trampas, que tenía siempre convenientemente cebadas, y en una de ellas encontró tres animales, que entrarían en la despensa como llovidos del cielo. Eran una hembra de saíno y sus dos lechoncillos.

Pencroff volvió, pues, al Palacio de granito satisfecho de su captura, y, como siempre, hizo gran ostentación de su caza.

—¡Vamos! Hoy haremos una suculenta comida, señor Ciro —exclamó—, y usted, señor Spilett, participará de ella.

—Con mucho gusto —dijo el corresponsal—. ¿Pero qué es lo que vamos a comer?

—Lechoncillo.

—¿Lechoncillo, Pencroff? Al oírle a usted, creí que nos traía una perdiz con trufas.

—¡Cómo! ¿Haría usted ascos al lechón?

—No —repuso Gedeón Spilett, sin mostrar ningún entusiasmo—, y con tal que no se abuse de ese manjar...

—Bueno, bueno, señor periodista —dijo el marino, a quien no gustaba que despreciasen su caza—, veo que se hace usted el melindroso. Hace siete meses, cuando desembarcamos en esta isla, se habría tenido usted por dichoso encontrando una cabeza semejante.

—¡Qué le vamos a hacer! —exclamó Gedeón—. El hombre jamás es perfecto y nunca está contento.

—En fin —repuso Pencroff—, espero que Nab se lucirá. Vean ustedes: estos dos saínos pequeños apenas tienen tres meses de edad, estarán tan tiernos como codornices.

Vamos, Nab, vamos, yo mismo vigilaré la cocina.

Y el marino entró en la cocina, absorbiéndose enseguida en sus tareas culinarias.

Le dejaron que se arreglase a su modo. Nab y él prepararon una comida magnífica compuesta de los dos saínos, de una sopa de canguro, un jamón ahumado, piñones, bebida de drago, té de Oswego y de todo lo mejor que había en la despensa, pero entre todos los platos debían figurar en primer término los sabrosos saínos en estofado.

A las cinco se sirvió la comida en la sala del Palacio de granito. La sopa de canguro humeaba sobre la mesa y todos la hallaron excelente. A la sopa sucedieron los saínos, que Pencroff quiso trinchar por sí mismo, y de los cuales sirvió porciones monstruosas a cada uno de los comensales. Los lechoncillos estaban verdaderamente deliciosos, y Pencroff devoraba su parte con glotonería, cuando de repente dejó escapar un grito y un taco.

—¿Qué pasa? —preguntó Ciro Smith.

—Ay, Ay... ¡acabo de romperme una muela! —contestó el marino.

—¿Cómo? ¿Tienen piedras los saínos que usted caza? —dijo Gedeón Spilett.

—Habrá que creerlo —añadió Pencroff sacando de la boca el objeto que le había costado una muela. No era una piedra... sino un grano de plomo.

II
El abandonado

Síntoma de que están acompañados

Habían transcurrido siete meses justos desde que los pasajeros del globo habían sido arrojados a la isla Lincoln. Desde entonces, todas las investigaciones hechas no habían dado como resultado el descubrir ningún ser humano. El humo tampoco había dado indicio de la presencia del hombre en la superficie de la isla: ni un producto de trabajo manual había ofrecido testimonio alguno de su paso en ninguna época próxima ni remota. La isla, no sólo parecía no habitada, sino que debía creerse que no lo había estado nunca. Pero, a la sazón, todo este cúmulo de deducciones desaparecía ante un simple grano de plomo, hallado en el cuerpo de un inofensivo roedor.

En efecto, aquel plomo había salido de un arma de fuego, ¿y quién más que un ser humano habría podido disparar?

Cuando Pencroff puso el grano de plomo sobre la mesa, sus compañeros lo miraron con profundo asombro. Las consecuencias de aquel incidente, considerable a pesar de su apariencia insignificante, cruzaron rápidamente por su imaginación. La aparición de un ser sobrenatural no les habría impresionado más.

Ciro Smith no vaciló en formular desde el primer momento la hipótesis de aquel suceso tan sorprendente como inesperado. Tomó el grano de plomo, lo volvió y revolvió en la mano, lo palpó entre el índice y el pulgar, y después, dirigiéndose a Pencroff, dijo:

–¿Está seguro de que el saíno herido por este grano de plomo apenas podía tener tres meses?

–Apenas, señor Ciro. Mamaba todavía a los pechos de su madre, cuando lo encontré en la trampa.

–En ese caso –dijo el ingeniero–, tenemos la prueba de que hace, al máximo, tres meses, se ha disparado un tiro de fusil en la isla Lincoln.

–Y que un grano de plomo –añadió Gedeón Spilett–ha herido, aunque no mortalmente, a este animalito.

–Es indudable –repuso Ciro Smith–; y de este incidente debemos deducir las siguientes consecuencias: o la isla estaba habitada antes de que nosotros llegásemos, o algunos hombres han desembarcado hace no más de tres meses. Esos hombres, ¿han llegado voluntaria o involuntariamente, por haber tomado tierra o por haber sido arrojados a ella en un naufragio? Este punto no podrá ser dilucidado hasta más adelante. Tampoco podemos saber si son europeos o malayos, amigos o enemigos de nuestra raza; ni podemos adivinar si habitan todavía en la isla o se han marchado ya de ella. Pero estas cuestiones nos interesan demasiado para que permanezcamos mucho tiempo en la incertidumbre.

—¡No, cien veces no, mil veces no! —exclamó el marino levantándose de la mesa—. No hay más hombres que nosotros en la isla Lincoln. ¡Qué diablo! No es tan grande y, si estuviese habitada, ya habríamos visto algún habitante.

—Lo contrario sería muy raro —dijo Harbert.

—Pero todavía sería más raro —repuso Gedeón Spilett—que este saíno hubiese nacido con un perdigón de plomo en el cuerpo.

—A no ser —dijo seriamente Nab—que Pencroff tuviera...

—¿Qué estás diciendo, Nab? ¿Tendría yo, por ventura, sin saberlo, un grano de plomo en las mandíbulas? ¿Y dónde podría haberse ocultado por espacio de siete meses? —añadió abriendo la boca para enseñar los magníficos treinta y dos dientes que la guarnecían—. Mira bien, Nab, y, si encuentras un diente hueco en esta dentadura, te permito que me arranques una docena.

—La hipótesis de Nab es inadmisible —respondió Ciro Smith, que, a pesar de la seriedad de los pensamientos que lo agitaban, no pudo contener una sonrisa—. Es indudable que en estos últimos tres meses se ha disparado un tiro de fusil en la isla; pero me inclino a creer que los hombres, cualesquiera que sean, que han tomado tierra en esta costa, o son recién venidos o no han hecho más que una corta estancia en ella; porque, si, cuando explorábamos el monte Franklin, hubiera estado habitada, nos habrían visto o nosotros les habríamos visto a ellos. Es probable que en una de las semanas anteriores alguna tempestad, seguida de naufragio, haya arrojado a los náufragos a la costa. De todos modos, nos importa poner en claro lo sucedido.

—Me parece que debemos obrar con prudencia —dijo el periodista.

—Ese es también mi parecer —añadió Ciro Smith—, pues, por desgracia, hay que temer que sean piratas malayos los desembarcados en la isla.

—Señor Ciro —preguntó el marino—, ¿no sería conveniente, antes de salir al descubierto, construir una canoa que nos permitiese o remontar el río o, en caso contrario, costear la isla? No debemos dejamos coger desprevenidos.

—Ha tenido usted una buena idea, Pencroff —contestó el ingeniero—, pero no podemos esperar, y necesitaríamos por lo menos un mes para construir una canoa.

—Una verdadera canoa, sí —replicó el marino—; pero no necesitamos una embarcación para alta mar, y en cinco días yo me comprometo a hacer una piragua, suficiente para navegar por el río de la Merced.

—¿En cinco días —exclamó Nab— fabricar un barco?

—Sí, Nab, un bote a la moda india.

—¿De madera? —preguntó el negro en tono de duda.

—De madera —contestó Pencroff— o, mejor dicho, de corteza de árbol. Repito, señor Ciro, que en cinco días tendremos lo que necesitamos.

—¡Vaya por los cinco días! —dijo el ingeniero.

—Pero de aquí a entonces, hay que vivir alerta —dijo Harbert.

—Muy alerta, amigos míos —añadió Ciro—, y por lo mismo les ruego que limiten sus excursiones de caza a las inmediaciones del Palacio de granito.

Terminó la comida con menos animación de lo que Pencroff había esperado.

Así, pues, los colonos no habían sido los primeros ni los únicos habitantes de la isla. Desde el incidente del grano de plomo, este era un hecho incontestable, y semejante revelación no podía menos de suscitar viva inquietud en el ánimo de los colonos.

Ciro Smith y Gedeón Spilett, antes de dormirse, hablaron mucho de estas cosas. Se preguntaron si por acaso este incidente tendría conexión con las circunstancias inexplicables de la salvación del ingeniero y otras particularidades extrañas que ya muchas veces les había chocado. Sin embargo, Ciro Smith, después de haber discutido el pro y el contra de la cuestión, dijo:

—Bueno, ¿quiere usted saber mi opinión, querido Spilett?

—Sí, Ciro.

—Pues bien, yo creo que por mucho que busquemos y por minuciosamente que exploremos la isla no encontraremos nada.

A la mañana siguiente, Pencroff puso manos a la obra. No se trataba de hacer una canoa con cuadernas y tablones de forro, sino sólo un aparato flotante de fondo plano, que sería excelente para navegar por el río de la Merced, sobre todo cerca de sus fuentes, donde el agua era poco profunda. Trozos de corteza de árbol, unidos uno a otro, debían bastar para formar la ligera embarcación y, en caso de que por dificultades naturales fuera necesario transportarla a brazo, no ofrecería grandes dificultades.

Pencroff contaba formar la sutura de las tiras de corteza con clavos remachados, asegurando así con la perfecta adherencia de unas a otras la completa impermeabilidad del aparato.

Había que elegir árboles cuya corteza flexible y consistente al mismo tiempo fuese a propósito para el objeto. Precisamente el último huracán había abatido bastantes douglasias que convenían perfectamente a este género de construcción. Varios de estos abetos yacían en el suelo y sólo había que descortezarlos, si bien esto fue lo más difícil dada la imperfección de las herramientas que poseían los colonos, pero al fin se logró lo deseado.

Mientras el marino, secundado por el ingeniero, se ocupaba sin perder tiempo en esta tarea, Gedeón Spilett y Harbert no estuvieron ociosos. Se habían hecho proveedores de la colonia. El periodista no se cansaba de admirar al joven, que había adquirido una destreza notable en el manejo del arco y del venablo. Harbert mostraba también audacia, unida a esa serenidad, que podría llamarse justamente la reflexión del valor. Por lo demás, aunque los dos compañeros de caza, teniendo en cuenta las recomendaciones de Ciro Smith, no salieron de un radio de dos millas alrededor del Palacio de granito, las primeras rampas del bosque daban un tributo suficiente de agutíes, de cabiayes, de canguros, de saínos, etcétera., y, si las trampas producían poco desde que había cesado el frío, al menos el conejal daba su contingente acostumbrado, y suficiente por sí solo para alimentar a toda la colonia de la isla Lincoln.

Con frecuencia, durante estas cacerías, Harbert hablaba con Gedeón Spilett del incidente del grano de plomo y de las consecuencias que había sacado el ingeniero. Un día, era el 28 de octubre, le dijo:

–Señor Spilett, ¿no le parece raro que, si han desembarcado algunos náufragos en esta isla, no se les haya visto por las inmediaciones del Palacio de granito?

–Muy raro, si están aquí todavía –contestó el periodista–, pero muy natural, si se marcharon.

–¿De manera que cree que han abandonado la isla?

–Es lo más probable, porque, si su estancia se hubiera prolongado y sobre todo si estuviesen aquí todavía, tarde o temprano, cualquier incidente nos habría dado indicios de su presencia.

–Pero si han podido salir de aquí –observó el joven–, es señal de que no eran náufragos.

–Cierto, Harbert, o por lo menos no eran náufragos provisionales. En efecto, es muy posible que un golpe de viento les haya arrojado a la isla sin obligarlos a dejar su embarcación, y que una vez calmado el temporal se hayan vuelto a hacer a la mar.

–Hay que confesar una cosa –dijo Harbert–: el señor Smith parece temer, más que desear, la presencia de seres humanos en nuestra isla.

–Así es, y con razón –contestó el periodista–, pues no creo que puedan frecuentar estos mares más que malayos, y esa gente es una compañía que se debe evitar.

—¿Y no podremos encontrar un día u otro —dijo Harbert—señales de su desembarco, y tal vez obtener bastantes indicios para averiguar la verdad de este punto?

—No digo que no. Un campamento abandonado, una hoguera apagada, pueden ponernos sobre la pista, y eso es lo que buscaremos en nuestra exploración próxima.

El día en que tenían esta conversación los dos cazadores, se hallaban en una parte del bosque inmediato al río de la Merced, y notable por la belleza de sus árboles. Entre ellos se levantaban a una altura de unos doscientos pies del suelo algunas magníficas coníferas, a las cuales los indígenas de Nueva Zelanda dan el nombre de kauris.

—Se me ocurre una idea, señor Spilett —dijo Harbert—; si subiera a la cima de uno de esos kauris, creo que podría echar una ojeada por un radio bastante extenso.

—La idea es buena —respondió el corresponsal—; pero ¿podrías trepar hasta la copa de uno de esos gigantes?

—Lo intentaré —repuso Harbert.

El joven, ágil y diestro, se lanzó a las primeras ramas, cuya disposición facilitaba la subida, y en pocos minutos llegó a la cima de un kauri, que sobresalía entre la inmensa llanura de verdor formada por las ramas redondeadas de la selva.

Desde aquel punto elevado, la mirada podía extenderse sobre la parte meridional de la isla, desde el cabo de la Garra al sudeste hasta el promontorio del Reptil al sudoeste. Al noroeste se levantaba el monte Franklin, que ocultaba más de una cuarta parte del horizonte.

Pero Harbert, desde lo alto de su observatorio, podía examinar precisamente toda la parte aún desconocida de la isla que había podido dar o daba en aquel momento asilo a los extranjeros, cuya presencia se sospechaba.

El joven miró con atención. En el mar, primer objeto que atrajo sus miradas, nada se veía, ni una vela en el horizonte ni en las calas de la isla. Sin embargo, como la frondosidad de los árboles ocultaba el litoral, era posible que hubiera algún buque; sobre todo si estaba desarbolado junto a tierra y por lo tanto invisible para Harbert.

En medio del bosque Far-West tampoco se divisaba nada. Los árboles formaban una cúpula impenetrable de muchas millas cuadradas de superficie, sin un claro ni una hendidura. Era imposible seguir el curso del río de la Merced y ver el punto de la montaña en que nacía. Tal vez había otras corrientes hacia el oeste, pero era imposible desde allí averiguarlo.

Pero, al menos, si Harbert no podía observar ningún indicio, ¿no podría sorprender en el aire humo que descubriese la presencia del hombre? La atmósfera estaba pura y el menor vapor se habría destacado sobre el límpido fondo del cielo.

Por un instante Harbert creyó ver una leve humareda subir de la parte oeste, pero una observación más atenta le demostró que se equivocaba. Miró con cuidado extremo, y su vista era excelente... No, decididamente no había nada.

Bajó, pues, del kauri y los dos cazadores volvieron al Palacio de granito. Allí Ciro Smith oyó la relación del joven, movió la cabeza y guardó silencio. Era evidente que no sería posible resolver la cuestión sino después de una exploración completa de la isla.

Dos días después, el 28 de octubre, se produjo otro incidente cuya explicación insinuaba preocupación.

Paseando por la playa a dos millas del Palacio de granito, Harbert y Nab tuvieron la fortuna de dar con un magnífico ejemplar del orden de los quelonios. Era una tortuga del género midas, cuyo caparazón ofrecía admirables reflejos verdes. Harbert la vio cuando se metía entre las rocas para ganar el mar.

–¡Aquí, Nab, aquí! exclamó. El negro acudió y dijo:

–¡Hermoso animal!, ¿pero cómo haremos para cogerlo?

–Muy sencillo, Nab –contestó Harbert–. Volveremos esta tortuga boca arriba y no podrá huir. Tome usted su venablo y haga lo que yo.

El reptil, presintiendo el peligro, se había metido en su caparazón; no se le veían ni la cabeza ni las patas, y se mantenía inmóvil como una roca.

Harbert y Nab introdujeron sus venablos de uno y otro lado, y no sin grande esfuerzo lograron poner el animal patas arriba. La tortuga medía tres pies de longitud y debía pesar más de cuatrocientas libras.

–¡Bueno! –exclamó Nab–, ¡qué alegre sorpresa vamos a dar al amigo Pencroff!

En efecto, el amigo Pencroff no podría menos de alegrarse, porque la carne de esas tortugas, que se alimentan de hierbas marinas, es sabrosísima. En aquel momento, esta no deja entrever más que su cabeza pequeña, achatada y bastante desarrollada en la parte posterior a causa de sus grandes fosas temporales, ocultas bajo una bóveda huesosa.

–¿Y ahora, qué haremos de nuestra caza? –dijo Nab–. No podemos llevarla al Palacio de granito.

–Dejésmola aquí, puesto que no puede volverse, y vendremos por ella con el carretón.

–Comprendido.

Sin embargo, para mayor precaución, Harbert se tomó el cuidado, que Nab consideró superfluo, de calzar al animal con gruesos cantos; hecho lo cual, los dos cazadores volvieron al Palacio de granito siguiendo la playa, que la baja marea dejaba descubierta en una buena extensión. Harbert, queriendo dar una sorpresa a

Pencroff, no le dijo nada del "soberbio ejemplar de quelonios" que había dejado en la arena; pero dos horas después estaba de vuelta con Nab y el carretón en el sitio donde lo habían dejado. El "soberbio ejemplar de quelonios" no estaba allí.

Nab y Harbert se miraron sorprendidos y después observaron alrededor. Aquel era, sin embargo, el sitio donde habían dejado la tortuga. El joven encontró los cantos de que se había servido; por consiguiente, estaba seguro de no haberse engañado.

—¡Caramba! —exclamó Nab—. ¡Esos animales saben volverse a su posición natural!

—Así parece —repuso Harbert, que no comprendía la desaparición de la tortuga y contemplaba los cantos esparcidos por la arena.

—¡No creo que se alegre mucho Pencroff de este acontecimiento!

—El señor Smith me parece que tendrá alguna dificultad en explicarlo pensó Harbert.

—Bueno -repuso Nab, que quería ocultar su contrariedad—, no hablemos del asunto.

—Al contrario, Nab, hay que hablar de ello —dijo Harbert. Y ambos volvieron con el carretón al Palacio de granito.

Al llegar al arsenal donde el ingeniero y el marino trabajaban, Harbert refirió lo que había ocurrido.

—¡Ah, torpes! —exclamó el marino —. ¡Haber dejado escapar por lo menos cincuenta sopas!

—Pero, Pencroff —dijo Nab—, si el animal se escapó no es culpa nuestra, pues ya te he dicho que lo volvimos patas arriba.

—Pues no la volvieron bien —dijo el obstinado marino.

—¡Vaya si la volvimos! —exclamó Harbert.

Y refirió el cuidado que había tenido de calzar con cantos el caparazón de la tortuga.

—Entonces se ha escapado por milagro —replicó Pencroff.

—Yo creía, señor Ciro —dijo Harbert—, que las tortugas, una vez vueltas sobre el caparazón, no podían recobrar su posición natural, sobre todo si eran muy grandes.

—Así es, hijo mío —contestó Ciro Smith.

—Entonces, ¿cómo se explica...?

—¿A qué distancia del mar dejaron la tortuga? —preguntó el ingeniero, que, habiendo suspendido su trabajo, reflexionaba sobre aquel incidente.

—A unos quince pies, al máximo —respondió Harbert.

—¿Y la marea estaba baja?

–Sí, señor.

–Entonces –dijo el ingeniero–, lo que la tortuga no pudo hacer en la arena, lo habrá podido hacer en el agua. Se habrá vuelto al subir la marea y llegado tranquilamente al mar.

–¡Ah, qué torpes hemos sido! –exclamó Nab.

–Eso es precisamente lo que he tenido el honor de decirles –repuso Pencroff.

Ciro Smith había dado aquella explicación, que era, sin duda, admisible. ¿Pero estaba perfectamente convencido de su explicación? No nos atreveríamos a asegurarlo.

Frecuentaron un despojo útil

El 29 de octubre la canoa de corteza de árbol estaba acabada. Pencroff, cumpliendo su promesa, había construido en cinco días una especie de piragua, cuyo casco tenía por cuadernas unas varillas flexibles. Un banco en la popa, otro en medio para mantener el escarpe, un tercero a proa, una regala para sostener los toletes de los remos y una espadilla para gobernar, complementaban esta embarcación que medía doce pies de larga y pesaba doscientas libras. La operación de botarla fue sencilla: la llevaron a brazo hasta el litoral delante del Palacio de granito y, cuando subió la marea, quedó a flote.

Pencroff, que saltó dentro inmediatamente, maniobró con la espadilla y se cercioró de que serviría perfectamente para el uso a que se la destinaba.

–¡Hurra! –gritó el marino, que no se olvidó de celebrar así su propio triunfo–. Con esto se podría dar la vuelta...

–¿Al mundo? –preguntó Gedeón Spilett.

–No, a la isla. Con algunos cantos por lastre, un mástil a proa y el cachito de vela que el señor Smith nos hará un día, podremos ir lejos. Ahora bien, señor Ciro, y usted, señor Spilett, y vosotros, Harbert y Nab, ¿no quieren probar nuestro nuevo buque? ¡Qué diantre! Es preciso ver si puede llevamos a los cinco.

En efecto, había que hacer este experimento. Pencroff, manejando la espadilla, llevó la embarcación cerca de la playa por un estrecho paso entre dos rocas, y se convino en que aquel mismo día se haría la prueba, siguiendo la orilla hasta la primera punta que terminaban las rocas del sur.

En el momento de embarcarse gritó Nab:

—¡Hace agua tu buque, Pencroff!

—No es nada, Nab —añadió el marino—. Es preciso que la madera se estanque. Dentro de dos días habrá menos agua en esta canoa que en el estómago de un borracho. ¡Adelante!

Se embarcaron todos y Pencroff hizo tomar el largo a la canoa. El tiempo era magnífico, el mar tranquilo como si sus aguas hubiesen estado contenidas por las estrechas orillas de un lago, y la piragua podía confiarse a las olas con tanta seguridad como si hubiera remontado la tranquila corriente del río de la Merced.

Nab tomó un remo, Harbert el otro, y Pencroff permaneció a popa de la embarcación, para dirigirla con la espadilla.

El marino atravesó primero el canal y pasó rasando la punta sur del islote. Una ligera brisa soplaba del sur; no había oleaje ni en el canal ni en alta mar; sólo algunas largas ondulaciones apenas sensibles para la piragua, que iba muy cargada, hinchaban a intervalos regulares la superficie del mar. Se alejaron una media milla de la costa, de modo que pudiera verse todo el desarrollo del monte Franklin, y después Pencroff, virando de bordo, volvió hacia la desembocadura del río.

La piragua siguió la orilla, que, redondeándose hasta la punta extrema, ocultaba toda la llanura pantanosa de los Tadornes.

Esta punta, aumentada por la curvatura de la costa, estaba a tres millas del río de la Merced. Los colonos resolvieron no pasar más allá de lo puramente necesario para obtener una rápida vista del litoral hasta el cabo de la Garra.

La piragua siguió, pues, la costa a distancia de dos cables, evitando los escollos de que aquel paraje estaba sembrado y que la marea ascendente comenzaba a cubrir. La muralla iba deprimiéndose desde la desembocadura del río hasta la punta. Era una aglomeración de rocas de granito caprichosamente distribuidas, muy diferentes de la cortina que formaba la meseta de la Gran Vista y de un aspecto muy agreste. Parecía que se había descargado un enorme carro de piedras. No había vegetación alguna en aquella punta agudísima, que se prolongaba por espacio de dos millas, a contar desde el bosque, semejante al brazo de un coloso saliendo de una manga de verdor.

La piragua, impelida por los dos remos, avanzaba sin trabajo. Gedeón Spilett, con el lápiz en una mano y el cuaderno en la otra, sacaba el dibujo de la costa a grandes rasgos. Nab, Pencroff y Harbert conversaban examinando aquella parte de sus dominios, nueva para ellos; y a medida que la piragua bajaba hacia el sur, parecía que los dos cabos Mandíbula cambiaban de lugar y cerraban más estrechamente la bahía de la Unión.

Ciro Smith no hablaba, miraba y, a juzgar por la desconfianza pintada en su rostro, parecía observar algún país extraño.

Al cabo de tres cuartos de hora de navegación, la piragua había llegado al extremo de la punta y Pencroff se preparaba a doblarla, cuando Harbert, levantándose, señaló con la mano un punto negro, diciendo:

–¿Qué es aquello que se ve allá en la playa?

Todos miraron hacia el punto indicado por Harbert.

–Es verdad –dijo el periodista–, allí hay algo. Parecen restos de naufragio arrojados por el mar a la costa y medio sepultados en la arena.

–¡Ah! –exclamó Pencroff–, ya veo lo que es.

–¿Qué? –preguntó Nab.

–¡Barriles, barriles quizá llenos! –contestó el marino.

–¡Ala orilla, Pencroff! –gritó Ciro Smith.

Después de unos cuantos golpes de remo, la piragua tocó tierra en una pequeña ensenada y los pasajeros saltaron a la playa.

Pencroff no se había engañado. Dos barriles aparecieron medio hundidos en la arena, pero sólidamente atados a un cajón, que, sostenido por ellos, había flotado sin duda hasta el momento de encallar en la orilla.

–¿Habrá habido algún naufragio en estos parajes de la isla? –preguntó Harbert.

– Evidentemente –contestó Gedeón Spilett.

–Pero ¿qué hay en ese cajón? –exclamó Pencroff, poseído de una impaciencia muy natural–. Está cerrado y no tenemos con qué romper la tapa. Con una buena piedra...

El marino levantó una piedra e iba a dar un fuerte golpe con ella en el cajón, cuando el ingeniero le detuvo diciendo:

–Pencroff, ¿puede usted moderar su impaciencia por una hora?

–Pero, señor Ciro, considere que tal vez dentro de este cajón hay todo lo que necesitamos.

–Pronto lo sabremos, Pencroff –repuso el ingeniero–; pero no rompa ese cajón, puede sernos útil; llevémoslo al Palacio de granito, donde podremos abrirlo fácilmente sin romperlo. Está preparado para viajar y, puesto que ha flotado hasta aquí, podrá flotar un poco más hasta la desembocadura del río.

–Tiene usted razón, señor Ciro. Iba a hacer un disparate, pero no siempre es uno dueño de sí mismo.

El consejo del ingeniero era prudente. La piragua probablemente no habría podido llevar los objetos contenidos en aquel cajón, que debía ser pesado, pues se había juzgado necesario sostenerlo a flote por medio de dos barriles vacíos. Valía más remolcarlo hasta el Palacio de granito.

¿Pero de dónde venían aquellos despojos? Era una cuestión de suma importancia. Ciro Smith y sus compañeros miraron atentamente alrededor y recorrieron la playa en un radio de muchos centenares de pasos; pero no se presentó a su vista ningún otro objeto extraño a los lugares que recorrían. Examinaron el mar: Harbert y Nab se subieron encima de una roca elevada, pero el horizonte estaba desierto; nada se veía, ni un buque desamparado, ni una vela.

Sin embargo no había duda que había ocurrido un naufragio. ¿Este incidente tenía alguna conexión con el del grano de plomo? ¿Quizás algunos náufragos habían tomado tierra en otro punto de la isla y estaban todavía en ella? De todos modos, pensaron los colonos que estos náufragos no podían ser piratas malayos, porque aquellos despojos eran americanos o europeos.

Volvieron todos adonde estaba el cajón, que medía cinco pies de largo y tres de ancho. Era de madera de encina y estaba cuidadosamente cerrado y forrado de cuero duro, mantenido por clavos de cobre. Los dos grandes barriles herméticamente tapados, y vacíos según indicaba el sonido, estaban atados a los lados del cajón por medio de fuertes cuerdas anudadas con nudos que Pencroff calificó inmediatamente de "nudos de marinero". El cajón parecía hallarse en un estado de conservación perfecto, lo cual se explicaba por el hecho de haber chocado contra la arena donde había encallado y no contra escollos; y aun afirmarse, bien examinado, que no había estado mucho tiempo en el mar ni tampoco en la playa. El agua no parecía haber penetrado dentro y los objetos que contenía debían estar intactos.

Era evidente que aquel cajón había sido arrojado al mar desde un buque desamparado que correría hacia la costa y que los pasajeros, con la esperanza de que llegaría a la playa y lo podrían recoger después, habían tomado la precaución de aligerar su peso por medio de un aparato flotante.

—Vamos a remolcarlo hasta el Palacio de granito —dijo el ingeniero— y allí haremos el inventario de lo que contenga; después, si descubrimos en la isla algunos de los presuntos náufragos que hayan sobrevivido a la catástrofe, lo entregaremos a sus dueños. Si no hallamos a nadie...

—¡Nos lo apropiaremos! —exclamó Pencroff—. Pero, Dios mío, ¿qué habrá ahí dentro?

La marea comenzaba a llegar hasta los despojos, que evidentemente debía flotar en plena mar. Se desató una de las cuerdas que sujetaban los barriles, la cual sirvió de amarra para unir el aparato flotante a la piragua. Después Pencroff y Nab cavaron la arena con sus remos para facilitar el movimiento del cajón, y pronto la piragua, llevándolo a remolque, comenzó a doblar la punta, a la cual se dio el nombre de Punta del Pecio, por los despojos encontrados en ella.

El remolque fue pesado: los barriles apenas podían sostener la caja a flor de agua, por lo cual el marino temía que se desatara y se fuese a fondo. Mas por fortuna sus temores no se consumaron y hora y media después de su partida, tiempo que fue necesario para recorrer la distancia de tres millas, la piragua se detenía en la playa delante del Palacio de granito.

Canoa y despojos fueron depositados sobre la arena y, como el mar se retiraba, no tardaron en encontrarse en seco. Nab fue en busca de herramientas para abrir el cajón, para que se estropease lo menos posible, y después se procedió a su inventario.

El marino comenzó por desatar los dos barriles, que, como es de suponer, hallándose en buen estado, podían ser muy útiles; después se forzaron las cerraduras con un cortafrío y se alzó inmediatamente la tapa. El cajón estaba forrado de cinc y dispuesto para que los objetos que contenía se salvaran de la humedad.

—¡Ah! —exclamó Nab—. ¿Habrá conservas dentro?

—Me parece que no —dijo el periodista.

—Si hubiese... —murmuró el marino a media voz.

—¿Qué? —preguntó Nab, que le oyó.

—Nada.

Recortaron la capa de cinc en toda su longitud y, recogidas ambas mitades sobre los costados del cajón, se fueron sacando y depositando sobre la arena varios objetos de diferente naturaleza. A cada nuevo objeto, Pencroff lanzaba nuevos hurras, Harbert palmoteaba y Nab bailaba... como un negro. Había libros, capaces de volver loco de alegría a Harbert, y utensilios de cocina, que Nab habría cubierto de besos de buena gana.

Los colonos experimentaron gran satisfacción, porque el cajón contenía útiles, armas, instrumentos, ropas y libros. Véase su nomenclatura, tal como fue anotada en el cuaderno de Gedeón Spilett.

Herramientas

3 navajas de varias hojas.

2 limas.

2 hachas para cortar leña.

3 martillos.

Hachas de carpintero.

3 barrenas.

Cepillos de carpintero.

2 taladros.

2 azuelas.

10 sacos de clavos y tornillos.
1 cortafrío.
3 sierras de diversos tamaños. 6 escoplos.
2 cajas de agujas.

Armas Instrumentos
2 fusiles de chispa.
4 sables de abordaje.
2 fusiles de cápsula.
2 barriles de pólvora de 25 libras. 2 carabinas de fuego central.
12 cajas de pistones. 5 machetes.
1 sextante.
1 termómetro Fahrenheit. Unos gemelos.
1 barómetro aneroide.
1 catalejo.
Una caja con aparato fotográfico: Una caja de agujas náuticas. objetivo, placas, productos químicos, etcétera
Una brújula de bolsillo
Ropas

Utensilios
1 perol de hierro.
2 ollas
6 cacerolas de cobre estañado. 1 hornillo portátil.
3 platos de hierro.
6 cuchillos de mesa.
10 cubiertos de aluminio.
Libros
Una Biblia.
1 diccionario de Ciencias naturales, 1 atlas en seis tomos.
1diccionario de las diversas
2 registros con las páginas en
lenguas polinesias. blanco.
3 resmas de papel blanco.

–Hay que reconocer –dijo el periodista, después que se acabó el inventario –que el dueño de este cajón era un hombre práctico: ¡herramientas, armas, instrumentos, ropa, utensilios, libros, nada falta! Parece que esperaba naufragar y se había preparado de antemano.

—Nada falta, en verdad —murmuró Ciro con aire pensativo.

—Y seguramente —añadió Harbert —el buque que traía esta caja, con su propietario a bordo, no era un pirata malayo.

—A menos —dijo Pencroff —que tal propietario hubiera sido hecho prisionero por los piratas...

—Eso no es admisible —añadió el periodista—. Lo más probable es que algún buque americano o europeo haya sido arrastrado por la borrasca a estos parajes y que algunos pasajeros, queriendo salvar al menos lo necesario, hayan preparado este cajón y lo hayan tirado al mar.

—¿Es esa la opinión de usted, señor Ciro? —preguntó Harbert.

—Sí, hijo mío —repuso el ingeniero—, ha podido suceder así. Es posible que en el momento o en previsión de un naufragio los pasajeros hayan reunido en esta caja diversos objetos de primera utilidad con la esperanza de hallarlos después en cualquier punto de la costa...

—¡Y hasta la caja fotográfica! —observó el marino en tono de incredulidad.

—En cuanto a este aparato —repuso Ciro Smith—, no comprendo su utilidad, y mejor habría sido para nosotros, como para cualesquiera otros náufragos, un surtido de ropas más completo o de municiones más abundante.

—¿Pero no hay en esos instrumentos, ni en las herramientas, ni en los libros ninguna marca, ningunas señas que puedan indicamos su procedencia? —preguntó Gedeón Spilett.

Convenía verlo. Cada objeto fue examinado minuciosamente, sobre todo los libros, los instrumentos y las armas. Contra la costumbre generalmente admitida, ni las armas ni los instrumentos tenían la marca de fábrica, aunque se hallaban en perfecto estado y no parecían usados. Lo mismo se observa respecto a los utensilios: todo era nuevo, lo cual demostraba que no se habían tomado aquellos objetos al acaso para meterlos en el cajón, sino, por lo contrario, que se había hecho una elección meditada y su clasificación con gran cuidado. Esto lo probaba, además, la envoltura de cinc destinada a preservarlos de la humedad, que no habría podido prepararse y soldarse en momentos de consternación.

En cuanto a los diccionarios de Ciencias naturales y de lenguas polinesias, ambos eran ingleses, pero no tenían nombre de editor ni fecha de publicación.

Otro tanto se observaba respecto de la Biblia. Era un tomo impreso en inglés, notable desde el punto de vista tipográfico y que parecía haber sido ojeado muchas veces.

Por último, el atlas era una obra magnífica, que contenía los mapas de todos los países del mundo y varios planisferios, levantados según la proyección de Mercator, con la nomenclatura en francés, pero igualmente sin nombre de editor ni fecha de publicación.

No había, pues, en ninguno de los objetos señal que pudiera indicar su procedencia; nada, por consiguiente, que pudiera servir para adivinar la nacionalidad del buque que en época reciente debió de haber pasado por aquellos parajes. Pero aquel cajón, viniera de donde viniese, enriquecía a los colonos de la isla Lincoln. Hasta entonces, transformando los productos de la naturaleza, lo habían creado todo por sí mismos, y, merced a sus inteligencias, fueron vencidas las dificultades. Pero a la sazón, la Providencia parecía haber querido recompensarlos enviándoles aquellos diferentes productos de la industria humana. Así, pues, elevaron unánimemente al cielo sus acciones de gracias.

Sin embargo, uno de ellos no estaba absolutamente satisfecho; era Pencroff. Parecía que en el cajón faltaba una cosa que él deseó haber encontrado. A medida que iban saliendo los objetos disminuía la intensidad de sus hurras, y concluido el inventario se le oyó murmurar estas palabras:

—Todo esto es muy bueno; pero ya verán que no hay nada para mí en ese cajón.

Le oyó Nab y le preguntó:

—Pencroff, ¿qué esperabas encontrar para ti?

—Media libra de tabaco —contestó Pencroff—, y entonces mi felicidad habría sido completa.

Los circunstantes se rieron, al oír la observación del marino.

De aquel descubrimiento del cajón resultaba necesario hacer una exploración detenida de la isla. Se convino que al día siguiente, al amanecer, se emprendería la marcha subiendo el curso del río de la Merced, hasta llegar a la costa occidental. Si en aquel punto de la costa habían desembarcado náufragos, se podía esperar que se hallasen sin recursos y había que socorrerlos.

Durante el día fueron trasladados al Palacio de granito los diversos objetos y colocados ordenadamente en el salón.

Aquel día, 29 de octubre, era precisamente domingo y, antes de acostarse, Harbert rogó al ingeniero que les leyese algún pasaje del Evangelio.

—Con mucho gusto —dijo Ciro Smith.

Y, tomando el libro sagrado, iba a abrirlo, cuando Pencroff le detuvo, diciendo:

—Señor Ciro, soy supersticioso. Abra usted al acaso y léanos el primer versículo con que tropiece su vista. Veremos si puede aplicarse a nuestra situación.

Ciro Smith se sonrió, al oír la reflexión del marino, y, accediendo a sus deseos, abrió el Evangelio precisamente por un sitio donde había un registro que separaba las páginas. Se fijaron sus ojos en una cruz roja hecha con lápiz, que estaba al margen del versículo octavo del capítulo siete del Evangelio de San Mateo.

El versículo decía así:

Todo el que pide, recibe, y el que busca, encuentra.

Intentan explorar toda la isla

A la mañana siguiente, 30 de octubre, todo estaba preparado para la exploración proyectada, urgente por los últimos sucesos. Las cosas habían tomado un giro de tal naturaleza, que los colonos de la isla Lincoln podían sentirse más en actitud de socorrer que en la necesidad de ser socorridos.

Se convino en subir por el río de la Merced hasta donde dejara de ser navegable. Así se haría sin esfuerzo gran parte del camino, y los exploradores podrían llevar sus provisiones y armas hasta un punto avanzado del oeste de la isla.

Pues había que pensar no sólo en los objetos que los colonos llevaban consigo, sino también en los que la casualidad les deparase y que debieran ser trasladados al Palacio de granito. Si había habido un naufragio en la costa, como podía presumirse por todos los indicios, no dejarían de presentarse restos y despojos, que serían buena presa. En este caso, el carro habría sido más útil que la frágil piragua; pero, además de ser pesado y burdo, había que tirar de él, lo cual dificultaba su uso e hizo manifestar a Pencroff su sentimiento que el cajón no hubiera contenido, además de la "media libra de tabaco" que deseaba, un par de caballos de Nueva Jersey, que habrían sido útiles a la colonia.

Las provisiones embarcadas por Nab se componían de conservas de carne y algunos azumbres de cerveza y licor fermentado; es decir, alimento para cuatro días, espacio de tiempo mayor del necesario, a juicio de Ciro Smith, para la exploración. Por lo demás, en caso de urgencia, contaban los colonos con encontrar caza por el camino, y Nab tuvo cuidado de no olvidar el hornillo portátil.

En cuanto a herramientas, llevaron las dos hachas de leñador que debían servir para abrirse paso en el bosque, y respecto a instrumentos, el catalejo y la brújula de bolsillo.

Entre las armas se escogieron los dos fusiles de chispa, más útiles en la isla que los de pistón, porque no necesitaban sino piedra sílice, fácil de reemplazar, mientras que estos últimos exigían también pistones, que se acabarían pronto si se hacía un uso frecuente de ellos. Sin embargo, se llevaron también una carabina y algunos cartuchos. Respecto a la pólvora, de la cual los barriles contenían 50 libras, fue preciso llevar una buena provisión; pero el ingeniero se proponía elaborar más adelante una sustancia explosiva que la sustituyera. Unieron a las armas de fuego cinco machetes con sus buenas vainas de cuero, y así preparados los colonos podían aventurarse por el interior de aquel vasto bosque, con grandes probabilidades de dominar todos los peligros que pudieran presentarse.

Es inútil decir que Pencroff, Harbert y Nab iban armados hasta los dientes, aunque Ciro Smith les había hecho prometer que no dispararían sino en caso de necesidad.

A las seis de la mañana echaron al mar la piragua y todos se embarcaron, incluso Top, dirigiéndose a la desembocadura del río de la Merced.

Hacía media hora que estaba subiendo la marea; por tanto, los viajeros tenían algunas horas de navegación que convenía aprovechar, porque después del reflujo sería difícil la subida por el río. El flujo era ya fuerte, pues la luna debía entrar en su lleno a los tres días, y la piragua, con sólo el cuidado de mantenerla en la corriente, bogó con rapidez entre las dos altas orillas, sin que hubiese necesidad de acrecentar su marcha con los remos.

En pocos minutos los exploradores llegaron al recodo que formaba el río de la Merced y precisamente al ángulo donde siete meses antes Pencroff había dispuesto su primer cargamento de leña.

Después de formar aquel ángulo, bastante agudo, el río, describiendo una curva, se dirigía hacia el sudeste, dilatándose su cuerpo a la sombra de grandes coníferas, siempre verdes.

El aspecto de las orillas del río de la Merced era magnífico. Ciro Smith y sus compañeros tenían que admirar los hermosos efectos que la naturaleza tan fácilmente obtiene con el agua y con los árboles. A medida que se adelantaban se iba modificando el género de las plantas forestales. A la izquierda de la corriente del río lucían magníficas ulmáceas, esos preciosos álamos, tan buscados por los constructores y que tienen la propiedad de conservarse largo tiempo en el agua. Después venían numerosos grupos de la misma familia, entre otros los almeces, cuya almendra da un aceite muy útil. Más lejos, Harbert observó algunas lardizabáleas, cuyas ramas flexibles, maceradas en el agua, dan excelente cordelería; y dos o tres troncos de ebenáceas de un hermoso color negro, rayado de caprichosas venas.

De cuando en cuando, en ciertos parajes donde el desembarco era fácil, la piragua se detenía y entonces Gedeón Spilett, Harbert y Pencroff, armados de fusiles y precedidos de Top, hacían una batida por la orilla. Sin contar la caza, podía encontrarse también alguna planta útil que no debía despreciarse, y el joven naturalista se encontró en este punto servido a pedir de boca, porque descubrió una especie de espinacas silvestres de la familia de las quenopódeas y muchos ejemplares de crucíferas del género col, que sin duda sería fácil civilizar mediante el trasplante; eran berros, rábanos, más o menos silvestres, y en fin, unos tallos ramosos y ligeramente velludos y de un metro de altura, que producían granos parduscos.

—¿Sabes tú qué planta es esa? —preguntó Harbert al marino.

—¡Tabaco! —gritó Pencroff, que evidentemente no había visto su planta predilecta más que en el agujero de su pipa.

—No, Pencroff —dijo Harbert—, no es tabaco, es mostaza.

—¡Bien por la mostaza! —repuso el marino—. Si se presenta una planta de tabaco, no la desprecies.

—Ya la encontraremos algún día —dijo Gedeón Spilett.

—¿De veras? —exclamó Pencroff—. Ese día no sé qué faltará ya en nuestra isla.

Aquellas diversas plantas arrancadas cuidadosamente con raíces fueron trasladadas a la piragua, donde permanecía aún Ciro Smith, absorto en sus reflexiones.

El periodista, Harbert y Pencroff desembarcaron muchas veces en la orilla derecha o en la izquierda del río de la Merced, esta última menos acantilada y más cubierta de árboles. El ingeniero, consultando la brújula de bolsillo, pudo comprobar que el río, desde el primer recodo, tomaba sensiblemente la dirección sudoeste y nordeste y la seguía casi en línea recta por espacio de unas tres millas. Pero era de suponer que se modificase esta dirección más lejos y que el río subiese luego al noroeste, hacia los contrafuertes del monte Franklin, que debían alimentarse con sus aguas.

Durante una de estas excursiones Gedeón Spilett consiguió apoderarse de dos parejas de gallináceas vivas. Eran volátiles de pico largo y delgado, cuellos prolongados, alas cortas y sin apariencia de cola. Harbert les dio con razón el nombre de tinamúes y se decidió que serían los primeros huéspedes del futuro corral.

Hasta entonces los fusiles no habían hablado, y la primera detonación que se oyó en aquella selva del Far-West fue consecuencia de la aparición de un ave hermosísima, que anatómicamente se parecía a un martín pescador.

—¡La conozco! —exclamó Pencroff y soltó el tiro a pesar suyo.

—¿A quién conoce? — preguntó el periodista.

—A esa ave que se nos escapó en la primera excursión, cuyo nombre hemos puesto a esa parte de la selva.

—¡Un jacamar! —exclamó Harbert.

Era un jacamar, hermosa ave, cuyo plumaje espeso está revestido de un brillo metálico.

Algunos perdigones le habían hecho caer a tierra y Top lo llevó a la piragua, al mismo tiempo que una docena de turacos loris, especie de trepadores del tamaño de una paloma, pintarrajeados de verde, con una parte de las alas de color carmesí y un moño prominente, festoneado de blanco.

El joven le felicitó por aquel certero disparo; el marino estaba orgulloso de su triunfo. Los loris son un manjar preferible al jacamar, cuya carne es un poco coriácea; pero difícilmente se habría persuadido a Pencroff de que no había matado al rey de los volátiles comestibles.

Eran las diez de la mañana, cuando la piragua llegó a un segundo recodo del Merced, a unos cinco minutos de su desembocadura. Se pararon a almorzar y la detención se prolongó por espacio de media hora al abrigo de grandes y hermosos árboles.

El río contaba en aquel paraje de sesenta a setenta pies de anchura y de cinco a seis de profundidad. El ingeniero había observado que muchos afluentes aumentaban el caudal de sus aguas, pero eran simples riachuelos no navegables. En cuanto al bosque, tanto bajo el nombre de bosque del Jacamar como el de selva del Far-West, se extendía más allá del alcance de la vista. En ninguna parte, ni entre los altos árboles, ni entre los que poblaban las orillas del río de la Merced, se veía rastro de la presencia del hombre. Los exploradores no pudieron hallar ni una huella sospechosa; y era evidente que ni el hacha del leñador había tocado nunca aquellos árboles, ni el machete del cazador había cortado bejucos tendidos de un tronco a otro en medio de la espesa maleza y de las altas hierbas. Si algunos náufragos habían tomado tierra en la isla debían de hallarse todavía en el litoral y no se debían buscar bajo aquella densa bóveda de follajes.

El ingeniero manifestó cierta impaciencia por llegar a la costa occidental de la isla Lincoln, distante, según su cálculo, unas cinco millas. Continuó la navegación; y aunque el río, por el curso que entonces llevaba, parecía dirigirse no hacia el litoral, sino hacia el monte Franklin, se convino en no dejar la piragua mientras hubiese bajo la quilla bastante agua para mantenerla a flote. Así se ganaba tiempo y se ahorraba trabajo, porque de otro modo habría sido preciso abrirse camino con las hachas a través de la espesura.

Pronto el flujo cesó completamente, ya porque la marea bajase, en efecto debía estar bajando a aquella hora, ya porque no se hiciese sentir a tal distancia de la desembocadura del río de la Merced. Fue preciso armar los remos; Nab y Harbert se pusieron en su banco; Pencroff empuñó la espadilla y así continuaron subiendo por el río.

Parecía que el bosque se aclaraba un poco hacia el Far-West. Los árboles eran menos espesos y a veces aparecían aislados; pero precisamente por hallarse más espaciados gozaban más libremente del aire puro que circulaba alrededor y ganaban mucho en magnificencia. ¡Qué espléndidos ejemplares de la flora de aquella latitud! Seguramente que su aspecto sólo habría bastado a un botánico para determinar sin vacilación el paralelo que la isla Lincoln atravesaba.

–¡Eucaliptos! –exclamó Harbert.

Esos soberbios vegetales, últimos gigantes de la zona extratropical, eran congéneres de los eucaliptos de Australia y de Nueva Zelanda, países ambos situados en la misma latitud que la isla Lincoln. Algunos tenían hasta doscientos pies de elevación; su tronco medía veinte pies de circunferencia en la base, y su corteza, surcada por una red de resina perfumada, llegaba a tener hasta cinco pulgadas de espesor. Nada más maravilloso ni tampoco más singular que aquellos enormes ejemplares de la familia de las mirtáceas, cuyo follaje, presentándose de perfil a la luz, dejaba penetrar hasta el suelo los rayos del sol.

Al pie de aquellos eucaliptos una fresca hierba alfombraba el suelo y de entre la espesura de sus ramas salían bandadas de pajarillos, que resplandecían como carbunclos alados en rayos solares.

–¡Magníficos árboles! –exclamó Nab–. ¿Sirven para algo?

–¡Bah! –dijo Pencroff–. Con los vegetales gigantes debe suceder lo mismo que con los hombres gigantes: no sirven más que para enseñarlos en las ferias.

–Creo que está en un error, Pencroff –repuso Gedeón Spilett–, pues empieza a usarse muy ventajosamente la madera de eucalipto en la ebanistería.

–Y yo añadiré –dijo Harbert–que esos eucaliptos pertenecen a una familia que cuenta muchos miembros útiles: el guayabo, que produce las guayabas; el árbol del clavo, que da clavos de la especia; el granado; la Eugenia cauliflora, cuyos frutos sirven para hacer un vino regular; el mirto ugni, que contiene un excelente licor alcohólico; el mirto cariófzlo, cuya corteza constituye una canela estimada; la Eugenia pimienta, de donde procede la pimienta de Jamaica; el mirto común, cuyas bayas pueden reemplazar a este producto; el Eucaliptus robusta, que produce una especie de maná excelente; el Eucaliptus Gunei, cuya savia se transforma en cerveza por la fermentación; y, en fin, todos esos árboles conocidos bajo el nombre de árboles de vida o palo de hierro, que pertenecen a esta familia de las mirtáceas, de la cual se conocen cuarenta y seis géneros y mil trescientas especies.

Los colonos dejaban decir al joven sin interrumpirle mientras recitaba su lección de botánica. Ciro Smith le escuchaba sonriendo y Pencroff con una sensación de orgullo.

–Muy bien, Harbert –dijo Pencroff–, pero apostaría a que esos ejemplares útiles que acabas de citar no son árboles gigantescos como estos.

—Pues no lo son, Pencroff.

—Lo cual viene en apoyo de lo que yo he dicho —añadió el marino—, a saber: que los gigantes no sirven para nada.

—Se equivoca, Pencroff —intervino el ingeniero—; precisamente estos gigantescos eucaliptos que nos dan sombra son muy útiles para una cosa.

—¿Para qué?

—Para sanear el país donde crecen. ¿Sabe usted cómo les llaman en Australia y en Nueva Zelanda?

—No, señor Ciro.

—Les llaman árboles de la fiebre.

—¿Por qué la ocasionan?

—No, porque la impiden.

—Bien —dijo el corresponsal—, voy a anotar eso.

—Anótelo, querido Spilett, porque parece demostrado que la presencia de los eucaliptos basta para neutralizar los miasmas palúdicos. Se han hecho ensayos de este preservativo natural en ciertas regiones del mediodía de Europa y del norte de África, cuyo suelo era muy malsano, y por ese medio se ha ido mejorando poco a poco el estado sanitario de sus habitantes. En las comarcas cubiertas de bosques de esas mirtáceas no hay fiebres intermitentes; este es un hecho que está fuera de duda y que pone a los colonos de la isla Lincoln en circunstancias favorables.

—¡Ah, qué isla! ¡Qué isla tan bendita! —exclamó Pencroff—. ¡Cuando les digo que no le falta nada... excepto...!

—Ya vendrá, Pencroff, ya lo encontraremos —interrumpió el ingeniero—; pero continuemos nuestra navegación hasta donde pueda llevarnos la piragua.

La exploración continuó durante dos millas por lo menos, atravesando un paraje cubierto de eucaliptos, árbol que dominaba en todos los bosques de aquella isla. El espacio que cubrían se extendía hasta perderse de vista a los dos lados del río de la Merced, cuyo lecho, bastante sinuoso, se abría entre las dos altas orillas de verdor, y a trechos velase obstruido por altas hierbas y hasta rocas agudas que hacían penosa la navegación y dificultaban la acción de los remos hasta el punto de tener Pencroff que valerse de un palo para impeler la canoa.

Se conocía que el fondo iba subiendo poco a poco y que no estaba lejos el momento en que la canoa tuviera que detenerse por falta de agua. El sol declinaba al horizonte y proyectaba sobre el suelo la sombra desmesurada de los árboles. Ciro Smith, viendo que sería imposible llegar de día a la costa occidental de la isla, resolvió acampar en el sitio mismo en que la embarcación, por falta de agua, se encontrase forzosamente detenida.

Calculaba que la costa debía distar todavía cinco o seis millas, distancia demasiado grande para atravesarla de noche por entre bosques desconocidos.

Empujaron la embarcación sin descanso a través del bosque, que poco a poco iba volviendo a espesarse y a presentarse también más poblado, pues, si los ojos del marino no le engañaban, había bandadas de monos, que corrían entre los árboles. Algunas veces dos o tres se detuvieron a distancia de la piragua y miraron a los colonos sin manifestar ningún miedo, como si viendo hombres por la primera vez no hubiesen aprendido todavía a temerlos. Habría sido fácil matar a tiros algunos de aquellos cuadrúmanos, pero Ciro Smith se opuso a aquella matanza inútil, que tentaba un poco la codicia de Pencroff. Por otra parte, era prudente abstenerse de tirar, porque aquellos monos vigorosos y dotados de una gran agilidad, podrían hacerse temibles, y valía más no provocar su furor con una agresión inoportuna.

Es verdad que el marino consideraba al mono desde el punto de vista puramente alimenticio y, en efecto, aquellos animales, que son únicamente herbívoros, constituyen una caza excelente, pero ya que abundaban las provisiones, no debían gastarse las municiones en balde.

Hacia las cuatro de la tarde la navegación del río de la Merced se hizo muy difícil, por estar su curso completamente obstruido por plantas acuáticas y piedras. Las orillas se elevaban más, y el lecho del río se abría entre los primeros contrafuertes del monte Franklin. Sus fuentes no podían estar lejos, pues se alimentaban de todas las aguas de las laderas meridionales de la montaña.

—Antes de un cuarto de hora —dijo el marino—tendremos que detenernos, señor Ciro.

—Pues bien, nos detendremos, Pencroff, y organizaremos un campamento para pasar la noche.

—¿A qué distancia estaremos del Palacio de granito? —preguntó Harbert.

—A siete millas, poco más o menos —contestó el ingeniero—, pero teniendo en cuenta los rodeos del río, que nos han llevado hacia el noroeste.

—¿Continuaremos adelante? —preguntó el periodista.

—Sí —contestó Ciro—, continuaremos todo lo que podamos. Mañana, al romper el día, dejaremos la canoa. Creo que en dos horas podremos atravesar la distancia que nos separa de la costa y tendremos libre casi todo el día para explorar el litoral.

—¡Adelante! —gritó Pencroff.

Pero pronto la piragua rozó el fondo pedregoso del río, cuya anchura a la sazón no pasaba de veinte pies. Una capa espesa de verdor tapizaba su lecho y sus orillas, y le envolvía en una semioscuridad. Oíase también el ruido bastante claro de un salto de agua, que indicaba a algún centenar de pasos más arriba la existencia de una barrera natural.

Al volver el último recodo del río, apareció una cascada a través de los árboles. La canoa tocó fondo y poco después estaba amarrada a un tronco cerca de la orilla derecha.

Eran aproximadamente las cinco de la tarde. Los últimos rayos del sol, penetrando a través del espeso ramaje, herían oblicuamente la pequeña cascada, cuyo polvo húmedo resplandecía con todos los colores del prisma. Más allá, el lecho del río de la Merced desaparecía bajo la espesura, donde se alimentaba con algún oculto manantial. Los diversos riachuelos, sus afluentes, le transformaban más abajo en un verdadero río, pero a aquella altura era un arroyo límpido y nada profundo.

Se levantó el campamento en aquel mismo sitio, que era delicioso. Los colonos desembarcaron y encendieron lumbre, al abrigo de un grupo de grandes almeces, entre cuyas ramas Ciro Smith y sus camaradas hubieran podido, en caso de necesidad, encontrar asilo aquella noche.

La cena se despachó pronto, porque el apetito era grande y cada cual deseaba dormir. Pero habiendo oído, al caer la noche, algunos rugidos sospechosos, fue preciso mantener viva la llama de la hoguera toda la noche para que protegiese el sueño de los colonos. Pencroff y Nab hicieron centinela, turnándose en este servicio y no economizando el combustible. Tal vez no se engañaron cuando creyeron ver sombras de animales vagando alrededor del campamento entre los troncos, entre las ramas de los árboles; pero la noche transcurrió sin novedad, y al día siguiente, 31 de octubre, a las cinco de la mañana, todos estaban en pie dispuestos a la marcha.

Siguen explorando la isla y encuentran un jaguar

A las seis de la mañana, después del desayuno, los colonos se pusieron en marcha con intención de llegar lo más pronto posible a la costa occidental de la isla. ¿Cuánto tiempo podrían tardar? Ciro Smith había calculado dos horas, pero dependía indudablemente de los obstáculos que se presentaran. Aquella parte del Far-West parecía cubierta de espesísimos bosques, como un soto inmenso compuesto de las especies más variadas.

Era probable que se necesitara abrir camino a través de las hierbas, la maleza, los bejucos, y marchar con el hacha en la mano, e incluso con el fusil, a juzgar por los rugidos feroces oídos durante la noche.

Por la situación del monte Franklin había podido determinarse la posición exacta del campamento y, puesto que el volcán se levantaba al norte a menos de tres millas, había que tomar una dirección rectilínea hacia el sudoeste para llegar derechamente a la costa occidental.

Emprendieron la marcha después de haber asegurado sólidamente las amarras de la piragua. Pencroff y Nab llevaban provisiones para la manutención de la pequeña caravana para dos días por lo menos. No se trataba de cazar y el ingeniero recomendó que se abstuviesen de disparar sus armas, para no denunciar su presencia en las cercanías del litoral.

Los primeros hachazos cayeron sobre la maleza en medio de una espesura de lentiscos, un poco más arriba de la cascada; y Ciro Smith, con la brújula en la mano, indicó el rumbo que debía seguirse.

El bosque se componía, en aquellos parajes, de los mismos árboles observados en las inmediaciones del lago y de la meseta de la Gran Vista. Eran deodaras, duglasias, casuarinas, gomeros, eucaliptos, dragos, hibiscos, cedros y otras especies, por lo común de mediana altura, porque su abundancia había perjudicado a su desarrollo. Los colonos pudieron adelantar lentamente por el camino que iban abriendo y que el ingeniero pensaba unir después con el del arroyo Rojo.

Desde su partida habían comenzado a descender la laderas bajas, que constituían el sistema orográfico de la isla, marchando por un terreno muy seco pero cuya frondosa vegetación hacía presumir la existencia o de una red hidrográfica en el subsuelo o del curso cercano de algún arroyo más o menos caudaloso. Sin embargo, Ciro Smith no recordaba haber observado, el día de su expedición al cráter, más corrientes de agua que el arroyo Rojo y el río de la Merced.

En las primeras horas de la excursión volvieron a verse bandadas de monos, que daban muestras de la mayor sorpresa a la vista de aquellos hombres, cuyo aspecto era nuevo para ellos. Gedeón Spilett decía, riéndose, que quizá aquellos cuadrumanos ágiles y robustos consideraban a los viajeros hermanos degenerados. Pues estos, marchando a pie, molestados a cada paso por la maleza, detenidos por los bejucos y por los árboles, no brillaban ventajosamente sobre aquellos flexibles animales que saltaban de rama en rama, sin que nada los detuviera en su marcha.

Los monos eran muchos, mas por fortuna no manifestaron disposiciones hostiles. Vieron también jabalíes, agutíes, canguros y otros roedores y dos o tres koulas, a los cuales Pencroff habría enviado de buen grado algunos perdigones.

—Pero no —exclamó—, la caza está vedada. Salten, brinquen, vuelen en paz, amigos míos. Ya les diremos dos palabras a la vuelta.

A las nueve y media de la mañana, el camino, que iba abriéndose hacia el sudoeste, se encontró interrumpido por un riachuelo desconocido. Tenía de treinta a cuarenta pies de anchura, y su viva corriente, impulsada por la pendiente de su lecho y agitada por la multitud de rocas de que estaba sembrado, se precipitaba con gran ruido. Aquel riachuelo era profundo y claro, pero no era navegable.

—¡Ya estamos cortados! —exclamó Nab.

—No —repuso Harbert—, es un riachuelo y podremos pasarlo a nado.

—¿Para qué? —preguntó Smith—. Es evidente que este riachuelo corre hacia el mar. Continuemos por su orilla izquierda, donde estamos, y nos conducirá a la costa. ¡Adelante!

—Un momento —dijo el periodista—. ¿No damos nombre a este riachuelo, amigos? No dejemos nuestra geografía incompleta.

—Es justo —repuso Pencroff.

—Dale el nombre que quieras, hijo mío —dijo el ingeniero, dirigiéndose al joven.

—¿No es mejor esperar a que lo hayamos descubierto hasta su desembocadura? —preguntó Harbert.

—Conformes —repuso Ciro Smith—. Sigámoslo, pero sin tardar.

—¡Esperen un momento! —dijo Pencroff.

—¿Qué pasa? —preguntó el periodista.

—Aunque la caza está vedada, supongo que la pesca estará permitida contestó el marino.

—No tenemos tiempo que perder —dijo el ingeniero.

—No pido más que cinco minutos —replicó Pencroff—; cinco minutos en interés de nuestro almuerzo.

Y Pencroff, tendiéndose sobre la orilla, metió los brazos en las aguas vivas, e hizo saltar inmediatamente algunas docenas de hermosos cangrejos, que hormigueaban entre las rocas.

—¡Esto será estupendo! exclamó Nab acudiendo a ayudar al marino.

—¡Cuando digo yo que, excepto tabaco, se encuentra todo en esta isla! —murmuró Pencroff dando un suspiro.

En menos de cinco minutos se hizo una pesca prodigiosa, porque los cangrejos pululaban en el río. Se llenó un saco de aquellos crustáceos que tenían el caparazón de un color azul cobalto y estaban armados de un dientecillo. Se continuó la marcha.

Los colonos, desde que tomaron la orilla de aquel curso de agua, caminaban con mayor rapidez y facilidad. Por lo demás, las márgenes de uno y otro lado aparecían vírgenes de toda planta humana. De vez en cuando se veían huellas de grandes animales, que sin duda iban habitualmente a beber en aquel arroyo; pero no se veía más y sin duda no era tampoco en aquella parte del Far-West donde el saíno había recibido el perdigón que había costado una muela a Pencroff.

Ciro Smith, contemplando aquella rápida corriente que huía hacia el mar, comenzó a sospechar que él y sus compañeros estaban mucho más lejos de lo que creían de la costa occidental. En efecto, en aquella hora subía la marea en el litoral y, si la desembocadura del riachuelo hubiera estado a pocas millas, ya se habría dejado sentir en él el flujo, haciendo retroceder la corriente. Sin embargo, no se notaba aquel efecto; el agua seguía sin interrupción la pendiente del lecho y el ingeniero, maravillado, consultaba a cada paso su brújula, temeroso de que algún recodo del río le volviese a llevar al interior del Far-West.

Entretanto el arroyo se iba ensanchando poco a poco y sus aguas aparecían menos tumultuosas. Los árboles de la orilla derecha estaban tan cerrados como los de la orilla izquierda, de modo que era imposible ver más allá; pero aquellas masas de bosque estaban desiertas, porque Top no ladraba y el inteligente animal no habría dejado de señalar la presencia de todo ser extraño en las cercanías de la corriente.

A las diez y media, Harbert, que se había adelantado, gritó con gran sorpresa a Ciro Smith:

—¡El mar!

Pocos instantes después, los colonos, detenidos al extremo del bosque, veían extenderse a uno y otro lado la orilla occidental de la isla.

¡Qué contraste entre aquella costa y la del este, adonde la suerte los había arrojado! Allí no había muralla de granito, ni escollos en el mar, ni siquiera arena en la playa. El bosque formaba el litoral, y sus últimos árboles, azotados por las olas, inclinaban sus ramas sobre las aguas. No era un litoral como la naturaleza suele formarlo habitualmente, ya extendiendo una vasta alfombra de arena, ya agrupando rocas y rocas, sino una linde admirable formada por los árboles más hermosos del mundo. La orilla estaba tan elevada que dominaba el nivel de las grandes mareas, y en todo aquel suelo lujuriante, sostenido por una base de granito, las espléndidas superficies forestales parecían tan sólidamente arraigadas como las que se agrupaban en el interior de la isla.

Los colonos se encontraban entonces en la escotadura de una pequeña cala insignificante, que no habría podido contener dos o tres barcos pescadores y que servía de desembocadura al nuevo arroyo; pero las aguas, en vez de entrar en el mar por una pendiente suave, caían en él desde una altura de más de cuarenta pies, lo cual explicaba por qué a la hora de la marea esta no se había hecho sentir a la distancia correspondiente en el arroyo. En efecto, las mareas del Pacífico, aun en su mayor elevación, jamás podían llegar al nivel del río, cuyo lecho formaba una especie de piso superior, y sin duda tendrían que transcurrir millones de años antes de que las aguas hubiesen podido roer aquella parte de granito y abrir una desembocadura practicable. Así, de común acuerdo se dio a aquella corriente de agua el nombre de río de la Cascada.

Más allá, hacia el norte, la linde del bosque se prolongaba por espacio de una o dos millas; después disminuían los árboles y, por último, se dibujaban alturas muy pintorescas, siguiendo una línea casi recta, que corría en dirección norte y sur. Al contrario, en toda la parte del litoral comprendida entre el río de la Cascada y el promontorio del Reptil, no había más que una gran selva de árboles magníficos, unos rectos, otros inclinados, cuyas raíces eran bañadas por las largas ondulaciones del mar. Ahora bien, hacia aquella costa, o lo que es lo mismo hacia toda la península Serpentina, debía continuar la exploración, porque aquella parte del litoral ofrecía refugios, que la otra, árida e inhospitalaria, habría negado evidentemente a cualquier náufrago.

El tiempo era bueno y desde lo alto de un peñasco, donde Nab y Pencroff dispusieron el almuerzo, podía extenderse la vista bastante lejos. El horizonte estaba perfectamente claro y no se divisaba una vela en el mar, ni en todo el litoral ni en todo el alcance de la vista había indicios de buque, ni restos de naufragio. El ingeniero no creía poder decidirse todavía sobre este punto hasta no haber explorado la costa hasta el extremo mismo de la península Serpentina.

El almuerzo terminó pronto y a las once y media Ciro Smith dio la señal de marcha. En vez de recorrer la arista de una alta roca o una playa de arena, tuvieron los colonos que seguir la linde de los árboles, ya que estos formaban el litoral.

La distancia entre el río de la Cascada y el promontorio del Reptil era de doce millas poco más o menos. En cuatro horas, por una playa practicable, los colonos podrían haberla recorrido sin apresurarse mucho, pero necesitaron doble tiempo, porque a cada paso interrumpían su marcha árboles que les obligaban a desviarse, bejucos que tenían que romper, maleza que debían cortar, obstáculos y rodeos que alargaban considerablemente el camino.

A pesar de todo, nada encontraron que revelase un naufragio reciente en aquel sitio. Es verdad, como observó Gedeón Spilett, que el mar había podido arrastrarlo todo a su seno y que por el hecho de no encontrarse vestigio alguno, no podía deducirse que no hubiera sido arrojado ningún buque a la costa occidental de la isla Lincoln.

El razonamiento del periodista era justo y por otra parte el incidente del grano de plomo probaba de manera irrecusable que tres meses antes, al máximo, se había disparado un tiro de fusil en la isla.

Eran las cinco de la tarde y los colonos estaban todavía a dos millas del extremo de la península Serpentina. Indudablemente después de llegar al promontorio del Reptil, Ciro Smith y sus compañeros no tendrían tiempo de volver antes de anochecer al campamento establecido junto a las fuentes del río de la Merced; de aquí la necesidad de pasar la noche en el promontorio mismo. Pero no faltaban provisiones, circunstancia afortunada, pues no habían visto los colonos caza alguna en la linde por donde caminaban, que al fin y al cabo no era más que una costa. Pululaban por el contrario en ella las aves, jacamaras, curucús, tragopanes, tetraos, loros, cacatúas, faisanes, palomas y cien otras especies. No había árbol que no tuviera nido, ni nido donde no aletearan las avecillas.

Hacia las siete de la tarde, los colonos, abrumados de cansancio, llegaron al promontorio del Reptil, especie de voluta extraña destacada sobre el mar. Allí concluía el bosque que formaba la ribera de la península, y el litoral en toda la parte sur recobraba su aspecto acostumbrado de costa, con sus rocas, sus arrecifes y su playa arenosa. Era posible que un buque desamparado hubiera venido a chocar en aquel sitio, pero iba entrando la noche y era preciso dejar la exploración para el día siguiente.

Pencroff y Harbert se apresuraron a acondicionar un sitio para establecer el campamento. Los últimos árboles de los bosques del FarWest venían a morir en aquella punta y, entre ellos, el joven observó varios bosquecillos espesos de bambúes.

–¡Caramba! –exclamó el muchacho–, este sí que es un descubrimiento precioso.

–¿Precioso? –preguntó Pencroff.

–Sin duda –repuso Harbert–. Debes saber, Pencroff, que la corteza de bambú, cortada en tiras flexibles, sirve para hacer cestas y canastillos; que, reducida a pasta y macerada, sirve para hacer el papel de China; que los tallos, según su grueso, dan bastones, tubos de pipa y conductos para las aguas; que los grandes bambúes constituyen excelentes materiales de construcción, ligeros, sólidos y libres de insectos, que nunca los atacan.

Además, serrando los bambúes junto a los nudos y conservando el tabique transversal que forma cada nudo, se obtienen vasos sólidos y cómodos, que se usan mucho entre los chinos. Pero nada de esto te interesaría...

–¿Por qué?

–Porque sí, pero añadiré que en India se comen los bambúes a guisa de espárragos.

—¡Espárragos de treinta pies! —exclamó el marino—. ¿Y son buenos?

—Excelentes —contestó Harbert—; sólo que no son los tallos de treinta pies los que se comen, sino los tiernos renuevos.

—¡Perfectamente, hijo mío, perfectamente! —dijo Pencroff.

—Además, la médula de esos renuevos, conservados en vinagre, forma un condimento muy apreciado.

—Mejor que mejor, Harbert.

—Y, en fin, esos bambúes exudan entre sus nudos un licor azucarado, del cual puede hacerse una bebida muy agradable.

—¿Y nada más? —preguntó el marino.

—Nada más.

¿Y, por casualidad, eso no se fuma?

—Eso no se fuma, amigo Pencroff.

Harbert y el marino no tardaron en encontrar un sitio para pasar la noche. Las rocas de la playa, muy divididas, porque debían hallarse violentamente azotadas por el mar bajo la influencia de los vientos del sudoeste, presentaban cavidades que les permitirían dormir al abrigo de la intemperie. Pero en el momento en que se disponían a penetrar en una de aquellas grietas, les detuvieron unos rugidos.

—¡Atrás! —exclamó Pencroff—. No tenemos más que perdigones en los fusiles, y los perdigones para animales como los que se oyen rugir serían como granos de sal.

El marino, asiendo a Harbert por el brazo, le llevó al abrigo de las rocas en el momento en que un magnífico animal se mostró en la boca de la caverna.

Era un jaguar del tamaño de sus congéneres de Asia, es decir, que medía más de cinco pies, desde el extremo de la cabeza hasta el nacimiento del rabo. Su pelaje leonado, rayado de manchas negras regularmente espaciadas, contrastaba con el pelo blanco de su vientre. Harbert reconoció en él a ese feroz rival del tigre, mucho más temible que el cuguar, rival del lobo.

El jaguar dio un paso, miró en torno suyo, con el pelo erizado y la vista encendida, como si no fuera aquella la primera vez que veía al hombre.

En aquel momento el periodista doblaba las altas rocas, y Harbert, creyendo que no había visto al jaguar, hizo un movimiento para lanzarse hacia él; pero Gedeón Spilett le detuvo haciéndole una seña con la mano y continuó adelante. No era el primer tigre que encontraba, y, llegando hasta diez pasos del animal, se quedó inmóvil después de haberse echado la carabina a la cara y sin que se alterase ninguno de sus músculos.

El jaguar se recogió sobre sí mismo y saltó sobre el cazador; pero en aquel momento una bala le hirió entre los dos ojos y cayó muerto.

Harbert y Pencroff se precipitaron hacia el jaguar. Nab y Ciro Smith acudieron también y permanecieron por algunos momentos contemplando el animal tendido en el suelo, cuya magnífica piel debía servir de adorno en el salón del Palacio de granito.

—¡Señor Spilett, le admiro y le envidio! —exclamó Harbert en un acceso de entusiasmo muy natural.

—Gracias, muchacho —dijo el periodista—, pero tú hubieras hecho otro tanto.

—¿Yo? No tendría semejante serenidad.

—Figúrate que un jaguar es una liebre y le tiras lo más tranquilamente que se puede tirar.

—¡Claro! —respondió Pencroff—; todo consiste en figurarse eso.

—Y ahora —dijo Gedeón Spilett—, puesto que el jaguar ha abandonado su cueva, no veo inconveniente, amigos, en que la ocupemos por esta noche.

—¡Pero pueden venir otros! —dijo Pencroff.

—Bastará encender una hoguera a la entrada de la caverna —dijo el corresponsal— y no se atreverán a asomarse a la boca.

—¡Vamos, a la casa de los jaguares! —dijo el marino arrastrando en pos de sí el cadáver del animal.

Los colonos se dirigieron a la cueva abandonada y, mientras Nab desollaba el jaguar, sus compañeros amontonaban a la entrada gran cantidad de leña seca, que les suministró el bosque.

Ciro Smith vio entonces el bosquecillo de bambúes y cortó una buena cantidad, con la que aumentó el combustible de la hoguera. Hecho esto, se instalaron todos en la gruta, cuya arena estaba sembrada de huesos de animales. Cargaron las armas, para el caso de una agresión repentina; se cenó y, cuando llegó el momento de descansar, se dio fuego al montón de leña apilado a la entrada de la caverna.

Inmediatamente estallaron unas detonaciones en el aire. Eran los bambúes, que chisporroteaban como fuegos artificiales. Aquel ruido habría bastado para espantar a las fieras más audaces.

Ese medio de producir vivas detonaciones no era invención de Ciro, porque, según Marco Polo, los tártaros lo empleaban desde hace siglos para alejar de sus campamentos las fieras del Asia central.

Encuentran el globo y señales de que hay alguien

Ciro Smith y sus compañeros durmieron como inocentes lirones en la caverna que el jaguar tan cortésmente les había cedido.

Al salir el sol, todos estaban en la orilla del mar, al límite del promontorio, y sus miradas se dirigieron de nuevo al horizonte, que era visible en las dos terceras partes de su circunferencia. Por última vez el ingeniero pudo cerciorarse de que ninguna vela, ningún casco de buque aparecían en el mar; ni con el catalejo pudo descubrir en toda la extensión a que alcanzaba punto alguno sospechoso. Nada había en el litoral, al menos en la parte rectilínea que formaba la costa sur del promontorio en una longitud de tres millas, porque más allá una escotadura del terreno ocultaba el resto de la costa. Aún desde el extremo de la península Serpentina no podía divisarse el cabo de la Garra, oculto por altas rocas.

Quedaba por explorar la orilla meridional de la isla. Ahora bien, ¿debería emprenderse inmediatamente esta exploración dedicando a ella aquel día, 2 de noviembre?

Esto no entraba en el proyecto primitivo. En efecto, cuando los colonos dejaron la piragua en las fuentes del río de la Merced, convinieron en que, después de haber examinado la costa oeste, volverían por ella y regresarían por el río al Palacio de granito. Ciro creía entonces que la costa occidental podría ofrecer refugio a un buque en peligro o a una embarcación cualquiera, pero, visto que aquel litoral no presentaba ningún punto de desembarco, había que buscar en el sur de la isla lo que no se había encontrado en el oeste.

Gedeón Spilett propuso continuar la exploración para resolver la cuestión del presunto naufragio y preguntó a qué distancia podía hallarse el cabo de la Garra del extremo de la Península.

—A unas treinta millas —contestó el ingeniero—, teniendo en cuenta las curvas de la costa.

—¡Treinta millas! —repuso Gedeón Spilett—. Un día. Sin embargo, opino que debemos volver al Palacio de granito siguiendo la costa del sur.

—Pero —observó Harbert—, desde el cabo de la Garra al Palacio de granito hay que contar otras diez millas por lo menos.

—Pongamos cuarenta millas en todo —dijo el periodista—. No importa, hay que recorrerlas. Así examinaremos ese litoral desconocido y no tendremos que volver a empezar la exploración.

—Justo —dijo Pencroff—, pero ¿y la piragua?

—La piragua, ya que se ha quedado sola durante un día en el nacimiento del río de la Merced, bien podrá permanecer dos. Hasta ahora no podemos decir que la isla está infestada de ladrones.

—Sin embargo —repuso el marino—, cuando me acuerdo de la jugarreta que nos hizo la tortuga, no las tengo todas conmigo.

—¡La tortuga! ¡La tortuga! —repitió el corresponsal—. ¿No sabe usted que el mar la volvió a su posición natural?

—¡Vaya usted a saber! —murmuró el ingeniero.

—Pero... —dijo Nab.

El negro tenía algo que decir, porque abría la boca para hablar, aunque no profería palabra.

—¿Qué te ocurre, Nab? —le preguntó el ingeniero.

—Digo que, si volvemos por la orilla hasta el cabo de la Garra —contestó Nab—, después de doblar el cabo nos encontraremos detenidos...

—¡Por el río de la Merced! En efecto —dijo Harbert—, y no tendremos ni puente ni barca para atravesarlo.

—No importa —observó Pencroff—, con unos cuantos troncos flotantes pasaremos el río.

—De todos modos —dijo Gedeón Spilett—, habrá que construir un puente, si queremos tener un acceso fácil para el Far-West.

—¡Un puente! —exclamó Pencroff—; ¡gran cosa! ¿El señor Smith no es ingeniero de profesión? Él nos hará un puente, cuando queramos; entretanto yo me encargo de trasladar a todos al otro lado del río de la Merced sin mojar una hilacha de la ropa de nadie. Aún tenemos víveres para un día y es todo lo que necesitamos, además que no nos faltará caza hoy, como no nos ha faltado ayer. ¡En marcha!

La proposición del corresponsal, vivamente sostenida por el marino, obtuvo la aprobación general, porque todos deseaban con ardor disipar sus dudas y, regresando por el cabo de la Garra, la exploración se completaba. Pero no había tiempo que perder, porque una etapa de cuarenta millas era larga, y no era posible llegar al Palacio de granito antes que anocheciera.

A las seis de la mañana la caravana se puso en marcha. En previsión de algún mal encuentro de animales de dos o cuatro pies, se cargaron los fusiles con bala. Top, que debía abrir la marcha, recibió orden de registrar la linde del bosque.

La costa, a partir del extremo del promontorio que formaba la cola de la península, se redondeaba por espacio de cinco millas, distancia que fue rápidamente recorrida sin que las investigaciones más minuciosas revelaran el menor vestigio de desembarco antiguo ni reciente, ni presentara un resto cualquiera de buque, ni de campamentos, ni cenizas de hoguera encendida, ni huella de pie humano.

Cuando llegaron los colonos al ángulo donde terminaba la curva para seguir la dirección nordeste formando la bahía de Washington, pudieron abarcar con la vista el litoral sur de la isla en toda su extensión. A veinticinco millas de aquel punto, la costa terminaba en el cabo de la Garra, que apenas se divisaba entre la bruma de la mañana y que, por un fenómeno de espejismo, parecía que estaba suspendido entre la tierra y el agua. Entre el sitio que ocupaban los colonos y el centro de la inmensa bahía la costa se componía primero de una extrema playa muy unida y muy llana, bordeada en segundo término de una fila de árboles; después, haciéndose muy irregular, proyectaba puntas agudas de rocas cubiertas por el mar, y en fin, venía una acumulación pintoresca y desordenada de rocas negruzcas, que terminaba en el cabo de la Garra.

Tal era el desarrollo de aquella parte de la isla, que los exploradores veían por primera vez y que recorrieron con la mirada después de haber descansado un instante.

—¡Un buque que se metiera aquí sin precaución —dijo Pencroff—, se perdería irremisiblemente! ¡Bancos de arena se prolongan hasta el mar, y, más lejos, escollos! ¡Mal paraje!

—Pero al menos quedaría algo de ese buque —observó el periodista.

—Pedazos de madera en los arrecifes, pero nada en la arena —dijo el marino.

—¿Por qué?

Porque estas arenas, más peligrosas todavía que las rocas, se tragan todo lo que se les echa, y pocos días bastan para que el casco de un buque de muchos centenares de toneladas desaparezca en ellas enteramente.

—Así, pues, Pencroff —preguntó el ingeniero—, si se hubiera perdido un buque en estos bancos, ¿cree que no tendría nada de extraño que no quedase de él ningún vestigio?

—Nada tendría de particular, señor Smith, sobre todo con ayuda del tiempo y de la tempestad. Sin embargo, aun en este caso, sería sorprendente que no hubiesen sido arrojados algunos restos de mástiles a sitios libres de los ataques del mar.

—Continuemos, pues, nuestras investigaciones —dijo Ciro Smith.

A la una de la tarde los colonos llegaron al centro de la bahía de Washington, habiendo andado hasta entonces unas veinte millas.

Hicieron alto para almorzar.

Allí comenzaba una costa irregular, extrañamente recortada y festoneada por una larga línea de escollos que sucedían a los bancos de arena y que tardarían en quedar descubiertos por la marea. Se veían romperse las suaves ondulaciones del mar en las crestas de aquellas rocas y extenderse luego en anchas franjas de espuma. Desde aquel punto hasta el cabo de la Garra era la playa poco espaciosa y estaba encerrada entre la línea de los arrecifes y la del bosque.

La marcha iba a ser difícil en adelante, porque obstruían la playa innumerables cantos rodados. La muralla de granito tendía también a levantarse y de los árboles que la coronaban en su parte posterior no se podía ver más que las verdosas cimas, inmóviles porque no las agitaba el menor soplo de brisa.

Después de media hora de descanso, los colonos volvieron a ponerse en marcha, sin dejar su vista un punto por explorar, ni de los arrecifes ni de la playa. Pencroff y Nab llegaron a aventurarse entre los escollos, siempre que algún objeto atraía su mirada, pero no encontraban despojos, convenciéndose de que se habían engañado por alguna extraña conformación de las rocas. Observaron que la costa era abundante en moluscos comestibles, pero no podía ser explorada con fruto, mientras no se estableciese una comunicación entre las dos orillas del río de la Merced y no se perfeccionasen los medios de transporte.

Así, pues, nada de lo que tenía relación con el presunto naufragio pudo verse en el litoral y, sin embargo, un objeto de alguna importancia, el casco de un buque, por ejemplo, hubiera sido visible, si sus restos hubieran sido arrojados a la orilla como aquel cajón encontrado a menos de veinte millas de allí, pero no había nada.

Hacia las tres de la tarde Ciro Smith y sus compañeros llegaron a una estrecha cala bien cerrada, en la cual no desaguaba ningún arroyo. Formaba un verdadero puerto natural invisible desde alta mar, a la cual daba acceso por un estrecho paso abierto entre los escollos.

En el centro de aquella cala alguna violenta convulsión había roto la línea de roca y desde la rotura una pendiente suave comunicaba con la meseta superior, que podía estar situada a menos de diez millas en línea recta de la meseta de la Gran Vista.

Gedeón Spilett propuso a sus compañeros hacer alto en aquel paraje. Aceptaron, porque la marcha les había abierto el apetito, y, aunque no era hora de comer, nadie se negó a tomar un bocado de carne fiambre. Con aquel refrigerio podían aguardar a cenar hasta que llegasen al Palacio de granito.

Pocos minutos después, sentados a la sombra de un grupo de pinos marítimos, los colonos devoraban las provisiones que Nab había sacado de su morral.

El sitio estaba elevado a cincuenta o sesenta pies sobre el nivel del mar. Era el radio visual bastante extenso y, pasando sobre las últimas rocas del cabo, iba a perderse a lo lejos de la bahía de la Unión. Pero ni el islote ni la meseta de la Gran Vista eran visibles, ni podían serlo desde allí, porque la elevación del suelo y la cortina de los grandes árboles ocultaban el horizonte del norte.

Huelga añadir que, no obstante la extensión del mar que los exploradores podían abarcar con la vista y a pesar de que el catalejo del ingeniero recorrió punto por punto toda la línea circular donde se confundían el cielo y el agua, no se divisó ningún buque.

De la misma manera en toda aquella parte del litoral que quedaba todavía por explorar, el anteojo registró con el mayor cuidado la playa y los arrecifes, sin que pareciese en el campo del instrumento resto alguno de naufragio.

—Vamos —dijo Gedeón Spilett—, hay que tomar una determinación y consolarnos pensando que nadie nos vendrá a disputar la posesión de la isla Lincoln.

—Pero ¿y ese grano de plomo? —preguntó Harbert—. Me parece que no es imaginario.

—¡Mil diablos! ¡No lo es! —exclamó Pencroff, pensando en su muela ausente.

—Entonces, ¿qué consecuencia hemos de sacar? —interrogó el periodista.

—Esta —contestó el ingeniero—: hace tres meses, al máximo, un buque, voluntaria o involuntariamente, vino a estos sitios...

—¡Cómo! ¿Supondrá usted, Ciro, que ha sido tragado por el mar sin dejar rastro? —dijo el periodista.

—No, querido Spilett; pero observe usted que, si es cierto que un ser humano ha puesto el pie en esta isla, no parece menos cierto, por otra parte, que no está ya en ella.

—Entonces, si no le entiendo mal, señor Ciro —dijo Harbert—, el buque se habrá hecho de nuevo a la mar...

—Evidentemente.

—¿Y habremos perdido sin remedio una ocasión de volver a nuestra patria? —dijo Nab.

—Irremisiblemente, temo.

—Pues bien, ya que se ha perdido la ocasión, ¡en marcha! —exclamó Pencroff, que ansiaba hallarse en el Palacio de granito.

Pero, apenas se había levantado, resonaron con fuerza los ladridos de Top, y el perro salió del bosque llevando en la boca un pedazo de tela manchada de barro. Nab arrancó aquella tela de los dientes del perro... Era un pedazo de un tejido muy fuerte.

Top seguía ladrando y con sus idas y venidas parecía invitar a su amo a que le siguiera al bosque.

—Algo hay allí que tal vez podría explicar mi grano de plomo —dijo Pencroff.

—¡Algún náufrago! —exclamó Harbert.

—Herido quizá —dijo Nab.

—O muerto —añadió el corresponsal.

Todos se precipitaron detrás del perro, que los llevó entre los altos pinos que formaban la primera cortina del bosque. Ciro Smith y sus compañeros habían preparado sus armas para todo evento.

Adelantaron un gran trecho por el bosque, pero con disgusto notaron que no había la menor huella de pasos. Los arbustos y los bejucos estaban intactos, y hubo que abrirse camino con el hacha como en las espesuras más profundas del bosque. Era, pues, difícil suponer que hubiese pasado por allí una criatura humana y, sin embargo, Top iba y venía, no como un perro que busca una pista, sino como un ser dotado de voluntad que persigue una idea.

Al cabo de siete u ocho minutos de marcha Top se detuvo. Los colonos habían llegado a una especie de claro rodeado de árboles; miraron en torno suyo y no vieron nada, ni entre los arbustos ni entre los troncos de los árboles.

—¿Pero qué es lo que has encontrado, Top? —dijo Ciro Smith.

El perro ladró con más fuerza saltando al pie de un gigantesco pino. De repente Pencroff exclamó:

—¡Muy bien! ¡Magnífico!

—¿Qué hay? —preguntó Gedeón Spilett.

—Buscábamos un pecio en el mar o en la tierra...

—¿Y qué..?

—¡Toma! Que es en el aire donde se encuentra.

Y el marino enseñó a sus compañeros un enorme trozo de tela desgarrado y blancuzco, que colgaba de la cima de un pino y al cual pertenecía el pedazo recogido por Top.

—¡Pero eso no es un barco! —dijo Gedeón Spilett.

—Perdone —repuso Pencroff.

—¡Cómo! ¿Será...?

—Es lo que queda de nuestro barco aéreo, de nuestro globo, que ha encallado en la copa de ese árbol.

Pencroff no se engañaba y lanzó un hurra sonoro, añadiendo:

—Aquí tenemos tela de calidad para años; podremos hacer pañuelos y camisas, ¿eh? ¿Qué le parece, señor Spilett? ¿Qué me dice usted de una isla donde los árboles producen camisas?

Era un acontecimiento afortunado para los colonos de la isla Lincoln que el globo aerostático, después de haber dado su último salto en los aires, hubiera vuelto a caer en la isla. Los colonos podían conservarlo, si querían intentar una nueva evasión por los aires, o emplear fructuosamente aquellos centenares de varas de tela de algodón de excelente calidad, después de quitarle el barniz. Como es de suponer, todos participaron de la alegría de Pencroff.

Pero era preciso bajar del árbol aquella tela para ponerla en lugar seguro y no costó poco esta maniobra.. Nab, Harbert y el marino tuvieron que hacer prodigios para desenredar el enorme globo deshinchado. La operación duró dos horas, pero luego estaban depositados en tierra no sólo la cubierta de tela con su válvula, sus resortes y su guarnición de cobre, sino también la red, es decir, un inmenso cúmulo de cuerdas gruesas y delgadas, el círculo de retención y el áncora. La envoltura, prescindiendo del desgarrón, se hallaba en buen estado, y sólo su apéndice inferior había sufrido deterioro.

Era una fortuna que caía del cielo a los colonos.

—De todos modos, señor Ciro —dijo el marino—, si alguna vez nos decidimos a salir de esta isla, supongo que no será en globo, ¿no es verdad? Estos buques del aire no van donde uno quiere, y eso lo sabemos por experiencia. Si quiere hacerme caso, es mejor construir una buena embarcación de unas veinte toneladas, y me permitirá usted cortar de esta tela una vela de trinquete y un foque. Lo demás servirá para ropa interior.

—Ya veremos, Pencroff —contestó Ciro Smith—, ya veremos.

—Entretanto hay que poner todo esto en sitio seguro —dijo Nab.

No podía pensarse en trasladar al Palacio de granito aquella carga de tela y cuerdas, cuyo peso era muy grande; y hasta que se contara con un vehículo que pudiera acarrearla, convenía no dejar por mucho tiempo aquellas riquezas a merced del huracán. Los colonos, reuniendo sus esfuerzos, consiguieron arrastrarlo hasta la orilla, donde habían descubierto una vasta cavidad abierta en una roca y resguardada del mar, de la lluvia y del viento, gracias a su orientación.

—Nos hacía falta un armario y ya lo tenemos —dijo Pencroff—; pero como no se puede echar la llave, será prudente ocultar la puerta todo lo posible. No lo digo por los ladrones de dos pies, sino por los de cuatro patas.

A las seis de la tarde todo estaba almacenado; y después de haber dado a la cala el nombre, harto justificado, de "puesto del globo", tomaron el camino del cabo de la Garra. Pencroff y el ingeniero hablaron de los diversos proyectos que convenía poner en ejecución lo más pronto posible. Era preciso, ante todo, echar un puente sobre el río de la Merced para establecer una comunicación fácil con el sur de la isla; después volverían con el carrito a buscar el globo, porque la canoa no habría podido transportarlo; hecho esto, se construiría una chalupa; Pencroff la aparejaría como balandra y con ella se emprenderían viajes de circunnavegación alrededor de la isla; después... etcétera.

Entretanto caía la noche, y el cielo estaba ya oscuro cuando los colonos llegaron a la punta del Pecio y al sitio mismo donde habían descubierto el precioso cajón. Pero ni allí ni en ninguna parte había nada que indicase que hubiera habido naufragio de ninguna especie y fue preciso atenerse a las conclusiones formuladas anteriormente por Ciro Smith.

Desde la punta del Pecio al Palacio de granito había una distancia de cuatro millas, que fueron pronto recorridas; pero eran ya más de las doce de la noche cuando los colonos, después de haber seguido el litoral hasta la desembocadura del río de la Merced, llegaron al primer recodo formado por el río. El lecho tenía una anchura de ochenta pies, que no era fácil atravesar, pero Pencroff se había encargado de vencer la dificultad y puso manos a la obra.

Los colonos estaban extenuados, como puede suponerse; la etapa había sido larga, y el incidente del globo no había contribuido en manera alguna a descansar piernas y brazos. Deseaban hallarse cuanto antes en el Palacio de granito para cenar y dormir; y, si el puente hubiera estado construido, en un cuarto de hora se habrían hallado en su domicilio.

La noche era muy oscura. Pencroff se preparó a cumplir su promesa haciendo una especie de balsa que prometía facilitar el paso del río de la Merced. Nab y él, armados de hachas, eligieron dos árboles cercanos al agua y comenzaron a atacarlos por su base.

Ciro Smith y Gedeón Spilett, sentados a la orilla del río, esperaban a que llegase el momento de ayudar a sus compañeros, mientras Harbert iba y venía sin apartarse demasiado de ellos. De improviso, el joven, que se había adelantado río arriba, volvió corriendo y dijo:

—¿Qué es aquello que baja a la deriva?

Pencroff interrumpió su trabajo y vio un objeto que se movía confusamente en la sombra.

—¡Una canoa! —exclamó.

Todos se acercaron y vieron con extrema sorpresa una embarcación que bajaba siguiendo la corriente del agua.

—¡Al de la canoa! —gritó el marino por un movimiento espontáneo, resto de costumbre profesional, sin pensar que tal vez habría sido preferible guardar silencio. Nadie contestó.

La canoa seguía bajando y, al llegar a diez pasos, el marino exclamó:

—¡Si es nuestra piragua! Ha roto la amarra y ha seguido la corriente. Confesemos que no puede llegar en mejor ocasión.

—¿Nuestra piragua? —murmuró el ingeniero.

Pencroff tenía razón. Era la piragua, cuya amarra se había roto y volvía sola de las fuentes del río de la Merced. Era, pues, importante apoderarse de ella, antes que fuese arrastrada por la rápida corriente del río más allá de su desembocadura. Esto es lo que hicieron diestramente Nab y Pencroff con un palo largo.

La piragua se detuvo en la orilla; el ingeniero saltó a ella, tomó la amarra y se cercioró con el tacto de que realmente se había desgarrado y roto por su frote contra las rocas.

—Eso —dijo el corresponsal—, eso sí que verdaderamente puede llamarse una circunstancia...

—¡Extraña! —añadió Ciro Smith.

Extraña o no, era circunstancia feliz. Harbert, Spilett, Nab y Pencroff se embarcaron. No dudaban de que la amarra se había desgarrado; pero lo más admirable del caso era que la piragua hubiese llegado precisamente en el momento en que los colonos se hallaban allí para detenerla, pues un cuarto de hora después habría ido a perderse en el mar.

Si hubiera sido en época de los genios, el incidente habría dado derecho a pensar que la isla estaba habitada por un ser sobrenatural que ponía su poder al servicio de los náufragos.

Unos cuantos golpes de remo llevaron a los colonos a la desembocadura del río de la Merced. Sacaron a la playa la canoa, acercándola a las Chimeneas, y todos se dirigieron hacia la escalera del Palacio de granito.

Pero en aquel momento Top ladró y Nab, que buscaba el primer tramo, dio un grito. La escalera había desaparecido.

La jugada de los orangutanes

Ciro Smith se había detenido sin decir una palabra. Sus compañeros buscaron en la oscuridad, por el suelo y por las paredes de granito, por si la escalera se había desprendido o el viento la había sacado de su lugar..., pero la escalera había desaparecido. Reconocer si una ráfaga de aire la había levantado hasta la cornisa, era imposible en aquella profunda oscuridad.

—Si es broma —exclamó Pencroff—, me parece de muy mal género. Llegar uno a su casa y no encontrar escalera para subir a su cuarto no es cosa de risa para quien está cansado.

Nab también se quejaba.

–Sin embargo, no hace viento –observó Harbert.

–Comienzo a convencerme de que pasan cosas singulares en la isla Lincoln –dijo Pencroff.

–¡Singulares! –repitió Gedeón Spilett–. No, Pencroff, nada más natural: alguien ha venido durante nuestra ausencia, ha tomado posesión de la casa y ha retirado la escalera.

–¡Alguien! –exclamó el marino–. ¿Quién?

–El cazador del grano de plomo –contestó el corresponsal–. ¿De qué nos servirá si no pudiera explicar nuestra desdichada aventura?

–Pues bien –dijo Pencroff, soltando un temo, pues la impaciencia se iba apoderando de él–, si hay alguien allí arriba, voy a hablarle y será mejor que conteste.

Y con voz de trueno, el marino lanzó un ¡Ah! prolongado que fue repetido con fuerza por el eco.

Los colonos escucharon con atención y creyeron oír a la altura del Palacio de granito una especie de risa mal contenida, cuyo origen no era posible conocer. Pero ninguna voz respondió al marino, el cual volvió a llamar tan vigorosa como inútilmente.

Realmente lo que sucedía era más que suficiente para dejar estupefactos a los hombres más indiferentes del mundo, y los colonos no podían ser indiferentes en aquella ocasión. En la situación en que se hallaban, todo incidente era grave, y en verdad que desde que habían llegado a la isla, hacía siete meses, ninguno se había presentado con carácter tan sorprendente.

De todos modos, olvidando su cansancio y dominados por la singularidad del suceso, permanecían al pie del Palacio de granito, no sabiendo qué pensar ni qué hacer, interrogándose sin poderse responder satisfactoriamente y formando hipótesis sobre hipótesis a cual más inadmisibles. Nab se quejaba de no poder volver a entrar en la cocina, sobre todo porque las provisiones del viaje estaban agotadas y no había medio de renovarlas en aquel momento.

–Amigos –dijo Ciro Smith–, no tenemos más remedio que esperar el día y haremos lo que las circunstancias nos aconsejen. Y, para esperar, vamos a las Chimeneas, donde estaremos al abrigo de la intemperie, y si no podemos cenar, al menos podremos dormir.

–Pero ¿quién es el sinvergüenza que nos ha jugado esa mala pasada? –preguntó otra vez Pencroff, que no podía resignarse con lo sucedido.

Cualquiera que fuese el sinvergüenza, lo único que había que hacer, como había dicho el ingeniero, era refugiarse en las Chimeneas y esperar el día. Sin embargo, se dio orden a Top de quedarse bajo las ventanas del Palacio de granito, y, cuando Top recibía una orden, la ejecutaba sin hacer la menor observación. El excelente perro permaneció, pues, al pie del muro, mientras su amo y sus compañeros se refugiaban en las rocas.

Decir que los colonos, a pesar de su cansancio, durmieron bien sobre la arena de las Chimeneas, sería alterar la verdad. No sólo sentían ansiedad por saber la importancia del nuevo incidente, ya fuese resultado de una casualidad, cuyas causas naturales aparecerían al llegar el día, ya, por el contrario, fuese obra de un ser humano, sino que también tenían una cama demasiado dura, comparada con aquellas a que estaban acostumbrados. De todos modos, de una u otra suerte, su casa estaba ocupada en aquel momento y no podían entrar en ella.

Ahora bien, el Palacio de granito era más que su morada, era su depósito y su tesoro. Allí estaba todo el material de la colonia, armas, instrumentos, útiles, municiones, reservas de víveres, etcétera.; y si todo esto era saqueado, los colonos tendrían que volver a sus trabajos de arreglo, de fabricación de armas y de instrumentos. Así, cediendo a la inquietud, unos y otros salían a cada instante para ver si Top hacía bien el centinela.

Sólo Ciro Smith esperaba con su paciencia habitual, aunque su razón tenaz se exasperaba al verse frente a un hecho absolutamente inexplicable y se indignaba pensando que en torno suyo, y tal vez sobre su cabeza, se ejercía una influencia a la cual no podía dar un nombre.

Gedeón Spilett era de la misma opinión y ambos conversaron muchas veces, aunque a media voz, acerca de las circunstancias incomprensibles que desafiaban su perspicacia y su experiencia. Había seguramente un misterio en aquella isla, ¿cómo penetrarlo?

Harbert tampoco sabía qué pensar y hubiera interrogado de buena gana a Ciro Smith.

En cuanto a Nab, concluyó pensando que todo aquello no era de su incumbencia, sino de la de su amo; y si no hubiera temido ofender a sus compañeros, habría dormido aquella noche tan bien como si hubiese reposado sobre la cama del Palacio de granito. El que estaba furioso era Pencroff, y con razón.

—Es una broma —decía—, una broma que nos han jugado. Pero a mí no me gustan bromas tan pesadas, y pobre del bromista, si cae en mis manos.

Cuando aparecieron las primeras claridades del alba, los colonos, convenientemente armados, bajaron a la playa y se situaron en la línea de los arrecifes. El Palacio de granito, expuesto directamente al sol levante, no debía tardar en estar alumbrado por las luces del alba, y, en efecto, hacia las cinco, las ventanas, cuyos postigos estaban cerrados, aparecieron a través de sus cortinas de follaje.

Por aquella parte todo estaba en orden, pero un grito se escapó del pecho de los colonos, cuando vieron abierta de par en par la puerta que habían dejado cerrada al marcharse. Alguien se había introducido en el Palacio de granito, no había duda.

La escalera superior, ordinariamente tendida desde la cornisa de la puerta, estaba en su lugar; pero la escalera inferior había sido retirada y levantada hasta el umbral de la puerta. Era evidente que los intrusos habían logrado ponerse al abrigo de toda sorpresa.

En cuanto a reconocer su especie y su número, no era posible, pues ninguno de ellos se mostraba por ninguna parte.

Pencroff llamó de nuevo. No obtuvo respuesta.

—¡Miserables! —exclamó el marino—. ¡Duermen tranquilamente, como si estuvieran en su casa! ¡Piratas, bandidos, corsarios, hijos de John Bull!

Cuando Pencroff, que era norteamericano, llamaba a alguno hijo de John Bull, había llegado al límite del insulto.

En aquel momento se iluminó el Palacio de granito bajo los rayos del sol; pero en el interior, como en el exterior, todo estaba mudo y en calma.

Los colonos se preguntaban si el Palacio de granito estaba ocupado o no; sin embargo, la posición de la escalera lo demostraba suficientemente, y hasta era seguro que los ocupantes, cualesquiera que fuesen, no habían podido huir. Pero ¿cómo llegar hasta ellos?

Harbert tuvo entonces la idea de atar una cuerda a una flecha y lanzar esta de manera que fuese a parar entre los primeros barrotes de la escalera, que pendía del umbral de la puerta. Entonces, mediante la cuerda, podría desarrollarse la escalera hasta llegar a tierra y restablecer la comunicación con el Palacio de granito. No había otro medio mejor, y con un poco de destreza la idea de Harbert podía tener buen éxito. Por fortuna tenían arcos y flechas en un corredor de las Chimeneas, donde se hallaban también algunas docenas de brazas de una cuerda ligera de hibisco. Pencroff desarrolló la cuerda y ató a un extremo una flecha bien emplumada. Después Harbert, colocando la flecha en su arco, apuntó con cuidado a la extremidad colgante de la escalera.

Ciro Smith, Gedeón Spilett, Pencroff y Nab se habían retirado hacia atrás para observar mejor lo que pasaba en las ventanas del Palacio de granito; el periodista se había echado la carabina a la cara y apuntaba a la puerta.

Tendió el arco, silbó la flecha llevando consigo la cuerda, y fue a parar entre los dos últimos tramos de la escalera. La operación había tenido el resultado deseado.

Inmediatamente Harbert se apoderó del otro extremo de la cuerda, pero, en el momento en que daba el tirón para hacer caer la escalera, un brazo, pasando entre el muro y la puerta, la asió y la introdujo toda entera dentro del Palacio de granito.

—¡Triple mendigo! —exclamó el marino—, si una bala puede hacer tu felicidad, no esperarás mucho.

—¿Qué es eso? —preguntó Nab.

—¡Cómo! ¿No lo has visto?

—No.

—¡Pues un mono, un macaco, un sapajú, un orangután, un babino, un gorila, un simio! Nuestra morada ha sido invadida por monos que han trepado por la escala durante nuestra ausencia.

Y en aquel momento, como para dar razón al marino, tres o cuatro cuadrumanos se asomaron a las ventanas, después de haber abierto los postigos, y saludaron con mil gestos y contorsiones a los verdaderos propietarios de la casa.

—Ya sabía yo que era una broma —exclamó Pencroff—, pero un bromista pagará por todos.

El marino se echó a la cara el fusil, apuntó a uno de los monos y disparó. Todos desaparecieron, menos uno, que, mortalmente herido, fue precipitado sobre la playa.

Aquel mono de gran tamaño pertenecía al primer orden de los cuadrumanos, sin duda alguna. Ya fuese un chimpancé, un orangután, un gorila o un gibón, debía ser clasificado entre esos antropomorfos, llamados así a causa de su semejanza con los individuos de la raza humana. Por lo demás, Harbert declaró que era un orangután, y el joven era un experto en zoología.

—¡Magnífico animal! —exclamó Nab.

—Todo lo magnífico que tú quieras —contestó Pencroff—, pero no veo cómo vamos a entrar en nuestra casa.

—Harbert es buen tirador —dijo el corresponsal—y tiene arco. Que repita...

—¡Bah!, esos monos son muy ladinos —exclamó Pencroff-; no volverán a asomarse a las ventanas y no podremos matarlos. Cuando pienso en los estragos que pueden hacer en la habitación, en el almacén...

—¡Paciencia! —respondió Ciro Smith—. Esos animales no pueden tenernos largo tiempo en jaque.

—No diré yo tanto hasta que los vea en tierra —replicó el marino—. Ante todo, ¿sabe usted, señor Ciro, cuántas docenas de esos bromistas hay allí arriba?

Habría sido difícil responder a Pencroff. En cuanto a repetir la tentativa del joven era casi imposible, porque el extremo inferior de la escalera había sido retirado al interior y, cuando el joven tiró otra vez la cuerda, esta se rompió y la escalera no cayó.

La situación era realmente embarazosa. Pencroff no cesaba de gruñir y, aunque el caso tenía cierto lado cómico, él, por su parte, no le encontraba gracia. Era evidente que los colonos acabarían por recobrar su domicilio y arrojar de él a los intrusos, ¿pero cuándo y cómo? Esto es lo que no habrían podido decir.

Pasaron dos horas, durante las cuales los monos evitaron asomarse a las ventanas y a la puerta, continuaban allí, y por tres o cuatro veces se vio atravesar, ya un hocico, ya una pata, que fueron saludados a tiros.

—Ocultémonos —dijo el ingeniero—. Tal vez los monos crean que nos hemos marchado y se dejarán ver. Spilett y Harbert se quedarán detrás de las rocas y dispararán sobre todo lo que se presente.

Las órdenes del ingeniero fueron ejecutadas y, mientras el periodista y Harbert, los más hábiles tiradores de la colonia, se apostaban mirando las ventanas, pero fuera de la vista de los monos, Nab, Pencroff y Ciro Smith subieron a la meseta superior y entraron en el bosque para matar alguna cosa, pues la hora del almuerzo había llegado y no tenían víveres de ninguna especie. Al cabo de media hora volvieron los cazadores con algunas palomas torcaces, que asaron. No se había vuelto a ver ningún mono.

Gedeón Spilett y Harbert acudieron a tomar parte en el almuerzo, mientras Top hacía centinela bajo la ventana y, cuando almorzaron, volvieron a su puesto.

Dos horas después la situación no se había modificado. Los cuadrumanos no daban señales de vida, como si hubiesen desaparecido, aunque lo más probable era que, asustados por la muerte de uno de ellos y espantados por las detonaciones de las armas, estuviesen escondidos en algún rincón de los cuartos del Palacio de granito o tal vez en el mismo almacén; y cuando los colonos pensaban en las riquezas que aquel almacén contenía, la paciencia, tan recomendada por el ingeniero, degeneraba en violenta irritación, irritación que, francamente hablando, no dejaba de ser justificada.

—Esto es estúpido —dijo al fin el periodista—; es justo que concluya.

—Y, sin embargo, lo primero es hacer salir de ahí a esos tunantes exclamó Pencroff—. Ya los echaremos, aunque sean veinte; hay que combatirlos cuerpo a cuerpo. ¿No habrá ningún medio de llegar hasta ellos?

—Sí, hay uno —contestó el ingeniero, al cual acababa de ocurrírsele una idea.

—¿Uno? —dijo Pencroff—. Ese es bueno a falta de otro. Pero ¿cuál es?

—Bajaremos al Palacio de granito por el antiguo desagüe del lago —contestó el ingeniero.

—¡Ah, mil diablos! —exclamó el marino—. ¡Y no haber pensado yo en eso antes!

Era el único medio de penetrar en el Palacio de granito para combatir de cerca a los monos y expulsarlos. El orificio del desagüe estaba cerrado con un muro de piedras cimentadas por argamasa, que habría que romper, pero después podría recomponerse. Por fortuna Ciro Smith no había efectuado todavía su proyecto de disimular aquella entrada sumergiéndola bajo las aguas del lago, porque en tal caso la operación hubiera exigido más tiempo.

Eran ya más de las doce de la mañana, cuando los colonos, bien armados y provistos de picos y azadones, salieron de las Chimeneas, pasaron bajo las ventanas del Palacio de granito, después de haber mandado a Top que continuase en su puesto, y se prepararon a subir por la orilla izquierda del río de la Merced hasta la meseta de la Gran Vista. No habían andado cincuenta pasos en esta dirección, cuando oyeron los ladridos furiosos del perro. Eran un llamamiento desesperado.

Se detuvieron.

—¡Corramos! —dijo Pencroff.

Todos bajaron velozmente a la playa. Al llegar al ángulo de la muralla, vieron que la situación había cambiado. En efecto, los monos, sobrecogidos de un repentino pánico, excitados por alguna causa desconocida, trataban de huir. Dos o tres corrían y saltaban de una ventana a otra con la agilidad de clowns. No trataban ni de echar la escalera, por la cual les hubiese sido fácil bajar, porque en su espanto sin duda habían olvidado aquel medio de salir de la casa. En breve cinco o seis estuvieron en posición de servir de blanco a los fusiles y los colonos apuntaron y dispararon. Unos, heridos o muertos, cayeron en el interior de la casa lanzando agudos gritos; otros, precipitados al exterior, se estrellaron en su caída, y pocos instantes después podía suponerse que no había un cuadrumano vivo en el Palacio de granito.

—¡Hurra! —exclamó Pencroff—, ¡hurra, hurra!

—No tantos hurras —dijo Gedeón Spilett.

—¿Por qué? Todos han muerto —contestó el marino.

—Es verdad, pero eso no nos da los medios de entrar en nuestra casa.

—Vamos al desagüe —propuso Pencroff.

—Es lo más acertado —dijo el ingeniero—. Sin embargo, hubiera sido preferible...

En aquel momento, y como respondiendo a la observación que iba a hacer Ciro Smith, se vio resbalar la escala sobre el umbral de la puerta, después desenrollarse y extenderse hasta el suelo.

—¡Ah, mil pipas! ¡Esa sí que es buena! —exclamó el marino mirando a Ciro Smith.

—Sí que lo es —murmuró el ingeniero, y se lanzó el primero a la escalera.

—Cuidado, señor Ciro —dijo Pencroff—, puede haber todavía algún macaco.

—Allí lo veremos —respondió el ingeniero sin detenerse.

Todos sus compañeros lo siguieron y en un minuto llegaron al umbral de la puerta del Palacio de granito. Registraron todo, pero nada había en los cuartos ni en el almacén, el cual había sido respetado por la tropa de cuadrumanos.

—Pero ¿y la escalera? —exclamó el marino—. ¿Quién es el cumplido caballero que nos la ha echado?

En aquel momento se oyó un grito y un mono, que se había refugiado en el corredor, se precipitó en la sala perseguido por Nab.

—¡Ah, bandido! —exclamó Pencroff.

Y con el hacha en la mano iba a abrir la cabeza del animal, cuando Ciro le detuvo, diciendo:

—Perdónele, Pencroff.

—¿Que perdone a este tunante?

—Sí, porque él es quien nos ha arrojado la escalera.

El ingeniero dijo esto con una voz tan singular, que hubiera sido difícil saber si hablaba seriamente o no. Sin embargo, se echaron sobre el mono, que, después de haberse defendido violentamente, fue derribado en tierra y atado.

—¡Uf! —exclamó Pencroff—. ¿Qué haremos ahora con este bicho?

—Un criado —respondió Harbert.

Y hablando así, el joven no se chanceaba, porque sabía el partido que se puede sacar de esta raza inteligente de cuadrumanos.

Los colonos se acercaron al mono y lo contemplaron atentamente. Pertenecía a esa especie de antropomorfos cuyo ángulo facial no es muy inferior al de los australianos y los botentotes. Era un orangután, y como tal no tenía ni la ferocidad del babino ni la irreflexión del macaco, ni la suciedad del simio, ni los arrebatos del magoto, ni los malos instintos del cinocéfalo. Esta familia de antropomorfos es la que presenta esos rasgos, tantas veces citados, y que indican en sus individuos una inteligencia casi humana. Empleados en las casas, pueden servir la mesa, barrer los cuartos, limpiar los vestidos, sacar brillo a las botas, manejar diestramente el cuchillo y el tenedor, y hasta beber vino, todo tan bien como el mejor criado de dos pies. Sabido es que Buffon tenía uno de esos monos que le sirvió durante mucho tiempo como criado fiel y activo.

El que estaba atado en la sala del Palacio de granito era un monazo de seis pies de estatura, cuerpo proporcionado, ancho pecho, cabeza de tamaño mediano, ángulo facial de sesenta y cinco grados, cráneo redondeado, nariz saliente, piel cubierta de pelo suave y lustroso y, en fin, un tipo completo de los antropomorfos. Sus ojos, un poco más pequeños que los del hombre, brillaban con inteligente vivacidad. Sus dientes blancos resplandecían bajo su bigote y llevaba una pequeña barba rizada, de color avellana.

—¡Guapo mozo! —dijo Pencroff—. Si supiéramos su lengua, le podríamos hablar.

—¿De veras, amo, vamos a tomarlo por criado? —preguntó el negro.

—Sí, Nab —contestó sonriendo el ingeniero—, pero no seas celoso.

—Yo espero que será un excelente servidor —añadió Harbert—. Parece joven; su educación será fácil y no nos veremos obligados para someterlo a emplear la fuerza ni arrancarle los caninos, como se hace en tales circunstancias. Lo aceptará porque seremos buenos con él.

—Lo seremos —añadió Pencroff, que había olvidado toda su cólera contra los bromistas. Después, acercándose al orangután, le dijo:

—Y bien, muchacho, ¿cómo va?

El orangután respondió con un gruñido, que no demostraba demasiado mal humor.

—¿Quieres formar parte de la colonia? —preguntó el marino—. ¿Quieres entrar al servicio del señor Smith?

Nuevo gruñido aprobador del mono.

—¿Y te contentarás con la comida por todo salario? Tercer gruñido afirmativo.

—Su conversación es un poco monótona —observó Gedeón Spilett.

—Bueno —replicó Pencroff—, los mejores criados son los que hablan menos; y, además, este no exige salario. ¿Entiendes, muchacho? Para empezar no te daremos salario, pero más adelante lo doblaremos si estamos contentos de ti.

Así la colonia se acrecentó con un nuevo individuo, que debía prestarle más de un servicio. En cuanto al nombre que había de darse a aquel mono, el marino quiso que, en memoria de otro que él había tenido, fuese llamado Júpiter, y Jup por abreviación.

Y así, sin más ceremonias, maese Jup fue instalado en el Palacio de granito.

Puente sobre el río y animales de tiro

Los colonos de la isla Lincoln habían reconquistado su domicilio sin haber abierto el antiguo conducto, lo cual les ahorró trabajos de albañilería. Fue para ellos una verdadera dicha que en el momento en que se disponían a realizar su proyecto, la bandada de monos hubiese cogido un miedo tan repentino como inexplicable, que la había arrojado del Palacio de granito. Aquellos animales ¿habían presentido el asalto que se les iba a dar por otro conducto? Era la única manera de interpretar su movimiento de retirada.

Durante las últimas horas de aquel día los cadáveres de los monos fueron trasladados al bosque y enterrados allí; después, los colonos se ocuparon en reparar el desorden causado por los intrusos, desorden y no deterioro, porque, si habían desordenado los muebles de los cuartos, al menos nada habían roto. Nab encendió sus hornillos y las reservas de la despensa suministraron una comida sustanciosa, a la cual todos hicieron gran honor.

Jup no fue olvidado y comió con apetito piñones y raíces de rizomas, pues recibió una provisión abundante. Pencroff le había desatado los brazos, pero juzgó conveniente dejarle las ligaduras de las piernas hasta que pudiera contarse con su resignación.

Antes de acostarse, Ciro Smith y sus compañeros, sentados alrededor de la mesa, discutieron algunos proyectos, cuya ejecución era urgente. Los más importantes y de mayor urgencia eran el tendido de un puente sobre el río de la Merced, para poner la parte meridional de la isla en comunicación con el Palacio de granito; después, el establecimiento de una dehesa o campo destinado a los muflones y otros animales de lana, que convenía capturar.

Como se ve, estos dos proyectos tendían a resolver la cuestión de los vestidos, que era entonces la más seria. El puente facilitaría la traslación del globo, que suministraría lienzo, y el prado debía contener los animales, cuya lana proporcionaría los vestidos de invierno.

Respecto al prado, la intención de Ciro Smith era establecerlo en las fuentes del arroyo Rojo, donde los rumiantes encontrarían pastos, que les proporcionarían un alimento fresco y abundante. El camino entre la meseta de la Gran Vista y las fuentes del arroyo estaba abierto en gran parte y con un carro mejor acondicionado que el primero sería el transporte más fácil, sobre todo si se lograba capturar algún animal de tiro.

Pero si no había ningún inconveniente en que el prado estuviera apartado del Palacio de granito, no sucedía lo mismo respecto del corral, sobre el que Nab llamó la atención de los colonos. Era preciso, en efecto, que las aves estuviesen al alcance del jefe de cocina, y ningún sitio pareció más favorable para el establecimiento del susodicho corral que las orillas del lago, que confinaba con el antiguo conducto de desagüe. Las aves acuáticas se habituarían lo mismo que las demás, y la pareja de tinamúes, cazada en la última excursión, serviría para un primer ensayo de domesticación.

Al día siguiente, 3 de noviembre, comenzaron las obras para la construcción del puente, en cuya importante tarea se emplearon todos los brazos. Los colonos, transformados en carpinteros y llevando sobre los hombros sierras, hachas, escoplos y martillos, bajaron a la playa.

Pencroff hizo una reflexión:

–¿Y si durante nuestra ausencia le vinieran ganas a maese Jup de retirar esa escalera que con tanta cortesía nos envió ayer?

–Sujetémosla por su extremo inferior –contestó Ciro Smith.

Hicieron esto por medio de dos pilotes derechos sólidamente hundidos en la arena, y después los colonos subieron por la orilla izquierda del Merced y llegaron al recodo formado por el río. Se detuvieron para examinar el sitio donde debía echarse el puente, y convinieron que allí era el mejor.

En efecto, desde aquel punto al puerto del Globo, descubierto el día antes en la costa meridional, no había más que unas tres millas y media, y sería fácil abrir entre uno y otro punto un camino por donde pudieran pasar carros, que harían las comunicaciones más fáciles entre el Palacio de granito y el sur de la isla.

Ciro Smith comunicó a sus compañeros el proyecto que meditaba hacía algún tiempo y que era muy ventajoso y fácil de ejecutar. Se trataba de aislar completamente la meseta de la Gran Vista, para ponerla al abrigo de todo ataque de cuadrumanos o de cuadrúpedos. De esta manera el Palacio de granito, las Chimeneas, el corral y toda la parte superior de la meseta, destinada a la siembra de grano, quedarían protegidos contra las depredaciones de los animales.

Nada era más fácil de ejecutar que este proyecto, y he aquí cómo pensaba el ingeniero llevarlo a cabo.

La meseta estaba defendida en sus tres lados por tres corrientes de agua, artificiales o naturales: Al noroeste, por la orilla del lago Grant, desde el ángulo del conducto antiguo de desagüe hasta el corte hecho en la orilla este del lago, para dejar salir las aguas. Al norte, desde esta sangría hasta el mar, por la nueva corriente de agua que se había abierto en el lecho, en la meseta y en la playa, en la pared anterior y en la posterior de la cascada; bastaba ahondar este lecho de la corriente para hacer el paso impracticable a los animales. En la parte este, por el mar mismo, desde la desembocadura de dicho arroyo hasta el río de la Merced. Al sur, en fin, desde esta desembocadura hasta el recodo del río donde debía establecerse el puente.

Quedaba, pues, la parte occidental de la meseta comprendida entre el recodo y el ángulo sur del lago, en una distancia menor de una milla, que estaba abierta a toda invasión. Pero nada más fácil que abrir un foso ancho y profundo, que podría llenarse con las aguas del lago y cuyo sobrante fuera a desaguar por una segunda cascada al lecho del río de la Merced. El nivel del lago se bajaría un poco, sin duda, por aquella nueva sangría, pero Ciro Smith había reconocido que el caudal del arroyo Tojo era bastante grande para permitir la ejecución de su proyecto.

—Así, pues —añadió el ingeniero—, la meseta de la Gran Vista será una verdadera isla rodeada de aguas por todas partes y no comunicada con el resto de nuestros dominios sino por el puente de la Merced, los dos puentecillos ya establecidos en la parte anterior y en la posterior de la cascada, y otros dos que habrá que construir, el uno en el foso que me propongo abrir, y el otro en la orilla izquierda del río de la Merced. Ahora bien, si hacemos el puente y estos puentecillos para que puedan levantarse a voluntad, la meseta de la Gran Vista quedará al abrigo de toda sorpresa.

Ciro Smith, para hacerse comprender mejor, había dibujado un plano de la meseta, con lo cual su proyecto quedó inmediatamente entendido. Todos lo aprobaron sin vacilar, y Pencroff, blandiendo el hacha de carpintero, exclamó:

—¡El puente ante todo!

Era la obra más urgente. Se eligieron varios árboles, que fueron cortados, despojados de sus ramas, serrados en tablas y convertidos en vigas y traviesas. Aquel puente fijo en la parte que se apoyaba en la orilla derecha del río de la Merced debía ser movible en la parte que se uniese a la izquierda, de manera que pudiera levantarse por medio de contrapesos, como ciertos puentes de esclusa.

La tarea, como se comprende, dio mucho trabajo y, aunque hábilmente dirigida, exigió bastante tiempo, porque el río de la Merced tenía en aquel paraje unos ochenta pies de anchura. Hubo que meter pilotes en el cauce del río, para mantener la tablazón fija del puente y establecer los medios de operar sobre las cabezas de las estacas, formar los arcos y permitir al puente sostener grandes pesos.

Por fortuna, no faltaban instrumentos para trabajar la madera, ni hierro para consolidarla, ni la destreza de un hombre que entendía maravillosamente esta clase de obras, ni el celo de sus compañeros, que hacía siete meses trabajaban a sus órdenes y habían adquirido gran habilidad manual. Debemos añadir que Gedeón Spilett no era el más torpe y rivalizaba en destreza con el marino, "que no hubiera esperado tanto de un simple periodista".

La construcción del puente de la Merced duró tres semanas. Se almorzaba en el sitio de las obras, pues el tiempo era magnífico, y se volvía sólo a cenar al Palacio de granito.

Durante aquel período se pudo observar que maese Jup se aclimataba fácilmente y se familiarizaba con sus nuevos amos, a quienes miraba siempre con aire de curiosidad.

Sin embargo, como medida de precaución, Pencroff no le dejaba aún libertad completa de movimientos, queriendo, y con razón, esperar a que se hubiera cerrado la meseta y evitando toda probabilidad de fuga. Top y Jup eran buenos amigos y jugaban siempre juntos, si bien Jup se mostraba más grave y formal que el perro.

El 20 de noviembre quedó terminado el puente. Su parte móvil, equilibrada por contrapesos, oscilaba fácilmente y no se necesitaba más que un ligero esfuerzo para levantarla. Entre su charnela y la última traviesa en que se apoyaba, cuando se cerraba, había un intermedio de veinte pies, que era suficientemente ancho para que los animales no pudiesen atravesarlo.

Decidieron ir a buscar la cubierta del aerostato, pues los colonos tenían prisa para ponerla al seguro; sin embargo, para trasladarla había que llevar un carro hasta el puerto del Globo, y, por consiguiente, hacer un camino a través de los espesos bosques del Far- West, lo cual exigía mucho tiempo. Nab y Pencroff comenzaron haciendo un reconocimiento sobre el puerto y, observando que el "stock de tela" no había sufrido ningún deterioro en la gruta donde estaba almacenado, se decidió continuar las obras relativas a la meseta de la Gran Vista.

—Esto —dijo Pencroff—nos permitirá establecer nuestro corral en mejores condiciones, puesto que no tendremos que temer ni la visita de las zorras ni la agresión de otros animales dañinos.

—Sin contar —añadió Nab— que podemos roturar la meseta y trasplantar las plantas silvestres que nos convengan.

—Y preparar nuestro segundo campo de trigo —exclamó el marino con aire triunfal.

En efecto, el primer campo de trigo, sembrado con un solo grano, había prosperado admirablemente, gracias a los cuidados de Pencroff, y producido las diez espigas anunciadas por el ingeniero, cada espiga con ochenta granos. Así, pues, la colonia se encontraba poseedora de ochocientos granos en seis meses, lo cual prometía una doble cosecha cada año.

Aquellos ochocientos granos, menos cincuenta que se reservaron por prudencia, debían ser sembrados en un nuevo campo, y con no menos cuidado que el grano único.

Prepararon la sementera y la rodearon de una empalizada alta y aguda, que los cuadrúpedos difícilmente hubieran franqueado. En cuanto a los pájaros, se pusieron maniquíes espantosos y petardos chillones, debidos a la imaginación fantástica de Pencroff, que bastaron para ahuyentarlos. Depositados los setecientos cincuenta granos en pequeños surcos bien regulares, la naturaleza debía hacer lo demás.

El 21 de noviembre, Ciro Smith comenzó a trazar el foso que debía cerrar la meseta por el oeste, desde el ángulo sur del lago Grant hasta el recodo de la Merced. Había dos o tres pies de tierra vegetal y por debajo estaba el granito; fue necesario, por tanto, fabricar de nuevo la nitroglicerina, que produjo su efecto acostumbrado. En menos de quince días se abrió en el duro suelo de la meseta un foso de doce pies de ancho y seis de profundidad. Hicieron una nueva sangría por el mismo método en las rocas que limitaban el lago y las aguas se precipitaron en aquel nuevo lecho, formando un riachuelo, al cual se le dio el nombre de arroyo de la Glicerina, y que vino a ser afluente del río de la Merced. Y, como había anunciado el ingeniero, bajó el nivel del lago, pero de una manera casi imperceptible; en fin, para completar el aislamiento, se ensanchó considerablemente el lecho del arroyo de la playa y se contuvieron las arenas por medio de una doble empalizada.

Con la primera quincena de diciembre concluyeron definitivamente estas obras, y la meseta de la Gran Vista, es decir, una especie de pentágono irregular con un perímetro de cuatro millas, poco más o menos, rodeado de un cinturón de agua, quedó absolutamente al abrigo de toda agresión. Durante aquel mes de diciembre el calor fue muy fuerte; sin embargo, los colonos no quisieron suspender la ejecución de sus proyectos y, como era urgente organizar el corral, comenzaron los trabajos.

Es inútil decir que, desde que se cerró completamente la meseta, maese Jup fue puesto en libertad. Ya no abandonaba a sus amos ni manifestaba deseos de escaparse: era un animal manso, fuerte y de una agilidad sorprendente.

Cuando había que subir o bajar por la escalera del Palacio de granito, nadie podía rivalizar con él. Le emplearon los colonos en algunos trabajos: llevaba cargas de leña y acarreaba piedras, extraídas del lecho del arroyo de la Glicerina.

–Todavía no es un albañil, pero ya es un mico –decía, bromeando, Harbert, aludiendo al apodo de mico, que los albañiles de los Estados Unidos dan a sus aprendices. Jamás se había aplicado un nombre con mayor justicia.

El corral ocupó un área de doscientos pies cuadrados, en la orilla sudeste del lago. Se le rodeó de una empalizada y construyeron diferentes cobertizos para los animales que debían poblarlo, como chozas de ramajes divididas en departamentos, que en breve estuvieron concluidos y esperando a sus huéspedes.

Los primeros fueron una pareja de tinamúes, que no tardaron en dar muchos polluelos. Tuvieron después por compañeros una media docena de patos habituados a las orillas del lago. Algunos pertenecían a esa especie china cuyas alas se abren en forma de abanico y que por el brillo y viveza de los colores de su plumaje rivalizan con los faisanes dorados. Pocos días después Harbert se apoderó de una pareja de gallináceas de cola redonda, formada de largas plumas, magníficos alectores, que no tardaron en domesticarse. En cuanto a los pelícanos, martín pescador, gallinas de agua y otras muchas aves, vinieron por sí mismas a habitar el corral, y toda aquella sociedad, después de algunas disputas, arrullaban, piaban y cacareaban, acabando por entenderse y acrecentándose en una porción muy tranquilizadora para la futura alimentación de la colonia.

Ciro Smith, queriendo completar su obra, estableció un palomar en un ángulo del corral, donde puso una docena de aquellas palomas que frecuentaban las altas rocas de la meseta. Aquellas aves se habituaron fácilmente a volver todas las noches a su nueva morada y mostraron más propensión a domesticarse que las torcaces, sus congéneres, que, por otra parte, no se reproducen sino en estado salvaje.

En fin, había llegado el momento de utilizar para la confección de ropa blanca la envoltura del aerostato, pues conservarla bajo aquella forma y arriesgarse a entrar en un globo hinchado con aire caliente para dejar la isla, atravesando un mar, por decirlo así, ilimitado, no era cosa admisible sino para persona que hubiera carecido de todo, y Ciro Smith, hombre práctico, no podía pensar en semejante cosa.

Había que llevar la envoltura al Palacio de granito y los colonos se ocuparon en arreglar el carro de manera que fuese más ligero y manejable. Pero si no faltaba el vehículo, el motor no se había encontrado aún. ¿No existía en aquella isla ningún rumiante de especie indígena que pudiera reemplazar el caballo, el burro o el buey?

—En verdad —decía Pencroff— nos sería muy útil una bestia de tiro, hasta que el señor Smith nos construya un carro de vapor o una locomotora, porque sin duda tendremos un día un ferrocarril del Palacio de granito al puerto del Globo, con un ramal al monte Franklin.

Y el honrado marino, hablando así, creía lo que decía. ¡Lo que es la imaginación acompañada de la fe!

Mas para no exagerar, un simple cuadrúpedo, puesto en las varas del carro, habría sido bien acogido por Pencroff; y como la Providencia le protegía, no le hizo esperar mucho tiempo. El 23 de diciembre, los colonos oyeron a la vez los gritos de Nab y los ladridos de Top, repetidos con frecuencia y como a porfía. Dejaron la ocupación que tenían en las Chimeneas y acudieron, temiendo algún accidente.

¿Qué vieron? Dos animales de gran tamaño, que se habían aventurado imprudentemente a entrar en la meseta, cuyos puentecillos no estaban cerrados. Parecían dos caballos, o cuando menos dos asnos, macho y hembra, de formas finas, color bayo, piernas y cola blancas, con rayas de cebra negras en la cabeza, cuello y tronco. Andaban tranquilamente, sin manifestar ninguna inquietud, y miraban con curiosidad a los hombres, a los cuales todavía no podían reconocer el carácter de amos.

—¡Son onagres! —exclamó Harbert—. Cuadrúpedos intermedios entre la cebra y el cuaga.

—¿Y por qué no burros? —preguntó Nab.

—Porque no tienen las orejas largas y porque sus formas son más graciosas.

—Burros o caballos —continuó Pencroff—, son motores, como diría el señor Ciro Smith y, como tales, debemos capturarlos.

El marino, sin espantar a los animales, se metió entre las hierbas y llegó, ocultándose, hasta el puente del arroyo de la Glicerina, al cual hizo girar y así quedaron presos los onagres.

¿Convendría apoderarse de ellos por la violencia y someterlos por una domesticación forzosa? No. Se convino en que durante algunos días se les dejaría en libertad de ir y de venir por la meseta, donde la hierba era abundante. Inmediatamente el ingeniero construyó cerca del corral una cuadra, en la cual los onagres encontraron cama y refugio durante la noche.

Así, pues, aquella magnífica pareja quedó enteramente libre en sus movimientos y los colonos tuvieron cuidado de no acercarse a ella para no espantarla. Muchas veces, sin embargo, los onagres dieron muestras de querer abandonar la meseta, demasiado estrecha para ellos, habituados al ancho espacio y a los bosques profundos. Entonces se les veía seguir el cinturón de agua que les oponía una barrera infranqueable, lanzar agudos rebuznos, galopar después a través de las hierbas, y, por último, más tranquilos, permanecer horas enteras mirando aquellos grandes bosques que les estaban cerrados para siempre.

Entretanto se hicieron arneses y tiros con fibras vegetales y algunos días después de la captura de los onagres no sólo el carro estaba preparado para engancharlos, sino que se había abierto un camino recto, o por mejor decir, una senda a través del Far-West, desde el recodo del río de la Merced hasta el puerto del Globo. Podía, pues, conducirse hasta allí el carro y a finales de diciembre se probó por primera vez a los onagres.

Pencroff había ya domesticado bastante a aquellos animales para que fuesen a tomar el alimento de su mano y dejaban que se les acercaran los colonos; pero, una vez enganchados en el carro, se encabritaron y costó trabajo contenerlos. Sin embargo, no debían tardar en acomodarse a aquel nuevo servicio, porque el onagre, menos rebelde que la cebra, sirve de bestia de tiro en las montañas de África austral y aun se le ha podido aclimatar en Europa en zonas relativamente frías.

Aquel día toda la colonia, a excepción de Pencroff, que guiaba sus bestias, subió en el carro y tomó el camino del puerto del Globo. Ya se comprenderá que el traqueteo fue grande e incómodo en aquel camino apenas abierto; pero el vehículo llegó sin dificultad y el mismo día se pusieron a acarrear la cubierta y los diversos aparatos del aerostato.

A las ocho de la noche, el carro, después de haber cruzado el puente de la Merced, bajaba por la orilla izquierda del río y se detenía en la playa. Los onagres fueron desenganchados y llevados a su cuadra, y Pencroff, antes de dormirse, lanzó un suspiro de satisfacción, que hizo resonar los ecos del Palacio de granito.

Se hacen ropa y aprovisionan la granja

La primera semana de enero fue dedicada a la confección de la ropa blanca necesaria para la colonia. Las agujas encontradas en el cajón funcionaron entre dedos vigorosos, si no delicados, y se puede afirmar que todo quedó cosido bien.

No faltó el hilo, gracias a la idea que tuvo Ciro de emplear el que había servido para coser las bandas del aerostato, bandas que fueron descosidas con una paciencia admirable por Gedeón Spilett y Harbert, pues Pencroff había renunciado a aquel trabajo que le crispaba los nervios. Pero cuando se trató de coser, nadie pudo igualarlo, pues sabido es que los marinos tienen una notable aptitud para el oficio de sastre. Las telas de la cubierta del aerostato fueron desengrasadas después con sosa y potasa, obtenidas por la incineración de plantas, de tal suerte que el algodón, desembarazado del barniz, recobró su flexibilidad y elasticidad naturales; y sometido luego a la acción decolorante de la atmósfera, adquirió una blancura total.

Así quedaron preparadas algunas camisas, calzoncillos y calcetas, estas hechas, naturalmente, no con agujas, sino de tela cosida. ¡Qué placer para los colonos ponerse al fin aquella ropa blanca (lienzo tosco, pero no podían ser exigentes), y acostarse entre sábanas que convirtieron los camastros del Palacio de granito en verdaderos lechos!

Por aquella época hicieron también calzado de cuero de foca, que vino a reemplazar muy oportunamente los zapatos y las botas llevadas de América; y puede afirmarse que aquel nuevo calzado fue largo y ancho y no apretó los pies de los colonos.

A principios del año 1866 los calores fueron persistentes, pero no se suspendió la caza en los bosques. Agutíes, saínos, cabiayes, canguros, caza de pelo y de pluma hormigueaban verdaderamente y Gedeón Spilett y Harbert eran tiradores demasiado diestros para perder un solo disparo.

Ciro Smith les recomendaba continuamente que economizaran las municiones y adoptó varias medidas para reemplazar la pólvora y el plomo encontrado en el cajón, que quería reservar para el futuro, porque, en efecto, no se sabía adónde el azar podría arrojarles un día en el caso de que abandonaran sus dominios. Era preciso prevenir todas las necesidades de lo desconocido, ahorrar municiones y, para ellos, sustituirlas con otra sustancia que pudiera renovarse fácilmente.

Para reemplazar el plomo, del cual Ciro Smith no había encontrado vestigios en la isla, empleó sin desventaja granos de hierro, que era fácil fabricar. Aquellos granos eran mucho menos pesados que los de plomo, pero los hizo más gruesos, y aunque cada carga pesaba menos, la destreza de los cazadores suplía la falta. En cuanto a la pólvora, Ciro Smith hubiera podido hacerla, puesto que disponía de salitre, azufre y carbón; pero esta preparación exige cuidados muy grandes e instrumentos especiales y sin ellos es difícil producirla de buena calidad

El ingeniero prefirió fabricar piroxilo, es decir, algodón fulminante, sustancia para la cual el algodón no es indispensable, porque no entra sino como celulosa. Ahora bien, la celulosa no es más que el tejido elemental de los vegetales y se encuentra casi en estado de pureza no sólo en el algodón, sino en las fibras textiles del cáñamo y del lino, en el papel, en el trapo viejo, en la médula del saúco, etcétera. Precisamente los saúcos abundan en la isla, hacia la desembocadura del arroyo Rojo, y los colonos empleaban a manera de café las bayas de aquellos arbustos, pertenecientes a la familia de las caprifoliáceas.

Así, pues, aquella médula de saúco, es decir, la celulosa, era fácil de recoger, y en cuanto a la otra sustancia necesaria para la fabricación del piroxilo, como no era más que ácido azótico fumante, Ciro Smith, que poseía ácido sulfúrico, había podido producir fácilmente el azótico, atacando con aquél el salitre que le proporcionaba la naturaleza. Resolvió, pues, fabricar y emplear piroxilo, a pesar de los inconvenientes que tenía, como son una gran desigualdad de efecto, una excesiva inflamabilidad, puesto que se inflama a ciento setenta grados en vez de doscientos cuarenta, y en fin, una deflagración demasiado instantánea, que puede deteriorar las armas de fuego. En cambio, las ventajas del piroxilo consistían en que no se alteraba por la humedad, que no manchaba el cañón de los fusiles y que su fuerza propulsiva era cuádruple a la de la pólvora ordinaria.

Para hacer el piroxilo basta sumergir durante un cuarto de hora la celulosa en ácido azótico fumante, después lavarla en agua abundante y luego secarla, cosa sencillísima.

Ciro Smith sólo disponía de ácido azótico ordinario y no fumante o monohidratado, es decir, el ácido que emite vapores blancuzcos al contacto con el aire húmedo; pero sustituyendo a este último el ácido azótico ordinario mezclado en la proporción de tres volúmenes por cinco con ácido sulfúrico concentrado, debía obtener un resultado idéntico y lo obtuvo. Así, pues, los cazadores de la isla pudieron disponer en breve de una sustancia perfectamente preparada y que, empleada con discreción, dio excelentes resultados.

Hacia aquella época los colonos roturaron tres acres de la meseta de la Gran Vista y el resto se conservó en estado de pradera para el mantenimiento de los onagres. Se hicieron varias excursiones a los bosques de Jacamar y del Far-West, y de ellos se llevó a la meseta una colección completa de vegetales silvestres, como espinacas, berros, rábanos, que debían modificarse en breve por medio de un cultivo inteligente, y templar el régimen de alimentación azoada a que hasta entonces habían estado sometidos los colonos de la isla Lincoln. También se acarrearon notables cantidades de leña y carbón, y cada excursión era al mismo tiempo un medio de mejorar los caminos, cuya calzada se iba aplanando y apisonando poco a poco bajo las ruedas del carro.

El cotillo daba siempre su contingente de conejos a la despensa del Palacio de granito. Como estaba situado un poco más fuera del punto donde comenzaba el arroyo de la Glicerina, sus huéspedes no podían penetrar en la meseta reservada ni destrozar, por consiguiente, las nuevas plantaciones.

En cuanto al banco de ostras de las rocas de la playa, cuyos productos se renovaban frecuentemente, suministraba todos los días excelentes moluscos. Además. la pesca, en las aguas del lago, en el río de la Merced, no tardó en ser fructífera, porque Pencroff había instalado sedales de fondo armados de anzuelos de hierro, en los cuales se prendían con frecuencia hermosas truchas y ciertos peces muy sabrosos, cuyos vientres argentados estaban sembrados de manchitas amarillas. Así Nab, encargado de la parte culinaria, podía variar agradablemente el menú de cada comida. No faltaba más que el pan en la mesa de los colonos, y ya hemos dicho que era una privación que sentían mucho.

También se dedicaron a la caza de las tortugas marinas, que frecuentaban las playas del cabo Mandíbula. En aquel paraje la playa estaba erizada de pequeños montículos, que contenían huevos perfectamente esféricos, de cáscara blanca y dura, y cuya albúmina tiene la propiedad de no coagularse como la de los huevos de ave. El sol se encarga de abrirlos y su número era naturalmente considerable, pues cada tortuga puede poner anualmente hasta doscientos cincuenta huevos.

—Este es un verdadero campo de huevos —observó Gedeón Spilett—; no hay más que agacharse y recogerlos.

Pero no se contentaron los colonos con el producto, sino que dieron también caza a los productores, caza que permitió llevar al Palacio de granito una docena de aquellos quelonios, verdaderamente muy estimables desde el punto de vista alimenticio. La sopa de tortuga con hierbas aromáticas y algunas crucíferas valió muchos elogios a Nab.

No debemos pasar por alto una circunstancia afortunada, que permitió hacer para el invierno reserva de provisiones. Varias bancadas de salmones se aventuraron por el río de la Merced, remontando su curso por espacio de varias millas. Era la época en que las hembras buscan los sitios a propósito para depositar sus huevos; precedían a los machos y hacían ruido al entrar en el agua dulce. Un millar de aquellos peces, que medían dos pies y medio de longitud, entró en el río y con sólo colocar algunas presas los colonos pudieron recoger varios centenares que fueron salados y reservados para el tiempo en que el frío, helando la corriente del río, hiciese imposible la pesca.

Por entonces el inteligentísimo Jup fue ascendido a la categoría de ayuda de cámara. Se le vistió con una chaqueta, un calzón corto de tela blanca y un delantal cuyos bolsillos eran su encanto porque metía en ellos las manos y no consentía que nadie se los registrase. El diestro orangután había sido admirablemente amaestrado por Nab y parecía que el negro y el mono se comprendían a la perfección.

Jup además sentía por Nab una verdadera simpatía, y Nab le pagaba con la misma moneda. A no ser que necesitaran sus servicios para acarrear leña o para subir a la cima de cualquier árbol, Jup pasaba la mayor parte de su tiempo en la cocina tratando de imitar a Nab en todo lo que le veía hacer. El maestro hacía gala de una gran pericia y extremado celo para instruir a su discípulo. El discípulo desplegaba una inteligencia notable para aprovechar las lecciones que le daba su maestro.

Júzguese, pues, la satisfacción que experimentaron los colonos cuando, al sentarse un día a comer, apareció maese Jup con la servilleta en el brazo y vino a servirles la mesa.

Diestro y atento, desempeñó su servicio perfectamente, cambiando los platos, llevando las fuentes, echando las bebidas, todo con una seriedad que divirtió extraordinariamente a los colonos y que entusiasmó a Pencroff.

–¡Jup, sopa!

–¡Jup, un poco de agutí!

–¡Jup, un plato!

–¡Jup, valiente Jup, honrado Jup!

No se oían más que estas exclamaciones, y Jup, sin desconcertarse, respondía a todo, lo vigilaba todo e inclinó su cabeza inteligente, cuando Pencroff, recordando sus bromas del primer día, le dijo:

–Decididamente, Jup, será preciso doblarte el salario.

Es inútil decir que el orangután se había aclimatado completamente en el Palacio de granito y acompañaba con frecuencia a sus amos al bosque sin manifestar jamás ningún deseo de huir. Era digno de ver cómo caminaba del modo más divertido con un bastón que Pencroff le había hecho y que llevaba al hombro a manera de fusil. Si había necesidad de tomar algún fruto en la cima de un árbol, Jup subía en un abrir y cerrar de ojos; si la rueda del carro se atascaba en un bache, Jup la sacaba del atolladero con un vigoroso empuje de sus hombros.

–¡Qué mozo! –exclamaba con frecuencia Pencroff–. Si fuese tan malo como bueno, no habría medio de someterlo.

A finales de enero los colonos empezaron grandes obras en la parte central de la isla. Se había decidido que hacia las fuentes del arroyo Rojo y al pie del monte Franklin se establecería un prado destinado a los rumiantes, cuya presencia hubiera sido incómoda en el Palacio de granito, especialmente los carneros silvestres o muflones, que debían suministrar la lana destinada a confeccionar vestidos de invierno.

Todas las mañanas la colonia, algunas veces completa, pero más frecuentemente representada tan sólo por Ciro Smith, Harbert y Pencroff, se trasladaba a las fuentes del arroyo Rojo, excursión que, gracias a los onagres, no era más que un paseo de cinco millas bajo una bóveda de verdor por aquel camino nuevamente trazado, que tomó el nombre de "camino de la Dehesa".

Escogieron un buen espacio al pie de la misma ladera meridional de la montaña. Era un prado plantado de árboles y situado al pie de un contrafuerte, que lo cerraba por un lado. Un riachuelo que nacía en la ladera, después de haberlo regado diagonalmente, iba a perderse en el arroyo Rojo. La hierba era fresca y los árboles, que crecían acá y allá, permitían al aire circular libremente en su superficie. Bastaba, pues, rodear dicho prado con una empalizada circular, que en cada extremo viniera a apoyarse en el contrafuerte y bastante elevada para que no pudiesen saltarla ni aun los animales más ágiles. Aquel recinto podría contener un centenar de animales de cuernos, muflones, y las crías que estos pudieran dar en adelante.

El ingeniero trazó el perímetro de la dehesa y enseguida se procedió a cortar los árboles necesarios para la construcción de la empalizada; pero, como la apertura del camino había necesitado ya el sacrificio de cierto número de troncos, un centenar de estacas fueron sólidamente implantadas en el suelo.

En la parte anterior de la empalizada se dejó una entrada bastante ancha, que se cerraba con una puerta de doble hoja hecha de fuertes tablas, que debían consolidarse por medio de contrafuertes exteriores.

La construcción de la dehesa exigió tres semanas, porque, además de los trabajos de la empalizada, Ciro Smith levantó vastos cobertizos y establos, bajo los cuales podían refugiarse los rumiantes. Además, fue necesario construirlos sólidos, porque los muflones son animales robustos y se podía temer la violencia de sus primeros movimientos. Las estacas, puntiagudas por su extremo superior y endurecidas al fuego, se unieron por medio de traviesas aseguradas por pernios y de trecho en trecho varios puntales mantenían la solidez del conjunto.

Terminadas las obras de la dehesa, se trató de dar una batida por el monte Franklin y por los sitios frecuentados por los rumiantes.

Se realizó la operación el 7 de febrero en un hermoso día de verano y en ella tomaron parte todos los individuos de la colonia. En aquella ocasión los dos onagres, bien amaestrados y montados por Gedeón Spilett y Harbert, prestaron grandes servicios.

La maniobra consistía únicamente en atraer a la dehesa los muflones y las cabras silvestres, estrechando poco a poco el cerco alrededor de ellos.

Ciro Smith, Pencroff, Nab y Jup se apostaron en diversos puntos del bosque, mientras los dos jinetes y Top galopaban por un radio de media milla alrededor de la dehesa.

Los muflones abundaban en aquella parte de la isla. Aquellos animales del tamaño de gamos, con los cuernos más fuertes que los del carnero y de lana gris mezclada con largos pelos, se parecían mucho a los argalís.

Fue muy duro aquel día de caza. ¡Cuántas idas y venidas, cuántas carreras, cuántos gritos! De un centenar de muflones que se descubrieron, más de dos terceras partes se les escaparon a los ojeadores; pero al fin unos treinta de aquellos rumiantes y unas diez cabras silvestres, empujados poco a poco hacia la dehesa, cuya puerta abierta parecía ofrecerles una salida, se metieron en ella y pudieron quedar aprisionados.

El resultado fue satisfactorio y los colonos no tuvieron de qué quejarse. La mayor parte de aquellos muflones eran hembras y algunas no debían tardar en parir, por lo cual no había duda de que el rebaño prosperaría, y que no solamente la lana, sino también las pieles abundarían al cabo de cierto tiempo.

Aquella noche los cazadores volvieron extenuados al Palacio de granito. Sin embargo, al día siguiente no dejaron de volver a visitar la dehesa. Los prisioneros habían tratado de romper la empalizada, pero no habían podido lograrlo y no tardaron en quedarse tranquilos.

Durante aquel mes de febrero no ocurrió ningún acontecimiento notable. Prosiguieron con método las tareas cotidianas y, al mismo tiempo que se mejoraban los caminos de la dehesa y del puerto del Globo, se comenzó otro tercero, que partiendo de la empalizada se dirigía hacia la costa occidental. La parte todavía desconocida de la isla Lincoln era la de aquellos grandes bosques que cubrían la península Serpentina, donde se refugiaban las fieras de las cuales Gedeón Spilett contaba en breve purgar sus dominios.

Antes de que volviese la estación fría, se dedicaron los cuidados más asiduos al cultivo de las plantas silvestres, que habían sido trasplantadas del bosque a la meseta de la Gran Vista. Harbert no volvía de una excursión sin llevar algunos vegetales útiles; ejemplares de la familia de las achicoriáceas, cuyo grano podía dar con la presión un aceite excelente; una acedera común, cuyas propiedades antiescorbúticas no eran de despreciar; algunos de esos preciosos tubérculos cultivados en América meridional, esas plantas de las cuales se conocen hoy doscientas especies. La huerta, muy bien conservada, regada y defendida contra las aves, estaba dividida en cuadros, donde crecían dragos, lechugas, acederas, rábanos, jaramagos y otras crucíferas. La tierra en aquella meseta era prodigiosamente fecunda y se podría esperar que daría cosechas abundantes.

No faltaban tampoco bebidas diversas, y los más delicados no hubieran podido quejarse, siempre que no exigieran vino. Al té de Oswego, que suministraban los monardos dídimos, y al licor fermentado, extraído de las raíces del drago, Ciro Smith había añadido una cerveza, que fabricó con los retoños de la Abies nigra, que, después de haber cocido y fermentado, produjeron esa bebida agradable y particularmente higiénica, llamada por los angloamericanos *spring berr*, es decir, cerveza de abeto.

Hacia finales del verano el corral poseía una hermosa pareja de avutardas, que pertenecían a la especie hubara, caracterizada por una manteleta de plumas; una docena de gallináceas, cuya mandíbula superior se prolongaba de cada lado por medio de un apéndice membranoso, y magníficos gallos, de cresta, carúncula y epidermis negras, semejantes a los de Mozambique, que se paseaban orgullosos por la orilla del lago.

Todo prosperaba gracias a la actividad de aquellos hombres animosos e inteligentes. La Providencia hacía mucho por ellos, sin duda, pero, fieles al gran precepto, empezaban por ayudarse a sí y el cielo venía después en su ayuda.

Después de los calurosos días de estío, por la noche, cuando habían terminado los trabajos y en el momento en que se levantaba la brisa del mar, se complacían en sentarse al borde de la meseta de la Gran Vista, bajo una especie de cenador de plantas trepadoras, que Nab había levantado con sus manos. Allí hablaban y se instruían uno a otro, formando planes, y el tono de buen humor del americano regocijaba incesantemente la pequeña sociedad, en la cual no había cesado nunca de reinar la más perfecta armonía.

Se hablaba también de la patria, de la grande y querida América. ¿En qué estado se hallaba la guerra de secesión? Evidentemente no había podido prolongarse. Richmond sin duda ya había caído en poder del general Grant y la toma de la capital de los confederados había debido ser el último acto de aquella funesta lucha. Con el triunfo del Norte había triunfado la buena causa. ¡Qué bien recibido hubiera sido un periódico por los desterrados de la isla Lincoln! Hacía once meses que toda comunicación entre ellos y el resto de la humanidad se hallaba interrumpida, y muy pronto, el 24 de marzo, llegaría el aniversario del día en que el globo les arrojó sobre aquella costa desconocida. No eran de aquella época más que náufragos, que no sabían si podrían disputar a los elementos su miserable vida. A la sazón, gracias a la ciencia de su jefe, gracias a la inteligencia de todos, eran verdaderos colonos y se hallaban provistos de armas, utensilios e instrumentos; habían sabido transformar en su provecho los animales, las plantas y los minerales de la isla, es decir, los tres reinos de la naturaleza.

Hablaban con frecuencia de todas estas cosas y formaban aún mayores proyectos para el porvenir.

En cuanto a Ciro Smith, la mayor parte del tiempo escuchaba silencioso a sus compañeros y por lo general pocas veces hablaba. De cuando en cuando le hacía sonreír alguna reflexión de Harbert o alguna ocurrente salida de Pencroff, pero siempre y en todas partes pensaba en aquellos hechos inexplicables, en aquel enigma extraño, cuyo secreto se le escapaba.

Construyen un ascensor y fabrican el cristal

El tiempo cambió durante la primera semana de marzo. Al principio del mes había entrado el plenilunio y los calores continuaban siendo excesivos; se veía que la atmósfera estaba impregnada de electricidad y se temía un período de tiempo tempestuoso.

En efecto, el día 2, los truenos retumbaron con violencia. El viento soplaba del este y el granizo atacó directamente la fachada del Palacio de granito, estallando como descargas de metralla. Fue preciso cerrar herméticamente la puerta y los postigos de las ventanas, sin lo cual hubiera quedado inundado todo el interior de las habitaciones.

Pencroff, al ver caer aquel granizo, que tenía el tamaño de huevo de paloma, sólo pensó en que su campo de trigo corría grave peligro. Acudió inmediatamente al terreno, donde las espigas comenzaban ya a levantar su cabecita verde, y con una gruesa tela protegió su cosecha. En cambio fue bastante lapidado, pero no se quejó.

El mal tiempo duró ocho días, durante los cuales no cesó de retumbar el trueno por las profundidades del cielo. Entre dos tempestades se le oía también tabletear sordamente más allá de los límites del horizonte y después volvía a resonar cerca con furor. El cielo estaba surcado de relámpagos y el rayo hirió muchos árboles de la isla, entre otros un enorme pino, que se levantaba cerca del lago, en la linde del bosque. Dos o tres veces también cayeron chispas eléctricas en la playa, fundiendo la arena y vitrificándola. Habiendo encontrado después algunas de esas fulguritas, se le ocurrió al ingeniero la idea de que sería posible proveer de ventanas de vidrios espesos y sólidos, que pudieran desafiar el viento, la lluvia y el granizo.

Los colonos, no teniendo trabajos urgentes que ejecutar fuera de casa, se aprovecharon del mal tiempo para trabajar en el interior del Palacio de granito, completando el mueblaje y perfeccionándolo. El ingeniero instaló un torno, que le permitía dar forma a algunos utensilios de tocador o de cocina, y particularmente hacer botones, cuya falta se notaba. Se había dispuesto también un armero para las armas, que estaban cuidadas con esmero; ni los vacares ni los armarios necesitaban más atenciones. Los colonos serraban, cepillaban, limaban o torneaban durante todo aquel período de tiempo, sin que se oyera más que el chirrido de los instrumentos o los ronquidos del torno, que respondía a los bramidos del trueno.

No habían olvidado a maese Jup, que ocupaba un cuarto aparte, cerca del almacén general, especie de alcoba con una buena cama siempre blanda, que le venía a pelo.

—A este buen Jup jamás hay que reprenderlo —decía con frecuencia Pencroff—. No es respondón ni se queja nunca. ¡Qué criado, Nab, qué criado!

—Mi discípulo —respondía Nab— y que pronto estará a la par.

—Tu superior —contestaba riendo el marino—, porque tú hablas y él es mudo.

Huelga decir que Jup estaba al corriente del servicio, limpiaba la ropa, daba vueltas al asador, barría las habitaciones y servía la mesa; arreglaba la leña en la chimenea y (cosa que encantaba a Pencroff) no se iba a acostar sin saludar al marino en su cama.

En cuanto a la salud de los miembros de la colonia, bípedos, cuadrúmanos o cuadrúpedos, no dejaba nada que desear. Con aquella vida al aire libre, en aquel clima saludable, bajo aquella zona templada, trabajando con la cabeza y con las manos, no podían creer que enfermarían.

Todos gozaban de maravillosa salud y Harbert había crecido más de dos pulgadas en un año. Su rostro se formaba y se hacía más varonil, prometiendo ser un hombre tan completo en lo físico como en lo moral. Por lo demás, aprovechaba para instruirse todos los ratos que le dejaban libres las ocupaciones manuales, leía todos los libros encontrados en el cajón y, además de las lecciones prácticas que le daba la necesidad de su posición, encontraba en el ingeniero para las ciencias, y en el periodista para lo que toca a las lenguas, maestros que se complacían en completar su educación.

La idea fija del ingeniero era transmitir al joven todo lo que sabía, instruirlo con el ejemplo tanto como con la palabra; y Harbert se aprovechaba de las lecciones de su profesor.

"Si yo muero —pensaba Ciro Smith—, él me reemplazará."

La tempestad terminó hacia el 9 de marzo, pero el cielo quedó cubierto de nubes durante todo este último mes de verano. La atmósfera, violentamente turbada por aquellas conmociones eléctricas, no pudo recobrar su pureza anterior y hubo casi invariablemente lluvias y nieves, salvo tres o cuatro días buenos que favorecieron toda especie de excursiones.

Por aquella época el onagre hembra dio a luz una pollina, que todos acogieron con satisfacción. En la dehesa hubo, en las mismas circunstancias, aumento del rebaño de mufones y muchos corderos balaban bajo los cobertizos, con alegría de Nab y de Harbert, cada uno de los cuales tenía su favorito entre los recién nacidos.

Se intentó también un ensayo de domesticación de los saínos, ensayo que produjo resultados satisfactorios. Construyeron una pocilga cerca del corral y bien pronto se instalaron en ella varios saínos para domar, o sea engordar bajo los cuidados de Nab. Maese Jup, encargado de llevarles el alimento cotidiano, las aguas del fregadero, los desperdicios de la cocina, etcétera., desempeñaba concienzudamente su tarea. Es verdad que a veces se divertía a expensas de sus pequeños pensionistas tirándoles del rabo, pero aquello era juego y no malignidad, porque aquellas colillas retorcidas le divertían como un juguete y su instinto era el de un niño.

Un día de aquel mes de marzo, Pencroff, hablando con el ingeniero, le recordó una promesa que este no había tenido tiempo de cumplir.

—Me habló usted cierto día de un aparato que suprimiría las escaleras del Palacio de granito. ¿No piensa usted establecerlo pronto, señor Ciro?

—¿Quiere usted hablar de una especie de ascensor? —dijo Ciro Smith.

—Llamémosle ascensor, si usted quiere —contestó el marino—. El nombre es lo de menos, con tal que sea una cosa que nos suba y nos baje sin trabajo por nuestra parte.

—Nada más fácil, Pencroff; pero ¿lo cree usted útil?

—Indispensable, señor Ciro. Después de encontrar lo necesario, hay que pensar un poco en las comodidades. Para las personas tal vez sería un artículo de lujo, pero no se puede decir lo mismo respecto de las cosas. No es muy cómodo trepar por una larga escala con una pesada carga sobre los hombros.

—Pues bien, Pencroff, procuraré complacerlo —dijo el ingeniero.

—Pero ¿tiene usted ya alguna máquina?

—La haremos.

—¿Una máquina de vapor?

—No, de agua.

Y en efecto, para manejar su aparato, tenía allí el ingeniero una fuerza natural que podía utilizar fácilmente. Bastaba aumentar el caudal de la pequeña derivación hecha al lago para abastecer de agua el Palacio de granito. El orificio abierto entre las piedras en el extremo superior del desagüe fue ensanchado, lo cual produjo en el fondo del corredor un gran salto, cuyo sobrante se dirigió hacia el pozo interior. Por debajo de aquel salto el ingeniero instaló un cilindro provisto de paletas, que se relacionaba al exterior con una rueda rodeada de un fuerte cable, que sostenía una especie de banasta. De esta manera, mediante una cuerda que caía hasta el suelo y que permitía poner en acción o suspender el motor hidráulico, se subía la banasta hasta la puerta del Palacio de granito.

El 17 de marzo comenzó a funcionar el ascensor, con gran satisfacción para todos. Desde aquel día los pesos, maderas, carbón, provisiones y los colonos mismos, fueron izados por aquel sistema tan sencillo, que reemplazó a la escalera primitiva, que nadie echó de menos. Top se mostró particularmente satisfecho de aquella mejora, porque no tenía ni podía tener la destreza de maese Jup para trepar por la escalera, y muchas veces había debido hacer la ascensión al Palacio de granito a hombros de Nab y hasta en los del orangután.

Por aquella época, también Ciro Smith trató de fabricar vidrio, para lo cual, en primer lugar, debió adaptar a este nuevo destino el antiguo horno de alfarería. Esto presentaba grandes dificultades, pero, después de varios ensayos infructuosos, acabó por montar un taller de vidriería, en que Gedeón Spilett y Harbert, ayudantes del ingeniero, no dejaron de trabajar durante varios días.

Las sustancias que entran en la composición del cristal son únicamente arena, greda y sosa (carbonato o sulfato). Ahora bien, la playa daba la arena, la cal suministraba la greda, las plantas marinas producían la sosa, las piritas el ácido sulfúrico, y el suelo la hulla para calentar el horno a la temperatura requerida. Ciro Smith se hallaba, pues, en las condiciones óptimas para operar.

El instrumento cuya fabricación ofreció más dificultades fue la caña de vidriero, tubo de hierro de cinco a seis pies de longitud, que sirve para recoger en uno de los extremos el material que se mantiene en estado de fusión. Pero por medio de una tira de hierro, larga y delgada, que fue arrollada como un cañón de fusil, logró Pencroff fabricar la caña, que estuvo pronto en estado de funcionar.

El 28 de marzo se calentó el horno. Cien partes de arena, treinta y cinco de greda, cuarenta de sulfato de sosa, mezcladas con dos o tres partes de carbón en polvo, compusieron la sustancia que fue depositada en los crisoles de tierra refractaria; y cuando la elevada temperatura del horno la hubo reducido al estado pastoso, Ciro Smith tomó con la caña cierta cantidad de aquella pasta, la volvió y revolvió sobre una placa de metal previamente dispuesta, de manera que le pudiera dar la forma conveniente por medio del soplete; y después pasó la caña a Harbert, encargándole que soplase por el otro extremo.

—¿Como para hacer pompas de jabón? —preguntó el joven.

—Exactamente —respondió el ingeniero.

Y Harbert, hinchando los carrillos, sopló tanto y tan bien por la caña, teniendo cuidado de hacerla girar sin cesar, que su soplo dilató la masa vítrea. Otras cantidades de sustancia en fusión se añadieron a la primera y resultó pronto una bola hueca, que medía un pie de diámetro. Entonces Ciro Smith tomó la caña de manos de Harbert e, imprimiéndole un movimiento de péndulo, acabó por alargar la bola maleable, hasta darle una forma cilíndrico-cónica.

La operación del soplo había producido un cilindro de vidrio, terminado por dos casquetes esféricos, que fácilmente fueron separados por medio de un hierro cortante, mojado en agua fría; después fue hendido en toda su longitud, y habiéndole hecho maleable por medio de un segundo calentamiento, fue extendido sobre una lámina y hecho plano mediante un rodillo de madera.

El primer vidrio de ventana estaba fabricado y bastaba repetir cincuenta veces la operación para tener cincuenta. Así las ventanas del Palacio de granito quedaron guarnecidas de placas diáfanas, no muy blancas quizá, pero bastante transparentes.

En cuanto a la cristalería de vasos, botellas, etcétera., la fabricación no fue más que un juego, y por lo demás se la aceptaba como salía del extremo de la caña. Pencroff había pedido el favor de soplar, y era un placer para él, pero soplaba tan fuerte, que sus productos tomaban las formas más extrañas y divertidas; formas que, sin embargo, le regocijaban y le causaban admiración.

Durante una de las excursiones que se hicieron por aquella época, se descubrió un árbol nuevo, cuyos productos vinieron a aumentar los recursos alimenticios de la colonia.

Habiendo salido de caza Ciro Smith y Harbert, se aventuraron un día por el bosque del Far-West, a la izquierda del río de la Merced, y, como siempre, el joven hacía mil preguntas al ingeniero, a las cuales éste respondía de buen grado; pero sucede con la caza como con toda ocupación en este mundo, que, cuando no se ejerce con el celo y el cuidado necesarios, no suele producir grandes resultados. Como Ciro Smith no era cazador y, por otra parte, Harbert hablaba de física y de química aquel día muchos canguros, cabiayes y agutíes pasaron a tiro y, sin embargo, se libraron del fusil del joven. Estando el día muy avanzado, los dos cazadores podían haber hecho una excursión inútil, cuando Harbert, deteniéndose y dando un grito de júbilo, exclamó:

—¡Ah, señor Ciro! ¿Ve usted este árbol?

Y le enseñó un arbusto más bien que un árbol, porque se componía de tallo ancho, revestido de una corteza escamosa con hojas agudas de pequeñas venas paralelas.

—¿Y qué árbol es ese, que se parece un poco a la palmera? —preguntó Ciro Smith.

—Es un Cycas revoluta, cuyo dibujo tengo en nuestro diccionario de historia natural.

—¿No da fruto ese árbol?

—No, señor Ciro —contestó Harbert—; pero su tronco contiene una harina que la naturaleza nos da completamente molina y dispuesta.

—¿Será el árbol del pan?

—Sí, el árbol del pan.

—Pues bien, hijo mío —contestó el ingeniero—, ese es un descubrimiento precioso, mientras recogemos nuestra cosecha de trigo. ¡Manos a la obra y quiera el cielo que no te hayas engañado!

Harbert no se había engañado. Rompió el tronco de un Cycas, que se componía de un tejido glandular y contenía cierta cantidad de médula farinácea atravesada de fibras leñosas, separadas por anillos de la misma sustancia dispuestos concéntricamente. Se mezclaba con esta fécula un jugo mucilaginoso de un sabor desagradable, pero que era fácil separar de ella por la presión. La sustancia celular formaba una verdadera harina, de calidad superior y alimenticia y cuya exportación estaba prohibida antiguamente por leyes japonesas.

Ciro Smith y Harbert, después de haber estudiado perfectamente la parte del Far-West donde crecían los Cycas, pusieron señales para encontrarla y volvieron al Palacio de granito, donde dieron a conocer su descubrimiento.

Al día siguiente, los colonos fueron a hacer la recolección y Pencroff, cada vez más entusiasmado con su isla, decía al ingeniero:

—Señor Ciro, ¿cree que hay islas para náufragos?

—¿Qué quiere decir con eso, Pencroff?

—Quiero decir, islas creadas especialmente para que en ellas se verifique un naufragio y en las cuales los pobres diablos puedan ir tirando.

—Es posible —contestó sonriéndose el ingeniero.

—Es cierto —añadió Pencroff—, y no es menos cierto que la isla Lincoln es una de ellas. Los colonos volvieron al Palacio de granito con una gran cosecha de Cycas. El ingeniero montó una prensa para extraer el jugo mucilaginoso que venía mezclado con la fécula, y obtuvo una notable cantidad de harina, que en manos de Nab se transformó en tortas y en panecillos. No era todavía aquél el verdadero pan de trigo, pero se le acercaba mucho.

En aquella época el onagre hembra, las cabras y las ovejas de la dehesa empezaron a dar leche para la colonia.

Así, el carro, o por mejor decir, una especie de carricoche que le había reemplazado, hacía frecuentemente viajes a la dehesa y, cuando tocaba a Pencroff este servicio, se llevaba a Jup y le hacía guiar, cosa que el orangután hacía perfectamente, chasqueando el látigo con su habitual inteligencia.

Todo prosperaba en la dehesa y en el Palacio de granito, y verdaderamente los colonos no tenían nada de qué quejarse, a excepción del alejamiento de su patria. Por otra parte, se habían acostumbrado tanto a aquella vida y a la residencia en aquella isla, que no habrían abandonado sin sentimiento su suelo hospitalario.

Sin embargo, el amor a la patria ocupa tal lugar en el corazón del hombre, que, si impensadamente se hubiera presentado algún buque a la vista de la isla, los colonos le habrían hecho señales, le habrían llamado y se habrían embarcado en él. Entretanto, pasaban aquella existencia feliz y más bien teniendo el temor que el deseo de que un acontecimiento cualquiera viniese a interrumpirla.

Pero ¿quién puede jactarse de haber fijado la rueda de la fortuna y de hallarse al abrigo de sus reveses?

De todos modos, la isla Lincoln, que los colonos habitaban hacía ya más de un año, era con frecuencia objeto de sus conversaciones, y un día se hizo una observación que posteriormente debía producir graves consecuencias.

Era el 1de abril, un domingo de Pascua, y Ciro Smith y sus compañeros lo habían santificado con el descanso y la oración. Era un día estupendo, como el uno de octubre en el hemisferio boreal.

Por la tarde, después de comer, se habían reunido todos bajo el cenador al extremo de la meseta de la Gran Vista y miraban extenderse la noche por el horizonte. Nab les había servido algunas tazas de aquella infusión de granos de saúco que reemplazaba al café. Se hablaba de la isla y de su situación aislada en el Pacífico, cuando Gedeón Spilett dijo:

–Mi querido Ciro, desde que tenemos el sextante que vino en el cajón, ¿no ha examinado usted de nuevo la posición de nuestra isla?

–No –contestó el ingeniero.

–Pues creo que sería conveniente hacerlo, ya que tenemos un instrumento más perfecto que el que usted ha empleado.

–¿Para qué? –dijo Pencroff–. La isla está bien donde está.

–Sin duda –repuso Gedeón Spilett–, pero ha podido suceder que por causa de la imperfección de los aparatos las observaciones no hayan sido exactas, y ya que es fácil comprobar la operación...

–Tiene usted razón, mi querido Spilett –repuso el ingeniero–, y habría debido hacer esa comprobación antes de ahora, aunque creo que, si he cometido algún error, no debe pasar de cinco grados en longitud o latitud.

—¿Y quién sabe —dijo el corresponsal— si no estamos mucho más cerca de una tierra habitada de lo que creemos?

—Lo sabremos mañana —contestó Ciro Smith—. Si no hubiéramos tenido tantas ocupaciones, que no me han dejado un momento, lo sabríamos ya.

—Bueno —dijo Pencroff—; el señor Ciro es demasiado buen observador para haberse engañado y, si la isla no se ha movido de su sitio, es indudable que está donde el señor Ciro la ha puesto.

—Ya veremos.

Siguió de esta conversación que al día siguiente, por medio del sextante, el ingeniero hizo las observaciones necesarias para comprobar la exactitud de las coordenadas que había obtenido, y el resultado de la operación fue el siguiente:

Su primera observación le había dado la situación de la isla Lincoln de este modo:

En longitud oeste: de 1500 a 155°.

En latitud sur: de 30° a 35°.

La segunda observación dio exactamente:

En longitud oeste: 150° 30'.

En latitud sur: 35° 57'.

Así, a pesar de la imperfección de sus aparatos, Ciro Smith había operado con tanta habilidad, que su error no había pasado de cinco grados.

—Ahora —dijo Gedeón Spilett—, puesto que poseemos un atlas al mismo tiempo que un sextante, veamos, mi querido Ciro, la posición que la isla Lincoln ocupa exactamente en el Pacífico.

Harbert trajo el atlas, que, como es sabido, había sido publicado en Francia y que por consiguiente tenía la nomenclatura en lengua francesa.

Desdoblada la carta del Pacífico, el ingeniero, con el compás en la mano, se dispuso a determinar la situación de la isla. De repente levantó el compás y dijo:

—¡Pero si existe ya una isla en esta parte del Pacífico!

—¡Una isla! —exclamó Pencroff.

—La nuestra, sin duda —respondió Gedeón Spilett.

—No —contestó Ciro Smith—. Esta isla está situada a 153° de longitud oeste y 37° y 11' de latitud sur, es decir, a dos grados y medio más al oeste y a dos grados más al sur de la isla Lincoln.

—¿Y cuál es esa isla? —preguntó Harbert.

—La isla Tabor.

—¿Y es importante?

—No, es un islote perdido en el Pacífico y que tal vez nunca ha sido visitado.

—Pues bien, lo visitaremos —dijo Pencroff.

—¿Nosotros?

—Sí, señor Ciro; construiremos un barco con puente y yo me encargo de conducirlo. ¿A qué distancia estamos de esa isla Tabor?

—A unas ciento cincuenta millas hacia el nordeste —contestó Ciro Smith.

—¿Ciento cincuenta millas? ¿Y qué es eso? —dijo Pencroff—. En cuarenta y ocho horas y con un buen viento podemos estar allí.

—Mas ¿para qué? —preguntó el corresponsal.

—¡Vete a saber! Ya lo veremos.

Y con esta respuesta se convino en construir una embarcación que pudiese hacerse a la mar, hacia el mes de octubre próximo, cuando volviese el buen tiempo.

Encuentran tabaco y "desemboca" una ballena

Cuando Pencroff concebía un proyecto, no descansaba hasta que lo había ejecutado. Quería visitar la isla Tabor y, como para esta travesía era necesario un buque de cierta magnitud, quería construir inmediatamente dicha embarcación.

Diremos el plan que trazó el ingeniero de acuerdo con el marino.

El buque debería medir veinticinco pies de quilla y nueve de bao, lo que le haría rápido, si salían bien sus fondos y sus líneas de agua, y no debería calar más de seis pies, o sea lo suficiente para mantenerse contra la deriva.

Tendría puente en toda su longitud, abierto por dos escotillas, que darían acceso a dos cámaras separadas por una mampara, e iría aparejado como un bergantín, con cangreja, trinquete, fortuna, flecha y foque, velamen muy manejable, que amainaría bien en caso de chubascos y sería muy favorable para aguantar lo más cerca posible de la costa. En fin, el casco se construiría a franco bordo, es decir, que los tablones de forro y de cubiertas enrasarían en vez de estar superpuestos; y en cuanto a las cuadernas, se las aplicaría inmediatamente después del ajuste de los tablones de forro, que serían montados en contracuadernas.

¿Qué madera se emplearía? Optaron por el abeto, madera un poco hendijosa, según la expresión de los carpinteros, pero fácil de trabajar, y que sufre, lo mismo que el olmo, la inmersión en el agua.

Acordados estos pormenores, se convino en que, teniendo todavía seis meses de tiempo hasta la vuelta de la buena estación, Ciro Smith y Peneroff trabajarían solos en la construcción del buque, mientras Gedeón Spilett y Harbert continuarían cazando y Nab y maese Jup, su ayudante, seguirían las tareas domésticas que les estaban encomendadas.

Después de escoger los árboles, se los cortó, descuartizó y aserró en tablas, como hubieran podido hacerlo las sierras mecánicas. Ocho días después, en el hueco que existía entre las Chimeneas y el muro de granito, se preparó un arsenal y allí se empezó una quilla de treinta y cinco pies de largo provista de un codaste en la popa y una rodela en la proa.

Ciro Smith no había caminado a ciegas en esta nueva tarea. Era entendido en construcción naval como en casi todas las cosas y había hecho antes sobre el papel el croquis de la embarcación. Por otra parte, estaba bien servido por Pencroff, que habiendo trabajado varios años en un arsenal de Brooklyn, conocía la práctica del oficio. Por tanto, tras cálculos severos y maduras reflexiones, pusieron las contracuadernas sobre la quilla.

Pencroff, como es de suponer, estaba entusiasmado con su nueva empresa y no hubiera querido abandonarla un solo instante.

Un acontecimiento tuvo el privilegio de separarlo, un día solo, de su taller de construcción: la segunda recolección del trigo, que tuvo lugar el 15 de abril. Había tenido tan buen éxito como la primera y dio la proporción de granos anunciada de antemano.

–Sesenta y cinco litros, señor Ciro –dijo Peneroff después de haber medido escrupulosamente sus riquezas.

–Cerca de dos fanegas –contestó el ingeniero–, a trescientos treinta mil granos por fanega, hacen seiscientos sesenta mil granos.

–Pues bien, los sembraremos todos esta vez –dijo el marino–, menos una pequeña reserva.

–Sí, Peneroff; y si la próxima cosecha da un rendimiento proporcional, tendremos trece mil litros.

–¿Y comeremos pan?

–Comeremos pan.

–Pero habrá que hacer un molino.

–Lo construiremos.

El tercer campo de trigo fue incomparablemente más extenso que los dos primeros, y la tierra, preparada con sumo cuidado, recibió la primera semilla. Pencroff volvió a sus tareas.

Entretanto Gedeón Spilett y Harbert cazaban por los alrededores, aventurándose bastante en los parajes todavía desconocidos del Far-West y llevando siempre sus fusiles cargados con bala por si tenían algún mal encuentro. Era aquel un laberinto inextricable de árboles magníficos tan unidos entre sí como si les hubiera faltado el espacio. La exploración de aquellas masas de bosque era muy difícil y el periodista no se aventuraba nunca a esta operación sin llevar consigo la brújula de bolsillo, porque el sol apenas penetraba por entre el tupido ramaje y hubiera sido difícil encontrar después el camino.

La caza era más rara en estos parajes donde no tenía libertad de movimientos; sin embargo, mataron tres grandes herbívoros durante la última quincena de abril. Eran koalas, de los cuales habían visto ya los colonos una muestra al norte del lago, y se dejaron matar estúpidamente entre las grandes ramas de los árboles donde se habían refugiado. Los cazadores llevaron las pieles al Palacio de granito y con ayuda del ácido sulfúrico fueron sometidas a una especie de curtido, que las hizo utilizables.

Un descubrimiento precioso, desde otro punto de vista, se hizo también durante una de estas excursiones, descubrimiento que fue debido a Gedeón Spilett.

Era el 30 de abril. Los dos cazadores se habían internado hacia el sudoeste del Far- West, cuando el corresponsal, que precedía a Harbert unos cincuenta pasos, llegó a una especie de glorieta en que los árboles estaban más espaciados y dejaban penetrar algunos rayos del sol. Se sorprendió Spilett al notar el olor que exhalaban ciertos vegetales de tallos rectos, cilíndricos y ramosos, que producían flores dispuestas en racimos de granos pequeñísimos. Arrancó uno o dos de aquellos tallos y volvió al sitio donde estaba el joven, a quien dijo:

–Mira qué es esto, Harbert.

–¿Dónde ha encontrado esa planta, señor Spilett?

–Allá, en un claro. Hay muchas.

–Señor Spilett –dijo Harbert–, es un hallazgo que le da derecho a la gratitud de Pencroff.

–¿Es tabaco?

–Sí; si no de primera calidad, es tabaco al fin y al cabo.

–¡Qué contento se va a poner Pencroff! Pero no lo fumará todo, ¡qué diantre!, nos dejará una buena parte.

–Una idea, señor Spilett -dijo Harbert–. No digamos nada a Pencroff. Prepararemos esas hojas y, cuando esté curado y en las debidas condiciones, le presentaremos una pipa ya cargada.

–Conformes, Harbert, y ese día ya no tendrá nada que desear en el mundo.

El periodista y el joven hicieron una buena provisión de la preciosa planta y volvieron al Palacio de granito, donde la introdujeron de contrabando, y con mucha precaución, como si Pencroff fuera el más rígido aduanero.

Se reveló el secreto a Ciro Smith y a Nab, y el marino no sospechó nada durante todo el tiempo, bastante largo, necesario para secar las hojas delgadas, picarlas y someterlas a cierta torrefacción. La operación exigió dos meses, pero todas aquellas manipulaciones pudieron hacerse a espaldas de Pencroff, que, ocupado en la construcción del buque, no subía al Palacio de granito nada más que a las horas de la comida y del descanso.

Una vez, sin embargo, se interrumpió por necesidad su ocupación favorita. Fue el 1 de mayo, el día señalado para una aventura de pesca, en la cual todos los colonos tuvieron que tomar parte.

Pocos días antes se había observado en el mar, a unas dos o tres millas de distancia, un enorme animal, que nadaba en las aguas de la isla Lincoln. Era una ballena de grandísimo tamaño, que verosímilmente debía pertenecer a la especie austral llamada ballena del Cabo.

—¡Qué fortuna si pudiéramos apoderamos de ella! —exclamó el marino—. Si tuviéramos una embarcación apropiada y un arpón en buen estado, yo sería el primero que diría: ¡corramos allá, porque ese animal vale la pena de ser capturado!

—En efecto, Peneroff —dijo Gedeón Spilett—, me alegraría verle manejar el arpón. Debe ser curioso.

—Muy curioso y no exento de peligro —dijo el ingeniero—; pero, dado que no tenemos medios para atacar a ese animal, es inútil que nos ocupemos de él.

—Me sorprende —repuso el periodista— ver una ballena en esta latitud, para ella bastante elevada.

—¿Por qué, señor Spilett? —preguntó Harbert—. Estamos precisamente en esa parte del Pacífico que los pescadores ingleses y norteamericanos llaman campo de ballenas, y aquí, entre Nueva Zelanda y América del Sur, se hallan la mayor cantidad de las ballenas del hemisferio austral.

Nada más cierto —respondió Pencroff—, y lo que a mí me admira es que no hayamos visto otras. De todos modos, ya que no podemos acercarnos a ellas, no importa que haya muchas o pocas.

Y Pencroff volvió a su obra, exhalando un suspiro de sentimiento, porque todo marino es pescador; y si el placer de la pesca está en razón directa del tamaño del animal, puede juzgarse lo que experimentaría un ballenero en presencia de una ballena.

¡Y si no se hubiera tratado más que de este placer! Los colonos pensaban que semejante presa habría sido una fortuna para ellos, porque el aceite, la grasa y las barbas de la ballena podían servir para muchísimos usos.

Ahora bien, sucedió que la ballena que los colonos habían visto no quiso, al parecer, abandonar las aguas de la isla, y desde las ventanas del Palacio de granito y desde la meseta de la Gran Vista, Harbert y Gedeón Spilett, cuando no estaban de caza, y Nab, mientras vigilaba sus hornillos, no dejaban el anteojo de la mano observando todos los movimientos del animal. El cetáceo, que se había internado mucho en la bahía de la Unión, la cruzaba rápidamente desde el cabo Mandíbula hasta el cabo de la Garra, impulsado por su aleta caudal, poderosísima, sobre la cual se apoyaba y se movía a saltos con una velocidad que a veces llegaba hasta doce millas por hora. Otras veces se acercaba tanto al islote, que se la podía distinguir completamente. Era, en efecto, una ballena de la especie austral enteramente negra, cuya cabeza es más deprimida que la de las ballenas del norte.

Se veía lanzar por los orificios de la cabeza a gran altura una nube de vapor... o de agua, pues, por extraño que parezca, los naturalistas y los balleneros no están todavía de acuerdo en este punto.

¿Es aire o es agua lo que arroja la ballena? Generalmente se admite que es vapor que, al condensarse repentinamente al contacto del aire frío, vuelve a caer en forma de lluvia.

La presencia de aquel mamífero marino llamaba poderosamente la atención de los colonos; sobre todo Pencroff estaba nervioso y se distraía durante su trabajo, acabando por no poder resistir al deseo de poseer aquella ballena, como un niño que desea un objeto que está prohibido tocar. Por la noche soñaba con ella en voz alta y, si hubiera tenido medios para atacarla, si la chalupa hubiera estado en situación de mantenerse en el mar, no hubiera vacilado en perseguirla.

Pero lo que los colonos no podían hacer lo hizo por ellos la casualidad, y el 3 de mayo los gritos de Nab, apostado en la ventana de su cocina, anunciaron que la ballena había encallado en la playa de la isla. Harbert y Gedeón Spilett, que iban a marchar de caza, abandonaron sus fusiles, Pencroff arrojó su hacha, Ciro Smith y Nab se unieron a sus compañeros y todos se dirigieron hacia el lugar donde el animal había encallado.

Era en la playa de la punta del Pecio, a tres millas del Palacio de granito y durante la marea alta. Probablemente el cetáceo no podría desprenderse con facilidad del sitio en que estaba. En todo caso era necesario apresurarse para cortarle la retirada. Acudieron con picos y venablos, pasaron el puente del río de la Merced, bajaron por la orilla derecha, ganaron la playa y en menos de veinte minutos se hallaron junto al enorme animal, por encima del cual revoloteaba una nube de pájaros.

—¡Qué monstruo! —exclamó Nab.

Y la expresión era justa, porque era una ballena austral de ochenta pies de longitud, un gigante de la especie, que no debía pesar menos de ciento cincuenta mil libras.

Entretanto el monstruo encallado no se movía ni trataba de ponerse de nuevo a flote, mientras la marea estaba alta.

Los colonos tuvieron la explicación de la inmovilidad, cuando, al llegar la baja marea, pudieron dar vuelta a todo su cuerpo.

Estaba muerta, un arpón salía de su costado izquierdo.

—Hay, pues, balleneros en nuestras aguas —dijo inmediatamente Gedeón Spilett.

—¿Por qué? —preguntó el marino.

—Porque aquí tenemos ese arpón...

—No, señor Spilett, eso no prueba nada —contestó Pencroff—. Se han visto ballenas andar millares de millas con un arpón en el costado y, si esta hubiera sido herida al norte del Atlántico y hubiera venido a morir al sur del Pacífico, nada habría de extraño.

—Sin embargo... —dijo Gedeón Spilett, a quien la afirmación de Pencroff no satisfizo.

—Eso es muy posible —intervino Ciro Smith—, pero examinemos el arpón. Quizá, según la costumbre general, los balleneros han grabado en este arma el nombre de su buque.

En efecto, Pencroff, después de arrancar el arpón que el animal llevaba en el costado, leyó esta inscripción: Maria Stella -Vineyard.

—¡El buque de Vineyard! ¡Un buque de mi país! —exclamó—. El Maria Stella. ¡Hermoso ballenero! Lo conozco muy bien. ¡Ah, amigos, un buque de Vineyard, un ballenero de Vineyard!

Y el marino, blandiendo el arpón, repetía con emoción aquel nombre tan querido, el nombre de su país natal.

Como no podía esperarse que el Maria Stella reclamara el animal que había herido con su arpón, se convino proceder al despedazamiento de la ballena antes que llegara a la descomposición. Las aves de rapiña, que espiaban desde algunos días aquella rica presa, querían sin más tomar posesión de ella y hubo que ahuyentarlas a tiros.

Aquella ballena era una hembra, cuyos pechos dieron gran cantidad de leche, que, conforme a la opinión del naturalista Dieffembach, podía pasar por leche de vaca; y en efecto, no se diferencia de ella por el sabor, ni por el color, ni por la densidad.

Pencroff había servido en otro tiempo en un buque ballenero, por lo que pudo dirigir metódicamente la operación del descuartizamiento, operación bastante desagradable, que duró tres días, pero ante la cual ninguno de los colonos retrocedió, ni siquiera Gedeón Spilett, que, según decía el marino, concluiría por hacerse un excelente náufrago.

El tocino cortado en lonjas paralelas de dos pies y medio de espesor, y dividido después en pedazos que podían pesar mil libras cada uno, fue derretido en grandes vasos de barro, que se llevaron al sitio mismo de la operación, porque no se quería tener aquel mal olor en las inmediaciones de la meseta de la Gran Vista. En aquella fusión perdió la grasa una tercera parte de su peso, pero había muchísima; la lengua sola dio seis mil libras de aceite y el labio inferior cuatro mil. Además de esta grasa, que debía asegurar por largo tiempo la provisión de estearina y de glicerina, estaban las barbas, que sin duda tendrían su empleo especial, aunque no se usaban paraguas ni corsés en el Palacio de granito. La parte superior de la boca del cetáceo estaba, en efecto, provista en los dos lados de ochocientas láminas córneas muy elásticas, de contextura fibrosa y afiladas en sus bordes como dos grandes peines, cuyos dientes, de seis pies de largo, sirven para retener los millares de animalillos, pececillos y moluscos de que se alimenta la ballena.

Terminada la operación con gran satisfacción de los colonos, se abandonaron los restos del animal a las aves de rapiña, que debían hacer desaparecer hasta sus últimos vestigios, y los colonos volvieron a sus tareas ordinarias en el Palacio de granito.

Sin embargo, antes de volver al taller de construcción, Ciro Smith tuvo la idea de fabricar ciertas máquinas que excitaron la curiosidad de sus compañeros. Tomó una docena de barbas de ballena y las cortó en seis partes iguales, aguzándolas por sus extremos.

—¿Y para qué servirá eso, señor Ciro? —preguntó Harbert, cuando vio la operación terminada.

Para matar lobos, zorras y hasta jaguares.

—¿Ahora?

—No, este invierno, cuando estemos rodeados de hielo y nieve.

—No comprendo —repuso Harbert.

—Vas a comprenderlo, hijo mío —añadió el ingeniero—. Este aparato no es invención mía, sino que lo emplean con frecuencia los cazadores de las islas Aleutianas, en la América rusa. Cuando vengan los hielos, estas barbas que ven las encorvaré, las regaré con agua hasta que estén cubiertas de una capa de hielo que mantendrá su curvatura, y luego las sembraré sobre las nieves tras haberlas disimulado un poco bajo otra capa de grasa. Ahora bien, ¿qué sucederá si un animal hambriento viene a tragarse uno de esos cebos? Que el calor de su estómago fundirá el hielo y, extendiéndose el fanón, romperá sus intestinos con sus extremos aguzados.

—¡Eso sí que es ingenioso! —dijo Pencroff.

—Y sobre todo, nos ahorrará pólvora y balas —añadió Ciro Smith.

—Eso vale más que las trampas —dijo Nab.

—Esperemos, pues, el invierno.

—Esperemos el invierno.

Entretanto adelantaba la construcción del buque y a finales de mes estaba medio forrado. Podía verse que sus formas serían excelentes para mantenerse bien en el mar.

Pencroff trabajaba con un ardor sin igual, y sólo su naturaleza robusta podía resistir tanto trabajo. Sus compañeros le preparaban en secreto una recompensa a sus trabajos y el 31 de mayo debía experimentar una de las mayores alegrías de su vida.

Aquel día, al terminar la comida, en el momento en que se iba a levantar de la mesa, sintió que se apoyaba una mano sobre su hombro. Era la mano de Gedeón Spilett, que le dijo:

—Un instante, amigo Pencroff. No se va la gente sin más. ¿Y los postres? ¿Se olvida usted de los postres?

—Gracias, señor Spilett —contestó el marino—, vuelvo al trabajo.

—Pero una taza de café, amigo mío.

—No, gracias.

—Entonces, una pipa.

Pencroff se había levantado y su cara, ancha y franca, se puso pálida cuando vio al corresponsal que le presentaba una pipa cargada, mientras Harbert le ofrecía una brasa.

El marino quiso articular una palabra, pero no pudo. Asiendo la pipa se la llevó a los labios; después, aplicando la brasa, aspiró una tras otra cinco o seis bocanadas. Una nube azul y perfumada se extendió por el cuarto y de las profundidades de aquella nube salió una voz delirante que repetía:

—¡Tabaco, verdadero tabaco!

—Sí, Pencroff -dijo Ciro Smith—, y buen tabaco.

—¡Divina Providencia! ¡Autor sagrado de todas las cosas! —exclamó el marino—. Ya no falta absolutamente nada en nuestra isla.

Y Pencroff fumaba y fumaba sin cansarse.

—¿Y quién ha hecho este descubrimiento? —preguntó al fin—. ¿Tú, Harbert?

—No, Pencroff. El autor del descubrimiento es el señor Spilett.

—¡Oh, señor Spilett! —exclamó el marino abrazando al periodista, que jamás había sufrido un apretón tan grande.

—¡Un Pencroff —dijo Gedeón Spilett, recobrando su respiración, un instante comprometida—. Una parte de esta gratitud se la debe a Harbert, que ha conocido la planta; a Ciro, que la ha preparado, y a Nab, que ha tenido el trabajo de guardamos el secreto.

—Pues bien, amigos, yo les recompensaré algún día. Entretanto, soy todo suyo en vida y muerte.

De nuevo el invierno. Discusión sobre el combustible

El invierno llegaba con el mes de junio, que es el diciembre de las zonas boreales, y la principal ocupación de entonces fue la confección de vestidos pesados y de abrigo.

Los muflones de la dehesa habían sido esquilados y la preciosa materia textil estaba dispuesta; no faltaba más que transformarla en tela.

Claro que Ciro Smith, no teniendo a su disposición cardas, ni peines, ni alisadores, ni estiradores, ni retorcedores, ni máquinas de las llamadas mule jenny y self-acting para hilar la lana, ni telar para tejerla, tenía que proceder de una manera más sencilla y que ahorrase el hilado y el tejido. Se proponía utilizar la propiedad que tienen los filamentos de lana, cuando se los prensa en todos sentidos, se entrelazan unos con otros y constituyen por este cruzamiento esa tela que se llama fieltro.

Aquel fieltro podía, pues, obtenerse por un simple bataneo, operación que, si disminuye la flexibilidad de la tela, aumenta notablemente sus propiedades conservadoras del calor. Ahora bien, precisamente la lana que daban los muflones se componía de vellones cortos, buena condición para la fabricación del fieltro.

El ingeniero, ayudado por sus compañeros, incluido Pencroff, que otra vez tuvo que abandonar su construcción naval, comenzó las operaciones preliminares que tuvieron por objeto quitar la sustancia oleosa y grasa impregnada en la lona, que se llama churre. El desgrasamiento se verificó en cubetas llenas de agua a 60° de temperatura y en las cuales se dejó sumergida la lana veinticuatro horas. Después se hizo un lavado a fondo mediante baños de sosa, y luego, aquella lana, cuando estuvo suficientemente seca por la presión, se puso en estado de ser bataneada, es decir, de producir una tela sólida, tosca y que no habría tenido ningún valor en un centro industrial de Europa o de América, pero que debía ser preciosísima en los mercados de la isla Lincoln.

Este género de paño ha debido ser conocido en épocas remotas, y era, en efecto, la primera tela de lana fabricada por el procedimiento que iba a emplear Ciro Smith.

En lo que sus conocimientos de ingeniero le sirvieron más fue en la construcción de la máquina destinada a batanear la lana, porque supo aprovecharse de la fuerza mecánica, inutilizada hasta entonces, que poseía el salto de agua de la playa para mover un batán.

Nada más rudimentario: un árbol provisto de dientes que levantaban y dejaban caer alternativamente pilones verticales; cubos destinados a recibir la lana, en cuyo interior caían los pilones, y un fuerte armazón de madera, que contenía y ligaba todo el sistema: así era la máquina y así había sido hasta el momento en que se tuvo la idea de reemplazar los pilones por cilindros compresores y someter la materia, no a un bataneo, sino a una laminación.

La operación, dirigida por Ciro Smith, tuvo éxito. La lana, previamente impregnada de una disolución jabonosa destinada por una parte a facilitar su deslizamiento, unión, compresión y reblandecimiento, y por otra impedir su alteración por el golpeteo, salió del batán en forma de una áspera tela de fieltro. Las estrías y asperezas del vellón se habían enganchado y entrelazado las unas en las otras de tal modo, que formaban una tela igual, apta para hacer vestidos y mantas. No era ni merino, ni muselina, ni cachemira de Escocia, ni stof, ni reps, ni raso de China, ni Orleans, ni alpaca, ni paño, ni franela; era fieltro lincolniano, y la isla Lincoln contaba con una industria más.

Los colonos tuvieron buenos vestidos y buenas mantas y pudieron esperar sin temor el invierno de 1866 a 1867. Los grandes fríos comenzaron a hacerse sentir hacia el 20 de junio, y Pencroff, con gran pesar, tuvo que suspender la construcción del buque, que, por otra parte, terminaría la próxima primavera.

La idea fija del marino era hacer un viaje de reconocimiento a la isla Tabor, aunque Ciro Smith no aprobaba aquel viaje, que no tenía otro objeto que el de satisfacer una curiosidad, porque evidentemente no había esperanza de hallar socorro alguno en aquella roca desierta y casi árida. Un viaje de ciento cincuenta millas en un barco relativamente pequeño, por mares desconocidos, le preocupaba. Si la embarcación, una vez en alta mar, no podía llegar a la isla Tabor, ni volver a Lincoln, ¿qué sería de ellos en medio de aquel Pacífico tan fecundo en siniestros?

Ciro Smith hablaba con frecuencia de este proyecto con Pencroff, y le sorprendía la obstinación del marino sobre este viaje, obstinación que el mismo Pencroff no acertaba a explicarse.

—Porque, en fin —le dijo un día el ingeniero—, debe observar, amigo mío, que después de haber hablado tan bien de la isla Lincoln y de haber manifestado tantas veces el dolor que experimentaría si tuviese que abandonarla, es el primero en querer salir de ella.

—Por pocos días, nada más —contestó Pencroff—; por pocos días, señor Ciro, sólo ir y volver después de haber visto lo que hay en ese islote.

—Pero no puede valer lo que vale la isla Lincoln.

—Eso desde luego.

—¿Entonces, por qué aventurarse?

—Para saber lo que pasa en la isla Tabor.

—Pero si no pasa nada, ni puede pasar.

—¡Quién sabe!

—¿Y si le sorprende una tempestad?

—No hay que temerla en la buena estación —repuso Pencroff—. Le pediré permiso para hacer solo con Harbert ese viaje.

—Amigo —repuso el ingeniero, poniendo la mano en el hombro del marino—, si le sucediera una desgracia a usted o a ese muchacho, a quien la casualidad nos ha dejado por hijo, ¿cree usted que podríamos consolarnos?

—Señor Ciro —contestó Pencroff con inmutable confianza—, no le causaremos esa pena. Ya volveremos a hablar del viaje, cuando llegue el momento. Creo que, cuando haya visto nuestro buque bien aparejado, bien acastillado y cuando observe cómo se porta en el mar, cuando hayamos dado la vuelta a nuestra isla, porque la daremos, estoy seguro de que no tendrá inconveniente en dejarnos marchar. No puedo ocultarle que ese buque que ha ideado va a ser una obra maestra.

—Diga al menos nuestro buque, Pencroff —repuso el ingeniero momentáneamente desarmado.

La conversación concluyó así para volver a empezar después, sin que quedaran convencidos ni el marino ni el ingeniero.

Hacia finales de junio cayeron las primeras nieves. De antemano habían almacenado provisiones en la dehesa y no fue preciso visitarla diariamente, aunque sí una vez por semana. Colocaron las trampas de nuevo y se hizo el ensayo de los instrumentos fabricados por Ciro Smith.

Las barbas de la ballena, encorvadas, aprisionadas en un estuche de hielo y cubiertas de una espesa capa de grasa, fueron colocadas en los límites del bosque, y en el sitio por donde pasaban continuamente los animales para ir al lago. Con satisfacción del ingeniero, su invención, imitadora de los pescadores aleutianos, tuvo un éxito completo. Una docena de zorras, algunos jabalíes y hasta un jaguar se dejaron engañar por el cebo y fueron encontrados muertos con el estómago perforado por los fanones al extenderse.

Y aquí debemos hablar de un ensayo que fue la primera tentativa hecha por los colonos para comunicarse con sus semejantes.

Gedeón Spilett había pensado muchas veces en arrojar al mar una noticia metida en una botella que la corriente llevaría quizá a alguna costa habitada o en confiarla a las palomas. Pero ¿cómo esperar que las palomas o botellas pudieran atravesar la distancia que separaba la isla de toda tierra habitada, no inferior a mil doscientas millas? Hubiera sido una locura.

El 30 de junio se capturó un albatros herido en la pata por un tiro de Harbert. Era una ave de la familia de esas grandes voladoras, cuyas alas extendidas miden diez pies de envergadura y que pueden atravesar mares tan amplios como el Pacífico.

Harbert hubiera querido conservar aquella ave, cuya herida se curó rápidamente, a la cual quería domesticar; pero Gedeón Spilett le hizo comprender que no podía desaprovecharse aquella ocasión de intentar una correspondencia mediante aquel correo con las tierras del Pacífico; y Harbert tuvo que ceder, porque, si el albatros había venido de alguna región habitada, volvería a ella cuando se viese libre.

Tal vez en el fondo Gedeón Spilett, en cuyo ánimo dominaba el espíritu de cronista, deseaba con ansia lanzar un interesante artículo respecto de las aventuras de los colonos en la isla Lincoln. ¡Qué triunfo para el corresponsal del *New York Herald* y para el número que publicase la crónica, si por ventura llegaba a manos de su director, el ilustre John Benett!

Gedeón Spilett redactó una noticia sucinta, que fue metida en un saco de tela fuerte engomada. A la noticia acompañaba una súplica, para que el que la encontrase la remitiera inmediatamente a las oficinas del "New York Herald". Aquel saquillo fue atado al cuello del albatros y no a una de sus patas, porque estas aves tienen la costumbre de descansar en la superficie del agua; y después se dio libertad a aquel rápido correo del aire. Los colonos lo vieron desaparecer entre las brumas del oeste.

—¿Adónde irá? —preguntó Pencroff.

—Hacia Nueva Zelanda —contestó Harbert.

—¡Buen viaje! —exclamó el marino, que por su parte no esperaba grandes resultados de aquella correspondencia.

Con el invierno continuaron las tareas del interior del Palacio de granito: reparaciones de vestidos, confecciones diversas, entre otras las velas de la embarcación, que se cortaron del inagotable depósito del aerostato.

Durante el mes de julio los fríos fueron intensos, pero no se economizaron ni leña ni carbón. Ciro Smith había instalado otra chimenea en el salón y allí pasaban las largas noches del invierno. Hablaban durante el trabajo, se leía cuando las manos estaban ociosas y el tiempo transcurría con provecho para todos.

Era un verdadero gozo para los colonos, cuando desde aquella sala bien alumbrada por bujías, bien calentada por el carbón de piedra, después de una comida reconfortante, el café de saúco humeando en la taza y las pipas desprendiendo un humo odorífero, oían la tempestad mugir fuera. Habrían experimentado un bienestar completo si éste pudiera existir para los colonos que estaban lejos de sus semejantes y sin comunicación posible con ellos. Hablaban siempre de su patria, de los amigos que habían dejado en ella y de la grandeza de la República Norteamericana, cuya influencia no podía menos de acrecentarse. Ciro Smith, que había desempeñado un papel importante en los asuntos de la Unión, interesaba a sus oyentes con sus relatos, sus puntos de vista y sus pronósticos.

Un día Gedeón Spilett le dijo:

—Pero en fin, querido Ciro, todo este movimiento industrial y comercial que usted predice continuará en progresión constante. ¿No corre peligro de verse detenido tarde o temprano?

—¿Detenido? ¿Por qué?

—Por falta de carbón, que puede llamarse el más precioso de los minerales.

—Es el más precioso —contestó el ingeniero—, y parece que la naturaleza lo ha querido demostrar así haciendo el diamante, que en último análisis no es más que carbón puro cristalizado.

—¿Quiere usted decir, señor Ciro —repuso Pencroff—, que se quemarán diamantes a guisa de hulla en las calderas?

—No, amigo mío —contestó Ciro Smith.

—Sin embargo, insisto en lo que he dicho —añadió Gedeón Spilett—. ¿Negará usted que un día se habrá extinguido completamente la provisión de carbón?

—Los yacimientos de hulla son todavía muy considerables, y los cien mil obreros, que arrancan anualmente cien millones de quintales métricos de mineral, están muy lejos de agotar tan pronto los depósitos.

—Considerando la proporción creciente del consumo de carbón de piedra —repuso Gedeón Spilett—, se puede presumir que esos cien mil obreros serán pronto doscientos mil y que se duplicará la extracción.

—Pero después de los yacimientos de Europa, con el auxilio de nuevas máquinas podrán explorarse más a fondo. Las minas de América y de Australia suministrarán por largo tiempo todavía lo necesario para el consumo de la industria.

—¿Por cuánto tiempo? —preguntó el periodista.

—Al menos por doscientos cincuenta o trescientos años.

—Eso nos debe tranquilizar —intervino Pencroff—, pero es alarmante para nuestros bisnietos.

—Ya se inventará otra cosa —dijo Harbert.

—Esperemos —contestó Spilett—, porque sin carbón no hay máquinas, y sin máquinas no hay trenes, ni vapores, ni fábricas, ni nada de lo que exige el progreso de la vida moderna.

—Pero ¿qué se inventará? —preguntó Pencroff—. ¿Lo imagina usted, señor Ciro?

—Algo, amigo mío.

—¿Y qué se quemará en vez de carbón?

—¡Agua! —respondió Ciro Smith.

—¡Agua! —exclamó Pencroff—. ¡Agua para calentar las calderas de los vapores y de las locomotoras, agua para calentar el agua!

—Sí, amigo mío —repuso Ciro Smith—; agua descompuesta sin duda por la electricidad y que llegará a ser entonces una fuerza poderosa y manejable. Todos los grandes descubrimientos, por una ley inexplicable, parece que se encadenan y se completan en el momento oportuno. Sí, amigos míos, creo que el agua se usará un día como combustible, que el hidrógeno y el oxígeno que la constituyen, utilizados aislada y simultáneamente, producirán una fuente de calor y de luz inagotable y de una intensidad mucho mayor que la de la hulla. Un día el pañol de los vapores y el ténder de las locomotoras en vez de carbón se cargarán de esos dos gases comprimidos, que arderán en los hornos con un enorme poder calorífico. No hay que temer, pues, mientras esta tierra esté habitada, suministrará elementos para satisfacer las necesidades de sus habitantes, los cuales no carecerán jamás de luz ni de calor, como tampoco de las producciones de los reinos vegetal, mineral y animal. Creo que, cuando estén agotados los yacimientos de hulla, se producirá el calor con agua. El agua es el carbón del porvenir.

—Quisiera ver eso —dijo el marino.

—Has madrugado mucho, Pencroff —contestó Nab, que intervino con estas palabras en la conversación.

Sin embargo, no fueron las palabras de Nab las que terminaron la conversación, sino los ladridos de Top, que estallaron de nuevo con aquella entonación extraña que ya en otra ocasión había preocupado al ingeniero. Al mismo tiempo Top dio vueltas de nuevo alrededor de la boca del pozo que había en el extremo del corredor interior.

—¿Qué es lo que tiene Top, por qué ladra así? —preguntó Pencroff.

—¿Y por qué gruñirá Jup de esa manera? —añadió Harbert.

En efecto, el orangután, uniéndose al perro, daba señales inequívocas de agitación, y los dos animales parecían estar más alarmados que irritados.

—Es evidente —dijo Gedeón Spilett —que ese pozo está en comunicación con el mar, y que hasta su interior viene, sin duda, a respirar algún animal marino.

—Así parece —añadió Peneroff—, no tiene otra explicación... ¡Vamos, silencio, Top! —dijo el marino, volviéndose hacia el perro—; y tú, Jup, retírate a tu cuarto.

El perro y el mono se callaron. Jup volvió a acostarse, pero Top se quedó en el salón y continuó lanzando gruñidos durante toda la noche.

No se volvió a tratar del incidente, pero el ingeniero conservó el ceño fruncido.

Durante el resto del mes de julio hubo alternativas de nieve y de frío. La temperatura no descendió tanto como en el invierno anterior, pues el máximum no pasó de 80 Fahrenheit (13° 33' centígrados bajo cero). Pero si aquel invierno fue menos frío, en cambio fue más agitado por las tempestades y el vendaval; hubo también violentos asaltos del mar, que comprometieron más de una vez las Chimeneas. Parecía que unas corrientes originadas por una conmoción submarina levantaban aquellas olas monstruosas, precipitándolas contra la muralla del Palacio de granito.

Cuando los colonos, asomados a sus ventanas, observaban aquellas masas de agua que se estrellaban a su vista, no podían menos de admirar el magnífico espectáculo de aquel furor imponente del océano. Las olas chocaban y saltaban en espuma resplandeciente; la playa desaparecía bajo aquella inundación rabiosa y el macizo de granito parecía levantarse del fondo del mismo mar, cuyas olas se elevaban a una altura de más de cien pies.

Durante aquellas tempestades era peligroso aventurarse por los caminos de la isla, porque era frecuente la rotura y caída de árboles; sin embargo, los colonos no dejaron pasar una semana sin ir a visitar la dehesa.

Afortunadamente, aquel recinto, abrigado por el contrafuerte sudeste del monte Franklin, no padeció demasiado por la violencia del huracán, que perdonó los árboles, los cobertizos y la empalizada; pero el corral, establecido en la meseta de la Gran Vista, y por consecuencia expuesto directamente a los golpes de viento del este, sufrió deterioros de mucha consideración. El palomar quedó destechado dos veces y la barrera quedó destruida. Todo aquello exigía ser repuesto de una manera sólida, porque se veía claramente que la isla Lincoln estaba situada en uno de los parajes peores del Pacífico. Parecía que formaba el punto central de los vastos ciclones, que la azotaban como la cuerda de un trompo de música. Pero aquí el trompo estaba inmóvil y la cuerda giraba.

Durante la primera semana de agosto se apaciguó poco a poco el huracán y la atmósfera recobró la calma, que parecía haber perdido para siempre. Bajó la temperatura, el frío volvió a ser muy intenso y la columna termométrica descendió a 80 Fahrenheit bajo cero (22° centígrados bajo cero).

El 3 de agosto se hizo una excursión proyectada desde algunos días a la parte sudeste de la isla, hacia el pantano de los Tadornes. Los cazadores deseaban atacar la caza acuática que establecía allí sus cuarteles de invierno: patos silvestres, cercetas y otras aves pululaban en aquellos parajes.

En esta expedición no solamente tomaron parte Gedeón Spilett y Harbert, sino también Pencroff y Nab. Sólo Ciro Smith, pretextando un trabajo, se quedó en el Palacio de granito.

Los cazadores tomaron el camino del puerto del Globo para ir al pantano, después de haber prometido regresar por la tarde; Top y Jup les acompañaban. Cuando pasaron el puente del río de la Merced, el ingeniero lo levantó y se volvió a casa con el pensamiento de llevar a cabo el proyecto, para el cual había querido quedarse solo.

Su proyecto consistía en explorar minuciosamente el pozo interior, cuya boca se abría al nivel del corredor del Palacio de granito y que comunicaba con el mar, puesto que en otro tiempo había dado paso a las aguas del lago.

¿Por qué Top daba vueltas alrededor de aquel orificio? ¿Por qué lanzaba tan extraños ladridos, cuando se acercaba a aquel pozo, estimulado por cierta especie de alarma? ¿Por qué Jup acompañaba a Top en esa especie de ansiedad? ¿Tenía aquel pozo otra ramificación además de la comunicación vertical con el mar? ¿Se ramificaba de algún modo hacia otras partes de la isla? Esto era lo que Ciro Smith deseaba saber y, para saberlo, quería empezar por estar solo. Había resuelto intentar la exploración del pozo durante una ausencia de sus compañeros y se le presentaba la ocasión de hacerlo.

Era fácil bajar hasta el fondo del pozo empleando la escalera de cuerda, que ya no se usaba desde la instalación del ascensor, y cuya longitud era suficiente. Esto hizo el ingeniero: arrastró la escalera de cuerda hasta la boca del pozo, cuyo diámetro medía unos seis pies, y la dejó desarrollarse, después de haber atado sólidamente su extreme superior. Luego encendió una linterna, tomó su revólver, se colgó un machete al cinturón y comenzó a bajar los primeros tramos.

Por todas partes la pared estaba lisa; algunas puntas de roca salían de trecho en trecho y por medio de ellas hubiera sido realmente posible a un ser ágil subir hasta la boca del pozo.

Esta fue la observación que hizo el ingeniero; pero, recorriendo con cuidado con la linterna aquellos salientes, no encontró ninguna señal, ninguna rozadura que pudiera inducir a creer que hubiesen servido para escalar.

Bajó más, alumbrando con su linterna todos los puntos de la pared. No vio nada sospechoso.

Cuando llegó a los últimos tramos, sintió debajo de sí la superficie del agua, que estaba entonces perfectamente tranquila. Ni a su nivel ni en ninguna otra parte del pozo se abría corredor alguno lateral que pudiera ramificarse por el interior de la masa de granito. El muro que Ciro Smith golpeó con el puño del machete sonaba lleno. Era un granito compacto, a través del cual ningún ser viviente había podido abrirse camino.

Para llegar al fondo del pozo y subir después hasta la boca, era absolutamente necesario pasar por aquel canal, siempre sumergido, que le ponía en comunicación con el mar a través del subsuelo pedregoso de la playa, y esto no era posible sino para animales marinos. En cuanto a la cuestión del sitio adonde iba a parar aquel canal, el punto del litoral o de la profundidad bajo las olas donde terminase, era imposible resolver.

Ciro Smith, terminada su exploración, volvió a subir, retiró la escalera, tapó de nuevo el brocal y se dirigió, pensativo, al salón del Palacio de granito, diciendo entre sí:

– ¡Nada he visto y sin embargo aquí hay algo!

Jup lucha como uno más. Prueba del barco construido

Aquella tarde volvieron los cazadores, que habían hecho muy buena caza, y venían cargados, es decir, con la carga que podían buenamente llevar cuatro hombres. Top traía una ristra de cercetas alrededor del cuello, y Jup, un cinturón de gallinetas de agua alrededor de su cuerpo.

–Aquí tenemos, amo –exclamó Nab–, entretenimiento para algún tiempo: conservas, pasteles, agradable reserva, pero alguien me tiene que ayudar. ¿Cuento contigo, Pencroff?

–No, Nab –contestó el marino–; el aparejo del barco me reclama y por ahora tendrás que pasarte sin mi ayuda.

–¿Y usted, señor Harbert?

–Yo mañana tengo que ir a la dehesa –contestó el joven.

–Entonces me ayudará el señor Spilett.

–Por complacerte, Nab –repuso el periodista–; pero te prevengo que, si me descubres tus recetas, las voy a publicar.

–Como usted guste, señor Spilett –respondió Nab–; como usted guste.

Y así fue como al día siguiente Gedeón Spilett se convirtió en ayudante de cocina de Nab y quedó instalado en su laboratorio culinario. Pero antes el ingeniero le había manifestado el resultado de la expedición del pozo realizada la víspera y sobre este punto el corresponsal fue de la misma opinión de Ciro: "que, aunque nada había encontrado, quedaba, sin embargo, un secreto".

Los fríos continuaron todavía durante una semana, y los colonos abandonaron el Palacio de granito sólo para cuidar el corral. La vivienda estaba perfumada con los olores que exhalaban las sabias manipulaciones de Nab y del corresponsal, pero no todo el producto de la caza del pantano se transformó en conserva. Aquel frío intenso conservaba perfectamente la carne: se comieron patos silvestres y otras carnes frescas y se declararon superiores a todos los animales acuáticos del mundo conocido.

Durante aquella semana, Pencroff, ayudado por Harbert, que manejaba hábilmente la aguja del velero, trabajó con tal ardor, que quedaron terminadas las velas de la embarcación.

La cordelería de cáñamo no faltaba gracias al aparejo que se había encontrado con la cubierta del globo. Los cables, las cuerdas de la red, todo aquello formaba un excelente material, del cual sacó el marino muy buen partido. Las velas fueron guarnecidas de fuertes relingas y aún quedaba para fabricar las drizas, los obenques, las escotas, etcétera. En cuanto a los motones, por consejo de Pencroff y mediante el torno que se había instalado, fabricó Ciro Smith los necesarios. Se acabó el aparejo mucho antes que estuviera concluido el barco.

Pencroff hizo también una bandera azul, roja y blanca, cuyos colores habían sido suministrados por ciertas plantas tintóreas muy abundantes en la isla; pero a las treinta estrellas, que representaban los Estados de la Unión, que resplandecen en el pabellón norteamericano, el marino añadió una más, la estrella de la isla Lincoln, porque ya consideraba su isla como unida a la gran República.

—Y si no de hecho, lo estaba, al menos, de corazón —decía.

Entretanto se enarboló aquel pabellón en la ventana central del Palacio de granito y los colonos le saludaron con tres hurras.

La estación fría tocaba a su término, y parecía que aquel segundo invierno iba a pasar sin incidente grave, cuando en la noche del 11 de agosto la meseta de la Gran Vista se vio amenazada de una devastación completa.

Después de un día de mucho trabajo, los colonos dormían profundamente, cuando, hacia las cuatro de la mañana, se despertaron sobresaltados al oír los ladridos de Top. El perro no ladraba aquella vez cerca de la boca del pozo, sino en el umbral de la puerta y se echaba sobre ella como si quisiera derribarla. Jup también por su parte daba gritos agudos.

—¿Qué hay, Top? —exclamó Nab, que fue el primero que se despertó. El perro continuaba ladrando con furor.

—¿Qué pasa? —preguntó Ciro Smith.

Y todos, vestidos apresuradamente, se precipitaron hacia las ventanas de la habitación y las abrieron.

Se presentó ante sus ojos una capa de nieve, que apenas parecía blanca en aquella oscurísima noche. No vieron nada, pero oyeron singulares ladridos que resonaban en la oscuridad. La playa había sido invadida por cierto número de animales que las tinieblas impedían distinguir.

—¿Qué es eso? —exclamó Pencroff.

—Lobos, jaguares o monos —contestó Nab.

—¡Diablos! ¿Pueden llegar a lo alto de la meseta? —dijo el corresponsal.

—¿Y nuestro corral? —exclamó Harbert—. ¿Y nuestra plantación?

—¿Por dónde han pasado? —preguntó Pencroff.

—Sin duda por el puentecillo de la playa que alguno de nosotros habrá olvidado levantar —contestó el ingeniero.

—En efecto —dijo Spilett—; recuerdo que dejé echado el puente...

—¡Buena la ha hecho usted, señor Spilett! —exclamó el marino.

—Lo hecho, hecho está —sentenció Ciro Smith—. Ahora atendamos lo que hay que hacer.

Tales fueron las preguntas y respuestas que se cruzaron rápidamente entre Ciro Smith y sus compañeros. Era indudable que el puentecillo había dado paso a aquellos animales que habían invadido la playa, y cualesquiera que fuesen, subiendo por la orilla izquierda del río de la Merced, podían llegar a la meseta de la Gran Vista; por consiguiente, era preciso ganarles en celeridad, y combatirlos si se ostinaban en pasar.

—¿Pero qué animales son esos? —preguntó Pencroff por segunda vez en el momento en que los ladridos resonaban con más fuerza.

Aquellos ladridos hicieron estremecer a Harbert, acordándose de haberlos oído en su primera visita a las fuentes del arroyo Rojo.

—¡Son culpeos, son zorras! —dijo.

—¡Adelante! —exclamó el marino.

Y todos, armándose de hachas, de carabinas y de revólveres, se precipitaron en la banasta del ascensor y bajaron a la playa.

Los culpeos son animales peligrosos, cuando hay muchos e irritados por el hambre; sin embargo, los colonos no vacilaron en arrojarse en medio de ellos, y sus primeros tiros de revólver, lanzando rápidos relámpagos en la oscuridad, hicieron retroceder a los primeros asaltantes.

Lo que importaba era impedirles subir a la meseta de la Gran Vista, porque entonces las plantaciones y el corral habrían quedado a merced suya e inevitablemente habrían producido estragos inmensos, tal vez irreparables, sobre todo en lo que se refería al campo de trigo. Pero, como la invasión de la meseta no podía efectuarse sino por la orilla izquierda del río de la Merced, bastaba oponer a los culpeos una barrera insuperable en la estrecha porción de la orilla del río comprendida entre este y la muralla de granito.

Así lo comprendieron todos y por orden de Ciro Smith se apresuraron a dirigirse al sitio designado, mientras la bandada de culpeos se movía y saltaba en la oscuridad.

Ciro Smith, Gedeón Spilett, Harbert, Pencroff y Nab se colocaron de forma que presentaban una línea infranqueable. Top, abriendo sus formidables mandíbulas, precedía a los colonos, e iba seguido de Jup, armado de un garrote nudoso, que blandía como una maza.

La noche era muy oscura y no se veía a los agresores, sino los fogonazos de las descargas, cada una de las cuales hacía indudablemente por lo menos una víctima. Las zorras debían ser más de ciento y sus ojos brillaban como carbones encendidos.

—¡No hay que dejarlas pasar! —exclamó Pencroff.

—No pasarán —contestó el ingeniero.

Pero si no pasaron no fue por falta de tentativas. Las últimas filas empujaban a las primeras y hubo que sostener una lucha incesante a tiros de revólver y a hachazos. Muchos cadáveres de culpeos debían cubrir ya el suelo, pero la banda no parecía disminuir, sino al contrario, se renovaba sin cesar por el puentecillo de la playa.

En breve los colonos tuvieron que luchar cuerpo a cuerpo y no dejaron de recibir algunas heridas, aunque ligeras por fortuna. Harbert, de un tiro, había libertado a Nab, sobre cuya espalda acababa de caer un culpeo como hubiera podido hacerlo un tigre. Top peleaba con verdadero furor, saltando al cuello de las zorras y estrangulándolas. Jup, armado de su garrote, daba palos de ciego a todas partes, y en vano se le quería detener. Dotado sin duda de una vista que le permitía penetrar en aquella oscuridad, estaba siempre en lo más duro del combate y lanzaba de cuando en cuando un silbido agudo, que era la señal de alegría. En ciertos momentos se adelantó tanto, que al fogonazo de un tiro de revólver se le pudo ver rodeado de cinco o seis grandes culpeos, a los cuales hacía frente con la mayor sangre fría.

La lucha debía concluir en ventaja para los colonos, aunque fuera al cabo de dos horas largas de resistencia. Los primeros resplandores del alba determinaron sin duda la retirada de los asaltantes, que huyeron hacia el norte, pasando el puentecillo, y Nab corrió inmediatamente a levantarlo.

Cuando la claridad iluminó suficientemente el campo de batalla, los colonos pudieron contar unos cincuenta cadáveres esparcidos por la arena.

—¿Y Jup? —exclamó Pencroff—. ¿Dónde está Jup?

El orangután había desaparecido. Nab le llamó y por primera vez Jup no respondió al llamamiento de su amigo.

Todos se pusieron en busca de Jup, temiendo encontrarlo entre los muertos. Se examinó el sitio de los cadáveres, que manchaban la nieve con su sangre, y encontraron a Jup en medio de un verdadero montón de culpeos, cuyas mandíbulas y espinazos rotos manifestaban haber estado en contacto con el terrible garrote del intrépido animal. El pobre Jup tenía en la mano un pedazo de su estaca rota, pero, privado de su arma, había sido derribado por el número de enemigos y tenía en su pecho profundas heridas.

—¡Está vivo! —exclamó Nab, que se había inclinado sobre él.

—Lo salvaremos —repuso el marino—, lo cuidaremos como a uno de nosotros. Parecía que Jup lo había entendido, porque reclinó su cabeza sobre el hombro de

Pencroff, como para darle las gracias. El marino también estaba herido, pero sus heridas, lo mismo que las de sus compañeros, eran insignificantes, porque gracias a sus armas de fuego casi siempre habían podido mantener la distancia conveniente entre ellos y sus agresores. Solamente el orangután tenía heridas graves.

Nab y Pencroff lo llevaron hasta el ascensor sin que apenas saliera de sus labios más que un débil gemido; lo subieron con cuidado al Palacio de granito, donde fue instalado en uno de los colchones que se tomaron de una cama, y le lavaron las heridas. No parecía que hubiesen alcanzado a ningún órgano vital, pero Jup estaba muy debilitado por la pérdida de sangre, y la fiebre se declaró con bastante intensidad.

Le acostaron después de haberle vendado las heridas y se le impuso una dieta, como una persona, según decía Nab, haciéndole beber algunas tazas de tisana refrigerante, cuyos ingredientes suministró la oficina de farmacia vegetal del Palacio de granito.

Jup durmió al principio con un sueño agitado, pero poco a poco su respiración se hizo más regular y se le dejó descansar tranquilamente. De cuando en cuando, Top, andando, por decir así, de puntillas, iba a visitar a su amigo y parecía aprobar los cuidados que tenían con él. Una mano de Jup pendía fuera de la cama y Top la lamía con aire de pesadumbre.

Aquella mañana se procedió a dar sepultura a los muertos, que fueron arrastrados hasta el bosque del Far-West y allí enterrados.

Aquel ataque, que hubiera podido tener consecuencias tan grandes, fue una lección para los colonos, y desde entonces no se acostaron nunca sin que uno hubiera pasado a examinar si todos los puentes estaban alzados y si era o no posible alguna invasión.

Jup, después de haber inspirado serios temores durante algunos días, reaccionó contra el mal. Su constitución triunfó, disminuyó la fiebre poco a poco y Gedeón Spilett, que entendía algo de medicina, le declaró en breve fuera de peligro. El 16 de agosto Jup empezó a comer; Nab le hacía unos platitos azucarados, que el enfermo saboreaba con fruición, porque era algo goloso, y Nab no había hecho nunca nada para corregirlo.

—¿Qué quiere usted? —decía a Gedeón Spilett, que alguna vez le reconvenía mimar al orangutan—, el pobre Jup no tiene más placer que el de la boca y me alegro mucho de poder mostrar así la gratitud por sus servicios.

Diez días después, el 21 de agosto, maese Jup se levantó de la cama. Sus heridas estaban cicatrizadas, y todos comprendieron que no tardaría en recobrar su vigor y flexibilidad habituales. Como todos los convalecientes, se vio acometido de un hambre devoradora y el periodista le dejó comer cuanto quiso, porque se fiaba de ese instinto que con frecuencia falta a los seres racionales y que debía preservar al orangután de todo exceso. Nab estaba encantado de ver cómo volvía el apetito a su discípulo.

—Come —le decía—, come, amigo Jup, y no te prives de nada. Has vertido tu sangre por nosotros y lo menos que puedo hacer es ayudarte a reparar tus pérdidas.

En fin, el 25 de agosto, se oyó la voz de Nab que llamaba a sus compañeros.

—¡Señor Ciro, señor Gedeón, señor Harbert, Pencroff, vengan!

Los colonos, reunidos en el salón, se levantaron y acudieron hacia donde Nab les llamaba, es decir, al cuarto de Jup.

—¿Qué hay? —preguntó el periodista.

—Vean ustedes —contestó Nab, lanzando una sonora carcajada.

Maese Jup fumaba tranquila y seriamente sentado como un turco en el umbral del Palacio de granito.

—¡Mi pipa! —exclamó Pencroff—. ¡Se ha apoderado de mi pipa! ¡Ah, valiente Jup, te la regalo! Fuma, amigo mío, funja.

Y Jup lanzaba gravemente espesas bocanadas de humo de tabaco, lo cual parecía proporcionarle un gozo exquisito.

Ciro Smith no se mostró tan admirado del incidente, y citó varios ejemplos de monos domesticados que se habían acostumbrado a fumar.

Pero desde aquel día maese Jup fue propietario de una pipa, la del marino, que permaneció suspendida en su cuarto cerca de la provisión de tabaco. El mismo la cargaba y la encendía con una brasa y, cuando fumaba, parecía el más dichoso de los cuadrúmanos. Ya se comprenderá que aquella comunidad de gustos no hizo más que estrechar entre Jup y Pencroff los lazos de amistad que unían al mono y al honrado marino.

—Quizá es un hombre —decía algunas veces Pencroff—. Nab, ¿te extrañarías si un día se pusiera a hablamos?

—No —contestó Nab—. Me extraña lo contrario, que no hable, porque realmente no le falta más que la palabra.

—Me gustaría —dijo el marino que el día menos pensado me dijese: "¿Vamos a cambiar de pipa, Pencroff?".

—Sí —contestó Nab—. ¡Qué desgracia que sea mudo de nacimiento!

Con el mes de septiembre terminó completamente el invierno y los colonos volvieron con más ardor a sus trabajos.

La construcción del barco adelantó rápidamente. Tenía ya toda la tablazón de forro y se pusieron las cuadernas interiores para unir todas las partes del casco, haciéndolas flexibles por medio del vapor de agua, que se prestaba a todas las exigencias del gálibo.

Como no faltaba madera, Pencroff propuso al ingeniero que se forrara interiormente el casco con hiladas de tablones a lo largo, que aseguraría la solidez de la embarcación.

Ciro Smith, no sabiendo lo que podía acontecer en el futuro, aprobó la idea del marino de hacer el buque lo más sólido posible. El forro y el puente quedaron concluidos el 15 de septiembre. Para calafatear las costuras se hizo estopa con cierta hierba marina seca, que fue introducida a golpes de mazo entre los tablones del casco, de los forros del puente; después se cubrieron aquellas costuras con brea hirviendo, suministrada abundantemente por los pinos del bosque.

La distribución de las diversas partes de la embarcación fue sencilla. Primero se echaron por lastre grandes trozos de granito dispuestos en un lecho de cal, cuyo peso podría ser doce mil libras. Por encima de aquel lastre se puso un sollado, cuyo interior se dividió en dos cámaras a lo largo de las cuales se extendían dos bancos, que servían de arcones. El pie del mástil debía apuntalar el tabique que separaba las dos cámaras, a las cuales se llegaba por dos escotillas abiertas sobre el puente y provistas de sus portezuelas.

No costó ningún trabajo a Pencroff encontrar un árbol apropiado para mástil. Escogió un abeto joven y recto, sin nudos, que no tuvo que hacer más que labrar en la planta y redondear por la cabeza. La guarnición de hierro del mástil, del timón y del casco había sido burda, pero sólidamente fabricada en la fragua de las Chimeneas. En fin, vergas, tablones, botavara, relingas, remos, etcétera., todo estaba terminado en la primera semana de octubre, y se acordó que se haría la prueba del barco en las inmediaciones de la isla, para reconocer qué tal se portaba en la mar y hasta qué punto podía tenerse confianza en él.

Durante aquel tiempo no se habían descuidado las obras necesarias. Se habían aumentado las construcciones de la dehesa, porque el rebaño de muflones y el de cabras contaba un cierto número de corderitos y cabritos, que había que alojar y alimentar. No habían dejado de visitar los bancos de ostras, ni el conejal, ni los yacimientos de hulla y de hierro, ni algunas partes hasta entonces inexploradas de los bosques del Far-West, que eran muy abundantes en caza.

También se descubrieron ciertas plantas indígenas, que, si no tenían una utilidad inmediata, contribuyeron a variar los comestibles vegetales del Palacio de granito. Eran varias especies de ficoideas, unas semejantes a las del Cabo, con hojas carnosas comestibles, y otras que producían granos que contenían una especie de harina.

El 10 de octubre se botó al mar el buque, con gran satisfacción de Pencroff, y la operación salió perfecta. La nave, completamente aparejada, habiendo sido empujada sobre maderos cilíndricos hasta la orilla del río, fue recogida por la marea ascendente y flotó con aplauso de los colonos, y particularmente de Pencroff, que no manifestó ninguna modestia en aquella ocasión. Por otra parte, su vanidad debía sobrevivir al término de su obra, puesto que, después de haber construido el barco, estaba destinado a mandarlo. En efecto, todos le dieron unánimemente el grado de capitán.

Para complacer al capitán Pencroff hubo que poner nombre a la embarcación y, después de haber discutido muchas proposiciones, se reunieron los votos en el nombre de Buenaventura, que era el del honrado marino.

Cuando el Buenaventura fue levantado por la marea ascendente, se pudo ver que se mantenía muy bien en sus líneas de agua y que debía navegar muy bien con todos los aires.

Por lo demás, iba a hacerse el ensayo de su aptitud ese día con una excursión a lo largo de la costa. El tiempo era hermoso, la brisa fresca, el mar fácil, sobre todo el litoral del sur, porque el viento hacía una hora que soplaba del nordeste.

—¡A bordo, a bordo! —gritó el capitán Pencroff.

Pero había que almorzar antes de salir, y parecía conveniente llevar provisiones a bordo, para el caso de que la excursión se prolongara hasta la noche.

Ciro Smith estaba también impaciente por probar la embarcación, cuyos planos había hecho, aunque aconsejado por el marino, pero con frecuentes modificaciones; no tenía la misma confianza que Pencroff, y como este ya no hablaba de la isla Tabor, el ingeniero suponía que el marino había renunciado a su proyecto.

No le gustaba que dos o tres compañeros se aventurasen en alta mar con aquel barco, que, en resumidas cuentas, era muy pequeño y no cargaba más de quince toneladas.

A las diez y media todos estaban a bordo, incluso Jup y Top. Nab y Harbert levantaron el ancla que mordía la arena cerca de la desembocadura del río de la Merced; se izó la cangreja; el pabellón lincoiniano ondeó en el tope del mástil y el Buenaventura, dirigido por Pencroff, se hizo a la mar.

Para salir de la bahía de la Unión fue preciso primero caminar viento en popa, y se pudo observar que, con este aire, la celeridad de la embarcación era satisfactoria.

Después de haber doblado la punta del Pecio y el cabo de la Garra, Pencroff debió mantenerse lo más cerca posible, para seguir la costa meridional de la isla, y, después de haber recorrido algunas bordadas, observó que el Buenaventura podía marchar a cinco cuartos de viento, y que se sostenía muy bien contra la corriente. Viraba perfectamente a barlovento, teniendo golpe, como dicen los marinos, y aun ganando al virar.

Los pasajeros del Buenaventura estaban entusiasmados. Tenían una buena embarcación, que podría prestarles grandes servicios, y con aquel tiempo el paseo fue delicioso.

Pencroff salió a alta mar a tres o cuatro millas de la costa a través del puerto del Globo. La isla apareció entonces en todo su desarrollo, bajo un aspecto nuevo por el panorama variado de su litoral desde el cabo de la Garra hasta el promontorio del Reptil, en primer término los bosques, en que las coníferas sobresalían entre el follaje tierno de los demás árboles que apenas empezaban a echar brotes, y aquel monte Franklin que dominaba el conjunto y cuya cima estaba coronada de nieve.

–¡Qué magnífico espectáculo! –exclamó Harbert.

–Sí, nuestra isla es bonita y buena –añadió Pencroff–, y la amo como amaba a mi pobre madre. Nos ha recibido pobres y careciendo de todo, ¿y qué falta ahora a estos cinco hijos que le han caído del cielo?

–Nada –contestó Nab–; nada, capitán.

Y los dos honrados colonos lanzaron tres formidables hurras en honor de la isla. Entretanto, Gedeón Spilett, apoyado en el mástil, dibujaba el panorama que se presentaba a sus ojos. Ciro Smith miraba en silencio.

–Y bien, señor Ciro –preguntó Pencroff–, ¿qué dice usted de nuestro barco?

–Parece que se porta bien –contestó el ingeniero.

–¡Bueno! ¿Cree ahora que podré emprender un viaje de alguna duración?

–¿Qué viaje, Pencroff?

–El de la isla Tabor, por ejemplo.

–Amigo –repuso Ciro Smith–, creo que en un caso urgente no habría que vacilar en fiarse del Buenaventura, hasta para una travesía larga; pero ya sabe que le vería partir con disgusto para la isla Tabor, pues nada le obliga a ir.

–Me gusta conocer a mis vecinos –repuso Pencroff, que se obstinaba en llevar a cabo su idea–. La isla Tabor es nuestra vecina, no tenemos otra. La cortesía exige que se vaya al menos una vez a hacer una visita.

–¡Caramba! –exclamó Gedeón Spilett–. ¡Nuestro amigo Pencroff, esclavo de las conveniencias sociales!

—No soy esclavo de nada —repuso el marino, a quien la oposición del ingeniero le incomodaba un poco, pero que no quería disgustarlo.

—Piense, Pencroff —contestó Ciro Smith—, que no puede ir solo a la isla Tabor.

—Un compañero me basta.

—Bueno —repuso el ingeniero—. ¿Quiere usted correr el riesgo de privar a la isla Lincoln de dos colonos de cinco que tiene?

—Tiene seis —repuso Pencroff—; olvida a Jup.

—Tiene siete —añadió Nab—, porque Top vale como cualquier otro.

—Por otra parte, no hay riesgo, señor Ciro —agregó el marino.

—Es posible, Pencroff, pero repito que es exponerse sin necesidad.

El terco marino no contestó y varió de conversación, decidido, sin embargo, a volver sobre ella en ocasión oportuna.

No sospechaba que iba a ser ayudado por un incidente, que cambiaría en obra de humanidad lo que no era sino un capricho discutible. Después de haberse mantenido en alta mar, el Buenaventura se acercó a la costa, dirigiéndose hacia el puerto del Globo. Era importante examinar los pasos que había entre los bancos de arena y arrecifes, para ponerles balizas en caso de necesidad, pues aquella ensenada debía ser el puerto donde se amarrase el barco. Estaban a media milla de la costa que había sido preciso bordear para ganar espacio contra el viento; la velocidad del Buenaventura era entonces muy moderada, porque la brisa, detenida en parte por la tierra alta, apenas hinchaba sus velas, y el mar, terso como un espejo, no se rizaba sino al soplo de rachas que pasaban caprichosamente.

Harbert, que estaba a proa para indicar el camino que habían de seguir entre los arrecifes y los bancos de arena, exclamó:

—¡Orza, Pencroff, orza!

—¿Qué pasa? —preguntó el marino, levantándose—. ¿Una roca?

—No... Espera... —dijo Harbert—. No veo bien... Orza más... Bueno... Llega un poco...

Diciendo esto, Harbert, echado a lo largo de la barca, metía la mano rápidamente en el agua y se levantaba después, diciendo:

—¡Una botella!

En efecto, tenía en la mano una botella cerrada que acababa de coger a pocos cables de la costa.

Ciro Smith tomó la botella y sin decir una palabra quitó el tapón y sacó un papel húmedo, en el cual se leían estas palabras:

Naufragado... Isla Tabor: 153° longitud oeste; 37° 11 ‘ latitud sur.

Van a la isla Tabor a salvar a un náufrago

—¡Un náufrago! —exclamó Pencroff—. ¡Un náufrago abandonado a pocos centenares de millas de nosotros en la isla Tabor! ¡Señor Ciro, ya no se opondrá a mi proyecto de viaje!

—No, Pencroff —contestó el ingeniero—. Marchará lo más pronto posible.

—¿Mañana?

—Mañana.

El ingeniero tenía en la mano el papel que había sacado de la botella. Meditó unos instantes y después, volviendo a tomar la palabra, dijo:

—De este documento, amigos, y hasta de la forma en que está redactado, debemos deducir, en primer lugar, que el náufrago de la isla Tabor es un hombre que tiene conocimientos bastante adelantados en marina, puesto que da la latitud y longitud de la isla conforme a las que nosotros hemos encontrado y hasta con la aproximación de minutos; en segundo lugar, que es inglés o norteamericano, puesto que el documento está escrito en lengua inglesa.

—Eso es lógico —contestó Gedeón Spilett—, y la presencia de ese náufrago explica la llegada de la caja a las playas de la isla. En cuanto a este último, quienquiera que sea, es una fortuna que Pencroff haya tenido la idea de construir el buque y probarlo hoy mismo, porque si se hubiera retrasado un día, esta botella podría haberse roto contra los arrecifes.

—En efecto —dijo Harbert—, es una circunstancia feliz que el Buenaventura haya pasado por aquí precisamente cuando flotaba la botella.

—¿Y eso no le parece a usted muy extraordinario? —preguntó Ciro Smith a Pencroff.

—Me parece una casualidad y nada más —contestó el marino—. ¿Es que usted encuentra algo extraordinario en eso, señor Ciro? Esta botella por fuerza tenía que ir a alguna parte, ¿por qué no aquí y sí a otro sitio?

—Quizá tiene usted razón, Pencroff —repuso el ingeniero—, sin embargo...

—Pero —observó Harbert—nada prueba que esta botella flote desde hace mucho tiempo por el mar.

—Nada —contestó Gedeón Spilett—, y el documento parece haber sido escrito recientemente. ¿Qué piensa usted, Ciro?

—Es difícil de averiguar; por otra parte, lo sabremos más tarde contestó el ingeniero.

Durante esta conversación, Pencroff no había estado inactivo; había virado de bordo, y el Buenaventura, desplegando todas sus velas, corría rápidamente hacia el cabo de la Garra. Todos pensaban en aquel náufrago de la isla Tabor. ¿Había tiempo para salvarlo?

¡Gran acontecimiento en la vida de los colonos! Ellos mismos eran náufragos; sin embargo, era lamentable que otro no estuviera tan favorecido de la fortuna y su deber era socorrer al desgraciado.

Dobló el cabo de la Garra y el Buenaventura ancló hacia las cuatro de la tarde en la desembocadura del río de la Merced.

Aquella noche determinaron los detalles de la nueva expedición. Pareció conveniente que Pencroff y Harbert, que conocían la maniobra de la embarcación, fuesen los únicos que emprendieran el viaje. Saliendo de la isla a la mañana siguiente, 11 de octubre, podrían llegar el 13 a Tabor, porque con el viento que reinaba no se necesitaban más que cuarenta y ocho horas para aquella travesía de ciento cincuenta millas. Contando con que estuvieran un día en la isla y con tres o cuatro para volver, podía calcularse que el 17 estarían de regreso en la isla Lincoln. El tiempo era bueno, el barómetro subía sin sacudidas, el viento parecía fijo, y todas las probabilidades estaban en favor de aquella honrada gente a la cual un deber de humanidad.impulsaba lejos de su isla.

Se acordó que Ciro Smith, Nab y Gedeón Spilett se quedarían en el Palacio de granito, pero hubo una reclamación, y Gedeón Spilett, que no olvidaba su oficio de corresponsal del *New York Herald*, declaró que iría a nado antes que perder ocasión semejante, por lo cual hubo que ceder a que formara parte de la expedición.

Emplearon la noche en trasladar a bordo del Buenaventura algunos objetos de cama, utensilios, armas, municiones, una brújula, víveres para ocho días, y, hecho el cargamento, volvieron los colonos al Palacio de granito.

Al día siguiente, a las cinco de la mañana, se despidieron emocionados por una y otra parte, y Pencroff, largando velas, se dirigió hacia el cabo de la Garra, que debía doblar para tomar directamente después el rumbo sudoeste.

El Buenaventura estaba ya a un cuarto de milla de la costa, cuando sus pasajeros vieron en la altura del Palacio de granito dos hombres que les hacían señas de despedida. Eran Ciro Smith y Nab.

—¡Nuestros amigos! —exclamó Gedeón Spilett—. Es nuestra primera separación desde hace quince meses.

Pencroff, el periodista y Harbert respondieron a aquellas últimas señales, y en breve el Palacio de granito desapareció a la vista detrás de las rocas del cabo.

En las primeras horas del día el Buenaventura permaneció constantemente a la vista de la costa meridional de la isla Lincoln, que en breve apareció bajo la forma de una canastilla verde, de la cual sobresalía el monte Franklin. Las alturas, aminoradas por la distancia, le daban un aspecto poco a propósito para atraer a los buques a sus ensenadas.

A la una de la tarde los navegantes pasaron más allá del promontorio del Reptil, pero ya a diez millas en el mar. Desde aquella distancia no era posible distinguir nada de la costa occidental, que se extendía hasta las estribaciones del monte Franklin, y tres horas después todo lo que pertenecía a la isla Lincoln había desaparecido del horizonte.

El Buenaventura marchaba perfectamente. Se elevaba con facilidad sobre las olas y corría con rapidez. Pencroff había aparejado su vela de flecha y, con viento en popa, marchaba siguiendo una dirección rectilínea, según marcaba la brújula.

De cuando en cuando Harbert le relevaba en el timón, y la mano del joven era tan segura que el marino no tenía que reconvenirlo por una sola guiñada.

Gedeón Spilett hablaba con uno y otro y, si era el caso, ayudaba a la maniobra. El capitán Pencroff estaba absolutamente satisfecho de su tripulación y hablaba de gratificarla nada menos que con un cuartillo de vino por brigada.

Por la noche, la luna, que no debía entrar hasta el 16 en su primer cuarto, se dibujó en el crepúsculo para extinguirse en breve; la noche fue oscura, pero muy estrellada, anunciando un hermoso día.

Pencroff, por prudencia, amainó la vela de flecha, no queriendo exponerse a ser sorprendido por algún exceso de brisa con la tela en el tope del mástil. Era quizá demasiada precaución para una noche tranquila, pero Pencroff era un marino prudente y nadie hubiera podido en esta ocasión censurarlo.

El periodista durmió una parte de la noche, mientras Pencroff y Harbert se relevaban de dos en dos horas al timón. El marino se fiaba del muchacho como de sí mismo, y su confianza estaba justificada por la inteligencia y serenidad del joven. Pencroff le daba el rumbo como un comandante a su timonel, y Harbert no dejaba el Buenaventura desviarse ni una línea.

La noche pasó bien y el día 12 de octubre transcurrió bajo las mismas condiciones. Se mantuvo la dirección sudoeste durante todo el día; y si el Buenaventura no sufría el empuje de alguna corriente desconocida, debía arribar sin desviarse a la isla Tabor.

En cuanto al mar recorrido por la embarcación, estaba absolutamente desierto. A veces una grande ave, albatros o rabihorcado, pasaba a tiro de fusil, y Gedeón Spilett se preguntaba interiormente si sería una de aquellas aves la que había llevado al *New York Herald* la crónica que le había confiado. Aquellas aves eran los únicos seres que al parecer frecuentaban la parte del océano comprendido entre la isla Tabor y la Lincoln.

—Sin embargo —observó Harbert—, estamos en la época en que los balleneros se dirigen ordinariamente hacia la parte meridional del Pacífico. No creo que haya un mar más desierto que este.

—No lo está tanto —contestó Pencroff.

—¿Por qué lo dice? —preguntó el corresponsal.

—¿No somos nadie nosotros? ¿Es que considera usted nuestro barco un pecio y nuestras personas monos?

Y Pencroff se echó a reír celebrando su propio chiste.

Por la tarde, según la estimación, se podía pensar que el Buenaventura había recorrido una distancia de ciento veinte millas desde su salida de la isla Lincoln, es decir, desde treinta y seis horas antes, lo que daba una celeridad de tres millas y un tercio por hora. La brisa era débil y mostraba tendencia a calmarse; sin embargo, se podía esperar que al día siguiente, al amanecer, si la estimación era justa y la dirección buena, estaría el buque a la vista de la isla Tabor.

Por consiguiente, ni Gedeón Spilett, ni Harbert, ni Pencroff durmieron aquella noche, que fue la del 12 al 13 de octubre. Esperando la luz del día no podían dominar su emoción. ¡Era tan incierta la empresa que habían acometido! ¿Estaban cerca de la isla Tabor? ¿Se hallaba esta habitada todavía por el náufrago a cuyo socorro iban? ¿Quién era aquel hombre? Su presencia, ¿no introduciría ninguna perturbación en la pequeña colonia, tan unida hasta entonces? ¿Consentiría además de cambiar su prisión por otra? Todas estas preguntas, que sin duda iban a ser contestadas a la mañana siguiente, los tenían despiertos y, al amanecer los primeros albores del día, fijaron sucesivamente sus miradas en todos los puntos del oeste del horizonte.

—¡Tierra! —gritó Pencroff, hacia las seis de la mañana.

Y como no cabía que Pencroff se engañara, era evidente que la tierra estaba allí.

Grande fue, por consiguiente, la alegría de la pequeña tripulación del Buenaventura, al considerar que antes de pocas horas se encontrarían sobre la costa de la isla.

La isla Tabor, especie de costa baja que apenas sobresalía de las aguas, no distaba más que quince millas. La proa del Buenaventura, que estaba un poco hacia el sur de la isla, fue puesta sobre ella, y a medida que el sol subía en el oriente se iba destacando alguna eminencia.

—Es un islote mucho menos importante que la isla Lincoln —observó Harbert—, y también probablemente como ella debido a alguna emersión submarina.

A las once de la mañana el Buenaventura no estaba más que a dos millas, y Pencroff, buscando un paraje para tomar tierra, marchaba con prudencia por aquellas aguas desconocidas.

Se veía entonces todo el conjunto del islote, sobre el cual se destacaban grupos de árboles de goma muy verdes, y otros mayores de la misma naturaleza que los que crecían en la isla Lincoln.

Pero, ¡cosa extraña!, ni la menor humareda que indicase que el islote estaba habitado; ni aparecía señal alguna sobre ningún punto del litoral.

Y, sin embargo, el documento era explícito: había un náufrago, y este náufrago esperaba la llegada de socorro.

El Buenaventura se aventuró entre los pasos caprichosos que los arrecifes dejaban entre sí y cuyas sinuosidades observaba Pencroff con la mayor atención. Harbert iba al timón, y Pencroff, apostado hacia adelante, examinaba las aguas preparado para amainar la vela, cuya driza tenía en la mano. Gedeón Spilett, con el anteojo, recorría toda la playa sin ver nada que le llamase la atención.

A las doce del día el Buenaventura tocó con su roda en una playa de arena. Se echó el ancla, se amainaron las velas y la tripulación saltó a tierra.

No había duda de que aquella era la isla Tabor, pues, según los mapas más modernos, no existía ninguna otra isla en aquella parte del Pacífico entre Nueva Zelanda y la costa americana.

La embarcación fue amarrada sólidamente para que el reflujo no pudiera llevársela, y después Pencroff y sus dos compañeros, bien armados, subieron por la orilla dirigiéndose a una especie de cono de doscientos cincuenta a trescientos pies de altura, que se levantaba a una media milla de distancia.

—Desde la cima de esa colina —dijo Gedeón Spilett-podremos hacernos, sin duda, una idea exacta del islote, lo cual facilitará nuestra investigación.

—Lo mismo -respondió Harbert —que el señor Ciro hizo en la isla Lincoln, subiendo al monte Franklin.

—Exacto —contestó el corresponsal—, y es la mejor manera de proceder.

Hablando así, los exploradores se adelantaban siguiendo el extremo de una pradera que terminaba al pie del mismo cerro. Bandadas de palomas silvestres y golondrinas de mar, semejantes a las de la isla Lincoln, huían. En el bosque, que limitaba la pradera a la izquierda, oyeron ruido en la maleza, y entrevieron el movimiento de las altas hierbas, que indicaba la fuga de varios animales, pero nada anunciaba que el islote estuviera habitado.

Al llegar al pie del cono, Pencroff, Harbert y Gedeón Spilett empezaron la ascensión, recorriendo con la vista todos los puntos del horizonte.

Llegaron por fin a la cima; estaban en un islote que no medía más de seis millas en contorno, y cuyo perímetro, poco abundante en cabos o promontorios, poco festoneado de ensenadas o de puertos, presentaba la forma de un óvalo prolongado.

Todo alrededor del mar, absolutamente desierto, se extendía hasta los límites del cielo. ¡No había ni tierra ni vela a la vista!

Aquel islote, lleno de bosque en toda su superficie, no ofrecía la diversidad de aspectos que la isla Lincoln, que era árida y agreste en una parte y fértil y rica en otra. La isla Tabor era una masa uniforme de verdor, dominada por dos o tres colinas poco elevadas. Un arroyo, cuyo curso era oblicuo al óvalo del islote, atravesaba una ancha pradera y desembocaba en el mar por la costa occidental, formando una estrecha desembocadura.

—Esta propiedad es bastante reducida —dijo Harbert.

—Sí —contestó Pencroff—, sería pequeña para nosotros.

—Y además —añadió el periodista—, parece inhabitada.

—En efecto —repuso Harbert—, nada revela aquí la presencia del hombre.

—Bajemos —dijo Pencroff —y busquemos.

El marino y sus dos compañeros volvieron a la orilla al sitio donde habían dejado al Buenaventura. Habían decidido dar a pie la vuelta al islote antes de aventurarse por el interior, de manera que ninguno de sus puntos escapase a sus investigaciones.

La playa era fácil de seguir y sólo en algunos sitios estaba cortada por gruesas rocas, a las cuales se podía dar la vuelta fácilmente. Los exploradores descendieron hacia el sur haciendo huir numerosas bandadas de aves acuáticas y grupos de focas que se arrojaban al mar al verlos de lejos.

—Estos animales —observó el corresponsal —no es la primera vez que ven hombres. Los temen, luego los conocen.

Una hora después de su partida los tres habían llegado a la punta sur del islote, terminada por un cabo agudo, y subían hacia el norte siguiendo la costa occidental, igualmente formada de arena y rocas, con espesos bosques en segundo término.

En ninguna parte había señal de habitación, ni huella de pies humanos en toda aquella parte del islote, que al cabo de cuatro horas de marcha quedó enteramente recorrida.

Era muy extraño lo que sucedía, y debía creerse que la isla Tabor no estaba o no había estado nunca habitada. Quizá el documento tenía muchos meses o acaso muchos años de fecha; era posible que el náufrago hubiera sido salvado o que hubiera muerto.

Pencroff, Gedeón Spilett y Harbert, formando hipótesis más o menos plausibles, comieron rápidamente a bordo del Buenaventura para poder continuar su excursión hasta la noche.

En efecto, a las cinco de la tarde penetraron en el bosque.

Muchos animales escaparon al verlos, y principalmente, casi podía decirse únicamente, cabras y cerdos, que, según se veía, pertenecían a las especies europeas.

Sin duda algunos balleneros los habían desembarcado en la isla, donde se habían multiplicado rápidamente. Harbert prometió apoderarse de una o dos parejas vivas para llevarlas a la isla Lincoln. No dudaba que en una época habían llegado hombres a visitar aquel islote. Esto pareció más evidente todavía cuando a través del bosque vieron algunos senderos trazados, troncos de árboles cortados por el hacha, y en todas partes señal de trabajo humano; pero aquellos árboles estaban podridos y habían sido derribados muchos años antes; los cortes hechos por el hacha estaban cubiertos de musgo, y las hierbas crecían altas y espesas en los senderos, que era difícil reconocer.

–Pero –observó Gedeón Spilett –esto prueba no sólo que han desembarcado en este islote, sino que le han habitado durante cierto tiempo. Ahora bien, ¿quiénes eran esos hombres?, ¿cuántos? y ¿cuántos quedan?

–El documento –dijo Harbert –no habla más que de un solo náufrago.

–Pues bien, si está todavía en la isla –añadió Pencroff–, es indispensable que lo encontremos.

Continuó la exploración. El marino y sus compañeros siguieron el camino que cortaba en línea diagonal el islote y llegaron a costear el arroyo que se dirigía hasta el mar.

Si los animales de origen europeo y si algunos trabajos debidos a la mano del hombre demostraban incontestablemente que había estado algún tiempo habitada la isla, no lo probaban menos algunas muestras del reino vegetal. En ciertos sitios, en los claros del bosque, era visible que se había plantado la tierra con legumbres en una época probable- mente bastante remota.

Fue grande la alegría de Harbert al reconocer varias plantas de patatas, de achicorias, de acederas, de zanahorias, de coles y nabos, plantas de las cuales bastaba recoger la simiente para enriquecer el suelo de la isla Lincoln.

–Bueno, bueno –dijo Pencroff–. Esto vendrá perfectamente a Nab y también a nosotros. Si no encontramos al náufrago, al menos nuestro viaje no habrá sido inútil y Dios nos habrá recompensado.

–Sin duda –repuso Gedeón Spilett–, pero, a juzgar por el estado en que se encuentran estas plantaciones, parece que hace mucho tiempo que estuvo habitado este islote.

–En efecto –repuso Harbert–. Un habitante no habría descuidado tan importante cultivo.

–Sí –dijo Pencroff–, ese náufrago marchó de aquí... Es de suponer...

–¿Habrá que admitir que el documento es antiguo?

–Evidentemente.

—¿Y que aquella botella llegó a la isla Lincoln después de haber flotado durante algún tiempo en el mar?

—¿Por qué no? —dijo Pencroff—. La noche se nos echa encima —añadió —y creo que debemos suspender nuestras pesquisas.

—Volvamos a bordo y mañana comenzaremos de nuevo —dijo el corresponsal.

Era lo más prudente, y el consejo iba a ser seguido, cuando Harbert, mostrando a sus compañeros una casa escondida entre los árboles, exclamó:

—¡Una vivienda!

Inmediatamente los tres se dirigieron a la vivienda indicada y a la luz del crepúsculo pudieron ver que estaba construida de tablas cubiertas con una espesa tela embreada.

Pencroff empujó la puerta, que estaba medio abierta, y entró con paso rápido... La vivienda estaba vacía.

Exploran Tabor y encuentran "un hombre salvaje"

Pencroff, Harbert y Gedeón Spilett se quedaron silenciosos en aquella oscuridad.

Pencroff echó yescas y encendió un montón de hojas secas. Aquella claridad alumbró durante un instante una pequeña vivienda, que parecía absolutamente abandonada. En el fondo había una chimenea tosca con cenizas frías y un brazado de leña seca. Pencroff arrojó en ella las hierbas inflamadas, la leña ardió y se produjo un vivo resplandor.

El marino y sus dos compañeros vieron entonces una cama en desorden, cuyas ropas húmedas y amarillentas probaban que no servían hacía largo tiempo; en un rincón de la chimenea había dos calderos cubiertos de orín, y una marmita boca abajo. Junto a la puerta había un armario con algunos vestidos de marino, deteriorados por la humedad; en una mesa, un cubierto de estaño y una Biblia, también enmohecida, y en un rincón algunos instrumentos: una pala, un azadón, un pico, dos escopetas de caza, una rota; en una tabla, formando estante, un barril de pólvora intacto, otro de plomo y varias cajas de pistones; todo cubierto de una espesa capa de polvo, que quizá se había acumulado durante largos años.

—¡No hay nadie! —dijo el corresponsal.

—¡Nadie! —exclamó Pencroff.

—Hace tiempo que esta casa no está habitada —observó Harbert.

—Sí, mucho tiempo —añadió el periodista.

—Señor Spilett —dijo Pencroff—, en vez de volver a bordo, creo que será mejor pasar la noche en esta habitación.

—Tiene razón, Pencroff —dijo Gedeón Spilett—; y si vuelve su propietario, no creo que pueda quejarse de que le hayamos ocupado el sitio.

—No volverá —dijo el marino volviendo la cabeza.

—¿Cree usted que ha abandonado la isla? —preguntó el periodista.

—Si hubiera abandonado la isla, se habría llevado las armas y los instrumentos. Sabe la estimación de estos objetos, que son los últimos restos del naufragio. No, no —repitió el marino con acento de convicción—, no ha dejado la isla. Si se hubiera salvado en una canoa hecha por él, todavía con menos razón podía haber abandonado estos objetos de primera necesidad. No, sostengo que está en la isla.

—¿Vivo? —preguntó Harbert.

—Vivo o muerto; pero, si está muerto, supongo que no se habrá enterrado a sí mismo —dijo Pencroff—, y encontraremos al menos sus restos.

Se acordó pasar la noche en la vivienda abandonada, la cual podría caldearse suficientemente por medio de la provisión de leña que se hallaba en un rincón. Cerrada la puerta, Pencroff, Harbert y Gedeón Spilett, sentados en un banco, hablaban poco, pero pensaban mucho. Hallábanse en esa disposición de espíritu en que hay motivo para suponerlo todo, como para esperarlo todo, y escuchaban todos los rumores que podían llegar del exterior. Si la puerta se hubiese abierto de repente y se hubiera presentado un hombre a su vista, no les habría sorprendido el espectáculo a pesar de los indicios de abandono que veían en la vivienda, y estaban preparados para estrechar las manos de aquel hombre, las de aquel náufrago, las de aquel amigo desconocido a quien esperaban.

Pero no se oyó ningún ruido, la puerta no se abrió y así transcurrieron las horas.

¡Qué larga pareció la noche al marino y a sus dos compañeros! Sólo Harbert había dormido dos horas, porque a su edad el sueño es una necesidad. Los tres estaban impacientes por continuar su exploración de la víspera y registrar el islote hasta en sus rincones más secretos. Las consecuencias deducidas por Pencroff eran absolutamente justas y, puesto que la casa estaba abandonada y los útiles y las armas y municiones se encontraban en ella todavía, era casi cierto que su huésped había sucumbido. Convenía buscar sus restos y darles sepultura cristiana.

Amaneció. Pencroff y sus dos compañeros procedieron inmediatamente al examen de la vivienda.

Estaba edificada en una posición escogida con mucho acierto, a espaldas de una pequeña colina, abrigada por cinco o seis magníficos árboles; el hacha de los constructores había arreglado una ancha glorieta, que permitía a las miradas extenderse hasta el mar. Un pequeño prado rodeado de una empalizada medio arruinada conducía a la playa, a la izquierda de la cual se hallaba la desembocadura del arroyo.

La construcción era de tablas y podía verse fácilmente que procedían del casco o del puente de un buque. Era probable que hubiera sido arrojado a la costa un buque desamparado, y que por lo menos un hombre de la tripulación se había salvado, construyéndose aquella morada con los restos del buque y con los útiles que había tenido a su disposición.

Se vio más evidente todavía cuando Gedeón Spilett, después de haber dado vuelta a toda la habitación, notó en una tabla, probablemente una de las que formaban el piso del buque náufrago, estas letras medio borradas:

BR...TAN...A

–¡Britannia! –exclamó Pencroff, que acudió a la voz del corresponsal–. Es un nombre común a muchos buques y no podría decir si este era inglés o norteamericano.

–Poco importa, Pencroff.

–Poco importa –añadió el marino–, y el que ha sobrevivido a la tripulación, si vive todavía, será salvado por nosotros cualquiera que sea el país a que pertenezca. Pero antes de continuar nuestra exploración volvamos al Buenaventura.

Se había apoderado de Pencroff cierta inquietud respecto de su embarcación. ¡Si el islote estuviera habitado y algún habitante se hubiera apoderado de ella! Pero después se encogió de hombros comprendiendo que era una suposición inverosímil. De todos modos, no desagradaba al marino almorzar a bordo. El camino, trazado ya, no era largo, apenas una milla. Se pusieron en marcha, registrando con la mirada los bosques y las espesuras, a través de los cuales veían centenares de cabras y cerdos.

Veinte minutos después de haber salido de la casa, Pencroff y sus compañeros volvían a ver la costa oriental de la isla y el Buenaventura, cuya ancla mordía profundamente la arena.

Pencroff no pudo contener un suspiro de satisfacción. Al fin y al cabo aquel buque era su hijo, y los padres tienen derecho a inquietarse con frecuencia más de lo justo.

Subieron a bordo y almorzaron de forma que no tuvieran necesidad de comer hasta bien tarde; y, terminado el almuerzo, continuaron la expedición suspendida con cuidado minucioso.

Era probable que el único habitante del islote hubiese sucumbido. Pencroff y sus compañeros buscaban más bien un muerto que un vivo, pero sus investigaciones fueron vanas. Durante la mitad del día registraron inútilmente los bosques que cubrían el islote. Había que suponer que, si el náufrago había muerto, no quedaba ningún vestigio de su cadáver y que, sin duda, alguna fiera había devorado hasta el último hueso.

—Mañana, al amanecer, nos haremos a la vela —dijo Pencroff a sus dos compañeros, que hacia las dos de la tarde se habían tendido a la sombra de un grupo de pinos para descansar unos instantes.

—Creo —añadió Harbert —que sin ningún escrúpulo podemos llevarnos los utensilios que han pertenecido al náufrago.

—Yo también lo creo —dijo Gedeón Spilett—, y esas armas y utensilios completarán el material del Palacio de granito. Si no me engaño, la reserva de pólvora y de plomo es importante.

—Sí —repuso Pencroff—, pero no nos olvidemos de cazar dos parejas de esos cerdos, que no hay en la isla Lincoln.

—Ni tampoco debemos olvidar una colección de simientes —añadió Harbert—, que nos darán todas las legumbres del antiguo y nuevo continente.

—Entonces —dijo el periodista—, quizá sería conveniente que permaneciésemos un día más en la isla Tabor para recoger todo lo que pudiera sernos útil.

—No, señor Spilett —dijo Pencroff—; me atrevo a suplicar a usted que marchemos mañana mismo, al romper el alba. El viento me parece que muestra tendencia a saltar al oeste, y así, después de haber tenido buen viento para venir, lo tendremos también para regresar.

—Pues no perdamos tiempo —dijo Harbert, levantándose.

—No perdamos tiempo —repitió Pencroff—. Tú, Harbert, recogerás las simientes, que conoces mejor que nosotros, mientras el señor Spilett y yo cazaremos los cerdos, a pesar de no estar aquí Top. Espero que lograremos capturar alguno.

Harbert salió por el sendero que debía conducirle hacia la parte cultivada del islote, mientras el marino y el corresponsal entraban directamente en el bosque.

Vieron huir delante de ellos muchos ejemplares de la raza porcina, animales singularmente ágiles, que parecían dispuestos a no dejarse cazar; sin embargo, después de media hora de persecución, los cazadores habían logrado apoderarse de una pareja, que se habían metido en un matorral espeso, cuando a pocos centenares de pasos hacia el norte resonaron gritos mezclados de horribles rugidos, que nada tenían de humanos. Pencroff y Gedeón Spilett se levantaron y los cerdos aprovecharon aquel movimiento para huir, cuando ya el marino preparaba las cuerdas para atarlos.

—¡Es la voz de Harbert! —dijo el periodista.

—¡Corramos! —exclamó Pencroff.

Inmediatamente el marino y Gedeón Spilett corrieron con toda la celeridad que les permitían sus piernas hacia el sitio de donde salían los gritos.

Hicieron bien en apresurarse, porque al volver el recodo del sendero, cerca de un claro, vieron al joven derribado por un ser salvaje, sin duda un gigantesco mono, que trataba sin duda de jugarle una pasada.

Arrojarse sobre el monstruo, tirarlo al suelo, arrancar a Harbert de sus manos y mantener derribada en el suelo la fiera, fue asunto de un instante para Pencroff y Gedeon Spilett. El marino tenía una fuerza hercúlea, el periodista era también muy robusto, y a pesar de la resistencia del monstruo quedó atado de manera que le fue imposible hacer ningún movimiento.

—¿Te ha hecho daño, Harbert? —preguntó Gedeón Spilett.

—No, no.

—¡Si te hubiera herido ese mono! —exclamó Pencroff.

—¡Pero si no es un mono! —contestó Harbert.

Al oír estas palabras, Pencroff y Gedeón Spilett miraron al ser que yacía en el suelo. En efecto, no era un mono, era una criatura humana, un hombre. ¡Pero qué hombre!

Un salvaje en toda la horrible acepción de la palabra, y tanto más espantoso, cuanto que parecía haber caído en el último grado de embrutecimiento.

Cabellera enmarañada, barba inculta que le bajaba hasta el pecho, cuerpo casi desnudo, salvo un pedazo de manta rodeada a la cintura, ojos feroces, manos enormes, uñas desmesuradamente largas, color de caoba oscuro, pies endurecidos como si estuviesen hechos de cuerno: tal era la miserable criatura, a la cual, sin embargo, era preciso llamar hombre. Pero había derecho para preguntar si en aquel cuerpo existía todavía un alma racional o si era el vulgar instinto del bruto lo único que había sobrevivido en él.

—¿Está seguro de que esto es un hombre o de que lo haya sido? preguntó Pencroff al periodista.

—¡Ah, no se puede dudar! -contestó éste.

—¿Será el náufrago? —dijo Harbert.

—Sí —repuso Gedeón Spilett—, pero el desdichado no tiene nada de humano.

El corresponsal decía la verdad. Era evidente que, si alguna vez el náufrago había sido un ser civilizado, el aislamiento lo había convertido en salvaje y quizá en una cosa peor, en un verdadero orangután, el hombre de los bosques. Roncos sonidos salieron de su garganta a través de los dientes, que habían adquirido la agudeza de los animales carnívoros, hechos para masticar la carne cruda. La memoria debía haberle abandonado y también el arte de servirse de los instrumentos, de las armas y de la leña para hacer fuego. Se veía que era robusto y flexible, pero que todas sus cualidades físicas se habían desarrollado en él con detrimento de las cualidades morales.

Gedeón Spilett le habló, pero, al parecer, no comprendía, ni siquiera le escuchaba... Sin embargo, el corresponsal, mirándole bien fijamente en los ojos, creyó observar que no se había extinguido en él completamente la razón.

Entretanto el preso no se movía ni trataba de romper las ligaduras. ¿Estaba aturdido por la presencia de aquellos hombres, cuyo semejante había sido? ¿Se había despertado en algún rincón de su cerebro un recuerdo fugitivo que le enlazase con la humanidad? Si se hubiera visto libre, ¿habría intentado huir o se habría quedado? No se sabe, pero no se trató la prueba y, después de haber contemplado al infeliz con atención, dijo Gedeón Spilett:

–Quienquiera que sea y quienquiera que haya sido o pueda ser este hombre, nuestro deber es llevarlo con nosotros a la isla Lincoln.

–Sí –contestó Harbert–, y quizá a fuerza de cuidados podremos despertar en él algún destello de inteligencia.

–El alma no muere _dijo el corresponsal –y sería una satisfacción para nosotros arrancar del embrutecimiento a esta criatura de Dios.

Pencroff movió la cabeza con aire de duda.

–En todo caso, hay que intentar la prueba –repuso el periodista–; la humanidad nos lo ordena.

Era su deber mostrarse civilizados y cristianos. Los tres comprendieron y sabían que Ciro Smith aprobaría su conducta.

–¿Lo dejaremos atado? –preguntó el marino.

–Quizá andaría, si le desatáramos los pies –dijo Harbert.

–Probemos –repuso Pencroff.

Desataron las cuerdas que sujetaban los pies del preso, dejándole los brazos fuertemente atados. Se levantó por sí mismo y no dio muestras de querer huir. Sus ojos, secos, miraban de través a los tres hombres que marchaban a su lado y nada denotaba que recordase haber sido ni ser su semejante. Un silbido continuo se escapaba de sus labios y su aspecto era feroz; pero no intentó poner resistencia.

Por consejo de Spilett, aquel desgraciado fue llevado a su casa. Quizá la vista de los objetos que le pertenecían haría alguna impresión sobre él; quizá bastaba una chispa de memoria para reavivar su pensamiento oscurecido, para encender el fuego apagado de su alma.

La vivienda no estaba lejos y en unos minutos llegaron, pero el preso no conoció nada y parecía que había perdido la memoria de todas las cosas.

¿Qué podía conjeturarse del grado de embrutecimiento en que había caído aquel infeliz, sino que su prisión en el islote era ya antiquísima, y que después de haber llegado a él como ser racional, el aislamiento le había reducido a semejante estado?

El periodista tuvo entonces la idea de encender fuego, creyendo que su vista le llamaría la atención, y en un momento iluminó el hogar una de aquellas llamaradas que atraen hasta a los animales.

La vista de la llama pareció al principio fijar la atención del desdichado, pero en breve retrocedió y se extinguió su mirada inconsciente.

Evidentemente no había nada que hacer, al menos entonces, más que llevarlo a bordo del Buenaventura, lo cual se hizo y quedó bajo la vigilancia de Pencroff.

Harbert y Gedeón Spilett volvieron al islote para terminar sus operaciones, y pocas horas después llegaron de nuevo a la playa llevando los utensilios y las armas, una colección de simientes de legumbres, algunas piezas de caza y dos parejas de cerdos. Todo quedó embarcado y el Buenaventura estuvo dispuesto para levar ancla, cuando comenzara la marea a la mañana siguiente.

El preso quedó en la cámara de proa y se mantuvo tranquilo, silencioso, sordo y mudo.

Pencroff le ofreció comida, pero rechazó la carne cocida que le fue presentada y que sin duda no le gustaba. En efecto, habiéndole presentado el marino uno de los patos que Harbert había matado, se arrojó sobre él con avidez y lo devoró.

—¿Cree usted que volverá a su estado racional? —preguntó Pencroff moviendo la cabeza.

—Quizá —contestó el corresponsal—, no es imposible que nuestros cuidados lleguen a ejercer sobre él una saludable reacción, porque si el aislamiento le ha puesto en este estado, no volverá a estar solo.

—Hace sin duda mucho tiempo que el pobre hombre se encuentra en esta situación —dijo Harbert.

—Es posible -añadió Gedeón Spilett.

—¿Qué edad tendrá? —preguntó el joven.

—Es difícil calcular —repuso el periodista—, porque es imposible ver bajo la espesa barba que le cubre la cara; pero no es joven y supongo que debe tener por lo menos cincuenta años.

—¿Ha observado, señor Spilett, cuán profundamente hundidos tiene los ojos? —preguntó el joven.

—Sí, Harbert, pero son más humanos de lo que podía creerse por el aspecto de su persona.

—En fin, veremos —dijo Pencroff—. Tengo curiosidad de saber el juicio que dará el señor Smith sobre nuestro salvaje. Veníamos a buscar una nueva criatura humana y nos llevamos un monstruo. En fin, uno hace todo lo que puede.

Así pasó la noche y, si el prisionero durmió o no, nadie lo sabe; pero en todo caso, aunque le quitaron las ataduras, no se movió. Era como esas fieras que quedan aturdidas en los primeros momentos de su captura y se enfurecen después.

Al despuntar el día, que era el 15 de octubre, se produjo el cambio de tiempo previsto por Pencroff: el viento soplaba del noroeste y favorecía el regreso del Buenaventura, pero al mismo tiempo refrescaba y debía hacer más difícil la navegación.

A las cinco de la mañana se levó el ancla. Pencroff tomó un rizo en su vela mayor y puso la proa al este-nordeste para cinglar directamente hacia la isla Lincoln.

El primer día de la travesía no ocurrió ningún incidente. El preso continuó tranquilo en la cámara de proa y, como había sido marino, parecía que las agitaciones del mar producían en él una especie de reacción saludable. ¿Recordaba alguna cosa de su antiguo oficio? En todo caso parecía tranquilo y admirado más bien que abatido.

Al día siguiente, 16 de octubre, el viento refrescó muchísimo, subiendo aún más al norte, y por consiguiente en una dirección menos favorable a la marcha del Buenaventura, que saltaba sobre las olas. Pencroff llegó a tener que aguantar todo lo posible y, aunque no decía nada, comenzó a alarmarse por el estado del mar, que se rompía con estrépito y formando espuma sobre la proa de la embarcación. Ciertamente, si el viento no cambiaba, tardarían en llegar a la isla Lincoln mucho más tiempo del que habían empleado para ir a Tabor.

En efecto, el 18 por la mañana hacía cuarenta y ocho horas que el Buenaventura salió de la isla Tabor y nada indicaba que estuviese en las aguas de la isla. Era imposible, además, calcular el camino recorrido, ni atenerse a la estimación, porque la dirección y la celeridad habían sido muy irregulares.

Veinticuatro horas después no había todavía ninguna tierra a la vista. El viento estaba de proa y la mar pésima. Fue preciso manejar con rapidez las velas de la embarcación, acometida grandemente por golpes de mar; hubo que tomar rizos y cambiar muchas veces las amarras corriendo pequeñas bordadas. El 18 una ola barrió la cubierta del Buenaventura y, si sus pasajeros no hubieran tomado antes la precaución de atarse al puente, aquella ola los hubiera llevado.

En aquella ocasión Pencroff y sus compañeros, que estaban muy ocupados en desprenderse del oleaje, recibieron un auxilio inesperado del preso, el cual se lanzó por la escotilla como dominado por su instinto de marino, rompió los tablones de la borda con un golpe vigoroso de relinga para dar más pronta salida al agua que llenaba el puente y, una vez hecho esto y desembarazada la embarcación, volvió a su cámara sin haber pronunciado una palabra.

Pencroff, Gedeón Spilett y Harbert, absolutamente estupefactos, le habían dejado moverse.

Sin embargo, la situación era mala y el marino tenía razón para creerse extraviado en aquel inmenso mar.

La noche del día 18 al 19 fue oscura y fría; sin embargo, hacia las once se calmó, disminuyó el oleaje y el Buenaventura, menos sacudido, adquirió mayor velocidad. Por lo demás, se había portado maravillosamente en el mar.

Ni Pencroff, ni Gedeón Spilett, ni Harbert pensaron en dormir ni una hora siquiera. Velaban con cuidado, porque o la isla Lincoln no podía estar lejos, y debían verla al día siguiente al despuntar el día, o el Buenaventura, arrastrado por algunas corrientes, había derivado a sotavento y era casi imposible rectificar su dirección.

Pencroff, lleno de zozobra, no desesperaba, sin embargo, porque tenía un alma bien templada, y sentado al timón se esforzaba obstinadamente en penetrar las espesas tinieblas que lo rodeaban.

Hacia las dos de la mañana se levantó de repente y gritó:

—¡Una hoguera, una hoguera!

En efecto, un vivo resplandor aparecía a veinte millas hacia el nordeste.

Allí estaba la isla Lincoln, y aquel resplandor tan vivo, que sin duda era una hoguera encendida por Ciro Smith, les mostraba el rumbo que debían seguir. Pencroff, que se había inclinado demasiado al norte, modificó su dirección y puso la proa hacia aquel fuego que brillaba por encima del horizonte como una estrella de primera magnitud.

El "salvaje" se aclimata y parece recobrarla razón

Al día siguiente, 20 de octubre, a las siete de la mañana, después de cuatro días de viaje, el Buenaventura ancló en la playa, en la desembocadura del río de la Merced.

Ciro Smith y Nab, alarmados por aquel mal tiempo y por la prolongada ausencia de sus compañeros, subieron al amanecer a la meseta de la Gran Vista, desde la cual, por fin, habían divisado la embarcación.

—¡Bendito sea Dios, ahí están! —exclamó Ciro Smith.

En cuanto a Nab, en su júbilo, se había puesto a bailar y a dar vueltas, palmoteando y gritando:

—¡Oh, amo mío!

Pantomima más patética que el mejor discurso.

La primera idea del ingeniero, al contar las personas que había sobre el puente del Buenaventura, fue que Pencroff no había encontrado al náufrago de la isla Tabor o que aquel desgraciado se había negado a dejar la isla y a cambiar su prisión por otra.

En efecto, Pencroff, Gedeón Spilett y Harbert venían solos en el Buenaventura en el momento en que la embarcación llegó a la costa. El ingeniero y Nab la esperaban en la playa y, antes que los pasajeros hubiesen saltado a tierra, Ciro Smith les dijo:

—Hemos estado muy intranquilos por su tardanza, amigos míos. ¿Les ha sucedido algo?

—No —contestó Gedeón Spilett—, al contrario, todo ha ido bien. Ya se lo contaremos.

—Sin embargo —repuso el ingeniero—, veo que no han encontrado nada, puesto que no viene nadie más que ustedes tres.

—Perdone, señor Ciro —repuso el marino—, somos cuatro.

—¿Encontraron al náufrago?

—Sí.

—¿Y le han traído?

—Sí.

—¿Vivo?

—Sí.

—¿Dónde está? ¿Quién es?

—Es —contestó el corresponsal—, o mejor dicho, era un hombre. Esto es, Ciro, todo lo que podemos decir.

El ingeniero fue puesto al corriente de lo que había pasado durante el viaje, refiriéndole en qué condiciones se habían hecho las pesquisas, cómo estaba abandonada la única vivienda del islote, y cómo, en fin, se había hecho la captura del náufrago, que parecía no pertenecer ya a la especie humana.

—Hasta tal punto —añadió Pencroff —que no sé si hemos hecho bien en traerlo.

—¡Han hecho bien, Pencroff! —respondió el ingeniero.

—¡Ese desgraciado ha perdido la razón!

—De acuerdo —dijo Ciro Smith—, pero hace pocos meses ese desdichado era un hombre como usted y como yo. ¡Y quién sabe lo que llegaría a ser el último que sobreviviese de nosotros después de una larga soledad en esta isla! Desgraciado el que está solo, amigos míos, porque el aislamiento destruye la razón; por eso han encontrado a este pobre ser en un estado semejante.

—Pero, señor Ciro —preguntó Harbert—, ¿qué le induce a creer que el embrutecimiento de este infeliz no se remonta más que a unos meses?

—En qué el documento que encontramos había sido escrito recientemente —contestó el ingeniero— y no lo ha podido escribir más que el náufrago.

—A menos que haya sido redactado por algún compañero de este hombre, que haya muerto después —observó Gedeón Spilett.

—Es imposible, querido Spilett,

—¿Por qué? —preguntó el corresponsal.

—Porque el documento hubiera hablado de dos náufragos y no habla más que de uno —contestó el ingeniero.

Harbert refirió en pocas palabras los incidentes de la travesía e insistió sobre el hecho curioso de una especie de resurrección pasajera que se había observado en el espíritu del preso cuando por breves instantes había pasado a ser marino en lo más fuerte de la tormenta.

—Bien, Harbert —intervino el ingeniero—, tienes razón en dar grande importancia a ese hecho. Este infortunado no debe ser incurable y quizá la desesperación le ha llevado al estado en que se halla. Aquí se encuentra entre semejantes y, puesto que todavía tiene alma, nosotros salvaremos esa alma.

El náufrago de la isla Tabor, con gran compasión del ingeniero y admiración de Nab, fue sacado de la cámara que ocupaba en la proa del Buenaventura y, una vez en tierra, manifestó deseos de huir.

Pero Ciro Smith, acercándose, le puso la mano en el hombro con ademán lleno de autoridad y le miró con amabilidad infinita. Inmediatamente el desdichado, sufriendo una especie de dominación instantánea, se calmó, bajó los ojos, abatió la cabeza y no opuso resistencia.

—¡Pobre abandonado! —murmuró el ingeniero.

Ciro Smith le observaba atentamente. A juzgar por la apariencia, aquel miserable no tenía nada de humano y, sin embargo, Ciro Smith, lo mismo que Gedeón Spilett, sorprendió en su mirada un vislumbre de inteligencia.

Se decidió que el abandonado, o mejor dicho, el desconocido, porque así lo designaron después sus nuevos compañeros, habitase en un cuarto del Palacio de granito, de donde no podrían escaparse. Se dejó conducir sin dificultad y podía esperarse que, bien cuidado, se lograría hacer de él un compañero más de los colonos de la isla Lincoln.

Ciro Smith, durante el almuerzo que Nab había preparado, pues el corresponsal, Harbert y Pencroff tenían apetito, se hizo contar todos los pormenores e incidentes que habían señalado el viaje de exploración al islote. Estuvo de acuerdo con sus amigos sobre la conjetura que el desconocido debía ser inglés o norteamericano, pues así lo hacía suponer el nombre de Britannia; por otra parte, a través de aquella barba inculta y de la maleza enmarañada que le servía de cabellera, el ingeniero había creído distinguir los rasgos característicos del anglosajón.

—Pero, hasta ahora —dijo Gedeón Spilett, dirigiéndose a Harbert—, no nos has dicho cómo encontraste a este salvaje, y no sabemos más que te habría estrangulado, si por casualidad no hubiéramos podido llegar a tiempo de socorrerte.

—A fe mía —contestó Harbert—, que no sé realmente lo que pasó. Creo que estaba distraído recogiendo unas plantas, cuando oí el ruido de algo que caía de un árbol muy alto. Apenas tuve tiempo de volverme, y este desdichado, que estaba sin duda escondido en un árbol, se precipitó sobre mí en menos tiempo del que he tardado en decirlo, y sin ustedes, señor Spilett y Pencroff...

—¡Hijo mío! —dijo Ciro Smith—, has corrido un verdadero peligro; pero, de lo contrario, este pobre hombre se habría ocultado y no tendríamos un compañero más.

—¿Espera usted, Ciro, conseguir hacer de él un hombre? —preguntó el periodista.

—Sí —contestó el ingeniero.

Terminado el almuerzo, Ciro Smith y sus compañeros salieron del Palacio de granito y volvieron a la playa. Descargaron el Buenaventura, y el ingeniero, habiendo examinado las armas y demás objetos, no vio nada que pudiera inducirle a establecer la identidad del desconocido.

La captura de los cerdos, hecha en el islote, fue considerada como beneficiosa para la isla Lincoln. Aquellos animales fueron conducidos a los establos, donde debían aclimatarse fácilmente.

También fueron bien recibidos los paquetes de pistones y los dos toneles de pólvora y plomo, conviniéndose en establecer un polvorín, ya en el Palacio de granito, ya en la caverna superior, donde no había ninguna explosión que temer. Sin embargo, debía continuarse el empleo del piroxilo, porque esta sustancia daba excelentes resultados y no había ninguna razón para reemplazarla con la pólvora ordinaria.

Terminada la descarga de la embarcación, dijo Pencroff:

—Señor Ciro, creo que sería conveniente poner nuestro Buenaventura en lugar seguro.

—¿No está bien en la desembocadura del río de la Merced? —preguntó Ciro Smith.

—No, señor Ciro —repuso el marino—; la mitad del tiempo tiene que estar encallado en la arena y eso le perjudica. Es una excelente embarcación y se ha portado admirablemente durante la borrasca que nos asaltó con tanta violencia al regreso.

—¿No podríamos tenerla a flote en el río mismo?

—Sin duda, señor Ciro, que podríamos; pero esta desembocadura no presenta ningún abrigo y con los vientos del este creo que el Buenaventura sufriría mucho con el viento del mar.

—¿Y dónde querría ponerlo, Pencroff?

—En el puerto del Globo —contestó el marino—. Esa pequeña ensenada protegida por las rocas me parece el mejor puerto.

—¿No cree que está un poco lejos?

—¡Bah! Está sólo a tres millas del Palacio de granito y podemos ir allá por un camino bien recto.

—Haga lo que le parezca Pencroff, y lleve su Buenaventura a ese puerto —contestó el ingeniero—; sin embargo, yo preferiría que nuestra vigilancia pudiera ser más inmediata. Cuando tengamos ocasión, será preciso que le proporcionemos un puertecito.

—¡Magnífico! —exclamó Pencroff—. Un puerto con faro, un muelle y una dársena para carenar. Con usted, señor Ciro, todo es fácil.

—Sí, valiente Pencroff —repuso el ingeniero—; pero con la condición de que me ayude, porque usted hace las tres cuartas partes de las obras que aquí ejecutamos.

Harbert y el marino se reembarcaron en el Buenaventura, levaron ancla, izaron la vela y el viento de mar les condujo rápidamente al cabo de la Garra. Dos horas después el barco descansaba en las aguas tranquilas del puerto del Globo.

Durante los primeros días que el desconocido pasó en el Palacio de granito, ¿había dado muestras de que su naturaleza se hubiera modificado? ¿Brillaba ya en el fondo de aquel espíritu oscurecido un resplandor más intenso? El alma, en fin, ¿volvería a ocupar aquel cuerpo? Sí y hasta tal punto, que Ciro Smith y el corresponsal se preguntaron si podía ser cierto que la razón del infortunado le hubiera abandonado.

Al principio, habituado al aire libre y a la libertad sin límites de que gozaba en la isla Tabor, había manifestado cierto furor sordo y dado lugar a que se temiera que se tirara por una ventana del Palacio de granito; pero poco a poco se calmó y se le pudo dejar la libertad de movimientos.

Había, pues, mucho que esperar. Olvidando sus instintos de carnívoro, aceptaba un alimento menos bestial que el empleado en el islote, y la carne cocida no le causaba la repugnancia que había manifestado a bordo del Buenaventura.

Ciro Smith se había aprovechado de un momento en que dormía para cortarle la cabellera y la barba incultas, que formaban como una especie de melena y le daban un aspecto tan salvaje.

También le había vestido convenientemente, después de haberle quitado el pedazo de tela que le cubría. Gracias a estos cuidados, el desconocido recobró el rostro humano y hasta pareció que sus miradas eran más suaves y menos feroces. Cuando la inteligencia lo iluminara en otro tiempo, el rostro de aquel hombre no debió carecer de belleza.

Cada día Ciro Smith pasaba algunas horas en su compañía. Se ponía a trabajar a su lado y se ocupaba en diversas cosas, de manera que fijara su atención. Podía bastar un relámpago para encender el fuego de aquella alma, un recuerdo que atravesara su cerebro para establecer en él la razón. Esto se había visto durante la tempestad a bordo del Buenaventura.

El ingeniero hablaba siempre en voz alta, de manera que sus ideas penetrasen a la vez por los órganos del oído y de la vista hasta el fondo de aquella inteligencia entenebrecida. Un compañero, algunas veces todos, se unían a él en esta tarea. Hablaban con frecuencia de cosas que tenían relación con el mar y que debían interesar más a un marino. De cuando en cuando el desconocido prestaba una vaga atención y los colonos llegaron en breve a persuadirse de que, al menos en parte, les entendía. Otras veces la expresión de su rostro era profundamente dolorosa, prueba de que sufría interiormente, porque su fisonomía no hubiera podido engañarlos hasta tal punto, pero no hablaba, aunque en diversas ocasiones pudo creerse que iba a escaparse alguna palabra de sus labios. El pobre hombre estaba tranquilo y triste, ¿pero era tan sólo aparente su tranquilidad? Su tristeza, ¿era la consecuencia tan sólo de su secuestro? No podía afirmarse nada. No viendo más que ciertos objetos y en un campo limitado, en contacto con los colonos, a los cuales debía habituarse, no teniendo ningún deseo que satisfacer; mejor alimentado, mejor vestido, no era extraño que su naturaleza se modificase poco a poco. ¿Pero se había penetrado de una vida nueva, o bien, para emplear una palabra que podía aplicársele justamente, no había hecho más que domesticarse como un animal respecto de su amo? Esta era una importante cuestión que Ciro Smith deseaba resolver lo más pronto posible. Sin embargo, no quería precipitar la curación de su enfermo, porque para él el desconocido era un enfermo. ¿Llegaría a entrar en convalecencia?

El ingeniero le observaba, espiaba los movimientos de su alma, si así puede decirse, y esperaba, dispuesto a apoderarse de ella.

Los colonos seguían con sincera emoción todas las fases de aquella curación emprendida por Ciro Smith y le ayudaban en la obra humanitaria, habiendo llegado todos, a excepción del incrédulo Pencroff, a participar de la esperanza y de la fe del ingeniero.

La calma del desconocido era profunda y mostraba cierta adhesión al ingeniero, a cuya influencia se sometía visiblemente. Ciro Smith resolvió hacer con él una prueba, trasladándolo a otra parte y poniéndolo en presencia de aquel océano que sus ojos tenían la costumbre de contemplar en otro tiempo, y a la orilla de los bosques, que debían recordarle aquellos donde había pasado tantos años de su vida.

—Pero —dijo Gedeón Spilett—¿podemos esperar que puesto en libertad no se escapará?

—Esa es la prueba que vamos a hacer —repuso el ingeniero.

—Bueno —dijo Pencroff—, cuando tenga este mozo espacio ante sí y se vea libre, echará a correr.

—No lo creo —repuso Ciro Smith.

—Probemos —dijo Gedeón Spilett.

—Probemos —repitió el ingeniero.

Era el 20 de octubre; por consiguiente, hacía nueve días que el náufrago de la isla Tabor se hallaba en el Palacio de granito. Hacía calor y un hermoso sol enviaba sus rayos sobre la isla.

Ciro Smith y Pencroff fueron al cuarto que ocupaba el desconocido, a quien hallaron tendido junto a la ventana y mirando al cielo.

—Venga, amigo mío —le dijo el ingeniero.

El desconocido se levantó inmediatamente; fijó sus ojos en Ciro Smith y le siguió, mientras el marino marchaba detrás de él, poco confiado en los resultados del experimento.

Al llegar a la puerta, Ciro Smith y Pencroff le hicieron montar en el ascensor, mientras Nab, Harbert y Gedeón Spilett esperaban al pie del Palacio de granito. Bajó la banasta y en pocos instantes todos estuvieron en la playa.

Los colonos se alejaron un poco del desconocido dejándole cierta libertad.

Este dio algunos pasos adelantándose hacia el mar y sus miradas brillaron, pero no hizo ninguna tentativa para escaparse. Miraba las olas que se rompían en el islote y después venían a morir sobre la arena.

—Aquí no se ve más que el mar —observó Gedeón Spilett —y no le inspira el deseo de huir.

—Es verdad —añadió Ciro Smith—, vamos a la meseta, a la entrada del bosque. El experimento será concluyente.

—Además, no podrá escaparse —observó Nab—, puesto que están levantados los puentes.

—¡Oh! —dijo Pencroff—, no es un hombre a quien puede servir de obstáculo un arroyo como el de la Glicerina; pronto lo atravesará, si quiere, de un solo salto.

—Ya veremos —contestó Ciro Smith, que no apartaba la vista de su enfermo.

Conducido hacia la desembocadura del río de la Merced y subiendo todos a la orilla izquierda, llegaron a la meseta de la Gran Vista.

Al llegar al sitio donde se cruzaban los primeros árboles del bosque, cuyo follaje se agitaba blandamente al impulso de la brisa, el desconocido pareció aspirar con delicia aquel perfume penetrante que impregnaba la atmósfera y un largo suspiro se escapó de su pecho.

Los colonos estaban detrás de él dispuestos a sujetarlo, si hacía un movimiento para huir.

Y en efecto, el pobre hombre estuvo a punto de lanzarse al arroyo que le separaba del bosque, y sus piernas se aflojaron en un instante como un resorte... pero casi al mismo tiempo se replegó sobre sí mismo, se contuvo y una lágrima corrió por sus mejillas.

–¡Ah! –exclamó Ciro Smith–, has vuelto a ser hombre, puesto que lloras.

Los remordimientos del "salvaje", a quien dejan libre

Sí, el desdichado había llorado. Algún recuerdo había atravesado su espíritu y, según la expresión de Ciro Smith, había vuelto a ser hombre por medio de las lágrimas.

Los colonos le dejaron en la meseta un rato y se alejaron un poco para que pudiese llorar libremente, pero no pensó aprovecharse de aquella libertad para huir, y Ciro Smith lo llevó otra vez al Palacio de granito.

Dos días después de esta escena, el desconocido pareció inclinarse poco a poco a participar de la vida común. Era evidente que oía, que comprendía, pero también que se obstinaba en no hablar a los colonos, porque una tarde, Pencroff, escuchando a la puerta de su cuarto, oyó que se escapaban estas palabras de sus labios:

–¡No! ¡Aquí yo! ¡Jamás!

El marino refirió estas palabras a sus compañeros.

–Aquí hay un doloroso misterio –dijo Ciro Smith.

El desconocido había comenzado a utilizar los instrumentos de labranza y trabajaba en la huerta.

Cuando se detenía en su tarea, lo cual sucedía con frecuencia, permanecía como concentrado en sí mismo; y a instancias del ingeniero, los colonos respetaban el aislamiento que parecía querer conservar. Si uno de ellos se le acercaba, retrocedía; se escapaban de su pecho sollozos continuos, como si hubiera querido romper a llorar. ¿Eran remordimientos? Podía creerse así, y Gedeón Spilett no pudo menos un día de hacer esta observación:

–Si no habla, sin duda tendrá cosas demasiado graves que decir. Había que tener paciencia y esperar.

Algunos días después, el 3 de noviembre, el desconocido, que trabajaba en la meseta, se detuvo, dejó caer el azadón y otra vez corrieron lágrimas por sus mejillas. Una especie de compasión irresistible condujo al ingeniero hacia él y, tocándole el brazo ligeramente, dijo:

–¡Amigo mío!

El desconocido trató de evitar las miradas de Ciro y, al quererle dar la mano, retrocedió.

–Amigo mío –dijo Ciro Smith, con voz más firme–, míreme, lo quiero. El desconocido miró al ingeniero y pareció hallarse bajo su influencia como un magnetizado bajo el poder de su magnetizador. Quiso huir, pero entonces se produjo en su fisonomía una especie de transformación. Sus miradas lanzaron relámpagos, acudieron palabras a sus labios; no podía contenerse... Cruzó los brazos y con voz sorda preguntó:

–¿Quiénes son ustedes?

–Náufragos como usted –contestó el ingeniero, con profunda emoción–. Le hemos traído aquí entre sus semejantes.

–¡Mis semejantes! ... No los tengo.

–Está entre amigos.

–¡Amigos! ¡Yo, amigos! –exclamó el desconocido, ocultando la cabeza entre las manos–, ¡No, jamás... jamás...! ¡Déjeme... déjeme!

Enseguida huyó hacia el lado de la meseta que dominaba el mar y allí permaneció largo tiempo inmóvil.

Ciro Smith se reunió con sus compañeros y les contó lo que acaba de suceder.

–Sí -dijo Gedeón Spilett–, hay un misterio en la vida de este hombre, ha vuelto a entrar en la humanidad por el camino de los remordimientos.

–No sé qué clase de hombre hemos traído aquí –dijo el marino–. Tiene secretos...

–Que respetaremos –interrumpió Ciro Smith–. Si ha cometido alguna falta, bastante cruelmente la ha expiado, y a nuestros ojos está absuelto.

Durante dos horas el desconocido permaneció solo en la playa bajo la influencia de los recuerdos que se le presentaban de su pasado, pasado funesto sin duda, y los colonos, sin perderlo de vista, no trataron de turbar su soledad.

Sin embargo, al cabo de dos horas pareció haber tomado una resolución y fue a buscar a Ciro Smith. Tenía los ojos enrojecidos por el llanto, pero ya no lloraba. Toda su fisonomía tenía el sello de una humildad profunda. Parecía tímido, avergonzado, humillado y su mirada fija en el suelo.

–¡Señor! –dijo a Ciro Smith–, ¿son ingleses?

–No –contestó el ingeniero–, somos norteamericanos.

–¡Ah! –dijo el desconocido, y después murmuró estas palabras–: Lo prefiero.

–¿Y usted, amigo? –preguntó el ingeniero.

–Inglés –contestó precipitadamente.

Y como si le hubiera pesado decir aquellas palabras, se fue a la playa, recorriéndola desde la casa hasta la desembocadura del río de la Merced, en un estado de agitación. Luego, habiendo pasado cerca de Harbert, se detuvo y con voz ahogada le preguntó:

–¿En qué mes estamos?

–Noviembre –contestó el muchacho.

–¿Qué año?

–1866.

–¡Doce años, doce años! exclamó. Enseguida se retiró.

Harbert refirió a los colonos las preguntas del desconocido y las respuestas que había dado.

–Este infeliz –observó Gedeón Spilett –había perdido la cuenta de los meses y de los años.

–Sí –añadió Harbert–, hace doce años que estaba en el islote, cuando lo encontramos.

–¡Doce años! –exclamó Ciro Smith–. ¡Doce años de aislamiento, después de una existencia maldita, quizá, pueden muy bien alterar la razón de un hombre!

–Me inclino a creer –dijo Pencroff –que este hombre no ha llegado a la isla Tabor como náufrago, sino que, a consecuencia de algún crimen, le han abandonado allí.

–Quizá tiene razón, Pencroff –dijo el corresponsal–; y si su conjetura es verdadera, es posible que los que le han dejado en la isla vuelvan a buscarlo algún día.

–Pero no lo encontrarán –dijo Harbert.

–Entonces –replicó Pencroff–, sería necesario que volviéramos...

–Amigos -dijo Ciro Smith–, no trataremos de esta cuestión antes de saber a qué atenemos. Creo que ese desgraciado ha sufrido mucho, que ha expiado duramente sus faltas, cualesquiera que sean, y que le ahoga la necesidad de tener una expansión con nosotros. No le excitemos a que nos cuente su historia; él nos la dirá y, cuando la hayamos sabido, veremos el partido que convendrá tomar. Por otra parte, sólo él puede decimos si ha conservado más que la esperanza, si tiene la certeza de volver un día a su patria, pero lo dudo.

–¿Por qué? –preguntó el periodista.

–Porque en el caso de que hubiera estado seguro de su libertad en un tiempo determinado, habría esperado la llegada de ese plazo y no habría arrojado ese documento al mar. No, es probable que estuviese condenado a morir en aquel islote sin ver jamás de nuevo a sus semejantes.

–Pero hay una cosa que no me puedo explicar –observó el marino.

—¿Cuál?

—Si hace doce años que ese hombre fue abandonado en la isla Tabor, puede suponerse que, cuando le hemos encontrado, hacía también mucho tiempo que se hallaba en estado salvaje.

—Es probable —respondió Ciro Smith.

—Por consiguiente, haría muchos años que habría escrito ese documento.

—Sin duda... y no obstante el documento parecía escrito recientemente.

—Por otra parte, ¿cómo admitir que la botella que lo contenía haya tardado tantos años en venir desde la isla Tabor a la Lincoln?

—Eso no es absolutamente imposible —contestó el periodista—. ¿No podía hallarse hace mucho tiempo en las aguas de la isla?

—No —contestó Pencroff—, porque flotaba todavía. No puede suponerse que después de haber permanecido mucho tiempo en la playa, hubiera podido ser recogida por el mar, porque en la costa del sur todas son rocas e indudablemente se hubiera roto.

—En efecto —dijo Ciro Smith, quedándose luego pensativo.

—Además —añadió el marino—, si el documento hubiera tenido muchos años de fecha y de estar metido en la botella, lo habríamos encontrado averiado por la humedad; pero no era así y se hallaba en perfecto estado de conservación.

La observación del marino era justísima: había un hecho incomprensible, porque el documento parecía escrito recientemente, cuando los colonos lo encontraron en la botella. Además, daba la situación de la isla Tabor en latitud y longitud con exactitud completa, lo cual implicaba en su autor conocimientos bastante perfectos en hidrografía, que un simple marino no podía tener.

—Hay aquí sin duda hechos inexplicables —dijo el ingeniero—, pero no obliguemos a nuestro compañero a que hable. Cuando quiera hacerlo, estaremos dispuestos a oírlo.

En los días que siguieron, el desconocido no pronunció una sola palabra, ni salió una sola vez del recinto de la meseta. Labraba la tierra sin perder un instante, sin tomar un segundo de descanso, pero siempre separado de los demás. A las horas de las comidas no subía al Palacio de granito, aunque muchas veces le habían invitado, y se contentaba con comer legumbres crudas. Cuando llegaba la noche, no entraba en el cuarto que le habían señalado, sino que permanecía en la meseta bajo algún árbol o, cuando el tiempo estaba malo, en el hueco de alguna roca. Así vivía, como en el tiempo en que no tenía más abrigo que los bosques de la isla Tabor, y habiendo sido vana toda insistencia para inducirlo a modificar su vida, los colonos esperaron pacientemente. Pero llegaba el momento en que imperiosamente, y como movido por la conciencia, se iban a escapar de sus labios terribles revelaciones.

El 10 de noviembre, hacia las once de la noche, en el momento en que empezaba a oscurecer, el desconocido se presentó entre los colonos, que estaban reunidos en el comedor. Sus ojos brillaban con fulgor extraño y toda su persona había recobrado el aspecto feroz de los malos días.

Ciro Smith y sus compañeros se quedaron estupefactos al ver que sus dientes chocaban como con el frío de una terciana, bajo el imperio de una terrible emoción. ¿Qué tendría el desconocido? ¿Le era insoportable la vista de sus semejantes? ¿Le cansaba aquella existencia entre gente honrada? ¿Estaba poseído de la nostalgia del embrutecimiento? Así debieron pensar los colonos, cuando le oyeron expresarse con frases incoherentes:

—¿Por qué estoy aquí?... ¿Con qué derecho me han arrancado de mi islote? ¿Acaso puede haber un vínculo entre ustedes y yo? ¿Saben quién soy yo..., lo que he hecho, por qué estaba allí solo? ¿Y quién les ha dicho que no me abandonaron, que no estaba condenado a morir en aquella isla? ¿Conocen mi vida pasada? ¿Saben si he robado, si he asesinado, si soy un miserable, un ser maldito, bueno sólo para vivir como una fiera, lejos de todos? Díganme, ¿lo saben?

Los colonos escucharon sin interrumpir al desgraciado, al cual se le escapaba aquella semiconfesión. Ciro Smith quiso entonces calmarlo acercándose a él, pero el desconocido retrocedió exclamando:

—¡No, no! Una palabra nada más... ¿Soy libre?

—Es libre —contestó el ingeniero.

—¡Adiós, pues! —exclamó, y huyó como un gamo.

Nab, Pencroff y Harbert corrieron inmediatamente hacia la entrada del bosque, pero volvieron solos.

—Hay que dejarle hacer lo que quiera —dijo Ciro Smith.

—Ya no volverá —repuso Pencroff.

—Volverá —dijo el ingeniero.

Desde entonces pasaron muchos días, pero Ciro Smith, como si tuviese una especie de presentimiento, persistió invariablemente en la idea de que el desgraciado volvería tarde o temprano.

—Esa es la última rebelión de su ruda naturaleza —dijo—. El remordimiento le ha tocado y un nuevo aislamiento le espantaría.

Entretanto, continuaron los trabajos tanto en la meseta de la Gran Vista como en la dehesa, donde Ciro Smith tenía la intención de edificar una alquería. Huelga decir que las simientes recogidas por Harbert en la isla Tabor fueron sembradas con gran cuidado en la tierra preparada al efecto. La meseta formó entonces una inmensa huerta bien distribuida, bien conservada y que no dejaba ociosos los brazos de los colonos. Siempre había algo que hacer. A medida que las legumbres se habían multiplicado, había sido necesario ensanchar los cuadros, que tendían a hacerse verdaderos campos, y reemplazar las praderas. Pero el forraje abundaba en las demás partes de la isla y los onagros no debían temer que les faltase alimento. Más valía, por otra parte, transformar en huerta la meseta de la Gran Vista, defendida por su profundo cinturón de ríos, y sacar fuera los prados que no tenían necesidad de ser protegidos contra las depredaciones de los cuadrúmanos y de los cuadrúpedos.

El 15 de noviembre se hizo la tercera cosecha. El campo de trigo se había aumentado extraordinariamente en superficie desde que se había sembrado el primer grano hacía dieciocho meses. La segunda cosecha, de seiscientos mil granos, produjo esa vez más de quinientos millones de granos. La colonia era rica en trigo, porque bastaba sembrar algunos celemines para asegurar la cosecha anual y poder alimentar hombres y bestias.

Se hizo la recolección y se dedicó la última quincena del mes de noviembre a las tareas de panificación.

En efecto, se tenía grano, pero no harina, y había que instalar un molino. Ciro Smith hubiera podido utilizar la segunda cascada que caía sobre el río de la Merced para establecer su motor, pues la primera estaba ocupada en mover los mazos del batán; pero después de una madura discusión se decidió que se estableciera un sencillo molino de viento en las alturas de la Gran Vista. La construcción de este molino no ofrecía más dificultades que la del otro, y por otra parte era seguro que no faltaría el viento en aquella meseta expuesta a las brisas del mar.

–Sin contar –dijo Pencroff –que este molino de viento será más alegre y producirá buen efecto en el paisaje.

Pusieron manos a la obra, eligiendo maderos para el armazón y el mecanismo del molino. Varias piedras grandes de asperón, que se hallaban al norte del lago, podían transformarse fácilmente en muelas, y en cuanto a las aspas, la inagotable cubierta del globo les daría la tela necesaria.

Ciro Smith formó los planos y se eligió el sitio donde debía levantarse el molino, un poco a la derecha del corral y cerca de la orilla del lago.

Todo el armazón debía descansar sobre un eje mantenido por gruesos maderos, de modo que pudiese girar con todo el mecanismo que contenía, según las exigencias del viento.

La tarea quedó pronto concluida. Nab y Pencroff habían llegado a ser carpinteros muy hábiles y no tenían que hacer más que seguir los dibujos que había hecho el ingeniero.

Se levantó en el sitio designado una especie de garita cilíndrica, coronada de un techo agudo. Los cuatro bastidores que formaban las aspas se implantaron sólidamente en el árbol, de manera que formaran un ángulo con él, y se fijaron por medio de fuertes espigas de hierro. En cuanto a las diversas partes del mecanismo anterior, la caja destinada a sostener las dos muelas, la yacente y la giratoria; la tolva o gran cajón cuadrado, ancho por arriba y estrecho por abajo, que debía permitir a los granos ir cayendo poco a poco sobre las ruedas; la canaleja oscilante destinada a regular el paso del grano, y a la que su perpetuo tictac ha hecho dar el nombre de charlatana, y en fin, un cedazo para la operación del tamizado, que separa el salvado de la harina, todo se verificó sin trabajo. Los útiles eran buenos y el trabajo poco difícil, porque las partes de un molino son muy sencillas. No fue más que cuestión de tiempo.

Todo el mundo había trabajado en la construcción del molino y el primer día de diciembre estaba terminado.

Como siempre, Pencroff se manifestó entusiasmado con su obra y no dudaba que el aparato fuese perfecto.

–Ahora –dijo–, un buen viento, y vamos a moler nuestra primera cosecha.

–Un buen viento, sí –contestó el ingeniero–, pero no demasiado viento, Pencroff.

–¡Bah! Nuestro molino girará así más de prisa.

–No es necesario que gire tan de prisa –repuso Ciro Smith–. La experiencia ha demostrado que se produce más trabajo en un molino cuando el número de vueltas que han dado las aspas en un minuto es seis veces mayor que el número de pies recorrido por el viento en un segundo. Con una brisa media, que da veinticuatro pies por segundo, tendremos dieciséis vueltas de las aspas en un minuto, y no necesitamos más.

–Justamente –exclamó Harbert –sopla una hermosa brisa del nordeste; es la que nos conviene.

No había razón para retrasar la inauguración del molino, porque los colonos tenían prisa para probar el primer pedazo de pan de la isla Lincoln; por consiguiente, aquel día, desde por la mañana, se molieron algunas cuartillas de grano, y al día siguiente, al almorzar, un magnífico pan, quizá demasiado compacto, aunque hecho con la levadura de cerveza, figuraba en la mesa del Palacio de granito, y todos comieron de él con delicia, como se puede suponer.

Entretanto el desconocido no había vuelto. Muchas veces Gedeón Spilett y Harbert habían recorrido el bosque por las inmediaciones del Palacio de granito sin encontrar señales suyas y se empezaban a inquietar por aquella ausencia prolongada. Sin duda el antiguo salvaje de la isla Tabor no podía encontrar dificultad para vivir en aquellos bosques, tan abundantes en caza, ¿pero no era de temer que recobrase sus hábitos y que aquella independencia reanimase sus instintos feroces? Sin embargo, Ciro Smith, por una especie de presentimiento, persistía en decir que el fugitivo volvería.

—¡Sí, volverá! —repetía con una confianza de la cual no participaban sus compañeros—. Cuando ese desgraciado estaba en la isla Tabor, sabía que se hallaba solo; pero aquí sabe que sus semejantes le esperan y, ya que ha hablado a medias de su vida pasada, ese pobre arrepentido nos la contará toda y desde ese día no volverá a separarse de nosotros.

Los sucesos iban a dar razón a Ciro Smith. El 3 de diciembre, Harbert se había alejado de la meseta de la Gran Vista para ir a pescar a la orilla meridional del lago. Iba sin armas y hasta entonces no habían tenido necesidad de tomar ninguna precaución, pues los animales peligrosos no se dejaban ver en aquella parte de la isla.

Pencroff y Nab trabajaban en el corral y Ciro Smith y Spilett estaban ocupados en las Chimeneas fabricando sosa, por haberse agotado la provisión de jabón. De repente resonaron grandes gritos.

—¡Socorro, socorro!

Ciro Smith y el periodista estaban demasiado distantes para oír aquellos gritos, pero Pencroff y Nab abandonaron a toda prisa el corral y se precipitaron hacia el lago.

Antes que ellos, el desconocido, cuya presencia en aquel sitio nadie hubiera podido sospechar, atravesó el arroyo de la Glicerina, que separaba la meseta del bosque, y saltó a la orilla opuesta.

Estaba Harbert enfrente de un jaguar, semejante al matado en el promontorio del Reptil. Sorprendido, se mantenía en pie apoyado en un árbol, mientras el animal, recogiéndose sobre sí mismo, se preparaba para lanzarse sobre el joven. Pero el desgraciado, sin más armas que el cuchillo, se precipitó sobre la temible fiera, la cual se volvió contra aquel nuevo adversario.

La lucha fue corta. El desconocido tenía una fuerza y una destreza prodigiosas. Asió al jaguar por la garganta con mano poderosa, apretándolo como con unas tenazas, sin cuidarse de las garras de la fiera que penetraban en sus carnes, y con la otra mano le hundió el cuchillo en el corazón.

El jaguar cayó. El desconocido le empejó con el pie e iba a huir de nuevo, cuando los colonos llegaron al teatro de la lucha, y Harbert, abrazándose a él, exclamó:

—No, no se irá así.

Ciro Smith se acercó al desconocido, cuyo ceño se frunció al verlo. La sangre corría por sus hombros bajo su chaqueta desgarrada, pero no hacía caso.

—Amigo —le dijo Ciro Smith—, acabamos de contraer con usted una deuda de gratitud. Ha arriesgado su vida por salvar a nuestro hijo.

—¡Mi vida! —murmuró el desconocido—. ¿Y qué vale mi vida? Menos que nada.

—Está herido.

—Poco importa.

—¿Querrá darme su mano?

Y mientras Harbert trataba de tomar aquella mano que acababa de salvarlo, el desconocido se cruzó de brazos, levantó el pecho, brillaron sus ojos, pareció que quería huir; pero enseguida, haciendo un violento esfuerzo sobre sí mismo, dijo en tono brusco:

—¿Quiénes son y qué pretenden ser para mí?

Era la primera vez que preguntaba la historia de los colonos. Tal vez contándole aquella historia el desconocido referiría la suya.

En pocas palabras Ciro Smith le puso al corriente de todo lo que había pasado desde su partida de Richmond, contó cómo habían llegado a la isla y habían adquirido los recursos de que disponían. El desconocido le escuchaba con atención profunda.

Después, el ingeniero le dijo los nombres y cualidades de todos, Gedeón Spilett, Harbert, Pencroff, Nab y él, y añadió que la mayor alegría que habían experimentado en la isla Lincoln era haber visto aumentar la colonia con un compañero venido de la isla Tabor.

Al oír estas palabras, el desconocido se ruborizó, abatió la cabeza sobre el pecho y se reflejó en su rostro un sentimiento de confusión.

—Y ahora que nos conoce —añadió Ciro Smith—, ¿quiere darnos la mano?

—No —contestó el desconocido con voz sorda—, no. Ustedes son personas honradas, mientras que yo...

El "salvaje" cuenta su pasada vida de criminal

Estas últimas palabras justificaban los presentimientos de los colonos. Había en la vida de aquel infeliz algún funesto pasado, expiado quizá a los ojos de los hombres, pero del cual su conciencia no le había absuelto todavía. En todo caso, el culpado tenía remordimientos, se arrepentía y sus nuevos amigos habían estrechado cordialmente aquella mano que le pedían, pero él se creía indigno de tenderla a hombres honrados.

Sin embargo, después de la escena del jaguar, no volvió al bosque y desde aquel día no dejó ya el recinto del Palacio de granito.

¿Cuál era el misterio de aquella existencia? ¿Hablaría el desconocido por fin? Sólo el futuro podría decirlo. De todos modos, se acordó no excitarlo a revelar su secreto y que se viviría con él como si nada se hubiera sospechado.

Durante algunos días la vida común continuó siendo lo que había sido hasta entonces. Ciro Smith y Gedeón Spilett trabajaban juntos, unas veces como químicos, otras como físicos. El periodista se separaba del ingeniero sólo para cazar con Harbert, porque no habría sido prudente dejar al muchacho correr solo por el bosque y había que estar alerta. En cuanto a Nab y Pencroff, un día en los establos o en el corral, otros en la dehesa, sin contar las tareas del Palacio de granito, siempre tenían que hacer.

El desconocido trabajaba retirado de todos, había vuelto a su existencia habitual, no asistiendo a las comidas, durmiendo bajo los árboles de la meseta y evitando a sus compañeros como si realmente la sociedad de los que le habían salvado fuese insoportable.

—Pero entonces —observaba Pencroff—, ¿por qué ha pedido auxilio a sus semejantes?

¿Por qué ha tirado ese papel al mar?

—Él nos lo dirá —respondía invariablemente Ciro Smith.

—¿Cuándo?

—Quizá más pronto de lo que cree, Pencroff.

En efecto, el día de la confesión estaba próximo.

El 10 de diciembre, una semana después de su vuelta al Palacio de granito, Ciro Smith vio acercársele el desconocido, el cual, con voz tranquila y tono humilde, le dijo:

— Señor, tengo que pedirle un favor.

—Diga —le contestó el ingeniero—, pero antes permítame decirle una cosa.

Al oír estas palabras, el desconocido se ruborizó e hizo ademán de retirarse. Ciro Smith comprendió lo que pasaba en su interior: temía que le interrogase sobre su vida pasada. El ingeniero, deteniéndolo por la mano, le dijo:

—Todos los que aquí estamos somos no sólo sus compañeros, sino también sus amigos. Deseaba decirle esto: ahora estoy dispuesto a escucharle.

El desconocido se pasó las manos por los ojos. Estaba poseído de una especie de temblor general y permaneció algunos instantes sin poder articular una sola palabra.

—Señor —dijo al fin—, quisiera que me hiciera un favor.

—¿Cuál?

—A cuatro o cinco millas de aquí, al pie del monte, tienen ustedes una dehesa para los animales domésticos. Alguien tiene que cuidarlos, ¿me permitirá ir a vivir con ellos?

Ciro Smith miró unos momentos al desdichado con expresión de infinita lástima.

—Amigo —le dijo—, la dehesa no contiene más que establos apenas adecuados para los animales...

—Para mí serán muy buenos.

—Amigo —repitió Ciro Smith—, no pensamos en contrariarle en nada; si quiere vivir en la dehesa, cúmplase su deseo; de todos modos, siempre será acogido en el Palacio de granito, cuando guste volver a él. Pero, antes de instalarse en la dehesa, es necesario que la adaptemos para que tenga alguna comodidad.

—No hay necesidad, yo estaré bien de cualquier modo.

—Amigo —dijo otra vez Ciro Smith, que insistía ex profeso en darle aquel título cordial—, déjenos decidir lo que debemos hacer en este asunto.

—Gracias, señor —respondió el desconocido, retirándose.

El ingeniero participó inmediatamente a sus compañeros la proposición que le había hecho y se acordó construir en la dehesa una alquería de madera lo más cómoda posible.

El mismo día los colonos pasaron a la dehesa con las herramientas necesarias y, antes de acabarse la semana, estaba dispuesta la vivienda para recibir a su huésped.

Construida a unos veinte pasos de los establos, sería fácil vigilar desde ella el rebaño de muflones, que contaba más de ochenta cabezas. Se hicieron algunos muebles: cama, mesa, bancos, armario, cofre, y se trasladaron municiones y útiles.

Por lo demás, el desconocido no había ido a ver su nueva morada y había dejado a los colonos trabajar en ella mientras él se ocupaba en la meseta, queriendo dar la última mano a su tarea. En efecto, gracias a su actividad, todas las tierras estaban labradas y preparadas para recibir la simiente, cuando llegara el momento oportuno.

El 20 de diciembre se acabaron todas las operaciones de instalación en la dehesa. El ingeniero anunció al desconocido que su vivienda estaba preparada para recibirlo y este respondió que iría a dormir aquella misma noche.

Al atardecer los colonos estaban reunidos en el salón del Palacio de granito; eran las ocho, hora en la cual su compañero debía marcharse a su nueva morada. No queriendo molestarle, imponiéndole con su presencia una despedida que quizá le habría sido penosa, le habían dejado solo y habían subido a la casa.

Hacía pocos instantes que estaban conversando en el salón, cuando sonó un ligero golpe en la puerta y casi al mismo tiempo entró el desconocido, que sin más preámbulos dijo:

—Señores, antes de dejarles conviene que sepan mi historia. Voy a referírsela.
Aquellas palabras causaron viva impresión en Ciro Smith y sus compañeros. El ingeniero se levantó y dijo:

—No le preguntamos nada, amigo. Está en su derecho guardando el silencio...

—Mi deber es hablar.

—Siéntese.

—Permaneceré de pie.

—Como guste, estamos dispuestos a oírle —repuso Ciro Smith.

El desconocido estaba en un rincón de la sala, un poco protegido por la penumbra. Tenía la cabeza descubierta y los brazos cruzados sobre el pecho; y en aquella postura, con voz sorda y como quien se esfuerza para hablar, les hizo el siguiente relato, que no fue interrumpido una sola vez por el auditorio:

—El 20 de diciembre de 1854 un yate de recreo y de vapor, llamado Duncan, perteneciente al laird escocés, lord Glenarvan, echaba el ancla en el cabo Mernouilli, en la costa occidental de Australia, a la altura del paralelo 37. A bordo de aquel yate iban lord Glenarvan, su mujer, un mayor del ejército inglés, un geógrafo francés, una joven y un mancebo, ambos hijos del capitán Grant, cuyo buque, el Britannia, se había perdido un año antes con todo lo que llevaba. El Duncan iba mandado por el capitán John Mangles y tripulado por unos quince hombres de marinería.

La causa de hallarse el yate en aquella época en las costas de Australia era la siguiente:

Seis meses antes el Duncan había encontrado y recogido en el mar de Irlanda una botella que contenía un documento escrito en inglés, en alemán y en francés. Aquel documento decía en síntesis que aún quedaban tres hombres que habían sobrevivido al naufragio del Britannia, el capitán Grant y dos marineros, que habían hallado refugio en una tierra, cuya latitud estaba expresada con claridad, pero cuya longitud era ilegible por hallarse borrada por el agua del mar. La latitud era de 37°, 11' austral. Siendo, pues, la longitud desconocida, para encontrar con seguridad la tierra habitada por el capitán Grant y sus dos compañeros de naufragio era necesario seguir el paralelo 37 por todos los continentes y mares.

El almirantazgo inglés no se decidía a emprender la investigación, y entonces lord Glenarvan resolvió hacer por su cuenta todo lo posible para hallar al capitán. María y Roberto Grant, hijos del náufrago, se pusieron en relación con el lord. El Duncan fue equipado para una larga campaña, en la cual los hijos del capitán y la familia del lord quisieron tomar parte, y el yate, saliendo de Glasgow, se dirigió al Atlántico, pasó el estrecho de Magallanes, subió por el Pacífico hasta la Patagonia, donde, según la primera interpretación del documento, podía suponerse que se hallaba el capitán Grant, prisionero de los indígenas.

El Duncan desembarcó sus pasajeros en la costa occidental de la Patagonia y marchó para recogerlos a la costa oriental, junto al cabo Corrientes.

Lord Glenarvan atravesó la Patagonia siguiendo el paralelo 37; y no habiendo encontrado indicio alguno del capitán, volvió a embarcarse el 13 de noviembre para proseguir sus investigaciones a través del océano.

Después de haber visitado infructuosamente las islas Tristán de Acuña y Amsterdam, situadas en su rumbo, llegó el Duncan, como he dicho, al cabo Bemouilli en la costa de Australia, el 20 de diciembre de 1854.

La intención de lord Glenarvan era atravesar Australia como había atravesado América, y desembarcó. A pocas millas de la playa había una granja, perteneciente a un irlandés, que ofreció hospitalidad a los viajeros. Lord Glenarvan manifestó al irlandés los motivos de su viaje y de su llegada a aquel lugar y le preguntó si había oído hablar de un buque inglés de tres palos, llamado Britannia, que se hubiese perdido en la costa de Australia de dos años a aquella fecha.

El irlandés no sabía nada de aquel naufragio; pero, con gran sorpresa de los circunstantes, uno de sus criados intervino y dijo:

—Milord, puede dar gracias a Dios. Si el capitán Grant vive todavía, es indudable que se halla en Australia.

—¿Quién es usted? —preguntó lord Glenarvan.

—Un escocés como usted, milord -respondió aquel hombre—, y además, uno de los compañeros del capitán Grant, uno de los náufragos del Britannia.

Aquel hombre se llamaba Ayrton. Era, en efecto, el contramaestre del Britannia, como lo demostraban sus papeles, pero, separado de su capitán en el momento en que el buque se hacía pedazos sobre los arrecifes, había creído hasta entonces que aquel había perecido con toda la tripulación y que él solo había sobrevivido al naufragio.

—Pero —añadió—no es en la costa occidental, sino en la oriental de Australia, donde se perdió el Britannia, y, si el capitán Grant vive todavía, como lo indica este documento, debe ser prisionero de los indígenas y hay que buscarlo en aquella costa.

Aquel hombre, al hablar así, se expresaba en tono franco, voz segura y mirada serena, y nadie puso en duda sus palabras. El irlandés, que le tenía a su servicio desde un año antes, respondía de él. Lord Glenarvan creyó en la lealtad de aquel hombre y, por su consejo, resolvió atravesar Australia siguiendo el paralelo 37. Lord Glenarvan, su esposa, los dos hijos del capitán, el mayor, el francés, el capitán Mangles y algunos marineros debían componer la expedición, llevando por guía a Ayrton, mientras el Duncan, a las órdenes del segundo, Tomas Austin, pasaría a Melbourne y esperaría allí las instrucción de lord Glenarvan.

Se pusieron en marcha el 23 de diciembre de 1854.

Ya es hora de decir que aquel Ayrton era un traidor. Había sido contramaestre del Britannia, pero, a consecuencia de varias disensiones con su capitán, había tratado de sublevar la tripulación para alzarse con el buque y el capitán Grant lo había desembarcado el 8 de abril de 1852 en la costa occidental de Australia y después había seguido su rumbo, abandonando al delincuente como era justo.

Así, pues, aquel miserable no sabía nada del naufragio del Britannia y acababa de enterarse del mismo por la relación de lord Glenarvan. Desde su abandono y bajo el nombre de Ben Joyce se había puesto a la cabeza de una partida de evadidos de presidio; y si sostuvo descaradamente que el naufragio había ocurrido en la costa oriental e indujo a lord Glenarvan a tomar aquella dirección, fue porque esperaba apoderarse del Duncan y convertirse eu pirata del Pacífico.

El desconocido se calló un momento; su voz temblaba, pero prosiguió su narración con estos términos:

—La expedición se puso en marcha y atravesó Australia, como es de suponer infructuosamente, pues Ayrton o Ben Joyce, como quiera llamársele, la dirigía unas veces precedido y otras seguido de su partida de facinerosos, que había sido avisada del proyecto que su jefe meditaba ejecutar.

Entretanto el Duncan estaba en Melbourne reparando sus averías. Había que obligar a lord Glenarvan a que enviase la orden de salir de aquel puerto y pasara a la costa oriental de Australia, donde sería fácil apresarlo. Ayrton, después de haber llevado la expedición hasta cerca de la costa, haciéndola atravesar bosques desprovistos de todo recurso, obtuvo una carta que se encargó él mismo de llevar al segundo del Duncan, en la cual se le ordenaba que inmediatamente se dirigiese a la bahía de Twofold, en la costa este, es decir, a pocas jornadas del sitio donde la expedición se había detenido. Allí Ayrton había dado cita a sus cómplices.

En el momento en que iba a entregarle la carta, el traidor fue descubierto y no tuvo más remedio que huir; pero, como aquella carta debía poner el Duncan en su poder, resolvió obtenerla a toda costa, y, en efecto, logró apoderarse de ella, llegando a Melbourne dos días después.

Hasta entonces se habían realizado los odiosos proyectos del criminal. Iba a conducir el Duncan a aquella bahía de Twofold, donde sería fácil a los bandidos capturarlo; y una vez asesinada la tripulación, Ben Joyce se haría dueño de aquellos mares. Pero Dios debía detenerlo, antes del desenlace de sus funestos designios.

Al llegar a Melbourne, entregó la carta al segundo, Tomas Austin, que, al leerla, mandó aparejar inmediatamente para salir del puerto; pero imagínense cuál sería el despecho y la cólera de Ayrton cuando, a la mañana siguiente de su salida, supo que el teniente conducía el buque no a la costa oriental de Australia y bahía de Twofold, sino a la costa oriental de Nueva Zelanda. Quiso oponerse a que continuara este rumbo, pero Austin le enseñó la carta... Y, en efecto, por un error providencial del geografo francés que la había redactado, era la costa este de Nueva Zelanda y no la de Australia la designada como nuevo destino del buque.

Con esto todos los planes de Ayrton se frustraban; trató de sublevarse y lo encerraron; así llegó a la costa de Nueva Zelanda sin saber lo que había sido de sus cómplices ni de lord Glenarvan.

El Duncan anduvo por aquella costa hasta el 3 de marzo. Aquel día Ayrton oyó varios cañonazos; eran las carronadas del Duncan, que hacían salvas, y en breve llegaron a bordo lord Glenarvan y los suyos.

Había pasado lo siguiente:

Lord Glenarvan, después de mil fatigas y peligros, había podido terminar el viaje y llegar a la bahía de Twofold, en la costa oriental de Australia. No hallando allí el Duncan, telegrafió a Melbourne y le respondieron: "Duncan salió 18 del corriente; destino, desconocido."

En vista de esta contestación, lord Glenarvan sospechó que su yate había caído en poder de Ben Joyce, convirtiéndose en barco de piratas. No quiso, sin embargo, abandonar la partida. Era hombre intrépido y se hizo llevar a la costa occidental de Nueva Zelanda; la atravesó siguiendo el rastro del capitán Grant; pero, al llegar a la costa oriental, con gran sorpresa suya y por disposición divina, encontró al Duncan a las órdenes de su teniente, que le esperaba hacía cinco semanas.

Era el 3 de marzo de 1865. Lord Glenarvan estaba, pues, a bordo del Duncan, pero también estaba Ayrton. Compareció delante del lord, el cual quiso obtener de él todo lo que pudiese saber acerca del capitán Grant, pero Ayrton se negó a decir nada. Lord Glenarvan entonces le anunció que en el primer punto donde hiciese escala le entregaría a las autoridades inglesas; Ayrton permaneció mudo.

El Duncan siguió su rumbo recorriendo el paralelo 37 y, entrando lady Glenarvan, trató de vencer la resistencia del bandido. En fin, cediendo a su influencia, Ayrton propuso que en cambio de las noticias que pudiera dar, en vez de entregarlo a las autoridades inglesas, lo abandonasen en una isla del Pacífico; y lord Glenarvan, dispuesto a todo para saber lo concerniente al capitán Grant, consintió en ello.

Ayrton refirió entonces su vida, y su narración puso de manifiesto que nada sabía desde el día en que el capitán Grant le había desembarcado en la costa australiana.

Sin embargo, lord Glenarvan cumplió la palabra que había dado. El Duncan continuó su rumbo y llegó a la isla Tabor; allí sería abandonado Ayrton, y allí también, por un verdadero milagro, fueron encontrados el capitán Grant y sus dos hombres, precisamente bajo el paralelo 37. El bandido iba, pues, a reemplazarlos en aquel islote desierto; y en el momento de salir del yate, lord Glenarvan le dirigió estas palabras:

—Aquí, Ayrton, quedará alejado de toda tierra y sin comunicación posible con sus semejantes. No podrá huir de este islote, donde el Duncan le deja; estará solo, bajo la mirada de un Dios que lee en lo más profundo de los corazones, pero no estará ni perdido ni ignorado como estuvo el capitán Grant. Por indigno que sea del recuerdo de los hombres, estos se acordarán de usted; ya que sé dónde está y, sabiéndolo, sabré dónde encontrarlo. No lo olvidaré jamás. El Duncan aparejó y desapareció.

Era el 18 de marzo de 1855.

Ayrton estaba solo, pero no le faltaban ni municiones, ni armas, ni instrumentos. El bandido podía disponer de la casa construida por el honrado Grant; no tenía que hacer más que vivir y expiar en la soledad los crímenes que había cometido.

Señores, se arrepintió, se avergonzó de sus crímenes y fue muy desgraciado. Pensó que, si los hombres volvían a recogerlo a aquel islote, debían encontrarlo digno de volver a vivir entre ellos. ¡Cómo sufrió el miserable! ¡Cuánto se esforzó para regenerarse por el trabajo! ¡Cuánto rezó para hacerse otro por la oración!

Durante dos o tres años continuó así, pero después, abatido por su aislamiento, mirando siempre si aparecía algún buque por el horizonte de su isla, preguntábase si acabaría pronto la expiación, sufrió como nadie ha sufrido jamás. ¡Qué dura es la soledad para un alma roída por el remordimiento!

Pero sin duda el cielo no le consideraba bastante castigado, porque el desdichado sintió poco a poco que se iba convirtiendo en salvaje. El embrutecimiento le iba invadiendo lentamente.

No puedo decir si tardó dos años o cuatro, pero, en fin, llegó a ser el miserable que ustedes encontraron.

No necesito decir a ustedes, señores, que Ayrton o Ben Joyce y yo somos una misma persona.

Ciro Smith y sus compañeros se habían levantado, al terminar esta narración, y habría sido difícil decir hasta qué punto les había conmovido el espectáculo de tanta miseria, tantos dolores y tal desesperación.

—Ayrton —dijo Ciro Smith—, ha sido usted un criminal, pero sin duda el cielo cree que ha expiado sus crímenes y así lo ha demostrado devolviéndolo a la sociedad de sus semejantes. Ayrton, está perdonado, y ahora, ¿quiere ser nuestro compañero?

Ayrton retrocedió unos pasos.

—Esta es mi mano —dijo el ingeniero.

Ayrton se precipitó sobre la mano que le tendía Ciro Smith y unas lágrimas corrieron por sus mejillas.

—¿Quiere vivir con nosotros? —preguntó de nuevo el ingeniero.

—Señor Smith, déjeme tiempo todavía —contestó Ayrton—, déjeme solo en esa habitación de la dehesa.

—Como desee —repuso Ciro Smith.

Ayrton iba a retirarse, cuando el ingeniero le dirigió otra pregunta.

—Una palabra más, amigo mío. Puesto que su intención era vivir aislado, ¿por qué echó al mar el documento que nos hizo saber dónde se hallaba?

—¿Un documento? -preguntó Ayrton, que parecía no saber lo que se le preguntaba.

—Sí, el papel encerrado en una botella que nosotros encontramos y que daba la situación exacta de la isla Tabor.

Ayrton se pasó la mano por la frente y, después de haber reflexionado, dijo:

—Yo no he echado ningún documento al mar.

—¿Nunca?

—Nunca.

Y Ayrton, haciendo una reverencia, se fue hacia la puerta y se marchó.

Establecen el telégrafo en la isla

—¡Pobre hombre! —dijo Harbert, volviendo donde estaban los demás colonos, después de haber corrido a la puerta y visto a Ayrton deslizarse por la cuerda del ascensor y desaparecer en la oscuridad.

—Volverá —dijo Ciro Smith.

—¿Pero qué significa esto, señor Ciro? —exclamó Pencroff—¡No es Ayrton el que echó la botella al mar! Entonces, ¿quién puede haber sido?

La pregunta no podía estar más a tono.

—Él —contestó Nab-, pero el infeliz estaba ya medio loco.

—Sí —dijo Harbert—y no sabía lo que hacía.

—Eso no puede explicarse sino de ese modo, amigos míos —respondió Ciro Smith—, y ahora comprendo que Ayrton haya podido explicar exactamente la situación de la isla Tabor, puesto que se la habían dado a conocer los sucesos mismos que le abandonaron en la isla.

—Sin embargo —observó Pencroff—, si no se había embrutecido todavía en el momento en que escribía el papel y, por consiguiente, si hace siete u ocho años que lo arrojó al mar, ¿cómo no ha sido alterado por la humedad?

—Eso prueba —dijo Ciro Smith—que Ayrton no perdió su inteligencia sino en época mucho más reciente de lo que él cree.

—Así debe ser —contestó Pencroff—, pues de lo contrario la cosa sería inexplicable.

—Inexplicable —repuso el ingeniero, que al parecer no quería prolongar aquella conversación.

—¿Pero ha dicho Ayrton la verdad? —preguntó el marino.

—Sí —contestó el periodista—, la historia referida es verdadera en todas sus partes. Recuerdo muy bien que los periódicos contaron la tentativa hecha por lord Glenarvan y dieron noticia del resultado que había obtenido.

—Ayrton ha dicho la verdad —añadió Ciro Smith—, no lo dude, Pencroff, porque esa verdad era demasiado cruel para él y, cuando un hombre se acusa de esa manera, es imposible que mienta.

Al día siguiente, 21 de diciembre, los colonos bajaron a la playa y, habiendo subido después a la meseta, no encontraron a Ayrton. Este, durante la noche, se había retirado de la casa de la dehesa, y los colonos creyeron que no debían importunarlo con su presencia. El tiempo haría sin duda lo que no habían podido hacer los esfuerzos empleados para darle ánimo.

Harbert, Pencroff y Nab volvieron a sus ocupaciones acostumbradas. Precisamente aquel día la misma tarea reunió al ingeniero y al periodista en el taller de las Chimeneas.

—¿Sabe usted, querido Ciro —dijo el corresponsal—, que no me satisfizo la explicación que dio ayer del incidente de la botella? ¿Cómo admitir que ese desdichado pudiera escribir aquel papel y arrojar la botella al mar, sin conservar memoria del hecho?

—No es él quien la arrojó, mi querido Spilett.

—¿Entonces, cree que...?

—Yo no creo nada ni sé nada —dijo Ciro Smith, interrumpiendo a Spilett—. Me limito a clasificar este incidente entre los que hasta ahora no he podido explicar.

—Es verdad, Ciro —dijo el periodista—, que hay cosas increíbles. Su salvación, ese cajón encallado en la arena, las aventuras de Top, esa botella, en fin... ¿No tendremos nunca la clave de estos enigmas?

—Sí —contestó con viveza el ingeniero—, sí, aun cuando tuviera que registrar las mismas entrañas de esta isla.

—La casualidad nos aclarará tal vez el misterio.

—¡La casualidad, Spilett! No creo en la casualidad, como tampoco en los misterios de este mundo. Hay una causa para todo lo inexplicable que pasa y la descubriré. Pero, entretanto, observemos y trabajemos.

Llegó el mes de enero y comenzó el año de 1867; llevaron adelante con asiduidad los trabajos de verano. Durante los días que siguieron, Harbert y Gedeón Spilett, que en sus excursiones pasaron por las cercanías de la dehesa, pudieron observar que Ayrton había tomado posesión de la vivienda que le habían preparado. Cuidaba del numeroso rebaño confiado a su cargo y ahorraba a sus compañeros el trabajo de ir cada dos o tres días a visitar la dehesa. Sin embargo, para no dejarlo mucho tiempo solo, le hacían de cuando en cuando una visita.

Era también conveniente, dadas ciertas sospechas que tenían Ciro Smith y Gedeón Spilett, que aquella parte de la isla estuviese sometida a alguna vigilancia; y Ayrton, si ocurría algún accidente, no dejaría de comunicarlo a los habitantes del Palacio de granito.

Sin embargo, podía suceder también que el incidente fuese repentino y exigiera ser puesto inmediatamente en conocimiento del ingeniero. Además de los que pudieran referirse al misterio de la isla Lincoln, podían surgir otros muchos sucesos que exigieran una pronta intervención de los colonos, como la aparición de un buque que pasara a la vista de la costa occidental, un naufragio en las playas del oeste, la llegada posible de piratas, etcétera.

En consecuencia, Ciro Smith resolvió poner la dehesa en comunicación rápida con el Palacio de granito.

Era el 10 de enero cuando dio parte a sus compañeros de su proyecto.

—¿Y cómo se va a componer, señor Ciro? —preguntó Pencroff—. ¿Piensa establecer un telégrafo?

—Precisamente —respondió el ingeniero.

—¿Eléctrico? —exclamó Harbert.

—Eléctrico —contestó Ciro Smith—. Tenemos todos los elementos para construir una pila; lo más difícil será fabricar los alambres, pero por medio de una hiladera creo que lo conseguiremos.

—Pues —repuso el marino— no pierdo la esperanza de vernos un día viajar en ferrocarril.

Se puso manos a la obra, comenzando por lo más difícil, esto es, por la fabricación de los hilos, pues si esta operación no tenía éxito, era inútil construir la pila y los demás accesorios.

El hierro de la isla Lincoln, como es sabido, era de excelente calidad; por tanto, muy fácil de estirar. Ciro Smith comenzó por construir una hiladera, es decir, una lámina de acero perforada de agujeros cónicos de diversos calibres, que debían ir preparando el alambre hasta darle la tenacidad necesaria. Aquella placa de acero, después de templada en toda su dureza, como se dice en metalurgia, fue fijada sólidamente sobre una base de fábrica bien empotrada en el suelo a pocos pies de la gran cascada, cuya fuerza motriz pensaba utilizar el ingeniero.

En efecto, allí estaba el batán, que no funcionaba entonces, pero cuyo árbol, movido con una gran fuerza, podía servir para estirar el alambre arrollándolo a su alrededor.

La operación fue delicada y exigió mucho tiempo. El hierro, previamente preparado en barras largas y delgadas, cuyos extremos habían sido adelgazados por medio de la lima, fue introducido en el mayor calibre de la hiladera, estirado por el árbol, arrollado en una longitud de veinticinco a treinta pies, desarrollado después y hecho pasar sucesivamente por los calibres de menor diámetro. Finalmente, el ingeniero obtuvo alambres de cuarenta a cincuenta pies de longitud, que era fácil soldar y tender en una distancia de cinco millas, que era la que separaba la dehesa del recinto del Palacio de granito.

Pocos días se necesitaron para llevar a buen término aquella tarea y, cuando se puso la máquina en movimiento, Ciro Smith dejó a sus camaradas desempeñar el oficio de alambreros y se ocupó en construir su pila.

Había que obtener una pila de corriente constante. Sabido es que los elementos de las pilas modernas se componen generalmente de carbón de retorta, de cinc y de cobre. El ingeniero carecía absolutamente de cobre, del cual, a pesar de sus investigaciones, no había encontrado señal alguna en la isla Lincoln; era necesario prescindir de ese elemento. El carbón de retorta, es decir, ese grafito duro que se encuentra en las retortas de las fábricas de gas después de haber sacado el oxígeno de la hulla, no era imposible producirlo, pero habría sido necesario para ello instalar aparatos especiales, tarea larga y penosa. En cuanto al cinc, se recordará que el cajón encontrado en la punta del Pecio tenía un forro de este metal, que no podía ser mejor empleado que en aquella ocasión.

Ciro Smith, después de haber reflexionado, decidió fabricar una pila muy sencilla, semejante a la que Becquerel imaginó en 1820, en la cual entra como único elemento el cinc. En cuanto a las demás sustancias, como ácido azótico y potasa, las tenía a mano.

Véase, pues, cómo compuso la pila, cuyos efectos debían ser producidos por la reacción mutua del ácido y de la potasa.

Hicieron varios frascos de vidrio, que se llenaron de ácido azótico. El ingeniero los cerró con un tapón atravesado por un tubo de vidrio, obturado en su extremo inferior y destinado a sumergirse en el ácido por medio de una muñeca de arcilla mantenida por una tira de lienzo. En aquel tubo vertió por su extremo superior una disolución de potasa, obtenida previamente por la incineración de diversas plantas, y de esta manera el ácido y la potasa pudieron ejercer uno sobre otro su reacción a través de la arcilla.

Ciro Smith tomó en seguida dos hojas de cinc, de las cuales sumergió una en el ácido azótico y otra en la potasa, y al momento se produjo una corriente desde la lámina del frasco a la del tubo. Unidas estas dos por un alambre, la lámina del tubo fue el polo positivo, y la del frasco el polo negativo del aparato. Cada frasco produjo, pues, otras tantas corrientes que, reunidas, debían bastar para originar los fenómenos de la telegrafía eléctrica.

Tal fue el ingenioso y sencillísimo aparato que construyó Ciro Smith, aparato que debía permitirle establecer una comunicación telegráfica entre el Palacio de granito y la dehesa.

El 6 de febrero comenzó la fijación de los postes, provistos de aisladores de vidrio y destinados a sostener el alambre, que debía seguir el camino del prado. Algunos días después el hilo estaba tendido y preparado para producir con una velocidad de cien mil kilómetros por segundo la corriente eléctrica que la tierra se encargaría de devolver a su punto de partida.

Para el Palacio de granito se fabricaron dos pilas y otra para la dehesa, porque si ésta debía comunicarse con aquél, también el Palacio de granito podría comunicarse con ella.

En cuanto al receptor y al manipulador, fueron muy sencillos. En las dos estaciones el alambre se arrollaba a un electroimán, es decir, un pedazo de hierro dulce rodeado de un alambre. Si la comunicación se establecía entre los dos polos, la corriente, partiendo del polo positivo, atravesaba el alambre, pasaba al electroimán, que se imantaba temporalmente, y volvía por el suelo al polo negativo. Si la corriente se interrumpía, el electroimán se desimantaba inmediatamente. Bastaba, pues, poner una lámina de hierro dulce delante del electroimán, la cual, atraída durante el paso de la corriente, cesaría cuando ésta se interrumpiera. Obtenido de este modo el movimiento de la lámina de hierro. Ciro Smith, lanzando la corriente eléctrica por el alambre, preguntó si había novedad en la dehesa y poco después recibió de Ayrton una respuesta satisfactoria.

Pencroff no cabía en sí de gozo y todos los días por la mañana y tarde enviaba a la dehesa un telegrama, que no quedaba nunca sin respuesta.

Este método de comunicación ofrecía dos ventajas positivas: una, que permitía comprobar la presencia de Ayrton en la dehesa, y otra, que no se le dejaba en completo aislamiento. Por lo demás, Ciro Smith iba a verlo al menos una vez por semana, y Ayrton iba de cuando en cuando al Palacio de granito, donde siempre era bien recibido.

Así transcurrió la buena estación, ocupados los colonos en sus tareas habituales. Los recursos de la colonia, particularmente legumbres y cereales, aumentaban y las plantas llevadas de la isla Tabor habían arraigado perfectamente. La meseta de la Gran Vista presentaba un aspecto satisfactorio: la cuarta cosecha de trigo había sido admirable y, como es de suponer, nadie había pensado en contar si en efecto se componía de los cuatrocientos mil millones de granos calculados. Pencroff tuvo al principio la idea de un recuento, pero renunció inmediata y espontáneamente a esa operación, cuando Ciro Smith le demostró que aun contando trescientos granos por minuto, o sea dieciocho mil por hora, hubiera necesitado unos cinco mil quinientos treinta y cinco años para acabar la operación.

El tiempo era magnífico y la temperatura bastante elevada durante el día; mas por la tarde la brisa del mar venía a templar los ardores de la atmósfera y proporcionaba noches frescas a los habitantes del Palacio de granito. Sin embargo, hubo algunas tempestades, que, si bien no de larga duración, descargaron con gran fuerza sobre la isla Lincoln, no cesando los relámpagos durante algunas horas y sucediendo sin interrupción el tableteo del trueno.

Hacia aquella época la colonia se presentaba muy próspera. Los huéspedes del corral pululaban y los colonos vivían del exceso de su población, hasta el punto de ser ya urgente reducirla a una cifra más moderada. Los cerdos habían dado muchos lechoncillos y el cuidado de estos animales debía absorber gran parte del tiempo de Nab y Pencroff. Los onagros, que habían producido dos lindos pollinos, eran montados con frecuencia por Gedeón Spilett y Harbert, que se había hecho gran jinete bajo la dirección del periodista, y de cuando en cuando se les enganchaba al carro para trasladar al Palacio de granito leña o carbón de piedra, o los diversos productos minerales que el ingeniero empleaba.

Hicieron entonces varios reconocimientos hasta las profundidades de los bosques del Par-West, donde los exploradores podían aventurarse sin temer el exceso de la temperatura, porque los rayos solares apenas podían penetrar por el espeso ramaje que se entrelazaba sobre sus cabezas. Visitaron también toda la orilla izquierda del río de la Merced, que bordeaba el camino que iba desde la dehesa a la desembocadura del río de la Cascada.

Pero durante estas excursiones los colonos tuvieron cuidado de ir bien armados, porque encontraron con frecuencia jabalíes muy salvajes y feroces, contra los cuales tenían que defenderse.

También se hizo en aquella estación una guerra terrible a los jaguares. Gedeón Spilett les tenía un odio invencible y su discípulo Harbert le secundaba perfectamente.

Armados como iban, no temían al encuentro de aquellas fieras. La audacia de Harbert era admirable, y la serenidad del corresponsal, asombrosa, por lo que no tardó el salón del Palacio de granito en quedar adornado de unas veinte pieles magníficas, y por poco que aquello durase se podía prever que pronto quedaría cumplido el objeto de los cazadores: extinguir la raza de los jaguares en la isla.

El ingeniero tomó parte algunas veces en diversos reconocimientos que se hicieron en los parajes desconocidos de la isla, observándolo todo con minuciosa atención. No eran huellas animales lo que buscaba en los sitios más espesos de aquellas vastas selvas, pero nada sospechoso se presentó a su vista. Ni Top, ni Jup, que lo acompañaban, dieron a entender por su actitud que hubiese nada extraordinario; y sin embargo, todavía más de una vez el perro se puso a ladrar a la boca del pozo que el ingeniero había explorado inútilmente.

Por entonces, Gedeón Spilett, ayudado de Harbert, tomó varias vistas de los lugares más pintorescos de la isla por medio del aparato fotográfico hallado en el cajón, y del cual hasta aquel momento no se había hecho uso.

Aquel aparato, provisto de un poderoso objetivo, era muy completo. Nada le faltaba para la reproducción fotográfica, ni el colodión para preparar la placa de cristal, ni el nitrato de plata para sensibilizarla, ni el hiposulfito de sosa para fijar la imagen obtenida, ni el cloruro de amonio para bañar el papel destinado a la prueba positiva, ni el acetato de sosa y el cloruro de oro para impregnarla. Había hasta papeles ya clorurados y bastaba bañarlos por algunos minutos en el nitrato de plata disuelto en agua para ponerlos en el chasis sobre las pruebas negativas.

El periodista y su ayudante llegaron a ser en poco tiempo hábiles operadores y obtuvieron bonitas fotografías de paisajes, como el conjunto de la isla tomado desde la meseta de la Gran Vista con el monte Franklin al horizonte; la desembocadura del río de la Merced, tan pintorescamente encajonado entre sus altas rocas; la glorieta de la dehesa adosada a los primeros contrafuertes del monte, todo el curioso desarrollo del cabo de la Garra, de la punta del Pecio, etcétera.

Los fotógrafos no se olvidaron tampoco de hacer los retratos de todos los habitantes de la isla.

—Esto es un pueblo —decía Pencroff.

Y el marino, encantado de ver su imagen fielmente reproducida adornando las paredes del Palacio de granito, miraba complacido aquella exposición como si hubiera estado delante de los más ricos escaparates de Broadway.

Hay que advertir que el retrato que mejor salió fue sin duda el del orangután. Maese Jup se había colocado dando a su fisonomía una gravedad imposible de describir y su imagen estaba, como suele decirse, hablando.

—Diríase que quiere hacernos una mueca.

Si maese Jup no hubiera estado satisfecho de su retrato, habría sido muy descontentadizo; pero en realidad lo estaba y contemplaba su imagen con aire sentimental, que dejaba traslucir cierta dosis de fatuidad.

Los grandes calores del estío terminaron con el mes de marzo. El tiempo estuvo algunas veces lluvioso, pero la atmósfera conservaba calor todavía. Aquel mes de marzo, que corresponde al de septiembre de las latitudes boreales, no fue tan bueno como hubiera debido esperarse; tal vez anunciaba un invierno prematuro y riguroso. Pudo pensarse una mañana, la del 21, que habían hecho ya su aparición las primeras nieves, porque Harbert, habiéndose asomado a la ventana, temprano, exclamó:

—¡Calla! El islote está cubierto de nieve.

—¡Nieve en este tiempo! —dijo el corresponsal, que se acercó al joven.

Sus compañeros se asomaron y observaron que no sólo el islote, sino toda la playa, el pie del Palacio de granito, estaba cubierta de una blanca sábana, uniformemente extendida en el suelo.

—En efecto, es nieve —dijo Pencroff.

—Por lo menos se parece mucho —añadió Nab.

—El termómetro marca cincuenta y ocho grados (14° centígrados sobre cero) —observó Gedeón Spilett.

Ciro Smith miraba aquella capa blanca sin dar su opinión, porque realmente no sabía cómo explicar aquel fenómeno, en semejante época del año y con tal temperatura.

—¡Mil diablos! —exclamó Pencroff—, ¡se van a helar nuestras plantaciones!

Y el marino iba a bajar, cuando se le adelantó el ágil Jup, que se deslizó hasta el suelo.

Apenas el orangután había puesto los pies en tierra, cuando lo que parecía una enorme sábana de nieve se levantó y se dispersó por el aire en copos tan innumerables, que ocultaron por algunos minutos la luz del sol.

—¡Aves! —exclamó Harbert.

Eran infinitas aves marinas de blanco y lustroso plumaje. Se habían abatido por centenares de millas por el islote y la costa y desaparecieron a lo lejos, dejando a los colonos con la boca abierta, como si hubieran asistido a una mutación de decoraciones que hubiese hecho suceder el invierno al verano en alguna representación de magia. Por desgracia el cambio fue tan repentino, que ni el periodista ni el joven lograron matar una, cuya especie no pudieron reconocer.

Pocos días después, el 26 de marzo, se cumplieron dos años desde que los náufragos del aire habían sido arrojados a la isla.

Piensan en su futuro y antes quieren conocer la isla a fondo

¡Dos años! ¡Y en dos años los colonos no habían tenido ninguna comunicación con sus semejantes! Estaban sin noticias del mundo civilizado, perdidos en aquella isla, como si se hallasen en el más pequeño asteroide del mundo solar.

¿Qué pasaba en el país? El recuerdo de la patria continuaba vivo en su mente, de aquella patria destrozada por la guerra civil, cuando salieron de ella, y tal vez se vería aún ensangrendata por la rebelión del Sur. Este pensamiento era muy doloroso para los colonos, y muchas veces hablaban de ello, sin dudar jamás, a pesar de todo, del triunfo de la causa del Norte, como lo exigía el honor de la confederación americana.

En aquellos dos años ni un buque había pasado a la vista de la isla, al menos no habían percibido una vela. Era evidente que la isla Lincoln estaba fuera del rumbo acostumbrado de los buques y hasta era desconocida, lo cual, por otra parte, estaba demostrado por los mapas, porque, a falta de puerto, su aguada debía atraer a los barcos que tuviesen necesidad o deseo de renovar su provisión de agua. Pero el mar que la rodeaba continuaba desierto en toda la extensión a que alcanzaba la vista, y los colonos debían contar sólo con ellos para volver a la patria.

Sin embargo, había una probabilidad de salvación, y esta fue discutida precisamente un día de la primera semana de abril por los colonos reunidos en el Palacio de granito.

Acababan de hablar de América y del país natal, el cual tan poca esperanza tenían los colonos de volver a ver.

—Decididamente —dijo Gedeón Spilett —no tendremos más que un medio, uno solo, de salir de la isla Lincoln: construir un buque bastante grande para poder hacer en él una travesía de muchos centenares de millas. Me parece que quien hace una chalupa, bien puede hacer un buque.

—Y puede ir a las islas Pomotú —añadió Harbert-el que ha llegado hasta Tabor.

—No digo que no —repuso Pencroff, que tenía siempre voto preferente en las cuestiones marítimas—; no digo que no, aunque no es lo mismo hacer una travesía corta que hacerla larga. Si nuestra chalupa se hubiera visto amenazada de algún mal golpe de viento en su viaje a Tabor, sabríamos que el puerto no estaba lejos, pero mil doscientas millas son mucha distancia. Eso hay que andar al menos para llegar a la tierra más próxima.

—Y en caso necesario, Pencroff, ¿no intentaría esa aventura? —preguntó el periodista.

—Yo soy capaz de intentar todo lo que se quiera, señor Spilett —contestó el marino—, y sabe muy bien que no me tiro para atrás.

—Ten presente también —observó Nab— que ahora contamos con otro marino.

—¿Quién? —preguntó Pencroff.

—Ayrton.

—Justo —dijo Harbert.

—¡Si consiente en venir! —observó Pencroff.

—¡Bueno! -dijo Spilett—, ¿cree que, si el yate de lord Glenarvan se hubiera presentado en la isla Tabor, cuando Ayrton la habitaba todavía, se habría negado nuestro compañero a marchar?

—Olvidan, amigos míos -dijo entonces Ciro Smith—, que Ayrton, durante los últimos años de su estancia en aquel islote, había perdido la razón. Pero la cuestión no es esa: la cuestión es si debemos contar, entre las probabilidades que tenemos de salvación, con la vuelta del buque escocés. Ahora bien, lord Glenarvan prometió a Ayrton venir a recogerlo a la isla Tabor, cuando creyera expiados sus crímenes. Creo que vendrá.

—Sí —dijo el corresponsal—. Añadiré que vendrá pronto, porque hace doce años que Ayrton fue abandonado.

—¡Ah! -exclamó Pencroff—, estoy de acuerdo en que ese lord volverá y hasta en que volverá pronto. Pero ¿adónde arribará? ¿A la isla Tabor o a la Lincoln?

—Ahí está, sobre todo porque la isla Lincoln no está en ningún mapa dijo Harbert.

—Por eso, amigos míos —observó el ingeniero—, debemos tomar las precauciones necesarias para poner en la isla Tabor una señal que indique nuestra existencia y la de Ayrton en Lincoln.

—Evidentemente —repuso el periodista—, y nada más fácil que depositar en aquella cabaña, que fue morada del capitán Grant y de Ayrton, una nota que dé la situación de nuestra isla, noticia que lord Glenarvan o su tripulación no puede menos de encontrar.

—Es una lástima —dijo el marino —que olvidásemos esa precaución en nuestro primer viaje a la isla Tabor.

—¿Y cómo la íbamos a tomar? —repuso Harbert—. No conocíamos en aquel momento la historia de Ayrton; ignorábamos que algún día irían en su busca y, cuando hemos conocido esta historia, la estación estaba muy avanzada y no nos ha permitido volver a la isla Tabor.

—Sí —dijo Ciro Smith—, es demasiado tarde, y habrá que aplazar esa travesía para la primavera próxima.

—¿Y si entretanto viniera el yate escocés? —dijo Pencroff.

—No es probable —repuso el ingeniero—, porque lord Glenarvan no elegirá el invierno para aventurarse en estos mares lejanos. O ha venido a la isla Tabor desde que Ayrton está con nosotros, es decir, desde hace cinco meses, y se ha marchado ya, o vendrá más tarde, y habrá tiempo, cuando lleguen los primeros días buenos de octubre, de ir a la isla Tabor para dejar allí esa nota.

—Sería una verdadera desgracia —dijo Nab —que el Duncan se hubiese presentado en estos mares durante esos cinco meses.

—Espero que no —dijo Ciro Smith—, y que el cielo no nos haya privado de la mejor probabilidad de salvación que nos queda.

—Creo —observó Spilett —que de todos modos sabremos a qué atenernos, cuando hayamos vuelto a la isla Tabor, porque, si los escoceses han estado en ella, necesariamente habrán dejado huellas de su paso.

—Es evidente —contestó el ingeniero—. Así, pues, amigos míos, ya que tenemos esta probabilidad de volver a nuestra patria, esperemos con paciencia. Si falla, entonces veremos lo que hemos de hacer.

—En todo caso —dijo Pencroff—, quede sentado que, si salimos de la isla Lincoln de una manera o de otra, no será porque en ella nos haya ido mal.

—No, Pencroff —repuso el ingeniero—; será porque aquí estamos lejos de todo lo que más ama el hombre en el mundo: su familia, sus amigos, su país natal.

Resuelto así el asunto, no se volvió a tratar de emprender la construcción de un buque bastante grande para aventurarse a un viaje en dirección de los archipiélagos, hacia el norte, o de Nueva Zelanda, hacia el oeste. Ocupáronse únicamente los colonos en las tareas acostumbradas para prepararse a pasar el tercer invierno en el Palacio de granito.

Sin embargo, se acordó también que antes que llegara el mal tiempo se emplearía la chalupa en un viaje alrededor de la isla. No estaba terminado todavía el reconocimiento completo de las costas, era muy imperfecta la idea que tenían los colonos del litoral al oeste y al norte, desde la desembocadura del río de la Cascada hasta el cabo Mandíbula, así como de la estrecha bahía que se abría entre ellos como una quijada de tiburón.

Pencroff propuso aquella excursión. Ciro Smith la aprobó, porque quería examinar por sí mismo toda aquella parte de sus dominios.

El tiempo estaba entonces variable, pero el barómetro no oscilaba con movimientos bruscos y podía contarse con poder hacer una navegación feliz. Precisamente en la primera semana de abril, después de una baja barométrica, se señaló la subida por un fuerte viento del oeste, que duró cinco o seis días; después la aguja del instrumento volvió a quedar fija en una altura de veintinueve pulgadas y nueve décimas (759 mm., 45), y las circunstancias parecieron propicias para la exploración.

Se fijó la partida para el día 16 de abril, y se transportaron al Buenaventura, que estaba anclado en el puerto del Globo, las provisiones necesarias para un viaje de alguna duración.

Ciro Smith anunció a Ayrton la expedición proyectada, invitándole a tomar parte en ella, pero este optó por establecerse en el Palacio de granito durante la ausencia de sus compañeros. Maese Jup debía hacerle compañía, a lo cual no opuso ninguna objeción.

El 16 de abril, por la mañana, todos los colonos, acompañados de Top, se embarcaron. El viento soplaba del sudoeste: era una brisa, y el Buenaventura, al salir del puerto del Globo, tuvo que voltejear para tomar el promontorio del Reptil.

De las noventa millas que medía el perímetro de la isla, unas veinte pertenecían a la costa del sur, desde el puerto hasta el promontorio. De aquí la necesidad de andar esas veinte millas navegando de bolina, porque el viento era absolutamente de proa.

Hubo que emplear todo el día para llegar al promontorio, porque la embarcación, al salir del puerto, no encontró más que dos horas de flujo, que le fue muy difícil de aguantar. La noche había llegado ya cuando el Buenaventura dobló el promontorio.

Pencroff propuso entonces al ingeniero continuar el viaje lentamente con dos rizos de la vela, pero Ciro Smith prefirió fondear a pocos cables de tierra, a fin de examinar aquella parte de la costa cuando llegara el día. Se acordó también que, puesto que se trataba de una exploración minuciosa del litoral, no se navegaría durante la noche y que, al atardecer, se anclaría cerca de tierra, mientras el tiempo lo permitiese.

Pasaron la noche al abrigo del promontorio y, habiendo caído el viento con la bruma, no se turbó el silencio de las horas nocturnas. Los pasajeros, a excepción del marino, durmieron quizá algo peor a bordo del Buenaventura, de lo que habrían dormido en sus habitaciones del Palacio de granito, pero durmieron.

Al día siguiente, 17 de abril, al amanecer, aparejó Pencroff, y con viento largo y amuras a babor, pudo abarloarse a la costa occidental.

Los colonos conocían aquella costa frondosa, puesto que habían recorrido a pie sus orillas; sin embargo, excitó de nuevo toda su admiración. Iban costeando lo más cerca posible de tierra, moderando la velocidad del buque para poder observarlo todo y teniendo solamente cuidado de no chocar con algunos troncos de árboles que flotaban acá y allá. Muchas veces echaron el ancla para que Gedeón Spilett tomara varias vistas fotográficas de aquel magnífico litoral.

Hacia las doce de la mañana el Buenaventura llegó a la desembocadura del río de la Cascada. Al otro lado, en su orilla derecha, volvían a presentarse los árboles, pero más esparcidos, y tres millas más lejos no formaban más que pequeños grupos aislados, entre los contrafuertes occidentales del monte, cuya árida ladera se prolongaba hasta el litoral.

¡Qué contraste entre la parte sur y la parte norte de aquella costa! Tan frondosa y verde como era aquella, era esta áspera y escarpada. Parecía como una de esas costas de hierro, como las llaman en ciertos países, y su violenta contextura indicaba que se había producido una verdadera cristalización en el basalto, aún hirviente, de las épocas geológicas: amontonamiento de aspecto terrible, que hubiera espantado a los colonos si la casualidad les hubiese arrojado sobre aquella parte de la isla. Cuando estaban en la cima del monte Franklin, no habían podido reconocer el aspecto profundamente siniestro de aquella playa, porque la dominaban desde un punto demasiado alto; pero visto desde el mar, se presentaba aquel litoral con un carácter tan extraño, que no era fácil encontrar otro equivalente en ningún rincón del mundo.

El Buenaventura pasó por delante de aquella costa, siguiéndola por espacio de media milla, y entonces fue fácil ver que se componía de bloques de todas dimensiones, desde veinte hasta trescientos pies de altura y de todas formas, cilíndricos como torres, prismáticos como campanarios, piramidales como obeliscos, cónicos como chimeneas de fábrica. Un ventisquero de los mares glaciales no se hubiera dibujado más caprichosamente en su sublime horror. Aquí puentes arrojados de una roca a otra; allá arcos dispuestos como los de una nave, cuya profundidad no podía descubrir la mirada; en un sitio grandes excavaciones, cuyas bóvedas presentaban un aspecto monumental; en otros un verdadero caos de puntas, de pirámides pequeñas y de flechas, como jamás ha contado ninguna catedral gótica. Todos los más variados caprichos de la naturaleza contribuían a formar aquel litoral grandioso que se prolongaba en una longitud de ocho a nueve millas.

Ciro Smith y sus compañeros le miraban con una sorpresa que rayaba en la estupefacción; pero si permanecían mudos, Top, por su parte, no dejaba de lanzar ladridos, que eran repetidos por los mil ecos de la muralla basáltica. El ingeniero llegó a observar que aquellos ladridos tenían algo raro, como los que el perro lanzaba a la boca del pozo del Palacio de granito.

—¡Atraquemos! —dijo.

Y el Buenaventura vino a pasar rasando todo lo posible las rocas del litoral. ¿Existiría alguna gruta que conviniese explorar?... Ciro Smith no vio nada, ni una caverna, ni una anfractuosidad, que pudieran servir de retiro a un ser cualquiera, porque el pie de las rocas se bañaba en la resaca misma de las aguas. Pronto cesaron los ladridos de Top y la embarcación recobró la distancia que antes llevaba a pocos cables del litoral.

En la parte noroeste de la isla la playa volvió a presentarse llana y arenosa. Algunos árboles raros se levantaban sobre una tierra baja y pantanosa, que los colonos habían entrevisto ya; y contrastando violentamente con la otra costa tan desierta, la vida se manifestaba allí por la presencia de miríadas de aves acuáticas.

Por la tarde el Buenaventura fondeó en una pequeña ensenada del litoral, al norte de la isla y bastante cerca de tierra, pues las aguas eran muy profundas en aquel sitio. La noche transcurrió pacíficamente, porque la brisa se extinguió, por decirlo así, con los últimos resplandores del día y no volvió a presentarse hasta las primeras claridades del alba.

Como era fácil acercarse a tierra, aquella mañana los cazadores oficiales de la colonia, es decir, Harbert y Gedeón Spilett, fueron a dar un paseo de dos horas y volvieron con muchas sartas de patos y becasinas. Top había hecho maravillas y no había perdido ni una pieza, gracias a su celo y actividad.

A las ocho de la mañana el Buenaventura aparejaba y navegaba rápidamente subiendo hacia el cabo Mandíbula Norte, porque llevaba viento en popa y la brisa tendía a refrescar.

—Por lo demás —dijo Pencroff—, no me admiraría que se preparase alguna racha del oeste. Ayer el sol se puso detrás de un horizonte rojo y esta mañana he visto colas de gato, que no me presagiaban nada bueno.

Aquellas colas de gato eran cirros esparcidos por el cenit y cuya altura no es nunca inferior a cinco mil pies sobre el nivel del mar. Parecían ligeros copos de algodón, cuya presencia anuncia ordinariamente alguna próxima alteración de los elementos.

—Pues bien -dijo Ciro Smith—, despleguemos toda la tela que se pueda y vamos a buscar refugio al golfo del Tiburón. Creo que allí el Buenaventura estará seguro.

—Perfectamente —respondió Pencroff—; por otra parte, la costa del norte no tiene más que dunas insignificantes.

—No me desagradaría —añadió el ingeniero —pasar la noche y también el día de mañana en esa bahía, que merece una exploración detenida.

—Creo que, queramos o no, tendremos que detenemos en ella —repuso Pencroff—, porque el horizonte empieza a presentarse amenazador por la parte oeste. ¡Vea cómo se va cubriendo!

—En todo caso tendremos buen viento para llegar al cabo Mandíbula —observó el periodista.

—Muy bueno —contestó el marino—, mas para entrar en el golfo será necesario dar bordadas y preferiría ver claro en estos parajes que no conozco.

—Parajes que deben estar sembrados de escollos —observó Harbert—, si se ha de juzgar por lo que hemos visto en la costa meridional del golfo del Tiburón.

—Pencroff —dijo entonces Ciro Smith—, haga lo que mejor le parezca. Tenemos confianza en usted.

—Esté tranquilo, señor Ciro —respondió el marino—, que no me expondré sin necesidad. Preferiría una cuchillada en mis obras vivas a una pedrada en mi Buenaventura.

Lo que Pencroff llamaba obras vivas era la parte sumergida de la quilla de su embarcación, a la cual cuidaba más que a su propia piel.

—¿Qué hora es? —preguntó el marino.

—Las diez —contestó Gedeón Spilett.

—¿Y a qué distancia estamos del cabo, señor Ciro?

—A unas quince millas —repuso el ingeniero.

—Es cuestión de dos horas y media —dijo entonces el marino—, y estaremos en el cabo entre las doce y la una. Por desgracia la marea estará bajando en ese momento y habrá en el golfo una corriente de reflujo. Temo que sea difícil entrar teniendo viento y mar contra nosotros.

—Tanto más —observó Harbert— que hoy es luna llena y estas mareas de abril son peligrosas.

—Y bien, Pencroff —preguntó Ciro Smith—, ¿no puede usted fondear en la punta del cabo?

—¡Fondear cerca de tierra con mal tiempo en perspectiva! —exclamó el marino—. ¿Lo ha pensado bien, señor Ciro? Eso sería querer estrellarse voluntariamente contra la costa.

—Entonces, ¿qué va a hacer?

—Tratar de mantenernos al largo hasta la hora del flujo, es decir, hasta las siete de la tarde, y, si entonces hay posibilidad, intentaré entrar en el golfo; si no, continuaremos corriendo bordadas durante toda la noche y entraremos mañana al salir el sol.

—Ya le he dicho, Pencroff, que confiamos en su experiencia —respondió Ciro Smith.

—¡Ah! —dijo Pencroff—, ¡si al menos hubiese un faro en esa costa! Sería más cómodo para los navegantes.

—Sí —añadió Harbert—, tanto más que esta vez no tendremos un ingeniero previsor que encienda una hoguera para guiamos al puerto.

—A propósito, mi querido Ciro —dijo Gedeón Spilett—, no le hemos dado las gracias por aquel fuego que encendió; pero la verdad es que, si no se le hubiera ocurrido encenderlo, jamás habríamos podido llegar...

—¿Un fuego? —preguntó Ciro Smith, muy admirado de las palabras del periodista.

—Aludimos, señor Ciro —dijo Pencroff—, a la situación embarazosa en que nos vimos a bordo del Buenaventura en las últimas horas que precedieron a nuestro regreso; porque habríamos pasado a sotavento de la isla sin la precaución que usted tomó de encender una hoguera en la noche del 19 al 20 de octubre en la meseta del Palacio de granito.

—¡Sí, sí...! Fue una idea feliz —repuso el ingeniero.

—Y ahora —añadió el marino—, a no ser que a Ayrton se le ocurra la misma idea, no habrá nadie que pueda hacernos este pequeño servicio.

—No, nadie —contestó Ciro Smith.

Pocos instantes después, hallándose solo en la proa de la embarcación con el periodista, se inclinó a su oído y le dijo:

—Si hay algo cierto, Spilett, es que yo no he encendido hoguera ninguna en la noche del 19 al 20 de octubre, ni en la meseta del Palacio de granito ni en ninguna otra parte de la isla.

Pasan el nuevo invierno y en una fotografía descubren un lago

Las cosas pasaron como había previsto Pencroff, porque sus presentimientos no podían engañarlo. El viento refrescó y de brisa pasó a estado de vendaval, es decir, que adquirió una celeridad de 40 a 45 millas por hora, viento con el cual un buque en alta mar hubiera navegado con los rizos bajos y los juanetes arriados. Ahora bien, como eran cerca de las seis cuando el Buenaventura llegó cerca del golfo, y en aquel momento se hacía sentir el reflujo, le fue imposible entrar y tuvo que aguantarse al largo, porque aun cuando hubiera querido no habría podido llegar a la desembocadura del río de la Merced. Así, después de haber instalado su foque en el palo mayor a guisa de trinquetillo, esperó presentando la proa a tierra.

Por fortuna, si el viento fue muy fuerte, el mar, cubierto por la costa, no engrosó mucho y por lo tanto no había que temer las oleadas, que son un gran peligro para las pequeñas embarcaciones. El Buenaventura no habría zozobrado, porque tenía buen lastre; pero cayendo a bordo grandes golpes de agua hubiera podido comprometerlo, si las escotillas no hubieran resistido. Pencroff, como buen marino, se preparó para todo evento. Tenía confianza en su embarcación, pero no dejaba de esperar el día con alguna ansiedad.

Durante la noche, Ciro Smith y Gedeón Spilett no tuvieron ocasión de hablar a solas; sin embargo, las frases pronunciadas por el ingeniero al oído del periodista, daban motivo a discutir otra vez aquella misteriosa influencia que parecía reinar sobre la isla Lincoln. Gedeón Spilett no cesó de pensar en aquel incidente, nuevo e inexplicable, en aquella aparición de una hoguera en la costa de la isla. Aquel fuego no era una ilusión, lo había visto, y sus compañeros Harbet y Pencroff lo habían visto tan bien como él; les había servido para reconocer la situación de la isla en aquella noche tan oscura y no podían dudar que fuese la mano del ingeniero la que lo había encendido. ¡Ciro Smith, sin embargo, declaraba formalmente que no había hecho semejante cosa! Gedeón Spilett se prometía volver a hablar sobre este incidente, cuando el Buenaventura estuviese de regreso, y excitar a Ciro Smith a que pusiera a sus compañeros al corriente de aquellos hechos extraordinarios. Tal vez entonces se acordaría hacer por todos una investigación completa de todas las partes de la isla Lincoln.

Aquella noche no se encendió ningún fuego en las playas desconocidas todavía, que formaban la entrada del golfo, y la pequeña embarcación continuó aguantándose durante toda la noche.

Cuando aparecieron las primeras claridades del alba en el horizonte, el viento, que se había calmado ligeramente, giró en dos cuartos y permitió a Pencroff embocar más fácilmente la estrecha entrada del golfo. Hacia las siete de la mañana el Buenaventura, después de haberse dejado llevar hacia el cabo Mandíbula Norte, entraba prudentemente en el paso y se aventuraba por aquellas aguas encerradas en el más extraño cuadro de lava.

–Vean –dijo Pencroff-una punta de mar que haría una rada admirable, donde podrían moverse escuadras enteras a su placer.

–Lo curioso, sobre todo –observó Ciro Smith–, es que este golfo ha sido formado por dos corrientes de lava vomitadas por el volcán, que se han acumulado por erupciones sucesivas. De aquí resulta que está abrigado completamente por todos lados, y es de creer que en él, aun con los peores vientos, el mar estará tranquilo como un lago.

—Sin duda —repuso el marino-, pues el viento, para entrar aquí, no tiene más que esa estrecha garganta abierta entre los dos cabos y el cabo del norte cubre el del sur, de manera que es dificilísima la entrada de las ráfagas. En verdad, nuestro Buenaventura podría permanecer aquí todo un año sin tesar sobre sus anclas.

—Ese golfo es un poco grande para él —observó el corresponsal.

—Convengo, señor Spilett -contestó el marino—, en que es bastante grande para el Buenaventura, pero, si las escuadras de la Unión necesitan un abrigo seguro en el Pacífico, creo que no le pueden hallar mejor que en esta rada.

—Estamos en la boca del tiburón —observó Nab, aludiendo a la forma del golfo.

—En plena boca, mi valiente Nab —contestó Harbert—, pero supongo que no tendrá miedo de que se cierre y nos deje dentro.

—No, señor Harbert —contestó Nab—; pero, de todos modos, este golfo no me gusta; tiene aspecto triste.

—Bueno —exclamó Pencroff—, ahí está Nab, que desprecia mi golfo, en el momento que yo pensaba regalárselo a América.

—Pero, al menos, ¿son bastante profundas sus aguas? —preguntó el ingeniero—. Pues lo que basta para la quilla del Buenaventura podría ser insuficiente para buques acorazados.

—Eso es fácil de averiguar —repuso Pencroff.

Y el marino echó a fondo una larga cuerda, que le servía de escandallo, a la cual había atado un pedazo de hierro. Aquella cuerda medía unas cincuenta brazas y toda entró en el agua sin tocar el suelo.

—Vamos —dijo Pencroff—, nuestros acorazados pueden venir aquí sin temor de encallar.

—En efecto —repuso Ciro Smith-, es un verdadero abismo este golfo; pero teniendo en cuenta el origen plutónico de la isla, no hay que extrañar que el fondo del mar presente depresiones semejantes.

—Parece —observó Harbert —que estas murallas han sido cortadas a pico y creo que con una sonda cinco o seis veces mayor Pencroff no encontraría fondo.

—Todo está muy bien —dijo el corresponsal—, pero debo hacer observar a Pencroff que falta una cosa importante para su rada.

—¿Cuál, señor Spilett?

—Una cortadura, un sitio cualquiera que dé acceso al interior de la isla. No veo un punto sobre el cual se pueda poner el pie.

Y en efecto, las altas lavas, muy acantiladas, no ofrecían en todo el perímetro del golfo un solo paraje propicio para el desembarco. Era una cortina infranqueable, que recordaba, pero con más aridez todavía, los fiordos de Noruega. El Buenaventura, rasando aquellas altas murallas hasta tocarlas, no encontró una sola punta que pudiera permitir a los pasajeros desembarcar.

Pencroff se consoló diciendo que por medio de una mina podría volar una parte de aquel muro cuando fuese necesario; y puesto que no tenían nada que hacer en aquel golfo, dirigió su embarcación hacia la garganta y salió a las dos de la tarde.

—¡Uf! —dijo Nab, exhalando un suspiro de satisfacción.

Parecía verdaderamente que el honrado negro no se sentía bien dentro de aquella enorme boca.

Desde el cabo Mandíbula a la desembocadura del río de la Merced no había más que unas ocho millas. Puso la proa hacia el Palacio de granito y el Buenaventura, largando sus velas, siguió la costa a una milla de distancia. A las enormes rocas de lava sucedieron pronto aquellas dunas caprichosas, entre las cuales el ingeniero había sido hallado en circunstancias tan singulares, paraje frecuentado por centenares de aves marinas.

Hacia las cuatro, Pencroff, dejando a su izquierda la punta del islote, entraba en el canal que le separaba de la costa, y a las cinco el ancla del Buenaventura mordía el fondo de arena en la desembocadura del río de la Merced.

Hacía tres días que los colonos habían dejado su vivienda. Ayrton les esperaba en la playa y maese Jup salió alegremente a recibirlos lanzando gruñidos de satisfacción.

La exploración completa de la costa de la isla estaba hecha y nada sospechoso se había observado. Si algún ser misterioso residía en ella, no podía habitar más que los bosques impenetrables de la península Serpentina, donde los colonos no habían hecho todavía sus investigaciones.

Gedeón Spilett habló de estas cosas con el ingeniero y acordaron llamar la atención a sus compañeros sobre el carácter extraño de ciertos incidentes que se habían producido en la isla y el último de los cuales era el más inexplicable.

Así, Ciro Smith, volviendo a hablar de la hoguera encendida en el litoral por mano desconocida, no pudo menos de decir por vigésima vez al periodista:

—¿Pero está usted seguro de haberla visto bien? ¿No era una erupción parcial del volcán, un meteoro cualquiera?

—No, Ciro —contestó Spilett—, era sin duda alguna un fuego encendido por mano de hombre. Por lo demás, pregunte a Pencroff y a Harbert, que lo vieron como yo, y confirmarán mis palabras.

Algunos días después, el 25 de abril, en el momento en que todos los colonos estaban reunidos en la meseta de la Gran Vista, Ciro Smith tomó la palabra y dijo:

—Amigos míos, creo que debo llamar la atención sobre ciertos hechos que han pasado en la isla y sobre los cuales me gustaría oír el parecer de todos. Estos hechos son, por decirlo así, sobrenaturales...

—¡Sobrenaturales! —exclamó el marino lanzando una bocanada de humo de Tabaco—.

¡Sería posible que nuestra isla fuese sobrenatural!

—No, Pencroff, pero indudablemente es misteriosa —continuó el ingeniero—, a no ser que usted pueda explicamos lo que Spilett y yo no hemos podido comprender hasta ahora.

—Hable, señor Ciro —añadió el marino.

—Pues bien, ¿ha comprendido —dijo el ingeniero —cómo cayendo al mar fui encontrado a un cuarto de milla en el interior de la isla sin que me enterase de nada?

—A no ser que estando desmayado... —dijo Pencroff.

—Eso no es admisible —interrumpió el ingeniero—. Pero pasemos adelante. ¿Ha comprendido cómo Top pudo descubrir dónde estaban ustedes a cinco millas de la gruta, donde yo me hallaba tendido?

—El instinto del perro... -dijo Harbert.

—¡Instinto singular! —exclamó el periodista—, puesto que, a pesar de la lluvia y el viento desencadenados durante toda la noche, Top llegó a las Chimeneas seco y sin una mancha de lodo.

—Pasemos más adelante —dijo el ingeniero—. ¿Ha comprendido cómo nuestro perro fue tan singularmente lanzado fuera de las aguas del lago, después de su lucha con el dugongo?

—No, confieso que no lo he comprendido —contestó Pencroff—, ni tampoco la herida que el dugongo tenía en el costado y que parecía hecha con un instrumento cortante.

—Continuemos —repuso el ingeniero—. ¿Han comprendido, amigos míos, cómo se encontraba aquel grano de plomo en el cuerpo del lechón de saíno; cómo se halló el cajón tan bien encallado, sin que hubiera señales de naufragio; cómo se presentó a propósito la botella que contenía el documento durante nuestra primera excursión por el mar; cómo nuestra canoa, después de haber roto sus amarras, vino por la corriente del río de la Merced a buscarnos precisamente en el momento en que teníamos necesidad de ella; cómo, después de la invasión de los monos, se nos envió tan oportunamente la escalera desde las alturas del Palacio de granito; cómo, en fin, llegó a nuestras manos el documento que Ayrton asegura no haber escrito?

Ciro Smith acababa de enumerar, sin olvidar ni uno solo, los hechos extraños observados en la isla. Harbert, Pencroff y Nab se miraron no sabiendo qué responder, porque la sucesión de aquellos incidentes agrupados por primera vez les sorprendía.

—A fe mía —dijo Pencroff—, tiene usted razón, señor Ciro, y es difícil explicar esas cosas.

—Pues bien, amigos míos -añadió el ingeniero—, un nuevo incidente más incomprensible aún ha venido a sumarse a los enumerados.

—¿Cuál, señor Ciro? —preguntó vivamente Harbert.

—Cuando ustedes volvían de la isla Tabor —dijo el ingeniero—, ¿no vieron una hoguera en la isla Lincoln?

—Ciertamente —contestó el marino.

—¿Y está seguro de haber visto ese fuego?

—Como lo veo a usted ahora.

—¿Y tú también, Harbert?

—¡Ah, señor Ciro! —exclamó el joven—, ese fuego brillaba como una estrella.

—¿Pero no era una estrella? —preguntó el ingeniero insistiendo.

—No, señor -contestó Pencroff—, porque el cielo estaba cubierto de espesas nubes y en todo caso una estrella no habría estado tan baja en el horizonte. Pero el señor Spilett lo vio como nosotros y puede confirmar mis palabras.

—Añadiré —dijo el periodista —que ese fuego era muy vivo y se proyectaba como una corriente eléctrica.

—Sí, sí, eso —replicó Harbert—, y estaba situado sobre las alturas del Palacio de granito.

—Pues bien, amigos míos —prosiguió Ciro Smith—, la noche del 19 al 20 de octubre, ni Nab ni yo encendimos fuego en la costa.

—¿No fueron ustedes? —exclamó Pencroff en el colmo de su estupefacción y sin poder acabar la frase.

—En aquella noche no salimos del Palacio de granito —añadió Ciro Smith —y, si en la costa apareció una hoguera, no fueron nuestras manos las que la encendieron.

Pencroff y Harbert estaban estupefactos; no podían haberse hecho ilusión alguna; habían visto realmente un fuego en la isla durante la noche del 19 al 20 de octubre.

Sí. Todos tuvieron que convenir en que había un misterio inexplicable, una influencia evidentemente favorable para los colonos, pero muy irritante para su curiosidad, que se hacía sentir en las ocasiones oportunas sobre la isla Lincoln. ¿Había algún ser oculto en algunos de sus más profundos retiros? Había que saberlo.

Ciro Smith recordó a sus compañeros la singular actitud de Top y de Jup cuando se acercaban a la boca del pozo que tenía el Palacio de granito en comunicación con el mar, y les dijo que había explorado aquel pozo sin descubrir en él nada sospechoso. En fin, el resultado de esta conversación fue el acuerdo unánime de los miembros de la colonia de registrar enteramente la isla cuando volviese la estación buena.

Pero desde aquel día Pencroff pareció preocupado. Aquella isla, que miraba como su propiedad personal, ya no le pertenecía toda entera; la propiedad se repartía con otro dueño, al cual de buen o mal gusto se sentía sometido. Nab y él hablaban con frecuencia de aquellas cosas inexplicables, y ambos, inclinados por su naturaleza a lo maravilloso, estaban muy cerca de creer que la isla Lincoln estaba sometida a un poder sobrenatural.

Entretanto, llegaron los malos días con el mes de marzo, que es el noviembre de las zonas boreales, y el invierno parecía duro y precoz. Por consiguiente, se emprendieron sin demora las tareas de invierno.

Por lo demás, los colonos estaban bien preparados para recibir el frío, por grande que fuese. No faltaban los vestidos de fieltro, porque el rebaño de muflones, muy numeroso entonces, había dado la lana necesaria para la fabricación de aquella tela de abrigo.

Huelga decir que Ayrton fue provisto de cómodos vestidos. Ciro Smith le invitó a pasar la mala estación en el Palacio de granito, donde estaría mejor alojado que en la dehesa, y Ayrton prometió hacerlo cuando estuviesen terminados los trabajos comenzados, lo cual sucedió hacia mediados de abril. Desde entonces Ayrton tomó parte en la vida común y prestó en todas ocasiones útiles servicios, aunque, siempre humilde y triste, no tomaba parte en las diversiones de los compañeros.

Durante la mayor parte de aquel invierno que los colonos pasaron en la isla Lincoln, tuvieron que permanecer confinados en el Palacio de granito, porque hubo grandes tempestades y borrascas terribles que parecían querer arrancar las rocas de sus bases. Inmensas corrientes de marea amenazaban cubrir toda la isla y cualquier buque que se hubiera fondeado junto a ella se habría perdido. Dos veces, durante una de aquellas corrientes, el río de la Merced creció hasta el punto de inspirar temores de que el puente y los puentecillos desaparecieran y hubo que consolidar los de la playa, que quedaban siempre cubiertos bajo las olas cuando el mar batía el litoral.

Ya se comprenderá que tales huracanes, comparables con trombas, en que se mezclaban la lluvia y la nieve, causarían grandes destrozos en la meseta de la Gran Vista. Los que más padecieron fueron el molino y el corral Los colonos tuvieron que hacer con frecuencia grandes reparaciones, sin las cuales se hubiera visto amenazada la existencia de las aves encerradas.

En aquel tiempo tan malo algunas parejas de jaguares y bandas de cuadrúmanos se aventuraron hasta el límite de la meseta, y había que temer que los más audaces y robustos, impulsados por el hambre llegasen a atravesar el arroyo, que, por otra parte, cuando estaba helado, presentaba fácil acceso. Si así hubiera sucedido, las plantaciones y los animales domésticos hubieran sido destruidos infaliblemente, al no tener una vigilancia continua; y con frecuencia hubo que hacer algunos disparos de armas de fuego para mantener a respetuosa distancia los peligrosos visitantes. Por consiguiente, no faltó quehacer en el invierno, Porque sin contar los cuidados del exterior, había siempre mil obras de mueblaje y decorado que acabar en el Palacio de granito.

Se hizo también en algunos días muy buena caza durante los grandes fríos en los vastos pantanos de los Tadornes. Gedeón Spilett y Harbert, ayudados de Jup y Top, no perdían un tiro en medio de aquellas miríadas de patos, becasinas, cercetas y aves frías. El acceso a aquel territorio tan abundante en caza era fácil por otra parte, ya por el camino del puerto del Globo, ya por el puente de la Merced, ya doblando las rocas de la punta del Pecio; y los cazadores no se alejaban nunca del Palacio de granito más de dos o tres millas.

Así pasaron los cuatro meses de invierno, que fueron los verdaderamente rigurosos, es decir, junio, julio, agosto y septiembre. El Palacio de granito no padeció mucho por efecto de las inclemencias del tiempo, y lo mismo sucedió en la dehesa, que, menos expuesta que la meseta y cubierta en gran parte por el monte Franklin, no recibía directamente los golpes de viento, porque venían ya cortados por los bosques y las altas rocas del litoral. Así, los deterioros de la dehesa fueron poco importantes, y la mano activa y hábil de Ayrton bastó para repararlos rápidamente, cuando en la segunda quincena de octubre volvió a pasar algunos días en la dehesa.

Durante aquel invierno no hubo ningún nuevo incidente inexplicable. Nada extraño sucedió, aunque Pencroff y Nab estaban en acecho de los sucesos más insignificantes que hubieran podido referirse a una causa misteriosa. Top y Jup ya no andaban alrededor de la boca del pozo ni daban señal ninguna de inquietud. Parecía que la serie de incidentes sobrenaturales se había interrumpido, aunque con frecuencia se hablaba de ellos en las veladas del Palacio de granito y se ratificaba el acuerdo de registrar la isla hasta en sus rincones más ocultos y más difíciles de explorar. Pero un acontecimiento grave, cuyas consecuencias podían ser funestas, vino por el momento a distraer de sus proyectos a Ciro Smith y a sus compañeros.

Corría el mes de octubre y la buena estación volvía a grandes pasos. La naturaleza se renovaba bajo los rayos del sol y en medio del follaje persistente de las coníferas que formaban la linde del bosque aparecía ya el nuevo follaje de los almaces, de las banksias y de los deodares.

El lector recordará que Gedeón Spilett y Harbert habían tomado en diferentes ocasiones vistas fotográficas de la isla Lincoln.

El 17 de aquel mes de octubre, a las tres de la tarde, Harbert, seducido por la pureza del cielo, tuvo el pensamiento de reproducir toda la bahía de la Unión que daba frente a la meseta de la Gran Vista, desde el cabo Mandíbula hasta el cabo de la Garra.

El horizonte estaba despejado, y el mar, ondulado al impulso de una blanda brisa, presentaba la inmovilidad de las aguas de un lago, picadas acá y allá por chispas luminosas.

El objetivo fue colocado en una de las ventanas del salón del Palacio de granito; por lo tanto dominaba la playa y la bahía. Harbert procedió como tenía costumbre, y, una vez obtenido el clisé, fue a fijarlo mediante las sustancias que estaban depositadas en un aposento oscuro de la vivienda.

Volviendo luego a la luz y examinando bien el clisé, observó en él un punto casi imperceptible, que manchaba el horizonte del mar. Trató de hacerle desaparecer por medio del lavado, pero por más que hizo no pudo conseguirlo.

"Es un defecto del vidrio", pensó.

Y entonces tuvo la curiosidad de examinar aquel defecto con una lente de bastante aumento, que destornilló de uno de los gemelos. Apenas lo hubo examinado, dio un grito y estuvo a punto de dejar escapar de las manos el clisé.

Inmediatamente corrió a la habitación donde estaba Ciro Smith, le alargó el clisé y la lente enseñándole la manchita. El ingeniero examinó aquel punto y después, tomando su catalejo, se precipitó hacia la ventana. El anteojo, después de haber recorrido lentamente el horizonte, se detuvo sobre el punto sospechoso, y Ciro Smith, bajándose, pronunció esta sola palabra:

—¡Buque!

En efecto, había un buque a la vista de la isla Lincoln.

III
El secreto de la isla

¡Buque a la vista!

Dos años y medio hacía que los náufragos del globo habían sido arrojados a la isla Lincoln, y hasta entonces no habían podido establecer ninguna comunicación entre ellos y sus semejantes. Una vez, el periodista había intentado ponerse en relación con el mundo habitado, confiando a un ave la nota que contenía el secreto de su situación; pero esta era una probabilidad con la cual no podía contarse seriamente. Sólo Ayrton, y en las circunstancias que ya se saben, se había reunido con los miembros de la pequeña colonia. Ahora bien, aquel mismo día –17 de octubre –otros hombres se presentaban a la vista de la isla, en aquel mar hasta entonces desierto.

¡No cabía duda alguna! Allí había un buque. Pero ¿pasaría de largo o se detendría? Antes de pocas horas los colonos iban a saber, seguramente, a qué atenerse.

Ciro Smith y Harbert llamaron inmediatamente a Gedeón Spilett, Pencroff y Nab al salón del Palacio de granito y les pusieron al corriente de lo que pasaba. Pencroff, tomando el anteojo, recorrió rápidamente el horizonte y se detuvo en el punto indicado, es decir, en el que había formado la mancha imperceptible en el clisé fotográfico.

–¡Mil diablos! ¡Es un buque! –dijo con un acento que no denotaba un entusiasmo extraordinario.

–¿Viene hacia aquí? –preguntó Gedeón Spilett.

–No puede asegurarse nada todavía –contestó Pencroff–, porque sólo aparece en el horizonte su arboladura; no se ve más que una parte de su casco.

–¿Qué haremos? –dijo el joven.

–Esperar –contestó Ciro Smith.

Y durante largo tiempo los colonos permanecieron en silencio, entregados a sus pensamientos y a todas las emociones, a todos los temores y esperanzas que podía originar en ellos este incidente, el más grave que había ocurrido desde su llegada a la isla Lincoln.

Ciertamente no se hallaban los colonos en la situación de náufragos abandonados en un islote estéril, que disputan su miserable existencia a una naturaleza madrastra y se ven incesantemente devorados por el deseo de volver a ver las tierras habitadas.

Pencroff y Nab sobre todo, que se consideraban a la vez dichosos y ricos, no habrían dejado sin pesar la isla. Además, se habían acostumbrado a aquella vida nueva en aquella posesión que su inteligencia, por decir así, había civilizado.

Pero, en fin, aquel buque significaba noticias del continente y era quizá una parte de la patria que acudía a buscarlos. En él venían seres semejantes a ellos y era natural que sus corazones latieran.

De vez en cuando, Pencroff volvía a tomar el anteojo y se apostaba a la ventana, examinando con muchísima atención el buque, que estaba a una distancia de veinte millas al este. Los colonos no tenían medio alguno de señalar su presencia; una bandera no habría sido vista; la detonación de un arma de fuego no habría sido oída, y una hoguera no hubiera sido visible desde tan lejos.

Sin embargo era indudable que la isla dominada por el monte Franklin no había podido ocultarse a las miradas de los vigías del buque. Pero ¿qué objeto podría inducirlo a acercarse a la costa? ¿La casualidad le llevaba hacia aquella parte del Pacífico, donde las cartas no señalaban tierra alguna, salvo la isla Tabor, que está fuera del rumbo ordinario de los buques que hacen la travesía de los archipiélagos polinesios de Nueva Zelanda y de la costa americana?

A esta pregunta, que cada cual se hacía interiormente, contestó Harbert:

—¿Será el Duncan?

Se recordará que el Duncan era el yate de lord Glenarvan, que había abandonado a Ayrton en el islote y que debía volver a recogerlo un día. El islote no estaba tan apartado de la isla Lincoln, que un buque que hiciese rumbo al uno no pudiera pasar a la vista de la otra. Sólo los separaba una distancia de ciento cincuenta millas, y setenta y cinco de latitud.

—Hay que avisar a Ayrton —dijo Gedeón Spilett-para que venga inmediatamente. Sólo él puede decimos si ese buque es el Duncan.

Tal fue también el parecer de todos, y el periodista, acercándose al aparato telegráfico que ponía en comunicación la dehesa con el Palacio de granito, expidió el siguiente telegrama:

—Venga enseguida.

Pocos instantes después resonó el timbre.

—Allá voy —contestó Ayrton.

Los colonos, entretanto, continuaron observando la nave.

—Si es el Duncan —dijo Harbert—, Ayrton le reconocerá enseguida, pues ha navegado a bordo durante algún tiempo.

—Y si lo reconoce —añadió Pencroff—, experimentará una terrible emoción.

—Sí —dijo Ciro Smith—, pero ahora Ayrton es digno de subir a bordo del Duncan, y plegue al cielo que, en efecto, sea el yate de lord Glenarvan, porque cualquier otro buque me parecería sospechoso. Estos mares son poco frecuentados y temo la visita de piratas malayos en nuestra isla.

—¡La defenderíamos! —exclamó Harbert.

—Sin duda, hijo mío —repuso el ingeniero sonriéndose—, pero es preferible no tener que defenderla.

—Una observación sencilla —dijo Gedeón Spilett—. La isla Lincoln es desconocida de los navegantes, pues no está indicada ni en las cartas más modernas. ¿No ve usted, Ciro, en esto, un motivo para que cualquier buque que inopinadamente se hallase a la vista de esta nueva tierra tratase de visitarla en vez de huir de ella?

—Cierto —repuso Pencroff.

—Así lo creo yo también —añadió el ingeniero—, y puedo asegurar que es el deber de todo capitán de buque: señalar y, por consiguiente, reconocer toda la tierra o isla no registrada, no catalogada todavía, en cuyo caso se encuentra Lincoln.

—Pues bien —dijo Pencroff—, admitamos que ese buque se acerca a tierra, que fondea a pocos cables de nuestra isla. ¿Qué haremos entonces?

Esta pregunta, bruscamente hecha, quedó al principio sin respuesta, pero Ciro Smith, después de haber reflexionado, contestó con el tono tranquilo y reposado que le era habitual:

—Lo que haremos, amigos míos, lo que deberemos hacer es lo siguiente: nos pondremos en comunicación con el buque, tomaremos pasaje a bordo, dejaremos la isla, después de haber tomado posesión de ella en nombre de los Estados de la Unión.

Después volveremos aquí con todos los que quieran seguirnos para colonizarla definitivamente y dotar a la República Norteamericana de una estación tan útil en esta parte del océano Pacífico.

—¡Hurra! —exclamó Pencroff.

—¡No es un pequeño regalo el que vamos a hacer a nuestro país! La colonización está casi concluida; se han dado nombres a todas las partes de la isla; hay un puerto natural, una aguada, caminos, una línea telegráfica, un arsenal, una herrería; no falta más que inscribir la isla Lincoln en los mapas.

—¡Mil diablos! —exclamó el marino-. Prefiero quedarme solo para guardarla. A fe de Pencroff, no me la robarán como se roba un reloj del bolsillo de un tonto.

Durante una hora fue imposible decir con certeza si el buque que los colonos habían visto iba o no rumbo a la isla Lincoln. Se había acercado, pero ¿hacia dónde navegaba? Es lo que Pencroff no pudo reconocer. Sin embargo, como el viento soplaba del nordeste, era verosímil que el buque navegase amuras a estribor. Por lo demás, la brisa era buena para impulsarlo a tierra, y en aquella mar tranquila no podía temer acercarse a la isla, aunque no hubiera carta que determinase las diversas profundidades del agua.

Hacia las cuatro, una hora después de haberlo llamado, llegó Ayrton al Palacio de granito, y entró en el salón.

—Estoy a sus órdenes, señores.

Ciro Smith le tendió la mano como tenía costumbre y, llevándole a la ventana, le dijo:

—Ayrton, le hemos llamado por motivo muy grave. Tenemos un buque a la vista de la isla.

Ayrton se puso muy pálido y su vista se turbó un instante. Se asomó a la ventana, recorrió el horizonte, pero no vio nada.

—Tome el catalejo -dijo Ciro Smith —y mire bien, Ayrton, porque sería posible que este buque fuese el Duncan, que viene a estos parajes para repatriarlo.

—¡El Duncan! —murmuró Ayrton—. ¡Ya!

Esta última palabra se escapó como involuntariamente de los labios de Ayrton, que inclinó la cabeza y se cubrió el rostro con las manos.

Doce años de abandono en un islote desierto, ¿no le parecían quizá expiación suficiente? ¿El culpado arrepentido no se sentía aún perdonado a sus propios ojos o a los de los demás?

—No —dijo—, no, no puede ser el Duncan.

—Mire usted, Ayrton —insistió el ingeniero—, porque importa que sepamos de antemano a qué atenemos.

Ayrton tomó el catalejo y lo asestó en la dirección indicada. Durante algunos minutos observó el horizonte sin pestañear ni pronunciar una palabra. Después dijo:

—En efecto, es un buque, pero no creo que sea el Duncan.

—¿Por qué no lo cree? —preguntó Gedeón Spilett.

—Porque el Duncan es un yate de vapor y no veo ninguna señal de humo.

—Tal vez navega sólo a vela —observó Pencroff—. El viento es bueno para el rumbo que parece llevar y debe tener interés en ahorrar su carbón hallándose tan lejos de tierra.

—Es posible que tenga usted razón, señor Pencroff —respondió Ayrton—, y que el buque haya apagado sus fuegos. Dejémoslo llegar a la costa y pronto lo sabremos.

Dicho esto, Ayrton fue a sentarse a un extremo del salón y allí permaneció silencioso. Los colonos discutieron todavía acerca de la nave desconocida, pero sin que Ayrton tomase parte.

Todos se hallaban entonces en una disposición de ánimo que no les permitía continuar sus tareas. Gedeón Spilett y Pencroff estaban singularmente nerviosos, yendo y viniendo sin poder estar quietos un minuto; Harbert experimentaba gran curiosidad; sólo Nab conservaba su calma habitual. ¿No era acaso su país donde estuviese su amo? En cuanto al ingeniero, estaba absorto en sus pensamientos, y, en el fondo, más temía que deseaba la llegada del buque.

Este, entretanto, se había acercado un poco a la isla y con el auxilio del anteojo había sido posible distinguir que era un bergantín y no uno de esos praos malayos de que se sirven habitualmente los piratas del Pacífico. Era de suponer que no se justificarían los temores del ingeniero y que la presencia de aquel buque en las aguas de la isla Lincoln no constituía un peligro. Pencroff, después de un examen minucioso, creyó poder afirmar que aquel buque estaba aparejado como un brick, que corría oblicuamente a la costa con amuras a estribor, con sus velas bajas, gavias y juanetes. Ayrton confirmó esta observación.

Pero si continuaba en este rumbo, debía desaparecer pronto detrás de la punta del cabo de la Garra, porque marchaba hacia el sudoeste, y, para observarlo, sería entonces necesario situarse en las alturas de la bahía de Washington, cerca del puerto del Globo; circunstancia desagradable, porque eran ya las cinco de la tarde y el crepúsculo no tardaría en dificultar toda observación.

–¿Qué haremos si llega la noche? –preguntó Gedeón Spilett–. ¿Encenderemos fuego para señalar nuestra presencia en la costa?

La cuestión era grave y, a pesar de los presentimientos del ingeniero, se resolvió afirmativamente. Durante la noche el buque podía desaparecer, alejarse para siempre. Si desaparecía, ¿cuándo volvería otro a las aguas de la isla Lincoln? ¿Quién podía prever lo que reservaba el futuro a los colonos?

–Sí dijo el periodista–, debemos dar a entender a ese buque, cualquiera que sea, que la isla está Habitada. Perder esta ocasión que se nos ofrece sería causamos un remordimiento para lo futuro.

Se decidió, por lo tanto, que Nab y el marino irían al puerto del Globo y, cuando llegara la noche, encenderían una hoguera, cuyo resplandor debería atraer necesariamente la atención de la tripulación del brick.

Pero, en el momento en que Nab y el marino se preparaban a salir del Palacio de granito, el buque cambió su marcha y se dirigió francamente hacia la isla, haciendo rumbo a la bahía de la Unión. Aquel brick andaba mucho, pues se acercó rápidamente.

Nab y Pencroff suspendieron entonces su marcha y el ingeniero puso el anteojo en manos de Ayrton, para que pudiese observar si aquel buque era o no el Duncan. El yate escocés estaba también aparejado como brick. La cuestión era saber si se levantaba una chimenea entre los dos palos del buque, que ya no estaba más que a una distancia de diez millas.

El horizonte era todavía muy claro. La comprobación estuvo pronto hecha y Ayrton bajó el anteojo.

—¡No es el Duncan!... ¡No podía serlo!

Pencroff observó de nuevo el buque con el anteojo y reconoció que era un brick de trescientas a cuatrocientas toneladas, muy bonito, audazmente arbolado, admirablemente formado para la marcha, y que debía ser un rápido nadador. Pero ¿a qué nación pertenecía? Era difícil decirlo.

—Y sin embargo —añadió el marino—, un pabellón flota en su cangreja, pero no puedo distinguir sus colores.

—Antes de media hora sabremos a qué atenemos sobre este punto —dijo el periodista—. Además, es evidente que el capitán de ese buque tiene intención de fondear junto a tierra y, por consiguiente, si no es hoy, mañana sabremos más.

—¡No importa! —dijo Pencroff—. Vale más saber con quién tiene uno que vérselas, y no me disgustaría reconocer los colores de su pabellón.

Hablando así no dejaba de mirar con el anteojo.

El día comenzaba a declinar y con el día caía también el viento del mar: el pabellón del brick, menos tendido, se enredaba entre las drizas y era cada vez más difícil observarlo.

—No es un pabellón norteamericano —decía de cuando en cuando Pencroff—, ni inglés, porque el color rojo se vería fácilmente. Ni trae los colores franceses ni alemanes, ni el pabellón blanco de Rusia, ni el amarillo de España... Parece un color uniforme... Veamos... En estos mares... ¿Qué se encuentra más comúnmente? ... ¿El pabellón chileno? ... Pero ese pabellón es tricolor... ¿El brasileño? ... es verde... ¿El japonés? ... es negro y amarillo... mientras que este...

En aquel momento, una ráfaga de brisa extendió el pabellón desconocido. Ayrton tomó el anteojo que le dejó el marino, lo llevó a sus ojos y con voz sorda exclamó:

—¡El pabellón negro!

En efecto, un trapo oscuro se desarrollaba en la cangreja del brick y mostraba que podía tenerse al buque por sospechoso. ¿Tenía, pues, razón el ingeniero en sus presentimientos? ¿Era un buque de piratas?

¿Recorría los mares bajos del Pacífico en competencia con los praos malayos que los infestan todavía? ¿Qué iba a buscar en las playas de la isla Lincoln? ¿La tomaba como una tierra desconocida e ignorada a propósito para ocultar los cargamentos robados?

¿Iba a pedir a sus costas un puerto de refugio para los meses de invierno? ¿La honrada posesión de los colonos estaba destinada a transformarse en un asilo infame, una especie de capital de la piratería del Pacífico?

Todas estas ideas se presentaban instintivamente al ánimo de los colonos. Por lo demás, no había ninguna duda acerca de la significación que se debía dar al color del pabellón enarbolado; era, indudablemente, el de los piratas; era el que hubiese llevado el Duncan, si los presidiarios hubiesen logrado realizar sus criminales proyectos. No perdieron tiempo discutiendo.

–Amigos míos –dijo Ciro Smith–, quizá ese buque no quiere más que observar el litoral de la isla; quizá su tripulación no desembarque. Esta es una probabilidad que tenemos en favor nuestro. De todos modos, debemos hacer todo lo posible para ocultar nuestra presencia en la isla. El molino establecido en la meseta de la Gran Vista se distingue desde lejos muy fácilmente. Ayrton y Nab irán enseguida a quitar las aspas. Disimularemos igualmente con un ramaje más espeso las ventanas del Palacio de granito y se apagará el fuego en todas partes para que nada anuncie la presencia del hombre en esta isla.

–¿Y nuestra embarcación? –dijo Harbert.

–¡Oh! –dijo Pencroff–, está bien abrigada en el puerto del Globo y desafío a esa canalla a que la encuentre.

Las órdenes del ingeniero fueron ejecutadas inmediatamente. Nab y Ayrton subieron a la meseta y adoptaron las medidas necesarias para ocultar todo indicio de habitación.

Mientras se ocupaban en esta tarea, sus compañeros fueron a los linderos del bosque del Jacamar y volvieron con gran cantidad de ramas y bejucos, que debían, a cierta distancia, figurar un ramaje natural y velar bastante bien las aberturas del muro granítico. Al mismo tiempo se dispusieron las municiones y las armas para poder utilizarlas en el primer instante, en caso de una agresión repentina.

Cuando estuvieron tomadas estas precauciones, dijo Ciro Smith con voz conmovida:

–Amigos míos, si esos miserables quieren apoderarse de la isla Lincoln, la defenderemos, ¿no es verdad?

–Sí, Ciro –contestó el periodista–, y, si es preciso, moriremos todos por defenderla. El ingeniero tendió la mano a sus compañeros, que la estrecharon con efusión. Sólo Ayrton permaneció en su rincón sin unirse a los colonos. Tal vez, como antiguo presidiario, se sentía indigno de unirse a ellos. Ciro Smith comprendió lo que pasaba en el ánimo de Ayrton y dirigiéndose a él le preguntó:

—¿Y qué hará usted, amigo mío?

—Mi deber —contestó Ayrton.

Después se acercó a la ventana, mirando a través del follaje.

Eran las siete y media. Hacía veinte minutos que el sol había desaparecido detrás del Palacio de granito, y, por consecuencia, el horizonte del este se iba oscureciendo poco a poco. Entretanto el brick avanzaba hacia la bahía de la Unión. Ya no estaba más que a ocho millas y precisamente enfrente de la meseta de la Gran Vista, porque después de haber virado a la altura del cabo de la Garra, había subido bastante hacia el norte, ayudado por la corriente del flujo. Podía decirse ya que a aquella distancia había entrado en la vasta bahía, porque una línea recta tirada desde el cabo de la Garra al cabo Mandíbula habría quedado al oeste del buque, sobre su costado de estribor.¿Iba a penetrar el brick en la bahía? Esta era la primera cuestión. Una vez en la bahía, ¿echaría el ancla? Esta era la segunda. ¿Se contentaría con observar el litoral haciéndose de nuevo a la mar sin desembarcar la tripulación? Esto es lo que antes de una hora iba a saberse. Los colonos no tenían que hacer más que esperar.

Ciro Smith no había visto sin profunda ansiedad al buque sospechoso enarbolar el pabellón negro. ¿No era una amenaza directa contra la obra que sus compañeros y él habían realizado? Los piratas, porque no podía dudarse que lo fuesen, ¿habían frecuentado en otro tiempo la isla, puesto que al llegar a ella habían izado sus colores? ¿Habían desembarcado anteriormente en ella, lo cual explicaría ciertas particularidades inexplicables hasta entonces? ¿Existía en las partes no exploradas de la isla algún cómplice dispuesto a entrar en comunicación con ellos?

A todas estas preguntas que Ciro Smith se hacía no había que responder, pero comprendía que la situación de la colonia estaba gravísimamente comprometida por la llegada de aquel brick. Sin embargo, sus compañeros y él estaban decididos a resistir hasta el final. Aquellos piratas, ¿eran más y estaban mejor armados que los colonos? Este era un punto muy importante que había que averiguar. Pero ¿cómo llegar hasta ellos?

Era de noche; la luna nueva había desaparecido con la irradiación solar y una profunda oscuridad envolvió el mar y la isla. Las densas nubes amontonadas en el horizonte no dejaban filtrar ningún resplandor y el viento había caído completamente con el crepúsculo. No se movía una hoja en los árboles, ni murmuraba una ola sobre la playa. No se veía nada del buque; todos sus fuegos estaban apagados u ocultos y, si se encontraba todavía a la vista de la isla, no se podía saber el sitio que ocupaba.

¿Quién sabe! –dijo entonces Pencroff–. Quizá este condenado buque se echa a la mar durante la noche y no lo encontraremos cuando amanezca.

Como respuesta a la observación del marino, se vio a lo lejos un vivo resplandor y poco tiempo después resonó un cañonazo. El buque estaba allí y tenía piezas de artillería a bordo. Seis segundos habían transcurrido entre el fogonazo y el ruido. El brick estaba como a milla y media de la costa.

Al mismo tiempo se oyó un ruido de cadenas que rechinaban a través de los escobones. El buque acababa de fondear a la vista del Palacio de granito.

Una nave pirata espiada por Ayrton

No cabía duda alguna sobre las intenciones de los piratas: habían echado el ancla a corta distancia de la isla y era evidente que, a la mañana siguiente, por medio de sus canoas, desembarcarían en la playa.

Ciro Smith y sus compañeros estaban preparados a defenderse, pero, por resueltos que fuesen, no debían olvidar la prudencia. Quizá su presencia podía ocultarse en el caso que los piratas se contentaran con desembarcar en el litoral sin penetrar en el interior de la isla. Podía creerse que no tuviesen otro proyecto que hacer aguada en el río de la Merced y no era imposible que el puente, situado a milla y media de la desembocadura, y los arreglos de las chimeneas, escaparan a sus miradas.

Pero ¿por qué estaba arbolado el pabellón en la cangreja del brick? ¿Por qué se había disparado aquel cañonazo? Pura baladronada, al menos que no fuera el indicio de una toma de posesión. Ciro Smith sabía ya que el navío estaba formidablemente armado.

Ahora bien, para responder al cañón de los piratas, ¿qué tenían los colonos de la isla Lincoln? Algunos fusiles.

–Sin embargo –observó Ciro Smith–, estamos en una situación inexpugnable. El enemigo no podrá descubrir el orificio de desagüe ahora que está oculto bajo las cañas y las hierbas, y, por consiguiente, le es imposible penetrar en el Palacio de granito.

—¡Pero nuestras plantaciones, nuestra dehesa, nuestro corral, todo, en fin! —exclamó Pencroff, dando una patada—. Todo pueden arrancarlo y destruirlo en pocas horas.

—Todo, Pencroff —contestó Ciro Smith—, y no tenemos ningún medio para impedírselo.

—¿Son muchos? Esta es la cuestión —dijo entonces el periodista—. Si son una docena, podemos contenerlos, pero si son cuarenta, cincuenta, más tal vez...

—Señor Smith —dijo entonces Ayrton, que se adelantó hacia el ingeniero—, ¿quiere concederme un permiso?

—¿Cuál, amigo mío?

—Ir hasta el buque para enterarme de la fuerza de la tripulación.

—Pero, Ayrton... —contestó vacilando el ingeniero—, arriesga su vida...

—¿Por qué no la he de arriesgar, señor?

—Es más que su deber, Ayrton.

—Tengo que hacer más que mi deber —contestó el ex presidiario.

—¿Irá usted con la piragua hasta el buque? —preguntó Gedeón Spilett.

—No, señor, iré nadando. La piragua no pasaría por donde puede deslizarse un hombre.

—¿Sabe bien que el brick está a una milla y cuarto de la costa? —dijo Harbert.

—Soy un buen nadador, señor Harbert.

—Esto es arriesgar su vida, le vuelvo a repetir a usted —repuso el ingeniero.

—Poco importa —añadió Ayrton—. Señor Smith, le pido esto como una gracia. ¡Quizá es un medio para realzarme a mis propios ojos!

—Vaya, Ayrton —contestó el ingeniero, que comprendía que la negativa hubiera entristecido profundamente al antiguo presidiario, convertido ya en un hombre honrado.

—Yo lo acompañaré —dijo Pencroff.

—¿Desconfía de mí? —preguntó Ayrton.

—¡Ah!

—No, no —contestó vivamente Ciro Smith—, no, Ayrton. Pencroff no desconfía de usted. Ha interpretado mal sus palabras.

—En efecto —añadió el marino—, propongo acompañar a Ayrton hasta el islote solamente. Puede suceder, aunque es poco probable, que uno de esos tunantes haya desembarcado, y dos hombres nunca estarán de más para impedirle que dé la señal de alarma. Esperaré a Ayrton en el islote; él irá solo al buque, como se ha propuesto hacer.

Así quedó acordado. Ayrton hizo sus preparativos de partida. Su proyecto era audaz, pero podía tener buen éxito, gracias a la oscuridad de la noche. Una vez llegado al buque, Ayrton, agarrado a los puntales, a las cadenas de los obenques, podría reconocer el número y quizás sorprender las intenciones de los bandidos.

Ayrton y Pencroff, seguidos de sus compañeros, bajaron a la playa. Ayrton se desnudó y se frotó con grasa para aguantar la temperatura del agua, que aún estaba fría, y en la cual, en efecto, podía suceder que se viera obligado a permanecer durante muchas horas.

Pencroff y Nab, durante este tiempo, habían ido a buscar la piragua, que estaba amarrada unos centenares de pasos más arriba, en la orilla del río de la Merced, y, cuando volvieron, Ayrton estaba dispuesto a partir. Echaron una manta a los hombros de Ayrton y volvieron a estrecharle la mano. Ayrton se embarcó en la piragua con Pencroff. Eran las diez y media de la noche, cuando los dos desaparecieron en la oscuridad. Sus compañeros volvieron, para esperarlos en las Chimeneas.

El canal fue fácilmente atravesado y la piragua se acercó a la orilla opuesta del islote con precaución, para el caso en que anduvieran por aquella parte los piratas. Pero, después de una atenta observación, parecía evidente que el islote estaba desierto. Así, pues, Ayrton, seguido de Pencroff, lo atravesó con paso rápido, asustando a las aves anidadas en los huecos de las rocas; después, sin vacilar, se arrojó al mar y nadó, sin que se oyera el más leve rumor, en dirección al buque, cuyos faroles, encendidos poco antes, indicaban la situación exacta.

Pencroff se ocultó en un barranco de la orilla, esperando la vuelta de su compañero.

Entretanto, Ayrton nadaba con brazo vigoroso y se deslizaba a través de la sábana de agua, sin producir el más ligero estremecimiento. Su cabeza apenas salía y sus ojos estaban fijos en la sombría masa del brick, cuyos faroles se reflejaban en el mar. No pensaba más que en el deber que había prometido cumplir y no en los peligros que corría a bordo del buque y en aquellos parajes frecuentados por los tiburones. La corriente lo llevaba hacia el buque y se alejaba rápidamente de la costa.

Media hora después Ayrton, sin haber sido visto ni oído, se deslizaba entre dos aguas, llegaba al buque y se agarraba con una mano al barbiquejo del bauprés. Respiró y, levantándose sobre las cadenas, llegó hasta el extremo del espolón. Allí se secaban unos calzones de marino; se puso uno y escuchó.

Nadie dormía a bordo del brick: unos discutían, otros cantaban, otros reían. He aquí las frases principales que, acompañadas de juramentos, impresionaron más a Ayrton:

—Buena adquisición la de nuestro brick.

—Marcha bien el Speedy (ligero) y merece su nombre.

—Aunque toda la marina del Norfolk viniera a cazarnos, perdería el tiempo.

—¡Hurra por su comandante!

—Hurra por Bob Harvey.

Se comprenderá la sensación que debió experimentar Ayrton, al oír esta observación, cuando se sepa que este Bob Harvey era uno de los antiguos compañeros de Australia, marino audaz, que había tomado a cargo la continuación de sus criminales proyectos. Bob Harvey se había apoderado en las aguas de la isla de Norfolk de aquel brick que iba cargado de armas, municiones, utensilios y herramientas de toda especie destinados a una de las islas de Sandwich. Había llevado a bordo toda su partida y aquellos miserables, convertidos en piratas, después de haber sido presidiarios, recorrían el Pacífico destruyendo los buques, asesinando las tripulaciones y mostrándose más feroces que los mismos malayos.

Los presidiarios hablaban en voz alta, referían sus proezas bebiendo desmesuradamente y Ayrton pudo entender la siguiente relación:

La tripulación del Speedy se componía únicamente de presidiarios ingleses fugados de Norfolk. Ahora diremos lo que es Norfolk.

A los 29° 2' de latitud sur y de 165° 42' de longitud este, al este de la Australia, hay un islote de seis leguas de circunferencia, dominado por el monte Pitt, que se levanta mil cien pies sobre el nivel del mar. Esta es la isla de Norfolk, donde el Gobierno inglés tiene un establecimiento para encerrar a los sentenciados más incorregibles de sus penitenciarías. Allí se encuentran unos quinientos hombres sometidos a una disciplina de hierro, bajo la amenaza de castigos terribles, guardados por ciento cincuenta soldados y otros tantos empleados, a las órdenes de un gobernador. Sería difícil imaginar una reunión de maleantes peor que ésta. A veces, aunque muy pocas, a pesar de la excesiva vigilancia de que son objeto, algunos logran escaparse, y, apoderándose de los barcos que pueden sorprender, recorren los archipiélagos de Polinesia.

Esto había hecho Bob Harvey y sus compañeros, y esto es lo que en otro tiempo había querido hacer Ayrton. Bob Harvey se había apoderado del brick Speedy, que estaba anclado a la vista de Norfolk; la tripulación había sido asesinada, y, desde hacía un año, aquel buque, convertido en pirata, recorría los mares del Pacífico bajo el mando de Harvey, en otro tiempo, capitán de un bergantín, y ahora, corsario de mares, a quien Ayrton conocía muy bien.

Los piratas estaban en su mayor parte reunidos en la toldilla, a popa del buque, pero algunos, tendidos sobre el puente, hablaban en voz alta.

La conversación continuaba en medio de los gritos y libaciones y por ella supo Ayrton que sólo la casualidad había llevado al Speedy a la vista de la isla Lincoln. Bob Harvey jamás había estado en ella, pero, como había presumido Ciro Smith, hallando en su rumbo aquella tierra desconocida cuya situación no estaba indicada en ninguna carta, había proyectado visitarla y, en caso necesario, si le convenía, hacer de ella el puerto de refugio de su brick.

En cuanto al pabellón negro enarbolado en la cangreja del Speedy y el cañonazo que había disparado a ejemplo de los buques de guerra en el momento en que despliegan sus colores, no eran más que pura baladronada de piratas. No era una señal y ninguna comunicación existía entre los evadidos de Norfolk y la isla Lincoln.

La posesión de los colonos estaba amenazada de peligro. Evidentemente la isla, con su aguada fácil, su puertecito, sus recursos de toda especie tan aprovechados por los colonos, sus ocultas profundidades del Palacio de granito, podía convenir a los bandidos; en sus manos podría llegar a ser un excelente sitio de refugio y, por el hecho que era desconocida, les aseguraría durante mucho tiempo, quizá, la impunidad y la seguridad. Era también evidente que no respetarían la vida de los colonos y que el primer cuidado de Bob Harvey y de sus cómplices sería asesinarlos sin misericordia.

Ciro Smith y los suyos no tenían el recurso de huir u ocultarse en la isla, pues los piratas pensaban residir en ella, y, en caso de que el Speedy partiese para alguna expedición, era probable que dejara en la isla algunos hombres de la tripulación para guardar el establecimiento. Así, pues, era preciso combatir, era preciso destruir hasta el último de aquellos miserables, indignos de piedad, y contra los cuales todo medio sería bueno.

Esto es lo que pensó Ayrton y sabía perfectamente que Ciro Smith sería de su parecer. ¿Pero era posible la resistencia y sobre todo la victoria? Esto dependía del armamento del brick y el número de hombres que lo tripulaban.

Ayrton decidió saberlo a toda costa. Como una hora después de su llegada las voces y los gritos se habían calmado y gran número de los bandidos estaban sumergidos en el sueño de la embriaguez, no vaciló en aventurarse sobre el puente del Speedy, envuelto, a la sazón, en una oscuridad profunda por haberse apagado los faroles.

Subió sobre el espolón y por el bauprés llegó al alcázar de proa. Deslizándose entre los presidiarios tendidos a uno y otro lado, dio la vuelta al buque y reconoció que estaba armado de cuatro cañones que debían lanzar balas de ocho a diez libras. Observó también, por el tacto, que aquellos cañones se cargaban por la culata, que eran piezas modernas de fácil uso y de un efecto terrible.

En cuanto a los hombres tendidos sobre el puente, debían ser unos diez, pero era de suponer que hubiese muchos más durmiendo en el interior del brick. Por otra parte, al escucharlos, había creído comprender que eran cincuenta a bordo, número demasiado grande para que pudieran resistir los seis colonos de la isla Lincoln.

Pero en fin, gracias al sacrificio que hacía Ayrton, Ciro Smith no sería sorprendido: conocería la fuerza de sus enemigos y tomaría sus precauciones.

No quedaba a Ayrton más que hacer que volver a dar cuenta a sus compañeros del resultado de la misión de que se había encargado, y con esa idea se dispuso a regresar a la proa del brick a fin de dejarse caer al mar.

Pero en aquel momento se le ocurrió una idea heroica a aquel hombre que, según había dicho, quería hacer más que su deber: sacrificar su vida, salvando al mismo tiempo la isla y los colonos. Era indudable que Ciro Smith no podría resistir a cincuenta bandidos bien armados y que penetrando a viva fuerza en el Palacio de granito, o sitiando por hambre a los colonos, los vencerían. Se representó a sus salvadores, a los que le habían convertido en hombre y a los que debía todo, muertos sin piedad, destruidas sus obras y cambiada la isla en nido de piratas. Se dijo que él era la causa primera de tantos desastres, puesto que su antiguo compañero Bob Harvey no había hecho más que realizar los proyectos que él había concebido, y un sentimiento de horror se le escapó de todo su ser, al mismo tiempo que un deseo irresistible de hacer volar el brick con todos los hombres que llevaba a bordo. El perecería en la explosión, pero habría cumplido con su deber.

Ayrton no vaciló. Llegar a la Santa Bárbara, que está siempre situada a popa de todo buque, era cosa fácil. No podía dejar de llevar pólvora un buque que hacía semejante oficio y bastaría una chispa para aniquilarlo en un instante.

Ayrton bajó con precaución al entrepuente, cubierto de bandidos, a quienes la embriaguez más que el sueño tenía dormidos. Al pie del palo mayor había un farol encendido, alrededor del cual se veía un armero guarnecido de armas de fuego de todas especies.

Ayrton tomó un revólver, asegurándose primero de que estaba cargado y cebado: no necesitaba más que consumar la obra de destrucción. Se adelantó con precaución hacia popa para llegar bajo la toldilla del brick, donde debía estar la santabárbara. Sin embargo, por aquel entrepuente, escasamente iluminado, era difícil andar sin tropezar con algún bandido que no estuviera profundamente dormido. De aquí que los juramentos y golpes obligaron a Ayrton, más de una vez, a suspender su marcha. Pero, al fin, llegó al tabique que cerraba el cuerpo de popa y halló la puerta que debía darle acceso a la santabárbara. Obligado a forzar aquella puerta, puso manos a la obra.

Era tarea difícil de llevar a cabo sin ruido, porque se trataba de romper un candado; pero, bajo la mano vigorosa de Ayrton, el candado saltó y quedó abierta la puerta...

En aquel momento un brazo se apoyó sobre el hombro de Ayrton.

—¿Qué haces ahí? —preguntó con voz ronca un hombre alto, que, levantándose en la oscuridad, llevó bruscamente al rostro de Ayrton la luz de una linterna.

Ayrton se echó hacia atrás. A la luz de la linterna había conocido a su antiguo cómplice, Bob Harvey. Este, sin embargo, no podía reconocerlo, pues le creía muerto.

—¿Qué haces ahí? —volvió a decir Bob Harvey asiendo a Ayrton por la cintura del calzón.

Pero Ayrton, sin responder, rechazó vigorosamente al jefe de los bandidos, y trató de lanzarse a la Santa Bárbara. Un tiro de revólver en medio de aquellos toneles de pólvora y todo habría concluido.

—¡A mí, muchachos! —gritó Bob Harvey.

Dos o tres piratas, despertados a su voz, se habían levantado y, arrojándose sobre Ayrton, trataron de derribarlo. El vigoroso Ayrton se desembarazó de ellos. Resonaron dos tiros de revólver y dos bandidos cayeron, pero una puñalada, que no pudo parar, penetró en la carne por el hombro.

Ayrton comprendió que no podía ejecutar su proyecto. Bob Harvey había vuelto a cerrar la puerta de la santabárbara y en el entrepuente se había producido un movimiento que indicaba que todos los piratas despertaban. Era preciso que Ayrton se reservase para combatir al lado de Ciro Smith y, por consiguiente, no le quedaba más remedio que huir. ¿Pero era posible la fuga? Era por lo menos dudosa, aunque Ayrton estaba resuelto a intentarlo todo para volverse a reunir con sus compañeros.

Podía tirar aún cuatro tiros. Dos resonaron inmediatamente, uno de los cuales fue dirigido contra Bob Harvey y no lo hirió, al menos gravemente, y Ayrton, aprovechando el movimiento de retroceso de sus adversarios, se precipitó hacia la escalera para subir al puente del brick. Al pasar por delante del farol, lo rompió de un culatazo de su revólver y todo quedó sumergido en una oscuridad profunda, que debía favorecer su fuga.

Dos o tres piratas, despertados por el ruido; bajaban por la escalera en aquel nioniento. Ayrton disparó el quinto tiro y derribó a uno, mientras los otros desaparecieron, no comprendiendo nada de lo que pasaba. Después, Ayrton, en dos saltos, se halló sobre el puente del brick y, descargando por última vez su revólver en la cara de un pirata que acababa de asirlo por el cuello, subió sobre la obra muerta y se precipitó al mar.

No había nadado seis brazas el fugitivo, cuando llovieron las balas a su alrededor como granizo.

Excusado es decir cuáles serían las emociones de Pencroff, que estaba oculto tras una roca del islote, y las de Ciro Smith, el periodista, Harbert y Nab, escondidos en las Chimeneas, cuando oyeron aquellas detonaciones a bordo del brick. Todos se lanzaron a la playa y, echándose los fusiles a la cara, se mantuvieron dispuestos a rechazar la agresión.

Para ellos no había duda: Ayrton, sorprendido por los piratas, había sido asesinado y quizá aquellos miserables iban a aprovecharse de la noche para hacer un desembarco en la isla.

Pasaron media hora en una ansiedad mortal. Sin embargo, las detonaciones habían cesado y Ayrton y Pencroff no volvían. ¿Había sido invadido el islote? ¿Debían correr en auxilio de Ayrton y de Pencroff? Pero ¿cómo? La marea alta, en aquel momento, hacía el canal infranqueable; la piragua no estaba allí. Ciro Smith y sus compañeros estaban poseídos de la más horrible inquietud.

En fin, como a las doce y media, una piragua con dos hombres se acercó a la playa. Eran Ayrton, ligeramente herido en el hombro, y Pencroff, sano y salvo, a quienes sus amigos recibieron con los brazos abiertos.

Inmediatamente todos se refugiaron en las Chimeneas. Allí Ayrton contó lo que había pasado y no ocultó el proyecto que había tenido de volar el brick, proyecto que había estado a punto de ejecutar.

Todas las manos se tendieron hacia Ayrton, el cual no disimuló a los colonos la gravedad de la situación. Los piratas estaban alerta y sabían que la isla Lincoln estaba habitada. Desembarcarían muchos y bien armados; no respetarían nada y, si los colonos caían en sus manos, no tenían que esperar misericordia.

—Pues bien, sabremos morir —dijo el periodista.

—Volvamos a las Chimeneas y vigilemos –añadió el ingeniero.

—¿Tenemos alguna probabilidad de salvación, señor Ciro? —preguntó el marino.

—Sí, Pencroff.

—¡Hum! ¡Seis contra cincuenta!

—Sí, seis... sin contar...

—¿Quién? —preguntó Pencroff.

Ciro no respondió, pero señaló al cielo con la mano.

Defensa contra la nave pirata

La noche transcurrió sin incidente. Los colonos estaban alerta y no habían abandonado el puesto de las Chimeneas. Los piratas, por su parte, parecían intencionados en desembarcar. Desde que se oyeron los últimos tiros de fusil dirigidos contra Ayrton, ni una detonación ni el menor ruido había anunciado la presencia del brick en las costas de la isla y casi podía creerse que habían levado el ancla pensando tener que vérselas con una población numerosa y se habían alejado de aquellos parajes.

Pero no era así y, cuando comenzó a rayar el alba, los colonos pudieron entrever a través de las brumas de la mañana una masa confusa. Era el Speedy.

—Amigos míos —dijo entonces el ingeniero—, voy a darles las disposiciones que me parece conveniente tomar antes de que se disipe la niebla que nos oculta a la vista de los piratas, durante la cual podremos operar sin llamar la atención. Lo que importa, sobre todo, es hacer creer a esos malhechores que los habitantes de la isla son muchos y, por consiguiente, capaces de resistirlos. Propongo, pues, que nos dividamos en tres grupos, que se apostarán: el primero, aquí en las Chimeneas, y el segundo, en la desembocadura del río de la Merced. En cuanto al tercero, creo que sería bueno situarlo en el islote para impedir, o retardar al menos, toda tentativa de desembarco. Tenemos dos carabinas y cuatro fusiles: todos estaremos armados y, como la provisión de pólvora y balas es abundante, no tendremos que economizar los tiros. Nada tenemos que tener ni de los fusiles ni de los cañones del brick. ¿Qué podría contra estas rocas? Y como no tiraremos desde las ventanas del Palacio de granito, los piratas no pensarán en enviar allí las balas del cañón, que podrían causar daños irreparables. Lo temible es venir a las manos, porque los piratas son muchos. Hay que oponerse al desembarco, pero sin descubrir nuestras fuerzas. Por consiguiente, no hay que economizar las municiones: dispararemos muchos tiros, pero con buena puntería. Cada uno de nosotros tiene que matar a ocho o diez enemigos.

Ciro Smith había calculado claramente la situación, sin dejar de hablar con voz tranquila, como si se tratase de dirigir una obra cualquiera y no de arreglar el plan de batalla. Sus compañeros aprobaron estas disposiciones sin pronunciar una palabra. Se trataba sólo de tomar cada uno el puesto que le correspondía antes de que se disipara la bruma completamente.

Nab y Pencroff subieron inmediatamente al Palacio de granito y bajaron con las municiones. Gedeón Spilett y Ayrton, ambos excelentes tiradores, tomaron las dos carabinas de precisión, que alcanzaban a una milla de distancia, y los otros cuatro fusiles se repartieron entre Ciro Smith, Nab, Pencroff y Harbert.

Así se arreglaron los puestos avanzados.

Ciro Smith y Harbert se quedaron emboscados en las Chimeneas, dominando la playa, al pie del Palacio de granito, en un radio bastante grande.

Gedeón Spilett y Nab fueron a esconderse entre las rocas, en la desembocadura del río de la Merced, cuyo puente, así como los puentecillos, habían sido levantados con el objeto de impedir todo paso en canoa y todo desembarco en la orilla opuesta.

Ayrton y Pencroff lanzaron al mar la piragua y se dispusieron a atravesar el canal para ocupar separadamente dos posiciones en el islote. De esta manera, haciéndoles fuego en cuatro puntos diferentes, los piratas deberían pensar que la isla estaba suficientemente poblada y al mismo tiempo bien defendida.

En el caso que se efectuara un desembarco sin que lo pudieran impedir o en el de verse rodeados por alguna embarcación del brick, Pencroff y Ayrton debían volver con la piragua a la isla y dirigirse al punto más amenazado.

Antes de dirigirse cada uno a su puesto, los colonos se estrecharon por última vez la mano. Pencroff no pudo dominarse para disimular su emoción al abrazar a Harbert, ¡su hijo!.... y se separaron.

Algunos instantes después, Ciro Smith y Harbert, por una parte, el periodista y Nab, por otra, habían desaparecido detrás de las rocas, y cinco minutos más tarde, Ayrton y Pencroff, que habían atravesado felizmente el canal, desembarcaban en el islote y se ocultaban en las anfractuosidades de su orilla oriental.

Ninguno podía haber sido visto, porque ellos mismos no distinguían al brick a través de la niebla.

Eran las seis y media de la mañana. Pronto, la niebla se desgarró poco a poco en las capas superiores del aire y el tope de los mástiles del brick salió entre los vapores. Por algunos instantes gruesas volutas rodaron por la superficie del mar, después se levantó la brisa y disipó rápidamente la bruma.

El Speedy se presentó a la vista de los colonos sostenido por sus dos anclas, dando la proa al norte y presentando a la isla su costado de babor.

Como había calculado Ciro, estaba a menos de milla y media de la costa. La siniestra bandera negra flotaba en su cangreja. El ingeniero, con su anteojo, pudo ver que los cuatro cañones que componían la artillería de a bordo estaban asestados contra la isla y evidentemente dispuestos para hacer fuego a la primera señal.

Sin embargo, el Speedy permanecía mudo. Se veían unos treinta piratas ir y venir por el puente. Algunos habían subido a la toldilla; otros dos, situados en las barras del juanete mayor y provistos de catalejos, observaban la isla con atención.

Bob Harvey y su tripulación difícilmente se explicaban lo que había pasado la noche anterior a bordo del brick. Aquel hombre medio desnudo, que había tratado de forzar la puerta de la santabárbara y contra el cual había luchado, que había descargado seis veces el revólver contra ellos y que había matado a uno y herido a dos, ¿había podido escapar de sus balas? ¿Había podido volver a la isla a nado? ¿De dónde venía y qué iba a hacer a bordo del buque? ¿Su proyecto era realmente el de volar el brick, como pensaba Bob Harvey?

Todo esto debía ser muy confuso para los presidiarios, pero lo que no podía dudarse era que la isla desconocida, ante la cual había anclado el brick, estaba habitada y tenía, quizá, una colonia dispuesta a defenderla. Y, sin embargo, nadie se presentaba, ni en la playa ni en las alturas: el litoral parecía absolutamente desierto y no había señal de habitación. ¿Habrían huido los habitantes hacia el interior?

Esto era lo que se preguntaban el jefe y los piratas, y sin duda, aquel, como hombre prudente, trataba de reconocer el país antes de empeñar su gente en una acción.

Durante hora y media ningún indicio de ataque ni de desembarco se observó a bordo del brick Era evidente que Bob Harvey vacilaba y, sin duda, sus mejores anteojos no le habían permitido divisar ni un colono escondido entre las rocas. No era tampoco probable que hubiese llamado su atención el ramaje y los bejucos que ocultaban las ventanas del Palacio de granito y se destacaban sobre la roca desnuda. En efecto, ¿cómo imaginar que se había abierto una habitación a aquella altura en la masa granítica?

Desde el cabo de la Garra hasta los cabos Mandíbulas, en todo el perímetro de la bahía de la Unión, nada podía indicarles que la isla estuviese o pudiera estar ocupada.

Sin embargo, a las ocho de la mañana, los colonos observaron cierto movimiento a bordo del Speedy. Los piratas halaban los aparejos de las embarcaciones y echaban una canoa al mar. Siete hombres bajaron armados de fusiles; uno de ellos se puso a la barra, cuatro a los remos y los otros dos se agacharon hacia proa dispuestos a disparar sus fusiles, examinando con cuidado la isla. Su objeto era practicar un reconocimiento, pero no desembarcar, porque en este caso habrían venido más.

Los piratas, subidos en los mástiles hasta las barras de juanete, habían podido ver que un islote cubría la costa y que estaba separado de ella por un canal de media milla de anchura. Sin embargo, Ciro Smith calculó, por la dirección que seguía la canoa, que no trataba de penetrar en aquel canal, sino que se dirigía a la costa del islote, como lo aconsejaba la prudencia.

Pencroff y Ayrton, ocultos cada uno por su lado entre las rocas, vieron llegar la canoa sobre ellos y esperaron que estuvieran a tiro.

La canoa se adelantaba con precaución. Los remos se hundían en el agua a largos intervalos. Podía verse también que uno de los presidiarios a proa llevaba una sondaleza en la mano y trataba de reconocer el canal abierto por la corriente del río de la Merced. Esto indicaba que Bob Harvey tenía la intención de acercar el brick lo más posible a la costa. Unos treinta piratas, subidos a los obenques, seguían atentamente los movimientos de la canoa y apuntaban ciertas marcas que debían permitirles llegar a la costa sin peligro.

La canoa estaba a dos cables del islote cuando se detuvo. El hombre del timón, en pie, buscaba el mejor punto para saltar a tierra.

En aquel momento sonaron dos tiros. Un poco de humo dio vueltas como un torbellino por encima de las rocas del islote. El hombre del timón y el de la sonda cayeron derribados en la canoa. Las balas de Ayrton y de Pencroff les habían tocado a los dos en el mismo instante.

Inmediatamente se oyó una detonación más violenta, un chorro de vapor salió de los costados del brick, y una bala de cañón, dando en lo alto de las rocas que abrigaban a Ayrton y Pencroff, las hizo volar a pedazos, pero los dos tiradores no habían sido tocados.

Horribles imprecaciones se escaparon de la canoa, que emprendió inmediatamente su marcha. El hombre del timón fue reemplazado por uno de los compañeros y los remos se hundieron en el agua. Sin embargo, en vez de volver al brick, como hubiera podido creerse, la canoa siguió por la orilla del islote, con el objeto de efectuar el desembarco por su punta sur. Los piratas remaban vigorosamente para ponerse fuera del alcance de las balas. Se adelantaron cinco cables de la parte entrante del litoral, terminada por la punta del Pecio; y después de haberla seguido en una línea semicircular, siempre protegidos por los cañones del brick, se dirigieron a la desembocadura del río de la Merced.

Su intención era penetrar en el canal y tomar por la espalda a los colonos del islote, de manera que estos, cualesquiera que fuese su número, se viesen entre los fuegos de la canoa y los del bergantín, y, por consiguiente, en la situación más comprometida.

Un cuarto de hora pasó, durante el cual la canoa avanzaba en esta dirección en medio de un silencio absoluto y de una calma completa en el aire y en el agua. Pencroff y Ayrton, aunque comprendían que iban a ser flanqueados, no habían dejado su puesto, bien porque no querían todavía mostrarse a los asaltantes exponiéndose a los cañones del Speedy, bien porque contaban con Nab y Gedeón Spilett, que estaban en la desembocadura del río, o con Ciro Smith y Harbert, ocultos entre las rocas de las Chimeneas.

Veinte minutos después de los primeros disparos, la canoa estaba enfrente de la desembocadura del río de la Merced, a menos de dos cables. Como el flujo comenzaba con su violencia habitual ocasionada por lo estrecho de la desembocadura, los presidiarios se sintieron impulsados hacia el río y sólo a fuerza de remos lograron mantenerse en medio del canal. Pero, como pasaban a buen alcance de la desembocadura, dos balas les saludaron al paso y dos quedaron tendidos en la embarcación. Nab y Spilett tampoco habían errado.

Inmediatamente el brick envió una segunda bala al puesto que se descubría por el humo de las armas de fuego, pero sin más resultado que hacer saltar algunas puntas de roca.

En aquel momento, la canoa no llevaba más que tres hombres útiles para el combate. Tomada por la corriente, enfiló el canal con la rapidez de una flecha, pasó delante de Ciro Smith y Harbert, que, no juzgándola a buen alcance, permanecieron mudos, y después, doblando la punta norte del islote, con los dos remos que le quedaban, se dirigió a toda prisa hacia el brick.

Hasta entonces los colonos no tenían de qué quejarse. La partida empezaba mal para sus adversarios: éstos tenían ya cuatro hombres heridos gravemente, o muertos quizá, y ellos, por el contrario, estaban ilesos y no habían perdido una bala. Si los piratas continuaban atacándolos de este modo, si renovaban otras tentativas de desembarco por medio de la canoa, podían ser destruidos uno a uno.

Ahora vemos perfectamente cuán acertadas eran las disposiciones adoptadas por el ingeniero. Los piratas podían creer que tenían que vérselas con adversarios numerosos y bien armados, que sería difícil dominar.

Media hora tardó la canoa, que tenía que luchar contra la corriente del mar, en llegar al Speedy. Cuando sus tripulantes subieron a bordo con los heridos, resonaron gritos espantosos y se dispararon tres o cuatro cañonazos, que no podían producir ningún resultado.

Pero entonces otros piratas, ebrios de cólera y quizá también de las libaciones de la víspera, se arrojaron a la embarcación. Eran doce. Lanzóse al mar una segunda canoa, en la cual entraron otros ocho hombres, y mientras la primera se dirigía rectamente al islote para arrojar de él a los colonos, la segunda maniobraba para forzar la entrada del río de la Merced.

La situación era evidentemente peligrosísima para Pencroff y Ayrton y comprendieron que debían volver a tierra franca. Sin embargo, esperaron a que la primera canoa estuviese al alcance de sus fusiles, y dos balas diestramente dirigidas volvieron a introducir el desorden en la tripulación. Después Pencroff y Ayrton, abandonando su puesto, no sin haber sufrido una descarga de diez tiros, atravesaron el islote con toda la rapidez que les permitieron sus piernas, se lanzaron a la piragua, pasaron el canal en el momento en que la segunda canoa llegaba a la punta sur y corrieron a refugiarse a las Chimeneas.

Apenas habían llegado donde estaban Ciro Smith y Harbert, se vio invadido el islote, y los piratas de la primera embarcación lo recorrían en todos sentidos.

Casi al mismo tiempo, nuevas detonaciones estallaron en el puesto del río de la Merced, al cual se había acercado rápidamente la segunda canoa. De los ocho hombres que la tripulaban, dos quedaron mortalmente heridos por Gedeón Spilett y Nab, y la misma embarcación, irresistiblemente impulsada sobre los arrecifes, se rompió a la desembocadura del río de la Merced. Pero los seis supervivientes, levantando sus armas por encima de la cabeza para Preservarlas del contacto del agua, consiguieron tomar pie en la orilla derecha del río y después, viéndose expuestos al fuego del enemigo invisible que los perseguía, huyeron a todo correr en dirección de la punta del Pecio, fuera del alcance de las balas.

La situación era la siguiente: en el islote, doce presidiarios, varios de ellos heridos, pero que tenían una canoa a su disposición, y en la isla, seis, que habían desembarcado, pero que estaban imposibilitados de llegar al Palacio de granito, porque no podían atravesar el río, cuyos puentes estaban levantados.

—Esto marcha dijo Pencroff, precipitándose en el interior de las Chimeneas—, esto marcha, señor Ciro. ¿Qué le parece?

—Me parece —contestó el ingeniero —que el combate va a tomar una nueva forma, porque no puede suponerse que esos bribones sean tan estúpidos que lo continúen en condiciones tan desfavorables para ellos.

—No atraviesan el canal —dijo el marino—. Las carabinas de Ayrton y del señor Spilett están ahí para impedírselo. Ya sabe que alcanzan más de una milla.

—Sin duda —contestó Harbert—, ¿pero qué pueden hacer dos carabinas contra los cañones del brick?

—El brick no está todavía en el canal, me parece a mí —repuso Pencroff.

—¿Y si viene? —dijo Ciro Smith.

—Es imposible, porque se arriesgaría a encallar y a perderse.

—Es posible —repuso entonces Ayrton—. Los piratas pueden aprovechar la marea alta para entrar en el canal, aunque luego encallen a marea baja, y entonces, bajo el fuego de sus cañones, nuestras posiciones no serían ya sostenibles.

—¡Mil diablos del infierno! —exclamó Pencroff—. Parece, en verdad, que esa canalla se prepara a levar anclas.

—Tal vez nos veamos obligados a refugiarnos en el Palacio de granitoobservó Harbert.

—Esperemos —repuso Ciro Smith.

—¿Pero Nab y el señor Spilett? —observó Pencroff.

—Ya se nos unirán a su debido tiempo. Esté preparado, Ayrton. Su carabina y la de Spilett son las que deben hablar ahora.

Era cierto. El Speedy comenzaba a virar sobre su ancla y manifestaba la intención de acercarse al islote. La marea debía subir durante hora y media y, habiendo disminuido la corriente del flujo, hacía fácil la maniobra para el brick. Pero, en cuanto a entrar en el canal, Pencroff, contra la opinión de Ayrton, no podía admitir que pensasen intentarlo.

Durante este tiempo los piratas que ocupaban el islote se habían acercado a la orilla opuesta y estaban separados de la tierra sólo por el canal. Armados de fusiles, no podían hacer daño a los colonos ocultos en las Chimeneas y en las desembocaduras del río de la Merced, pero, no creyéndolos provistos de carabinas de largo alcance, pensaban que no corrían peligro alguno y paseaban por la isla a pecho descubierto, acercándose continuamente a la playa.

Sus ilusiones duraron poco. Las carabinas de Ayrton y de Gedeón Spilett hablaron y dijeron cosas desagradables a dos de los piratas, pues cayeron tendidos de espaldas.

Entonces, los demás se desbandaron, sin aguardar siquiera a recoger a sus compañeros heridos o muertos. Pasando a toda prisa al otro lado del islote, se lanzaron a la embarcación que les había llevado y se dirigieron al brick.

–¡Ocho menos! –gritó Pencroff–. Verdaderamente parece que Ayrton y el señor Spilett obedecen perfectamente a la consigna para operar.

–Señores –dijo Ayrton volviendo a cargar su carabina–, la cosa se va poniendo fea, porque el brick apareja.

–El ancla está a pique... –repuso Pencroff.

–Sí, ya larga el fondo.

En efecto, se oía claramente el ruido metálico del linguete, que chocaba sobre el montante a medida que viraba el brick. El Speedy había sido atraído al principio por su ancla, y después, cuando esta estuvo arrancada del fondo, comenzó a derivar hacia la costa. El viento soplaba del mar; se izaron el foque mayor y la gavia y el buque se fue acercando poco a poco a tierra.

Desde las dos posiciones de la Merced y de las Chimeneas le miraban los colonos maniobrar sin dar señales de vida, pero no sin cierta emoción. Los colonos iban a verse en una situación terrible, cuando a corta distancia se vieran expuestos al fuego de los cañones del brick y sin poder responder útilmente. ¿Cómo impedir entonces el desembarco de los piratas?

Ciro Smith comprendía perfectamente el peligro y se preguntaba para sí qué se debía hacer. Dentro de poco tendría que tomar una determinación. ¿Pero cuál? ¿Encerrarse en el palacio de granito, dejarse sitiar, mantenerse en él por espacio de semanas y aun de meses, puesto que tenían víveres en abundancia? ¡Bien!, ¿y después? Los piratas no por eso dejarían de ser dueños de la isla, la arrasarían y con el tiempo acabarían por vencer y dominar a los presos del Palacio de granito.

Quedaba, sin embargo, una probabilidad, y era que Bob Harvey no se aventurase con su buque a entrar en el canal y que se mantuviera apartado en el islote.

Entonces les separaría media milla de la costa y a tal distancia sus tiros no podían ser tan duros.

—Jamás —repetía Pencroff—, jamás ese Bob Harvey, por lo mismo que es un buen marino, se arriesgaría a entrar en el canal. Sabe que sería arriesgar el brick por poco que empeorase el estado del mar, y ¿qué sería de él sin su buque?

Entretanto el brick se había acercado al islote y pudo observarse que trataba de llegar a su extremo inferior. La brisa era ligera y, como la corriente había perdido mucha parte de su fuerza, Bob Harvey era absolutamente dueño de maniobrar como le pareciese.

El rumbo seguido anteriormente por las embarcaciones le habían permitido reconocer el canal y en él penetró audazmente. Su proyecto era demasiado visible: quería plantarse delante de la Chimeneas y desde allí responder con sus cañones a las balas que hasta entonces habían diezmado su tripulación.

Pronto el Speedy llegó a la punta del islote; la dobló fácilmente, largó la cangreja y el brick, ciñendo el viento, se encontró enfrente del río de la Merced.

—¡Los bandidos! ¡Ya vienen! —exclamó Pencroff.

En aquel momento, Nab y Gedeón Spilett llegaron adonde estaban Ciro Smith y Ayrton, el marino y Harbert.

El periodista y Nab habían estimado más conveniente abandonar la posición de la Merced, donde no podían hacer nada contra el buque, y habían obrado cuerdamente. Era preferible que los colonos estuviesen reunidos en el momento en que iba a consumarse una acción decisiva. Gedeón Spilett y Nab habían llegado deslizándose detrás de la rocas, pero no sin que les fuese dirigida una granizada de balas, que afortunadamente no les habían alcanzado.

—Spilett, Nab —exclamó el ingeniero—, ¿no están heridos?

—No —contestó el periodista—; algunas contusiones por el rebote de las piedras. Ese condenado brick entra en el canal.

—Sí —respondió Pencroff—, y antes de diez minutos habrá afondado delante del Palacio de granito.

—¿Tiene usted algún proyecto, Ciro? —preguntó Spilett.

—Es preciso refugiamos en el Palacio de granito, cuando todavía es tiempo, sin que nos vean los presidiarios.

—Ese es mi parecer —contestó Gedeón Spilett—, pero una vez encerrados...

—Haremos lo que nos aconsejen las circunstancias —dijo el ingeniero.

—En marcha y démonos prisa —dijo el periodista.

—¿No quiere usted, señor Ciro, que nos quedemos aquí Ayrton y yo? preguntó el marino.

—¿Para qué, Pencroff? —repuso Ciro Smith—. No nos separaremos.

No había un momento que perder: los colonos salieron de las Chimeneas. Un pequeño recodo de la cortina de granito impedía ser vistos desde el brick; pero dos o tres detonaciones y el ruido de las balas que daban en las rocas les advirtieron que el Speedy estaba a muy corta distancia.

Precipitarse al ascensor, elevarse hasta la puerta del Palacio de granito, donde Top y Jup estaban encerrados desde la víspera, y lanzarse al salón, fue cuestión de un momento.

Ya era tiempo, porque los colonos, a través del ramaje de las ventanas, vieron al Speedy, rodeado de humo, que enfilaba el canal; y aun tuvieron que ocultarse porque las descargas eran incesantes y las balas de los cuatro cañones chocaban ciegamente sobre la posición del río de la Merced, aunque no estaba ocupada ya, y sobre las Chimeneas. Las rocas saltaban en pedazos y un griterío acompañaba a cada detonación.

Sin embargo, podía esperarse que el Palacio de granito no sufriera daño alguno, gracias a la precaución que Ciro Smith había tomado de disimular las ventanas; pero, pocos momentos después, una bala, rozando en el hueco de la puerta, penetró en el corredor.

—¡Maldición, estamos descubiertos! —exclamó Pencroff.

Quizá los colonos no habían sido vistos, pero seguramente Bob Harvey había juzgado oportuno enviar un proyectil a través del follaje sospechoso que ocultaba la parte alta del muro. En breve redobló sus golpes, cuando otra bala, habiendo roto la cortina del follaje, dejó ver una gran abertura en el granito.

La situación de los colonos era desesperada. Su retiro estaba descubierto. No podían poner obstáculo alguno a aquellos proyectiles, ni preservar la piedra, cuyos trozos volaban en metralla a su alrededor. No tenían más remedio que refugiarse en el corredor superior del Palacio de granito y abandonar su morada a todas las devastaciones, cuando se oyó un ruido sordo que fue seguido de gritos espantosos.

Ciro Smith y los suyos se precipitaron a una de las ventanas.

El brick, irresistiblemente levantado por una especie de tromba líquida, acababa de abrirse en dos, y en menos de dos segundos se había sumergido con toda su criminal tripulación.

La nave pirata, destruida, y los colonos se aprovechan de los restos

—¡Volaron! —exclamó Harbert.

—Sí, han volado, como si Ayrton hubiese dado fuego a la pólvora —dijo Pencroff, precipitándose al ascensor al mismo tiempo que Nab y el joven.

—¿Pero qué ha pasado? —preguntó Gedeón Spilett, estupefacto de aquel inesperado desenlace.

—Esta vez lo sabremos —contestó vivamente el ingeniero.

—¿Qué sabremos?

—Después, después... Venga, Spilett. Lo importante es que esos piratas hayan sido exterminados.

Y Ciro Smith, llevando consigo al periodista y a Ayrton, bajó a la playa, donde estaban Pencroff, Nab y Harbert.

No se veía nada del brick, ni siquiera su arboladura. Después de haber sido levantado por la tromba, se había tendido de costado, hundiéndose en esta posición, a consecuencia de alguna enorme vía de agua. Pero, como el canal en aquel paraje no medía más que veinte pies de profundidad, el costado del buque sumergido reaparecería en la marea baja.

Algunos pecios flotaban en la superficie del mar. Se veía todo un conjunto de piezas de repuesto, mástiles y vergas, y, además, jaulas de gallinas con sus volátiles vivos, cajas y barriles, que poco a poco subían a la superficie después de haber salido por las escotillas; pero no salía ningún resto, ni de tablas del puente ni del forro del casco, lo que hacía todavía más inexplicable el hundimiento del Speedy.

Sin embargo, los dos mástiles, que habían sido rotos a pocos pies por encima de la fogonadura, después de haber roto a su vez estayes y obenques, subieron a la superficie con sus velas, unas desplegadas y otras ceñidas. No había que dejar al reflujo llevarse todas aquellas riquezas. Ayrton y Pencroff se arrojaron en la piragua con la intención de atraer todos aquellos pecios al litoral de la isla o al del islote.

Pero, cuando iban a embarcarse, una reflexión de Spilett les detuvo.

—¿Y los seis piratas que han desembarcado en la orilla derecha de la Merced? —dijo el periodista.

En efecto, no debía olvidarse que los seis hombres que llevaban la canoa que se había estrellado en las rocas habían saltado a tierra en la punta del Pecio.

Los colonos miraron en aquella dirección, pero ninguno de los fugitivos estaba a la vista. Era probable que, después de haber visto al brick hundirse en las aguas del canal, hubieran huido al interior de la isla.

—Después nos ocuparemos de ellos —dijo Ciro Smith—. Pueden ser peligrosos, porque están armados, pero seis contra seis, las probabilidades son iguales. Veamos lo más urgente.

Ayrton y Pencroff se embarcaron en la piragua y remaron directamente hacia los pecios.

El mar estaba tranquilo, a la sazón, y la marea era muy alta, porque la luna había entrado en el novilunio hacía dos días. Debía transcurrir más de una hora antes que el casco del brick pudiera sobresalir de las aguas del canal.

Ayrton y Pencroff tuvieron tiempo de amarrar los mástiles y berlingas por medio de cuerdas, cuyo extremo se fijó en la playa del Palacio de granito. Los colonos, reuniendo sus esfuerzos, lograron halar todos aquellos pecios. Después la piragua recogió todo lo que flotaba: jaulas de gallinas, cajas y barriles, que inmediatamente fueron transportados a las Chimeneas. También sobrenadaban algunos cadáveres y, entre otros, Ayrton conoció el de Bob Harvey y le mostró a sus compañeros:

—Ahí tiene lo que he sido yo, Pencroff.

—Pero que ya no es, valiente Ayrton —repuso el marino.

Era muy singular que fuesen tan pocos los cadáveres que sobrenadaban. No había más que cinco o seis, y el reflujo comenzaba a llevárselos hacia alta mar. Probablemente, los presidiarios, sorprendidos por el hundimiento, no habían tenido tiempo de huir y, habiéndose tendido el buque de costado, la mayor parte había quedado sepultada bajo el empalletado. Ahora bien, el reflujo que iba a arrastrar hacia alta mar los cadáveres de aquellos miserables ahorraría a los colonos la triste tarea de enterrarlos en algún rincón de la isla.

Por espacio de dos horas Ciro Smith y sus compañeros se ocuparon únicamente en halar los palos y berlingas sobre la arena, en desenvergar y poner en seco las velas que estaban perfectamente intactas. Hablaban poco, pues el trabajo les tenía absortos, pero ¡cuántos pensamientos atravesaban sus ánimos! Era una fortuna la posesión de aquel brick, o mejor dicho, de todo lo que contenía. En efecto, un buque es como un pequeño mundo e iba a aumentar el material de la colonia con muchos objetos útiles. Sería, en grande, el equivalente de la caja hallada en la punta del Pecio.

Y, además, pensaba Pencroff, "¿Por qué ha de ser imposible volver a poner a flote ese brick? Si no tiene más que una vía de agua, se tapa, y un buque de trescientas o cuatrocientas toneladas es un verdadero navío, comparado con nuestro Buenaventura.

Con un buque como ese se va lejos, se va adonde se quiere. El señor Ciro, Ayrton y yo tendremos que examinar ese punto, porque la cosa vale la pena."

En efecto, si el brick estaba todavía en disposición de navegar, las probabilidades de volver a la patria aumentaban en favor de los colonos. Mas, para decidir esta importante cuestión, convenía esperar a que hubiera acabado de bajar la marea y poder visitar el casco del brick en todas sus partes.

Cuando aseguraron todos los pecios que habían salido a la superficie del mar, Ciro Smith y sus compañeros se concedieron unos instantes para el almuerzo. El hambre los tenía desmayados; por fortuna no estaba lejos la cocina y Nab podía pasar por cocinero excelente. Se almorzó junto a las Chimeneas y, mientras tanto, se habló mucho del acontecimiento inesperado, que tan milagrosamente había salvado la colonia.

–Milagrosamente –repetía Pencroff–, porque debemos confesar que esos tunantes han volado en el momento preciso. El Palacio de granito se iba haciendo completamente inhabitable.

–¿Y sospecha usted, Pencroff –preguntó el periodista–, cómo ha pasado eso y qué ha podido producir la voladura del brick?

–Señor Spilett, nada más sencillo –repuso Pencroff–. Un buque de piratas no está tan cuidado como un buque de guerra. Los presidiarios no son marineros. Indudablemente, el pañol de la pólvora del brick estaba abierto, pues nos cañoneaban sin cesar, y una imprudencia o una torpeza han bastado para hacer saltar toda la máquina.

–Señor Ciro –dijo Harbert–, me extraña que esta explosión no haya producido más efecto. La detonación no ha sido fuerte, y hay pocos restos y pocas tablas arrancadas. Parece que el buque se ha hundido y no ha volado.

–¿Esto te extraña, hijo mío? –preguntó el ingeniero.

–Sí, señor Ciro.

–Y a mí también, Harbert -contestó el ingeniero–, a mí también me parece extraordinario. Cuando visitemos el casco del brick, tendremos, sin duda, la explicación de ese hecho.

–¿Qué es eso, señor Ciro? –dijo Pencroff–. ¿Va usted a suponer que el Speedy se ha ido a fondo como un buque que da contra un escollo?

–¿Por qué no? –observó Nab–. Hay rocas en el canal.

–¡Vaya, Nab –contestó Pencroff–, no has abierto los labios muy oportunamente! Un momento antes de hundirse el brick lo he visto perfectamente levantarse sobre una ola enorme y caer por el costado de babor. Ahora bien, si no hubiera hecho más que tocar en una roca, se habría hundido tranquilamente, como un honrado buque que se va por el fondo.

—Es que no era precisamente un honrado buque —repuso Nab.

—En fin, ya lo veremos, Pencroff —dijo el ingeniero.

—Lo veremos —añadió el marino—. Apuesto mi cabeza que no hay rocas en el canal. Pero, francamente, señor Ciro, ¿quiere usted decir que hay algo extraordinario en ese acontecimiento?

El ingeniero no contestó.

—En todo caso —dijo Gedeón Spilett—, choque o explosión, convendrá usted, Pencroff, que el suceso ha sido lo más oportuno del mundo.

—Sí, sí —repuso el marino—, pero no es esa la cuestión. Pregunto al señor Smith si en todo esto encuentra algo sobrenatural.

—No digo ni que sí ni que no, Pencroff —contestó el ingeniero—. Es lo único que puedo decir ahora.

Esta respuesta no satisfizo a Pencroff, el cual se atenía a una explosión y no podía convencerse de que la cosa hubiera pasado de otra manera. Jamás consentiría en admitir que en aquel canal formado por un lecho de arena fina como la misma playa y que había sido atravesado muchas veces por él en la marea baja hubiese un escollo ignorado. Por otra parte, en el momento en que el brick iba a pique, la marea estaba alta, es decir, que había más agua de la necesaria para atravesar el canal sin chocar en las rocas, aun cuando existiesen algunas que no hubieran podido ser descubiertas en la baja marea.

Así, pues, no podía haber habido choque; por consiguiente, el buque no se había estrellado y, por tanto, había habido explosión.

Hay que convenir en que el razonamiento era lógico.

Hacia la una y media los colonos se embarcaron en la piragua y se dirigieron al sitio del naufragio. Era una pena que no hubieran salvado las dos embarcaciones del brick. Una, como es sabido, se había estrellado en la desembocadura del río de la Merced y estaba absolutamente inservible; otra, había desaparecido al hundirse el buque y, sin duda aplastada por él, no había podido salir a flote.

En aquel momento el casco del Speedy empezaba a mostrarse por encima de las aguas. El brick estaba más que tendido sobre el costado, porque, después de haber roto sus palos bajo el peso del lastre desplazado por la caída, tenía la quilla casi en el aire y había sido invertido por la inexplicada pero espantosa acción submarina que se había manifestado al mismo tiempo por el levantamiento de una enorme tromba de agua.

Los colonos dieron la vuelta al casco y, a medida que la marea bajaba, pudieron reconocer, si no la causa que había provocado la catástrofe, al menos el efecto producido.

A proa y los dos lados de la quilla, siete u ocho pies antes del nacimiento de la roda, los costados del brick estaban espantosamente destrozados en una distancia de veinte pies. Se abrían dos anchas vías de agua, que habría sido imposible cegar, y no solamente el forro de cobre y los tablones habían desaparecido, reducidos a polvo, sino también las mismas cuadernas, las clavijas de hierro y las cabillas de madera que las unían y de las cuales no había ni vestigios. A lo largo del casco, hasta los gálibos de proa y las hiladas rajadas enteramente estaban fuera de su sitio. La falsa quilla había sido separada con una violencia inexplicable, y la quilla misma, arrancada de la carlinga, estaba rota.

—¡Mil diablos! —exclamó Pencroff—, difícilmente podría ponerse a flote este buque.

—No será difícil, sino imposible —dijo Ayrton.

—En todo caso —observó Gedeón Spilett al marino—, la explosión, si ha habido explosión, ha producido singulares efectos. Ha reventado el casco del buque en todas sus partes inferiores, en vez de hacer saltar el puente y la obra muerta. Estas aberturas parecen más bien efecto del choque de un escollo, que de la explosión de un pañol de pólvora.

—No hay escollo en el canal —replicó el marino—. Admito todo lo que quiera, excepto el choque contra una roca.

—Tratemos de penetrar en el interior del brick —dijo el ingeniero—y tal vez sabremos a qué atenernos sobre la causa de su destrucción.

Era el mejor partido que se podía tomar y convenía, además, inventariar todas las riquezas que había a bordo y disponerlo todo para su salvamento.

El acceso al interior del brick era fácil. El agua continuaba bajando y la parte inferior del puente, que a la sazón se había convertido en parte superior por la inversión del casco, era practicable. El lastre, compuesto de gruesos lingotes de hierro, le había abierto en varios sitios y se oía el ruido del mar, cuyas aguas se escapaban por las aberturas del casco.

Ciro Smith y sus compañeros, con el hacha en la mano, se adelantaron por el puente medio roto, que estaba lleno de cajas de toda especie y, como estas habían permanecido en el agua poco tiempo, quizá su contenido no estaba averiado.

Los colonos, por consiguiente, pusieron todo aquel cargamento en lugar seguro. La marea debía tardar en subir algunas horas y éstas fueron utilizadas del modo más provechoso. Ayrton y Pencroff establecieron en la abertura practicada en el casco un aparejo que servía para izar los barriles y las cajas. La piragua los recibía y los trasladaba inmediatamente a la playa. Se sacaban todos los objetos indistintamente, para hacer después la elección y separación conveniente.

En todo caso, lo que los colonos pudieron observar, desde luego con gran satisfacción, fue que el brick llevaba un cargamento muy variado, un surtido completo de artículos de toda especie: utensilios, productos, manufacturas y herramientas, como los que cargan los buques que hacen el gran cabotaje de Polinesia. Era probable que allí se encontrase un poco de todo, y esto era precisamente lo que más convenía a la colonia de la isla Lincoln.

Sin embargo, observación que hizo Ciro Smith con admiración silenciosa, no sólo el casco del brick había sufrido enormemente, como se ha dicho, a consecuencia del choque, cualquiera que fuese, que había producido la catástrofe, sino que también los alojamientos estaban devastados, sobre todo en la parte de proa. Los tabiques y los puntales se hallaban rotos, como si algún formidable obús hubiera estallado en el interior del buque. Los colonos pudieron pasar fácilmente de proa a popa después de haber separado las cajas, que iban sacando. No eran fardos pesados, cuya descarga hubiera sido difícil, sino bultos sencillos, cuya estiba, por otra parte, no podía ya reconocerse.

Los colonos llegaron hasta la popa, coronada en otro tiempo por la toldilla. Allí, según la indicación de Ayrton, debía buscarse el pañol de la pólvora. Ciro Smith, pensando que no había habido explosión, creía posible salvar algunas barricas, porque la pólvora, que ordinariamente está encerrada en envolturas de metal, habría sufrido poco con el contacto del agua.

Esto era, en efecto, lo que había sucedido. En medio de gran cantidad de proyectiles se hallaron unos veinte barriles, cuyo interior estaba guarnecido de cobre, y que fueron extraídos con precaución. Pencroff se convenció por sus propios ojos de que la destrucción del Speedy no podía ser atribuida a una explosión. La parte del casco donde se encontraba situado el pañol de la pólvora, era precisamente la que menos había sufrido.

—Es posible —dijo el obstinado marino—, pero insisto en que no puede haber chocado el buque en una roca, porque no hay rocas en el canal.

—Entonces, ¿qué ha pasado? —preguntó Harbert.

—No lo sé —contestó Pencroff—. El señor Ciro tampoco lo sabe, ni lo sabe nadie, ni lo sabrá nunca.

Estas diversas investigaciones ocuparon varias horas a los colonos, y, al empezar de nuevo el reflujo, hubo que suspender los trabajos de salvamento. Por lo demás, no habría que temer que el casco del brick fuese arrastrado por el mar, porque estaba empotrado en la arena y tan sólidamente fijo, como si tuviera sus dos anclas tendidas.

Podía esperarse sin inconveniente la hora de la marea para continuar las operaciones. En cuanto al buque, estaba absolutamente condenado y había que darse prisa para salvar sus restos, porque no tardaría en desaparecer en las arenas movedizas del canal.

Eran las cinco de la tarde. El día había sido duro para los trabajadores, los cuales comieron con apetito y, a pesar de su cansancio, no resistieron, después de comer, al deseo de visitar las cajas de que se componía el cargamento del Speedy.

La mayor parte contenía ropas hechas que, como es de suponer, fueron bien recibidas. Había para vestir a toda la colonia, ropa blanca para todos usos, y calzados para todos los pies.

—¡Somos riquísimos! —exclamó Pencroff—. Pero ¿qué vamos a hacer de todo esto?

Y estallaban los hurras del alegre marino al encontrar barriles, de tafia, bocoyes de tabaco, armas de fuego y armas blancas, balas de algodón, instrumentos de labranza, herramientas de carpintero, de ebanista, de herrero, y cajas de simientes de toda especie, que su corta permanencia en el agua no podía alterar. ¡Cuán oportunamente habrían llegado todas estas cosas dos años antes! Pero, en fin, aunque los industriosos colonos se habían provisto de los útiles más indispensables, aquellas riquezas serían convenientemente empleadas.

En los almacenes del Palacio de granito había sitio para ponerlas, pero aquel día faltó el tiempo para la tarea y no pudo almacenarse todo. No debía olvidarse, sin embargo, que seis piratas sobrevividos a la pérdida de la tripulación del Speedy se hallaban en la isla, que eran verdaderamente bandidos redomados y que debían prevenirse contra ellos. Aunque el puente del río de la Merced y los puentecillos estaban levantados, los piratas no eran hombres a quienes podía servir de obstáculo un río o un arroyo e, impulsados por la desesperación, podían hacerse temibles.

Era preciso acordar lo que debiera hacerse sobre el particular. Entretanto había que guardar con cuidado las cajas y bultos amontonados cerca de las Chimeneas.

Transcurrió la noche sin que los presidiarios intentaran ninguna agresión. Maese Jup y Top, de guardia al pie del Palacio de granito, no habrían dejado de avisar su presencia.

Los tres días que siguieron, 19, 20 y 21 de octubre, fueron empleados en salvar todo lo que podía tener algún valor o alguna utilidad en el cargamento o en el aparejo del brick. Durante la baja marea los colonos desocuparon la bodega, y en la marea alta almacenaban los objetos salvados. Pudo arrancarse gran parte del forro de cobre que cubría el casco, el cual cada vez se hundía más en la arena. Antes que ésta se hubiese tragado los objetos pesados, que habían caído en el fondo, Ayrton y Pencroff se sumergieron varias veces hasta el lecho del canal y encontraron las cadenas y las áncoras del brick, los lingotes de lastre y hasta los cuatro cañones, que, puestos a flote por medio de barricas vacías, pudieron sacarlos a tierra.

El arsenal de la colonia no había ganado menos que las oficinas y almacenes del Palacio de granito. Pencroff, siempre entusiasta en sus proyectos, hablaba de construir una batería, que dominase el canal y la desembocadura del río. Con cuatro cañones se comprometía a impedir que entrase en las aguas de la isla Lincoln una escuadra "por poderosa que fuese".

Como ya no quedaba del brick más que un armazón inútil, el mal tiempo lo acabó de destruir. Ciro Smith había tenido la intención de volarlo para recoger los restos sobre la costa, pero un fuerte viento del nordeste y una gruesa mar le permitieron economizar su pólvora.

En efecto, en la noche del 23 al 24, el casco del brick quedó enteramente destrozado y una parte de sus restos vino a parar a la playa.

En cuanto a papeles, es inútil decir que, aunque Ciro Smith registró minuciosamente los armarios de la toldilla, no encontró vestigio alguno. Evidentemente, los piratas habían destruido todo lo que podía hacer referencia al capitán y al armador del Speedy; y como el nombre de la matrícula a la que pertenecía no estaba en el cuadro de popa, nada podía hacer sospechar su nacionalidad. Sin embargo, por ciertas formas de su proa, Ayrton y Pencroff creyeron que el brick debía ser de construcción inglesa.

Ocho días después de la catástrofe, o mejor dicho, del feliz e inexplicable desenlace, al cual debía la colonia su salvación, no se veía nada del buque ni en la baja marea. Sus restos habían sido dispersados y el Palacio de granito se había enriquecido con casi todo su cargamento.

Sin embargo, el misterio que ocultaba su extraña destrucción no se hubiera aclarado jamás, si el 30 de noviembre Nab, paseando por la playa, no hubiera encontrado un pedazo de un espeso cilindro de hierro, que tenía señales de explosión. Aquel cilindro estaba retorcido y desgarrado en sus aristas como si hubiese estado sometido a la acción de una sustancia explosiva.

Nab llevó aquel pedazo de metal a su amo, que estaba ocupado con sus compañeros en las Chimeneas. Ciro Smith lo examinó atentamente y después, volviéndose hacia Pencroff le dijo:

—¿Persiste en sostener que el Speedy no se ha hundido a consecuencia de un choque?

—Sí, señor —contestó el marino—. Usted sabe lo mismo que yo que no hay rocas en el canal.

—Pero ¿y si hubiera chocado con este pedazo de hierro? —dijo el ingeniero, enseñandole el cilindro roto.

—¿Con ese tubo? —exclamó Pencroff con tono de incredulidad completa.

—Amigos míos —repuso Ciro Smith—, ¿recuerdan que antes de hundirse el brick se levantó una verdadera tromba de agua?

—Sí, señor —contestó Harbert.

—Pues bien, ¿quieren saber lo que produjo la tromba? Esto —dijo el ingeniero enseñándoles el tubo roto.

—¿Eso? —preguntó Pencroff.

—Sí, este cilindro es todo lo que queda de un torpedo.

—¡Un torpedo! —exclamaron los compañeros del ingeniero.

—¿Y quién habría puesto allí este torpedo? —preguntó Pencroff, que no quería rendirse de modo alguno.

—Lo que puedo decir es que no he sido yo —contestó Ciro Smith—, pero el torpedo estaba allí y han podido ustedes juzgar su incomparable potencia.

¿Presencia de un ser extraordinario? Prueban las baterías

Todo se explicaba por la explosión submarina de aquel torpedo. Ciro Smith, que durante la guerra de la Unión había tenido ocasión de experimentar esas terribles máquinas de destrucción, no podía engañarse. Bajo la acción de aquel cilindro cargado de una sustancia explosiva, nitroglicerina, picrato u otra materia de la misma naturaleza, se había levantado el agua del canal como una tromba, y el brick, como herido por un rayo en sus fondos, se había ido a pique; por eso había sido imposible ponerlo a flote: grandes eran los deterioros que había sufrido el casco. El Speedy no había podido resistir un torpedo que habría destruido una fragata acorazada con la misma facilidad que un simple barco de pesca.

Todo se explicaba... excepto la existencia de aquel torpedo en las aguas del canal.

—Amigos míos —dijo entonces Ciro Smith—, no podemos poner en duda la existencia de un ser misterioso, de un náufrago como nosotros, quizá, abandonado en nuestra isla, y hay que poner a Ayrton al corriente de lo que ha pasado aquí de extraordinario desde hace dos años. ¿Quién es ese bienhechor desconocido, cuya intervención tan feliz se ha manifestado en muchas circunstancias? No puedo imaginarlo. ¿Qué interés tiene para obrar así y ocultarse después de tantos servicios como nos ha prestado? No puedo comprenderlo. Pero esos servicios no son menos reales de aquellos que sólo puede prestar un hombre que disponga de un poder prodigioso. Ayrton tiene que darle las gracias como nosotros, porque si ese desconocido me ha salvado de las olas después de la caída del globo, él también, sin duda, escribió el documento y puso aquella botella en el camino del canal, dándonos a conocer la situación de nuestro compañero. Añadiré que esa caja tan bien provista de todo lo que nos faltaba, él la ha conducido y puesto en la punta del Pecio; aquel fuego encendido en las alturas de la isla y que os permitió llegar a ella, él lo encendió; aquel perdigón hallado en el cuerpo del saíno había salido de un tiro de fusil disparado por él; ese torpedo que ha destruido el brick, él lo puso en el canal; en una palabra, que todos estos hechos inexplicables son debidos a ese ser misterioso. Así, pues, quienquiera que sea, náufrago o desterrado en esta isla, seríamos ingratos si nos creyéramos desligados de todo reconocimiento para con él. Hemos contraído una deuda y tengo la esperanza de que la pagaremos un día.

–Tiene razón de hablar así, querido Ciro –dijo Gedeón Spilett–. Sí, hay un ser casi omnipotente oculto en alguna parte de la isla, cuya influencia ha sido singularmente útil para nuestra colonia. Añadiré que ese desconocido me parece que dispone de medios de acción que tienen algo de sobrenaturales, si fuese aceptable lo sobrenatural en los hechos de la vida práctica. ¿Es él quien se pone en comunicación secreta con nosotros por el pozo del Palacio de granito y ha tenido conocimiento de nuestros proyectos? ¿Es él quien nos ha echado al mar la botella cuando la piragua hacía su primera excursión? ¿Es él quien no envió a Top fuera de las aguas del lago y dio la muerte al dugongo? ¿Es él, como todo induce a creerlo, quien salvó de las olas a Ciro, en circunstancias en que cualquier hombre ordinario no hubiera podido obrar? Sí es él, posee un poder que le hace dueño de los elementos.

La observación del periodista era justa y a todos les pareció correcta.

–En efecto –añadió Ciro Smith–, si la intervención de un ser humano no es dudosa para nosotros, tampoco se puede dudar que éste posee medios de acción superiores a los que están al alcance de la humanidad. Ese es otro misterio, pero, si descubrimos al hombre, el misterio quedará descubierto también. La cuestión es la siguiente: ¿debemos respetar el incógnito de ese ser generoso o debemos hacer lo posible para llegar hasta él? ¿Cuál es vuestra opinión en este punto?

–Mi opinión –repuso Pencroff–es que es un gran hombre y merece mi estimación.

–Cierto –dijo Ciro Smith–, pero eso no es responder, Pencroff.

–Mi amo –dijo entonces Nab–, creo que, por mucho que busquemos a ese señor, no lo descubriremos hasta que él no quiera.

–No has dicho ningún disparate, Nab –repuso Pencroff.

—Soy del parecer de Nab —añadió Gedeón Spilett—, pero no es razón para no intentar la aventura. Hallemos o no a ese ser misterioso, por lo menos habremos cumplido nuestro deber para con él.

—Y tú, hijo mío, danos tu parecer —dijo el ingeniero volviéndose a Harbert.

—¡Ah! —exclamó Harbert, cuya mirada se animaba—, desearía con toda el alma dar las gracias a quien ha salvado a usted, primero, y nos ha salvado después a los demás.

—No está mal dicho, hijo mío —dijo Pencroff—. Yo también y todos nosotros desearíamos lo mismo. No soy curioso, pero daría un ojo por ver cara a cara a ese individuo. Me parece que debe ser hermoso, grande, fuerte, con una gran barba, cabellos como rayos y sentado sobre nubes con una bola en la mano.

—¡Pencroff! —intervino Gedeón Spilett—. Es el retrato del Padre Eterno.

—Es posible, señor Spilett —repuso el marino—, pero yo me lo figuré así.

—¿Y usted, Ayrton? —preguntó el ingeniero.

—Señor Smith —contestó Ayrton—, yo no puedo decir mi parecer en estas circunstancias. Lo que ustedes hagan estará bien hecho y, cuando ustedes quieran asociarme a sus investigaciones, estaré dispuesto a seguirlos.

—Gracias, Ayrton —dijo Ciro Smith—. Sin embargo, quisiera una respuesta más directa a la pregunta que le he hecho. Es usted nuestro compañero, ha hecho ya sacrificios por nosotros, y tiene derecho, como todos, a ser consultado cuando se trata de tomar una decisión importante. Hable usted.

—Señor Smith —contestó Ayrton—, creo que debemos hacer lo posible por encontrar a ese bienhechor desconocido. Quizá está solo, quizá está enfermo, quizá se trata de una existencia que hay que renovar. Yo también, como usted ha dicho, tengo una deuda de reconocimiento con él, porque no puede ser otro el que vino a la isla Tabor, encontró al miserable que ustedes han conocido y les dio noticias de que había un desgraciado a quien salvar. Gracias a él he vuelto a ser hombre y no lo olvidaré jamás.

—¿Está decidido? —dijo Ciro Smith—. Comenzaremos nuestra investigación lo más pronto posible. No dejaremos la más pequeña parte de la isla sin explorar, la registraremos hasta en sus rincones más secretos. Ese amigo desconocido nos perdone en gracia a nuestra intención.

Durante algunos días los colonos se ocuparon activamente en los trabajos de la siega y la recolección. Antes de realizar sus proyectos de explorar las partes desconocidas de la isla, querían dejar concluidas las tareas indispensables. Era también la época en que se recolectaban las diversas legumbres traídas de las plantaciones de la isla Tabor. Había que almacenarlas y por fortuna no faltaba sitio en el Palacio de granito, donde habrían podido tener cabida todas las riquezas de la isla. Los productos de la colonia fueron colocados y clasificados metódicamente y en lugar seguro, al abrigo de las bestias y de los hombres. No había que temer humedad en aquella espesa masa de granito. Muchas excavaciones naturales situadas en el corredor superior se aumentaron o profundizaron con el pico o con la mina, y el Palacio de granito llegó a ser un depósito general de provisiones, municiones, herramientas y utensilios de repuesto; en una palabra, de todo el material de la colonia.

En cuanto a los cañones procedentes del brick, eran hermosas piezas de acero fundido, que, a instancia de Pencroff, fueron izados por medio de grúas hasta el piso superior del Palacio de granito, se establecieron emplazamientos entre las ventanas y pronto se les vio alargar sus fauces lucientes a través de la pared granítica. Desde aquella altura las bocas de fuego dominaban verdaderamente toda la bahía de la Unión. Era un pequeño Gibraltar y todo buque que se hubiera arriesgado en las aguas del islote se habría visto expuesto inevitablemente al fuego de toda aquella batería aérea.

–Señor Ciro –dijo un día Pencroff, el 8 de noviembre–, ahora que la fortificación está terminada, deberíamos probar el alcance de nuestras piezas.

–¿Cree que será útil? –preguntó el ingeniero.

–Más que útil es necesario. Sin eso, ¿cómo podríamos conocer la distancia a que podemos enviar una de esas hermosas balas de que estamos provistos?

–Probemos, Pencroff –dijo el ingeniero–. Sin embargo, creo que debíamos hacer el experimento no probando la pólvora ordinaria, pues quiero dejar la provisión intacta, sino el piróxilo, que no nos faltaría nunca.

–¿Podrían soportar estos cañones la deflagración del piróxilo? preguntó el periodista, que no deseaba menos que Pencroff ensayar la artillería del Palacio de granito.

–Creo que sí. Además –añadió el ingeniero–, obraremos con prudencia.

Ciro Smith tenía motivos para pensar que aquellos cañones eran de excelente fábrica, pues era muy entendido en la materia. Hechos de acero forjado y cargándose por la culata, debían por lo menos soportar una carga considerable, y, por consiguiente, tener un alcance enorme. Efectivamente, desde el punto de vista del efecto útil, la trayectoria descrita por la bala debe ser tan tendida como sea posible, y no puede obtenerse esta tensión sino con la condición de que el proyectil esté animado de una grandísima velocidad inicial.

–Ahora bien –dijo Ciro Smith a sus compañeros–, la celeridad inicial está en razón directa de la cantidad de pólvora que se utiliza. Toda la cuestión se reduce en la construcción de piezas de artillería al uso de un metal lo más resistente posible, y el acero es el metal que resiste mejor. Tengo, pues, motivos para pensar que nuestros cañones sufrirán sin riesgo la explosión de los gases del piróxilo y darán resultados excelentes.

–Mucho más seguros estaremos de ello cuando los hayamos probado repuso Pencroff. Huelga decir que los cuatro cañones se hallaban en perfecto estado de conservación.

Desde que habían sido sacados del agua, el marino se había ocupado en bruñirlos. ¡Cuántas horas había pasado frotándolos, dándoles grasa, pulimentándolos, limpiando el mecanismo del obturador y el tornillo de presión! Así, las piezas estaban a la sazón tan brillantes como si se encontrasen a bordo de una fragata de la marina de Estados Unidos.

Aquel día, en presencia de todo el personal de la colonia, incluido maese Jup y Top, se probaron sucesivamente los cuatro cañones. Pencroff, teniendo la cuerda del estopín, estaba preparado para hacer fuego. A una señal de Ciro Smith, salió el tiro. La bala, dirigida hacia el mar, pasó por encima del islote y fue a perderse a lo lejos, a una distancia que no se pudo apreciar con exactitud.

El segundo cañón fue apuntado hacia las últimas rocas de la punta del Pecio y el proyectil, dando en una piedra aguda, a unas tres millas del Palacio de granito, la hizo volar en pedazos. Harbert había apuntado el cañón y tirado. Se quedó orgulloso del éxito de su primer ensayo. Pero más orgulloso que él estaba Pencroff de aquel tiro que redundaba en honor de su querido niño.

El tercer proyectil, lanzado hacia las dunas que formaba la costa superior de la bahía de la Unión, dio en la arena, a una distancia por lo menos de cuatro millas, y después de haber rebotado se perdió en el mar, en medio de una nube de espuma.

Para el tiro de la cuarta pieza, Ciro Smith forzó un poco la carga, a fin de probar el alcance máximo; después, habiéndose apartado todos para el caso de que la pieza reventara, se inflamó el estopín por medio de una larga cuerda. Se oyó una violenta detonación, pero la Pieza había resistido, y los colonos, precipitándose a la ventana, pudieron ver el proyectil romper las puntas de las rocas del cabo Mandíbula, a unas cinco millas del Palacio de granito, y desaparecer en el golfo de Tiburón.

–Y bien, señor Ciro –exclamó Pencroff, cuyos hurras hubieran podido rivalizar con las detonaciones de las piezas–. ¿Qué me cuenta usted de nuestra batería? Aunque se presentaran todos los piratas del Pacífico delante del Palacio de granito, ni uno solo podría desembarcar sin nuestro permiso.

–Créame, Pencroff –contestó el ingeniero–, vale más que no se presenten y que no tengamos que hacer la prueba.

—A propósito —dijo el marino—, ¿y los seis tunantes que andan por la isla? ¿Qué haremos de ellos? ¿Vamos a dejarlos correr por nuestros bosques, campos y praderas? Son verdaderos jaguares esos piratas y creo que no debemos vacilar en tratarlos como tales. ¿Qué opina, Ayrton? —añadió Pencroff, volviéndose hacia su compañero.

El interpelado guardó silencio y Ciro Smith sintió que Pencroff le hubiera hecho un poco ligeramente aquella pregunta. Sintió una viva emoción, cuando Ayrton contestó con voz humilde:

—Yo he sido uno de esos jaguares, señor Pencroff, y no tengo derecho a hablar... Y se alejó con paso lento.

—¡Qué bestia soy! —exclamó Pencroff—. ¡Pobre Ayrton! Sin embargo, tiene derecho a hablar tanto como el primero.

—Sí -dijo Gedeón Spilett—. Su reserva le honra y conviene respetar el recuerdo que tiene de su triste pasado.

—Entendido, señor Spilett —contestó el marino—, no volverá a suceder. Preferiría cortarme la lengua que causar un disgusto a Ayrton. Pero, volviendo a la cuestión, me parece que esos bandidos no tienen derecho a nuestra misericordia y que debemos lo más pronto posible
desembarazamos de ellos.

—¿Ese es su parecer, Pencroff? —preguntó el ingeniero.

—Sí, señor.

—Y antes de perseguirlos sin piedad, ¿no quiere usted esperar a que hayan cometido algún nuevo acto de hostilidad contra nosotros?

—¡Cómo! ¿No basta lo que han hecho ya? —preguntó Pencroff, que no comprendía la razón de tales escrúpulos.

—¡Pueden mejorar de sentimientos —dijo Ciro Smith-y arrepentirse!...

—¡Arrepentirse! —exclamó el marino encogiéndose de hombros.

—Pencroff, acuérdate de Ayrton —dijo entonces Harbert tomando la mano del marino—. Ya ves que se ha hecho hombre honrado.

Pencroff miró a sus compañeros uno tras otro, porque jamás habría creído que su proposición debiera suscitar discusión alguna. Su ruda naturaleza no podía admitir que se transigiera con los malvados que habían desembarcado en la isla, con los cómplices de Bob Harvey, con los asesinos de la tripulación del Speedy y los miraba como fieras que debían destruir sin vacilación y remordimiento.

—¡Caramba! —dijo—. Todo el mundo está contra mí. ¿Quieren ser generosos con esa canalla? ¡Sea! ¡Ojalá no tengamos que arrepentimos!

—¿Qué peligro corremos —dijo Harbert—, si tenemos cuidado de vivir alerta?

—¡Hum! —dijo el periodista, que no se inclinaba demasiado a la clemencia—. Son seis y bien armados. Si cada uno se embosca en un punto y hace fuego sobre uno de nosotros, pronto serán dueños de la colina.

—¿Y por qué no lo han hecho ya? —preguntó Harbert—. Sin duda porque no les conviene hacerlo. Por lo demás, también nosotros somos seis.

—Bueno, bueno —repuso Pencroff, a quien no podía convencer ningún razonamiento—. Dejemos a esa gente en sus ocupaciones y no pensemos en ellos..

—Vamos, Pencroff —dijo Nab—, no te hagas peor de lo que eres. Si uno de esos miserables estuviera aquí, delante de ti, al alcance de tu fusil, no le dispararías...

—Le tiraría como a un perro rabioso, Nab —contestó fríamente el marino.

—Pencroff —dijo entonces el ingeniero—, muchas veces ha manifestado gran deferencia a mis opiniones. ¿Quiere hacer lo mismo en esta ocasión?

—Haré lo que mande, señor Smith —contestó el marino, que, por lo demás, no se había convencido.

—Pues bien, esperemos sin atacar hasta que seamos atacados.

Tal fue la conducta que se acordó observar respecto a los piratas, aunque Pencroff no auguraba de ella nada bueno. No se los atacaría, pero se viviría alerta. Al fin y al cabo, la isla era grande y fértil. Si algún sentimiento de honradez quedaba en el fondo del alma de aquellos miserables, podrían enmendarse. ¿No estaba su interés bien entendido en emprender una vida nueva en las condiciones en que necesariamente tenían que vivir? En todo caso, aunque sólo fuera por humanidad, había que esperar. Los colonos no tenían ya como antes la facilidad de ir y venir por la isla sin desconfianza alguna.

Hasta entonces no habían tenido que guardarse sino de las fieras, pero a la sazón, seis presidiarios, tal vez de la peor especie, vagaban por la isla. El hecho era grave, sin duda, y para personas menos valientes hubiera equivalido a perder la seguridad. No importaba. Por el momento, los colonos tenían razón contra Pencroff. ¿La tendrían más adelante?

Los sucesos lo dirán.

Se interrumpe el telégrafo entre la dehesa y el Palacio de granite

La gran preocupación de los colonos por el momento era verificar la exploración completa de la isla, ya decidido, que tendría dos fines: descubrir el ser misterioso, cuya existencia no era ya discutible, y al mismo tiempo salar qué había sido de los piratas, el retiro que habían elegido, la vida que llevaban y lo que podía temerse de su parte.

Ciro Smith deseaba partir inmediatamente, pero la expedición debía durar muchos días y parecía conveniente cargar el carro con diversos efectos de campamento y utensilios que facilitaran la organización de las etapas. Ahora bien, en aquel momento, uno de los onagros, herido en la pata, no podía ser enganchado al carro; necesitaba unos días de descanso, y se creyó poder aplazar la partida para dentro de una semana, es decir, para el 20 de noviembre. En aquella latitud, corresponde al mes de mayo de las zonas boreales, era primavera. El sol entraba en el trópico de Capricornio y daba los días más largos del año. La época debía ser completamente favorable para la expedición proyectada, expedición que, si no alcanzaba su principal objetivo, podía ser fecunda en descubrimientos, sobre todo desde el punto de vista de las producciones naturales, puesto que Ciro Smith se proponía explorar los espesos bosques del Far-West, que se extendían hasta el extremo de la península Serpentina.

Durante los nueve días que debían preceder al de la marcha, se convino en dar la última mano a las tareas de la meseta de la Gran Vista. Sin embargo, Ayrton debía volver a la dehesa, donde los animales domésticos reclamaban sus cuidados. Se decidió que pasaría en ella dos días y no volvería al Palacio de granito hasta después de haber dejado ampliamente provistos los establos. Cuando iba a marchar, Ciro Smith le preguntó si quería que uno le acompañase, indicándole que la isla no era tan segura como antes.

Ayrton respondió que no necesitaba compañía, que él bastaría para todo, y que, por lo demás, no temía nada. Si ocurría algún incidente en la dehesa o en los alrededores, avisaría inmediatamente a los colonos por un telegrama dirigido al Palacio de granito.

Ayrton partió el 9 al amanecer, llevándose el carro tirado por un solo onagro, y dos horas después el timbre eléctrico anunciaba que todo lo había encontrado en orden en la dehesa.

Durante aquellos dos días Ciro Smith se ocupó en un proyecto que debía poner el Palacio de granito al abrigo de toda sorpresa. Consistía en ocultar el orificio superior del antiguo desagüe, que estaba obstruido con cal y canto y medio oculto bajo hierbas y plantas, en el ángulo sur del lago Grant. Nada más fácil de llevar a cabo, puesto que bastaba volver a levantar dos o tres pies el nivel de las aguas del lago, que ocultarían por completo el orificio.

Para levantar este nivel, bastaba establecer un dique a las dos sangrías hechas al lago y por las cuales se alimentaban el arroyo de la Glicerina y el de la Gran Cascada. Ciro Smith animó a los colonos para este trabajo y en breve se levantaron los dos diques, que superaban de siete a ocho pies de anchura por tres de altura, y que fueron construidos con trozos de roca bien cimentados.

Terminado ese trabajo, era imposible sospechar que en la punta del lago existiese un conducto subterráneo, por el cual se escapaba en otro tiempo el sobrante de las aguas.

Huelga decir que no se obstruyó enteramente la pequeña derivación que servía para alimentar el receptáculo del Palacio de granito y hacer funcionar el ascensor. Aquel retiro, seguro y cómodo, podía desafiar toda sorpresa y todo golpe de mano.

Las obras quedaron rápidamente realizadas y Pencroff, Gedeón Spilett y Harbert tuvieron todavía tiempo de hacer una expedición hasta el puerto del Globo. El marino deseaba ardientemente saber si la pequeña ensenada, en cuyo fondo estaba anclado el Buenaventura, había sido visitada por los piratas.

—Precisamente —dijo —esos caballeros han tomado tierra en la costa meridional y, si han seguido el litoral, quizás han descubierto el puertecito, en cuyo caso no doy medio dólar por nuestro Buenaventura.

Los temores de Pencroff no carecían de fundamento y por consiguiente pareció muy oportuna una visita al puerto del Globo.

El marino y sus compañeros partieron la tarde del 10 de noviembre; iban bien armados. Pencroff, al meter ostensiblemente dos balas en cada cañón de su fusil, movía la cabeza con cierto aire que no presagiaba nada bueno para quien se le acercara mucho, hombre o fiera, según él decía. Gedeón Spilett y Harbert tomaron también sus fusiles y hacia las tres de la tarde salieron del Palacio de granito.

Nab les acompañó hasta el recodo del río de la Merced y, después de haberles dado paso, levantó el puente. Se había convenido en que la vuelta de los colonos se anunciaría por un tiro, a cuya señal Nab volvería a restablecer la comunicación entre las dos orillas del río.

La pequeña caravana se adelantó por el camino del Puerto hasta la costa meridional de la isla. La distancia no era más que de tres millas y media, pero Gedeón

Spilett y sus dos compañeros tardaron dos horas en atravesarla, porque fueron registrando toda la orilla del camino, tanto del lado del espeso bosque cuanto del pantano de los Tadornes. No encontraron huellas de los fugitivos, que, sin duda, no sabiendo todavía cuántos eran los colonos, ni qué medios de defensa tenían, se habían ido a refugiar a las partes menos accesibles de la isla.

Pencroff, al llegar al puerto del Globo, vio con gran satisfacción al Buenaventura tranquilamente fondeado en la estrecha ensenada. Por lo demás, el puerto del Globo estaba tan oculto entre las altas rocas, que ni desde el mar ni desde la tierra se le podía descubrir hasta no estar encima o dentro de él.

—Vamos —dijo Pencroff—, esos tunantes todavía no han venido aquí. Las altas hierbas van mejor a los reptiles y los encontraremos en el Far-West.

—Lo cual es una fortuna —añadió Harbert–, porque, si hubieran encontrado el Buenaventura, se habrían apoderado de él para huir y no podríamos volver pronto a la isla Tabor.

—En efecto —dijo el periodista—, es importante llevar un documento que dé a conocer la situación de la isla Lincoln y la nueva residencia de Ayrton para el caso de que el yate escocés volviese.

—Pues bien, el Buenaventura está ahí dispuesto a todo, señor Spilett repuso el marino—. El y su tripulación están preparados para salir a la primera señal.

—Creo, Pencroff, que haremos eso luego que se termine nuestra expedición por la isla. Es posible que ese desconocido, si logramos encontrarlo, sepa mucho más que nosotros sobre la isla Lincoln y la Tabor. No olvidemos que es el autor del documento y quizás sabe a qué atenerse sobre la vuelta del yate.

—¡Mil diablos! —exclamó Pencroff—. ¿Quién puede ser ese hombre, ese personaje que nos conoce y a quien no conocemos? Si es un simple náufrago, ¿por qué se oculta?

Somos buena gente, y la compañía de personas honradas no es desagradable para nadie.

¿Ha venido voluntariamente aquí? ¿Puede abandonar la isla si le da la gana? ¿Está todavía en ella? ¿Se ha marchado ya?

Hablando así, Pencroff, Harbert y Gedeón Spilett se habían embarcado y recorrían el puente del Buenaventura. De repente, el marino, habiendo examinado la bita sobre la cual estaba arrollado el cable del ancla, dijo:

—¡Vaya, esto sí que es raro!

—¿Qué pasa, Pencroff? —preguntó el periodista.

—No he hecho este nudo.

Y Pencroff mostraba la cuerda que amarraba el cable sobre la bita, para impedirla desasirse.

—¿Cómo que no? —preguntó Gedeón Spilett.

—No, lo juraría... Es un nudo plano y tengo costumbre de hacer dos cotes.

—¿No se habrá equivocado, Pencroff?

—No, señor, no me he equivocado —afirmó el marino—. No cabe equivocación, porque tengo la mano hecha a esos nudos y la mano no se engaña.

—Entonces los presidiarios habrán venido a bordo —dijo Harbert.

—No lo sé —contestó Pencroff—, pero lo cierto es que se ha levantado el ancla del Buenaventura y se ha fondeado de nuevo. Miren, aquí hay otra prueba. Se ha largado el ancla y su guarnición no está en el rozadero del escobén. Repito que han usado nuestra embarcación.

—Pero si los presidiarios hubieran usado el Buenaventura, lo habrían saqueado o habrían huido...

—¡Huido! ¿Adónde? ... ¿A la isla Tabor? ... —preguntó Pencroff—. ¿Creen que se habrían aventurado en un buque de tan poco calado?

—Entonces habría que admitir que sabían la situación de este islote dijo el periodista.

—De todos modos —añadió el marino—, tan cierto como yo me llamo Buenaventura Pencroff y soy de Vineyard, nuestro buque ha navegado sin nosotros.

El marino decía estas palabras con un tono tan afirmativo, que ni Gedeón Spilett ni Harbert pudieron hacerle objeción alguna. Era evidente que la embarcación había navegado y vuelto al puerto del Globo. Para el marino no había duda alguna de que se había levado el ancla y echado después. Ahora bien, ¿para qué estas dos maniobras si el buque no había sido empleado en alguna expedición?

—¿Pero no habríamos visto al Buenaventura pasar enfrente de la isla? —observó Spilett, que quería formular todas las objeciones posibles.

—¡Ah, señor Spilett! —dijo el marino—, basta salir de noche con una buena brisa y en dos horas se pierde de vista la isla.

—Pues bien —repuso el periodista—, vuelvo a preguntar, ¿con qué objeto los piratas se habrían servido del Buenaventura? ¿Por qué lo habrían traído al puerto después de haberlo usado?

—Señor Spilett —contestó el marino—, pongamos eso en el número de cosas inexplicables y no pensemos más. Lo importante era que el Buenaventura estuviese aquí y aquí está. Por desgracia, si los presidiarios lo toman por segunda vez, puede suceder que no volvamos a encontrarlo en su sitio.

—Entonces, Pencroff —dijo Harbert—, quizá será prudente llevarlo delante del Palacio de granito.

—Sí y no —contestó Pencroff—, o mejor dicho, no, porque la desembocadura del río de la Merced es muy mal paraje para un buque y allí la mar es dura.

—Pero, hallándose sobre la arena, hasta el pie de las Chimeneas...

—Quizá sí —dijo Pencroff—. En todo caso, puesto que debemos dejar el Palacio de granito para una larga expedición, creo que el Buenaventura estará aquí más seguro durante nuestra ausencia, y que haremos bien en dejarlo en ese puertecillo hasta limpiar la isla de estos tunantes.

—Ese es mi parecer —dijo el periodista—; al menos en caso de mal tiempo no se verá expuesto como lo estaría en la desembocadura del río de la Merced.

—Pero si los presidiarios vinieran a visitarlo de nuevo... —dijo Harbert.

—Pues bien, hijo mío, en este caso, no encontrándolo aquí irían a buscarlo del lado del Palacio de granito y, durante nuestra ausencia, nada les impediría apoderarse de él.

Creo, como el señor Spilett, que debemos dejarlo en el puerto del Globo. Pero, cuando volvamos, si todavía no hemos desembarazado la isla de esos tunantes, será prudente llevar nuestro buque frente al Palacio de granito, hasta que no tenga que temer tan mala visita.

—Convenido y en marcha —dijo el periodista.

Pencroff, Harbert y Gedeón Spilett, cuando regresaron al Palacio de granito, refirieron al ingeniero lo que había pasado, y este aprobó sus disposiciones para el presente y para el Porvenir y aun prometió al marino estudiar la parte del canal situada entre el islote y la costa para ver si sería posible hacer un puerto artificial por medio de diques. De esta manera el Buenaventura estaría siempre a la vista y, por decirlo así, bajo la mano de los colonos y seguro.

Aquella tarde se envió un telegrama a Ayrton para decirle que llevase a la dehesa un par de cabras, pues Nab quería aclimatarlas en las praderas de la Meseta. ¡Cosa singular! Ayrton no anunció el recibo del despacho, como tenía costumbre. Esto no dejó de admirar al ingeniero, pero podría suceder que Ayrton no estuviese en aquel momento en la dehesa o que se hallara en camino para volver al Palacio de granito. En efecto, habían transcurrido dos días desde su partida, y se había decidido que el 10 por por la noche o el 11 por la mañana estuviese de vuelta.

Los colonos confiaban en que Ayrton aparecería en las alturas de la Gran Vista. Nab y Harbert fueron a esperarlo hasta las inmediaciones del puente, para bajarlo, cuando su compañero llegase.

Pero a las diez de la noche Ayrton no había aparecido y entonces se juzgó conveniente enviar un nuevo telegrama exigiendo una respuesta inmediata. El timbre del Palacio de granito permaneció mudo. Entonces la inquietud de los colonos fue grande. ¿Qué había pasado? Ayrton no estaba en la dehesa o si estaba no tenía libertad de movimientos.

¿Debían ir los colonos en su busca en aquella noche oscura?

Se discutió: unos querían marchar inmediatamente, otros aguardar.

—Pero —dijo Harbert —quizá ha ocurrido algún accidente en el aparato telegráfico y no puede funcionar.

—Puede ser —dijo el periodista.

—Esperemos a mañana —añadió Ciro Smith—. Es posible que Ayrton no haya recibido nuestro despacho o que nosotros no hayamos recibido el suyo.

Aguardaron los colonos y, como es de suponer, no sin cierta ansiedad.

Al amanecer del día 11 de noviembre, Ciro Smith lanzaba la corriente eléctrica a través del hilo, pero no se obtuvo respuesta alguna. Volvió a

enviar otro despacho y el resultado fue también negativo.

—¡En marcha para la dehesa! —exclamó.

—¡Y bien armados! —añadió Pencroff.

Se decidió inmediatamente que el Palacio de granito no quedase solo y que el negro permaneciese en él. Después de haber acompañado a los colonos hasta el arroyo de la Glicerina, debía levantar el puente y, oculto detrás de un árbol, aguardaría su vuelta o la de Ayrton.

En caso de que los piratas se presentaran y trataran de atravesar el río, procuraría detenerlos a tiros y, en último resultado, se refugiaría en el Palacio de granito, donde, una vez levantado el ascensor, estaría seguro.

Ciro Smith, Gedeón Spilett, Harbert y Pencroff debían marchar inmediatamente a la dehesa y, si no encontraban a Ayrton, registrar los bosques de las cercanías.

A las seis de la mañana, el ingeniero y sus tres compañeros habían pasado el arroyo de la Glicerina y Nab se ponía en acecho detrás de una ligera eminencia coronada por grandes dragos en la orilla izquierda del arroyo. Los colonos, después de haber dejado la meseta de la Gran Vista, tomaron inmediatamente el camino de la dehesa. Llevaban el fusil al brazo, dispuestos a disparar a la menor demostración hostil. Las dos carabinas y los fusiles iban cargados con bala.

A cada lado del camino la arboleda era bastante espesa y podía ocultar a los malhechores, que a causa de sus armas habrían sido verdaderamente temibles.

Los colonos marcharon rápidamente y en silencio; Top los precedía corriendo por el camino o entrando algunas veces en el bosque, pero siempre mudo y no dando señales de nada extraordinario. Y podía contarse que el fiel perro no se dejaría sorprender y ladraría a la primera apariencia de peligro.

Ciro Smith y sus compañeros seguían a la vez que el camino la dirección del hilo telegráfico, que unía la dehesa con el Palacio de granito. Habían andado unas dos millas sin haber observado nada extraño. Los postes se hallaban en buen estado, los aisladores intactos y el alambre regularmente tendido. Sin embargo, desde aquel punto el ingeniero observó que la tensión del alambre parecía menor; en fin, al llegar al poste número 74, Harbert, que iba delante, se detuvo gritando:

—¡El alambre está roto!

Sus compañeros apretaron el paso y llegaron al sitio donde el joven se había detenido. El poste derribado estaba atravesado en el camino. Era evidente que los telegramas del Palacio de granito no habían podido recibirlos en la dehesa, ni los de esta en el Palacio de granito.

—El viento no ha derribado este poste —dijo Pencroff.

—No —repuso Gedeón Spilett-. Han cavado la tierra por el pie, y la mano del hombre lo ha sacado de su sitio.

—Además, el hilo está roto —añadió Harbert mostrando los dos extremos de alambre separados con violencia.

—¿La rotura es reciente? —preguntó Ciro Smith.

—Sí -dijo Harbert—. Es indudable que no hace mucho tiempo que se produjo.

—¡A la dehesa, a la dehesa! —exclamó el marino.

Los colonos estaban a mitad camino entre el Palacio de granito y la dehesa. Quedábanles dos millas y media que andar y echaron a correr.

En efecto, debía presumirse que algún acontecimiento grave había ocurrido en la dehesa. Sin duda Ayrton habría podido enviar un telegrama que no había llegado, pero esto no alarmaba a sus compañeros. Había una circunstancia más inexplicable: Ayrton había prometido estar de vuelta el día antes por la noche y no había aparecido. En fin, no sin motivo se había interrumpido toda comunicación entre la dehesa y el Palacio de granito. ¿Y quiénes, sino los bandidos, podían tener interés en interrumpirla?

Los colonos corrían con el corazón oprimido por la emoción. Se interesaban sinceramente por su nuevo compañero: ¿le encontrarían muerto por quienes en otro tiempo había sido jefe?

Pronto llegaron al sitio donde el camino seguía la corriente del arroyuelo derivado del arroyo rojo, que regaba las praderas de la dehesa. Entonces moderaron el paso para no hallarse muy fatigados en el momento en que pudiera ser necesario emprender la lucha. Los fusiles no estaban en el seguro, sino montados, y cada cual vigilaba una parte del bosque.

Top lanzaba sordos gruñidos, que no eran de buen agüero.

El recinto de la empalizada se presentó a través de los árboles. No se veía en él ninguna señal de deterioro. La puerta estaba cerrada como de ordinario y un silencio profundo reinaba en la dehesa, sin que se oyeran ni los balidos acostumbrados de los muflones ni la voz de Ayrton.

—¡Entremos! —dijo Ciro Smith.

El ingeniero se adelantó, mientras sus compañeros vigilaban a veinte pasos de él, dispuestos a disparar.

Ciro Smith levantó el picaporte de la puerta e iba a empujarla, cuando Top ladró con violencia y sonó una detonación por encima de la empalizada, a la cual respondió un grito de dolor. Harbert, herido de bala, había caído en el suelo.

Buscan a Ayrton y hieren a Harbert

Al grito de Harbert, Pencroff, dejando caer el arma, se lanzó hacia él:

—¡Lo han matado! ¡Hijo mío! ¡Harbert! ¡Lo han matado!

Ciro Smith y Gedeón Spilett se precipitaron también a donde estaba Harbert y el periodista examinó si el corazón del pobre joven latía aún.

—¡Vive! —dijo—, pero hay que trasladarlo.

—¿Al Palacio de granito? ¡Es imposible! —contestó el ingeniero.

—A la dehesa, entonces —exclamó Pencroff.

—Un instante —dijo Ciro Smith.

Y se lanzó hacia la izquierda, dando vuelta al recinto. Se vio ante un bandido, que, apuntándole, disparó y le atravesó el sombrero con una bala. Pocos segundos después, antes de que tuviera tiempo de disparar el segundo tiro, caía aquel pirata herido en el corazón por el puñal de Ciro Smith, más seguro todavía que su fusil.

Entretanto, Gedeón Spilett y el marino se levantaron sobre las estacas de la empalizada, saltaron el recinto, derribando los puntales que mantenían la puerta interiormente, se precipitaron en la casa vacía y poco después el pobre Harbert reposaba en la cama de Ayrton.

Ciro Smith no tardó en llegar.

Al ver a Harbert desmayado, el dolor del marino fue terrible. Sollozaba, lloraba y quería romperse la cabeza contra la pared. Ni el ingeniero ni el periodista lograban calmarlo: la emoción los sofocaba también y no podían hablar.

Sin embargo, hicieron cuanto estaba en su mano para disputar a la muerte al pobre joven que agonizaba a su vista. Gedeón Spilett, cuya vida estaba llena de tantas aventuras, poseía algunos conocimientos prácticos de medicina general. Sabía un poco de todo y en muchas circunstancias había tenido necesidad de curar heridas producidas por arma blanca o por arma de fuego. Procedió, ayudado de Ciro Smith, a dar a Harbert el socorro que reclamaba su estado.

Lo primero que sorprendió al periodista fue el sopor general que consumía las fuerzas de Harbert, sopor debido, sin duda, bien a la hemorragia, bien a la conmoción, si la bala había dado en algún hueso con bastante fuerza para determinar una violenta sacudida.

Harbert estaba muy pálido y su pulso era tan débil, que Gedeón Spilett lo sentía a largos intervalos, como si hubiera estado a punto de detenerse. Al mismo tiempo, había una insensibilidad casi completa y un desmayo absoluto: síntomas todos muy graves.

Desnudaron el pecho de Harbert y, habiéndose detenido la hemorragia con los pañuelos, lo lavaron con agua fresca.

Entonces apareció la contusión o, mejor dicho, la herida contusa. Vieron un agujero oval en el pecho entre la tercera y cuarta costillas. Por allí había entrado la bala.

Ciro Smith y Gedeón Spilett volvieron al pobre joven, que lanzó un gemido tan débil, que hubiera podido creerse que era su último suspiro.

Otra herida contusa ensangrentaba la espalda de Harbert, de la cual se escapó inmediatamente la bala que le había herido.

—¡Dios sea loado! —dijo el periodista-. La bala no ha quedado en el cuerpo y no tendremos necesidad, por lo tanto, de extraerla.

—Pero... ¿y el corazón? —preguntó Ciro Smith.

—El corazón no ha sido tocado, porque de lo contrario el pobre Harbert habría muerto.

—¡Muerto! —exclamó Pencroff, dando un grito.

El marino no había oído más que las últimas palabras del periodista.

—No, Pencroff —dijo Ciro Smith—, no. No está muerto. Su pulso late todavía y ha lanzado un gemido, pero por el interés mismo de nuestro hijo cállese. Necesitamos serenidad, no nos la haga perder, amigo.

Pencroff guardó silencio, pero reaccionó y su rostro se inundó de lágrimas.

Entretanto, Gedeón Spilett trataba de reunir sus recuerdos médicos para proceder con método. Según lo que había observado, no era dudoso para él que la bala había entrado por el pecho y salido por la espalda. Pero ¿qué estragos había causado a su paso? ¿Qué órganos vitales había tocado? Habría costado trabajo a un cirujano de profesión decirlo en aquel momento, con mayor razón al periodista.

Este, sin embargo, sabía una cosa: que se necesitaba, ante todo, evitar la estrangulación inflamatoria de las partes lesionadas, para combatir después la inflamación local y fiebre, que resultarían de la herida, herida mortal tal vez. Ahora bien, ¿qué tópicos, qué antiflogísticos debían emplearse? ¿Por qué medios evitar la inflamación?

En todo caso, lo que importaba era hacer la cura de las dos heridas sin tardar. No creyó necesario Gedeón Spilett excitar la salida de la sangre, lavándolas con agua tibia y comprimiendo los labios: la hemorragia había sido muy abundante y Harbert estaba demasiado debilitado por la pérdida de sangre.

Creyó, pues, que debía contentarse con lavar las dos heridas con agua fría. Harbert estaba echado sobre el lado izquierdo y en esta posición fue mantenido.

—Es preciso que no se mueva —dijo Gedeón Spilett—. Está en la posición más favorable para que las heridas de la espalda y del pecho puedan supurar con facilidad. Necesita un reposo absoluto.

—¡Qué! ¿No podremos trasladarlo al Palacio de granito? —preguntó el marino.

—No, Pencroff -contestó el periodista.

—¡Maldición! —exclamó el marino, levantando los puños hacia el cielo.

—¡Pencroff! —dijo Ciro Smith.

Gedeón Spilett volvió a examinar al joven herido con atención. Harbert continuaba tan espantosamente pálido, que el periodista se turbó.

—Ciro —dijo—, yo no soy médico..., me encuentro en una perplejidad terrible. Debe ayudarme con sus consejos y su experiencia.

—Cálmese, amigo —dijo el ingeniero estrechándole la mano—. Juzgue con serenidad..., piense sólo que debemos salvar a Harbert.

Estas palabras devolvieron a Gedeón Spilett el dominio sobre sí mismo, que había perdido en un instante de desaliento, al considerarla responsabilidad que pesaba sobre él. Se sentó junto a la cama mientras Ciro Smith permaneció de pie junto a él. Pencroff había desgarrado su camisa y maquinalmente hacía hilas.

Gedeón Spilett explicó a Ciro Smith que ante todo creía deber detener la hemorragia, pero no cerrar las dos heridas, ni provocar su cicatrización inmediata, porque había habido perforación interior y era necesario no dejar que la supuración se acumulase en el pecho.

Ciro Smith aprobó este parecer y decidió que se hiciera la cura de las dos heridas sin tratar de cerrarlas por una coaptación inmediata. Por fortuna las heridas no presentaban un aspecto que requiriese operación para mantener los labios separados.

Y ahora, ¿poseían los colonos un agente eficaz para obrar contra la inflamación que iba a sobrevenir? Sí, tenían uno, porque la naturaleza lo ha prodigado generosamente. Tenían el agua fría, es decir, el sedativo más poderoso que puede usarse contra la inflamación de las heridas, el agente terapéutico más eficaz en los casos graves y que está adoptado por todos los médicos. El agua fría tiene también la ventaja de proporcionar a la herida un reposo absoluto y de evitar una curación prematura, ventaja considerable, porque la experiencia ha demostrado que el contacto del aire es funesto durante los primeros días.

Ciro Smith y Gedeón Spilett razonaban así con su simple buen sentido y obraron como lo habría hecho el mejor cirujano. Se aplicaron compresas de tela sobre las dos heridas del pobre Harbert y se tuvo cuidado de tenerlas constantemente empapadas en agua fría.

El marino había encendido fuego en la chimenea de la habitación, que no carecía de las cosas más necesarias para la vida. Había azúcar de arce y plantas medicinales, las mismas que el joven había recogido a orillas del lago Grant, que permitieron hacer algunas tisanas refrigerantes, que Harbert tomó sin darse cuenta de nada. Su fiebre era muy alta y todo el día y toda la noche pasaron así, sin que recobrara el conocimiento. La vida de Harbert estaba pendiente de un hilo y aquel hilo podía romperse en un instante.

A la mañana siguiente, 12 de noviembre, Ciro Smith y sus compañeros recobraron alguna esperanza. Harbert había vuelto de su largo sopor: abrió los ojos, conoció a Ciro Smith, al periodista y a Pencroff y pronunció dos o tres palabras. No sabía lo que había pasado: se lo dijeron, y Gedeón Spilett le suplicó que guardara reposo absoluto, diciéndole que su vida no corría peligro y que sus heridas cicatrizarían en pocos días.

Por lo demás, Harbert casi no sentía dolor y el agua fría con que las bañaban incesantemente impedía la inflamación de las heridas. La supuración se establecía de un modo regular, la fiebre no tendía a aumentarse y se podía esperar que la cobarde agresión no tendría consecuencias funestas. Pencroff sintió ensancharse su corazón poco a poco: era una hermana de la caridad, una madre junto al lecho de su hijo.

Harbert se aletargó de nuevo, pero esta vez el sueño parecía mejor.

—Repítame que tiene esperanzas, señor Spilett —dijo Pencroff—, repítame que salvará a Harbert.

—Sí, lo salvaremos —dijo el periodista—. La herida es grave y quizá la bala ha atravesado el pulmón, pero la perforación de este órgano no es mortal.

—¡Dios le oiga! —exclamó Pencroff.

Como es de suponer, en el espacio de veinticuatro horas que hacía que estaban los colonos en la dehesa, no habían tenido más pensamiento que el de cuidar a Harbert. No habían pensado en el peligro que podía amenazarlos, si volvían los presidiarios, ni en las precauciones que deberían tomarse para el futuro.

Pero aquel día, mientras Pencroff velaba junto al lecho del enfermo, Ciro Smith y el periodista hablaron de lo que convenía hacer.

Comenzaron por recorrer la dehesa y no encontraron vestigios de Ayrton. ¿Se habían apoderado de este desgraciado sus antiguos cómplices? ¿Le habían sorprendido en la dehesa? ¿Había luchado y sucumbido en la lucha? Esta última hipótesis era la más probable. Gedeón Spilett, en el momento en que trepaba por la empalizada, había visto a uno de los bandidos huir por el contrafuerte sur del monte Franklin y hacia el cual Top se había precipitado. Era uno de los que iban en la canoa que se había estrellado contra las rocas en la desembocadura de la Merced. Además, el otro, a quien Ciro Smith había matado y cuyo cadáver fue encontrado fuera del recinto, pertenecía también a la partida de Bob Harvey.

En cuanto a la dehesa, no había sufrido ninguna devastación. Las puertas estaban cerradas y los animales domésticos no habían podido dispersarse por el bosque. No se veía tampoco señal alguna de lucha ni deterioro en la habitación ni en la empalizada, solamente habían desaparecido con Ayrton las municiones que tenía.

—El desgraciado habrá sido sorprendido —dijo Ciro Smith—y, como no era hombre de entregarse sin lucha, habrá sucumbido.

—Sí, es probable —añadió el periodista—. Después los presidiarios se instalaron en la dehesa, donde tenían comestibles en abundancia, y han huido cuando nos han visto llegar. Es evidente también que en aquel momento, Ayrton, muerto o vivo, no estaba aquí.

—Habrá que registrar el bosque —dijo el ingeniero—y purgar la isla de esos miserables. Los presentimientos de Pencroff no lo engañaban, cuando quería que les diéramos caza como fieras. Si lo hubiéramos hecho, nos habríamos ahorrado muchas desgracias.

—Sí —dijo el periodista—, pero ahora tenemos el derecho de exterminarlos sin piedad.

—En todo caso -dijo el ingeniero—, necesitamos esperar y permanecer en la dehesa hasta que Harbert pueda ser trasladado sin peligro al Palacio de granito.

—¿Y Nab? —preguntó el corresponsal.

—Nab está seguro.

—¿Y si, alarmado por nuestra ausencia, se aventurase a venir?

—Es preciso que no venga —contestó Ciro Smith—. Sería asesinado en el camino. —Sin embargo, lo más probable es que trate de reunirse con nosotros.

—¡Ah! Si funcionase el telégrafo, le podríamos avisar, pero es imposible. En cuanto a dejar solos aquí a Pencroff y Harbert no hay que pensar en ello... Pues bien, yo iré solo al Palacio de granito.

—No, no, Ciro —intervino el periodista—. No se exponga así, porque de nada le serviría su valor. Esos miserables, evidentemente, vigilan la dehesa y están emboscados entre la espesura que la rodea. Si fuese solo, tendríamos que sentir dos desgracias en vez de una.

—Pero ¿y Nab? —repitió el ingeniero—. Ya hace veinticuatro horas que está sin noticias nuestras. Querrá venir.

—Y como estará aún menos prevenido que nosotros para evitar una sorpresa —añadió Gedeón Spilett—, será indudablemente atacado.

—¿No hay medio de avisarlo?

Mientras el ingeniero reflexionaba, se fijaron sus miradas en Top, que iba y venía de un lado a otro, y parecía decir: "¿No estoy yo aquí para eso?".

—¡Top! —exclamó Ciro Smith.

El animal llegó de un salto junto a su amo.

—Sí, Top irá —dijo el periodista, que había comprendido la intención del ingeniero— Top pasará por donde nosotros no podríamos pasar, llevará al Palacio de granito noticias de la dehesa y nos traerá razón de Nab.

—¡Pronto! —respondió Ciro Smith—¡Pronto!

Gedeón Spilett arrancó rápidamente una hoja de su cuaderno y escribió las siguientes líneas:

Harbert, herido. Estamos en la dehesa. Ten mucho cuidado. No salgas del Palacio de granito. ¿Se han presentado los piratas por ahí? Respuesta por Top.

Este billete lacónico contenía todo lo que Nab debía saber y le preguntaba todo lo que los colonos tenían interés en conocer. Gedeón Spilett lo dobló y ató al cuello de Top, de manera que estuviese visible.

—¡Top! —dijo entonces el ingeniero acariciando al animal—. ¡Nab, Top! ¡Nab, Top, anda, anda!

Top empezó a dar saltos, adivinando sin duda lo que se exigía de él. El camino del Palacio de granito le era familiar. En menos de media hora podía atravesar la distancia que le separaba. Donde Ciro Smith y el periodista no hubieran podido aventurarse sin peligro, Top, corriendo entre las hierbas o por la linde del bosque, pasaría sin ser visto. El ingeniero llegó hasta la puerta de la dehesa y, abriendo una de sus hojas, repitió:

—¡Nab, Top! ¡Nab, Top! —tendiendo la mano en dirección al Palacio de granito. El perro se lanzó fuera del recinto y desapareció a los pocos momentos.

—¿Llegará? —dijo el periodista.

—Sí, y volverá el fiel animal.

—¿Qué hora es? —preguntó Gedeón Spilett.

—Las diez.

—Dentro de una hora, quizá, estará aquí. Vigilaremos el camino.

Cerraron de nuevo las puertas de la dehesa y entraron en la casa. Harbert estaba profundamente dormido y Pencroff mantenía las compresas en un estado permanente de humedad. Gedeón Spilett, viendo que nada había que hacer por el momento, se ocupó en preparar algún alimento, sin dejar de vigilar con cuidado la parte del recinto inmediato al contrafuerte por donde podía venir una agresión.

Los colonos esperaron con ansiedad la vuelta de Top. Un poco antes de las once, Ciro Smith y el periodista, con la carabina en la mano, estaban detrás de la puerta preparados a abrirla al primer ladrido de su perro. No dudaban que si Top había podido llegar sin tropiezo al Palacio de granito, Nab lo volvería a enviar inmediatamente.

Estaban allí hacía diez minutos, cuando oyeron una detonación seguida de ladridos repetidos. El ingeniero abrió la puerta y, viendo todavía un resto de humo, a cien pasos, en el bosque, disparó en aquella dirección. Casi al mismo tiempo Top saltó dentro de la empalizada, cuya puerta volvió a cerrarse inmediatamente.

–¡Top, Top! –exclamó el ingeniero, tomando la gruesa cabeza de su fiel perro entre las manos.

Ciro Smith leyó estas palabras trazadas con letra gruesa de Nab en el billete que Top llevaba colgado del cuello:

¡No hay presidiarios en las inmediaciones del Palacio de granito! No me moveré.

¡Pobre señor Harbert!

Cena de Harbert. La fortuna empieza a darles la espalda

¡Luego los presidiarios continuaban en las inmediaciones de la dehesa, espiando lo que en ella pasaba, decididos a matar a los colonos uno tras otro! Había que tratarlos como fieras, pero debían tomarse grandes precauciones, porque en aquel momento los miserables tenían la ventaja de la situación, viendo y no siendo vistos, pudiendo sorprender bruscamente con un ataque y no pudiendo ser sorprendidos.

Ciro Smith tomó todas las medidas necesarias para vivir en la dehesa, cuyas provisiones, por otra parte, podían bastar para largo tiempo. La casa de Ayrton había sido provista de todo lo necesario para la vida, y los presidiarios, asustados por la llegada de los colonos, no habían tenido tiempo de saquearla. Era probable, como observó Gedeón Spilett, que las cosas hubieran pasado de esta manera: Los seis presidiarios desembarcados en la isla habían seguido el litoral sur; después, recorriendo las dos millas de la península Serpentina, no queriendo aventurarse por los bosques del Far-West, habían llegado a la desembocadura del río de la Cascada. Una vez en aquel punto, subiendo por la orilla derecha del río, habían encontrado los contrafuertes del monte Franklin, entre los cuales era natural que buscasen refugio; no habían tardado en descubrir la dehesa, entonces deshabitada. Se habían instalado, esperando el momento de poner en ejecución sus proyectos abominables. La llegada de Ayrton les sorprendió, pero habían conseguido apoderarse del infeliz... Lo demás se adivinaba fácilmente.

Entretanto, los malhechores, reducidos a cinco, pero bien armados, vagaban por los bosques y aventurarse contra ellos era exponerse a sus tiros, sin que fuera posible contestarlos ni evitarlos.

—Esperemos, es lo único que se puede hacer —repetía Ciro Smith—. Cuando Harbert esté curado, podremos organizar una batida general en la isla y acabar con esos miserables. Tal será el objeto de nuestra gran expedición al mismo tiempo que...

—Que buscar a nuestro protector misterioso —añadió Gedeón Spilett acabando la frase del ingeniero-. ¡Ah! Tenemos que confesar, querido Ciro, que esta vez su protección nos ha faltado y en el momento en que nos era más necesaria.

—¡Quién sabe! —exclamó el ingeniero.

—¿Qué quiere usted decir? —preguntó el periodista.

—Que aún nos aguardan muchos contratiempos, mi querido Spilett, y que la poderosa intervención de ese ser misterioso tendrá quizá ocasión de ejercitarse en favor nuestro. Pero no se trata de eso: la vida de Harbert, ante todo.

Este era el cuidado más doloroso de los colonos. Pasaron algunos días y el estado del pobre joven, afortunadamente, no había empeorado. Era mucho haber ganado tiempo contra la enfermedad. El agua fría, siempre mantenida a la temperatura conveniente, había impedido la inflamación de las heridas, y el periodista llegó a creer que aquel agua, un poco sulfurosa, lo cual se explicaba por la proximidad del volcán, tenía una acción más directa sobre la cicatrización. La supuración era menos abundante y Harbert, merced a los cuidados incesantes de que estaba rodeado, volvía a la vida, su fiebre era menos intensa. Además, estaba sometido a una dieta severa y, por consiguiente, su debilidad era y debía ser grande; pero no faltaban las tisanas y el reposo absoluto le hacía bien.

Ciro Smith, Gedeón Spilett y Pencroff se habían hecho muy hábiles para curar al joven herido. Habían sacrificado todo el lienzo que había en la habitación. Las heridas de Harbert, cubiertas de compresas y de hilas, no estaban ni comprimidas ni holgadas, de manera que se provocase la cicatrización sin determinar ninguna reacción inflamatoria. El periodista hacía las curas con cuidado, sabiendo cuán importante era esto y repitiendo a sus compañeros lo que reconocen espontáneamente la mayor parte de los médicos; a saber: que es más raro ver una cura bien hecha, que una operación bien practicada.

Al cabo de diez días, el 22 de noviembre, Harbert mejoraba a ojos vistas, y había comenzado a tomar algún alimento. Volvían los colores a las mejillas y miraba, sonriéndose, a sus enfermeros. Hablaba un poco, a pesar de los esfuerzos de Pencroff, que charlaba sin cesar para impedirle tomar la palabra y le contaba las historias más inverosímiles. Harbert le había preguntado por Ayrton, porque le extrañaba no verlo allí y pensaba que debería estar en la dehesa, pero el marino, que no quería afligirlo, se había contentado con responder que Ayrton había marchado al Palacio de granito para defenderlo con Nab.

–¡Ah! -decía–, esos piratas son unos caballeros que no tienen derecho a ninguna consideración de nuestra parte. ¡Y el señor Smith que confiaba en atraerlos con buenos sentimientos! Yo les enviaré un buen sentimiento, pero será con una bala de grueso calibre.

–¿Y no se les ha vuelto a ver? –preguntó Harbert.

–No, hijo mío –contestó el marino–, pero los encontraremos. Cuando estés curado, veremos si esos cobardes, que hieren por detrás, se atreven a atacarnos cara a cara.

– Estoy todavía muy débil, mi pobre Pencroff.

–¡Bah! Las fuerzas volverán poco a poco. ¿Qué es una bala a través del pecho? ¡Una friolera! Yo he tenido algunas y no por eso me siento menos fuerte.

Las cosas parecían tomar buen cariz y, desde el momento en que no se había presentado ninguna complicación, la curación de Harbert podía considerarse como asegurada. ¿Pero cuál hubiera sido la situación de los colonos si su estado se hubiera agravado; si, por ejemplo, se hubiera quedado la bala en el cuerpo o hubieran tenido que amputar al joven el brazo o la pierna?

–No –dijo más de una vez Gedeón Spilett–, nunca pensé sin temblar en una eventualidad semejante.

–Y sin embargo, si hubiera sido preciso operarlo –dijo un día Ciro Smith–, creo que no hubiera usted vacilado.

–No, Ciro –repuso Gedeón Spilett–, pero bendito sea Dios que nos ha evitado ese duro trance.

Los colonos, en esta como en todas las demás circunstancias, habían apelado a esa lógica del buen sentido, que tantas veces les había sido útil y habían logrado buen éxito, gracias a sus conocimientos generales. ¿Pero no vendría un momento en que fuese inútil toda su ciencia? Estaban solos en aquella isla y los hombres se completan en la sociedad y son necesarios los unos a los otros. Ciro Smith lo sabía perfectamente y algunas veces se preguntaba si no vendrían circunstancias que les fuera imposible dominar.

Le parecía, además, que sus compañeros y él, hasta entonces felices, habían entrado en un período nefasto. Hacía más de dos años y medio que se habían escapado de Richmond y desde entonces puede decirse que todo iba a medida de sus deseos. La isla les había dado abundantemente minerales, vegetales y animales; y, si la naturaleza les había prodigado sus dones, su ciencia les había puesto en situación de sacar partido de cuanto se les ofrecía. El bienestar de la colonia era, por decir así, completo. Además, en ciertas circunstancias había acudido en su socorro una influencia inexplicable... pero todo esto debía tener su término.

En una palabra, Ciro Smith creía observar que la fortuna iba a volverse contra ellos.

El buque corsario se había presentado en las aguas de la isla y, sí los piratas habían sido destruidos, digámoslo así, milagrosamente, seis de ellos por lo menos se habían librado de la catástrofe desembarcando en la isla, y los cinco que sobrevivían estaban allí, siendo casi imposible agarrarlos. Ayrton, sin duda, había sido asesinado por aquellos miserables, que poseían armas de fuego, y habían herido a Harbert casi mortalmente. ¿Eran los primeros golpes que la fortuna contraria descargaba contra los colonos? Esta era la pregunta que se hacía interiormente Ciro Smith; era lo que se repetía con frecuencia el periodista, pareciéndole también que la intervención tan extraña como eficaz, que tanto les había servido hasta entonces, se apartaba de ellos. Aquel ser misterioso, cualquiera que fuese, cuya existencia no podían negar, ¿había abandonado la isla?, ¿había sucumbido?

A estas preguntas no era posible dar respuesta, pero no hay que suponer que Ciro Smith y sus compañeros, porque hablasen de esas cosas, estuviesen desesperados. Lejos de eso, miraban la situación cara a cara, analizaban las probabilidades favorables y contrarias, se preparaban a todo evento y se erguían con firmeza ante el porvenir. Si la adversidad venía de cara, encontraría en ellos hombres preparados para combatirla.

Nab se pone en contacto con ellos y abandonan la dehesa

La convalecencia del joven enfermo marchaba regularmente y sólo deseaban que su estado permitiese trasladarlo al Palacio de granito. Por bien amueblada y provista que estuviese la habitación de la dehesa, no podían encontrar allí la comodidad ni la salubridad de la morada granítica. Además, no ofrecía la misma seguridad y sus huéspedes, a pesar de su vigilancia, continuaban bajo la amenaza de algún lazo de los presidiarios. Por el contrario, en el Palacio de granito, en medio de aquel asilo inaccesible e inexpugnable, nada tenían que temer y forzosamente había de frustrarse cualquier tentativa que se hiciera contra sus personas. Esperaban impacientes la hora en que Harbert pudiese ser trasladado sin temor por su herida y estaban decididos a hacerlo por difíciles que fueran las comunicaciones a través del bosque del Jacamar.

No tenían noticias de Nab, pero no alarmaba a los colonos, porque el valiente negro, atrincherado en las profundidades del Palacio de granito, no era probable que se dejase sorprender. No le habían enviado otra vez a Top, porque había parecido inútil exponer al fiel perro a un tiro, que hubiera privado a los colonos de su auxiliar más útil.

Esperaban, pero deseaban ardientemente verse reunidos en el Palacio de granito. No quería el ingeniero ver divididas sus fuerzas, porque esta división convenía a los planes de los presidiarios. Desde la desaparición de Ayrton, ya no eran más que cuatro o cinco, y no era este el menor cuidado que agitaba al valiente joven, que comprendía las dificultades de que era causa su enfermedad.

La cuestión relativa a lo que debía hacerse en las condiciones actuales respecto a los piratas, fue tratada a fondo el día 29 de noviembre entre Ciro Smith, Gedeón Spilett y Pencroff en un momento en que Harbert, adormecido, no podía oírlos.

—Amigos —dijo el periodista, después que se hubo hablado de Nab y de la imposibilidad de comunicarse con él—, creo que aventurarse por el camino del Palacio de granito sería exponerse a recibir un tiro sin poder devolverlo. ¿Pero no piensan que lo que convenía hacer ahora sería dar francamente caza a esos miserables?

—Es lo que yo estaba pensando —repuso Pencroff—. Ninguno de nosotros teme una bala, supongo yo, y por mi parte, si el señor Ciro lo aprueba, estoy dispuesto a lanzarme al bosque: ¡qué diablo, un hombre vale tanto como otro!

—¿Pero vale por cinco? —preguntó el ingeniero.

—Yo iré con Pencroff —contestó el periodista—. Ambos bien armados y acompañados de Top...

—Querido Spilett y Pencroff —dijo Ciro Smith—, razonemos fríamente. Si los malhechores estuviesen ocultos en algún rincón de la isla y ese sitio nos fuese conocido; si no se tratase más que de atacarlos, comprendería lo que proponen. Pero, por el contrario, lo que hay que temer es que tengan la seguridad de ser ellos los que hagan la primera descarga.

—¡Eh, señor Ciro! —exclamó Pencroff—. Una bala no siempre llega al sitio donde se la envía.

—La que ha herido a Harbert no se ha extraviado, Pencroff —dijo el ingeniero—. Por otra parte, observe que, si los dos nos dejan, yo estaré solo para defenderlo. ¿Responden ustedes de que los presidiarios no les vean abandonarlo y les dejen meterse en el bosque para atacarnos durante su ausencia, sabiendo que aquí no hay más que un hombre y un niño herido?

—Tiene usted razón, señor Ciro —dijo Pencroff, cuyo pecho rebosaba de sorda cólera—, tiene usted razón. Harán todo lo posible para recobrar la dehesa, sabiendo que tiene provisiones abundantes. ¡Ah! ¡Si estuviéramos en el Palacio de granito!

—Si estuviéramos en el Palacio de granito —repuso el ingeniero—, la situación sería muy diferente. Allí no temería dejar a Harbert con uno de nosotros, y los otros tres irían a registrar los bosques de la isla. Pero estamos en la dehesa y conviene permanecer aquí hasta el momento en que todos juntos podamos abandonar este sitio.

No había nada que responder a los razonamientos de Ciro Smith. Sus compañeros lo comprendieron perfectamente.

—¡Si tuviéramos siquiera a Ayrton! —dijo Ciro Smith.

—¡Pobre hombre! Su vuelta a la vida social ha sido de corta duración.

—¿Cree que ha muerto?... —añadió Pencroff en tono singular.

—¿Cree, Pencroff, que esos tunantes le habrán perdonado? —preguntó Gedeón Spilett.

—Igual han llegado a pactar.

—¡Cómo! ¿Podría suponer que Ayrton, al encontrar a sus antiguos cómplices, olvidando lo que nos debe...?

—¡Quién sabe! —exclamó el marino, que no aventuraba sin vacilar aquella desagradable suposición.

—Pencroff —dijo Ciro Smith, tomando el brazo del marino—, ha tenido usted un mal pensamiento, y me dolería que persistiese en su postura. Yo respondo de la fidelidad de Ayrton.

—Y yo también —añadió vivamente el periodista.

—Sí, sí, señor Ciro..., he hecho mal —repuso Pencroff—. Ha sido un mal pensamiento que se me ha ocurrido. Pero ¿qué quiere usted? No estoy en mí: no soy dueño de mis pensamientos. Este confinamiento en la dehesa se me hace insoportable y jamás me he encontrado tan excitado como lo estoy en este instante.

—Paciencia, Pencroff —dijo el ingeniero—. ¿Dentro de cuánto tiempo, mi querido Spilett, cree que Harbert podrá ser trasladado al Palacio de granito?

—Es difícil, Ciro —contestó el periodista—, porque una imprudencia podría traer consecuencias funestas. Pero, en fin, la convalecencia marcha regularmente, y de aquí a ocho días, si ha recobrado las fuerzas, veremos.

¡Ocho días! Esto aplazaba la vuelta al Palacio de granito hasta los primeros días de diciembre.

La primavera ya llevaba dos meses. El tiempo era bueno y el calor empezaba a dejarse sentir con fuerza. Los bosques de la isla estaban poblados de hojas y se acercaba el momento de hacer la recolección acostumbrada. La vuelta, pues, a la meseta de la Gran Vista debería ser seguida de grandes tareas agrícolas, que sólo se interrumpirían para ejecutar la expedición proyectada a la isla.

Se comprende bien cuán perjudicial debía ser su secuestro a los colonos, pero se veían obligados a someterse a la necesidad y no lo hacían sin impaciencia.

Una o dos veces el periodista se aventuró por el camino y dio la vuelta a la empalizada. Top lo acompañaba y Gedeón Spilett, con la carabina armada, marchaba dispuesto a todo.

No tuvo ningún mal encuentro ni vio ninguna huella sospechosa. El perro le habría advertido del peligro y, cuando Top no ladraba, podía decirse que nada había que temer o al menos en aquel momento, y que los presidiarios estaban ocupados en otra parte de la isla.

Sin embargo, en su segunda salida, el 27 de noviembre, habiéndose aventurado por el bosque durante un cuarto de milla hacia el sur de la montaña, observó que Top olfateaba alguna cosa. El perro no llevaba su marcha indiferente, iba y venía registrando entre las hierbas y las malezas, como si su olfato le hubiese revelado algún objeto sospechoso.

Gedeón Spilett siguió a Top, lo animó, lo excitó con la voz, sin dejar de espiar con la vista los alrededores, teniendo la carabina apoyada en el hombro y aprovechándose del abrigo de los árboles para cubrirse. No era probable que Top hubiese encontrado la pista de un hombre, porque en tal caso lo habría anunciado por ladridos medio contenidos y una especie de cólera sorda. Cuando no hacía más que gruñir, el peligro no era inmediato, ni siquiera próximo.

Así pasaron cinco minutos, Top registrando y el periodista siguiéndolo con prudencia, cuando de repente el perro se precipitó hacia la espesura de arbustos, de donde sacó un trapo. Era el jirón de un vestido manchado y lacerado, que Gedeón Spilett llevó inmediatamente a la dehesa.

Los colonos lo examinaron y reconocieron que era un pedazo de chaqueta de Ayrton, hecha de aquel fieltro que sólo se fabricaba en el taller del Palacio de granito.

—Ya lo ve, Pencroff -observó Ciro Smith—, ha habido resistencia por parte del desgraciado Ayrton. Los presidiarios se lo han llevado a pesar suyo. ¿Duda usted todavía de su honradez?

—No, señor Ciro —repuso el marino—, y hace largo tiempo que se va desvaneciendo mi desconfianza. Pero me parece que hay una consecuencia que sacar de este hecho.

—¿Cuál? —preguntó el periodista.

—Que Ayrton no ha muerto en la dehesa; que se lo han llevado vivo, puesto que ha resistido. Ahora bien, quizá vive todavía.

—En efecto, eso es posible —repuso el ingeniero, que se quedó pensativo.

Los compañeros de Ayrton podían abrigar todavía una esperanza. Al principio habían podido creer que Ayrton, sorprendido en la dehesa, había muerto a consecuencia de alguna bala como la que había herido a Harbert. Pero, si los presidiarios no le habían dado muerte inmediata, si lo habían llevado a alguna otra parte de la isla, ¿no podía admitirse que fuese todavía su prisionero? Quizá alguno de ellos había reconocido en Ayrton a su antiguo compañero de Australia, al Ben Joyce, jefe de los presidiarios fugados, ¿y no habrían concebido la esperanza de que se les uniese? ¡Les habría sido tan útil si hubiesen podido lograr que hiciera traición a los colonos!...

El incidente fue, pues, favorablemente interpretado en la dehesa y no pareció imposible encontrar todavía vivo a Ayrton. Este, por su parte, si estaba prisionero, haría sin duda esfuerzos para librarse de las manos de los bandidos y, a su tiempo, sería un poderoso auxiliar para los colonos.

—En todo caso —observó Gedeón Spilett—, si por fortuna Ayrton logra salvarse, irá directamente al Palacio de granito, pues no conoce el atentado de Harbert; por consiguiente, no puede creer que estemos confinados en la dehesa.

—¡Ah! ¡Yo quisiera que estuviese en el Palacio de granito —exclamó Pencroff— y nosotros también! Porque, al fin, si ese canalla no puede intentar nada contra nuestra casa, al menos puede saquear la meseta, las plantaciones y el corral.

Pencroff se había hecho un verdadero labrador, aficionado de todo corazón a sus cosechas. Pero debe decirse que Harbert estaba más impaciente que ninguno por volver al Palacio de granito, porque sabía cuán necesaria era allí la presencia de los colonos. ¡Y era él quien los detenía en la dehesa! Esta era la única idea que ocupaba su imaginación: abandonar la dehesa. Creía poder soportar el camino y aseguraba que recobraría la fuerza mucho más Pronto en su cuarto con el aire y la vista del mar. Muchas veces instó a Gedeón Spilett para que dispusiera la partida, pero este, temiendo con razón que las heridas del joven, mal cicatrizadas, volverían a abrirse en el camino, no quería dar la orden de marchar.

Sin embargo, ocurrió un incidente que obligó a Ciro Smith y a sus dos amigos a acceder a los deseos del joven, y Dios sabe los remordimientos y dolores que pudo causarles esta determinación.

Ciro Smith, Pencroff y Gedeón Spilett tomaron los fusiles y, dispuestos a disparar, salieron de casa.

Top, que había corrido hasta el pie de la empalizada, saltaba y ladraba, pero era de contento y no de rabia.

—¡Alguien viene!

—Sí.

—Y no es un enemigo.

—¿Será Nab?

—¿O Ayrton?

Apenas se habían cambiado estas palabras entre el ingeniero y sus dos compañeros, cuando un cuerpo saltaba por encima de la empalizada y caía en el recinto de la dehesa.

Era Jup, el propio maese Jup, al cual Top hizo una acogida de verdadero amigo.

—¡Jup! —exclamó Pencroff.

—Nab nos lo envía —dijo el periodista.

—Entonces —repuso el ingeniero—, debe traer algún papel consigo.

Pencroff se precipitó hacia el orangután. Si Nab había tenido alguna noticia importante que dar a su amo, no podía emplear un mensajero más seguro ni más rápido, que pudiera pasar por sitios donde no habrían podido aventurarse los colonos ni el mismo Top.

Ciro Smith no se había engañado. Del cuello de Jup pendía un saquito y en él un billete escrito de mano de Nab. Júzguese la desesperación de Ciro Smith y de sus compañeros cuando leyeron estas palabras:

Viernes, a las seis de la mañana.
Meseta invadida por los presidiarios.
Nab

Se miraron sin pronunciar una palabra y entraron en la casa. ¿Qué debían hacer? Los presidiarios en la meseta de la Gran Vista significaba el desastre, la devastación, la ruina.

El muchacho, al ver entrar al ingeniero, al periodista y a Pencroff, comprendió que la situación se había agravado y, cuando divisó a Jup, no dudó de que amenazase una desgracia al Palacio de granito.

—Señor Ciro —dijo—, marchemos. Me encuentro en estado de soportar el traslado. Quiero irme.

Gedeón Spilett se acercó a Harbert y, después de haberle examinado, dijo:

—Marchemos.

Pronto se resolvió la cuestión de si debía trasladarse a Harbert en unas parihuelas o en el carricoche que había llevado Ayrton a la dehesa. Las parihuelas habrían tenido movimientos suaves para el herido, pero necesitaban dos portadores, es decir, que faltarían dos fusiles para la defensa, si ocurría un ataque en el camino.

Por el contrario, empleando el carricoche quedarían todos los brazos disponibles. No era imposible poner en él colchones, sobre los cuales descansaría Harbert y, avanzando con precaución, se le evitaría todo choque violento.

Llevaron el carricoche. Pencroff enganchó el onagro. Ciro Smith y el periodista levantaron los colchones y los colocaron en el fondo, entre los dos bandos.

El tiempo era bueno. Vivos rayos de sol penetraban entre los árboles.

—¿Están preparadas las armas? —preguntó Ciro Smith.

Lo estaban. El ingeniero y Pencroff, armados cada uno de una escopeta de dos cañones, y Gedeón Spilett, provisto de su carabina, estaban preparados para partir.

—¿Estás bien, Harbert? —preguntó el ingeniero.

—Sí, señor Smith —contestó el joven—, esté tranquilo, no moriré en el camino.

Hablando se veía, sin embargo, que el pobre joven apelaba a toda su energía y que por un esfuerzo supremo de voluntad contenía, digámoslo así, sus fuerzas.

El ingeniero sintió que se le oprimía el corazón dolorosamente y estuvo a punto de no dar la señal de la partida. Pero detenerse habría sido desesperar a Harbert y matarlo quizá.

—¡En marcha! —dijo Ciro Smith.

Abrió la puerta de la empalizada y Jup y Top, que sabían callar oportunamente, se precipitaron adelante. El carro salió, se cerró de nuevo la puerta y el onagro, dirigido por Pencroff, se adelantó a paso lento.

Ciertamente habría valido más tomar un camino distinto del que iba directamente de la dehesa al Palacio de granito, pero el carricoche se habría movido con dificultad bajo la espesura del bosque, por lo que tuvieron que seguir aquel camino, aunque debía ser ya conocido por los presidiarios.

Ciro Smith y Gedeón Spilett marchaban a cada lado del carro, preparados para responder a todo ataque. Sin embargo, no era probable que los malhechores hubiesen abandonado todavía la meseta de la Gran Vista, porque la nota de Nab había sido escrita y enviada en el momento en que aquéllos se habían presentado. Ahora bien, aquella nota tenía la fecha de las seis de la mañana, y el ágil Jup, acostumbrado a ir frecuentemente a la dehesa, apenas había tardado tres cuartos de hora en atravesar las cinco millas que lo separaban del Palacio de granito. El camino debía estar seguro en aquel momento y, si había que andar a tiros, no sería verosímilmente hasta las inmediaciones del Palacio de granito.

Sin embargo, los colonos iban en guardia. Top y Jup, este armado de su garrote, ya adelante, ya registrando el bosque a los lados del camino, no anunciaban ningún peligro. El carricoche adelantaba lentamente bajo la dirección de Pencroff. Habían salido de la dehesa a las seis y media. Una hora después había andado cinco millas, sin que hubiese ocurrido ningún incidente. El camino estaba desierto como toda aquella parte del bosque del Jacamar que se extendía entre el río de la Merced y el lago. La espesura parecía tan desierta como el día en que los colonos habían llegado a la isla.

Se acercaban a la meseta, faltaba una milla para divisar el puente del arroyo de la Glicerina. Ciro Smith no dudaba que el puente estaría en su lugar, ya que si los presidiarios habían entrado por él, después de haber pasado una de las corrientes que cerraban el recinto, habrían tomado la precaución de bajarlo para asegurarse la retirada.

Al fin, por entre los claros que dejaban los últimos árboles, los colonos vieron el horizonte del mar. Pero el carricoche continuó su marcha, sin que ninguno de sus defensores pensara en abandonarlo.

En aquel momento Pencroff detuvo el onagro y con voz terrible exclamó:

—¡Miserables!

Y con la mano mostró una espesa humareda, que daba vueltas por encima del molino, de los establos y de las construcciones del corral.

Un hombre se movía en medio de aquellos humos. Era Nab. Sus compañeros dieron un grito. El negro los oyó y corrió hacia ellos.

Los presidiarios habían abandonado la meseta hacía una hora, después de haberla devastado.

—¿Y el señor Harbert? —preguntó Nab.

Gedeón Spilett volvió en aquel momento al carricoche. Harbert se había desmayado.

Harbert lucha persistentemente con la muerte

Ya no se cuidaron los colonos ni de los presidiarios ni de los peligros que amenazaban al Palacio de granito, ni de las ruinas de que estaba cubierta la meseta: la situación de Harbert lo dominaba todo. ¿Le había sido funesto el traslado, produciendo alguna lesión interior? El periodista no podía decirlo, pero él y sus compañeros estaban desesperados.

Llevaron el carricoche al recodo del río. Unas ramas dispuestas en forma de camilla recibieron los colchones en que descansaba Harbert desmayado. Diez minutos después, Ciro Smith, Gedeón Spilett y Pencroff estaban al pie de la muralla granítica, dejando a Nab el cuidado de conducir el vehículo a la meseta de la Gran Vista.

El ascensor fue puesto en movimiento y en breve se halló Harbert tendido sobre su cama en el Palacio de granito. Los cuidados que le fueron prodigados le hicieron volver en sí. El joven sonrió un instante, por estar en su cuarto, pero apenas pudo murmurar algunas palabras, por su debilidad.

Gedeón Spilett reconoció las heridas, temiendo que se hubiesen abierto por estar todavía imperfectamente cicatrizadas..., pero nada había sucedido. ¿De dónde, pues, venía aquella postración? ¿Por qué se había empeorado el estado de Harbert?

El joven fue acometido entonces de una especie de sueño febril y el periodista y Pencroff se quedaron a su lado.

Entretanto, Ciro Smith ponía al corriente a Nab de lo que había pasado en la dehesa, y Nab refería a su amo los acontecimientos de que la meseta acababa de ser teatro.

En la noche anterior los presidiarios habían aparecido al extremo del bosque, en las cercanías del arroyo de la Glicerina. Nab, que vigilaba de cerca el corral, no vaciló en disparar a uno que se disponía a atravesar el arroyo, pero la noche estaba muy oscura y no pudo saber si la bala del fusil había herido o no al miserable. En todo caso el tiro no había bastado para hacer huir a los presidiarios y Nab tuvo sólo tiempo de subir al Palacio de granito, donde, por lo menos, estaba seguro.

Pero ¿qué hacer entonces? ¿Cómo impedir la devastación que los presidiarios amenazaban? ¿Tenía algún medio de avisar a su amo? Y por otra parte, ¿en qué situación estaban los mismos huéspedes de la dehesa?

Ciro Smith y sus compañeros habían marchado el 11 de noviembre, y ya estaban a 29. Hacía, pues, diecinueve días que Nab no había tenido más noticias que las que había llevado Top, y estas eran desastrosas: Ayrton había desaparecido; Harbert estaba gravemente herido; el ingeniero, el periodista y el marino estaban, por decirlo así, prisioneros en la dehesa.

¿Qué hacer? Se preguntaba el pobre Nab. Para él personalmente no había nada que temer, porque los bandidos no podían alcanzarlo en el Palacio de granito. Pero estaban a merced de ellos los edificios, las plantaciones y las riquezas exteriores de la colonia. ¿No convenía hacer a Ciro Smith juez de lo que debía hacerse y avisarle del peligro en que estaba?

A Nab se le ocurrió entonces emplear a Jup y confiarle una nota. Conocía la inteligencia del orangután, ya probada en otras ocasiones. Jup comprendía la palabra dehesa, que muchas veces se había pronunciado en su presencia y, además, con frecuencia, había guiado el carricoche a aquella habitación en compañía de Pencroff.

Nab no vaciló. Escribió la nota, la ató al cuello de Jup, llevó al mono a la puerta del Palacio de granito, haciéndole bajar por una larga cuerda, y después repitió estas palabras varias veces:

—¡Jup! ¡Jup! ¡Dehesa, dehesa!

El animal comprendió lo que se le exigía y, deslizándose por la cuerda hasta la playa, desapareció en la oscuridad, sin llamar la atención de los malhechores.

—Has hecho bien, Nab —dijo Ciro Smith—, pero quizá habrías hecho mejor en no avisarnos.

Hablando así, Ciro Smith pensaba en Harbert, cuya convalecencia parecía tan gravemente comprometida por el traslado.

Nab acabó su narración. Los presidiarios no habían aparecido en la playa. No conociendo el número de los habitantes de la isla, podían suponer que el Palacio de granito estaba defendido por una tropa importante. Recordando el ataque del brick sabían que los habían acogido muchos tiros, que salían tanto de las rocas inferiores como de las superiores, y sin duda no querían exponerse a ellos. La meseta de la Gran Vista estaba abierta y no enfilada por el fuego del Palacio de granito. Entregáronse, pues, en ella, a los instintos de depuración, saqueando, quemando y haciendo el mal por el mal y se retiraron media hora antes de la llegada de los colonos, a quienes debían creer confinados en la dehesa. Nab se precipitó fuera de su retiro, subió a la meseta a riesgo de recibir alguna bala, trató de apagar el incendio que consumía los edificios del corral, y había luchado, aunque inútilmente, contra el fuego hasta el momento en que se presentó el carricoche al extremo del bosque.

Estos eran los grandes acontecimientos que habían ocurrido. La presencia de los presidiarios constituía una amenaza permanente para los colonos de la isla Lincoln, hasta entonces tan felices, y debían esperar aún mayores desgracias.

Gedeón Spilett permaneció en el Palacio de granito al lado de Harbert y de Pencroff, mientras Ciro Smith, acompañado de Nab, salió a juzgar por sí mismo de la extensión del desastre.

Era una fortuna que los presidiarios no se hubiesen adelantado hasta el pie del Palacio de granito, porque entonces los talleres de las Chimeneas no hubieran escapado a la destrucción, pero este mal hubiera sido quizá más fácilmente reparable que las ruinas acumuladas en la meseta de la Gran Vista.

Ciro Smith y Nab se dirigieron hacia el río de la Merced y subieron por su orilla izquierda sin encontrar vestigios del paso de los bandidos. Al otro lado del río, en el espesor del bosque, tampoco observaron ningún indicio sospechoso.

Por otra parte, según todas las probabilidades, había que admitir o los presidiarios sabían la vuelta de los colonos al Palacio de granito, porque les habían visto pasar por el camino de la dehesa, o después de haber devastado la meseta se habían internado en el bosque del Jacamar, siguiendo el curso del río de la Merced, y entonces ignoraban el regreso de aquéllos.

En el primer caso habrían vuelto a la dehesa, ya sin defensores y que contenía recursos preciosos para ellos.

En el segundo caso debían haber vuelto a su campamento para esperar una ocasión de emprender un nuevo ataque.

Había que ganarles por la mano. Pero toda empresa encaminada a desembarazar la isla de tan incómodos huéspedes estaba subordinada, entonces lo mismo que antes, a la situación de Harbert. En efecto, Ciro Smith necesitaba para aquella empresa todas sus fuerzas y nadie podía en aquel momento abandonar el Palacio de granito.

El ingeniero y Nab llegaron a la meseta. Aquello era una completa desolación: los sembrados habían sido pisoteados; las espigas de grano yacían por tierra; las demás plantaciones no habían sufrido menos; la huerta estaba trastocada. Por fortuna, el Palacio de granito poseía un repuesto de grano que permitía reparar aquellos daños.

En cuanto al molino, a los edificios del corral y al establo de los onagros, el fuego lo había destruido todo. Algunos animales, asustados, andaban errantes por la meseta. Los volátiles que se habían refugiado durante el incendio en las aguas del lago, volvían a su sitio habitual y recorrían la ribera. Allí todo estaba destruido y todo debía rehacerse de nuevo.

El rostro de Ciro Smith, más pálido que de costumbre, denotaba una cólera interior, que no podía dominar. Sin embargo, el ingeniero no pronunció una sola palabra. Por última vez miró sus campos devastados y el humo que se levantaba todavía entre las ruinas y volvió al Palacio de granito.

Los días que siguieron fueron los más tristes que los colonos habían pasado en la isla. La debilidad de Harbert aumentaba visiblemente. Parecía que le amenazaba una enfermedad más grave, consecuencia de la profunda alteración fisiológica que había experimentado, y Gedeón Spilett presentía una agravación en su estado que le sería imposible combatir.

En efecto, Harbert permanecía en una especie de sopor casi continuo, y comenzaban a manifestarse algunos síntomas de delirio. Los colonos no disponían de más remedios que tisana refrigerante; pero la fiebre, aunque todavía no era muy fuerte, parecía tender a establecerse por accesos regulares.

Gedeón Spilett hizo esta observación el 6 de diciembre. El pobre joven, cuyos dedos, nariz y orejas se habían puesto extremadamente pálidos y transparentes, experimentó al principio ligeros escalofríos, horripilaciones y temblores. Su pulso era débil e irregular. Su sed, intensa. Su piel estaba seca. A este período sucedió en breve otro de calor: el rostro se le animó, la piel se enrojeció y aceleróse el pulso; después se manifestó un sudor abundante, a consecuencia del cual pareció que disminuía la fiebre. El acceso había durado unas veinte horas.

Gedeón Spilett no se había separado de Harbert, que tenía una fiebre intermitente. Era indudable que se necesitaba a toda costa cortar aquella fiebre antes que se hiciese más grave.

—Para cortarla —dijo Gedeón Spilett— necesitamos un febrífugo.

—¡Un febrífugo! —repitió el ingeniero—. No tenemos ni quina ni sulfato de quinina.

—No —dijo Gedeón Spilett—, pero hay sauces en la orilla del lago, y la corteza de sauce a veces puede reemplazar la quina.

—Probemos sin perder tiempo —repuso Ciro Smith.

La corteza de sauce está considerada como un sucedáneo de la quina, lo mismo que el castaño de Indias, las hojas de acebo, la serpentaria y otras plantas. Había que hacer una prueba con aquella sustancia, aunque no fuese un compuesto equivalente de la quina, y emplearla en el estado natural, pues no había medio de extraer de ella el alcaloide, es decir, la salicina.

Ciro Smith fue a cortar del tronco de una especie de sauce negro algunos pedazos de corteza, los llevó al Palacio de granito, los redujo a polvo y aquella misma tarde le fue administrada una fuerte dosis de estos polvos a Harbert.

La noche pasó sin incidente grave. Harbert tuvo algún delirio, pero la fiebre no reapareció, ni tampoco al día siguiente. Pencroff recobró alguna esperanza. Gedeón Spilett no decía nada. Podía suceder que la fiebre intermitente no fuese cotidiana, que fuese terciana; en una palabra, que volviese al día siguiente. Todos esperaron al día siguiente en la más viva ansiedad.

Además se observaba que durante el período apiréxico Harbert permanecía como abrumado, teniendo pesada y aturdida la cabeza. Otro síntoma que asustó al periodista: indudablemente, el hígado de Harbert comenzaba a congestionarse, y en breve un delirio más intenso demostró que la congestión se extendía también al cerebro.

Ante aquella nueva complicación quedó aterrado Gedeón Spilett y llamó aparte al ingeniero.

–¡Es una fiebre perniciosa! –le dijo.

–¡Una fiebre perniciosa! –exclamó Ciro Smith–. Se engaña usted, Spilett, porque la fiebre perniciosa no se declara espontáneamente, hay que adquirir el germen...

–No me engaño –dijo el periodista–. Harbert había adquirido ese germen en los pantanos de la isla y esto basta. Ya ha experimentado el primer acceso. Si viene el segundo y no conseguimos impedir el tercero..., está perdido.

–Pero ¿y esa corteza de sauce?

–Es insuficiente –respondió Spilett–, y el tercer acceso de fiebre perniciosa que no se puede cortar con la quinina, es siempre mortal.

Por fortuna Pencroff no había oído nada de esta observación, porque de otro modo se habría vuelto loco.

Ya pueden suponerse los temores que experimentaron el ingeniero y el periodista durante aquel día 7 de diciembre y la noche que siguió.

Hacia la mitad del día se presentó el segundo acceso. La crisis fue terrible; Harbert se creía perdido; tendía sus brazos a Ciro Smith, a Spilett y a Pencroff. ¡No quería morir! Aquella escena fue desgarradora y hubo necesidad de alejar a Pencroff.

El acceso duró cinco horas. Era evidente que Harbert no podría soportar el tercero.

La noche fue espantosa. En su delirio Harbert decía cosas que partían el corazón de sus compañeros. Divagaba, luchaba contra los presidiarios, llamaba a Ayrton, suplicaba a aquel ser misterioso, a aquel protector, que ya había desaparecido y cuya imagen lo obsesionaba... Después volvió a caer en una postración profunda, que lo aniquilaba...

Muchas veces Gedeón Spilett creyó que el pobre joven había muerto.

El día 8 de diciembre no fue más que una sucesión de desmayos. Las manos enflaquecidas de Harbert se crispaban asiendo las ropas de la cama. Se le administraron nuevas dosis de corteza machacada, pero el periodista no esperaba ningún resultado.

—Si antes de mañana no le hemos dado un febrífugo más enérgico, Harbert morirá.

Llegó la noche, la última sin duda de aquel niño valeroso, bueno, inteligente, tan superior a su edad y a quien todos amaban como a un hijo. El único remedio que existía contra la terrible fiebre perniciosa, el único específico que podía vencerla, no existía en la isla Lincoln.

Durante aquella noche del 8 al 9 de diciembre, Harbert tuvo un acceso de delirio más intenso. Tenía el hígado horriblemente congestionado, el cerebro atacado y ya era imposible que conociese a nadie.

¿Viviría hasta la mañana siguiente, hasta ese tercer acceso que debería indudablemente causarle la muerte? No era probable. Sus fuerzas estaban agotadas y en el intervalo de la crisis se encontraba como inanimado.

Hacia las tres de la mañana, Harbert dio un grito espantoso y pareció retorcerse en una terrible convulsión. Nab, que estaba a su lado, se asustó y fue al cuarto inmediato donde se hallaban sus compañeros.

Top en aquel momento ladró de un modo extraño...

Todos entraron inmediatamente y lograron sujetar en la cama al joven moribundo, que quería arrojarse fuera de ella, mientras Gedeón Spilett, teniéndole el brazo, observaba que iba subiendo poco a poco el pulso...

Eran las cinco de la mañana. Los rayos del sol comenzaban a penetrar en los cuartos del Palacio de granito. Se anunciaba un hermoso día y aquel día iba a ser el último del pobre Harbert.

Un rayo de luz llegó hasta la mesa, situada cerca del lecho.

De repente Pencroff dio un grito y mostró un objeto que había sobre la mesa... Era una pequeña caja oblonga, en cuya tapa estaban escritas estas palabras:

Sulfato de quinina.

Los colonos salen en busca de los presidiarios y del personaje misterioso

Gedeón Spilett tomó la caja y la abrió. Contenía unos doscientos gramos de un polvo blanco, del cual llevó a los labios algunas partículas. El excesivo amargor de aquella sustancia no podía engañarlo: era el precioso alcaloide de la quina, el antipirético por excelencia.

Había que administrar inmediatamente aquellos polvos a Harbert. Después se discutiría cómo se habían encontrado allí.

—¡Café! —exclamó Gedeón Spilett.

Pocos instantes después Nab llevaba una taza de la infusión tibia. Gedeón Spilett echó en ella dieciocho granos del sulfato y consiguió hacérsela beber a Harbert.

Había tiempo todavía, porque no se había manifestado aún el tercer acceso de la fiebre perniciosa.

Y añadiremos que no se manifestaría.

Por lo demás, todos habían recobrado la esperanza. La influencia misteriosa se había ejercido de nuevo en un momento supremo, cuando ya se desesperaba de que acudiese el remedio.

Al cabo de algunas horas, Harbert descansaba más apaciblemente. Los colonos pudieron hablar entonces de aquel incidente que hacía más palpable que nunca la intervención del desconocido. Pero ¿cómo había podido penetrar durante la noche hasta el Palacio de granito? Aquello era absolutamente inexplicable y la manera de proceder del genio de la isla era tan extraña como el mismo genio.

Durante aquellos días, de tres en tres horas, fue suministrado a Harbert el sulfato de quinina.

El joven experimentó a la mañana siguiente alguna mejoría. Cierto que no estaba curado. Las fiebres intermitentes están sujetas a frecuentes y peligrosas recidivas. Pero estaba atendido y el específico estaba allí, y no se encontraba lejos el que lo había llevado. En fin, el corazón de todos se abrió a una inmensa esperanza.

Esta esperanza se vio realizada. Diez días después, el 20 de diciembre, Harbert entraba en la convalecencia. Estaba débil todavía y le había sido impuesta una dieta severa, pero no había vuelto el acceso y, además, el dócil joven se sometía de buen grado a todas las prescripciones que se le imponían. ¡Tenía tantos deseos de curarse!

Pencroff era como un hombre a quien hubieran sacado del fondo del abismo. Tenía accesos de alegría que llegaban hasta el delirio. Después que hubo pasado el momento del tercer acceso, estrechó al periodista entre sus brazos, casi hasta ahogarlo, y desde entonces no le llamaba más que el doctor Spilett.

Faltaba descubrir al verdadero doctor.

—¡Lo descubriremos! —repetía el marino.

Y ciertamente, aquel hombre, cualquiera que fuese, debía esperar un abrazo terrible de Pencroff.

El mes de diciembre terminó y con él el año 1867, durante el cual los colonos de la isla Lincoln se habían visto sometidos a tan duras pruebas. Entraron en el año de 1868 con un tiempo magnífico, un calor soberbio y una temperatura tropical, que por fortuna podía refrescarse con la brisa de los mares. Harbert renacía y desde su cama, puesta al lado de una de las ventanas del Palacio de granito, aspiraba aquel aire saludable, cargado de emanaciones salinas, que restablecían su salud. Comenzaba ya a comer y Dios sabe los buenos platitos ligeros y sabrosos que le preparaba Nab.

—Casi le dan a uno ganas de haber estado moribundo —decía Pencroff.

Durante todo aquel período los piratas no se habían presentado una sola vez en las inmediaciones del Palacio de granito. De Ayrton no había noticias y, si el ingeniero y Harbert conservaban todavía alguna esperanza de encontrarlo, sus compañeros no dudaban ya de que había sucumbido. Sin embargo, esta incertidumbre no podía durar y, cuando el joven estuviese completamente restablecido, debía emprenderse la expedición, cuyos resultados no podrían menos de ser importantes. Pero era preciso esperar un mes quizá, porque se necesitaban todas las fuerzas de la colonia, y aún más todavía, para combatir eficazmente a los presidiarios.

Harbert iba mejorando sensiblemente cada día. La congestión del hígado iba desapareciendo y las heridas podían considerarse definitivamente cicatrizadas.

Durante aquel mes de enero se hicieron importantes trabajos en la meseta de la Gran Vista, pero consistieron únicamente en salvar lo que podía salvarse de las cosechas devastadas de trigo y legumbres. Se recogieron los granos y las plantas y se dispusieron las cosas de manera que pudiera haber una recolección en la estación próxima.

En cuanto a levantar los edificios del corral y las cuadras, Ciro Smith prefirió aplazar estas tareas, pues mientras él y sus compañeros estuviesen en persecución de los bandidos, estos podrían hacer una nueva visita a la meseta, y era preciso no darles ocasión de volver a su oficio de saqueadores e incendiarios. La reedificación vendría luego que se hubiera purgado la isla de aquellos malhechores.

El joven convaleciente comenzó a levantarse en la segunda quincena del mes de enero: primero una hora al día, después dos y luego tres. Recobraba las fuerzas a ojos vistas, gracias a su constitución vigorosa. Tenía entonces dieciocho años: era alto y prometía ser un hombre de hermosa y noble presencia. A partir de aquel momento su convalecencia, sin dejar de exigir algún cuidado, en lo cual el doctor Spilett se mostraba muy rígido, marchó con regularidad.

A finales de mes, Harbert recorría ya la meseta de la Gran Vista y la playa. Algunos baños de mar que tomó en compañía de Pencroff y de Nab le fueron muy bien. Desde entonces Ciro Smith creyó que podría ya señalar el día de la partida: se fijó para el 15 de febrero. Las noches, muy claras en aquella época del año, eran propicias para las investigaciones que trataban de hacerse en toda la isla.

Comenzaron los preparativos necesarios para la exploración, y debían ser importantes, porque los colonos habían jurado no volver al Palacio de granito sin haber alcanzado los dos objetos de la expedición: por una parte, destruir a los presidiarios y encontrar a Ayrton si vivía, y por otra, descubrir al hombre que presidía tan eficazmente los destinos de la colonia.

De la isla Lincoln los colonos conocían a fondo toda la costa oriental, desde el cabo de la Garra hasta los dos cabos Mandíbulas, el vasto pantano de los Tadornes, los alrededores del lago Grant, los bosques del Jacamar, comprendidos entre el camino de la dehesa y el río de la Merced, y el curso de este y del arroyo Rojo, y, en fin, los contrafuertes del monte Franklin, entre los cuales estaba establecida la dehesa.

Habían explorado, pero de un modo imperfecto, el vasto litoral de la bahía de Washington, desde el cabo de la Garra hasta el promontorio del Reptil, la linde de los bosques y pantanos de la costa occidental y las interminables dunas que morían en las fauces entreabiertas del golfo del Tiburón.

Pero no habían reconocido los grandes bosques que cubrían la península Serpentina, toda la orilla derecha del río de la Merced, la izquierda del río de la Cascada y el laberinto de contrafuertes y valles que constituían las tres cuartas partes de la base del monte Franklin, al oeste, al norte y al este, donde sin duda existían muchas y profundas cuevas. Por consiguiente, todavía habían escapado a sus investigaciones muchos miles de acres de tierra de aquella isla.

Se decidió que la expedición se dirigiría a través del Far-West para englobar toda la parte situada a la derecha del río de la Merced. Quizá hubiera valido más dirigirse a la dehesa, donde debía temerse que los presidiarios se hubieran refugiado de nuevo para saquearla o para instalarse. Pero, o la devastación de la dehesa era ya un hecho consumado, y por consiguiente inevitable, o los presidiarios habían tenido interés en atrincherarse en ella, y siempre habría tiempo de ir allá a echarlos.

Después de largas discusiones, se mantuvo el primer plan y los colonos resolvieron dirigirse a través de los bosques al promontorio del Reptil. Caminarían con el hacha en la mano y establecerían el primer trazado de un camino que pondría en comunicación el Palacio de granito con el extremo de la península en unas dieciséis o diecisiete millas.

El carricoche estaba en estado perfecto, y los onagros, bien descansados, podían hacer una larga caminata. Se cargaron en él víveres, efectos de campamento, cocina portátil, utensilios diversos y las armas y municiones escogidas con cuidado en el arsenal, ya tan completo, del Palacio de granito. Pero no había que olvidar que los presidiarios estaban seguramente ocultos en los bosques y que en medio de sus intrincadas espesuras pronto se disparaba y se recibía un balazo; de ahí la necesidad de que el grupo de los colonos permaneciese compacto y no se dividiera bajo ningún pretexto. Se decidió igualmente que nadie quedaría en el Palacio de granito, debiendo, hasta Top y Jup, formar parte de la expedición. La inaccesible morada podía guardarse por sí sola.

El 14 de febrero, víspera de la marcha, era domingo y fue consagrado al descanso y santificado por la acción de gracias que los colonos dirigieron al Creador. Harbert, enteramente curado, pero un poco débil todavía, ocuparía un sitio reservado en el carro.

Al día siguiente, al amanecer, Ciro Smith tomó las medidas necesarias para poner el Palacio de granito al abrigo de toda invasión. Las escaleras que servían antes para subir fueron llevadas a las Chimeneas y enterradas profundamente en la arena, de modo que pudieran servir para la vuelta, porque el tambor del ascensor fue desmontado y no quedó nada del aparato. Pencroff quedó el último en el Palacio de granito para acabar esta tarea y bajó con una doble cuerda, cuyo extremo estaba sólidamente sujeto abajo y, una vez recogida, no dejó comunicación alguna entre la cornisa superior y la playa.

El tiempo era magnífico.

—Se prepara un día caluroso —dijo alegremente el periodista.

—¡Bah!, doctor Spilett —repuso Pencroff—, caminaremos a la sombra de los árboles y ni siquiera veremos el sol.

—¡En marcha! —dijo el ingeniero.

El carro esperaba a la orilla, delante de las Chimeneas. El periodista había exigido que Harbert subiese a él al menos durante las primeras horas del viaje, y el joven tuvo que someterse a las prescripciones de su médico.

Nab se puso a la cabeza de los onagros; Ciro Smith, Spilett y Pencroff tomaron la delantera; Top saltaba con aire alegre y Jup había aceptado sin ceremonia el sitio que Harbert le había ofrecido en el vehículo. Había llegado el momento de la partida y la pequeña tropa se puso en marcha.

El carricoche dobló primero el recodo de la desembocadura y, después de haber subido por espacio de una milla por la orilla izquierda del río de la Merced, atravesó el puente, a cuyo extremo se empalmaba el camino del puerto del Globo. Los exploradores, dejando este camino a la izquierda, comenzaron a internarse bajo la bóveda de los inmensos bosques que formaban la región del Far-West. Durante las dos primeras millas, los árboles, muy espaciados, permitieron al carro pasar libremente y, aunque de vez en cuando había que cortar algunos bejucos y mucha maleza, ningún obstáculo serio detuvo la marcha de los colonos. El ramaje espeso de los árboles mantenía una fresca sombra sobre el suelo. Los deodaras, las duglasias, casuarinas, banksieas, árboles de goma, dragos y otras especies ya conocidas se sucedían hasta los últimos límites que alcanzaba la vista. Todo el reino de las aves habitual de la isla se encontraba completo: tetraos, jacamares, faisanes, loros y toda la familia charlatana de las cacatúas, papagayos y cotorras. Los agutíes, canguros, cabiayes y otros animales corrían entre las hierbas y todo recordaba a los colonos las primeras excursiones que habían hecho a su llegada a la isla.

–Sin embargo –dijo Ciro Smith–, observo que estos animales, tanto cuadrúpedos como volátiles, son más tímidos ahora que antes, lo cual prueba que estos bosques han sido recorridos últimamente por los presidiarios y que no tardaremos en encontrar sus huellas.

Y, en efecto, en muchos parajes pudo verse la señal de pasos recientes de unos cuantos hombres; aquí, roturas de las ramas de los árboles, quizá con el objeto de establecer jalones en el camino; allá, cenizas de hogueras apagadas y huellas de pasos que ciertas partes gredosas del suelo habían conservado. Pero nada que pareciese pertenecer a un campamento definitivo.

El ingeniero había recomendado a sus compañeros que se abstuviesen de cazar, porque las detonaciones de las armas de fuego habrían podido poner sobre aviso a los presidiarios, que quizá andaban por el bosque. Por otra parte, los cazadores necesariamente habrían tenido que dispersarse a distancia del carro y estaba prohibido marchar aisladamente.

En la segunda parte de la jornada, a seis millas poco más o menos del Palacio de granito, la marcha se hizo más difícil. Fue preciso, para pasar por ciertas espesuras, derribar algunos árboles y abrir camino. Antes de poner manos a la obra, Ciro Smith había tenido cuidado de enviar a aquella espesura a Top y a Jup, que cumplieron concienzudamente su encargo, y, cuando el perro y el orangután volvieron sin haber dado señales de peligro, era prueba de que no había nada que temer por parte de los piratas ni de las fieras, dos especies de individuos del reino animal que estaban al mismo nivel a causa de sus feroces instintos.

En la noche de aquel primer día, los colonos acamparon a unas nueve millas del Palacio de granito, a la orilla de un pequeño afluente del río de la Merced, cuya existencia ignoraban, y que había de enlazarse con el sistema hidrográfico a que debía el suelo su admirable fertilidad.

Cenaron abundantemente, porque su apetito se hallaba muy aguzado, y se adoptaron las medidas necesarias para pasar la noche sin molestia. Si el ingeniero no hubiera tenido que guardarse más que de las fieras, jaguares u otras, se habría contentado con encender hogueras alrededor del campamento, lo cual habría bastado para defenderles, pero los presidiarios más bien habrían sido atraídos por las hogueras que detenidos, y valía más, en tal caso, rodearse de profundas tinieblas.

Por lo tanto se organizó severamente la vigilancia, velando dos de los colonos y relevándose de dos en dos horas. Ahora bien, como, a pesar de sus reclamaciones, Harbert fue dispensado de hacer guardia, Pencroff y Gedeón Spilett, por una parte, y el ingeniero y Nab, por otra, la hicieron a su vez, rondando por las inmediaciones del campamento.

La noche duró pocas horas. La oscuridad era debida más al espesor del ramaje, que a la desaparición del sol. Apenas turbaron el silencio los roncos aullidos de los jaguares y los gruñidos de los monos, que crispaban particularmente los nervios de maese Jup. La noche pasó sin incidentes, y al siguiente día, 16 de febrero, los colonos continuaron a través del bosque su marcha, más lenta que penosa. Aquel día no pudieron andar más que seis millas, porque a cada instante había que abrirse camino con el hacha. Como verdaderos settlers, los colonos cuidaban dejar en pie los grandes árboles, cuyo corte, por lo demás, les habría causado mucho trabajo, y no sacrificaban más que los pequeños. De aquí resultaba que el camino tomaba una dirección poco rectilínea y daba muchas vueltas.

Durante este día Harbert descubrió nuevas especies desconocidas hasta entonces en la isla, como helechos arborescentes, palmas que caían hasta el suelo y parecían extenderse como las aguas en la pila de una fuente, algarrobos, cuyas largas bayas comieron con avidez los onagros y dieron a los colonos pulpas azucaradas de un sabor excelente. Encontraron también magníficos kaurís dispuestos por grupos, cuyos troncos cilíndricos, coronados de un cono de verdor, se elevaban a una altura de doscientos pies. Eran aquellos árboles los reyes de Nueva Zelanda, tan célebres como los cedros del Líbano.

En cuanto a la fauna, no presentó otros ejemplares que los que ya conocían los cazadores. Sin embargo, entrevieron, aunque sin poder acercarse a ellos, una pareja de esas grandes aves propias de Australia, especie de casuarios, que llaman emeus, de cinco pies de altura y de plumaje pardo, que pertenecen al orden de las zancudas. Top se lanzó tras ellas con toda la celeridad de sus cuatro patas, pero los casuarios fácilmente se distanciaron.

Respecto a señales del paso de los presidiarios por el bosque, todavía se advirtieron algunas. Cerca de una hoguera que parecía haberse apagado recientemente, observaron los colonos huellas que fueron examinadas con atención. Midiéndolas unas tras otras en su longitud y en su anchura, encontraron las señales de los pies de cinco hombres. Los cinco bandidos habían acampado en aquel paraje, pero, y esto era el objeto de un examen tan minucioso, no se pudo descubrir una sexta señal, que en tal caso sería la del pie de Ayrton.

—¡Ayrton no estaba con ellos! —dijo Harbert.

—No —contestó Pencroff—y, si no estaba con ellos, es porque esos miserables lo habrán matado. ¿Pero no tienen esas bestias una cueva donde podamos ir a cazarlos como tigres?

—No —contestó el periodista—. Es más probable que vayan a la ventura. Está en su interés vagar así hasta que puedan ser dueños de la isla.

—¡Dueños de la isla! —exclamó el marino-. ¡Los dueños de la isla!... repitió, y su voz se ahogaba como si un puño de hierro le tuviera asido por la garganta. Después, en tono más tranquilo, dijo—: ¿Sabe usted, señor Ciro, cuál es la bala que he metido en mi fusil?

—No, Pencroff.

—La bala que ha atravesado el pecho de Harbert, y le prometo que no erraré el blanco.

Pero estas justas represalias no podían volver la vida a Ayrton, y del examen de las huellas dejadas en el suelo se debía deducir que no había esperanza ninguna de volverlo a ver.

Aquella noche se estableció el campamento a catorce millas del Palacio de granito y Ciro Smith calculó que debían estar a más de cinco millas del promontorio del Reptil.

Al día siguiente llegaron al extremo de la península habiendo atravesado el bosque en toda su longitud, pero ningún indicio había permitido hasta entonces hallar el retiro donde se habían refugiado los presidiarios, ni el no menos secreto que daba asilo al misterioso desconocido.

Aparece Ayrton vivo en la dehesa y los presidiarios muertos

El día siguiente, 17 de febrero, lo dedicaron los colonos a la exploración de toda la parte frondosa del litoral, desde el promontorio del Reptil hasta el río de la Cascada. Pudieron registrar completamente aquel bosque, cuya anchura variaba de tres a cuatro millas, porque estaba comprendido entre las dos puntas de la península Serpentina. Los árboles, por su altura y su ramaje espeso, indicaban la fecundidad del suelo, mayor que en ninguna otra parte de la isla. Parecía aquel un rincón de esas selvas vírgenes de América o de África central trasladado a aquella zona media, lo cual inducía a creer que tan magníficos vegetales hallaban en aquel suelo, húmedo en capas superiores, pero cálido en el interior por efecto de los fuegos volcánicos, un calor impropio de aquel clima templado. Las especies dominantes eran precisamente aquellos kaurís y eucaliptos de dimensiones gigantescas.

Pero el objeto de los colonos no era admirar aquella magnificencia vegetal. Sabían que bajo este aspecto la isla Lincoln habría merecido por su categoría ser clasificada en el grupo de las Canarias, cuyo primer nombre fue el de las islas Afortunadas, pero por el momento su isla no les pertenecía por completo; otros habían tomado posesión de ella, unos criminales, y había que hacerlos desaparecer.

En la costa occidental no se encontraron huellas de ninguna especie, por más cuidado que se puso en buscarlas. No había señales de paso, ni rotura de árboles, ni cenizas frías, ni campamento abandonado.

—Esto no me extraña —dijo Ciro Smith a sus compañeros—. Los presidiarios han entrado en la isla por las inmediaciones de la punta del Pecio y se han dirigido inmediatamente a los bosques del Far-West, después de haber atravesado el pantano de los Tadornes. Han seguido, poco más o menos, el camino que hemos traído desde el Palacio de granito, lo cual explica las huellas que hemos encontrado en el bosque.

Pero al llegar al litoral han comprendido que no encontrarían un retiro conveniente; han subido por tanto hacia el norte y entonces han descubierto la dehesa.

—Adonde quizá han vuelto —dijo Pencroff.

—No lo creo —añadió el ingeniero—; porque deben suponer que nuestras investigaciones se dirigirán hacia esta parte. La dehesa es para ellos un depósito de provisiones, no un campamento definitivo.

—Soy del parecer de Ciro —dijo el periodista—. Y supongo que los presidiarios han buscado refugio entre los contrafuertes del monte Franklin.

—Entonces, señor Ciro, vamos derechos a la dehesa —exclamó Pencroff. Acabemos, porque hasta ahora hemos perdido el tiempo.

—No, amigo mío —repuso el ingeniero—. ¿Olvida usted que teníamos también interés en saber si los bosques del Far-West ocultaban alguna habitación? Nuestra exploración tiene dos objetos, Pencroff. Si por una parte debemos castigar el crimen, por la otra tenemos que cumplir un deber de gratitud.

—Bien dicho, señor Ciro —repuso el marino—, pero yo creo que no encontraremos a ese caballero hasta que él quiera.

Y al decir esto, Pencroff decía lo que estaba en el ánimo de todos. Era probable que el retiro del desconocido fuese tan misterioso como su misma persona.

Aquella tarde el carro se detuvo en la desembocadura del río de la Cascada. Se organizó el campamento según la costumbre y se tomaron las precauciones habituales para pasar la noche. Harbert, que había vuelto a ser el muchacho vigoroso y activo de antes de su enfermedad, se aprovechaba de aquella existencia al aire libre, entre las brisas del océano y la atmósfera vivificadora de los bosques. Ya no iba en el carro, sino a la cabeza de la caravana.

Al día siguiente, 29 de febrero, los colonos, abandonando el litoral, donde más allá de la desembocadura se acumulaban tan pintorescamente basaltos de todas formas, subieron el curso del río por su orilla izquierda. El camino estaba bastante libre por las excursiones precedentes que se habían hecho desde la dehesa hasta la costa occidental. Se encontraban los colonos a seis millas del monte Franklin.

El proyecto del ingeniero era observar minuciosamente todo el valle, cuya vaguada formaba el lecho del río, y acercarse con precaución a la dehesa; si esta estaba ocupada, tomarla por la fuerza, y si no lo estaba, fortificarse en ella haciéndola centro de las investigaciones encaminadas a explorar el monte Franklin.

Este plan fue unánimemente aprobado por los colonos, que estaban ansiosos de recobrar la posesión entera de su isla.

Caminaron por el estrecho valle que separaba dos de los más poderosos contrafuertes del monte Franklin. Los árboles espesos de las orillas del río eran muy raros hacia las zonas superiores del volcán. Era un suelo montañoso bastante quebrado y bueno para las emboscadas, en el cual penetraron los colonos con precaución. Top y Jup marchaban al descubierto examinando la espesura a derecha e izquierda y rivalizando en inteligencia y destreza, pero nada indicaba que las orillas del río hubieran sido frecuentadas recientemente; nada anunciaba la presencia ni la proximidad de los bandidos.

Hacia las cinco de la tarde el carro se detuvo a unos seiscientos pasos de la empalizada, oculta todavía por una cortina semicircular de grandes árboles.

Había que reconocer la dehesa para saber si estaba ocupada. Ir abiertamente y a la luz del día, por poco emboscados que estuviesen los bandidos, era exponerse a recibir algún balazo, como le había sucedido a Harbert. Era preferible esperar la noche.

Sin embargo, Gedeón Spilett quería reconocer enseguida las inmediaciones de la dehesa, y Pencroff, que estaba muy impaciente, se ofreció a acompañarlo.

—No, amigos míos —dijo el ingeniero—, no les dejaré exponerse a la luz del día.

—¡Pero, señor Ciro! —replicó el marino, poco dispuesto a obedecer.

—Se lo suplico, Pencroff —dijo el ingeniero.

—¡Bueno! —exclamó Pencroff, que dio otro curso a su cólera, apostrofando a los presidiarios con las más duras calificaciones del repertorio marítimo.

Los colonos permanecieron junto al carricoche vigilando con cuidado las inmediaciones del bosque.

Así pasaron tres horas. El viento había desaparecido y un silencio profundo reinaba entre los grandes árboles. La rotura de la más pequeña rama, un ruido de pasos entre las hojas secas, el deslizamiento de un cuerpo entre las hierbas se habrían percibido sin dificultad. Pero todo estaba en calma; y Top, echado en el suelo y alargando la cabeza entre las patas, no daba señal de inquietud.

A las ocho, la tarde pareció bastante avanzada para que pudiera hacerse el reconocimiento en buenas condiciones. Gedeón Spilett se declaró dispuesto a ir en compañía de Pencroff, y Ciro Smith lo consintió. Top y Jup debieron quedarse con el ingeniero, Harbert y Nab, para que un ladrido o un grito inoportunamente lanzado no viniera a dar la señal de alarma.

—No cometan ninguna imprudencia —dijo Ciro Smith al marino y al periodista—. No deben tomar posesión de la dehesa, sino solamente reconocer si está o no ocupada.

—Convenido —repuso Pencroff.

Y ambos se pusieron en marcha.

Bajo los árboles, gracias al espesor de su follaje, había cierta oscuridad, que hacía invisibles los objetos más allá de un radio de treinta a cuarenta pies. Spilett y Pencroff, deteniéndose cada vez que un ruido les parecía sospechoso, adelantaban con las mayores precauciones. Marchaban uno separado de otro para ofrecer menos blanco a los tiros, porque esperaban a cada instante oír una detonación.

Cinco minutos después de haber dejado a sus compañeros, llegaban al extremo del bosque, delante del claro, en cuyo centro se levantaba el recinto de la empalizada. Se detuvieron. Algunos vagos resplandores bañaban todavía la pradera desnuda de árboles. A treinta pasos se levantaba la puerta de la dehesa, que parecía estar cerrada. Aquellos treinta pasos que era preciso atravesar entre el extremo del bosque y el recinto constituían la zona peligrosa, para emplear una expresión tomada de la balística: en efecto, una o muchas balas, partiendo por encima de la empalizada, habrían derribado a todo el que se hubiese aventurado en aquella zona.

Gedeón Spilett y el marino no tenían intención de retroceder, pero sabían que una imprudencia de su parte redundaría en perjuicio de sus compañeros y que ellos serían las primeras víctimas. Muertos ellos, ¿qué sería de Ciro Smith, de Nab y de Harbert?

Pero Pencroff, sobreexcitado y viéndose tan cerca de la casa donde suponía que los presidiarios se habían refugiado, iba a lanzarse adelante, cuando el periodista le detuvo con mano vigorosa murmurando a su oído:

—Dentro de unos instantes será de noche y entonces habrá llegado el momento de operar.

Pencroff, apretando convulsivamente la caja de su fusil, se contuvo y esperó maldiciendo la detención.

Pronto se disiparon los últimos resplandores del crepúsculo y la sombra que parecía salir del espeso bosque invadió el terreno descubierto. El monte Franklin se levantaba como una enorme pantalla delante del horizonte occidental y la oscuridad se extendió rápidamente por todas partes, como sucede en las regiones bajas en latitud. Aquél era el momento decisivo.

El periodista y Pencroff, desde que se habían apostado en el extremo del bosque, no habían perdido de vista el recinto de la empalizada. La dehesa parecía abandonada y la cresta de la empalizada formaba una línea un poco más negra que la sombra de alrededor, sin que nada alterase su perfil. Sin embargo, si los presidiarios estaban allí, habrían apostado a uno de los suyos para prevenirse de toda sorpresa.

Gedeón estrechó la mano de su compañero y ambos se adelantaron arrastrándose hasta la dehesa con los fusiles preparados. Llegaron a la puerta del recinto sin que la sombra hubiera sido cortada por un solo rayo de luz. Pencroff trató de empujar la puerta que, según él y el periodista, debía estar cerrada; sin embargo, el marino pudo observar que no se habían echado los cerrojos exteriores. Podía deducirse que los presidiarios ocupaban la dehesa y que habrían sujetado la puerta de modo que no pudiera forzarse.

Spilett y Pencroff aguzaron el oído. Ningún ruido en el interior del recinto. Los muflones y las cabras, dormidos en sus establos, no turbaban la calma de la noche.

El periodista y el marino, no oyendo nada, se preguntaron si debían escalar la empalizada y penetrar en la dehesa, aunque fuera contra las instrucciones de Ciro Smith. Es verdad que la operación podía tener buen éxito, pero también podía tenerlo desgraciado. Ahora bien, si los presidiarios no sospechaban nada, si no tenían conocimiento de la expedición intentada contra ellos, si, en fin, se presentaba en aquel momento una probabilidad de sorprenderlos, ¿debían comprometer esta probabilidad aventurándose inconsideradamente a asaltar la empalizada?

No fue este el parecer del periodista; antes bien, creyó muy racional esperar a que los colonos estuviesen todos reunidos para tratar de penetrar en la dehesa. Lo cierto es que Podía llegarse hasta la empalizada sin ser visto y que el recinto no presentaba señales de ser guardado. Averiguado este punto, había que volver al carricoche y ponerse todos de acuerdo.

Pencroff probablemente participó de esta manera de ver, porque no opuso ninguna dificultad para seguir al periodista, cuando este se replegó al bosque. Pocos minutos después el ingeniero estaba al corriente de la situación.

—Pues bien —dijo después de haber reflexionado—, ahora me parece que los piratas no están en la dehesa.

—Lo sabremos —dijo Pencroff— cuando hayamos escalado el recinto.

—¡A la dehesa, amigos míos! —dijo Ciro Smith.

—¿Dejamos el carro en el bosque? —preguntó Nab.

—No -contestó el ingeniero—, porque es nuestro furgón de municiones y víveres y en caso necesario puede servimos de atrincheramiento.

—¡Adelante! —exclamó Gedeón Spilett.

El carro salió del bosque y comenzó a rodar silenciosamente hacia la empalizada. La oscuridad era profunda y el silencio tan completo como cuando Pencroff y el periodista se habían alejado arrastrándose por el suelo. La hierba espesa ahogaba completamente el ruido de los pasos.

Los colonos estaban preparados para disparar. Jup, por orden de Pencroff, cubría la retaguardia y Nab llevaba atado a Top, para que no se lanzase inoportunamente adelante.

Pronto apareció el sitio despejado de la empalizada. Estaba desierta. Sin vacilar, la pequeña tropa se dirigió hacia el recinto y en poco tiempo quedó atravesada la zona peligrosa sin que tuvieran necesidad de disparar un solo tiro. Cuando el carro llegó a la empalizada, se detuvo. Nab se quedó a la cabeza de los onagros para contenerlos. El ingeniero, el periodista, Harbert y Pencroff se dirigieron a la puerta para ver si estaba atrancada interiormente.

¡Una de las hojas estaba abierta!

—¿Pero no dijeron...? —preguntó el ingeniero volviéndose hacia el marino y Gedeón Spilett.

Ambos estaban estupefactos.

—¡Por mi salvación —exclamó Pencroff— que esta puerta estaba cerrada hace un momento! Los colonos vacilaron. ¿Estaban los presidiarios en la dehesa en el momento en que Pencroff y el periodista hacían el reconocimiento? No quedaba duda, pues la puerta, entonces cerrada, tenía que haber sido abierta por ellos. ¿Estaban todavía y acababa de salir uno solo?

Todas estas preguntas se presentaron instantáneamente en el ánimo de cada uno de los colonos. Pero ¿cómo responder a ellas?

En aquel momento Harbert, que se había adelantado unos pasos por el interior del recinto, retrocedió precipitadamente y tomó la mano de Ciro Smith.

—¿Qué hay? —preguntó el ingeniero.

—Una luz.

—¿En la casa?

—Sí.

Los colonos adelantaron hacia la puerta y, a través de los vidrios de la ventana que les daba frente, vieron temblar un débil resplandor. Ciro Smith tomó rápidamente su partido.

—Esta es la única probabilidad que tenemos —dijo a sus compañeros-de hallar a los bandidos encerrados en esta casa sin sospechar nada. ¡Adelante, son nuestros!

Los colonos entraron en el recinto apuntando sus fusiles. Habían dejado fuera el carro bajo la custodia de Jup y Top, a los cuales se ató por prudencia.

Ciro Smith, Pencroff, Gedeón Spilett, por una parte, y Harbert y Nab, por otra, corrieron a lo largo de la empalizada y observaron la parte de la dehesa que estaba absolutamente desierta. En pocos instantes se encontraron todos ante la puerta de la casa, que estaba cerrada.

Ciro Smith hizo a sus compañeros una seña con la mano recomendándoles que no se movieran y se acercó al cristal de la ventana, entonces débilmente iluminado por la luz interior. Su mirada penetró en la única habitación que formaba el cuarto bajo de la casa.

En la mesa brillaba un farol encendido y cerca de él estaba la cama que había servido en otro tiempo a Ayrton. En aquella cama descansaba el cuerpo de un hombre. Ciro Smith retrocedió y con voz ahogada exclamó:

—¡Ayrton!

Inmediatamente abrieron la puerta, empujándola con violencia, y se precipitaron en el cuarto. Ayrton parecía dormido. Su rostro indicaba que había padecido larga y cruelmente. En las muñecas y en los tobillos se le veían muchos cardenales.

Ciro Smith se inclinó sobre él.

—¡Ayrton! —gritó el ingeniero, levantando los brazos del compañero que volvían a encontrar en circunstancias tan inesperadas.

A este grito Ayrton abrió los ojos y, mirando a Ciro Smith y luego a los demás, exclamó:

—¡Ustedes!

—¡Ayrton, Ayrton! —repitió Ciro Smith.

—¿Dónde estoy?

—En la habitación de la dehesa.

—¿Solo?

—Sí.

—¡Pero van a venir! —exclamó Ayrton—. ¡Defiéndanse, defiéndanse!

Y Ayrton volvió a caer en la cama como abrumado por el cansancio.

—Spilett —dijo entonces el ingeniero—, nos pueden atacar de un momento a otro. Haga entrar el carro en la casa, atranque la puerta y vuelvan todos aquí.

Pencroff, Nab y el periodista se apresuraron a ejecutar las órdenes del ingeniero: no había instante que perder, pues quizá el mismo carro estaba ya en manos de los bandidos.

En un instante el periodista y sus dos compañeros atravesaron la dehesa y llegaron a la puerta de la empalizada, detrás de la cual se oía a Top gruñir sordamente.

El ingeniero, dejando a Ayrton un instante, salió de la casa dispuesto a disparar. Harbert iba a su lado. Ambos vigilarían la cresta del contrafuerte que dominaba la dehesa, porque si los presidiarios se habían emboscado allí podían disparar sobre los colonos y herirlos.

En aquel momento la luna salió hacia el este por encima de la cortina negra del bosque y una blanca sábana de luz se extendió por el interior del recinto. La dehesa se iluminó toda entera con sus grupos de árboles, el riachuelo que la regaba y la grande alfombra de hierba. Por el lado de la montaña, la casa y una parte de la empalizada se destacaban en blanco, mientras que al lado opuesto, hacia la puerta, el recinto continuaba oscuro.

En breve apareció una masa negra: era el carro, que entraba en el círculo de luz, y Ciro Smith pudo oír el ruido de la puerta que sus compañeros cerraban sujetando sólidamente las hojas por el interior. Pero en aquel momento Top, rompiendo violentamente su cuerda, se puso a ladrar con furor y se lanzó hacia la otra parte de la dehesa, a la derecha de la casa.

—¡Atención, amigos, apunten bien! —gritó Ciro Smith.

Los colonos se echaron los fusiles a la cara y esperaron el momento de disparar. Top seguía ladrando y Jup, que había corrido hacia donde estaba el perro, daba silbidos agudos. Los colonos lo siguieron y llegaron a orillas del arroyo, sembrado de grandes árboles. A plena luz, ¿qué vieron? Cinco cuerpos tendidos sobre la orilla. Eran los de los presidiarios que cuatro meses antes habían desembarcado en la isla Lincoln.

Buscan a su protector. ¡Nadie! ¡Nada!

¿Qué había sucedido? ¿Quién había matado a los presidiarios? ¿Era Ayrton? No, porque un instante antes temía su vuelta.

Pero Ayrton estaba entonces bajo el dominio de un sopor del que no fue posible sacarlo. Después de las pocas palabras que había pronunciado, un sueño abrumador se había vuelto a apoderar de él y quedó nuevamente en su lecho sin movimiento.

Los colonos, agitados por mil pensamientos confusos y bajo la influencia de una violenta sobreexcitación, esperaron durante toda la noche sin salir de la casa y sin volver al sitio donde yacían los cadáveres de los bandidos. Quizá Ayrton no pudiese decirles nada respecto de las circunstancias en que estos habían recibido la muerte, pues él mismo no sabía siquiera si estaba en la dehesa; pero al menos podría contar los hechos que habían precedido a aquella terrible ejecución.

Al día siguiente Ayrton salió de su sopor y sus compañeros le manifestaron cordialmente todo el júbilo que experimentaban de verlo casi sano y salvo después de ciento cuatro días de separación.

Ayrton refirió en pocas palabras todo lo que había pasado, al menos lo que él sabía.

Al día siguiente de su llegada a la dehesa, el 10 de noviembre, al caer la noche fue sorprendido por los presidiarios, que habían escalado el recinto. Estos lo ataron y le pusieron una mordaza y después lo llevaron a una caverna oscura situada al pie del monte Franklin, donde tenían su refugio.

Habían decidido su muerte y a la mañana siguiente iban a matarlo. Uno de los bandidos lo reconoció y lo llamó por el nombre que llevaba en Australia. Aquellos miserables, que querían matar a Ayrton, respetaron a Ben Joyce.

Desde aquel momento Ayrton fue el blanco de las exigencias de sus cómplices, los cuales querían atraerlo a su banda y contaban con él para apoderarse del Palacio de granito, penetrar en aquella inaccesible morada y hacerse dueños de la isla después de haber asesinado a los colonos. Ayrton se resistió. El antiguo presidiario, arrepentido y perdonado, prefirió la muerte antes que hacer traición a sus compañeros.

Ayrton, atado, amordazado y guardado con centinelas a vista, vivió en aquella caverna durante cuatro meses. Entretanto, los presidiarios, que habían descubierto la dehesa poco tiempo después de su llegada a la isla, vivían de sus reservas y depósitos, pero no la habitaban. El 11 de noviembre, dos de aquellos bandidos, sorprendidos por la llegada de los colonos, dispararon contra Harbert, y uno volvió jactándose de haber matado a uno de los habitantes de la isla, pero volvió solo: su compañero, cono es sabido, había caído bajo el puñal de Ciro Smith.

Puede juzgarse cuáles serían las inquietudes y la desesperación de Ayrton, al conocer la noticia de la muerte de Harbert. Los colonos no eran más que cuatro y estaban, por decirlo así, a merced de los presidiarios.

A consecuencia de este suceso y durante todo el tiempo que los colonos, detenidos por la enfermedad de Harbert, permanecieron en la dehesa, los bandidos no salieron de su caverna y, aun después de saquear la meseta de la Gran Vista, no creyeron prudente abandonarla.

Entonces redoblaron los malos tratos a Ayrton. Sus manos y pies tenían todavía la señal de las ligaduras con que lo ataban día y noche, y a cada instante esperaba una muerte que creía inevitable.

Así llegó la tercera semana de febrero. Los presidiarios, espiando siempre una ocasión favorable, salían poco de su retiro e hicieron sólo alguna excursión de caza al interior de la isla o a la costa meridional. Ayrton no tenía noticias de sus amigos y no esperaba volverlos a ver.

Por fin, el desdichado, debilitado por los malos tratos, cayó en una postración profunda que no le permitió ver ni oír nada. Desde aquel momento, es decir, dos días antes, no podía ni siquiera decir lo que había pasado.

—Pero, señor Smith —añadió—, puesto que yo estaba aprisionado en aquella caverna, ¿cómo es que me encuentro en la dehesa?

—¿Y cómo los presidiarios están muertos en medio del recinto? —preguntó a su vez el ingeniero.

—¡Muertos! —exclamó Ayrton, que a pesar de su debilidad se incorporó en la cama. Sus compañeros lo sostuvieron. Quiso levantarse, lo dejaron y todos se dirigieron hacia el arroyo. Era ya de día.

A la orilla del agua, en la posición que les había sorprendido una muerte que había debido de ser fulminante, yacían los cinco cadáveres de los criminales. Ayrton estaba aterrado. Ciro Smith y sus compañeros se miraban sin pronunciar una palabra. Obedeciendo a una señal del ingeniero, Nab y Pencroff examinaron aquellos cadáveres, ya rígidos por el frío. No tenían ninguna señal aparente de herida.

Sólo después de haberlos examinado con mucha atención, Pencroff observó en la frente del uno, en el pecho del otro, en la espalda de este, en el hombro de aquél, un puntito rojo, especie de contusión apenas visible y cuyo origen era imposible determinar.

—¡Ahí les han herido! —dijo Ciro Smith.

—Pero ¿con qué arma? —exclamó el periodista.

—Con un arma fulminante, cuyo secreto no tenemos nosotros

—¿Y quién les ha herido con un rayo? —preguntó Pencroff.

—El justiciero de la isla —replicó Ciro Smith—el que ha trasladado a Ayrton; el hombre cuya influencia viene otra vez a manifestarse; el que hace por nosotros todo lo que nosotros mismos no podríamos hacer y después se oculta a nuestra vista.

—¡Busquémoslo! —exclamó Pencroff.

—Sí, busquémoslo —respondió Ciro Smith—. Pero el ser superior que hace tales prodigios no podrá ser hallado hasta que no quiera.

Aquella protección invisible que auxiliaba la acción de los colonos irritaba y conmovía al ingeniero. La inferioridad relativa que demostraba era de las que pueden herir a un alma altiva. Una generosidad que toma sus disposiciones para eludir toda muestra de gratitud, revelaba una especie de desdén hacia los agradecidos, que disminuía a los ojos de Ciro Smith el valor del beneficio.

—Busquemos —dijo— y Dios quiera que encontremos un día a ese protector altivo que no ha protegido a ingratos. ¿Qué no daría yo porque pudiéramos pagarle la deuda de reconocimiento prestándole, a nuestra vez, aunque fuera a costa de la vida, algún señalado servicio?

Desde aquel día esta investigación fue el único cuidado de los habitantes de la isla Lincoln. Todo los llevaba a descubrir la clave de aquel enigma, clave que no podía ser sino el nombre de un individuo dotado de un poder verdaderamente inexplicable, en cierto modo sobrehumano.

Después de unos instantes, los colonos volvieron a la habitación de la dehesa, donde sus cuidados hicieron recobrar pronto a Ayrton su energía moral y física.

Nab y Pencroff trasladaron los cadáveres de los bandidos al bosque a poca distancia de la dehesa y los enterraron profundamente. Después Ayrton fue puesto al corriente de los sucesos que habían ocurrido durante su secuestro. Supo entonces la herida y enfermedad de Harbert y la serie de pruebas por las que los colonos habían pasado. Estos no esperaban volver a ver a Ayrton y temían que los bandidos lo hubiesen asesinado cruelmente.

—Ahora —dijo Ciro Smith, terminando su relación—, tenemos que cumplir un deber. La mitad de nuestra tarea está acabada, pero, si los presidiarios no son ya temibles, no hemos recobrado por nosotros mismos el dominio de la isla.

—Pues bien —repuso Gedeón Spilett—, registremos todo este laberinto de contrafuertes del monte Franklin. No dejemos una excavación ni un agujero por explorar. ¡Nunca se ha encontrado un corresponsal de periódico con un misterio tan conmovedor como este en el que yo me encuentro, amigos míos!

—Y no volveremos al Palacio de granito —repuso Harbert —hasta después de haber encontrado a nuestro bienhechor.

—Sí —dijo el ingeniero—, haremos todo lo humanamente posible. Sin embargo, lo repito, no lo encontraremos hasta que él quiera.

—¿Nos quedaremos en la dehesa? —preguntó Pencroff.

—Sí —contestó Ciro Smith—, porque las provisiones son abundantes y estamos en el centro de nuestro círculo de investigaciones. Por lo demás, si es necesario, el carro irá al Palacio de granito y volverá rápidamente.

—Bien —repuso el marino—. Tengo que hacer una observación.

—¿Cuál?

—La buena estación está muy avanzada y debemos hacer una travesía.

—¿Una travesía? —dijo Gedeón Spilett.

—Sí, la de la isla Tabor —repuso Pencroff—. Hay que llevar una noticia que indique la situación de la isla donde actualmente se encuentra Ayrton, para el caso de que el yate escocés venga por él. ¡Quién sabe si no es demasiado tarde!

—Pero, Pencroff —preguntó Ayrton—, ¿con qué cuenta para hacer esta travesía? Con el Buenaventura.

—¡El Buenaventura! —exclamó Ayrton—. No existe.

—¡Mi Buenaventura no existe! —gritó Pencroff dando un salto.

—No —repuso Ayrton—. Los bandidos lo descubrieron hace ocho días, se hicieron a la mar y...

—¿Y qué? —dijo Pencroff, cuyo corazón palpitaba con fuerza.

Y no teniendo a Bob Harvey para dirigir la maniobra, encallaron en las rocas y la embarcación se hizo pedazos.

—¡Miserables! ¡Bandidos! ¡Infame canalla! —exclamó el marino.

—Pencroff —dijo Harbert tomando la mano de su amigo—, liaremos otro Buenaventura mayor. Tenemos todo el hierro y todo el aparejo del brick a nuestra disposición.

—¿Pero no saben —respondió Pencroff—que se necesitan de cinco a seis meses para construir una embarcación de veinte a cuarenta toneladas?

—Tomaremos todo el tiempo necesario —respondió el periodista—y renunciaremos por este año a la travesía de la isla Tabor.

—¿Qué vamos a hacer, Pencroff? Hay que resignarse —dijo el ingeniero. Espero que ese retraso no nos sea perjudicial.

—¡Mi Buenaventura! ¡Mi pobre Buenaventura! —exclamó Pencroff verdaderamente consternado con la pérdida de su embarcación, de la cual estaba tan orgulloso.

La destrucción del Buenaventura era un acontecimiento muy sensible para los colonos y se acordó reparar la pérdida cuanto antes. Tomando este acuerdo, se trató de llevar a cabo la exploración de las otras partes de la isla.

Comenzaron aquel mismo día, 19 de febrero, y duró una semana. La base de la montaña entre sus contrafuertes y sus infinitas ramificaciones formaba un laberinto de valles y contravalles dispuestos muy caprichosamente. En el fondo de aquellas estrechas gargantas y en el interior del monte Franklin convenía proseguir las pesquisas, porque ningún punto de la isla podía ser más a propósito para ocultar una habitación, cuyo huésped quisiera permanecer ignorado. Pero tal era el enredo de los contrafuertes, que Ciro Smith tuvo que proceder a su exploración con severo método.

Los colonos visitaron al principio todo el valle que se abría al sur del volcán y que recogía las primeras aguas del río de la Cascada. Ayrton les enseñó la caverna donde se habían refugiado los presidiarios y en la cual había estado secuestrado hasta su instalación en la dehesa.

La caverna estaba en el estado en que la había dejado Ayrton y los colonos hallaron en ella cantidad de municiones y víveres, que los bandidos habían llevado con la intención de formar un depósito.

Todo el valle que terminaba en la gruta, valle sembrado de hermosos árboles, entre los cuales dominaban las coníferas, fue explorado con cuidadoso extremo; y los colonos, dando vueltas al contrafuerte del sudoeste, penetraron en una garganta más estrecha, que empalmaba con el cúmulo pintoresco de los basaltos del litoral. Aquí los árboles eran más raros. La piedra reemplazaba a las hierbas; las cabras monteses y los muflones saltaban entre las rocas, comenzaba la parte árida de la isla. Observaron entonces que de los muchos valles que se ramificaban en la base del monte Franklin, tres solamente estaban cubiertos de árboles, ricos en pastos como el de la dehesa, que confinaba por el oeste con el valle del río de la Cascada y por el este con el del arroyo Rojo. Estos dos riachuelos, convertidos más abajo en ríos por la absorción de varios afluentes, se formaban de todas las aguas de la montaña y producían la fertilidad de su parte meridional. El río de la Merced se alimentaba más directamente de los abundantes manantiales perdidos bajo la sombra de los bosques del Jacamar, manantiales de la misma naturaleza que los que, extendiéndose en mil hilos de agua, regaban el suelo de la península Serpentina.

Ahora bien, de estos tres valles, donde el agua no faltaba, uno de ellos habría podido servir de retiro a cualquier solitario, pues en él habría encontrado todo lo necesario para la vida. Los colonos lo habían explorado ya y en ninguna parte habían encontrado señal de la presencia del hombre.

¡Estaba el retiro de su huésped en el fondo de aquellas gargantas áridas, en medio de los derrumbamientos de rocas, entre los ásperos barrancos del norte, entre las corrientes de antigua lava!

La parte norte del monte Franklin se componía únicamente en su base de dos valles anchos y poco profundos, sin apariencia de verdor, sembrados de bloques erráticos, jaspeados de moenas, llenos de gruesos tumores minerales y espolvoreados, digámoslo así, de obsidianas y labradoritas. Esta parte exigió largas y difíciles exploraciones. Se abrían mil cavidades incómodas, pero absolutamente disimuladas y de un acceso difícil.

Los colonos visitaron oscuros túneles, que databan de la época plutoniana, ennegrecidos todavía por el paso de llamas antiguas y que se internaban hasta la masa del monte. Recorrieron aquellas tenebrosas galerías, examinándolas a la luz de las teas de resina, registraron las excavaciones, sondearon las más pequeñas profundidades, pero en todas partes no encontraron más que silencio y oscuridad. No parecía que un ser humano hubiera dirigido sus pasos por aquellos antiguos corredores, ni que su brazo hubiera desplazado una sola de aquellas piedras: estaban como el volcán las había proyectado por encima de las aguas en la época de la emersión de la isla.

Sin embargo, si aquellos subterráneos parecían absolutamente desiertos, si la oscuridad en ellos era completa, Ciro Smith se vio obligado a reconocer que no reinaba en aquellos sitios un silencio absoluto. Al llegar al fondo de una de aquellas sombrías cavidades que se prolongaban en una longitud de muchos centenares de pies por el interior de la montaña, les sorprendieron sordos ruidos, cuya intensidad aumentaba por efecto de la sonoridad de las rocas.

Gedeón Spilett, que le acompañaba, oyó aquellos ruidos lejanos, que indicaban una reanimación de los fuegos subterráneos. Varias veces escucharon los dos y opinaron que alguna reacción química se elaboraba en las entrañas de la tierra.

–¿No se habrá extinguido totalmente el volcán? –preguntó el periodista.

–Es posible que desde que exploramos el cráter –contestó Ciro Smithhaya habido alguna reacción de las capas inferiores. Todo volcán, por más que se le considere extinguido, puede, sin duda alguna, volver a encenderse.

–Pero si se preparase una erupción del monte Franklin –preguntó Gedeón Spilett–, ¿no habría peligro para la isla Lincoln?

–No creo –contestó el ingeniero–. El cráter, es decir, la válvula de seguridad, existe y el exceso de vapores y de lavas se escapará, como se escapaba en otro tiempo, por la salida acostumbrada.

–A menos que esas lavas no se abran un nuevo camino hacia las partes fértiles de la isla.

–¿Por qué, mi querido Spilett –dijo Ciro Smith–, por qué no habían de seguir el rumbo que les está trazado naturalmente?

–Los volcanes son caprichosos –contestó el periodista.

–Sin embargo –añadió el ingeniero–, la inclinación de toda la masa del monte Franklin favorece la expansión de las materias volcánicas hacia los valles que exploramos en este momento. Un temblor de tierra debería cambiar el centro de gravedad del monte para que se modificara la dirección de la lava.

–Pero en estas condiciones siempre se teme un terremoto –observó Gedeón Spilett.

–Siempre –repuso el ingeniero–, sobre todo cuando las fuerzas subterráneas comienzan a despertarse y cuando las entrañas del globo pueden hallarse obstruidas después de un largo reposo. Una erupción sería para nosotros un acontecimiento grave y sería mejor que este volcán no tuviera el capricho de despertarse. Pero en este punto nada podemos hacer nosotros, ¿no es verdad? En todo caso, suceda lo que suceda, no creo que nuestra posesión de la Gran Vista pueda verse seriamente amenazada. Entre ella y la montaña el suelo se encuentra deprimido y, si las lavas tomasen el camino del lago, serían rechazadas hacia las dunas y hacia las partes inmediatas al golfo del Tiburón.

—Todavía no hemos visto en la cima del monte ninguna columna de humo, que indique la proximidad de una erupción —dijo Gedeón Spilett.

—No —contestó Ciro Smith—, ni el más pequeño vapor sale del cráter, cuya cima he observado precisamente ayer. Pero es posible que, en la parte inferior de la chimenea, el tiempo haya acumulado rocas, cenizas, lavas endurecidas, y que esa válvula, de que hablaba hace poco, se encuentre momentáneamente obstruida. Pero al primer esfuerzo de importancia desaparecerá todo obstáculo y podemos estar seguros que ni la isla, que es la caldera, ni el volcán, que es la chimenea, estallarán bajo la presión de los gases. De todos modos sería mejor que no hubiera erupción.

—Sin embargo, no nos engañamos: se oyen sordos ruidos en las entrañas mismas del volcán.

—En efecto —repuso el ingeniero, que escuchó de nuevo con grande atención—, no es posible equivocarse... Allá dentro se verifica una reacción, cuya importancia y cuyos resultados definitivos no podemos calcular.

Ciro Smith y Gedeón Spilett, después de haber salido, encontraron a sus compañeros, a quienes dieron cuenta del estado de las cosas.

—¡Bueno! —exclamó Pencroff—. Ese volcán quiere hacer una de las suyas. ¡Que lo intente, encontrará la horma de su zapato!

—¿En quién? —preguntó Nab.

—En nuestro genio, Nab, en nuestro genio, que pondrá una tapadera al cráter, si muestra la menor intención de abrirse.

Como se ve, la confianza del marino en el dios especial de su isla era absoluta. Ciertamente el poder oculto que había manifestado hasta entonces por tantos hechos inexplicables parecía no tener límites, pero tan bien había sabido burlar las minuciosas investigaciones de los colonos, que a pesar de todos sus esfuerzos, a pesar del celo y de la tenacidad que emplearon en la exploración, no pudieron descubrir el extraño retiro.

Desde el 19 al 25 de marzo se extendió el círculo de las investigaciones a toda la región septentrional de la isla Lincoln, cuyos más secretos rincones fueron registrados. Los colonos llegaron a golpear las paredes como si fueran agentes encargados de registrar una casa sospechosa. El ingeniero tomó también un plano muy exacto de la montaña y llevó sus investigaciones hasta el límite. Exploró la altura del cono truncado, en que terminaba el primer piso de las rocas, y llegó hasta la cresta superior de aquel enorme sombrero, en cuyo fondo se abría el cráter.

Se hizo más, se visitó el antro, todavía apagado, pero en cuyas profundidades se oían distintamente los truenos. Sin embargo, ni humo, ni vapor, ni calor en la pared indicaban una erupción próxima; ni allí ni en ninguna otra parte del monte Franklin se encontraron indicios de la persona a quien se buscaba.

Se dirigieron después las investigaciones a toda la región de las dunas. Se visitaron con cuidado las altas murallas de lava, inmediatas al golfo del Tiburón, desde su base hasta su cima, aunque era dificilísimo llegar al nivel mismo del golfo. ¡Nadie! ¡Nada!

Finalmente estas dos palabras, nadie, nada, fueron el resumen de tantos trabajos inútiles, de tanta obstinación sin resultado. Ciro Smith y sus compañeros sentían una especie de ira ante aquella decepción.

Hubo que renunciar a las investigaciones, porque no era posible seguirlas indefinidamente. Los colonos tenían derecho a creer que el ser misterioso no residía en la superficie de la isla y sus imaginaciones sobreexcitadas dieron cabida a las más locas hipótesis. Pencroff y Nab no se contentaban con lo extraordinario y se dejaban llevar a la esfera de lo sobrenatural.

El 25 de febrero, los colonos volvían al Palacio de granito y, por medio de la doble cuerda que una flecha llevó al umbral de la puerta, restablecieron la comunicación entre su dominio y el suelo. Un mes después celebraban, el día 25 de marzo, el tercer aniversario de su llegada a la isla Lincoln.

Los colonos deciden construir una embarcación grande

Tres años habían transcurrido desde que los prisioneros de Richmond habían huido de aquella ciudad y ¡cuántas veces durante aquellos tres años habían hablado de la patria, siempre presente en sus pensamientos!

No dudaban que la guerra civil había terminado ya y les parecía imposible que no hubiese triunfado la justa causa del Norte. Pero ¿cuáles habían sido los incidentes de aquella guerra terrible? ¿Cuánta sangre había causado? ¿Qué amigos habían sucumbido en la lucha? Este era el tema frecuente de sus conversaciones, sin entrever el día que podrían volver a su país. Regresar a él, aunque no fuese más que por algunos días, reanudar el lazo social con el mundo habitado, establecer una comunicación entre su patria y su isla y pasar después la mayor parte y la mejor quizá de su existencia en aquella colonia fundada por ellos y que pasaría a depender de la metrópoli, ¿era quizá un sueño irrealizable?

No había más que dos medios de realizarlo: o vendría algún día un buque a las aguas de la isla Lincoln o los colonos construirían otro bastante fuerte para mantenerse en el mar y hacer la travesía hasta la tierra más próxima.

—A no ser —decía Pencroff —que nuestro genio nos dé los medios de volver a la patria.

Y si hubiesen ido a decir a Pencroff y a Nab que un buque de trescientas toneladas los esperaba en el golfo del Tiburón o en el puerto del Globo, no hubieran hecho el menor gesto de sorpresa. En este orden de ideas lo admitían y lo esperaban todo.

Pero Ciro Smith, menos confiado, les aconsejó que se atuviesen a la realidad, por lo que se habló de la construcción de un buque, tarea verdaderamente urgente, puesto que se trataba de ir lo más pronto posible a la isla Tabor para dejar un documento que indicase la nueva residencia de Ayrton.

No existiendo el Buenaventura, se necesitarían seis meses más, por lo menos, para la construcción de un nuevo buque y, copio llegaba el invierno, no podría efectuarse el viaje antes de la primavera próxima.

—Tenemos tiempo de prepararnos para cuando llegue la nueva estación —dijo el ingeniero, que hablaba de estas cosas con Pencroff . Creo, amigo mío, que, debiendo rehacer nuestra embarcación, será preferible darle mayores dimensiones. La llegada del yate escocés a la isla Tabor es muy problemática y hasta puede suceder que haya venido hace algunos meses y haya vuelto a marchar después de haber buscado en vano las huellas de Ayrton. ¿No convendría construir un buque que en caso necesario pudiera trasladarnos a los archipiélagos polinesios o a Nueva Zelanda? ¿Qué le parece?

—Pienso, señor Ciro —respondió el marino—, que puede construir tanto un buque grande como uno pequeño. No nos falta ni madera ni útiles, no es más que cuestión de tiempo.

—¿Y cuántos meses exigiría la construcción de un buque de doscientas cincuenta a trescientas toneladas? —preguntó Ciro Smith.

—De siete a ocho meses, por lo menos —contestó Pencroff—. Pero no hay que olvidar que llega el invierno y que durante los grandes fríos es difícil trabajar la madera.

Contando con algunas semanas de huelga forzosa, si el buque está hecho para el mes de noviembre próximo, debemos estar contentos.

—Pues bien ~repuso Ciro Smith—, esa sería la época favorable para emprender una travesía de alguna importancia, ya a la isla Tabor, ya a una tierra más lejana.

—De acuerdo, señor Ciro —repuso el marino—. Haga sus planos, que los obreros están dispuestos e imagino que Ayrton nos podrá ayudar mucho.

Los colonos, consultados, aprobaron el proyecto del ingeniero, que era, en verdad, lo que más convenía hacer. Cierto que la construcción de un buque de doscientas a trescientas toneladas era una obra magna, pero los colonos tenían una confianza que hasta entonces habían justificado los resultados obtenidos.

Ciro Smith se ocupó de hacer los planos del buque y en determinar su calado. Durante aquel tiempo sus compañeros se emplearon en la corta y acarreo de los árboles de donde debían sacarse las cuadernas, las curvas y los forros. El bosque del Far-West dio los mejores materiales de maderas de encina y álamo negro. Se aprovechó la senda hecha durante la última excursión para abrir un canino practicable, que recibió el nombre de camino de Far-West, y se llevaron los árboles a las Chimeneas, donde se estableció el arsenal. El trazado del camino era bastante caprichoso, porque se sometió a las necesidades de la elección de madera; de todos modos facilitó el acceso a una notable parte de la península Serpentina.

Importaba mucho que aquellas maderas se cortaran y prepararan pronto, porque era imposible emplearlas todavía verdes y había que dejarlas endurecer. Los carpinteros trabajaron con ardor durante el pies de abril, que fue turbado por algunos golpes de viento bastante fuertes de equinoccio. Maese Jup los ayudaba trepando a la cima de un árbol para fijar las cuerdas para derribarlo o prestando sus robustos hombros para trasladar los troncos cortados.

Todas aquellas maderas fueron apiladas bajo un vasto cobertizo de tablones, que se construyó cerca de las Chimeneas, donde esperaron el momento de ser utilizadas.

El pies de abril fue bastante bueno, como lo es con frecuencia el mes de octubre en la zona boreal. Al mismo tiempo los trabajos de labranza se llevaron activamente y pronto desapareció toda huella de devastación en la meseta de la Gran Vista. Se reedificó el molino Y nuevos edificios se levantaron en el lugar que habían tenido en el corral.

Pareció necesario reconstruirlos mayores, porque la población volátil había aumentado en proporciones considerables. Los establos contenían cinco onagros, cuatro de ellos vigorosos y bien adiestrados, que se dejaban enganchar o montar, y uno que acababa de nacer. El material de la colonia se había aumentado con un arado, y los onagros eran empleados en la labranza como verdaderos bueyes de los condados del Yorkshire o de Kentucky. Cada uno de los colonos tenía su parte en el trabajo y los brazos no descansaban. Los operarios gozaban de magnífica salud y de muy buen humor, con lo cual animaban las veladas del Palacio de granito, formando mil proyectos para el futuro.

Es inútil decir que Ayrton participaba en la existencia común y que no pensaba ir a vivir a la dehesa. No obstante, continuaba triste y poco comunicativo, y tomaba parte más bien en las tareas que en las distracciones de sus compañeros. Era un obrero incansable en el trabajo: vigoroso, diestro, ingenioso e inteligente; todos lo estimaban y lo querían y él no podía ignorarlo.

La dehesa no quedó abandonada. Cada dos días uno de los colonos iba en un carro o en un onagro a cuidar del rebaño de muflones y cabras y traía al Palacio de granito la leche que abastecía la despensa de Nab. Estas excursiones eran al mismo tiempo ocasiones de caza. Harbert y Gedeón Spilett, llevando siempre a Top, corrían con más frecuencia por el camino de la dehesa, y con las armas que disponían jamás faltaban en casa cabiayes, agutíes, canguros, jabalíes, cerdos salvajes, patos, tetraos, gallinetas, jacamares y cercetas.

Los productos del sotillo, los del banco de ostras, algunas tortugas que se pescaron además de los excelentes salmones que se introdujeron en las aguas del río de la Merced, las legumbres de la meseta de la Gran Vista y los frutos naturales del bosque, eran riquezas que Nab, el maestro cocinero, apenas tenía tiempo de almacenar.

Huelga decir que el hilo telegráfico que comunicaba la dehesa con el Palacio de granito había sido restablecido, y que funcionaba cuando uno u otro de los colonos se hallaba en la dehesa y juzgaba conveniente pasar en ella la noche. Por lo demás, la isla estaba segura y no se temía ninguna agresión, al menos por parte de los hombres.

Sin embargo, los hechos que habían ocurrido podían reproducirse, temiéndose un desembarco de piratas y aun de presidiarios fugados. Era posible que algunos compañeros o cómplices de Bob Harvey todavía detenidos en Norfolk hubieran estado en el secreto de sus proyectos y tuvieran la intención de imitarlos. Los colonos no dejaban de observar los puntos de desembarco de la isla y cada día su anteojo registraba el vasto horizonte que cerraba la bahía de la Unión y la bahía de Washington. Cuando iban a la dehesa, examinaban con atención la parte occidental del mar y, subiendo al contrafuerte, sus miradas podían recorrer un ancho sector de aquel horizonte.

Nada sospechoso se presentó, pero había que vivir alerta.

Por lo tanto, el ingeniero, una noche, participó a sus compañeros que había formado el plan de fortificar la dehesa. Le parecía prudente levantar la empalizada y flanquearla con una especie de blocaos, en el cual, en caso necesario, los colonos pudieran defenderse contra una tropa enemiga. Debiendo considerarse el Palacio de granito como inexpugnable, la dehesa, con sus edificios, sus depósitos y los animales que contenía, sería siempre el objetivo de los piratas, quienesquiera que fuesen los que desembarcaran en la isla y, si los colonos se veían obligados a encerrarse en ella, debían ofrecer una resistencia ventajosa.

Este era un proyecto que debía meditarse, pero cuya ejecución tuvo que aplazarse para la primavera inmediata.

Hacia el 5 de mayo se veía ya en el taller de construcción la quilla del nuevo buque y pronto la roda y el codaste, encajados en cada uno de sus extremos, se levantaban sobre ella casi perpendicularmente. La quilla, de buena madera de encina, medía ciento diez pies de longitud, lo cual permitía dar al bao maestro una anchura de veinticinco pies.

Pero esto fue todo lo que los carpinteros pudieron hacer antes de la llegada del frío y del mal tiempo. Durante la semana siguiente se pusieron también en su lugar las primeras cuadernas de la popa, pero luego hubo que suspender los trabajos.

Durante los últimos días del mes el tiempo fue muy malo: el viento soplaba del este y a veces con la violencia de un huracán. El ingeniero dudó de la solidez de los cobertizos que cubrían el arsenal, pero no había sido posible establecerlo en ningún otro sitio cerca del Palacio de granito, porque el islote cubría imperfectamente el litoral contra los furores del viento del mar, y en las grandes tempestades las olas venían a batir directamente al pie de la muralla granítica.

Por fortuna estos temores no se realizaron... El viento se inclinó a la parte del sudeste y en tales condiciones la playa del Palacio de granito estaba a cubierto por el resalto de la punta del Pecio.

Pencroff y Ayrton, los más celosos constructores del nuevo buque, prosiguieron sus tareas mientras les fue posible. No les importaba que el viento les alborotara el pelo, ni que la lluvia les mojara hasta los huesos, pues un martillazo tiene el mismo efecto dado durante un tiempo malo que en buen tiempo. Pero cuando a este período húmedo sucedió un frío muy vivo, la madera, cuyas fibras adquirieron la fuerza del hierro, se hizo muy difícil de trabajar, y hacia el 10 de junio fue preciso abandonar definitivamente la construcción del buque.

Ciro Smith y sus compañeros no habían dejado de observar el excesivo rigor de la temperatura en los inviernos de la isla Lincoln. El frío era comparable con el que se siente en los estados de Nueva Inglaterra, situados poco más o menos a la misma distancia del Ecuador que la isla. Si en el hemisferio boreal o por lo menos en la parte ocupada por Nueva Bretaña y el Norte de Estados Unidos este fenómeno se explica por la conformación achatada de los territorios que confinan con el polo y sobre los cuales ninguna elevación del suelo presenta obstáculos a los vientos hiperbóreos, respecto a la isla Lincoln esta explicación no podía tener valor alguno.

—Se ha observado también —decía un día Ciro Smith a sus compañeros—que en latitudes iguales, las islas y las regiones del litoral sufren menos frío que las mediterráneas. He oído con frecuencia asegurar que los inviernos de Lombardía, por ejemplo, son más rigurosos que los de Escocia. Esto depende de que el mar restituye durante el invierno el calor que ha recibido durante el verano, por lo que las islas se encuentran en mejores condiciones para gozar de los beneficios de esta restitución.

—¿Pero, entonces, señor Ciro —preguntó Harbert—, por qué la isla Lincoln parece una excepción de esa ley común?

—Eso es lo difícil de explicar —contestó el ingeniero—. Sin embargo, me inclino a creer que esta singularidad depende de la situación de la isla en el hemisferio austral, que, como sabes, hijo mío, es más frío que el hemisferio boreal.

—En efecto —dijo Harbert—, y los hielos flotantes se encuentran en latitudes más bajas en el sur que en el norte del Pacífico.

—Eso es verdad —repuso Pencroff—. Cuando yo ejercía el oficio de ballenero, he visto icebergs hasta en el cabo de Hornos.

—También podrían explicarse —dijo Gedeón Spilett—los fríos rigurosos que experimenta la isla Lincoln por la presencia de hielos o ventisqueros a una distancia relativamente próxima.

—Su opinión es muy admisible, mi querido Spilett —repuso Ciro Smith—; y evidentemente a la proximidad de los bancos de hielo debemos los rigurosos inviernos. Hay que añadir que una causa enteramente física hace el hemisferio austral más frío que el boreal. Pues, estando el sol más cerca de este último hemisferio durante el verano, necesariamente está más lejos durante el invierno. Esto explica que haya exceso de temperatura en los dos sentidos y, si encontramos que los inviernos son más fríos en la isla Lincoln, no olvidemos que los veranos son demasiado calurosos.

—Pero —dijo Pencroff frunciendo el ceño—¿por qué nuestro hemisferio, señor Ciro, ha de tener la peor parte? Eso no es justo.

—Amigo Pencroff —repuso el ingeniero, riéndose—, justo o no, hay que resignarse a la situación y voy a explicar en qué consiste esta particularidad. La tierra no describe un círculo alrededor del sol, sino una elipse, como exigen las leyes de la mecánica racional. La tierra ocupa uno de los focos de la elipse y, por consiguiente, en cierta época de su curso se encuentra en su apogeo, es decir, a su mayor distancia del sol, y en otra época se encuentra en su perigeo, o sea a su menor distancia. Ahora bien, precisamente durante el invierno de los países australes, está la tierra en el punto más lejano respecto del sol, por consiguiente en las condiciones requeridas para que esos países experimenten los mayores fríos. Entonces, nada puede hacerse, y los hombres, Pencroff, por sabios que sean, jamás podrán cambiar nada en el orden cosmográfico establecido por Dios mismo.

—Y sin embargo —añadió Pencroff, que mostraba cierta dificultad en resignarse—, el mundo es bastante sabio. ¡Qué gran libro podría hacerse, señor Ciro, con lo que se sabe!

—Otro mucho mayor todavía se haría con lo que se ignora —repuso Ciro Smith.

En fin, por una razón o por otra, en el mes de junio arreció el frío con su violencia acostumbrada y los colonos tuvieron que permanecer encerrados muchos días en el Palacio de granito. Este secuestro les parecía insufrible a todos, especialmente a Gedeón Spilett.

—Mira tú —dijo un día a Nab—, te daría por acta notarial todas las herencias que debo recibir, si fueras tan bueno que me suscribieras a un periódico. Decididamente lo que falta para mi felicidad es saber todas las mañanas lo que ha pasado el día antes fuera de mi domicilio.

Nab se echó a reír.

—Sin embargo —dijo-, lo que a mí me preocupa son mis quehaceres diarios.

La verdad era que no faltaba trabajo lo mismo dentro que fuera de la casa. La colonia de la isla Lincoln estaba entonces en su más alto grado de prosperidad, al cual había llegado después de tres años de asiduos trabajos. El incidente de la destrucción del brick había sido un nuevo manantial de riquezas. Sin hablar del aparejo completo que serviría para el buque que estaba construyéndose, llenaban a la sazón los almacenes del Palacio de granito: utensilios, instrumentos útiles de toda especie, armas, municiones y vestidos. No había sido necesario recurrir a la fabricación de gruesas telas de fieltro. Si los colonos habían tenido frío durante su primer invierno, la mala estación podía volver sin que tuvieran que temer sus rigores. Abundaba también la ropa blanca y se la conservaba con extremo cuidado. De aquel cloruro de sodio, que no es sino sal marina, Ciro Smith había extraído fácilmente la sosa y el cloro, del cual hizo cloruro de cal y otros que fueron empleados en diversos usos domésticos, también en el lavado de ropa. Por otra parte, no se hacían irás que cuatro lejías al año, como se practicaba antiguamente en las familias antiguas, y séanos permitido añadir que Pencroff y Gedeón Spilett, mientras llegaba la época en que el repartidor pudiera llevarles el periódico, se mostraron lavanderos distinguidos.

Así pasaron los meses de invierno: junio, julio y agosto fueron muy rigurosos; el término medio de las observaciones termoinétricas no señaló más de 80 Fahrenheit (13° 33' centígrados bajo cero), temperatura inferior a la del invierno precedente.

Incesantemente ardía un buen fuego en las chimeneas del Palacio de granito, cuyas columnas de humo manchaban con largas rayas negras la parte inferior. No se economizaba el combustible, que crecía a pocos pasos de distancia, y, además, lo superfluo de la madera destinada a la construcción del buque permitió economizar la hulla, que exigía más trabajo para traerla.

Hombres y animales gozaban de buena salud. Maese Jup se mostraba un poco friolero, único defecto que tenía el orangután, y hubo que hacerle una buena bata bien forrada de algodón. Aquel criado tan diestro, tan celoso e infatigable, discreto y nada charlatán, con razón hubiera podido ser presentado como modelo a todos sus colegas bípedos del Antiguo y del Nuevo Mundo.

—Al fin y al cabo —decía Pencroff—, cuando uno puede disponer de cuatro manos, es más fácil desempeñar convenientemente sus tareas.

Y las desempeñaba perfectamente el diestro cuadrúmano.

Durante los siete meses que transcurrieron desde las últimas investigaciones realizadas alrededor de la montaña y durante el mes de septiembre, en que volvieron los días buenos, no hubo ocasión de hablar del genio de la isla, porque su acción no se manifestó en ninguna circunstancia. Es verdad que habría sido inútil, porque ningún incidente vino a poner a prueba a los colonos.

Ciro Smith observó que si las comunicaciones entre el desconocido y los habitantes del Palacio de granito se habían establecido alguna vez por medio del pozo y si el instinto de Top, por decirlo así, las había presentido, nada ocurrió en aquel período que autorizase esta conjetura. Los ladridos del perro habían cesado completamente, lo mismo que los temores del orangután. Los dos amigos, porque efectivamente lo eran, no andaban ya alrededor del pozo, no ladraban ni gruñían de aquella singular manera que desde el principio había llamado la atención del ingeniero. ¿Pero podía éste asegurar que no se le presentaría de nuevo el enigma y que jamás llegaría a poseer la clave?

¿Podía afirmar que no se reproduciría alguna circunstancia que volviese a poner en escena al misterioso personaje? ¡Quién sabe lo que reservaba el porvenir!

En fin, el invierno pasó, pero, en los primeros días que marcaron la vuelta de la primavera, ocurrió un hecho cuyas consecuencias podían ser graves. El 7 de septiembre, Ciro Smith, observando la cima del monte Franklin, vio una columna de humo sobre el cráter, cuyos primeros vapores se proyectaban en el aire.

Un telegrama conduce a los colonos ante el "capitán Nemo"

Los colonos, advertidos por el ingeniero, habían suspendido sus trabajos y contemplaban en silencio la cima del monte Franklin

El volcán se había reanimado y los vapores habían penetrado en la capa mineral acumulada en el fondo del cráter. Pero los fuegos subterráneos ¿producirían alguna erupción violenta? Esta era una eventualidad acerca de la cual nada podía pronosticarse.

Sin embargo, aun admitiendo la hipótesis de una erupción, era probable que no fuera muy dañosa para el conjunto de la isla. No siempre son desastrosos los derramamientos de materias volcánicas y la isla había estado sometida a estas pruebas, como lo demostraban las corrientes de lava que surcaban las laderas septentrionales de la montaña. Además, la forma del cráter, la boca abierta en su borde superior debían proyectar la expansión de lava hacia las partes estériles de la isla y en dirección opuesta a las fértiles.

Sin embargo, lo pasado no era una garantía segura del porvenir. Con frecuencia en la cima de los volcanes se cierran antiguos cráteres y se abren otros nuevos, hechos que se han producido en los dos mundos, en el Tena, en Popocatépetl, en Orizaba; y en vísperas de una erupción hay motivo para temerlo todo. Bastaba un terremoto, fenómeno que acompaña alguna vez a las expansiones volcánicas, para que se modificara la disposición interior de la montaña y se abrieran nuevas vías a las lavas incandescentes.

Ciro Smith explicó todo esto a sus compañeros y, sin exagerar la situación, les dio a conocer el pro y el contra. De todos nodos, nada podía hacerse. El Palacio de granito no parecía amenazado, a no ser que un temblor de tierra conmoviese el suelo. Pero la dehesa corría peligro, si se llegaba a abrir algún nuevo cráter en las pendientes meridionales del monte Franklin.

Desde aquel día los vapores no dejaron de coronar la cima de la montaña y aun pudo observarse que aumentaban tanto en altura corno en espesor, sin que se levantase llama alguna entre sus gruesas volutas. El fenómeno se concentraba todavía en la parte inferior de la chimenea central.

Entretanto, con los buenos días se reanudaron los trabajos. Apresurábase todo lo posible la construcción del buque y, aprovechando el salto de agua de la playa, Ciro Smith estableció una serrería hidráulica, que convirtió más rápidamente los troncos de árboles en tablas y vigas. El mecanismo de este aparato era tan sencillo como los que funcionan en las rústicas sierras de Noruega. No se trata de obtener más que dos movimientos: uno horizontal para la pieza de madera, y otro vertical para la sierra, y el ingeniero lo consiguió por medio de una rueda, dos cilindros y poleas convenientemente dispuestas.

A finales de septiembre el armazón del buque, que debía llevar aparejo de goleta, se levantaba en el arsenal. Las cuadernas estaban casi enteramente terminadas y, mantenidos todos sus pares por una cintura provisional, podían apreciarse ya las formas de la embarcación. Aquella goleta, fina en popa y ancha en la proa, sería, sin duda alguna, apta para hacer una larga travesía en caso necesario; pero la colocación de los tablones de forro, de las vagras y del puente exigía todavía mucho tiempo.

Afortunadamente había podido salvarse la clavazón del antiguo brick después de la explosión submarina. De los tablones y curvas mutilados, Pencroff y Ayrton habían arrancado los pernos, cabillas y una gran cantidad de clavos de cobre. Era trabajo ahorrado a los herreros, pero los carpinteros tenían todavía mucho que hacer.

Tuvieron que interrumpirse por espacio de una semana las obras de construcción para atender a las tareas de la recolección y almacenaje de las diversas cosechas que abundaban en la meseta de la Gran Vista. Pero terminadas estas tareas, consagraron todos los instantes a la construcción de la goleta.

Cuando llegaba la noche, los trabajadores estaban verdaderamente extenuados de cansancio. Con el fin de no perder tiempo, habían modificado las horas de la comida: comían a las doce y cenaban cuando les faltaba la luz del día. Entonces subían al Palacio de granito e iban pronto a la cama.

Algunas veces, sin embargo, la conversación, cuando recaía sobre algún punto interesante, retrasaba la hora del sueño. Los colonos, dando rienda a su imaginación, hablaban del porvenir, de los cambios que liaría en su situación un viaje de la goleta a las tierras más cercanas. Pero en medio de estos proyectos dominaba siempre el pensamiento de un regreso ulterior a la isla Lincoln. Jamás abandonarían aquella colonia, fundada con tanto trabajo y buen éxito, y la cual, por efecto de las comunicaciones con América, recibiría un nuevo desarrollo. Pencroff y Nab esperaban concluir en ella sus días.

–Harbert –decía el marino–, ¿verdad que no abandonarás jamás la isla Lincoln?

–Jamás, Pencroff, sobre todo si tú te decides a quedarte en ella.

–Por descontado, hijo mío –respondía Pencroff–, te esperaré. Me traerás a tu mujer y tus hijos y haré de tus pequeños famosos jeques.

–Convenido –replicaba Harbert, riendo y ruborizándose a la vez.

—¡Y usted, señor Ciro —continuaba Pencroff entusiasmado—, usted será siempre el gobernador de la isla! A propósito, ¿cuántos habitantes podrá mantener? ¡Diez mil por lo menos!

Conversando así dejaban hablar a Pencroff y, de proyecto en proyecto, el periodista acababa por fundar un periódico, el *New Lincoln Herald*.

Así es el corazón del hombre. El deseo de ejecutar obras de larga duración, que le sobrevivan, es la señal de su superioridad sobre todo lo que existe en el mundo. Es su dominación, es la justicia en el mundo entero.

Después de todo, ¿quién sabe si Jup y Top no tenían también su pequeña ilusión acerca del futuro?

Ayrton, silencioso, se decía interiormente que querría volver a ver a lord Glenarvan y mostrarse rehabilitado a los ojos de todos.

Una tarde, el 15 de octubre, la conversación, transcurrida entre hipótesis, se había prolongado más de lo acostumbrado. Eran las nueve de la noche y largos bostezos mal disimulados anunciaban la hora del sueño. Pencroff acababa de levantarse para dirigirse hacia su cama, cuando el timbre eléctrico situado en la sala sonó.

Todos estaban allí: Ciro Smith, Gedeón Spilett, Harbert, Ayrton, Pencroff y Nab. No había ninguno de los colonos en la dehesa.

Ciro Smith se levantó. Sus compañeros se miraron unos a otros, creyendo haber oído mal.

—¿Qué quiere decir esto? —exclamó Nab—. ¿Llama el diablo? Nadie contestó.

—El tiempo está de tormenta —observó Harbert—. ¿No puede ser la influencia eléctrica que...?

Harbert no pudo terminar su frase. El ingeniero, hacia el cual todos dirigían sus miradas, sacudió la cabeza negativamente.

—Esperemos -dijo entonces Gedeón Spilett—. Si es un aviso, quienquiera que sea el que lo haya hecho lo volverá a repetir.

—Pero ¿quién quiere que sea? —exclamó Nab.

—Pues —repuso Pencroff—el que...

La frase del marino fue interrumpida por una nueva llamada del timbre. Ciro Smith se dirigió hacia el aparato y, dando la corriente al hilo, envió esta pregunta a la dehesa:

—¿Qué quieres?

Algunos instantes después la aguja se movía en el disco alfabético, dando esta respuesta a los habitantes del Palacio de granito:

—Vengan corriendo a la dehesa.

—¡Por fin! —exclamó Ciro Smith.

¡Sí, por fin iba a revelarse el misterio! Ante aquel inmenso interés que les impulsaba a correr a la dehesa, había desaparecido el cansancio y el deseo de reposo en los colonos. Sin haber pronunciado una palabra, en algunos instantes habían abandonado el Palacio de granito y estaban en la playa. Solamente Jup y Top se habían quedado. Podían pasar sin ellos.

La noche era muy oscura. La luna, nueva aquel día, había desaparecido al mismo tiempo que el sol. Como había dicho Harbert, gruesas nubes formaban una bóveda baja y pesada que impedía la irradiación de las estrellas. Sólo algunos relámpagos de calor, reflejos de una tormenta lejana, iluminaban el horizonte.

Era posible que algunas horas más tarde retumbase directamente el trueno sobre la isla. La noche se presentaba amenazadora. Pero por profunda que fuese la oscuridad, no podía detener a personas habituadas a recorrer el camino de la dehesa. Subieron la orilla izquierda del río de la Merced, llegaron a la meseta, pasaron el puente del arroyo de la Glicerina y avanzaron a través del bosque.

Caminaban a buen paso, poseídos de vivísima emoción. Ya no tenían la menor duda: iban a encontrar al fin la clave tan buscada del enigma, el nombre del ser misterioso tan profundamente interesado en la vida de los colonos, de influencia tan generosa y de tan potente acción. En efecto, para que aquel desconocido hubiera acudido tan oportunamente en su socorro en todas las ocasiones, ¿no era menester que participara de la existencia de los colonos, que conociese sus más pequeños pormenores y hasta que oyese lo que se hablaba en el Palacio de granito?

Cada uno, absorto en sus reflexiones, apresuraba el paso. Bajo aquella bóveda de árboles la oscuridad era tal, que la linde del camino no se veía. Ningún ruido, por otra parte, turbaba el silencio del bosque: aves y cuadrúpedos, a causa de la pesadez de la atmósfera, estaban inmóviles y silenciosos; no agitaba las hojas el menor soplo de aire; solamente los pasos de los colonos resonaban en la oscuridad sobre el endurecido suelo.

Durante el primer cuarto de hora de marcha el silencio no fue interrumpido más que por esta observación de Pencroff:

—Tendríamos que haber tomado un farol. Y por esta respuesta del ingeniero:

—Ya encontraremos uno en la dehesa.

Ciro Smith y sus compañeros habían salido del Palacio de granito a las nueve y doce minutos, y a las nueve y cuarenta y siete habían recorrido una distancia de tres millas sobre las cinco que separaban la desembocadura del río de la Merced de la dehesa.

En aquel momento se extendieron sobre la isla relámpagos blanquecinos haciendo destacar los contornos del follaje en negro. Aquellos resplandores deslumbraban y cegaban a los colonos: evidentemente no podía tardar en desencadenarse la tormenta. Los relámpagos se hicieron poco a poco más rápidos y más luminosos. Se oía el tableteo de los truenos en las profundidades del cielo y la atmósfera era sofocante.

Los colonos caminaban como si hubieran sido empujados hacia adelante por una fuerza irresistible. A las diez y cuarto un vivo resplandor les mostró el recinto de la empalizada y, apenas habían franqueado la puerta, estallaron los truenos con formidable violencia.

En un instante atravesaron el recinto y Ciro Smith se encontraba ante la habitación. Era posible que el desconocido ocupase la casa, puesto que de allí había debido partir el telegrama. Sin embargo, ninguna luz iluminaba la ventana.

El ingeniero llamó a la puerta. No obtuvo respuesta. Ciro Smith abrió y los colonos entraron en la habitación, que estaba completamente a oscuras.

Nab echó yescas y un instante después estaba encendido el farol y registrada la casa en todos sus rincones... No había nadie. Todo estaba en el estado en que había sido dejado.

—¿Habremos sido víctimas de una ilusión? —murmuró Ciro Smith. No, no era posible. El telegrama decía: Ven corriendo a la dehesa.

Se acercaron a la mesa destinada al servicio del hilo. Todo estaba en su sitio: la pila, la caja que la contenía, el aparato de recepción y transmisión.

—¿Quién ha venido la última vez aquí? —preguntó el ingeniero.

—Yo, señor Smith —repuso Ayrton.

—¿Y eso fue...?

—Hace cuatro días.

—¡Una nota! —exclamó Harbert enseñando un papel que había encima de la mesa. En aquel papel estaban escritas en inglés estas palabras: Seguid el alambre nuevo.

—¡En marcha! —exclamó Ciro Smith, comprendiendo que el despacho no había partido de la dehesa, sino del retiro misterioso, puesto en relación con el Palacio de granito por medio de un alambre suplementario unido al antiguo.

Nab tomó el farol encendido y todos salieron de la dehesa. La tempestad se desencadenaba con violencia, disminuyendo sensiblemente el intervalo que separaba cada relámpago de cada trueno. El meteoro iba pronto a dominar el monte Franklin, y en toda la isla, a la luz de sus fulgores intermitentes, podía verse la cima del volcán coronada de un penacho de vapores.

En toda la parte de la dehesa que separaba la casa del recinto de la empalizada no había ninguna comunicación telegráfica. Pero después de haber pasado la puerta, el ingeniero corrió derecho al primer poste y vio a la luz de un relámpago que un nuevo alambre bajaba desde el aislador a tierra.

—¡Aquí está! —dijo.

Aquel hilo seguía por el suelo, pero en toda su longitud estaba envuelto en una sustancia aislante como la que envuelve los cables submarinos, lo que aseguraba la libre transmisión de las corrientes eléctricas. Por su dirección parecía penetrar en los bosques y en los contrafuertes meridionales de la montaña; por consiguiente, corría hacia el oeste.

—¡Sigámoslo! —dijo Ciro Smith.

Guiados por la luz del farol y el resplandor de los relámpagos, los colonos se lanzaron por el camino trazado por el alambre. El tableteo del trueno era continuo y su violencia tal, que era imposible oír una palabra. Por otra parte, no se trataba de hablar, sino de seguir adelante. Ciro Smith y sus compañeros empezaron a subir el contrafuerte que había entre el valle de la dehesa y el río de la Cascada, que atravesaron en su parte más estrecha. El alambre, unas veces tendido sobre las ramas bajas de los árboles, otras por el suelo, los guiaba.

El ingeniero había supuesto que el alambre se detendría en el fondo del valle y que allí estaría el retiro del desconocido. Pero no fue así. Hubo que subir el contrafuerte del sudoeste y descender después a aquella meseta árida terminada por la muralla de basaltos tan extrañamente amontonados. De cuando en cuando uno u otro de los colonos se agachaba, tocaba el alambre con la mano y rectificaba la dirección, si era necesario. No había duda que aquel hilo corría directamente hacia el mar. Allí, en alguna profundidad de las rocas ígneas, se abría la morada tan infructuosamente buscada hasta entonces.

El cielo era todo fuego. Un relámpago no esperaba al otro; chispas eléctricas caían sobre la cima del volcán y se precipitaban en el cráter en medio del humo espeso; en algunos instantes hubiera podido creerse que el monte proyectaba llamas.

A las once menos minutos, los colonos habían llegado a los altos peñascos que dominaban el océano al oeste. El viento se había levantado y la resaca mugía a quinientos pies más abajo. Ciro Smith calculó que sus compañeros y él habían recorrido una milla y media desde la dehesa. En aquel punto el alambre pasaba entre las rocas, siguiendo la pendiente bastante ruda de un barranco estrecho y caprichosamente formado. Los colonos entraron por allí a riesgo de provocar algún hundimiento de rocas mal equilibradas y de ser precipitados al mar. El descenso era muy peligroso, pero no miraban el peligro, no eran dueños de sí mismos y una irresistible atracción les llevaba hacia aquel punto misterioso como el imán llama al hierro. Descendieron casi inconscientemente aquel barranco, que, en pleno día, hubieran considerado como impracticable. Las piedras rodaban y resplandecían como bólidos inflamados, cuando atraviesan las zonas de luz. Ciro Smith iba a la cabeza y Ayrton cerraba la marcha: unas veces caminaban paso a paso, otras se deslizaban por la roca resbaladiza, luego se levantaban y continuaban su camino.

Por fin, el alambre, describiendo un ángulo brusco, tocó las rocas del litoral, verdadero semillero de escollos, que debían ser batidos por las grandes mareas. Los colonos habían llegado al límite inferior de la muralla basáltica. Encontraron un estrecho pasadizo, que corría horizontal y paralelamente al mar. El alambre lo seguía y por él entraron los colonos. No habían andado cien pasos, cuando el pasadizo, inclinándose hasta formar una pendiente moderada, llegaba así al nivel de las olas.

El ingeniero tomó el alambre y vio que se hundía en el mar. Sus compañeros, detenidos por él, estaban estupefactos. Un grito de decepción, casi de desesperación, se escapó de sus pechos. ¿Habría que precipitarse al mar en busca de una caverna submarina? En el estado de sobreexcitación moral y física en que se encontraban no hubieran vacilado en hacerlo. Sin embargo, una reflexión del ingeniero les detuvo.

Ciro Smith condujo a sus compañeros a una anfractuosidad de las rocas y les dijo:

—Esperemos. El mar está alto; cuando baje, el camino quedará abierto.

—Pero ¿qué le induce a creer...? —preguntó Pencroff.

—¡No nos hubiera llamado, si no pudiéramos llegar hasta él!

Ciro Smith había hablado con tal convicción, que nadie osó replicarle. Su observación, por otra parte, era lógica y había que admitir que se abría al pie de la muralla una abertura practicable durante la marea baja, que las olas cubrían en aquel momento.

Todo se reducía a esperar algunas horas. Los colonos se metieron silenciosamente en una especie de pórtico abierto en una roca. Empezaba a caer la lluvia, y en breve las nubes, desgarradas por el rayo, se convirtieron en torrente. Los ecos repercutían el estampido del trueno y le daban una sonoridad grandiosa. La emoción de los colonos era inmensa. Mil pensamientos extraños y sobrenaturales atravesaban su cerebro evocando alguna aparición grande y sobrehumana, única que habría podido corresponder a la idea que se habían formado del genio misterioso de la isla.

A las doce de la noche, Ciro Smith, llevándose el farol, descendió hasta el nivel de la playa, para observar la disposición de las rocas. Hacía dos horas ya que bajaba la marea. El ingeniero no se había equivocado: empezaba a sobresalir entre las aguas la bóveda de una vasta excavación. Allí, el alambre conductor, formando un recodo en ángulo recto, se introducía al interior.

Ciro Smith volvió al lado de sus compañeros y les dijo:

—Dentro de una hora la abertura será practicable.

¿–Luego existe? –preguntó Pencroff.

–¿Lo dudaba usted? -repuso Ciro Smith.

–Pero esta caverna estará llena de agua hasta cierta altura –observó Harbert.

–O esta caverna está completamente seca –contestó Ciro Smith–, y entraremos a pie, o no lo está, y tendremos un medio de transporte a nuestra disposición.

Transcurrió una hora. Todos descendieron a la playa bajo la lluvia. En tres horas la marea había bajado quince pies y el arco trazado por la bóveda sobresalía sobre el nivel del piar ocho pies por lo menos. Era cómo el arco de un puente bajo el cual pasaban las olas cubiertas de espuma.

Al agacharse, el ingeniero vio un objeto negro, que flotaba en la superficie del mar, y lo atrajo hacia sí. Era una canoa, amarrada por una cuerda a una punta interior de la pared. Aquella canoa era de cobre trabajado con pernos y tenía en el fondo, bajo los bancos, los remos.

–¡Embarquemos! –dijo Ciro Smith.

Un instante después los colonos habían entrado en la canoa. Nab y Ayrton manejaban los remos, Pencroff iba al timón, Ciro Smith a proa, y el farol, puesto sobre la roda, alumbraba el camino.

La bóveda, muy baja, a través de la cual pasaba la canoa, se levantaba luego, pero la oscuridad era demasiado profunda y la luz del farol demasiado insuficiente, para que pudiera reconocerse la extensión de aquella caverna, su anchura, su elevación y profundidad. En aquella construcción subterránea y basáltica reinaba un silencio imponente. Ningún ruido exterior penetraba en ella y los estallidos del trueno o del rayo no podían atravesar sus espesas paredes.

En algunos puntos del globo existen estas cavernas inmensas, especie de criptas naturales que se remontan a la época geológica. Unas están invadidas por las aguas del mar, otras contienen en sus entrañas lagos enteros. Tales son la gruta de Fingal en la isla de Staffa, una de las Hébridas; las de Margat, en la bahía de Douarnenez, en Bretaña; las Bonifacio, en Córcega; las de Lyse-Fjord, en Noruega, y, en fin, la inmensa caverna de Mammuth, en Kentucky, de quinientos pies de altura y de más de veinte millas de longitud. En muchos puntos del globo la naturaleza ha abierto esas criptas y las ha conservado para admiración de los hombres.

Respecto a la que exploraban los colonos, ¿se extendía hasta el centro de la isla? Hacía un cuarto de hora que navegaba la canoa siguiendo las indicaciones del ingeniero, cuando éste gritó:

–¡Más a la derecha!

La embarcación, modificando su rumbo, vino a rozar la pared de la derecha. El ingeniero quería, con razón, reconocer si el alambre continuaba a lo largo de aquella pared. El alambre estaba allí sujeto a las puntas salientes de las rocas.

—¡Adelante! —volvió a decir Ciro Smith.

Los dos remos, sumergiéndose en las oscuras aguas, pusieron de nuevo en movimiento la embarcación.

Así continuaron por espacio de otro cuarto de hora: desde la abertura de la caverna debían haber recorrido al menos media milla, cuando se oyó de nuevo la voz de Ciro Smith que gritó:

—¡Alto!

La canoa se detuvo y los colonos observaron una viva luz, que iluminaba la enorme cripta tan profundamente abierta en las entrañas de la isla. Entonces pudieron ver aquella caverna, cuya existencia nadie hubiera sospechado.

A una altura de cien pies se redondeaba una bóveda sostenida por columnas de basalto, que parecían haber sido fundidas en el mismo molde. Arcos irregulares, molduras caprichosas se apoyaban sobre aquellas columnas, que la naturaleza había levantado en las primeras épocas de la formación del globo. Los fustes basálticos, encajados uno en otro, medían de cuarenta a cincuenta pies de altura, y el agua, mansa y tranquila, cualesquiera que fuesen las agitaciones exteriores, bañaba sus bases. El resplandor del foco de luz visto por el ingeniero, apoderándose de cada arista prismática y sembrándolas de puntos luminosos, penetraba, por decirlo así, en las paredes como si hubieran sido diáfanas y transformaba en otros tantos carbunclos resplandecientes las menores puntas del subterráneo.

A consecuencia de un fenómeno de reflexión, el agua presentaba en su superficie esta diversidad de brillo, de suerte que la canoa flotaba entre dos zonas resplandecientes. No podía haber duda sobre la naturaleza de la irradiación proyectada por el centro luminoso, cuyos rayos claros y rectilíneos se quebraban en todos los ángulos y en todas las molduras de la cripta. Aquella luz procedía de un foco eléctrico y su color blanco dejaba adivinar su origen. Allí estaba el sol de aquella caverna y la llenaba toda.

A una señal de Ciro Smith cayeron los remos en el agua haciendo saltar una verdadera lluvia de carbunclos y la canoa se dirigió hacia el foco luminoso y se encontró en seguida a medio cable de distancia.

En aquel sitio la ancha sábana de agua medía unos trescientos cincuenta pies y se podía ver más allá del centro resplandeciente un enorme muro basáltico, que cerraba la salida por aquel lado. La caverna se había ensanchado considerablemente y el mar formaba en ella un pequeño lago. Pero la bóveda, las paredes laterales y la del fondo, todos aquellos prismas, todos aquellos cilindros, todos aquellos conos estaban bañados en el fluido eléctrico hasta parecer que su resplandor nacía de ellos, hubiera podido decirse que sudaban luz aquellas piedras talladas como diamantes de gran precio.

En el centro del lago flotaba sobre la superficie de las aguas, inmóvil y silencioso, un enorme objeto fusiforme. El resplandor que proyectaba salía por sus costados como por dos bocas de horno que hubiesen sido caldeadas al rojo blanco. Aquel aparato parecía el cuerpo de un enorme cetáceo, tenía unos doscientos cincuenta pies de longitud y se elevaba diez o doce pies sobre el nivel del mar.

La canoa se acercó a él lentamente. Ciro Smith se había levantado y, puesto en la proa, miraba poseído de una violenta agitación. Luego, de repente, asiendo el brazo del periodista, exclamó:

—¡Es él, tiene que ser él!

Después se dejó caer sobre el banco de la canoa, murmurando un nombre que sólo fue oído por Gedeón Spilett.

Sin duda el periodista conocía aquel nombre, porque produjo en él un efecto prodigioso y respondió con voz sorda:

—¡Él! ¡Un hombre fuera de la ley!

—¡Él! —dijo Ciro Smith.

Por orden del ingeniero, la canoa se acercó al singular aparato flotante por el costado izquierdo, del cual se escapaba un haz luminoso a través de una espesa vidriera. Ciro Smith y sus compañeros subieron sobre la plataforma. Vieron una carroza abierta y entraron por la abertura. Al extremo inferior de la escalera se dibujaba un callejón interior iluminado eléctricamente y, al final, se abría una puerta que Ciro Smith empujó. Una sala ricamente adornada, que atravesaron rápidamente los colonos, confinaba con una biblioteca, cuyo techo luminoso vertía un torrente de luz. El ingeniero abrió una ancha puerta, que había en el fondo de la biblioteca. Un vasto salón, especie de museo, donde estaban acumuladas, con todos los tesoros de la naturaleza mineral, obras de arte y maravillas de la industria, apareció a los ojos de los colonos, que debieron creerse entonces trasladados por un hada al mundo de los sueños. Tendido en un rico diván, vieron a un hombre que no parecía darse cuenta de su presencia. Entonces Ciro Smith levantó la voz y, con gran sorpresa de sus compañeros, pronunció estas palabras:

—Capitán Nemo, nos ha mandado venir y aquí estamos.

El capitán Nemo cuenta su vida y sus ideales

Al oír estas palabras, el hombre tendido en el sofá se levantó y vieron su rostro: cabeza magnífica, frente elevada, mirada altiva, barba blanca, cabellera abundante y echada hacia atrás.

Aquel hombre se apoyó con la mano en el respaldo del diván, de donde acababa de levantarse; su mirada era tranquila; una enfermedad lenta le había consumido poco a poco, pero su voz parecía fuerte todavía, cuando dijo en inglés y en tono que anunciaba gran sorpresa:

—No tengo nombre, señor mío.

—Yo le conozco a usted —contestó Ciro Smith.

El capitán Nemo fijó su mirada ardiente sobre el ingeniero, como si hubiera querido aniquilarlo. Después, cayendo sobre los almohadones del diván, murmuró:

—¿Qué importa? De todos modos voy a morir.

Ciro Smith se acercó al capitán Nemo y Gedeón Spilett tomó su mano, que encontró ardiendo. Ayrton, Pencroff, Harbert y Nab se mantenían respetuosamente a distancia en un ángulo de aquel magnífico salón, cuyo aire estaba saturado de efluvios eléctricos.

El capitán Nemo retiró inmediatamente su mano e hizo señas al ingeniero y al periodista de que se sentaran.

Todos lo miraban con verdadera emoción. Tenían delante "el genio de la isla", el ser poderoso cuya intervención en tantas circunstancias había sido tan eficaz, el bienhechor a quien debían tanta gratitud. Ante sus ojos no tenían más que un hombre en vez del semidiós que habían creído hallar Pencroff y Nab, y aquel hombre estaba moribundo.

Pero ¿cómo Ciro Smith conocía al capitán Nemo? ¿Por qué este se había levantado de repente al oír pronunciar aquel nombre, que debía creer ignorado de todos?

El capitán volvió a su sitio, en el diván, y, apoyándose en su brazo, miraba al ingeniero, sentado a su lado.

—¿Sabe el nombre que he llevado? —le preguntó.

—Sí, señor —contestó Ciro Smith—, y sé el nombre de este admirable aparato submarino

—¿El Nautilus? —dijo con leve sonrisa el capitán.

—El Nautilus.

—Pero ¿sabe... sabe usted quién soy yo?

—Sí, señor.

—Sin embargo, hace treinta años que no tengo comunicación con el mundo habitado, treinta años que vivo en las profundidades del mar, único lugar donde he encontrado la independencia. ¿Quién ha podido descubrir mi secreto?

—Un hombre que no se había comprometido a guardarlo, capitán Nemo, y que por consiguiente no puede ser acusado de traición.

—¿Aquel francés que por casualidad vino a bordo hace dieciséis años?

—El mismo.

—Pero ¿no perecieron él y sus dos compañeros en el Maelstrom, donde el Nautilus había penetrado?

—No, señor, y, bajo el título de Veinte mil leguas de viaje submarino, se ha publicado una obra que contiene la historia de usted.

—¡Mi historia de unos meses, señor mío! —advirtió el capitán.

—Es verdad —repuso Ciro Smith—, pero esos pocos meses de vida tan extraña han bastado para darnos a conocer a usted...

—¿Como un gran culpable? —repuso el capitán Nemo plegando sus labios con una sonrisa altanera—. ¿Como un rebelde, puesto quizá fuera de la ley de la humanidad?

El ingeniero no contestó.

—¿Qué me dice usted?

—No soy yo quien debe juzgar al capitán Nemo —contestó Ciro Smith—, al menos en lo que concierne a su vida pasada. Ignoro, como todo el mundo, cuáles han sido los móviles de esta extraña existencia, y no puedo juzgar los efectos sin conocer las causas. Sin embargo, sé que una mano bienhechora se ha extendido constantemente sobre nosotros desde nuestra llegada a la isla Lincoln; que todos debemos la vida a un ser generoso, poderoso, y que ese ser es usted, capitán Nemo.

—Soy yo —contestó sencillamente el capitán.

El ingeniero y el periodista se habían levantado. Sus compañeros se acercaron, y la gratitud que rebosaba en sus corazones iba a manifestarse en ademanes y palabras. El capitán Nemo les detuvo con una seña y, con voz más conmovida que lo que quizá habría querido, dijo:

—Cuando ustedes me hayan oído...

Y el capitán, en pocas frases, claras y pronunciadas apresuradamente, dio a conocer su vida entera.

Su historia fue breve y, sin embargo, para referirla debió concentrar toda la energía que le quedaba: evidentemente luchaba contra una extrema debilidad. Muchas veces Ciro Smith le invitó a descansar, pero movió la cabeza como hombre que va a morir muy pronto y, cuando el periodista le ofreció sus cuidados, le respondió:

—Son inútiles; mis horas están contadas.

El capitán Nemo era un indio, el príncipe Dakkar, hijo de un rajá del territorio entonces independiente del Bundelkund y sobrino del héroe de India, Tippo-Saib. Su padre le envió a Europa a la edad de diez años, para que recibiera una educación completa y con la secreta intención de que pudiese luchar un día con armas iguales contra los que él consideraba opresores de su pátria.

Desde los diez años hasta los treinta, el príncipe Dakkar, dotado de cualidades superiores, de gran corazón y mucho talento, se instruyó en todas las cosas; en las ciencias, en las letras y en las artes llevó sus estudios hasta las más distantes y elevadas regiones. El príncipe Dakkar viajó por toda Europa. Su nacimiento y su fortuna hicieron que frecuentase la sociedad, pero las seducciones del mundo no lo atrajeron. Joven y guapo, permanecía serio, triste, devorado por la sed de aprender y por un resentimiento implacable que ocupaba su corazón. Aborrecía, odiaba el único país donde no había querido jamás poner su planta, la sola nación de la cual había rehusado constantemente sus proposiciones; odiaba a Inglaterra tanto como en ciertos puntos la admiraba.

El indio resumía en sí todo el odio feroz del vencido contra el vencedor. El invasor no había podido encontrar perdón en el alma del vencido; el hijo de uno de los soberanos que la Gran Bretaña sólo de nombre ha podido asegurar la servidumbre, el príncipe de la familia de Tippo-Saib, educado en las ideas de reivindicación y de venganza, poseído de indestructible amor a su poético país cargado de cadenas inglesas, no quiso jamás posar su planta en aquella tierra, para él maldita, a la cual India debía su esclavitud.

El príncipe Dakkar llegó a ser un artista al que las maravillas del arte impresionaban noblemente, un sabio para quien nada de las altas ciencias le era desconocido, un hombre de Estado que se había formado en las cortes europeas. A los ojos de los observadores superficiales pasaba quizá por ser uno de esos cosmopolitas, curiosos de saber, pero negligentes en obrar; por uno de esos opulentos viajeros, de alma fiera y platónica, que recorren incesantemente el mundo y que no pertenecen a ningún país. No era nada de esto. Aquel artista, aquel sabio, aquel hombre había permanecido indio por el corazón, indio por el deseo de venganza, indio por la esperanza que alimentaba de poder reivindicar un día los derechos de su país, de expulsar al extranjero y de devolverle su independencia.

El príncipe Dakkar volvió a Bundelkund el año 1849, donde se casó con una noble india, cuyo corazón sangraba como el suyo por las desgracias de su patria. Tuvo de ella dos hijos a los que aneaba con pasión, pero la felicidad doméstica no podía hacerle olvidar la esclavitud de India y esperaba una ocasión que al fin se presentó. El yugo inglés se había dejado sentir quizá demasiado pesadamente sobre las poblaciones indias.

El príncipe Dakkar tomó la voz de los descontentos e hizo pasar por sus ánimos todo el odio que él experimentaba contra el opresor. Recorrió no sólo las comarcas aún independientes de la península india, sino también las regiones directamente sometidas a la administración inglesa. Recordó los gloriosos días de Tippo-Saib, que había muerto heroicamente en Seringapatán, en defensa de su patria.

En 1857 estalló la revolución de los cipayos, de la cual fue el alma el príncipe Dakkar, que la organizó en inmensa escala. No sólo puso su talento y sus riquezas al servicio de aquella causa, sino también su persona: peleó en primera fila y arriesgó su vida como el más humilde de aquellos héroes que se habían levantado para liberar a su país; fue herido diez veces en veinte encuentros, y no había podido encontrar la muerte, cuando los últimos soldados de la independencia cayeron bajo las balas inglesas. Jamás el poder británico en India corrió tanto peligro, y si, como habían esperado, los cipayos hubieran recibido socorros del exterior, habrían puesto término a la dominación de la Gran Bretaña en Asia.

El nombre del príncipe Dakkar fue ilustre entonces y el héroe que lo llevaba no se ocultó, sino luchó abiertamente. Su cabeza fue puesta a precio y no se encontró un solo traidor que la entregara, pagándolo por él su padre, su madre, su mujer y sus hijos antes de que pudiese conocer los peligros que por su causa corrían.

El derecho, esta vez, también había caído ante la fuerza. Pero la civilización no retroce jamás y parece que toma de la necesidad todos sus derechos. Los cipayos fueron vencidos y el país de los antiguos rajás volvió a caer bajo la dominación más estrecha de Inglaterra.

El príncipe Dakkar, que no había muerto, volvió a las montañas de Bundelkund. Allí, solo, lleno de tristeza contra todo lo que se llamaba hombre, dominado por el odio y el horror del mundo civilizado, queriendo huir para siempre, recogió los restos de su fortuna, reunió veinte de sus más fieles compañeros y un día desaparecieron todos.

¿Dónde había ido el príncipe Dakkar a buscar aquella independencia que se le negaba en la tierra habitada'? Bajo las aguas, en las profundidades del mar, donde nadie podía seguirlo.

Al hombre guerrero le sustituyó el hombre sabio. Una isla desierta del Pacífico le sirvió para establecer sus arsenales y, allí, con arreglo a sus planos, fue construido un submarino. La electricidad, de la cual, por medios que serán conocidos algún día, había sabido utilizar la inconmensurable fuerza mecánica, que sacaba de manantiales inagotables, fue empleada para todas las necesidades de su aparato flotante, como fuerza motriz, fuerza iluminadora y fuerza calorífica. El mar, con sus tesoros infinitos, sus miríadas de peces, sus cosechas de algas y de sargazos, sus enormes mamíferos; y no solamente todo lo que la naturaleza mantenía en él, sino también todo lo que los hombres habían perdido, bastó para satisfacer ampliamente las necesidades del príncipe y de su tripulación, con lo cual pudo llevar a cabo su más vivo deseo, puesto que no quería tener ninguna comunicación con la tierra. Dio a su aparato submarino el nombre de Nautilus y a sí el de capitán Nemo. Desapareció bajo los mares.

Durante muchos años el capitán visitó todos los océanos, de un polo a otro. Paria del universo habitado, recogió en los mundos desconocidos admirables tesoros. Los millones perdidos en la bahía de Vigo, en 1702, por los galeones españoles, le proporcionaron una mina inagotable de riquezas, de las cuales dispuso anónimamente en favor de los pueblos que luchaban por la independencia de su país.

No había tenido, durante mucho tiempo, ninguna comunicación con sus semejantes, cuando, durante la noche del 6 de noviembre de 1866, tres hombres fueron lanzados a bordo. Eran un profesor francés, su criado y un pescador canadiense-Aquellos tres hombres habían sido precipitados al mar, en un choque que se había producido entre el Nautilus y una fragata de los Estados Unidos, la Abraham Lincoln, que le daba caza. El capitán Nemo supo por aquel profesor que el Nautilus, unas veces tomado por un mamífero gigante de la familia de los cetáceos, otras por un aparato submarino gobernado por una tripulación de piratas, era perseguido por todos los mares.

El capitán Nemo habría podido volver a arrojar al océano a aquellos tres hombres, que la casualidad había lanzado a través de su misteriosa existencia. No lo hizo, pero los tuvo prisioneros, y durante siete meses pudieron contemplar todas las maravillas de un viaje que prosiguió durante veinte mil leguas bajo los mares. Un día, el 22 de junio de 1867, aquellos tres hombres, que no sabían nada sobre el pasado del capitán Nemo, lograron escaparse, después de haberse apoderado de la canoa del Nautilus. Pero como en aquel momento el Nautilus había penetrado en las costas de Noruega, en los torbellinos del Maelstrom, el capitán creyó que los fugitivos, ahogados en aquellos espantosos remolinos, habrían encontrado la muerte en el fondo del golfo. Ignoraba que el francés y sus dos compañeros habían sido milagrosamente arrojados a la costa, que los pescadores de las islas Lofoden los habían recogido y que el profesor, a su regreso a Francia, había publicado una obra en la cual se referían y entregaban a la curiosidad pública siete meses de aquella extraña y aventurera navegación del Nautilus.

Durante largo tiempo todavía el capitán Nemo continuó viviendo así, recorriendo los mares. Pero, poco a poco, sus compañeros fueron muriendo, yendo a reposar en su cementerio de coral, en el fondo del Pacífico. Se hizo el vacío en el Nautilus y, al fin, el capitán Nemo se quedó solo, por haberse muerto todos los que se habían refugiado con él en las profundidades del océano. Tenía entonces setenta años. Cuando se vio solo, logró llevar su Nautilus hacia uno de los puertos submarinos que le servían algunas veces de puntos de escala. Era bajo la isla Lincoln y ahora daba asilo en aquel momento al Nautilus.

Seis años hacía que el capitán estaba allí, esperando la muerte, es decir, el instante de reunirse con sus compañeros, cuando la casualidad le hizo asistir a la caída del globo que llevaba a los prisioneros sudistas. Revestido de su escafandra, se paseaba bajo las aguas a pocos cables de la orilla de la isla, cuando el ingeniero fue precipitado al mar. Un movimiento de bondad impulsó al capitán... y salvó a Ciro Smith.

Al principio quiso huir de los cinco náufragos, pero su refugio estaba cerrado y, a causa de una elevación de basalto que se había producido bajo el influjo de acciones volcánicas, no podía atravesar la entrada de la cripta, porque si había bastante agua para que una ligera embarcación pudiera pasar la barra, no había la suficiente para el Nautilus, cuyo calado era relativamente considerable.

El capitán Nemo se quedó observando lo que hacían aquellos hombres arrojados sin recursos a una isla desierta, sin querer ser visto de ellos. Poco a poco, al verlos honrados, enérgicos, unidos los unos a los otros por una amistad fraternal, se interesó en sus esfuerzos y, a pesar suyo, penetró en todos los secretos de su existencia. Por medio de la escafandra le era fácil llegar hasta el fondo del pozo interior del Palacio de granito y, trepando por las puntas de las rocas hasta el orificio superior, oía a los colonos referir el pasado y estudiar el presente y el futuro. Por ellos conoció el inmenso esfuerzo de América contra América para abolir la esclavitud.

Sí, aquellos hombres eran dignos de reconciliar al capitán Nemo con la humanidad, a la cual tan honradamente representaban en la isla.

El capitán Nemo había salvado a Ciro Smith. El también llevó el perro a las Chimeneas, le lanzó de las aguas del lago, hizo encallar en la punta del Pecio aquella caja que contenía tantos objetos para los colonos, les envió la canoa por la corriente de la Merced, les arrojó las cuerdas desde el Palacio de granito tras el ataque de los monos, les comunicó la presencia de Ayrton en la isla Tabor por medio del document encerrado en la botella, hizo saltar el brick por el choque de un torpedo dispuesto en el fondo del canal, salvó a Harbert de una muerte cierta, llevando el sulfato de quinina, y, en fin, hirió a los presidiarios con aquellas balas eléctricas, cuyo secreto poseía y que empleaba en sus cazas submarinas. Así se explicaban tantos incidentes que parecían sobrenaturales y que eran otros tantos testimonios de la generosidad y del poder del capitán.

Aquel misántropo tenía sed de bien. Le quedaban útiles consejos que dar a sus protegidos, y, por otra parte, sintiendo latir su corazón y debilitarse sus fuerzas por la proximidad de la muerte, envió a buscar, como es sabido, a los colonos del Palacio de granito, mediante un alambre que unió al de la dehesa con el Nautilus, el cual tenía también un aparato alfabético... Quizá no lo hubiera hecho, si hubiese sabido que Ciro Smith estaba tan al corriente de su historia que le saludó con el nombre de capitán Nemo.

El capitán había terminado la relación de su vida.

Ciro Smith tomó entonces la palabra. Recordó todos los incidentes que habían ejercido sobre la colonia tan saludable influencia y, en nombre de sus compañeros y en el suyo, dio las gracias al ser generoso a quien tanto debían.

Pero el capitán Nemo no pensaba reclamar el premio de los servicios que había hecho. Un último pensamiento agitaba su ánimo y, antes de estrechar la mano que le tendía el ingeniero, le dijo:

—Ahora, usted que conoce mi vida, júzguela.

Al hablar así, el capitán aludía a un grave incidente de que habían sido testigos los tres extranjeros arrojados a bordo, incidente que el profesor francés necesariamente había tenido que contar en su obra y que había resonado en todas partes con eco terrible.

En efecto, pocos días antes de la fuga del profesor y de sus dos compañeros, el Nautilus, perseguido por una fragata, al norte del Atlántico, se había precipitado contra ella como un ariete y la había echado a pique sin misericordia.

Ciro Smith comprendió la alusión y permaneció en silencio.

—Era una fragata inglesa —exclamó el capitán Nemo, que por un instante volvía a ser el príncipe Dakkar—, una fragata inglesa, ¿me entiende? Me atacaba. Yo estaba metido en una bahía estrecha y poco profunda... Necesitaba pasar y pasé. —Después, con voz tranquila, añadió—: La justicia y el derecho estaban de mi parte. He hecho en todas partes el bien que he podido y también el mal que he podido hacer. La justicia no consiste solamente en el perdón. ¿Qué piensan ustedes de mí, señores?

Ciro Smith tendió la mano al capitán y contestó a su pregunta con voz grave:

—Capitán, su error consiste en haber creído que podía resucitar el pasado y oponerse al progreso necesario. Es un error que unos admiran y otros condenan, que sólo Dios puede juzgar y la razón humana absolver. El que se equivoca con buena intención puede ser combatido, pero no debe dejar de ser estimado. Su error no excluye admiración y su nombre nada tiene que temer del juicio de la historia, la cual ama las locuras heroicas sin dejar de condenar los resultados que producen.

El pecho del capitán Nemo se levantó y su mano se tendió hacia el cielo.

—¿He tenido razón o no?—murmuró.

Ciro Smith repuso:

—Todas las grandes acciones suben a Dios, porque vienen de El. Capitán Nemo, los hombres honrados que están aquí, a quienes usted ha socorrido, le llorarán siempre.

Harbert se había acercado al capitán. Dobló las rodillas, tomó su mano y la besó. Una lágrima se deslizó por las mejillas del moribundo al decir:

—¡Hijo mío, te bendigo!

Muere el capitán Nemo, y los colonos cumplen su última voluntad

Había llegado el día: ningún rayo de luz penetraba en aquella profunda cripta, cuya abertura obstruía la marea alta en aquel momento, pero la luz artificial, que se escapaba en largos haces a través de las paredes del Nautilus, no se había debilitado, y la sábana de agua resplandecía todavía alrededor del aparato flotante.

Un extremado cansancio se notaba en el capitán Nemo, que había vuelto a caer sobre su diván. No se podía pensar en trasladarlo al Palacio de granito, porque había manifestado su voluntad de permanecer entre aquellas maravillas del Nautilus, que no habrían podido pagarse con millones, y esperar una muerte que no podía tardar en venir.

Durante la larga postración 'que le tuvo casi sin conocimiento, Ciro Smith y Gedeón Spilett observaron con atención el estado del enfermo. Evidentemente el capitán se iba extinguiendo poco a poco: faltaría la fuerza a aquel cuerpo, en otro tiempo tan robusto y, a la sazón, débil envoltura de un alma que trataba de romper sus lazos. Toda la vida estaba concentrada en el corazón y en la cabeza.

El ingeniero y el periodista celebraban consejo en voz baja. ¿Había algo que hacer por el moribundo? ¿Podían, si no salvarlo, al menos prolongar su vida durante varios días? Él mismo había dicho que no tenía remedio y esperaba tranquilamente, sin temer, la hora de la muerte.

—No podemos hacer nada —dijo Gedeón Spilett.

—Pero ¿de qué se muere? —preguntó Pencroff.

—Porque se apaga —contestó el periodista.

—Sin embargo —dijo el marino—, si le trasladáramos al aire libre, al sol, quizá se reanimaría.

—No, Pencroff —contestó el ingeniero—, no podemos hacer nada. Por otra parte, el capitán Nemo no consentiría en salir de su buque; hace treinta años que vive en el Nautilus y en el Nautilus quiere morir.

Sin duda el capitán Nemo oyó la respuesta de Ciro Smith, porque se incorporó un poco y con voz más débil, pero siempre inteligible, dijo:

—Tiene usted razón: debo y quiero morir aquí. Por lo tanto, tengo que hacerles una súplica.

Ciro Smith y sus compañeros se acercaron al diván y dispusieron los cojines de modo que el moribundo estuviera más cómodo.

Vieron entonces que las miradas del capitán se detenían en todas las maravillas de aquel salón, iluminado por los rayos eléctricos que pasaban a través de los arabescos de un techo luminoso. Contempló uno tras otro los cuadros suspendidos sobre los espléndidos tapices que cubrían las paredes, las obras maestras de los pintores italianos, flamencos, franceses y españoles; las figuras de mármol y de bronce, que se levantaban sobre sus pedestales; el órgano magnífico apoyado en la pared de popa; las vidrieras dispuestas alrededor de un acuario central en el cual se ostentaban los más admirables productos del mar, plantas marinas, zoófitos, rosarios de perlas de inapreciable valor, y, por fin, sus ojos se detuvieron en la divisa escrita en el frontón de aquel museo, que era la divisa del Nautilus:

Mobilis in mobili

Parecía como si quisiera por última vez acariciar con la mirada aquellas obras maestras del arte y de la naturaleza, a las cuales había limitado su horizonte durante tantos años pasados en el abismo de los mares. Ciro Smith había respetado el silencio del capitán Nemo, aguardando a que el moribundo tomase la palabra. Después de algunos minutos, durante los cuales pasó interiormente revista a su vida entera, el capitán se volvió hacia los colonos y les dijo:

—¿Creen serme deudores de alguna gratitud?

—Capitán, daríamos nuestra vida por prolongar la de usted.

—Bien —repuso el capitán Nemo—, bien... Prométanme ejecutar mi última voluntad y eso me recompensará de lo que he hecho en su favor.

—Lo prometemos —contestó Ciro Smith, que con esta promesa empeñaba no solamente su palabra, sino la de sus compañeros.

Y detuvo con un gesto a Harbert, que hizo señal de protestar.

—Mañana habré muerto y deseo no tener otro sepulcro que el Nautilus. Es mi ataúd. Todos mis amigos reposan en el fondo de los mares y yo quiero reposar con ellos.

Un silencio profundo acogió estas palabras del capitán.

—Escúchenme —añadió—. El Nautilus está aprisionado en esta gruta, cuya entrada se ha levantado desde que está aquí. Pero, si no puede dejar su prisión, puede al menos hundirse en el abismo y conservar allí mi despojo mortal. Los colonos escuchaban religiosamente las palabras del moribundo. Mañana, después de mi muerte, señor Smith, usted y sus compañeros dejarán el Nautilus, porque todas las riquezas que contiene deben desaparecer conmigo. Un solo recuerdo les quedará a ustedes del príncipe Dakkar, cuya historia ya conocen. Ese cofrecillo... que está ahí... contiene muchos millones de diamantes, la mayor parte recuerdos de la época en que, padre y esposo, casi llegué a creer en la felicidad, y una colección de perlas recogidas por mis amigos y por mí en el fondo de los mares. Con ese tesoro, en un día dado, podrán hacer buenas cosas. En manos como las suyas y las de sus compañeros, señor Smith, la riqueza no puede ser peligrosa. Yo, desde allá arriba, me veré asociado a sus obras, sin que me dé recelo esta asociación —después de unos instantes, requerido por su extrema debilidad, continuó el capitán Nemo en estos términos—: Mañana tomarán ese cofrecillo, dejarán este salón cerrando la puerta, después subirán a la plataforma del Nautilus y cerrarán la puerta de metal mediante sus pernos.

—Lo haremos, capitán —contestó Ciro Smith.

—Bien. Entonces se embarcarán en la canoa que les ha traído, pero, antes de abandonar el Nautilus, se dirigirán a popa y allí abrirán los dos grifos que se encuentran sobre la línea de flotación. El agua penetrará en los depósitos y el Nautilus se hundirá poco a poco para ir a descansar al fondo del abismo.

Ciro Smith hizo un ademán y, al darse cuenta, el capitán añadió:

—No tensan nada. Sepultarán verdaderamente a un muerto.

Ni Ciro Smith ni sus compañeros creyeron hacer ninguna observación al capitán Nemo. Les transmitía su última voluntad y no tenían que hacer más que conformarse con ella...

—¿Me dan su palabra de hacerlo así? —añadió el capitán Nemo.

—Sí, señor —contestó el ingeniero.

El capitán dio las gracias con una señal y rogó a los colonos que le dejaran solo durante unas horas. Gedeón Spilett insistió para que le permitiera permanecer a su lado por si sobrevenía alguna crisis, pero el moribundo se negó, diciendo:

—Viviré hasta mañana.

Todos abandonaron el salón, atravesaron la biblioteca, el comedor y llegaron a proa, al cuarto de máquinas, donde estaban establecidos los complicados aparatos eléctricos, que, al mismo tiempo que calor y luz, suministraban fuerza mecánica al Nautilus.

El Nautilus era una obra maestra llena de obras maestras, y el ingeniero quedó maravillado. Los colonos subieron sobre la plataforma, que se levantaba a siete u ocho pies sobre el nivel del agua, y se acomodaron cerca de una gran vidriera lenticular, que tapaba una especie de gran claraboya de donde emanaba un haz luminoso. Detrás de aquella claraboya se abría un camarote que contenía las ruedas del gobernalle y en el cual estaba el timonel, cuando dirigía el Nautilus a través de las capas líquidas, que por los rayos eléctricos debían iluminarse en una gran extensión

Ciro Smith y sus compañeros permanecieron al principio silenciosos, porque estaban muy impresionados por lo que acababan de ver y oír. Sus corazones se oprimían al pensar que aquel cuyo brazo tantas veces les había socorrido, que aquel protector que habían conocido pocas horas antes, estaba a punto de morir.

Cualquiera que fuese el juicio que la posteridad pronunciara sobre los actos de aquella existencia, por decirlo así, extrahumana, el príncipe Dakkar sería siempre para ellos una de esas fisonomías extrañas, cuyo recuerdo no se puede borrar.

–¡Vaya un hombre! –exclamó Pencroff–. ¡Es creíble que haya vivido de esta manera en el fondo del océano! Pienso que quizá no ha encontrado en él más tranquilidad que en cualquiera otra parte.

–El Nautilus –observó Ayrton– habría podido servirnos para abandonar la isla Lincoln y llegar a una tierra habitada.

–¡Mil diablos! –exclamó Pencroff–. No me comprometería yo a dirigir semejante buque. Correr sobre los mares, bueno; pero bajo las aguas, no.

–Creo –repuso el periodista– que la maniobra de un aparato submarino como este Nautilus debe ser fácil, Pencroff, y que pronto nos acostumbraríamos a ella. No habría que temer ni tempestades ni abordajes. A pocos pies bajo la superficie del mar, las aguas se encuentran tan tranquilas como las de un lago.

–Es posible –contestó el marino–, mas prefiero un buen golpe de viento a bordo de un buque bien aparejado. El barco se ha hecho para navegar sobre el agua y no debajo.

–Amigos míos –dijo el ingeniero–, es inútil, al menos a propósito del Nautilus, discutir esta cuestión de buques submarinos. El Nautilus no es nuestro y no tenemos derecho a disponer de él, cuanto más que no podría servirnos en ningún caso; pues, aparte de que no puede salir de esta caverna, cuya entrada se ha cerrado por un levantamiento de las rocas basálticas, el capitán Nemo quiere que se hunda en ella después de su muerte. Su voluntad es formal y la cumpliremos.

Ciro Smith y sus compañeros, después de una conversación que se prolongó todavía algún tiempo, bajaron de nuevo al interior del Nautilus, tomaron algún alimento y volvieron al salón.

El capitán Nemo había salido de la postración en que le habían dejado y sus ojos recobraron el brillo que tenían anteriormente. Veíase una sonrisa vagando por sus labios. Los colonos se acercaron a él.

—Señores —les dijo—, ustedes son hombres animosos, honrados y buenos. Se han dedicado sin reserva al bien común. Con frecuencia los he observado, los he amado y los amo... Déme la mano, señor Ciro.

El ingeniero tendió la mano al capitán, que la estrechó afectuosamente.

—Así está bien —murmuró. Y añadió—Ya he hablado bastante de mí. Ahora quisiera hablar de ustedes y de la isla Lincoln, en la cual han encontrado asilo... ¿Piensan abondonarla?

—Para volver, capitán —contestó Pencroff.

—¿Para volver?... En efecto, Pencroff —repuso el capitán sonriéndose—, ya sé cuánto afecto profesa usted a esta isla. Sus trabajos la han modificado y es seguramente propiedad de todos ustedes.

—Nuestro proyecto, capitán —dijo entonces Ciro Smith—, sería darla a los Estados Unidos y fundar en ella, para nuestra marina, un punto de escala, que estaría muy bien situado en esta parte del Pacífico.

—Ustedes piensan en su país, señores —repuso el capitán—: trabajan por su prosperidad, por su gloria. Tiene razón: la patria... Allí hay que volver; allí debe morir uno..., y yo..., yo muero lejos de todo lo que he amado.

—¿Tendría usted alguna última voluntad que transmitimos, algún recuerdo para los amigos que ha podido dejar en las montañas de India? —preguntó vivamente el ingeniero.

—No, señor Smith. No tengo ya amigos. Soy el último de mi linaje, desde hace mucho tiempo he muerto para cuantos me han conocido..., pero volvamos a ustedes. La soledad, el aislamiento son cosas tristes y superiores a las fuerzas humanas... Yo muero por haber creído que podía vivir solo... Ustedes deben intentarlo todo para abandonar la isla Lincoln y volver a ver el suelo donde han nacido. Sé que esos miserables han destruido la embarcación que ustedes habían hecho...

—Estamos construyendo un buque —dijo Gedeón Spilett—, un buque bastante grande para llevarnos a las tierras más próximas; pero, si logramos salir, tarde o temprano volveremos a la isla Lincoln, a la cual nos unen demasiados recuerdos para que podamos olvidarla jamás.

—Aquí hemos conocido al capitán Nemo —dijo Ciro Smith.

—Sólo aquí encontraremos los recuerdos de usted en toda su densidad —observó Harbert.

—Y aquí descansaré en el sueño eterno, si... —contestó el capitán. Titubeó y, en vez de concluir la frase, añadió:

—Señor Smith, tengo que hablarle... a solas.

Los compañeros del ingeniero, respetando aquel deseo del moribundo, se retiraron.

Ciro Smith permaneció unos minutos encerrado a solas con el capitán Nemo, luego llamó a sus amigos, pero no les dijo nada de las cosas secretas que el moribundo le había confiado.

Gedeón Spilett observó entonces al enfermo con atención. Era evidente que el capitán estaba sostenido sólo por una energía moral, que en breve sería vencida por su debilidad física.

El día terminó sin que se manifestara ningún cambio. Los colonos no dejaron un instante el Nautilus. La noche había entrado, aunque no era posible conocerlo por la oscuridad en aquella cripta.

El capitán Nemo no padecía, pero declinaba. Su noble rostro, pálido por la proximidad de la muerte, estaba tranquilo. De sus labios se escapaban a veces palabras casi ininteligibles y que se referían a diversos incidentes de su extraña existencia. La vida se iba retirando poco a poco de aquel cuerpo, cuyas extremidades estaban ya frías.

Una o dos veces más dirigió la palabra a los colonos que estaban a su lado y les miró con aquella última sonrisa que continúa hasta después de la muerte. Finalmente, a poco más de las doce de la noche, hizo un esfuerzo supremo y logró cruzar los brazos sobre el pecho como si hubiera querido morir en aquella actitud. Hacia la una de la mañana toda la vida se había refugiado en sus miradas. El último destello brilló en aquellos ojos negros de donde tantas llamas habían brotado en otro tiempo; y después, murmurando las palabras de Dios y Patria, expiró apaciblemente.

Ciro Smith, inclinándose sobre él, cerró los ojos del que había sido príncipe Dakkar y que ya no era ni siquiera el capitán Nemo.

Harbert y Pencroff lloraban; Ayrton enjugaba una lágrima furtiva; Nab estaba de rodillas cerca del periodista, convertido en estatua.

Ciro Smith, levantando la mano sobre la cabeza del muerto, dijo:

—¡Dios haya recogido su alma!

Y volviéndose hacia sus amigos añadió:

—Oremos por el ser que hemos perdido.

Pocas horas después los colonos cumplían la palabra dada al capitán y la última voluntad del difunto.

Salieron del Nautilus después de haberse llevado el último recuerdo que les había legado su bienhechor, el cofrecillo que contenía tantas riquezas. Cerraron cuidadosamente el maravilloso salón que continuaba inundado de luz. Fijaron con los pernos la puerta de metal, de tal suerte que ni una gota de agua pudiera penetrar en el interior de las cámaras del Nautilus.

Después los colonos bajaron a la canoa que estaba amarrada al costado del barco submarino. La canoa navegó hasta popa, donde en la línea de flotación se abrían dos grandes grifos que estaban en comunicación con los depósitos destinados a producir !a inmersión del aparato. Abrieron los grifos, los depósitos se llenaron de agua, y el Nautilus, hundiéndose poco a poco, desapareció bajo la sábana líquida.

Pero los colonos pudieron seguirlo todavía a través de las profundas capas de agua. Su poder luminoso transparentaba las aguas, mientras las tinieblas invadían la cripta. Por último, aquella expansión de efluvios eléctricos se disipó y en breve el Nautilus, convertido en ataúd del capitán Nemo, descansó en el fondo de los mares.

Se despierta el volcán y temen lo peor

Al amanecer, los colonos habían vuelto silenciosamente a la entrada de la caverna, a la cual dieron el nombre de Cripta de Dakkar en memoria del capitán Nemo. La marea había bajado y pudieron fácilmente pasar bajo el arco, cuyo pie derecho basáltico batía las olas.

La canoa se quedó en aquel sitio, habiéndola puesto los colonos al abrigo del oleaje. Para mayor precaución, Pencroff, Nab y Harbert la halaron hacia la playa que confinaba con uno de los lados de la cripta y la dejaron en un paraje donde no corría riesgo alguno.

La tempestad había cesado con la noche; los últimos truenos se desvanecían hacia el oeste; ya no llovía, pero el cielo estaba todavía cubierto de nubes. Aquel mes de octubre, principio de la primavera austral, no se anunciaba de modo satisfactorio, y el viento tenía tendencia a saltar de un punto de la roca a otro, de suerte que no permitía contar con un tiempo seguro.

Ciro Smith y sus compañeros, al salir de la cripta de Dakkar, tomaron el camino de la dehesa y, mientras marchaban, Nab y Harbert tuvieron cuidado de desprender el alambre tendido por el capitán entre la dehesa y la cripta y que quizá podrían utilizar más adelante.

Por el camino hablaron poco. Los diversos incidentes de aquella noche del 15 al 16 de octubre les habían impresionado. Aquel desconocido, cuya influencia les había protegido de un modo tan eficaz, aquel hombre convertido por su imaginación en genio, el capitán Nemo, ya no existía. Su Nautilus y él estaban sepultados en el fondo de un abismo y cada uno se creía más aislado que antes. Se habían acostumbrado, por decirlo así, a contar con aquella intervención poderosa que acababa de faltarlos para siempre, y Gedeón Spilett y el mismo Ciro Smith no podían eximirse de esta penosa opresión.

Guardaron todos profundo silencio, siguiendo el camino de la dehesa.

A las nueve de la mañana entraron, por fin, en el Palacio de granito. Se había acordado proseguir lo más activamente posible la construcción del buque y el ingeniero se puso a la obra con más asiduidad que nunca. No se sabía lo que les reservaba el futuro y era una garantía para los colonos tener a su disposición un buque sólido, capaz de sostenerse en el mar con mal tiempo, y bastante grande para intentar en caso de necesidad una travesía de alguna duración. Si, terminado el buque, no se decidían a dejar la isla Lincoln y pasar al archipiélago polinesio del Pacífico o a la costa de Nueva Zelanda, por lo menos debían ir lo más pronto posible a la isla Tabor para dejar en ella la noticia relativa a Ayrton, precaución indispensable para el caso de que el yate escocés volviese a aparecer en aquellos mares. Sobre este punto no debía descuidarse ninguna precaución.

Continuaron los trabajos y Ciro Smith, Pencroff y Ayrton, ayudados de Nab, de Gedeón Spilett y de Harbert, siempre que no tenían alguna otra cosa urgente que hacer, trabajaron sin descanso. El nuevo buque tenía que estar dispuesto dentro de cinco meses, es decir, para principios de marzo, si había que visitar la isla Tabor antes que los vientos del equinoccio hicieran imposible esta travesía. Por tanto, los carpinteros no perdieron un momento. Y, dado que no tenían que fabricar el aparejo, porque habían salvado íntegro el del Speedy, necesitaban acabar el casco.

El último mes de 1868 transcurrió en estas importantes tareas.

Al cabo de dos meses y medio estaban en su lugar las cuadernas y se habían ajustado los primeros forros. Podía ya juzgarse que los planos dados por Ciro Smith eran excelentes y que el buque se mantendría bien en el mar. Pencroff trabajaba con una actividad devoradora y no se abstenía de reñir a uno u otro, cuando abandonaban la azuela de carpintero por el fusil de cazador. Sin embargo, había que conservar los depósitos del Palacio de granito para pasar el próximo invierno, pero el bravo marino no estaba contento cuando los obreros faltaban al taller. En aquellas ocasiones refunfuñaba y el exceso de mal humor le hacía ejecutar la obra de seis hombres.

Toda aquella estación de verano fue mala. Por espacio de algunos días los calores fueron sofocantes y la atmósfera, saturada de electricidad, no se descargaba sino por medio de violentas tempestades que turbaban profundamente las capas del aire. Era raro que no se oyesen los ruidos lejanos del trueno como un murmullo sordo, permanente, semejante al que se produce en las regiones ecuatoriales del globo.

El 1 de enero de 1869 se señaló por una tempestad violentísima y cayeron rayos en varios puntos de la isla, rompiendo muchos árboles, entre otros, uno de los enormes almeces que sombreaban el corral al extremo sur del lago. ¿Tenía aquel meteoro alguna relación con los fenómenos que se realizaban en las entrañas de la tierra? ¿Habría alguna conexión entre las alteraciones del aire y las agitaciones de la parte interior del globo? Ciro Smith se inclinaba a creerlo, porque el desarrollo de aquellas tempestades fue acompañado de una recrudescencia de los síntomas volcánicos.

El 3 de enero, Harbert, que al amanecer había subido a la meseta de la Gran Vista para enganchar un onagro, observó un enorme penacho, que se desarrollaba en la cima del volcán. El joven avisó inmediatamente a los colonos, que acudieron a contemplar la cima del monte Franklin.

—¡Demontres! —exclamó Pencroff—. Esta vez no son vapores. Me parece que el gigante no se contenta con respirar, sino que echa humo.

Esta imagen empleada por el marino expresaba perfectamente la modificación que se había verificado en la boca del volcán. Desde tres meses antes el cráter emitía vapores más o menos intensos, pero que provenían tan sólo de una ebullición interior de las materias minerales.

Pero esta vez, a los vapores sucedía un humo espeso que se elevaba en forma de columna gris, de más de trescientos pies de altura en su base, y que se extendía como un inmenso hongo a una altura de setecientos a ochocientos pies sobre la cima del monte.

—El fuego está en la chimenea —dijo Gedeón Spilett.

—¿Y no podremos apagarlo? —preguntó Harbert.

—Deberían deshollinarse los volcanes —observó Nab, que parecía hablar con la mayor seriedad del mundo.

—Bueno, Nab —exclamó Pencroff—, ¿por ventura te encargarías tú de esta operación? Y Pencroff soltó una carcajada.

Ciro Smith observaba con atención el humo espeso proyectado por el monte Franklin y escuchaba atentamente, como si hubiera querido sorprender algún trueno lejano.

Después, volviéndose hacia sus compañeros, de los cuales se había separado un poco, dijo:

—En efecto, amigos míos, ha ocurrido una importante modificación en el volcán, es inútil ocultarlo. Las materias volcánicas no están en estado de ebullición, sino que se han encendido y seguramente tendremos una erupción próxima.

—Pues bien, señor Smith, veremos esa erupción —exclamó Pencroff—y la aplaudiremos, si es buena. No creo que haya en eso nada que pueda inspirarnos temores.

—No, Pencroff —contestó Ciro Smith—, porque el antiguo camino de las lavas sigue abierto, y el cráter, gracias a su disposición, las ha vertido hasta ahora hacia el norte. Y sin embargo...

—Sin embargo, puesto que ninguna ventaja podemos sacar de la erupción, más valdría que no la hubiese —dijo el periodista.

—¿Quién sabe? —repuso el marino—. Hay quizá en ese volcán alguna materia útil y preciosa, que tendrá la complacencia de vomitar, de la cual haremos buen uso.

Ciro Smith sacudió la cabeza como dando a entender que no esperaba nada bueno del fenómeno, cuyo desarrollo era inminente. No consideraba las consecuencias de una erupción con la ligereza de Pencroff. Si las lavas, por resultado de la orientación del cráter, no amenazaban directamente los bosques y las partes cultivadas de la isla, podían presentarse otras complicaciones. No es raro que las erupciones vayan acompañadas de temblores de tierra y una isla de la naturaleza de la Lincoln, formada de materias tan diversas, basaltos a un lado, granitos al otro, lavas al norte, tierra vegetal al mediodía, materias que, por consiguiente, no podían estar sólidamente ligadas entre sí, habrían corrido el riesgo de despedazarse. Si la expansión de las materias volcánicas no constituía un peligro muy grave, por otro lado todo movimiento en la armazón terrestre que sacudiera la isla podría traer consigo consecuencias gravísimas.

—Me parece —dijo Ayrton, que se había tendido en tierra aplicando el oído al suelo—, me parece oír un trueno sordo y prolongado, un ruido como no lo haría un carro cargado de barras de hierro.

Los colonos escucharon con atención y se cercioraron de que Ayrton no se engañaba. A aquellos ruidos como truenos acompañaban a veces mugidos subterráneos, que formaban una especie de reforzando, y después disminuía poco a poco, como si alguna brisa violenta hubiera pasado por las profundidades del globo. Pero no se oía ninguna detonación propiamente dicha; de donde podía deducirse que los vapores y el humo hallaban libre paso por la chimenea central y que, siendo bastante grande la válvula, no se produciría ninguna dislocación ni habría que temer explosiones del suelo.

—¡Vaya! —dijo entonces Pencroff—. ¿Es que no vamos a volver al trabajo? Que el monte Franklin fume, que rebuzne, que gima, que vomite fuego y llamas, todo lo que quiera, esa no es una razón para estamos de brazos cruzados. Vamos, Ayrton, Nab, Harbert, señor Ciro, señor Spilett, es preciso que hoy todo el mundo se ponga al trabajo. Tenemos que ajustar las cintas y no bastará una docena de brazos. Antes de dos meses quiero que nuestro Buenaventura, porque indudablemente conservaremos ese nombre, ¿no es verdad?, flote en las aguas del puerto del Globo. No hay un momento que perder.

Todos los colonos, cuyos brazos reclamaba Pencroff, bajaron al arsenal y procedieron al ajuste de las cintas, espesos tablones que forman la cintura de un buque y unen sólidamente entre sí las cuadernas de su casco. Era una tarea penosa y grande en la cual todos tuvieron que tomar parte.

Trabajaron asiduamente durante todo aquel día, 3 de enero, sin preocuparse del volcán, que, por otra parte, era invisible desde la playa del Palacio de granito. Pero una o dos veces grandes sombras, que cubrían el sol, que describía su círculo diurno sobre un cielo purísimo, indicaron que una espesa nube de humo pasaba entre su disco y la isla. El viento que soplaba del mar llevaba todos aquellos vapores hacia el oeste. Ciro Smith y Gedeón Spilett observaron aquellas sombras pasajeras y hablaron .arias veces de los progresos que evidentemente hacía el fenómeno volcánico, pero no se interrumpió el trabajo: era interesantísimo desde todos los puntos de vista que el buque estuviera acabado lo más pronto posible, porque de esta manera la seguridad de los colonos estaría mejor garantizada contra lo que pudiera sobrevenir. ¿Quién sabe si aquel buque no sería algún día su único refugio?

Por la noche, después de cenar, Ciro Smith, Gedeón Spilett y Harbert subieron a la explanada de la Gran Vista. La oscuridad era profunda y debía permitir a los colonos reconocer si, con los vapores y el humo acumulados en la boca del cráter, se mezclaban llamas o materias incandescentes proyectadas por el volcán.

—¡El cráter está ardiendo! —exclamó Harbert, que, más ágil que sus compañeros, había llegado el primero a la meseta.

El monte Franklin, distante unas seis millas, aparecía entonces como una antorcha gigantesca, en cuyo extremo superior se retorcían algunas llamas fuliginosas. Con aquellas llamas se mezclaba tanto humo y tal cantidad de escoria y de cenizas, que su resplandor no se destacaba mucho sobre las tinieblas de la noche. Pero una especie de brillo leonado se esparció por la isla y descubría confusamente la masa frondosa de los primeros términos. Inmensos torbellinos oscurecían las alturas del cielo, a través de los cuales centelleaban algunas estrellas.

—Los progresos del volcán son rápidos —dijo el ingeniero.

—No es de extrañar —añadió el periodista—. La reanimación del volcán ha empezado hace bastante tiempo y usted recuerda, Ciro, que los primeros vapores aparecieron cuando visitamos los contrafuertes de la montaña para descubrir el retiro del capitán Nemo. Era, si no me equivoco, el 15 de octubre.

—Sí —repuso Harbert—, ya casi dos meses.

—Los fuegos subterráneos han tenido una incubación de diez semanas —añadió Gedeón Spilett—y no es extraño que ahora se desarrollen con esa violencia.

—¿No siente algunas veces ciertas vibraciones en el suelo? —preguntó Ciro Smith.

—En efecto —contestó Gedeón Spilett—, pero de eso a un terremoto...

—No digo que estemos amenazados de un terremoto —repuso Ciro Smith—y Dios nos libre de él. No, esas vibraciones son debidas a la efervescencia del fuego central. La corteza terrestre no es más que la pared de una caldera, y, bajo la presión de los gases, vibra como una lámina sonora. Pues bien, ese es el efecto que produce en este momento.

—¡Qué magnífico penacho de llamas! —exclamó Harbert.

En aquel momento surgía del cráter una especie de ramillete de fuegos artificiales, cuyo resplandor no podían atenuar los vapores. Miles de fragmentos luminosos y de puntos brillantes se proyectaban en todas direcciones. Algunos, pasando la cúpula de humo, la rompían con un chorro de fuego y dejaban tras ellos un verdadero polvo incandescente. Aquella expansión de llamas fue acompañada de detonaciones sucesivas, como producidas por una batería de ametralladoras.

Ciro Smith, el periodista y el joven, después de haber pasado una hora en la meseta de la Gran Vista, bajaron a la playa y entraron en el Palacio de granito. El ingeniero estaba pensativo y hondamente preocupado, hasta tal punto que Gedeón Spilett creyó deber preguntarle si presentía algún próximo peligro del que la erupción fuese la causa directa o indirecta.

—Sí y no —repuso Ciro Smith.

—Sin embargo —añadió el periodista—, la mayor desgracia que podría sucedernos, ¿no sería un temblor de tierra que trastornase la isla? Pues bien, yo no creo que eso sea temible, pues los vapores y las lavas han encontrado libre paso para derramarse al exterior.

—En efecto —repuso Ciro Smith—, no temo un terremoto en el sentido que se da ordinariamente a las convulsiones del suelo ocasionadas por la expansión de los vapores subterráneos, pero hay otras causas que pueden producir grandes desastres.

—¿Cuáles, mi querido Ciro?

—No lo sé exactamente..., es preciso que vea..., que visite la montaña... Dentro de pocos días podré dar mi opinión sobre este punto.

Gedeón Spilett no insistió y pronto, a pesar de las detonaciones del volcán, cuya intensidad aumentaba, y que eran repetidas por los ecos de la isla, quedaron los huéspedes del Palacio de granito sumergidos en profundo sueño.

Pasaron tres días, que fueron el 4, 5 y 6 de enero. Los colonos continuaron trabajando en la construcción del buque y el ingeniero, sin dar ninguna explicación, activaba el trabajo con todo su poder y toda su energía. El monte Franklin estaba cubierto de una nube oscura de siniestro aspecto y con las llamas vomitaba rocas incandescentes; algunas volvían a caer en el cráter mismo. Por esto decía Pencroff que no quería considerar el fenómeno más que desde el punto de vista cómico:

—¡Calla! ¡El gigante juega al boliche, el gigante hace juegos malabares!

Y, en efecto, las materias vomitadas volvían a caer en el abismo y no parecía que las lavas levantadas por la presión interior hubieran llegado todavía hasta el orificio del cráter. Al menos la boca del nordeste, que en parte era visible, no vertía derrame de lava sobre la pendiente septentrional del monte.

Sin embargo, por urgentes que fueran las obras de construcción, otros cuidados reclamaban la presencia de los colonos en diversos puntos de la isla. Ante todo era preciso ir a la dehesa, donde estaba encerrado el rebaño de muñones y de cabras, y renovar la provisión de forrajes de aquellos animales. Se convino en que Ayrton iría a la mañana siguiente, 7 de enero; y como él bastaba para aquella tarea, a la que estaba acostumbrado, Pencroff y los demás manifestaron cierta sorpresa cuando oyeron decir al ingeniero:

—Ayrton, ya que usted va mañana a la dehesa, yo lo acompañaré.

—Señor Ciro —exclamó el marino—, nuestros días de trabajo están contados y, si usted se va, nos van a faltar cuatro brazos.

—Estaremos de vuelta pasado mañana —repuso Ciro Smith—. Necesito ir a la dehesa..., deseo conocer dónde está la erupción.

—¡La erupción, la erupción! —repitió Pencroff con aire poco satisfecho—. Por importante que sea esa erupción, a mí me tiene sin cuidado.

Por más que dijo el marino, la exploración proyectada por el ingeniero quedó acordada para el día siguiente. Harbert hubiera deseado acompañar a Ciro Smith, pero no quiso contrariar a Pencroff ausentándose.

Al día siguiente, al amanecer, Ciro Smith y Ayrton subieron en el carro tirado por dos onagros y tomaron a grande trote el camino de la dehesa. Por encima del bosque pasaban gruesas nubes, que alimentaba constantemente el cráter del monte Franklin con sus materias fuliginosas. Aquellas nubes que se extendían lentamente por la atmósfera se componían sin duda de sustancias heterogéneas, porque no sólo era el humo del volcán el que las hacía extraordinariamente opacas y pesadas. Entre sus espesas volutas debían llevar en suspensión escorias reducidas a polvo, puzolana pulverizada y cenizas grises tan finas como la más fina fécula, y tan tenues, que muchas veces se ha visto esta clase de cenizas en el aire por espacio de meses enteros. Después de la erupción de 1873, en Irlanda, la atmósfera quedó cargada durante más de un año de polvo volcánico, que apenas podía ser penetrado por los rayos del sol. Lo más frecuente es que caigan esas materias pulverizadas; así sucedió en aquella ocasión. Apenas Ciro Smith y Ayrton habían llegado a la dehesa, una especie de nevada negruzca, semejante a la pólvora de caza, cayó y modificó instantáneamente el aspecto del suelo. Arboles, praderas, todo desapareció bajo una capa de varias pulgadas de espesor. Por fortuna, el viento soplaba del nordeste y la mayor parte de la nube fue a disolverse sobre el mar.

—Esto sí que es raro, señor Smith —dijo Ayrton.

—Esto es grave —añadió el ingeniero—. Esa puzolana, esa piedra pómez pulverizada, en una palabra, todo ese polvo mineral demuestra cuán profunda es la alteración de las capas interiores del volcán.

—Pero ¿no podemos hacer nada?

—Nada, sino observar los progresos del fenómeno. Haga usted, Ayrton, lo que tenga que hacer en la dehesa, y entretanto yo subiré a las fuentes del arroyo Rojo y examinaré el estado del monte en su declive septentrional. Después...

—¿Qué, señor Smith?

—Después haremos una visita a la cripta de Dakkar, quiero ver...; en fin, volveré por usted dentro de dos horas.

Ayrton entró entonces en el recinto de la dehesa y mientras volvía el ingeniero se ocupó en cuidar los muflones y las cabras, que al parecer experimentaban cierto temor al notar aquellos primeros síntomas de una erupción.

Entretanto Ciro Smith, subiendo a la cresta de los contrafuertes del este, dobló el arroyo

Rojo y llegó al sitio donde sus compañeros y él habían descubierto el manantial sulfuroso, cuando realizaron su primera exploración.

¡Cómo habían cambiado las cosas! En lugar de una sola columna de humo, encontró trece, que salían de la tierra como impulsadas por la presión de una bomba subterránea. Era evidente que la corteza terrestre sufría en aquel punto del globo una presión espantosa. La atmósfera estaba saturada de gases sulfurosos, de hidrógeno y de ácido carbónico mezclado con vapores acuosos. Ciro Smith sentía temblar aquellas tobas volcánicas de que estaba sembrada la llanura y que no eran más que cenizas pulverulentas convertidas por el tiempo en bloques duros; pero no vio todavía vestigios de lavas nuevas.

Esto pudo comprobarlo el ingeniero cuando observó toda la pendiente septentrional del monte Franklin. Se escapaban del cráter torbellinos de humo y de llamas; caía sobre el suelo una granizada de escorias; pero no salía ningún chorro de lava por la garganta del cráter, lo cual probaba que el nivel de las materias volcánicas todavía no había llegado al orificio superior de la chimenea central.

"Preferiría que hubiesen llegado –se dijo a sí mismo Ciro Smith–. Al menos estaría seguro de que las lavas han tomado su rumbo habitual. ¿Quién sabe si no se verterán por alguna nueva boca? Pero no es ese el peligro. El capitán Nemo lo adivinó perfectamente; no, el peligro no está ahí."

Ciro Smith se adelantó hacia la enorme calzada, cuya prolongación formaba uno de los límites del estrecho golfo del Tiburón, y pudo examinar las antiguas corrientes de lava. Era indudable que la última erupción se remontaba a una época muy lejana. Volvió sobre sus pasos, escuchando los ruidos subterráneos que se propagaban como un trueno continuo y se mezclaban de cuando en cuando con grandes detonaciones, y a las nueve de la mañana estaba en la dehesa. Ayrton le esperaba.

–Ya están atendidos los animales, señor Smith –dijo Ayrton.

–Bien –repuso el ingeniero.

–Parecen muy inquietos, señor Smith.

–Sí, el instinto habla en ellos, y el instinto no se engaña.

–Cuando usted quiera...

–Tome un farol y un yesquero, Ayrton, y vayamos.

Ayrton hizo lo que se le había mandado. Los onagros, desenganchados, pacían por la dehesa. Se cerró la puerta y Ciro Smith, precediendo a Ayrton, tomó hacia el oeste el estrecho sendero que conducía a la costa. Ambos caminaban por un suelo lleno de materias pulverulentas, que habían caído de las nubes. En el bosque no se veía ningún cuadrúpedo y las mismas aves habían huido. A veces una ráfaga de viento levantaba la capa de cenizas y los dos colonos, envueltos en opaco torbellino, apenas se veían uno a otro. Entonces tenían cuidado de aplicar el pañuelo a los ojos y a la boca para evitar el peligro de cegarse o de ahogarse.

En estas condiciones no podían caminar rápidamente. Además, el aire era pesado como si su oxígeno se hubiera quemado en parte, dificultando la respiración. A cada cien pasos había que detenerse para tomar aliento. Eran cerca de las diez, cuando el ingeniero y su compañero llegaron a la cresta de la aglomeración de rocas basálticas y porfíricas que formaban la costa noroeste de la isla. Comenzaron a bajar, siguiendo, poco más o menos, el camino detestable que durante aquella noche de tempestad les había conducido a la cripta de Dakkar. En pleno día la bajada fue menos peligrosa, y por otra parte la nueva capa de cenizas cubría las rocas y permitía asegurar más sólidamente el pie sobre sus superficies resbaladizas. En breve llegaron al parapeto formado en la orilla a una altura de cuarenta pies. Ciro Smith recordaba que este parapeto iba bajando en pendiente suave hasta el nivel del mar. Aunque la marea estaba baja en aquel momento, no se descubría la playa, y las olas, cubiertas de polvo volcánico, venían directamente a batir los basaltos del litoral. Ciro Smith y Ayrton encontraron fácilmente la abertura de la cripta de Dakkar y se detuvieron bajo la última roca que formaba la base del parapeto.

—¿Está la canoa? —preguntó el ingeniero.

—Aquí está, señor Smith —repuso Ayrton, atrayendo hacia sí la ligera embarcación que estaba abrigada bajo la bóveda del arco.

—Embarquémonos, Ayrton.

Los dos colonos se embarcaron en la canoa. Una ligera ondulación de las olas la introdujo más profundamente en la cintra muy baja de la cripta y Ayrton echó yescas y encendió el farol. Después tomó los dos remos y puso el farol en la roda de manera que proyectase sus rayos hacia adelante. Ciro Smith tomó la barra del timón y se internó en las tinieblas de la cripta.

El Nautilus no estaba allí para alumbrar con sus fuegos la sombría caverna. Quizá la irradiación eléctrica, alimentada por su foco poderoso, se propagaba todavía por el fondo de las aguas, pero ningún resplandor salía del abismo donde reposaba el capitán Nemo. La luz del farol, aunque insuficiente, permitió, sin embargo, al ingeniero adelantarse siguiendo la pared derecha de la cripta. Un silencio sepulcral reinaba bajo aquella bóveda, al menos en su parte interior, porque Ciro Smith oyó distintamente los mugidos que se desprendían de las entrañas del monte.

—Ahí está el volcán —dijo.

En breve notaron con el ruido las combinaciones químicas por un olor fuerte de vapores sulfurosos, que atacaron principalmente la garganta del ingeniero y de su compañero.

—Esto es lo que temía el capitán Nemo —murmuró Ciro Smith, cuyo rostro se puso ligeramente pálido—. Sin embargo, hay que llegar hasta el fin.

—Vamos —exclamó Ayrton, que se inclinó sobre sus remos y empujó la canoa hacia la pared del fondo de la cripta.

Veinticinco minutos después de haber entrado llegaba la canoa a la pared donde terminaba. Ciro Smith, subiendo entonces sobre su banco, registró con el farol las diversas partes de la pared que separaba la cripta de la chimenea central del volcán.

¿Qué espesor tenía aquella pared? ¿Era de cien pies o de diez? No podía adivinarse. Pero los ruidos subterráneos eran demasiado perceptibles para que fuese muy espesa.

El ingeniero, después de haber explorado la muralla siguiendo una línea horizontal, fijó el farol a la punta de un remo y registró con él de nuevo las alturas de la pared basáltica. Allí, por hendiduras apenas visibles, a través de los prismas mal unidos, transpiraba un humo acre, que infectaba la atmósfera de la caverna. La pared estaba cubierta de hendiduras, y algunas de ellas, claramente señaladas, bajaban hasta dos

o tres pies sobre la superficie de las aguas de la cripta. Ciro Smith se quedó pensativo. Después murmuró estas palabras:

–Sí, el capitan tenía razón. Ese es el peligro terrible.

Ayrton no dijo nada, pero, obedeciendo a una señal de Ciro Smith, tomó los remos y media hora después el ingeniero y él salían de la cripta de Dakkar.

El volcán sigue vomitando y hace desaparecer la isla Lincoln

Al día siguiente, 8 de enero, por la mañana, después de un día y una noche pasados en la dehesa y de haber atendido a los animales, Ciro Smith y Ayrton entraron en el Palacio de granito. Inmediatanmente el ingeniero reunió a sus compañeros y les participó que la isla Lincoln corría un peligro que ningún poder humano sería capaz de conjurar.

–Amigos míos –dijo, y su voz revelaba emoción profunda–, la isla Lincoln no es de las que deben durar tanto como el globo. Está condenada a una destrucción más o menos próxima, cuya causa reside en ella misma; destrucción a la cual nadie puede sustraerla.

Los colonos se miraron mutuamente y miraron al ingeniero. No podían comprenderle.

–Explíquese, Ciro –dijo Gedeón Spilett.

–Voy a explicarme –contestó el ingeniero–, o mejor dicho, no haré más que transmitirles la explicación que durante los pocos minutos de conversación secreta me dio el capitán Nemo.

–¡El capitán Nemo! –exclamaron los colonos.

–¡Sí, el último servicio que quiso hacernos antes de morir!

–¡El último servicio! –exclamó Pencroff–, ¡el último servicio! Ya verán como muerto y todo nos va a hacer todavía otro.

–¿Pero qué dijo el capitán Nemo? –preguntó el periodista.

–Sépanlo, amigos míos –prosiguió el ingeniero–. La isla Lincoln no está en las condiciones en que se encuentran las demás del Pacífico y su disposición particular, que me dio a conocer el capitán Nemo, debe producir tarde o temprano la dislocación de su formación submarina.

—¡Una dislocación! ¡La isla Lincoln! ¡Bah! —exclamó Pencroff, que, a pesar de todo el respeto que tenía a Ciro Smith, no pudo menos de encogerse de hombros.

—Oiga, Pencroff —repuso el ingeniero—, voy a decir lo que había averiguado el capitán Nemo y lo que yo mismo he observado ayer durante la exploración que hice a la cripta de Dakkar. Esa cripta se prolonga bajo la isla hasta el volcán y no está separada de la chimenea central más que por la pared del fondo. Ahora bien, esa pared está surcada de hendiduras que dejan pasar los gases sulfurosos que se desarrollan en el interior del volcán.

—¿Y qué? —preguntó Pencroff, cuyo ceño se frunció violentamente.

—Que he visto que esas hendiduras se ensanchan bajo la presión interior; que la muralla de basalto se resquebraja poco a poco y que dentro de un tiempo más o menos breve dará paso a las aguas del mar de que está llena la caverna.

—¡Bueno! —replicó Pencroff, que trató todavía de decir una chanza—. El mar apagará el volcán y todo habrá concluido.

—Sí, todo habrá concluido —dijo Ciro Smith—. El día en que el mar se precipite a través de la pared y penetre en la chimenea central hasta las entrañas de la isla donde hierven las materias eruptivas, ese día, Pencroff, la isla Lincoln saltará por el aire como saltaría Sicilia si el Mediterráneo se precipitara en el Etna.

Los colonos no contestaron a esta frase afirmativa del ingeniero. Habían comprendido el peligro que les amenazaba. Además, Ciro Smith no exageraba de modo alguno.

Muchos han tenido la idea de que podrían extinguirse los volcanes, levantados casi todos a orillas del mar o de los lagos, abriendo paso a las aguas, pero ignoraban que de esa manera se habrían expuesto a hacer saltar una parte del globo como una caldera, cuyo vapor adquiere una súbita tensión o un aumento inmediato de fuego. El agua, precipitándose en un recinto cerrado cuya temperatura puede calcularse en millares de grados, se evapora con tan repentina energía, que no habría corteza terrestre que pudiera resistirla.

No había duda que la isla, amenazada de una dislocación espantosa y próxima, no duraría lo que durase la parte de la cripta de Dakkar. No se trataba de una cuestión de meses ni de semanas, sino de una cuestión quizá de días y quizá de horas.

El primer sentimiento de los colonos fue un dolor profundo. No pensaron en el peligro que les amenazaba directamente, sino en la destrucción de aquel suelo que les había dado asilo; de aquella isla, fecundada por ellos, a la cual amaban y querían hacer tan floreciente un día. ¡Tantas fatigas inúltilmente empleadas, tanto trabajo perdido! Pencroff no pudo contener una lágrima que resbaló por sus mejillas y que no trató de ocultar.

La conversación continuó durante algún tiempo todavía, discutiéndose las probabilidades que pudieran ser favorables a los colonos; pero en conclusión se reconoció que no había un minuto que perder, que debía impulsarse la construcción y el arreglo del buque con prodigiosa actividad; aquel buque era la única tabla de salvación para los habitantes de la isla Lincoln.

Todos los brazos se pusieron, por consiguiente, a la obra. ¿De qué hubiera servido segar, recolectar la mies, cazar o acrecentar los depósitos del Palacio de granito? Lo que contenían el almacén y la despensa bastaría y sobraría para proveer el buque de todo lo necesario para una travesía tan larga como fuera preciso. Lo importante era que estuviera a disposición de los colonos antes de la consumación de la inevitable catástrofe.

Los trabajos continuaron con ardor febril y hacia el 23 de enero el buque estaba ya medio forrado. Hasta entonces ninguna modificación se había producido en la isla del volcán, el cual seguía proyectando vapores y humo mezclados con llamas y piedras incandescentes. Pero durante la noche del 23 al 24, a impulso de las lavas que llegaron al nivel del primer piso del volcán, desapareció el cono que formaba su capelo.

Entonces resonó un trueno espantoso. Los colonos creyeron al principio que la isla se dislocaba y se precipitaron fuera del Palacio de granito. Eran las dos de la mañana.

El cielo estaba en llamas; el cono superior, masa de mil pies de altura, y que pesaba miles de millones de libras, había sido precipitado sobre la isla haciendo temblar el suelo. Afortunadamente aquel cono estaba inclinado hacia el norte y cayó sobre la llanura de arenas y tobas que se extendía entre el volcán y el mar. El cráter, inmediatamente abierto entonces, proyectaba hacia el cielo una luz tan intensa, que por el simple efecto de la reverberación la atmósfera parecía incandescente. Al mismo tiempo, un torrente de lavas, hinchándose en la nueva cima, se derramaba en largas cascadas como el agua que se escapa de un estanque demasiado lleno y mil serpientes de fuego corrían sobre las pendientes del volcán.

—¡La dehesa, la dehesa! —exclamó Ayrton.

La dehesa era el punto adonde se dirigían las lavas por consecuencia de la orientación del nuevo cráter; las partes fértiles de la isla, las fuentes del arroyo Rojo, los bosques del Jacamar, todo estaba amenazado de una destrucción inmediata.

A los gritos de Ayrton los colonos se precipitaron hacia el establo de los onagros, engancharon el carro, y todos, animados de un mismo pensamiento, corrieron a la dehesa para poner en libertad a los animales que encerraba.

Antes de las tres de la mañana habían llegado a la dehesa. Espantosos mugidos indicaban el miedo horrible que experimentaban los muflones y las cabras. Un torrente de materias incandescentes, de lavas y de minerales líquidos caía del contrafuerte sobre la pradera, y roía aquella parte de la empalizada. Ayrton abrió bruscamente la puerta y los animales, asustados, se escaparon por ella en todas direcciones.

Una hora después la lava hirviendo llenaba la dehesa, volatilizaba el agua del riachuelo que la atravesaba, inundaba la habitación, que se quemó como si fuera paja, y devoraba hasta el último poste de la empalizada. De la dehesa no había quedado el menor vestigio.

Los colonos habían querido luchar contra aquella invasión y aun habían hecho algún esfuerzo, pero loca e inúltilmente, porque el hombre está desarmado en presencia de tan grandes cataclismos.

Amaneció el día 24 de enero. Ciro Smith y sus compañeros, antes de volver al Palacio de granito, quisieron observar la dirección definitiva que iba a tomar aquella inundación de lava. La pendiente general del suelo se inclinaba desde el monte Franklin a la costa este y se temía que, a pesar de la espesura de los bosques del Jacamar, la corriente se propagara hasta la Gran Vista.

—El lago nos protegerá —dijo Gedeón Spilett.

—¡Así lo espero! —fue la única respuesta de Ciro Smith.

Los colonos habrían querido adelantarse hasta la llanura sobre la cual había caído el cono superior del monte Franklin, pero las lavas les cerraban el paso siguiendo por una parte el valle del arroyo Rojo y por otra el río de la Cascada, vaporizando estos dos ríos. No habría posibilidad ninguna de atravesar aquel torrente; al contrario, había que retroceder delante de él. El volcán, descoronado, había cambiado absolutamente de forma. Una especie de meseta rasa lo terminaba entonces y reemplazaba el antiguo cráter. Dos gargantas abiertas en sus extremos sur y este vomitaban incesantemente lavas que formaban dos corrientes distintas. Por encima del nuevo cráter, una nube de humo y cenizas se confundía con los vapores del cielo amontonados sobre la isla.

Grandes truenos estallaban y se mezclaban con los bramidos de la montaña. Del cráter se escapaban rocas ígneas, que, proyectadas a más de mil pies de altura, estallaban en las nubes y se dispersaban como una metralla. El cielo respondía con sus truenos y relámpagos a la erupción volcánica.

Hacia las siete de la mañana los colonos ya no podían mantenerse en la posición donde se habían refugiado al extremo del bosque Jacamar. Comenzaban a llover en torno suyo no sólo los proyectiles, sino las lavas, desbordándose del lecho del arroyo Rojo, amenazaban cortar el camino de la dehesa. Las primeras filas de árboles se incendiaron y su savia, súbitamente transformada en vapor, los hizo estallar como cohetes, mientras otros, menos húmedos, quedaron intactos en medio de la inundación.

Los colonos habían vuelto a tomar el camino de la dehesa marchando lentamente y de espaldas, por decirlo así. Pero a causa de la inclinación del suelo, el torrente ganaba terreno con rapidez hacia el este y, cuando las capas inferiores de la lava se habían endurecido, otras capas hirviendo las cubrían en seguida. Entretanto, la principal corriente, que era la del valle del arroyo Rojo, se hacía cada vez más amenazadora.

Toda aquella parte del bosque estaba abrasada, y enormes volutas de humo rodaban por encima de los árboles cuyo pie estallaba dentro de la corriente lávica. Los colonos se detuvieron cerca del lago a media milla de la desembocadura del arroyo Rojo. Iba a decidirse para ellos una cuestión de vida o muerte.

Ciro Smith, habituado a hacerse cargo de las situaciones y sabiendo que se dirigía a hombres capaces de oír la verdad, cualquiera que fuese, dijo entonces:

—O el lago detiene la corriente de lava y una parte de la isla se libra de la devastación completa o la corriente invade los bosques del Far-West: ni un árbol ni una planta quedarán en la superficie. No tendremos más que rocas desnudas en perspectiva, y por último, una muerte que no tardará a causa de la explosión de la isla.

—Entonces —exclamó Pencroff cruzándose de brazos y jugando en el suelo con el pie— será inútil que trabajemos en la construcción del barco.

—Pencroff —repuso Ciro Smith—, hay que cumplir con nuestro deber hasta el fin.

En aquel momento, el río de lava, después de haberse abierto paso a través de los hermosos árboles que devoraba, llegó al límite del lago. Allí existía cierto levantamiento del suelo, que, si hubiera sido mayor, tal vez habría bastado a contener el torrente.

—¡Manos a la obra! —exclamó Ciro Smith.

El pensamiento del ingeniero fue comprendido enseguida. Había que poner un dique al río de lava y obligarlo a precipitarse en el lago. Los colonos corrieron al arsenal, volvieron con palas, picos, hachas, y con árboles que cortaron y tierra que amontonaron, en pocas horas pudieron levantar un dique de tres pies de altura y algunos centenares de pasos de longitud. Cuando terminaron, les pareció que habían trabajado unos minutos.

Ya era tiempo; las materias derretidas llegaron casi inmediatamente a la parte inferior del dique. El río hirviente se levantó como una cascada que trata de desbordarse y amenazó superar el único obstáculo que podía impedirle la invasión de todo el Far- West... Pero el dique logró contenerlo y la lava, después de un minuto de suspensión, que fue terrible, se precipitó en el lago Grant por una cascada de veinte pies de altura. Los colonos, anhelantes, sin hacer un ademán ni pronunciar una palabra, contemplaron entonces la lucha de los dos elementos.

¡Qué espectáculo aquel combate entre el agua y el fuego! ¿Qué pluma podría describir aquella escena de maravilloso horror y qué pincel pintarla? El agua silbaba evaporándose al contacto de la lava hirviendo. Los vapores proyectados en el aire formaban torbellinos a una inmensa altura, como si las válvulas de una enorme caldera hubieran sido abiertas repentinamente. Pero por considerable que fuera la masa de agua contenida en el lago, debía acabar por ser absorbida, puesto que no se renovaba, mientras que el torrente, alimentado por el manantial inagotable, llevaba sin cesar al lago nuevas oleadas de materias incandescentes. Las primeras lavas que cayeron en el lago se solidificaron inmediatamente y se acumularon de manera que pronto sobresalieron de la superficie de las aguas. Sobre su superficie cayeron otras lavas que a su vez se convirtieron en piedra, pero ganando siempre hacia el centro. Así se formó una hilada de lavas que amenazó llenarlo todo completamente. Agudos silbidos y rechinamientos desgarraban el aire con ruido atronador, y los espesos vapores, arrastrados por el viento, caían en lluvia sobre el mar. Las hiladas de lava se iban aumentando en el lago y los bloques solidificados se amontonaban unos sobre otros.

Allí donde se extendían en otro tiempo aguas tranquilas, aparecía una enorme aglomeración de rocas humeantes como si un levantamiento del suelo hubiera hecho surgir millares de escollos. Imaginémonos las aguas alborotadas durante un huracán e inmediatamente solidificadas como en un frío de veinte grados y tendremos una idea del aspecto del lago tres horas después de la irrupción de aquel irresistible torrente.

Por esta vez el agua debía ser vencida por el fuego. Sin embargo, fue una fortuna para los colonos que la expansión lávica se hubiera dirigido hacia el lago Grant, porque tenían algunos días de respiro. La meseta de la Gran Vista, el Palacio de granito y el arsenal se habían preservado al menos por algún tiempo. Ahora bien, estos pocos días había que emplearlos en forrar y calafatear el buque con cuidado. Después se le botaría al mar y los colonos se refugiarían en él, sin perjuicio de ponerle el aparejo, cuando estuviera en su elemento.

Con el temor de la explosión que amenazaba a la isla no había seguridad ninguna para los que permaneciesen en tierra. El retiro del Palacio de granito, tan inexpugnable hasta entonces, podía ser destruido de un momento a otro.

Durante los seis días que siguieron, del 25 al 30 de enero, trabajaron en el buque haciendo la tarea que hubieran podido hacer veinte hombres. Apenas tomaban un momento de reposo; el fulgor de las llamas que brotaban del cráter les permitía continuar su trabajo de día y de noche. La erupción volcánica continuaba, pero quizá con menos abundancia, circunstancia feliz, porque el lago Grant estaba ya casi completamente lleno y, si las nuevas corrientes de lava hubiesen aumentado el caudal de las antiguas, se habrían esparcido inevitablemente por la meseta de la Gran Vista y de allí por la playa.

Pero si por este lado la isla estaba protegida en parte, no sucedía lo mismo por el lado occidental. La segunda corriente de lava, que había seguido el valle del río de la Cascada, valle ancho cuyos terrenos se deprimían de cada lado del arroyo, no debía encontrar ningún obstáculo. El líquido incandescente se había derramado por la selva del Far-West. En aquella época del año, en que las especies estaban desecadas por un calor tórrido, el bosque se incendió inmediatamente propagándose el incendio a la vez por la base de los troncos y por las altas ranas, cuyo enlace favorecía los progresos de la conflagración. Parecía también que la corriente de llancas se desencadenaba con más celeridad en la cima de los árboles, que la corriente de lava en la base.

Sucedió que los animales, locos de terror, feroces o mansos, jaguares, cabiayes, kaulos, jabalíes, caza de pelo y de pluma se refugiaron hacia la parte del río de la Merced, en el pantano de los Tadornes y al otro lado del camino del puerto del Globo. Pero los colonos estaban demasiado ocupados en su tarea para prestar atención ni a los más temibles de aquellos animales. Por otra parte, habían abandonado el Palacio de granito y no habían querido buscar refugio ni siquiera en las Chimeneas, acampando bajo una tienda, cerca de la desembocadura del río de la Merced.

Cada día Ciro Smith y Gedeón Spilett subían a la meseta de la Gran Vista. Algunas veces Harbert los acompañaba, pero nunca Pencroff, que no quería ver bajo su nuevo aspecto la isla profundamente devastada. Era un espectáculo desolador. Toda la parte frondosa de la isla estaba desnuda: un solo grupo de árboles verdes se levantaba al extremo de la península Serpentina. Acá y allá se veían algunos troncos ennegrecidos y sin ramas, y el sitio de los bosques destruidos era más árido que el pantano de los Tadornes. La invasión de las lavas había sido completa; donde se desarrollaba en otro tiempo aquel admirable verdor, el suelo no era más que una aglomeración confusa de tobas volcánicas.

Los valles del río de la Cascada y de la Merced no enviaban una sola gota de agua al mar, y los colonos no hubieran tenido medio ninguno de apagar su sed, si el lago Grant hubiera quedado enteramente desecado. Afortunadamente la punta sur no había sido invadida y formaba una especie de estanque, que contenía todo lo que quedaba de agua potable en la isla.

Hacia el noroeste se dibujaban en ásperas aristas los contrafuertes del volcán, que tenían la figura de una garra gigantesca pegada al suelo. ¡Qué espectáculo tan triste, qué aspecto tan horrible y qué sentimiento para aquellos colonos que de un dominio fértil, cubierto de bosques, regado de ríos y arroyos, enriquecido de cosechas, se hallaban en un instante trasladados a una roca árida, sobre la cual, sin los depósitos y las reservas que tenían, no hubieran hallado ni siquiera con qué vivir!

—¡Esto parte el corazón! —dijo un día el periodista.

—Sí, Spilett —contestó el ingeniero—. ¡Ojalá el cielo nos dé tiempo para acabar nuestro barco, que es nuestro último refugio!

—¿No le parece, señor Ciro, que el volcán parece calmarse? Todavía vomita lavas, pero en menos abundancia, si no me engaño.

—Poco importa —repuso Ciro Smith—. El fuego continúa ardiendo en las entrañas del monte y el arar puede precipitarse en ellas de un momento a otro. Nos hallamos en la situación de unos pasajeros, cuyo buque se encuentra devorado por un incendio que no pueden apagar y saben que pronto o tarde llegará a la santabárbara. Venga, Spilett, venga y no perdamos tiempo.

Durante ocho días más, es decir, hasta el 7 de febrero, las lavas continuaron derramándose del volcán, pero la erupción se mantuvo en los límites indicados. Ciro Smith temía, sobre todo, que las materias líquidas vinieran a extenderse sobre la playa, en cuyo caso el taller de construcción quedaría destruido. Entretanto sintieron en la isla vibraciones que alarmaron a los colonos en alto grado. Era el 20 de febrero. Se necesitaba un mes para poner al buque en estado de hacerse a la mar. ¿Resistiría la isla hasta entonces? La intención de Pencroff y de Ciro Smith era botar el buque al agua tan pronto como su casco estuviera en estado de sostenerse. El puente, el alcázar de proa, el arreglo interior y el aparejo se harían después; lo importante era que los colonos tuvieran un refugio asegurado fuera de la isla. Quizá convendría también conducir el buque al puerto del Globo, es decir, lo más lejos posible del centro eruptivo, porque en la desembocadura del río de la Merced, entre el islote y la muralla de granito, corría peligro de ser aplastado en caso de dislocación. Todos los esfuerzos de los trabajadores tendían a terminar el casco.

Así llegaron hasta el 3 de marzo y pudieron contar con que la operación de botarlo al agua podría hacerse dentro de diez días. Volvió la esperanza al corazón de los colonos, que tanto habían sufrido durante aquel cuarto año de su residencia en la isla Lincoln.

Pencroff pareció salir un poco de la sombría taciturnidad en que lo habían sumergido la ruina y devastación de su propiedad. No pensaba más que en aquel buque, en el que se concentraban todas sus esperanzas.

—Lo acabaremos —decía al ingeniero—, lo acabaremos, señor Ciro, y ya es hora, porque la estación avanza y pronto estaremos en pleno equinoccio. Pues bien, si es preciso, haremos escala en la isla Tabor después de la isla Lincoln. ¡Qué desgracia! ¿Quién habría creído ver semejante cosa?

—Apresurémonos —respondía invariablemente el ingeniero. Y todos trabajaban sin perder un instante.

—Mi amo —preguntó Nab pocos días después—, si el capitán Nemo estuviera vivo, ¿cree que habría sucedido todo esto?

—Sí, Nab —repuso Ciro Smith.

—Pues bien, yo no lo creo -murmuró Pencroff al oído de Nab.

—Ni yo —contestó Nab seriamente.

Durante la primera semana de marzo el monte Franklin volvió a presentarse amenazador. Millares de hilos de cristal formados de las lavas fluidas cayeron como una lluvia sobre el suelo. El cráter se llenó de nuevo de lava, que se derramó por todas las pendientes del volcán. El torrente corrió por la superficie de las tobas endurecidas y terminó de destruir los pocos esqueletos de árboles que habían resistido a la primera erupción. La corriente, siguiendo esta vez la orilla sudoeste del lago Grant, se dirigió más allá del arroyo Glicerina e invadió la meseta de la Gran Vista. Este último golpe, dado a la obra de los colonos, fue terrible. Del molino, de los edificios, del corral no quedó nada. Las aves, asustadas, desaparecían en todas direcciones: Top y Jup daban señales de terror y su instinto les advertía que estaba próxima la catástrofe. Gran número de animales de la isla habían perecido en la erupción y los que habían sobrevivido no encontraron más refugio que el pantano de los Tadornes, salvo alguno que fue hallado en la meseta de la Gran Vista. Pero este último asilo les fue cerrado al fin, y el río de lava, rebasando la cresta de la muralla granítica, comenzó a precipitar sobre la playa sus cataratas de fuego. El sublime horror de este espectáculo es superior a toda descripción. Durante la noche parecía que un Niágara de líquido metal se precipitaba sobre la playa con sus vapores incandescentes arriba y sus mares hirvientes abajo.

Los colonos estaban reducidos a su último atrincheramiento y, aunque las costuras superiores del buque no estaban todavía calafateadas, resolvieron botarlo al agua.

Pencroff y Ayrton procedieron a los preparativos de la operación, que debía verificarse al día siguiente, 9 de marzo, por la mañana. Pero durante la noche del 8 al 9 una enorme columna de vapores, escapándose del cráter, subió en medio de detonaciones espantosas a más de tres mil pies de altura. La pared de la caverna de Dakkar había cedido, sin duda, bajo la presión de los gases, y el mar, precipitándose por la chimenea central en el abismo que vomitaba llamas, se vaporizó repentinamente. Pero el cráter no pudo dar salida suficiente a aquellos vapores y una explosión, que se habría oído a cien millas de distancia, conmovió las capas del aire. Trozos de montaña cayeron en el Pacífico y en pocos minutos el océano cubría el sitio donde había estado la isla Lincoln.

Una roca en el Pacífico y una isla en tierra firme

Una roca aislada de treinta pies de longitud por quince de anchura, que apenas sobresalía diez pies sobre las aguas, era el único punto sólido que no habían invadido las olas del Pacífico.

Aquello era lo que quedaba del Palacio de granito. La muralla había sido dislocada y algunas de las rocas del salón se habían amontonado hasta formar aquel punto culminante.

En derredor todo había desaparecido en el abismo: el cono inferior del monte Franklin, rasgado por la explosión, las mandíbulas lávicas del golfo del Tiburón, la meseta de la Gran Vista, el islote de la Seguridad, los granitos del puerto del Globo, los basaltos de la cripta de Dakkar, la larga península Serpentina, tan lejana, sin embargo, del centro de la erupción. De la isla Lincoln no se veía más que aquella estrecha roca, que servía entonces de refugio a los seis colonos y a su perro Top. También los animales habían perecido en la catástrofe, las aves, lo mismo que los demás representantes de la fauna de la isla, todos ahogados o sepultados por las rocas, y el mismo Jup había encontrado la muerte en alguna hendidura del suelo.

Si Ciro Smith, Gedeón Spilett, Harbert, Pencroff, Nab y Ayrton habían sobrevivido, fue porque, reunidos bajo la tienda, habían sido precipitados al mar en el momento en que los restos de la isla llovían por todas partes. Cuando volvieron a la superficie, tuvieron a medio cable de distancia aquella aglomeración de rocas, hacia la cual nadaron y donde pudieron refugiarse. Sobre aquella roca desnuda vivían hacía nueve días. Algunas provisiones retiradas antes de la catástrofe del almacén del Palacio de granito y un poco de agua dulce que la lluvia había depositado en el hueco de una roca, era todo lo que aquellos desgraciados poseían. Su última esperanza, el buque, había sido deshecho. No tenían medio ninguno de dejar aquel arrecife, ni fuego, ni con qué hacerlo. ¡Estaban destinados a perecer!

Aquel día, 18 de marzo, les quedaban conservas para dos días, aunque no habían consumido más que lo estrictamente necesario. Toda su ciencia, su inteligencia era impotente en aquella situación: estaban únicamente en manos de Dios.

Ciro Smith estaba tranquilo; Gedeón Spilett, más nervioso, y Pencroff, presa de una sorda cólera, iban y venían sobre aquella roca. Harbert no se separaba del ingeniero y le miraba como para pedirle un socorro que Ciro Smith no podía dar. Nab y Ayrton estaban resignados con su suerte.

—¡Desdicha, desdicha! —repetía con frecuencia Pencroff—. ¡Si tuviéramos, aunque no fuera más que una cáscara de nuez para ir a la isla Tabor! ¡Pero nada, nada!

—El capitán Nemo ha hecho bien en morirse —dijo una vez Nab.

Durante los cinco días que siguieron Ciro Smith y sus infelices compañeros vivieron con la mayor parsimonia, comiendo lo preciso para no morir de hambre. Su debilidad era extrema y Spilett y Harbert empezaron a dar alguna señal de delirio.

En esta situación ¿podían conservar una sombra de esperanza? No. ¿Cuál era la única probabilidad de salvación que les quedaba? ¿Que pasara un buque a la vista del arrecife? Sabían muy bien, por experiencia, que aquella parte del Pacífico nunca era visitada por los buques. ¿Podían contar con que, por una coincidencia verdaderamente providencial, viniera el yate en aquellos días a buscar a Ayrton a la isla Tabor? Era imposible. Por otra parte, aun admitiendo que viniera, como los colonos no habían podido enviar a la isla una noticia que indicase el cambio ocurrido en la situación de Ayrton, el comandante del yate, después de haber registrado la isla sin resultado, se haría de nuevo a la mar y pasaría a latitudes más bajas.

No, no podían conservar ninguna esperanza de salvación, y una horrible muerte, la muerte de hambre y sed, les esperaba en aquella roda. Estaban tendidos sobre ella, casi inanimados, no tenían conciencia de lo que pasaba en torno suyo. Sólo Ayrton, por un supremo esfuerzo, levantaba todavía la cabeza y dirigía miradas de desesperación a aquella mar desierta...

En la mañana del 24 de marzo, Ayrton extendió los brazos hacia un punto del espacio, se incorporó, se puso de rodillas, después en pie, y pareció que hacía una señal con la mano... ¡Un buque estaba a la vista de la isla!... Aquel buque no navegaba a la ventura: el arrecife era para él un punto de mira hacia el cual se dirigía en línea recta forzando su máquina, y los desgraciados colonos le habrían visto muchas horas antes si hubiesen tenido fuerzas para observar el horizonte.

—¡El Duncan! —murmuró Ayrton y cayó de nuevo.

Cuando Ciro Smith y sus compañeros hubieron vuelto en sí gracias a los cuidados que les prodigaron, se encontraron en la cámara de un barco, sin poder comprender cómo se habían librado de la muerte.

Una palabra de Ayrton bastó para enterarles de todo.

—¡El Duncan! —murmuró.

—¡El Duncan! —repitió Ciro Smith.

Y levantando los brazos al cielo, exclamó:

—¡Ah, Dios todopoderoso, tú has querido que nos salvásemos!

Era el Duncan, en efecto, el yate de lord Glenarvan, mandado entonces por Robert, hijo del capitán Grant, enviado a la isla Tabor para buscar a Ayrton y devolverlo a su patria, después de doce años de expiación. Los colonos se habían salvado y estaban camino de su país.

—Capitán Robert —preguntó Ciro Smith—, ¿quién le ha inspirado el pensamiento de andar cien millas más hacia el nordeste, después de haber dejado la isla Tabor, donde no pudo encontrar a Ayrton?

—Señor Smith —respondió Robert Grant—, iba no sólo a buscar a Ayrton, sino también a usted y a sus compañeros.

—¿A mí y a mis compañeros?

—Sí, iba a la isla Lincoln.

—¡A la isla Lincoln! —exclamaron a la vez Gedeón Spilett, Harbert, Nab y Pencroff, sumamente admirados.

—¿Cómo conocía la isla de Lincoln —preguntó Ciro Smith—, no estando ni siquiera mencionada en las cartas?

—La he conocido por la noticia que ustedes dejaron en la isla Tabor contestó Robert Grant.

—¡Una noticia! —exclamó Gedeón Spilett.

—Sí, aquí la tiene —repuso el joven capitán, presentando un documento que indicaba la situación de la isla Lincoln en latitud y longitud, y añadía: Residencia actual de Ayrton y de cinco colonos norteamericanos.

—¡El capitán Nemo!... —dijo Ciro Smith, después de haber leído la nota y visto que era de la misma mano que había escrito el documento hallado en la dehesa.

—¡Ah! —exclamó Pencroff—. Él tomó nuestro Buenaventura y se aventuró solo hasta la isla Tabor.

—Para dejar allí esa nota —dijo Harbert.

—Bien decía yo —añadió el marino—que, aun después de su muerte, el capitán nos había de hacer otro servicio.

—Amigos míos —dijo Ciro Smith, con voz profundamente conmovida—, roguemos al Dios de todas las misericordias que reciba el alma del capitán Nemo, nuestro salvador.

Los colonos se habían descubierto, al oír esta última frase de Ciro Smith, y murmuraron el nombre del capitán. En aquel momento, Ayrton, acercándose al ingeniero, le dijo sencillamente:

—¿Dónde pongo este cofrecito?

Era el cofrecito que Ayrton había salvado con peligro de su vida, en el momento en que la isla se hundía bajo los mares, y que entregaba fielmente al ingeniero.

—¡Ayrton, Ayrton! —dijo Ciro Smith, hondamente conmovido. Después, dirigiéndose a Robert Grant, añadió:

—Señor, donde dejaron al culpable encuentran ahora un hombre a quien la expiación ha devuelto la honradez y a quien doy mi mano con orgullo.

Robert Grant fue puesto al corriente de la extraña historia del capitán Nemo y de los colonos de la isla Lincoln. Después, hecho el plano de lo que quedaba en aquel escollo, que en adelante debía figurar en los mapas del Pacífico, el capitán dio orden de virar de bordo.

Quince días después los colonos desembarcaban en América y hallaban pacificada su patria, terminada aquella terrible guerra por el triunfo de la justicia y del derecho.

La mayor parte de las riquezas contenidas en el cofrecillo legado por el capitán Nemo a los colonos de la isla Lincoln se empleó en la adquisición de una gran propiedad en el estado de Iowa. Una sola perla, la más hermosa, fue separada de aquel tesoro y enviada a lady Glenarvan, en nombre de los náufragos devueltos por el Duncan a su patria.

En aquella propiedad, los colonos llamaron al trabajo, es decir, a la fortuna y a la felicidad, a todos aquellos a quienes pensaban ofrecer hospitalidad en la isla Lincoln. Se fundó una gran colonia a la cual dieron el nombre de la isla que había desaparecido en las profundidades del Pacífico. Se veía un río que se llamaba de la Merced, un monte que tomó el nombre de Franklin, un pequeño lago que fue el lago Grant y bosques que recibieron la denominación de Far-West. Era como una isla en tierra firme. En ella, bajo la mano inteligente del ingeniero y de sus compañeros, todo prosperó. Ni uno solo de los antiguos colonos de la isla Lincoln faltaba, porque habían jurado vivir siempre juntos. Nab estaba siempre donde su amo; Ayrton, dispuesto a sacrificarse en toda ocasión; Pencroff, más labrador que marino; Harbert terminó sus estudios bajo la dirección de Ciro Smith, y el mismo Gedeón Spilett, que fundó el "New Lincoln Herald", el periódico mejor informado del mundo entero.

Ciro Smith y sus compañeros recibieron muchas veces la visita de lord y lady Glenarvan, del capitán John Mangles y de su mujer, hermana de Robert Grant, del mismo Robert Grant, del mayor MacNabbs y de todos los que habían figurado en las dos historias del capitán Grant y del capitán Nemo.

Allí, en fin, todos fueron felices viviendo unidos en lo presente como lo habían estado en lo pasado; pero jamás olvidaron aquella isla a la cual habían llegado pobres y desnudos, aquella isla que durante cuatro años había satisfecho sus necesidades y de la cual no quedaba más que un trozo de granito combatido por las olas del Pacífico, tumba del que había sido capitán Nemo.

La isla misteriosa,
de Julio Verne,
fue impreso y terminado en febrero 2019,
en Encuadernaciones Maguntis, Iztapalapa,
Ciudad de México. Teléfono: 5640 9062.